LE JARDIN D'HIVER

Jane Thynne est née au Venezuela en 1961. Écrivain, journaliste (BBC, *The Sunday Times*, *Daily Telegraph*, *The Independent*), elle est passionnée par les romans historiques. Elle vit à Londres avec ses trois enfants et son mari, Philip Kerr.

*Paru au Livre de Poche :*

Les Roses noires

JANE THYNNE

# *Le Jardin d'hiver*

ROMAN TRADUIT DE L'ANGLAIS (ROYAUME-UNI)
PAR SOPHIE BASTIDE-FOLTZ

JC LATTÈS

*Titre original :*
THE WINTER GARDEN
Publié par Simon & Schuster UK Ltd.


ISBN : 978-2-253-16416-6 – 1re publication LGF

*Pour William*

« L'univers de la femme c'est son mari, sa famille, ses enfants, son foyer. Il ne nous semble pas juste qu'elle joue des coudes pour entrer dans le monde des hommes. »

Adolf HITLER

« Prends une poêle, un ramasse-poussière, un balai, et épouse un homme. »

Hermann GOERING,
Les Neuf Commandements
de la Lutte Ouvrière.

## *Prologue*

*Berlin, octobre 1937*

Les éclairs aveuglants des feux d'artifice trouèrent le ciel nocturne, semblables à des éclats d'obus multicolores. Des gerbes de phosphore spectaculaires explosèrent dans l'air humide, s'épanouissant en d'extravagantes douches d'étoiles, puis retombèrent pour aller mourir plus bas sur l'immense nappe sombre du lac Wannsee. Un léger panache de fumée flotta sur l'eau, marquant la fin des feux d'artifice, et la nuit reprit à nouveau ses droits.

De là où elle se trouvait, dans l'ombre, au fond du jardin, Anna Hansen essaya de deviner laquelle des grandes villas de l'île Schwanenwerder avait quelque chose à fêter. Les feux d'artifice n'étaient pas exceptionnels par ici. Il y avait toujours des réceptions dans ces vastes demeures. Toutes dotées de grands jardins qui allaient jusqu'au lac où, sur l'autre berge, se dessinait la masse noire de la rive orientale de Grunewald. Entre les deux rives, on entendait le clapotis des petites embarcations se balançant au gré des vaguelettes qui venaient lécher les berges.

Anna frissonna dans l'air nocturne. Il faisait froid à rester ainsi dehors, en chaussons, au beau milieu de tous ces arbustes chargés d'humidité. Elle tapa des pieds, resserra son peignoir autour d'elle. Les explosions et les sifflements auraient suffi à la réveiller, mais, à dire le vrai, malgré une journée épuisante, elle n'avait pas réussi à s'endormir. En réalité, il n'y avait pas de journée qui ne soit épuisante à l'École des Épouses du Reich de Schwanenwerder. Les jeunes femmes sur le point d'épouser des membres de la SS semblaient avoir tant à apprendre. Il ne s'agissait pas d'être une épouse allemande ordinaire, quoique, Dieu sait que ces filles-là avaient déjà du pain sur la planche. Mais, comme l'avait dit le Führer, les femmes destinées à épouser la crème des Allemands se devaient d'être hors du commun.

Non qu'Anna ait vraiment eu le choix lorsqu'elle arriva à l'École des Épouses, une villa majestueuse, au portail à colonnes fièrement surmontées d'une paire de drapeaux à croix gammées, protégée des regards par une rangée de pins de haute futaie. Suivre l'enseignement donné ici était obligatoire, et ce, depuis 1935, sur les ordres d'Himmler. Il fallait pouvoir produire le certificat obtenu au Bureau pour la Race et le Peuplement de la SS avant même d'envisager le mariage. L'École ressemblait un peu à une académie militaire, avec un régime démarrant à 5 h 30 le matin et ne prenant fin qu'au coucher des jeunes femmes, épuisées, à 21 heures. Ce matin-là, par exemple, la journée avait commencé par le bain habituel en extérieur, pour profiter du bon air frais aux senteurs de pin de l'île, suivi d'une gymnastique énergique, en short et maillot de corps. Après le petit déjeuner, il y avait eu couture, puis la visite des représentants des services locaux de protection maternelle et infantile pour une formation de puériculture, avant le déjeuner, lequel était préparé à tour de rôle par les pensionnaires elles-mêmes, portant foulard et tablier immaculés.

Aujourd'hui, elles s'étaient concentrées sur « La cuisine sans beurre » à cause de la pénurie ; pas très gai, il faut bien le reconnaître. Quoique, ç'avait aussi du bon, se dit Anna, car tous ces repas réguliers l'avaient fait grossir. Après le déjeuner, il y avait eu un cours de culture générale, une discussion sur les contes de fées, cette fois. Toutes ces futures épouses devaient connaître les contes de fées car une mère allemande avait l'ardente obligation de « transmettre sa culture » à la génération suivante. Le conférencier du jour avait expliqué que dans *Cendrillon*, c'était les instincts germaniques du prince qui l'avaient conduit à rejeter le sang étranger des demi-sœurs et à se mettre en quête d'une jeune fille de race pure.

Le cours de culture générale aurait dû être le préféré d'Anna. Il n'y avait pas si longtemps, elle était danseuse. Danseuse de revue au Wintergarten. Debout, là, dans l'ombre des arbustes, elle passa machinalement la main dans ses cheveux mi-longs ébouriffés. Ses racines brunes commençaient à se voir un peu trop et les boucles décolorées frisottaient dans l'air humide. Elle poussa un soupir. Il était difficile d'imaginer plus grand contraste entre sa vie précédente et l'actuelle. Ses vieilles amies hurleraient de rire en la voyant aujourd'hui. Mais il est vrai que la situation d'Anna avait changé. Changé du tout au tout. Et, par une sorte de miracle, juste au moment où elle s'était retrouvée dans de sales draps, le lieutenant SS Johann Peters, un mètre quatre-vingt-huit, une mâchoire comme du granite et des yeux aussi bleus que la Baltique, était entré dans sa vie. Du moment où Johann était venu vers elle, dans ce petit night-club froid et humide, elle n'avait plus regardé en arrière. S'il n'y avait pas eu Johann, elle aurait même fini par se résoudre à répondre à l'une de ces petites annonces déprimantes qui paraissaient dans les journaux. « Juriste âgé de cinquante-quatre ans, pur Aryen, souhaite une progéniture mâle par mariage avec une jeune vierge, travailleuse, portant talons plats, sans bijoux. » Et quand Johann l'avait invitée à danser, puis demandée en mariage peu de temps après, elle avait accepté sans se poser de questions, même si cela signifiait passer six semaines à l'École des Épouses pour s'y préparer.

La demeure qui abritait l'École des Épouses avait été occupée auparavant par une famille juive, jusqu'à ce que sa propriété soit transférée à l'Œuvre des Femmes allemandes. Entre les cours, Anna s'y promenait en regardant avec nostalgie l'impressionnant décor, les panneaux d'acajou du hall et, dans la cuisine, l'alignement de petites sonnettes reliées aux différentes pièces de la demeure. La maison était pleine de couleurs ; des murs peints en vert pistache dans le hall, avec des lambris d'appui blanc amande, et en rouge bordeaux dans la bibliothèque qui sentait encore le cuir et le cigare. La salle de musique – une pièce entière dédiée à la musique ! – était peinte en jaune jonquille, et dans la salle de bal, toute en bleu lavande, le plafond était aussi chargé qu'un gâteau de mariage, avec roses en plâtre moulé et lustres immenses. Anna aimait imaginer la vie d'avant dans cette demeure – les réceptions, les plaisirs, l'élégance. On voyait encore la trace laissée par les cadres dorés des tableaux qui avaient été accrochés aux murs et, si l'on restait parfaitement immobile, on pouvait presque sentir la présence de la famille qui s'en était allée, aussi évanescente qu'une bouffée de parfum dans un couloir, ou qu'un petit rire dans l'air.

Mais à présent, la salle de bal était équipée de bureaux, ses rideaux damassés avaient été déposés dans un souci de propreté. La propreté était primordiale à l'École des Épouses. Tout devait être hygiénique, désinfecté, sentir le savon et la cire. Il fallait éliminer la saleté et toutes les souillures du passé. La poussière était dégoûtante, avaient déclaré les formateurs, presque anti-allemande.

Le dortoir d'Anna, où dormaient huit filles, était une longue pièce située au dernier étage. Probablement la chambre des enfants à l'origine, mais qu'on avait réaménagée comme le reste de la maison, sans charme et sans recherche. Des lits à cadre métallique alignés contre les murs, un plancher nu. Le papier peint avait été recouvert de peinture blanche mais en faisant un peu basculer la penderie on pouvait en apercevoir un vestige, rose pâle avec des bouquets noués, dans un coin difficile d'accès. Anna était très observatrice. Elle remarquait le moindre détail ; elle aimait toujours savoir ce qui se cachait derrière les choses.

Sortir de son lit et se glisser hors de la maison sans se faire remarquer n'avait pas été facile. Curieusement, pour une organisation convaincue des bienfaits du grand air, la fenêtre du dortoir était verrouillée et, après le coucher, les couloirs étaient surveillés par

Mademoiselle Wolff, le professeur de couture. Les jeunes filles étaient censées ne pas quitter la pièce, sauf en cas d'urgence. Par chance, la seule personne à avoir remarqué qu'Anna se levait cette nuit-là fut Ilse Henning, une fille de la campagne, bonne comme le pain, à la poitrine généreuse et au visage aussi récuré qu'une table de bois blanc, qui cligna des yeux d'un air étonné, puis se tourna bien gentiment de l'autre côté. Ilse s'était sans doute dit, à juste titre, que sa camarade de chambrée allait fumer une cigarette défendue dans le jardin.

C'était vrai, jusqu'à un certain point. Mais la nervosité d'Anna Hansen avait une autre origine, plus profonde. Toute la journée, elle avait eu la curieuse sensation d'être observée. Rien de précis. Quelque chose de vaguement menaçant qui lui parcourait l'échine, la nuque, qui la mettait dans un état de grande tension, semblable à celui d'une gazelle sentant l'approche d'un prédateur. À plusieurs reprises au cours de la journée, dans le jardin, mais aussi dans la maison, elle avait eu la nette impression d'être observée, mais, s'étant retournée, n'avait rien vu de concluant. Elle avait plusieurs fois essayé de se raisonner. Le manque de nicotine lui mettait peut-être les nerfs à vif. À moins que ce ne soit Hartmann, cet affreux jardinier, un boiteux aux cheveux en brosse, qui l'espionnait. Il traînait toujours autour des futures épouses du Reich, à les reluquer. Qu'est-ce qu'un homme comme lui pouvait bien faire là, d'ailleurs ? Pourquoi ne l'envoyait-on pas en Rhénanie, par exemple ?

Cette sensation l'avait assaillie à nouveau alors qu'elle essayait de dormir, malgré les lointaines pétarades des feux d'artifice, et, dans l'espoir de s'en débarrasser, elle s'était levée et glissée dehors dans la fraîcheur de cette nuit d'octobre.

La lune masquée par un amoncellement de gros nuages, Anna descendit dans le parc, évitant le sentier de gravier, marchant au plus près des arbustes bordant la pelouse. Au loin derrière elle, la demeure ressemblait à une épave endormie aux volets clos, avec une seule lampe allumée au rez-de-chaussée ; devant, c'était l'étendue plombée du lac qu'elle ne parvenait à distinguer que grâce aux quelques lueurs provenant des yachts et autres bateaux de plaisance au mouillage.

Elle s'arrêta au pied d'un grand pin et sortit ses cigarettes. Autour d'elle, un enchevêtrement de lauriers disparaissait dans une zone d'ombre encore plus profonde. Au sol, la végétation était dense. Le visage très vite mouillé par les embruns, elle croisa les bras sur sa poitrine, regrettant de ne pas avoir mis quelque chose de plus chaud que ce vieux peignoir de soie. Le code vestimentaire imposé par l'école étant assez rigide, les vêtements de nuit étaient le seul domaine dans lequel les futures épousées pouvaient faire un tant soit peu preuve d'originalité. La plupart des filles avaient opté pour une bâche fleurie en éponge de mauvaise qualité, mais Anna portait un peignoir en soie crème orné de dentelle ivoire assorti à un déshabillé qui sentait la fumée et le parfum, et agissait sur elle comme un rappel réconfortant et voluptueux du bon vieux temps.

Soudain, elle perçut un très léger mouvement dans les buissons, un déplacement d'air accompagné d'un bruissement de feuilles. Elle se figea, les sens en alerte, tendant l'oreille pour filtrer les bruits nocturnes. Les feux d'artifice avaient cessé, et le silence n'était plus troublé que par la plainte des grands arbres agités par le vent et le bruit d'une voiture circulant sur la route du lac. Et, plus confus, véhiculés par la brise, le cliquetis et le grincement des bateaux, les craquements des coques et le clapotis de l'eau.

C'était à nouveau là. Un craquement de feuilles, à deux ou trois mètres sur sa gauche. Anna se raidit, le cœur battant, et se tourna pour découvrir une forme blanche et une paire de cercles dorés fixés sur elle. Elle faillit en rire de soulagement.

« Bon sang, Minka. Tu m'as fichu une de ces trouilles. Tu fuis les feux d'artifice, c'est ça ? »

La chatte s'approcha et se frotta contre sa jambe. C'était un animal familier que les pensionnaires de l'École des Épouses adoraient. Anna s'accroupit pour lui caresser la tête, puis sortit son briquet, un élégant losange argenté, avec ses initiales gravées dessus. Il ne fallait surtout pas qu'on la voie avec. Elle avait dû l'introduire en cachette car il était formellement interdit de fumer dans l'École des Épouses. Le Führer jugeait la cigarette « décadente » et disait que fumer était indigne d'une épouse ou d'une mère allemande. Toutes les candidates devaient assister à une conférence sur les méfaits du poison qu'était la nicotine et l'introduction du tabac en Allemagne par les Juifs dans le but de corrompre la race autochtone. Elle ouvrit son briquet d'une chiquenaude, fit jaillir la flamme, alluma sa cigarette et, dans l'impatience de sentir sa première dose lui descendre dans le gosier, aspira une longue bouffée, puis appuya son dos contre le tronc de l'arbre. Ça faisait un sacré bout de chemin rien que pour fumer, mais ça en valait la peine.

À côté d'elle, la chatte se figea et leva la tête. Elle avait vu quelque chose, mais quoi ? Un mulot, peut-être ? ou un oiseau ? ou même un renard ? Suivant son regard, Anna scruta en vain l'obscurité.

« Il y a quelqu'un ? »

Soudain, il y eut un bruit strident, puis aussitôt le lancement d'une fusée unique qui explosa et se dispersa en une douche de couleur émeraude, illuminant le ciel. Les yeux de la chatte se fermèrent pour n'être plus que fentes. Tandis que le son mourait, Anna entendit autre chose. Un bruit de pas sur la terre humide.

« Qui est-ce ? »

Les mots s'étranglèrent dans sa gorge. Elle scruta désespérément l'obscurité autour d'elle, des idées folles l'assaillirent. Venir ici était une erreur. Elle n'aurait jamais dû quitter le dortoir. Peut-être était-ce ce sinistre jardinier qui l'espionnait.

« Hartmann ? C'est vous ? »

Encore deux pas, puis un visage surgit devant elle. Elle s'efforça de le distinguer dans le noir, mais la peur la submergea. Elle eut la sensation que ses genoux se dérobaient sous elle et il lui fallut un effort surhumain pour prendre un ton de coquetterie timide.

« Hé, bonsoir étranger. »

L'homme leva son pistolet, un Walther de calibre 6,35, Anna écarquilla les yeux un instant, mais le bruit du coup de feu fut couvert par une exubérante salve de feux d'artifice. Et une écume d'étincelles écarlates étoila le ciel. L'homme au pistolet regarda Anna s'effondrer, puis il tourna les talons et disparut dans l'ombre. Pendant un instant, la main d'Anna se serra comme si elle voulait se retenir en s'agrippant au vide, puis elle renonça et son briquet glissa de sa paume ouverte, tombant dans l'herbe humide.

# 1

Clara Vine fonça à travers le portail en fer forgé de la villa et freina brutalement pour éviter un paon qui traversait. Comme le volatile paradait sur la pelouse, traînant sa magnifique queue de lapis-lazuli, elle crut deviner une étincelle d'arrogance dans son œil de fouine. Tout de même, elle fut soulagée de ne pas l'avoir heurté. Ce qui appartenait au ministre du Reich à l'Éducation et à la Propagande ne devait surtout pas être abîmé, même si ce n'était qu'un animal familier indésirable. Ces volatiles étaient des restes de la magnifique réception olympique donnée par Joseph Goebbels l'année précédente, lorsque l'île aux Paons, sur le Wannsee, avait été transformée en un terrain de jeux féerique plein de danse et de feux d'artifice pour deux mille invités. Vedettes de cinéma, chanteurs, célébrités de toutes sortes, diplomates et invités de haut rang s'y étaient pressés. Les journaux n'avaient parlé que de ça pendant des jours. Les ballons et les bannières avaient été remballés, mais quelques-uns des oiseaux étaient restés, quand bien même l'épouse du Dr Goebbels les détestait. Leur aigrette en couronne, tout en joaillerie, leur magnificence quand ils font la roue, cachaient un sale caractère, et la paisible Schwanenwerder retentissait constamment de leurs cris rauques.

Les voisins n'auraient même jamais imaginé se plaindre. La villa des Goebbels, au 8 Inselstrasse, était située à l'endroit le plus privilégié de cette minuscule enclave déjà très prisée. On disait de Schwanenwerder que c'était une île, mais c'était plutôt une presqu'île, reliée par une seule voie étroite partant de Grunewald. Entourée d'eau de tous côtés et boisée de chênes, de bouleaux et de pins, Schwanenwerder n'était qu'à quelques kilomètres du centre de Berlin ; et pourtant on aurait pu croire que c'était un autre pays. Le site avait été investi une centaine d'années auparavant par les Berlinois les plus fortunés, banquiers, industriels et propriétaires de grands magasins qui avaient rivalisé de goût pour bâtir les maisons de campagne les plus luxueuses et ainsi pouvoir profiter de l'air revigorant de l'île. Depuis lors, en l'espace de quatre ans, une nouvelle élite était venue les remplacer. Du jour où Hitler arriva au pouvoir, les troupes de choc nazies affluèrent dans l'île et hissèrent le drapeau à croix gammée sur son château d'eau. La plupart des maisons étaient à présent occupées par des dignitaires du Parti. Le numéro huit avait été acquis par Goebbels, à un prix bien inférieur à sa vraie valeur, auprès du président de la Deutsche Bank, bien content de vendre avant son départ forcé pour l'étranger. La maison offrait une vue panoramique sur le lac principal, le Grand Wannsee, de vastes pelouses qui descendaient jusqu'à un hangar à bateaux, et un parc arboré de chênes, de pins et d'arbres fruitiers.

Clara gara l'Opel rouge à côté d'un cabriolet Mercedes Benz aux sièges en cuir beige, vérifia la bonne tenue de son rouge à lèvres dans le rétroviseur et lissa ses cheveux sous son chapeau. Elle resta assise une seconde, le temps de dominer le trouble qui l'avait envahie comme une espèce de trac, puis sortit de la voiture. Tandis qu'elle se dirigeait vers la porte d'entrée, une poire, semblable à une toute petite grenade non explosée, tomba dans l'herbe à côté d'elle.

Une domestique l'introduisit au salon dont les portes-fenêtres donnaient d'un côté sur une terrasse dallée, entourée d'une balustrade, avec une magnifique vue sur le lac, bordé par la forêt de Grunewald, sombre et impénétrable. Là, à 17 heures, le soleil était un globe en fusion dans un ciel zébré couleur caramel, changeant les eaux du Wannsee en une feuille d'or martelée. Au bout du jardin, Clara aperçut une plage privée et une jetée où Goebbels mouillait son yacht à moteur, le *Baldur*. Des mouettes criaient, tournoyant dans le ciel et, un peu plus loin sur le lac, on voyait des bateaux dériver, ainsi que des pêcheurs à la ligne penchés en avant à l'affût d'un brochet, comme les personnages d'un tableau du XIX^e siècle.

Clara croisa les bras et attendit, affectant la nonchalance et se demandant une fois de plus ce que Magda Goebbels pouvait bien lui vouloir.

Le message était arrivé le matin même. Un coursier le lui avait apporté directement sur le plateau des studios de l'Ufa, à Babelsberg, où elle tournait une comédie romantique intitulée *Une fille à tout faire*. Il s'était frayé un chemin entre les maquilleuses et le scénariste dans la lumière aveuglante des lampes à arc pour le lui remettre en main propre. Sur le visage du garçon se lisaient l'urgence et une très grande curiosité, ce qui n'avait rien d'anormal vu qu'il s'agissait d'une convocation de Magda Goebbels, la femme du bras droit d'Hitler, qui avait officieusement le statut de Première Dame du Reich. Clara avait pris connaissance du message, puis l'avait plié et fourré dans une poche sous le regard également plein de curiosité des autres acteurs. Elle s'était assuré de leur offrir un visage parfaitement impassible.

Clara déambulait maintenant dans le salon, évaluant les tableaux et le mobilier exposés. L'année dernière, Goebbels avait prétendu être gêné d'avoir emménagé dans une aussi grande villa parce qu'il détestait le luxe, mais, par égard pour le Reich, il ne pouvait décemment pas recevoir des hôtes distingués dans son vieil appartement. Un coup d'œil à la pièce suffisait pourtant à en douter ; on pouvait même penser que son aversion pour le luxe n'allait pas très loin. L'endroit était meublé dans un goût résolument bourgeois ; de somptueux tapis persans et de confortables canapés tapissés de satin et de soie moirée, de sobres tables basses de style XIX^e^ posées sur un parquet astiqué à la perfection. Il y avait une tapisserie des Gobelins au mur et un piano Bechstein devant la fenêtre centrale. Le portrait officiel du Führer, *de rigueur*[1] dans toute maison d'un membre du Parti, était suspendu au-dessus de la cheminée encombrée de photos de famille dont Clara avait déjà vu la plupart dans les journaux :

1. En français dans le texte. *(Toutes les notes sont de la traductrice.)*

Goebbels, en chemise col ouvert, lunettes de soleil sur le nez, au volant de son bateau à moteur ; les quatre enfants Goebbels, Helga, Hilde, Helmut et Holde, les filles en robes blanches et rubans assortis, Helmut en costume marin, assis dans leur minuscule charrette à poney. On disait que Goebbels insistait pour avoir un bébé chaque année. Quatre enfants c'était peut-être suffisant pour former un quatuor à cordes, plaisantait-il, mais pas pour un national-socialiste. Il avait publiquement promis cinq autres enfants au Reich.

S'apercevant dans un miroir doré rococo, Clara examina son reflet d'un œil critique. Elle portait une blouse ivoire boutonnée sous un tailleur ajusté en serge bleu marine à col de fourrure, et, sur ses cheveux châtains récemment coupés au carré, un chapeau en velours bleu marine tout neuf, légèrement incliné comme c'était la mode. Un rouge à lèvres rouge corail de chez Max Factor. Une pochette en peau de lézard. Elle avait tout de l'actrice de cinéma en pleine ascension, bien qu'elle n'en fût pas encore au stade où on la reconnaissait dans la rue. Et tout cela n'était que pure façade. Clara s'était habituée à une vie de duplicité, à présent. Parfois, elle avait le sentiment que cette duplicité était une extension de son être, qui l'accompagnait partout dans les rues de Berlin, dans les bars qu'elle fréquentait avec des amis et sur les plateaux des studios de cinéma de l'Ufa. La Clara Vine qu'elle voyait dans ce miroir était à la fois elle-même et une autre. À quoi pouvait bien ressembler la vraie Clara Vine ? Elle ne savait plus.

Clara ne trouva rien à redire à l'image que lui renvoyait le miroir, mais elle était tout de même inquiète.

Ce paon qu'elle avait manqué d'écraser n'avait rien fait pour la calmer. Derrière elle, la porte grinça, et elle entendit le pas pesant de son hôtesse.

« Vous n'avez absolument pas changé ! »

Plutôt une accusation qu'une salutation de bienvenue. Magda Goebbels pénétra dans la pièce avec un sourire crispé qui disparut aussi vite qu'il était venu sur ses lèvres cramoisies. Clara tenta de dissimuler sa surprise face au changement intervenu en elle. À supposer qu'elle ait voulu retourner son compliment à Magda, c'eût été impossible. Quatre enfants en cinq ans ne l'avaient pas arrangée. Clara l'avait souvent vue en photo dans la presse, bien sûr, sur son trente et un, toute harnachée de satin et de perles, accueillant de grandes réceptions du Parti au côté d'Hitler, présidant des réunions de l'Union des mères et du Secours hivernal, ou recevant des diplomates étrangers à l'occasion des Jeux olympiques de l'année précédente. Mais de près, c'était une tout autre histoire. Magda était toujours bien habillée, à la pointe de la mode ; elle portait un tailleur Chanel en soie couleur pêche et ses cheveux platine étaient joliment crantés autour des joues. Mais, sous le maquillage, la peau était terne, la bouche marquée, et son tailleur la boudinait à la taille. Son corps semblait se livrer une lutte entre l'élégance et l'embonpoint venant avec l'âge, et c'était visiblement l'embonpoint qui prenait le dessus.

Elles s'assirent sur des chauffeuses tournées vers le jardin cependant qu'une domestique entrait en traînant les pieds, peinant sous le poids d'un plateau à thé chargé de pain bis généreusement beurré, de biscuits de Savoie et de pain d'épice. Magda aligna correctement les anses des tasses puis fit signe à la servante de servir le thé, mais se laissa aller à un petit tressaillement en voyant la main tremblante de la pauvre fille renverser du thé dans la soucoupe. D'un geste impatient, Magda finit par lui signifier de s'en aller.

« Désolée, elle est en formation. À l'École des Épouses qui se trouve sur l'île ; nous essayons de les aider en offrant aux élèves l'occasion de pratiquer un peu le service. Mais je dois dire que je plains les futurs maris. »

Elle attendit que la fille soit sortie et qu'elle ait fermé la porte derrière elle, puis se retourna.

« Alors, Fräulein Vine. J'ai entendu dire que votre carrière est en plein essor. Mon mari m'affirme que c'est vous, maintenant, l'étoile montante de l'Ufa.

— Je vous remercie. Et vous, Frau Doktor, comment allez-vous ?

— Ce n'est pas la grande forme. J'ai dû retourner à la clinique de Dresde. »

Comme la plupart des Berlinoises de son milieu, Magda Goebbels était obsédée par sa santé. Elle se rendait d'un établissement de cure à un autre, et d'une clinique à une autre pour y recevoir des injections censées lui calmer les nerfs.

« Je crains de ne pas avoir vu vos derniers films. » Elle fit un geste en direction des photos de famille. « Il faut dire que j'ai une vie bien remplie. »

C'était donc ainsi que cela se passerait. Dès la première ligne du scénario, Clara savait à quel dialogue elle pouvait s'attendre, et elle en fut ravie. Leur conversation allait se limiter à des échanges de civilités. Magda était aussi glaciale que d'habitude. Il n'y aurait pas d'allusions à ce qui s'était passé.

« J'ai été moi-même assez occupée, heureusement.

— En effet. Vous avez un nouveau film qui sort, en ce moment, je crois. » Sur ses genoux, les mains de Magda étaient comme une poignée de nerfs. « Comment s'appelle-t-il, déjà, j'ai oublié ?

— *Madame Bovary*. Il est mis en scène par Gerhard Lamprecht. Je suis en train d'en finir un autre, intitulé *Une fille à tout faire*, et dans quelques semaines j'en commence un nouveau avec Ernst Udet : *La Femme du pilote*. Il joue un pilote de la Luftwaffe qui est abattu, et je suis sa femme. »

Le nom d'Ernst Udet provoqua chez Magda Goebbels la même réaction que chez tout le monde, depuis les jeunes garçons jusqu'aux femmes entre deux âges. Les yeux brillèrent, l'attention fut aussitôt mobilisée. L'aviation en général, et Ernst Udet en particulier, était un sujet des plus excitants à cette époque-là. Cet as de l'aviation de chasse, si séduisant avec ses magnifiques yeux bleus, sa fossette au menton et son sourire jovial était bien plus qu'un héros de la guerre, une célébrité nationale. Grand ami de Manfred von Richthofen qu'on appelait le Baron rouge, il était devenu une star de cinéma après la guerre, et s'était installé à Hollywood où il avait réalisé des cascades aériennes. À présent, de retour en Allemagne, la quarantaine et célibataire, il était devenu une sorte de play-boy. Sa mince silhouette s'était quelque peu arrondie, mais ça lui allait bien, sans compter que les Allemandes aimaient les hommes plutôt bien en chair. Son autobiographie s'était vendue à plusieurs millions d'exemplaires. Le fabricant de cigarettes Lessing & Co avait même lancé une marque spéciale Ernst Udet, présentée dans une jolie boîte métallique bleu de cobalt, avec, au milieu, un biplan écarlate en pleine ascension.

Mais, l'année passée, Udet avait été contraint de reprendre du service dans l'armée du Reich. Goering avait insisté pour qu'il fût nommé à la tête du département technique de la Luftwaffe. Il était censé être bien trop occupé à superviser le développement et la construction aéronautiques pour perdre son temps en cascades aériennes, mais il ne pouvait s'en passer. Il était attendu au studio un peu plus tard dans la semaine pour discuter du tournage de *La Femme du pilote*.

« Le Generaloberst Udet ! Quelle chance vous avez ! Nous l'avons vu piloter aux Jeux olympiques. Un homme très brillant. Va-t-il exécuter certaines de ses cascades ?

— Bien sûr. Nous avons une journée de tournage prévue à Tempelhof. »

Il était inhabituel que des cascades d'Udet soient tournées en plein ciel, au-dessus d'un véritable aérodrome. On ne tournait pratiquement plus rien en extérieur. Tout se faisait en studio. C'était comme si les nazis voulaient présenter leur univers de fiction, parfait à tous égards, sans la moindre interférence du monde réel et de ses complexités.

« Je m'empresserai d'aller le voir, alors. » Magda piqua une rondelle de citron qu'elle mit dans sa tasse de thé. « Et je vous remercie d'avoir pris le temps de venir malgré un programme aussi chargé.

— C'est un plaisir, Frau Doktor », répondit Clara d'un ton neutre. Mais son esprit tournait à plein régime.

Elle prit une bouchée de biscuit de Savoie et attendit que Magda en vienne au fait.

« J'ai quelque chose à vous proposer. C'est au sujet d'une réception que je donne samedi. Je me demandais si vous voudriez vous joindre à nous ? »

Une réception chez le ministre de la Propagande ? Rien n'aurait pu déplaire davantage à Clara. Mais c'était une invitation impossible à refuser.

« Comme c'est gentil de votre part.

— Je vous avoue que j'ai une arrière-pensée. Il y aura des Anglais parmi les invités. Leur allemand n'est pas aussi bon qu'on peut l'espérer, et j'imagine que soutenir la conversation doit être assez fatigant pour eux. Comme votre père est anglais, j'ai pensé que vous pourriez vous entretenir avec eux, les mettre à l'aise.

— J'en serais ravie.

— Alors, c'est entendu. » Sa mission accomplie, Magda regarda nerveusement autour d'elle, comme à la recherche d'un sujet de conversation. Ses doigts hésitèrent au-dessus d'un biscuit, puis elle y renonça. « Et comment va votre famille ? Vous avez une sœur, je crois ?

— Oui, Angela.

— Je ferai peut-être sa connaissance un jour. J'imagine que le pays où votre mère a grandi l'intéresse beaucoup. D'où était la famille de votre mère, déjà ?

— De Hambourg.

— Ah oui. »

Clara se demanda combien de temps ces amabilités allaient durer. Les mots étaient suspendus entre elles comme de la brume dérivant sur des eaux profondes.

Frau Goebbels évitait son regard, pianotant sur le bras de son siège comme un musicien qui essaie de retrouver une mélodie insaisissable.

« Je me demande…, se risqua Clara. Puis-je savoir qui sont ces amis anglais ?

— Oh, je ne vous l'ai pas dit ? Vous les connaissez, je crois. Unity Mitford et sa sœur Diana. »

Les Mitford. Les sympathies fascistes de Diana et de sa jeune sœur, Unity, étaient bien connues à Londres. Diana avait provoqué un scandale en abandonnant son mari pour aller s'installer avec ce beau ténébreux d'Oswald Mosley, leader de l'Union des Fascistes britanniques, dont les meetings étaient souvent l'occasion de heurts violents entre sa bande de partisans à chemises noires et leurs opposants. Clara avait effectivement déjà rencontré Diana et Unity, mais en réalité, il s'agissait des amies d'Angela. Elles venaient d'un milieu à l'esprit de clan, qui raffolait des déguisements et des folles soirées. Que leurs visions politiques en viennent à converger était pour le moins curieux.

« Oui, nous nous sommes rencontrées. Mais c'était il y a longtemps.

— Diana est maintenant une Mosley, bien sûr. Elle a épousé son mari l'an dernier dans notre appartement de Hermann Goering Strasse. »

Au souvenir de cette journée, le visage de Magda s'adoucit. « Ils voulaient quelque chose d'intime, voyez-vous, parce que la première femme de Mosley était morte peu de temps auparavant. Ils ont donc décidé de se marier ici, à Berlin, et le Führer a eu l'amabilité d'assister à la cérémonie. La robe de Diana était en soie dorée. Unity et moi étions témoins et ensuite, nous sommes venus ici pour le déjeuner, au bord du lac, et mes petites filles lui ont offert des bouquets de fleurs sauvages. Nous leur avons fait cadeau des œuvres de Goethe en vingt volumes. C'était d'un romantique ! »

À cet instant, ce fut comme si Magda se rendait compte qu'elle venait de confier quelque chose qu'elle aurait dû garder pour elle. Comme si elle avait pénétré sur un territoire déclaré zone interdite. Une roseur affleura sous la pâleur de son teint, et tout son corps se raidit.

« Bref, elles viennent passer la journée. J'avais prévu des visites, mais... » Elle hésita un instant, comme si elle avait des scrupules à partager ce qu'elle savait. Clara masqua sa curiosité en buvant une ou deux petites gorgées de thé brûlant.

« Malheureusement j'ai dû annuler une sortie que j'avais prévue pour elles dans le coin. J'aurais voulu leur faire visiter la nouvelle École des Épouses, à deux pas d'ici, mais il s'y est produit un incident. Enfin, à dire le vrai, c'est beaucoup plus que ça. » Elle jeta un coup d'œil vers la porte comme si la domestique pouvait entendre et baissa la voix. « L'une des futures épouses a été retrouvée assassinée.

— Assassinée ? » Le mot résonnait durement dans l'atmosphère paisible régnant autour d'un thé.

« Oui. Dans le jardin, il paraît. Elle s'appelait Anna Hansen. Affreux, non ? C'est tellement triste pour son fiancé. » Magda grimaça d'ennui. « Enfin bref, ça dérange quelque peu nos projets. La visite est exclue, bien sûr : ce ne serait pas très gai. »

Anna Hansen. Ce nom disait quelque chose à Clara. Puis elle se rappela avoir connu une fille qui s'appelait ainsi, bien qu'il puisse difficilement s'agir de la même. La Anna Hansen que connaissait Clara était une fausse blonde de Munich, une fille facile qu'on aurait plus imaginée en négligé qu'avec un tablier de ménagère, épouse d'un SS ; la première fois que Clara l'avait rencontrée, elle ne portait même rien du tout. Elle posait comme modèle pour le peintre Bruno Weiss que Clara avait connu par l'entremise d'Helga Schmidt, une comédienne de troisième ordre qui avait été la première personne à se lier d'amitié avec Clara à son arrivée dans la capitale. Après la mort d'Helga en 1933, Bruno et Clara étaient devenus bons amis et Clara passait souvent dans son studio de Pankow pour le regarder peindre et lui apporter des repas qu'il aurait oublié de prendre sans cela. Depuis la mort d'Helga, Bruno s'était mis à travailler comme un fou, fiévreusement, ses toiles devenant plus sanglantes, plus grotesques, sa haine du régime éclatant en furieux caillots de peinture. C'est à l'occasion d'une de ces visites, l'an dernier, alors qu'elle lui apportait des petits pains et des saucisses, que Clara avait rencontré Anna. Elle posait obligeamment en tenue d'Ève sur le canapé de velours fatigué de Bruno, jambes écartées, une main alanguie au bout de laquelle pendait un long fume-cigarette d'ambre prolongé d'une cigarette. Ses membres avaient ce côté délié et musculeux que donnent les exercices d'une danseuse. L'idée que la Anna Hansen de Bruno puisse avoir l'intention d'épouser un officier SS était pour le moins incongrue.

La mort embarrassante de la fiancée du Reich semblait avoir jeté un froid dans la pièce. Magda se leva précipitamment et traversa le salon en faisant claquer ses talons sur le parquet. « Bon, je ne vous retiens pas plus longtemps, Fräulein Vine. »

Elle lui tint la porte ouverte.

« La réception a lieu samedi prochain, à 19 heures. Une vingtaine de personnes, pas plus. Y a-t-il… » Elle hésita : « … quelqu'un dont vous aimeriez avoir la compagnie ? Un fiancé peut-être ?

— Non, il n'y a personne.

— Alors nous serons ravis de vous voir. »

Après un hochement de tête péremptoire, elle s'éclipsa par le hall et monta l'escalier.

Clara rejoignit sa voiture, les pensées se bousculant dans sa tête. Elle avait la bouche sèche et tremblait curieusement. La nervosité, sans doute. Une invitation après tout ce temps ? Magda avait dit que l'idée venait d'elle, mais était-ce vrai ? Elle examina la demande qui lui avait été faite. Que les Goebbels reçoivent des visiteurs anglais n'avait rien de vraiment surprenant. Berlin voyait arriver bon nombre de Britanniques de haut rang, même maintenant que l'Allemagne réoccupait la Rhénanie et que son soutien à Franco en Espagne ouvrait les yeux de la plupart des Anglais sur les intentions du régime. L'an dernier, pendant les Jeux olympiques, Berlin avait fait le plein de touristes et le congrès du mois dernier à Nuremberg avait attiré son lot de politiciens et de dignitaires. Or, autant l'élite nazie appréciait de les rencontrer, autant la conversation pouvait se révéler frustrante. Il faut dire que les Britanniques ne faisaient guère d'efforts pour apprendre la langue. Beaucoup d'entre eux ne pouvaient s'en remettre qu'à quelques phrases glanées dans un guide Baedeker. Ils arrivaient à commander une bière au restaurant, ou trouver le chemin d'une boîte de nuit, mais cela se révélait notoirement insuffisant pour aborder le sujet délicat des relations entre l'Allemagne et la Grande-Bretagne dans un climat international de plus en plus difficile.

En faisant marche arrière pour sortir de l'allée, Clara se dit que son rôle se limiterait à bavarder avec les invités et assurer poliment un peu de traduction pour fluidifier les échanges ; elle ne serait qu'un accessoire, elle ferait partie du décor, comme les paons. Un travail qui lui prendrait deux heures, tout au plus. Rien de bien compliqué, *a priori*.

Rentrant par l'unique route qui faisait le tour de l'île, Clara roula doucement, tendant le cou pour apercevoir les demeures qui la bordaient. La plupart possédaient des clôtures et des portails dissuasifs, ou bien des panneaux annonçant qu'elles étaient surveillées par des chiens et des gardiens. D'autres, au bout de longues allées, étaient masquées par de grands arbres. Entre les branches, on apercevait de belles villas 1900 avec balcons, porches majestueux et pelouses impeccables. Il n'avait pas fallu longtemps pour que les habitants de ce morceau de paradis – les Rothschild, les Israel et les Goldschmidt – cèdent aux offres des hauts dignitaires nazis et fassent leurs bagages. Une des villas avait été achetée par la chancellerie du Reich et réservée pour l'usage personnel d'Hitler. Le médecin d'Hitler, le Dr Morell, en occupait une autre, et Albert Speer, le jeune architecte du Führer, avait été vu, lui aussi, à la recherche d'une maison dans Schwanenwerder. Il était difficile d'associer ces gens-là à un lieu aussi idyllique. Et maintenant, un meurtre était venu polluer ce paradis.

Il fallut quinze minutes à l'Opel Olympia de Clara pour traverser la dense Grunewald, atteindre les avenues bordées d'arbres de Wilmersdorf, prendre la Königsallee jusqu'au bruyant et fourmillant Kurfürstendamm, l'artère commerçante la plus chic de Berlin, que tout le monde appelait le Ku'damm. Le bruit, dans le centre de Berlin, était toujours ce que l'on remarquait en premier. Les coups de klaxon rageurs des voitures, les crissements de freins, les cris des marchands de journaux. Puis venait l'odeur des gaz d'échappement et de l'huile chaude, les senteurs épicées d'une charrette de bretzels ou d'un stand de saucisses. En temps normal, les terrasses des cafés en vogue étaient bondées de clients sirotant leur café et regardant le spectacle de la vie. Mais aujourd'hui, les tables étaient pour la plupart désertées. Le froid de ces derniers jours avait rappelé à tous qu'un autre de ces hivers berlinois à vous glacer les sangs approchait et, emmitouflés dans leurs manteaux et leurs écharpes, les chalands pressaient le pas.

Au croisement de la Wilmersdorfer Strasse, un agent de la circulation s'avança, main tendue, pour permettre à un détachement de soldats de passer, et Clara freina. Les défilés militaires de toutes sortes étaient désormais monnaie courante. C'était tantôt l'armée, tantôt une formation des Jeunesses hitlériennes, ou encore la BDM, la Ligue des Jeunes Filles allemandes, avec leurs tresses blondes et leurs jupes bleu marine. La SA, les SS ou les Jeunesses hitlériennes avec leurs uniformes et leurs insignes distincts. L'atmosphère était à la guerre. Même les boîtes destinées à recueillir les dons et les bannières parlaient de « Guerre à la faim et au froid », comme si les entreprises les plus charitables devaient faire montre d'agressivité militaire, elles aussi. On sentait quelque chose poindre à l'horizon, un frémissement que les gens préféraient ignorer et, dans l'attente du week-end, les piétons gardaient la tête baissée, le visage aussi inexpressif que l'asphalte qu'ils foulaient. Ils se hâtaient, espérant qu'aucun cortège de voitures des dirigeants du Parti ne suivrait les militaires, exigeant que tout le monde s'arrête et lève respectueusement le bras droit. Le Führer s'entraînait sans doute avec un extenseur pour pouvoir effectuer son salut deux heures durant, sans faiblir, mais, pour la plupart des gens, quelques minutes étaient déjà une épreuve pénible. Clara se demanda où ces soldats pouvaient bien se rendre. Comme tout le monde ces temps-ci.

Elle se rappelait les journaux britanniques qu'elle avait feuilletés cet été-là. La dépêche du *Times*, notamment, annonçant au monde qu'une unité aérienne allemande, constituée pour soutenir les nationalistes dans la guerre civile espagnole, avait bombardé l'ancienne cité basque de Guernica. Durant plus de trois heures, les bombardiers Junkers et Heinkel avaient lâché des bombes et autres engins incendiaires pendant que les chasseurs plongeaient en piqué pour mitrailler les civils qui s'étaient réfugiés dans les champs. La ville avait été entièrement rasée et des centaines de femmes et d'enfants avaient péri. Trois étuis d'obus marqués de l'Aigle impériale allemande avaient apporté au monde la preuve que la position officielle de neutralité de l'Allemagne était une imposture. Levant les yeux vers le ciel couleur ivoire, Clara tenta d'imaginer les bombardiers hurlant dans le silence d'un matin de printemps et la terreur de la population fuyant sous la mitraille venue des airs. Puis elle se représenta la même chose se produisant en Angleterre, les bombardiers d'Hitler faisant pleuvoir leurs charges sur la Chambre des communes, l'abbaye de Westminster, ou Ponsonby Terrace où vivait son père. Sur la maison d'Angela à Chelsea, ou dans les calmes faubourgs de Hackney, de Greenwich et de Barnes. Sur les églises de Wren, la colonne de Nelson et la National Gallery. Elle imagina les sirènes d'alerte, les femmes et les enfants sortant précipitamment de chez eux, les chasseurs piquant très bas pour achever les silhouettes trébuchantes qui avaient échappé aux bombes incendiaires. L'horizon éclairé par les lueurs rouges d'un millier d'incendies, les obus à gaz répandant leur poison dans les foyers. Elle secoua la tête. Non, ça n'arriverait jamais.

Tandis qu'elle attendait que l'agent de la circulation libère la voie, elle regarda de l'autre côté de la rue, là où une grue était posée, tel un oiseau géant creusant une nouvelle excavation à coups de bec. Depuis quelque temps, Berlin était comme un patient subissant une opération après l'autre. Chaque rue faisait l'objet d'extractions, de colmatages, de réparations. À cause des tas de briques, des planches enjambant les trous dans le sol et des structures métalliques dressées vers le ciel, il devenait difficile de se déplacer. Partout résonnaient le grondement des bétonnières et le fracas des marteaux-piqueurs pour l'érection des bâtiments néo-classiques jugés dignes de la nouvelle capitale du monde allemand. Clara songea qu'il y avait quelque chose de grandiose et de vain dans ces constructions du Führer. Ce n'était rien de plus que des fanfaronnades, conçues pour que dans ces longs couloirs, dans ces halls trop sonores, les humains se sentent comme des fourmis. On disait que le ministère de l'Air de Goering disposait de sept kilomètres de couloirs et que Hitler voulait qu'Albert Speer lui construisît un dôme de trois cents mètres de haut pouvant accueillir jusqu'à cent quatre-vingt mille personnes. Mais le Führer avait aussi demandé à Speer que tous les bâtiments gouvernementaux fussent équipés de portes et de volets à l'épreuve des balles, au cas où le peuple en viendrait à perdre son enthousiasme pour ses projets grandioses.

## 2

L'immeuble ocre et vétuste datant du XIX$^{e}$ où Clara vivait au dernier étage offrait un contraste particulièrement saisissant avec la résidence des Goebbels à Schwanenwerder. Une lourde porte en bois donnait accès depuis la rue à une entrée peinte en brun traditionnel avec des carreaux tout autour. Sur la gauche, un ascenseur arthritique en fer forgé et, derrière, un escalier pour les jours, bien trop nombreux, où il refusait de fonctionner. Sur la droite, dissimulé dans un petit réduit meublé d'une chaise et d'une lampe, se tenait Rudi le gardien. Clara avait beau s'appliquer à ne faire aucun bruit en rentrant, Rudi se précipitait toujours hors de sa loge avec une information ou un mot de bienvenue. Il était membre du Parti avec un numéro d'ordre qui témoignait de son adhésion précoce, et, chaque samedi, en tant que gardien d'immeuble national-socialiste, il endossait sa chemise brune pour se rendre à un meeting du Parti. C'était le seul moment où l'on pouvait être sûr qu'il n'était pas dans les parages. Rudi n'ignorait rien de ce qui se passait dans l'immeuble, et Clara le soupçonnait d'avoir vu tous les films dans lesquels elle avait joué.

Ses vêtements sentaient le sale et il coiffait ses cheveux clairsemés comme le Führer. Il fallait ajouter à cela un visage aussi étroit et marbré qu'une pince de crabe, des yeux globuleux et verdâtres et une haleine qui empestait la vieille carpe, mais Clara savait que rien ni personne n'échappait à sa vigilance.

« Bonsoir, Fräulein Vine », dit-il, patelin, en s'avançant vers elle pour lui donner son courrier. Il y avait une invitation à une causerie sur les sémites au cinéma – sans doute adressée à l'ensemble du personnel de l'Ufa – et le dépliant habituel du Secours d'hiver du Parti pour recueillir des dons. Les fonds récoltés étaient censés servir à fournir du charbon et des provisions aux nécessiteux, mais tout le monde savait qu'ils allaient à l'armement. Herr Kaufmann, son voisin, avait collé un papier sur sa porte attestant qu'il donnait déjà au Fonds du Secours d'hiver et qu'il était donc exempt du ramassage à domicile. Résultat : au passage des Jeunesses hitlériennes, Rudi s'assurait qu'ils frappent en premier à sa porte. Dans la pile de courrier, il y avait également une lettre en provenance de Londres portant l'écriture ronde et féminine de sa sœur aînée Angela.

« Puis-je me permettre de vous demander comment avance le film ?

— Bien, merci, Rudi. On a presque terminé. Bien que nous ayons été retardés par un changement de dernière minute dans le scénario. »

Ce changement était intervenu à l'instigation du bureau de Goebbels, quelques jours à peine avant que le film ne soit dans la boîte. Le ministre parcourait le scénario de chaque film tourné aux studios de l'Ufa et exigeait des modifications chaque fois que l'envie lui en prenait. En l'occurrence, il avait décidé que l'actrice incarnant une femme infidèle devait mourir à la fin du film. « Nous ne pouvons décemment pas encourager l'adultère dans une période où des jeunes hommes sont séparés de leur famille par l'appel aux armes. L'infidélité doit être publiquement sanctionnée ! » avait griffonné sur le script du metteur en scène le ministre, qui, de notoriété publique, était lui-même grand coureur de jupons. Le réalisateur, pince-sans-rire, avait lu ces commentaires devant les comédiens réunis. C'était le bout d'essai le plus difficile à l'Ufa – réussir à ne pas rire.

« Je vous rappelle juste notre point officiel de collecte, Fräulein. »

Rudi désignait un coffre qu'il avait installé dans l'entrée de l'immeuble. C'était tout nouveau. Clara en avait entendu parler à la radio. Les citoyens devaient donner tous les objets métalliques dont ils n'avaient plus l'usage : couverts, vieux tubes de dentifrice, boîtes de soupe, rasoirs ou papier aluminium, pour le plus grand bien du Reich. Clara se demanda combien il faudrait de tubes de dentifrice pour construire un avion, puis abandonna, ce genre de calcul lui rappelant trop les problèmes d'arithmétique sur lesquels elle avait souffert à l'école.

« Bien sûr, Rudi. Merci.

— Au fait, je voulais vous prévenir : des hommes vont venir réparer l'ascenseur. »

Il y avait toujours des hommes pour venir réparer l'ascenseur.

L'immeuble comprenait six appartements, dont le sien qui se trouvait au dernier étage. Elle prit l'escalier et, arrivée devant sa porte, s'arrêta un instant pour passer l'index sur la fine couche de poudre cendrée répandue sur la poignée d'ébène. C'était une habitude, chaque fois qu'elle quittait l'appartement, d'en mettre un peu avec la houppette de son poudrier Max Factor qu'elle gardait toujours dans son sac à main. Elle entra, verrouilla la porte derrière elle et embrassa son domaine privé du regard.

Si Berlin était en reconstruction selon un schéma architectural qui privilégiait le gigantisme, l'appartement de Clara était très exactement à l'opposé. Il était composé de quatre pièces, toutes de petite taille. Une chambre à droite d'une entrée miteuse, à gauche une cuisine minuscule avec un poêle en porcelaine encadré de carreaux noirs, une table en pin sur laquelle trônait un géranium rouge. Plus loin, une salle de bains tellement étroite qu'il fallait refermer la porte avant de se déshabiller. Dans la chambre, Clara avait accroché face au lit un immense portrait d'un trompettiste de jazz, si bien que c'était la première chose qu'elle voyait le matin au réveil. Le tableau n'était pas véritablement beau. La violence des couleurs, les lignes heurtées exprimaient quelque chose de la peur qui enveloppait la ville et faisaient penser à des hurlements, à des notes discordantes qui n'avaient rien d'harmonieux ; pourtant, elle aimait ce tableau, qui lui rappelait l'artiste, son vieil ami Bruno Weiss. À côté, une penderie renfermait plusieurs tenues de soirée ainsi que les chemisiers en lin, les jupes sombres et les pulls aux couleurs vives qui constituaient sa garde-robe de travail.

Le salon donnait sur les toits vers Nollendorfplatz, à quelques pâtés de maisons de là. Clara avait recouvert le parquet de tapis et, avec ses maigres cachets, réuni un mobilier résolument moderne – pas les meubles sombres et massifs qu'on trouvait dans la plupart des appartements berlinois. Des fauteuils bas, une table moderne avec un plateau de verre, un énorme miroir et une bibliothèque qui occupait tout un mur. Ce décor était conçu pour optimiser l'espace et la lumière. Clara adorait cet appartement. C'était son refuge. Le seul endroit à Berlin où elle se sentait en parfaite sécurité, où elle pouvait véritablement se détendre.

Elle alla à la cuisine et fit bouillir de l'eau pour le café. Berlin était la ville rêvée pour les grands buveurs de café, même si son prix avait scandaleusement augmenté et que l'on servait presque partout des ersatz à la forte saveur de chicorée. Notamment cette lavasse coupée d'eau qu'on vous apportait dans les cafés et qu'on avait baptisée Negerschweiss, « sueur de nègre », un nom pour le moins méprisant. Clara, elle, aimait acheter ce qu'il y avait de meilleur : le café Melitta, qu'elle trouvait dans une boutique spécialisée, juste au nord du Tiergarten. Elle aimait beaucoup se rendre dans ce petit magasin odorant et passer en revue les centaines de variétés de grains entassés dans des tiroirs derrière le comptoir, comme autant de pépites d'or et d'ambre. Elle s'attardait volontiers, humant la riche senteur de torréfaction qui montait comme de l'encens, attendant que le propriétaire pèse sa commande dans un rituel quasi religieux. Un petit tour à la boutique de café valait bien un pèlerinage, pensait Clara.

En attendant que le café soit passé, elle ouvrit la fenêtre et songea une fois de plus qu'elle avait de la chance d'avoir trouvé à se loger dans ce quartier. Elle avait hérité de cet appartement de Mary Harker, une journaliste américaine qui avait dû quitter l'Allemagne précipitamment. Clara était indirectement responsable de ce départ. Lorsque Helga Schmidt avait fait une chute mortelle depuis la fenêtre de son appartement, Clara, convaincue qu'il ne s'agissait pas d'un suicide mais bien d'un assassinat sur ordre de quelque haut responsable nazi, avait fait part de ses soupçons à Mary. L'article du *New York Evening Post* qui en avait résulté avait mis Joseph Goebbels en rage, au point qu'il avait donné quarante-huit heures à Mary pour faire ses valises. Clara ne l'avait pas revue depuis, et son esprit caustique, son amitié lui manquaient. Elle avait bien reçu une lettre pleine de critiques sur la vie de banlieue dans le New Jersey, si caractéristique de Mary – assurément le septième cercle de l'enfer pour toute femme dotée de quelques neurones –, puis plus rien depuis un an.

À l'époque où Mary était partie, les rues avoisinantes regorgeaient de bars remplis d'artistes, d'intellectuels, de chanteurs et d'actrices, mais la plupart avaient été fermés par les nazis. Si elle revenait un jour, elle aurait du mal à reconnaître le quartier. La Nollendorfplatz, en revanche, n'avait pas changé. La place, qu'enjambait une voie de chemin de fer aérienne, dominée par le dôme imposant d'une gare, était toujours aussi animée. Des trams s'y croisaient jour et nuit, sous le vacarme des wagons marron et jaune qui entraient en gare au-dessus. Du côté sud de la place, il y avait toujours le Neues Schauspielhaus, qui accueillait jadis des artistes expressionnistes tels que Georg Kaiser et Ernst Toller, mais se trouvait désormais réduit aux revues et autres spectacles d'opérettes qu'affectionnaient les nazis. Sa façade de granite était décorée de nus teutoniques trapus, mollets tendus et muscles ondulants, qui formaient saillie sur le mur gris, offrant un contraste glaçant avec les danseuses accortes de l'intérieur dont les costumes de scène ne dissimulaient presque rien de leur anatomie.

Par-dessus les bruits de circulation et les cris, un hurlement familier monta d'une fenêtre proche. C'était Joseph Goebbels à la radio, qui reprenait son allocution du Congrès du Parti à Nuremberg.

*Le Juif est un parasite, le ferment de la décomposition.*

Tous ses discours se ressemblaient. Nul besoin de les écouter. Même en essayant d'en rejeter l'essentiel, le même mot revenait, encore et encore, *Juden*, craché tel un juron. Goebbels passait à la radio presque chaque jour ces temps-ci. Il s'arrangeait pour que son allocution soit diffusée à l'heure où les gens s'apprêtaient à dîner, mais, même en éteignant le poste, il était impossible d'y échapper. Partout dans la ville, des haut-parleurs beuglaient complaisamment les pensées d'Hitler et de son ministre de la Propagande. On ne pouvait pas échapper aux discours, que ce soit en passant devant un magasin ou en faisant la queue à la banque. Et ces paroles vous vrillaient le cerveau comme le marteau-piqueur d'un ouvrier du bâtiment, que vous le vouliez ou non.

Clara s'empressa de fermer la fenêtre et emporta son café à son bureau avec un sandwich préparé avec un reste de fromage, ainsi qu'un carré de chocolat Ritter Sport. Tout en mangeant, elle cessa de penser à Joseph Goebbels pour se concentrer sur sa femme.

Distante et névrosée, Magda Goebbels était, de toutes les épouses des dirigeants, la préférée d'Hitler. Elle avait d'ailleurs attiré le regard du Führer avant que, décidant que le mariage ne s'inscrivait pas dans son plan de carrière, il n'encourage Joseph Goebbels à prendre sa place. Aux réceptions qu'elle organisait, Magda aimait inviter des actrices afin de distraire le Führer et, à plusieurs reprises au cours de l'année, la présence de Clara avait été souhaitée. Pourtant, Magda ne lui avait pas adressé la parole depuis l'époque où, il y avait maintenant quatre ans, Clara, arrivée depuis peu à Berlin, était involontairement devenue intermédiaire dans la liaison qu'elle entretenait avec un Juif. Le secret de Magda pesait à Clara qui en avait dissimulé un, plus lourd encore. Devenue espionne de la vie privée du Troisième Reich, elle transmettait des informations et autres rumeurs à Leo Quinn, assistant du bureau britannique de contrôle des passeports et agent des services secrets anglais. C'est Leo qui avait eu l'idée que Clara l'abreuve de renseignements sur la vie des femmes nazies, lui rapporte leurs querelles et leurs rivalités tout en affectant de n'être qu'une actrice totalement indifférente à la politique. Leo avait expliqué à Clara que les Britanniques avaient besoin d'en savoir un maximum sur les principaux dignitaires du régime nazi. Il lui avait enseigné tout ce qu'il savait en matière de surveillance et d'observation, comment assurer sa sécurité et se sentir à l'aise parmi les gens qu'elle voulait duper. Il lui avait enseigné à prendre les précautions nécessaires à tout informateur désireux d'éviter les soupçons paranoïdes de l'État nazi. Il l'avait formée, exercée et introduite dans un nouveau monde rempli de dangers. Et il était tombé amoureux d'elle.

Leo. En repensant à lui, son cœur se serra.

Grand, un regard vert pénétrant, un port altier, Leo Quinn avait une pudeur que Clara ne pensait pas pouvoir vaincre jusqu'au jour où elle découvrit l'extrême sensibilité qui se cachait derrière. Il aimait la poésie et traduisait Ovide. Une part de lui-même rêvait d'une carrière universitaire dans un établissement lointain recouvert de lierre, mais il estimait bien plus urgent d'aider les Juifs à fuir Berlin. Leo Quinn était l'homme qui avait transformé l'existence ordinaire de Clara en une vie faite de dangers et de duplicité, l'aidant du même coup à dépasser ses limites à un point qu'elle n'aurait jamais imaginé. Leo était la seule personne à Berlin à qui elle avait confié son secret, un secret qui pouvait être lourd de conséquences : sa grand-mère maternelle allemande était juive et donc, elle l'était aussi.

Au début, après le départ de Leo pour Londres, la première pensée de Clara au réveil était pour lui. À présent, cela ressemblait davantage à une écorchure qui avait cicatrisé, dont la douleur ne se réveillait que quand certains souvenirs lui revenaient : une vue sur les toits, quelques vers en latin, ou bien quand il lui arrivait de passer Xantener Strasse, à un pâté de maisons du Ku'damm, et qu'au troisième étage au-dessus d'une boulangerie elle apercevait la fenêtre de l'appartement qui avait abrité leurs amours. Mais il lui manquait encore. Parfois, mentalement, elle s'efforçait de retrouver les inflexions ironiques de sa voix ou de se remémorer l'intensité de son regard. Sur un plan purement physique, Clara avait un besoin maladif d'être touchée par un homme, de sentir ses doigts sur sa peau, la chaleur d'un corps à son côté. Le désir la prenait parfois très soudainement, quand elle tournait une scène d'amour ou croisait le regard d'un bel étranger dans un tram. Après leur séparation, Leo et elle étaient convenus de ne plus se contacter. Dans les premiers jours, elle avait dû se retenir d'appeler le consulat pour s'enquérir de sa nouvelle adresse. Il lui était arrivé de rester les bras croisés, à se mordre les lèvres pour ne pas décrocher le téléphone. Mais ce n'était plus le cas. La souffrance avait fini par s'estomper. D'après ce qu'elle savait, Leo était marié. C'était comme ça qu'elle voulait se l'imaginer. De retour à Londres, marié avec un enfant. D'ailleurs, elle aussi avait un enfant auquel elle devait penser.

Elle s'avança vers la cheminée et contempla une petite photo : celle d'un garçonnet d'environ six ans, tout sourires, auquel il manquait une dent ; Erich, le fils d'Helga Schmidt. Alors qu'Helga expirait sur le trottoir, Clara lui avait fait la promesse de s'occuper d'Erich, et elle avait tenu parole. Elle envoyait chaque mois une partie de ses cachets à sa grand-mère, avec laquelle il vivait. Quand il avait été admis dans un très bon lycée de Berlin, Erich et sa grand-mère étaient venus s'installer dans un minuscule appartement de Neukölln, près d'une brasserie. Le garçon avait maintenant près de quatorze ans et son grand sourire avait disparu. Il avait les yeux noirs de sa mère, mais pas son naturel enjoué, et l'adolescent sérieux et intelligent qu'il était dissimulait son angoisse derrière des rodomontades. Clara l'avait beaucoup vu l'été dernier. Ils étaient allés prendre des bains de soleil à la plage, avaient fait du bateau sur le lac. Clara s'était étonnée elle-même d'avoir appris à ramer. Elle avait cédé devant sa passion pour les démonstrations d'acrobaties aériennes et lui s'était accommodé de son enthousiasme pour le théâtre.

L'anniversaire d'Erich était pour bientôt et il lui avait demandé un couteau des Jeunesses hitlériennes. Il avait même donné à Clara une photo de celui qu'il voulait, déchirée dans un magazine, avec *Blut und Ehre !* – Sang et Honneur ! – gravé sur la lame et une croix gammée émaillée sur le manche à damier noir. Il savait très exactement ce qu'il voulait. Clara soupira. Elle aurait mieux aimé lui offrir un livre. Elle se dit que les enfants étaient sans doute comme ça. Toujours à vouloir des cadeaux inappropriés.

Elle termina son sandwich et débarrassa. Ce que la vie pouvait être imprévisible ! Cinq ans auparavant, actrice payée au cacheton et vivant à Londres avec son père et sa sœur dans une haute maison géorgienne proche de la Tamise, elle n'aurait jamais imaginé qu'à trente ans elle ferait sa vie à Berlin, qu'elle aurait un appartement et un contrat avec les studios de l'Ufa, ainsi qu'un adolescent à charge. Le choix de vie le plus traditionnel, celui que sa mère aurait tant voulu pour elle était le mariage, puis la maternité. Un bon mariage avec le fils d'un des amis politiques de son père et une de ces maisons particulières couvertes de stuc couleur crème qui se déployaient comme des morceaux de gâteaux à Kensington ou à Chelsea. Des enfants qui n'ont pas encore atteint l'âge de raison qu'ils sont déjà envoyés en pension. Sa vie aurait été une succession de réceptions, de dîners, de soirées au théâtre et de collectes de fonds au profit du parti conservateur. De la déférence à l'égard d'un mari qui se serait fabriqué un jeu d'opinions en pension, au lycée, et ne voyait pas l'utilité d'en changer. Routine, respectabilité, conformisme.

Clara eut un frémissement involontaire. Rien que d'y penser, quel ennui !

Mais elle n'aurait pas imaginé non plus découvrir que sa grand-mère Hélène Neumann était juive, une réalité qui lui avait été cachée durant toute son enfance, jusqu'au jour où elle avait pris contact avec son cousin allemand, et où son père avait reçu des fonds du régime nazi pour financer son propre groupe pronazi en Angleterre, une cause que sa sœur Angela avait embrassée avec enthousiasme.

L'enveloppe d'Angela était sur son bureau, non décachetée. Dans ses lettres à sa sœur, Clara se contentait de lui relater quelques détails sur ce qu'elle faisait à l'Ufa, les réceptions, la vie nocturne, l'appartement.

*« La semaine dernière, il y avait la première de* Love Whispers *et après, nous sommes tous allés chez Gustav Fröhlich – pratiquement la plus grande star d'Allemagne ! »*

Jamais Clara ne faisait allusion aux horreurs dont elle était témoin quotidiennement. L'horrible spectacle de la rue, les arrestations de collègues, l'atmosphère de terreur qui régnait à Berlin. Angela, de son côté, lui répondait avec une profusion de détails sur sa vie sociale, sans se rendre compte, apparemment, que Clara n'était pas du tout impressionnée par la vie mondaine de la bonne société de Belgravia ni par le club de tennis féminin de Kensington. Pour l'heure, Clara décida que le courrier d'Angela pouvait attendre.

La journée avait été éprouvante. Et elle était convoquée pour tourner à 9 heures le lendemain matin, ce qui signifiait qu'elle allait devoir prendre le S-Bahn pour les studios de Babelsberg à 7 heures. Elle avait très envie d'un bain. Elle fit couler de l'eau, et tandis que la vapeur parfumée s'élevait autour d'elle, elle déboutonna sa blouse et se débarrassa de sa jupe. Elle enleva ses sous-vêtements et se tint nue devant le lourd lavabo de porcelaine, lissant ses cheveux avec les mains. Elle prit une boîte de crème Nivea et entreprit de se démaquiller par petites touches automatiques. Avec des arcades sourcilières hautes, des pommettes saillantes et un nez droit, son visage affichait une belle symétrie qui la rendait photogénique. Elle examina le fin réseau de rides au coin des yeux, la nuance bleuâtre entre eux et les petites parenthèses formées par les rides de sourire. Elle pinça les lèvres, qu'elle avait en arc de Cupidon prononcé, et passa les mains le long de son corps avec, au fond d'elle-même, le regret que personne d'autre ne prenne le relais. Son corps était aussi svelte et lisse que lorsqu'elle avait dix-huit ans. Quoique, il n'était plus indispensable de jeûner pour être actrice à Berlin. La minceur à la Marlene Dietrich avait disparu à peu près à l'époque où celle-ci était partie pour Hollywood. À présent, la plupart des vedettes arboraient des courbes voluptueuses, et toutes s'inquiétaient de la durée de leur carrière. Clara ne faisait pas exception. Elle inclina la tête, d'un côté puis de l'autre, les lèvres légèrement entrouvertes, comme pour des prises de vues, et s'examina d'un œil critique. Puis, se penchant en avant, elle déclara :

« Je suis une femme de trente ans sans amant ni mari, je n'ai que l'enfant d'une autre femme. Je me fais passer pour une amie des nazis tout en informant le renseignement britannique à leur sujet. Mon père admire les nazis alors que ma grand-mère était juive. Pas étonnant que j'aime aller au studio. Il n'y a qu'en étant actrice que je cesse de jouer. »

C'est tout doucement qu'elle prononça ces paroles. Les vérités, ces temps-ci, à Berlin, on se contentait de les murmurer. Il n'y avait que les mensonges qu'on criait sur les toits.

# 3

Ilse Henning s'était aperçue très tôt que quelque chose clochait. Elle avait été réveillée avant l'aube par les lueurs des phares projetées sur le plafond du dortoir et le crissement des semelles de bottes sur le gravier de l'allée. Puis, à 5 heures, alors qu'il faisait encore nuit et que Fräulein Wolff défilait dans le couloir avec une vieille clarine, Ilse tendit la main pour toucher la bosse familière que formait Anna sous les draps et constata qu'il n'y avait personne. D'habitude, Anna était la dernière à se lever et Ilse devait souvent la couvrir lorsque Fräulein Wolff se déchaînait contre elle. On n'avait jamais vu Anna debout à cette heure. Ilse se fit une toilette de chat au lavabo glacial, emprisonna ses formes grassouillettes dans la chaude robe de serge que devaient porter les futures épouses, noua son tablier blanc et tressa ses cheveux. Puis, peu à peu, elle se rendit compte que la disparition d'Anna n'était pas la seule chose inhabituelle ce jour-là, à l'École des Épouses du Reich.

Dans la salle à manger où les élèves n'ayant pas de cours de cuisine attendaient leur muesli et leur pain, le silence était de rigueur. Ce matin-là, pourtant, d'un bout à l'autre des interminables bancs, les chuchotements allaient bon train. En allant ramasser les œufs des poules, Frieda Müller avait vu des hommes au bout du jardin et ce n'était pas des jardiniers. Qu'est-ce que cela signifiait ? Il y eut très vite d'autres signes que quelque chose clochait, notamment après le petit déjeuner, quand on annonça brutalement aux élèves que la baignade en plein air était annulée. Les jeunes femmes allèrent à leurs cours sans s'être lavées, se perdant en conjectures. Pendant le cours de cuisine du matin, un exposé était prévu sur l'épargne et la situation économique, ou comment enrichir des saucisses avec de la mie de pain, mais Ilse, inquiète, eut du mal à se concentrer. Après une brève pause café, ce fut le cours de parentalité au cours duquel elles durent apprendre une prière que les mères se devaient de dire chaque soir avec leurs enfants. Elle était inspirée du « Notre Père » traditionnel, mais commençait par « Mon Führer ». *Ich kenn dich wohl und habe dich lieb wie Vater und Mutter.* « Je vous connais bien et je vous aime comme mon père et ma mère. » Ilse s'assit au fond, espérant qu'on ne la remarquerait pas, mais le regard perçant de Frau Messer tomba sur elle et elle lui demanda de se lever et de la réciter. Ilse ouvrit docilement la bouche bien que les mots lui soient complètement sortis de la tête. Elle se rassit sous les remontrances de Frau Messer, trop agitée de mauvais pressentiments pour s'en soucier.

Qu'avait bien pu faire Anna ? S'était-elle fait prendre en train de fumer et avait-elle été exclue temporairement ? Dans ce cas, elle n'obtiendrait jamais son certificat pour le mariage, ce qui signifiait qu'elle ne pourrait pas épouser Johann. Elle allait en être anéantie. Anna n'arrêtait pas de parler de la vie merveilleuse qui serait la sienne avec l'Obersturmführer Peters après leur mariage, dans une grande maison des quartiers ouest de la ville, Zehlendorf, si possible, avec un cabriolet BMW 328 et une penderie remplie de vêtements. Ilse ne nourrissait pas d'espoirs aussi grandioses pour son mariage avec Otto, d'autant qu'ils commenceraient vraisemblablement par s'installer dans le trois-pièces de ses parents à Kreuzberg. Mais Anna était une grande rêveuse. Une larme de compassion roula discrètement sur la joue rebondie d'Ilse.

L'inquiétude persista après le déjeuner. Elle se montra si distraite quand il fallut s'acquitter du nettoyage des lavabos et du sol de la salle de bains que Fräulein Horder se fâcha et obligea Ilse à les récurer une seconde fois. En passant dans le couloir avec ses seaux, elle fut certaine d'avoir aperçu deux inconnus en bleu de travail dans l'arrière-cuisine, mais comme elle s'attardait, on lui claqua la porte au nez.

À 14 heures, la nouvelle que la police était sur les lieux se répandit comme une traînée de poudre. Cependant, il n'était pas encore question du sort d'Anna. À 14 h 30, le cours de budget domestique, celui qu'Ilse détestait le plus – parce qu'il y était question d'équilibrer les reichsmarks qu'elle allait dépenser et les revenus de son mari, avec une réserve pour les urgences –, fut déplacé de la salle de bal, qui donnait sur l'arrière de la propriété, à la bibliothèque dont les fenêtres ouvraient sur le devant. Regardant tristement dans le vide alors qu'elle essayait de déterminer combien de sucre et de farine une famille de quatre personnes consommerait en une semaine et quelle part du revenu mensuel d'Otto cela représenterait, l'œil d'Ilse s'arrêta sur la maison de poupées. C'était une petite merveille conçue à l'origine afin que les enfants en visite puissent jouer avec, mais qu'on avait déplacée à la bibliothèque pour qu'ils n'y jouent pas trop. L'homme qui l'avait fabriquée avait apporté un soin tout particulier aux détails. Les murs étaient tapissés de toile de Jouy dont le motif avait été créé spécialement en l'honneur du national-socialisme : des membres de la Ligue des Jeunes Filles allemandes gambadant en compagnie d'adolescents appartenant aux Jeunesses hitlériennes, plantant des tentes et agitant des bannières. Le mobilier avait été sculpté à la main dans du chêne, la table garnie de jambon et de pain en plâtre. Dans les chambres, la fille de la maison jouait avec des poupées miniatures et le garçon avec un bombardier. Au salon, le père fumait la pipe en écoutant la radio, un portrait du Führer trônant au-dessus de la cheminée. À la cuisine, au milieu de ses marmites et de ses poêles, la mère, en tablier à fleurs, se reposait du repassage avec une microscopique tasse de café Kenco. Pourquoi la vie réelle ne pourrait-elle pas ressembler à cela, s'interrogea Ilse, avec une charmante petite maison, un placard rempli de nourriture et des enfants jouant gentiment dans leur chambre ? N'était-ce pas ainsi que cela devait se passer ?

Alors que ces pensées lui traversaient l'esprit, il y eut de l'agitation dans l'allée et tout le monde se retourna. Ilse regarda dehors et vit un petit groupe d'hommes se déplacer rapidement, au milieu duquel se trouvait

Hartmann, le jardinier de l'école, l'air abasourdi, débitant un nuage de paroles dans l'air glacé. Visiblement, personne n'écoutait. Des policiers le poussèrent dans une voiture en lui abaissant brutalement la tête.

# 4

Unter den Linden[1], comme tant d'autres choses maintenant en Allemagne – l'infâme café vaseux délayé à la chicorée, le beurre de baleine à moitié blanc et les *bratwurst* pleines de mie de pain –, n'était plus tout à fait à la hauteur de sa réputation. Les tilleuls multiséculaires avaient été abattus sur les ordres d'Hitler afin que ses troupes puissent y défiler à douze de front et les jeunes arbres maigrichons qui les avaient remplacés semblaient minuscules à côté des réverbères. À telle enseigne que la célèbre avenue avait été surnommée Sous les Lanternes, et que les Berlinois maugréaient qu'il faudrait attendre des décennies avant que leur glorieuse verdure n'atteigne à nouveau une taille respectable.

Clara se fraya un chemin à travers le Mitte, au centre de Berlin, juste avant la tombée de la nuit. Elle était ravie de marcher. Après une journée passée au studio, elle avait besoin d'exercice et de donner libre cours à ses réflexions. Dans son trench boutonné jusqu'en haut, les cheveux retenus sous un feutre,

1. Sous les Tilleuls, célèbre avenue berlinoise.

elle marcha jusqu'au Lustgarten, dépassa la sombre cathédrale maculée de suie et traversa la Spree sur un des petits ponts. Toujours encombrée de barges et de remorqueurs transportant du charbon et des briques, enserrée entre des murs maculés de traînées couleur cendre, la Spree n'était pas un très joli cours d'eau, mais les Berlinois l'aimaient beaucoup. Ce soir-là, le gris métallisé de l'eau était éclairé par des lumières d'un jaune sulfureux qui miroitaient en surface tandis que le vent fouettait les feuilles en cercles nerveux comme des Chemises brunes dans une rixe. En hiver, pensa Clara, Berlin était semblable à un tableau de Braque ; plein de lignes anguleuses et de perspectives bizarres colorées de toute une palette de gris et de bruns.

Se dirigeant au nord, au-delà des allées labyrinthiques du marché Hackescher, vers la Oranienburger Strasse, elle arriva dans le quartier juif, où les vitrines des boutiques aux enseignes en caractères hébreux pointus proposaient en vrac bijoux, bas et appareils électriques. On s'affairait beaucoup, dans le coin, entre les pharmacies et les ateliers de couture. Les gens y semblaient plus pauvres, des odeurs de friture flottaient dans l'air. D'étroites ruelles, quadrillées de cordes à linge qui partaient dans tous les sens, menaient à des cours froides et humides où jouaient des enfants et où se retrouvaient des vieux vêtus du long manteau noir des Juifs orientaux. Elle passa devant un marchand de mégots de cigarettes, sa marchandise étalée sur un plateau métallique cabossé avec une carte proposant trois mégots pour un pfennig, ou deux pfennigs pour un cigare à moitié fumé. Par une fenêtre ouverte, elle aperçut un piano sur lequel jouaient à quatre mains deux filles portant les mêmes lunettes à monture d'écaille. Au passage de Clara, la mère s'empressa de fermer les volets en lui jetant un regard inquiet, comme si jouer du piano était le dernier plaisir à avoir été décrété hors la loi dans cette partie de Berlin.

L'écho du dernier Congrès du Parti à Nuremberg résonnait encore ici en un déferlement d'affiches placardées sur les murs, affirmant que « Il y a un Juif derrière chaque crime » et que « Les Juifs sont notre malheur ». En gros caractères rouges, sur un panneau d'affichage attaché à une devanture de magasin, on pouvait lire que tous les Allemands devaient « s'unir contre l'Ennemi Mondial juif et bolchevique ». Clara frissonna malgré elle. L'année précédente, pendant les Jeux olympiques, on avait connu un peu de répit, les rues avaient ondulé de guirlandes vertes et de rubans rouges depuis la porte de Brandebourg jusqu'au stade olympique et, partout, les habituels messages de propagande des haut-parleurs avaient fait place aux derniers résultats sportifs. Goebbels avait été contraint de mettre sa haine des Juifs en veilleuse pendant quelques mois et ordonné l'enlèvement des kiosques bruns couverts de croix gammées placés aux coins des rues, où l'on vendait *Der Stürmer*, le plus virulent des journaux antisémites. Les affiches avec leurs caricatures grossières de Juifs aux nez crochus furent arrachées et les auteurs comme Marcel Proust et Heinrich Heine, dont les ouvrages avaient été brûlés sur la Opernplatz, furent à nouveau autorisés dans les bibliothèques publiques. Mais, un an après, les choses étaient redevenues normales, ou plutôt conformes à la nouvelle normalité du Troisième Reich. Il n'y avait plus la moindre ambiguïté. Les lois de Nuremberg avaient déjà privé les Juifs de leur citoyenneté. Aucun Juif ne pouvait voter, occuper un poste de fonctionnaire, pratiquer la médecine, enseigner aux goys, les épouser ou avoir des relations sexuelles avec eux. Le fait que le Führer ait choisi de consacrer son allocution au Congrès du Parti au thème du bolchevisme juif était le signe de ce qu'une nouvelle série d'ennuis s'annonçait.

Clara tourna dans la Koppenplatz. C'était une place agréable, qui ne payait pas de mine avec un bout de gazon et des bancs installés çà et là. Elle jeta un coup d'œil à sa montre – 19 h 30 – et promena son regard sur la place en quête du café Koch.

Elle n'y était jamais venue auparavant. Tout ce qu'elle savait, c'était qu'un bouquet de chrysanthèmes jaunes était parvenu au studio plus tôt ce jour-là, portant l'étiquette d'un fleuriste avec précisément cette adresse et un numéro de téléphone se terminant par 1930. Il n'y avait pas d'autre message mais elle n'en avait nul besoin. Les fleurs étaient le moyen de communication favori d'Archie Dyson, attaché à l'ambassade de Grande-Bretagne et agent du Service de Renseignement britannique. Elle avait reçu plusieurs bouquets de lui au cours des deux dernières années, geste qui pouvait paraître romantique mais qui ne l'était pas.

Lorsque Clara avait commencé à travailler pour le Renseignement britannique, on avait bien insisté sur le fait qu'elle devrait pouvoir répondre de chacun de ses mouvements. Elle devait avoir une raison parfaitement légitime de se trouver là où elle était et garder à l'esprit qu'elle pouvait être surveillée en permanence. Où qu'elle allât, il lui fallait une explication parfaitement rationnelle, plus rationnelle, bien sûr, que la livraison d'informations aux ennemis du régime nazi. C'est pourquoi elle marchait d'un pas décidé avec un journal dans lequel elle avait entouré les horaires de *La Habanera*, avec Zarah Leander, qui passait dans un cinéma juste au nord de la Rosenthaler Platz, qu'elle n'avait en réalité aucunement l'intention d'aller voir.

Elle poussa la porte, troquant le nuage de brume de l'extérieur pour un épais brouillard de fumée de cigarettes.

Pour la plupart des gens, le café Koch était une taverne berlinoise typique, un bouge mal éclairé, au plafond bas, où des hommes ne venaient que pour s'enivrer, accompagnant parfois leur bière d'une assiette de saucisses, de pain et de cornichons. Mais, grâce à la coopération de Herr Felix Koch, un homme à l'allure de taureau, en bretelles et chemise sans col, qui essuyait le bar en bois en jetant un œil las à ses clients, ce café était aussi un lieu sûr. Herr Koch était considéré comme parfaitement fiable, d'autant plus que sa fille avait épousé un Anglais et vivait à Brighton. Comme un agent du Renseignement britannique le lui avait assuré, il était parfaitement compréhensible qu'il se souciât du bonheur de sa fille, Mimi, laquelle ne pouvait qu'être grandement favorisée si son père s'entendait au mieux avec les autorités de Sa Gracieuse Majesté. Malgré cela, Clara balaya la salle du regard en y pénétrant. Un réflexe. Il n'y avait que quatre autres clients, deux étaient écroulés sur une table, près de la vitrine, et deux autres, en tenues d'ouvriers, éclusaient des pintes de bière mousseuses.

Archie Dyson, formé à Eton et Cambridge, en manteau de loden et foulard de soie, était assis au fond, derrière un écran de bois ajouré, et s'efforçait de résoudre les mots croisés du *Times*, plié à l'intérieur d'un exemplaire du jour du *B.Z. am Mittag*. Clara se pencha et vit qu'il hésitait sur « Timbre rare, en 4 lettres ».

« DIVA. »

Dyson sursauta et reposa le journal. « Bon sang, Clara, je ne t'ai pas entendue arriver. Où as-tu appris ça ?

— Quelqu'un me l'a appris.

— Je veux dire les mots croisés.

— Oh, ça... J'ai toujours aimé les mots croisés. »

Elle les avait découverts enfant. Elle aimait l'excitation qui la gagnait quand son esprit se mettait à bouillonner et que, contre toute attente, elle puisait des mots tels que « crépusculaire » ou « cruciverbiste » dans son stock de vocabulaire. Et cette façon qu'avaient les mots de danser ensemble, puis de se segmenter et de se combiner entre eux, pour finir par s'agencer en un éclair. Elle pensa à Angela, assise de travers dans son fauteuil, les jambes sur l'accoudoir, fronçant les sourcils devant son journal, avant de le lui lancer en disant « Fais-le, Clara. Toi, c'est ton truc, les casse-tête », sur un ton qui sous-entendait que, parmi les activités humaines, les mots croisés se situaient quelque part entre les puzzles et le tricot. C'était ainsi que fonctionnaient les Vine – les compliments et les insultes étaient distribués équitablement, de façon détournée, jamais franche, parce que l'on ne se vantait pas de ses propres talents et qu'il était malvenu d'afficher un enthousiasme excessif. Mais Clara savait que les mots croisés, comme les échecs, étaient le genre de discipline dans lequel elle excellait.

« Je dois être un peu rouillé », déclara Dyson, en repliant son journal. L'attaché d'ambassade avait une allure aristocratique et une moustache fine qui n'auraient pas pu lui donner l'air plus anglais, même avec un chapeau melon et un parapluie. Tout en lui rappelait à Clara l'Angleterre : les petits sandwichs aux concombres un peu mous, le thé Twinings et les épagneuls au poil humide. Dans une autre vie, Dyson aurait été secrétaire d'un club de golf ou agent de change à la City. Il ne semblait absolument pas fait pour le subterfuge. Clara songea que c'était précisément l'idée : Dyson n'était pas celui auquel on s'attendait. Ce qui était le cas de tous les agents.

« L'été est fini. » Dyson commençait toujours par parler du temps qu'il faisait. C'était aussi instinctif que de marcher du côté extérieur du trottoir ou de dire le Notre Père. C'était sa façon de s'éclaircir la gorge avant d'entamer une conversation.

Tout en ôtant son trench-coat, Clara remarqua que le hâle de Dyson était plus intense et que des petites taches roses apparaissaient là où il avait pelé.

« Je suppose que vous êtes retourné faire de la voile ?

— En plein dans le mille ! Je viens de rentrer. Une petite croisière en Méditerranée avec ma femme sur le voilier d'un ami. Très agréable. »

Il avait parlé de sa voix traînante habituelle, typique des gens de la bonne société, mais à voir ses ongles sévèrement rongés Clara se dit qu'il devait être en proie à une certaine dose de stress. Il s'interrompit, le temps que Herr Koch leur serve le verre commandé.

« *Und eine Berliner Weisse mit Schuss, bitte.* »

C'était la boisson préférée des gens du coin : de la bière blonde de Berlin à laquelle on ajoutait une goutte de sirop de framboise pour en masquer l'acidité. Dyson commandait toujours ça pour Clara, pensant sans doute que toutes les femmes en appréciaient le petit goût sucré, et Clara n'avait jamais eu le cœur de l'en dissuader.

Elle savait que Dyson se sentait bien plus chez lui devant un gin fizz dans un hôtel somptueux du quartier ouest de Berlin que dans ce bar miteux. Mais compte tenu de la nature de leurs rencontres, Dyson avait été obligé de se familiariser avec d'autres lieux, d'autres quartiers plus improbables.

Dyson attendit que Koch se soit éloigné et s'adressa à Clara en anglais.

« Alors, Clara, comment allez-vous ? Des infos pour moi ?

— Oui, justement. Magda Goebbels m'a invitée à une réception. C'est en l'honneur des sœurs Mitford. Vous les connaissez, j'imagine ?

— Bien sûr. Les filles de lord Redesdale. L'une d'elles, Unity, est folle amoureuse du Führer. Elle s'est installée à Munich et va le guetter dans son restaurant préféré chaque fois qu'il est en ville.

— Je l'ai entendue dire qu'être assise à côté du Führer, c'était comme s'exposer à un soleil éblouissant », fit remarquer Clara.

Il s'étrangla de rire. « Avec des orages de temps à autre, aussi.

— Une deuxième sœur Mitford, Diana, est également ici.

— Exact. Vu qu'elle a épousé Oswald Mosley, on l'a à l'œil, comme vous pouvez l'imaginer. »

Clara but une gorgée de sa bière un peu douceâtre. « Magda souhaite les présenter à quelques-uns de ses amis, mais elle craint que leur maîtrise de l'allemand soit insuffisante et elle m'a demandé de leur servir d'interprète.

— Ce n'est pas la première fois que Diana vient à Berlin cette année, dit Dyson. Elle est déjà venue parler à Hitler de la construction d'un émetteur de radio en langue anglaise sur le sol allemand à Heligoland.

— Une station de radio ? s'étonna Clara.

— Une station commerciale. Afin de lever des fonds au profit des fascistes. Nous avons quelqu'un à l'Union britannique des fascistes qui nous tient régulièrement informés de leurs projets. L'idée est qu'Hitler subventionne la station et que cette entreprise vienne appuyer le mouvement de Mosley en diffusant de la propagande fasciste dans le sud de l'Angleterre. Diana a déjà eu plusieurs réunions privées à la Chancellerie, tard le soir, et il semble qu'il l'ait invitée à Bayreuth.

— Je transmettrai tout ce qui me viendra aux oreilles, promit Clara.

— Oui, Clara... » La porte claqua, laissant entrer un souffle de vent glacial et Dyson se tut, le temps d'observer la silhouette au visage creusé, portant un manteau usé, qui se dirigeait vers le bar. « C'est très apprécié, quoique…

— Quoique ?

— Je crains que les Mosley n'aient plus tellement la cote.

— Pourquoi ça ?

— Il paraîtrait que Goebbels soit agacé par le montant du financement qu'ils réclament. Il va suggérer à Hitler que ça ne vaut plus le coup. Il sait que le peu d'influence politique qu'ils avaient chez nous est en train de se réduire à peau de chagrin. Mais il veut s'y prendre de manière subtile, parce qu'il sait que le Führer adore les jeunes Anglaises. Unity est la seule étrangère admise dans son premier cercle. »

Dyson tapota son paquet de cigarettes pour en faire sortir une qu'il offrit à Clara.

« Et puis, nous allons avoir des visiteurs plus importants sur les bras. » Il marqua une pause. « Enfin, je dis *plus importants*, mais d'un certain point de vue, ils ne le sont pas du tout.

— Euh, pour les devinettes, je suis moins bonne que pour les mots croisés, Archie. »

Dyson se prit le menton dans les mains, les doigts déployés en éventail, un geste dont Clara avait remarqué qu'il était instinctif, chez lui. Il hésita. À coup sûr pour produire son petit effet, se dit-elle.

« Il s'agit d'un petit groupe d'amis qui accompagne des jeunes mariés. L'ex-roi et sa femme vont très bientôt arriver ici en lune de miel. »

Clara laissa échapper un hoquet de surprise. Édouard VIII, dorénavant duc de Windsor, avait abdiqué en décembre afin de pouvoir épouser Wallis Simpson, une Américaine divorcée, provoquant un scandale qui avait défrayé la chronique. Le couple s'était installé en France, et leur mariage, en juin, avait été largement couvert par la presse. Comme tout le monde, Clara n'en avait pas perdu une miette et s'était jetée sur toutes les photos qui traitaient du sujet. La duchesse, une liane dans sa robe Mainbocher aux épaules carrées – d'une couleur désormais rebaptisée bleu duchesse en son honneur –, appuyée au balcon du château de Candé avec son époux. Des diamants et des saphirs sur la gorge, des cheveux d'un noir d'encre, presque violet. Les photos du mariage prises par Cecil Beaton. Les roses et les lys de Constance Spry. Au menu de leur petit déjeuner nuptial, du homard, de la salade, des fraises et, détail assez cocasse, un poulet à la royale.

« Ils viennent ici ? Mais pourquoi, mon Dieu ? »

Elle posait la question, tout en connaissant déjà la réponse. La mère du duc de Windsor était allemande, il parlait couramment la langue et avait déjà par le passé exprimé son admiration pour le régime nazi.

« Bonne question. Le Foreign Office est absolument furieux. Les Allemands ont tout manigancé dans leur dos. C'est un énorme coup de propagande pour le Reich. Ils vont exploiter ça au maximum et ce sera terriblement embarrassant pour la Grande-Bretagne. Ils arrivent le 16 à la gare de Friedrichstrasse. L'ambassadeur a reçu l'ordre de ne pas y aller.

— Un ordre ?

— Ordre du Premier ministre. Ils ne bénéficieront d'aucun statut officiel. Pas d'interviews, pas de réceptions particulières. Pas même un gin tonic, ni un oignon à cocktail à l'ambassade. Les autorités ne veulent pas donner l'impression que ce voyage a quoi que ce soit d'officiel. Il est entièrement privé. Résultat : c'est votre serviteur qui a été désigné pour les accueillir. »

Dyson affectait une lassitude blasée, mais Clara voyait bien qu'il ne détestait pas l'idée de rencontrer l'ex-souverain.

« Non pas qu'on veuille dérouler le tapis rouge pour eux. Je suis bien sûr que les dirigeants nazis s'en chargeront. Il semble que Robert Ley, le leader du Front allemand du travail, y sera. Le Reich prend tous les frais à sa charge. Partout où ils iront, en tout cas, les gens se presseront autour du couple, c'est sûr.

— Et où iront-ils ?

— C'est une tournée de neuf villes. Et la presse américaine rapporte que le duc souhaite discuter des « espoirs » d'Hitler pour l'avenir.

— Espérons que le duc saura écouter. »

Dyson roula des yeux.

« Justement. Il ne sait pas ce qui l'attend. L'idée, c'est qu'il aille voir les conditions de travail dans le Reich. Visites d'usines et ainsi de suite.

— Ce n'est pas vraiment ma conception d'une lune de miel », plaisanta Clara.

Curieusement, cette remarque eut pour effet d'amener Dyson à la regarder avec plus d'attention. Elle l'intriguait, elle le savait. Sa présence le mettait mal à l'aise, comme s'il hésitait entre la traiter en subordonnée ou en égale. Elle était différente des femmes qu'il avait connues en Angleterre ; elle n'était pas une de ces filles de la haute bourgeoisie qui attendait de se marier, ni une de ces secrétaires restées résolument célibataires ou un bas-bleu. Elle n'était pas non plus comme Lettice, la femme de Dyson, une rousse pétillante qui consacrait son temps à organiser des sorties culturelles avec les autres épouses de l'ambassade, ou à servir du café et des sablés aux notables de passage dans l'espoir de voir son mari devenir un jour ambassadeur lui-même. Dyson savait que Clara avait eu des liaisons et pourtant elle ne montrait aucun désir de se marier. Elle avait l'esprit vif, comme en attestait son don pour les mots croisés, et une fantastique mémoire, qualités que le Service appréciait chez ses agents. Son physique, son assurance dans les relations sociales et son talent de comédienne lui permettaient d'accéder à des cercles qu'il lui aurait été difficile de pénétrer sans cela. Pourtant, c'était sa propension à se mettre en danger qu'il avait du mal à saisir. Dyson ne parvenait tout simplement pas à se rendre compte de ce qui la motivait.

« Vous arrive-t-il de penser à partir, Clara ? À rentrer en Angleterre ? »

Que pouvait-elle lui répondre ? La semaine précédente, elle avait encore reçu une lettre d'Ida MacCloud, une ancienne condisciple, qui s'étonnait que Clara veuille demeurer en Allemagne alors que le régime nazi montait en puissance. En y restant ainsi, ne le cautionnait-elle pas, tacitement ? lui demandait Ida. Comment Clara pouvait-elle expliquer cela ?

« Ça m'arrive, oui.

— Votre famille doit vous manquer. »

Elle le regarda en fronçant les sourcils. Dyson, comme tout le monde à la station de Berlin, savait que sir Ronald Vine, le père de Clara, était l'un des principaux membres des Amitiés anglo-allemandes de Londres et sympathisant avéré des nazis. Sa coterie était fortunée, influente et convaincue que l'Angleterre devait faire alliance avec l'Allemagne d'Hitler au lieu de s'y opposer. Sir Ronald avait même reçu des fonds d'Hitler en échange de son lobbying politique. Le choc qu'avait éprouvé Clara en découvrant les activités de son père – et la surveillance dont il faisait l'objet de la part des services de sécurité anglais – n'était pas étranger aux raisons qui l'avaient poussée à approcher le Renseignement britannique quatre ans plus tôt. Il était important que les responsables des services de sécurité aient le sentiment de comprendre les motivations de Clara. Il fallait qu'ils puissent lui faire confiance. Pour autant, elle ne voyait pas de raison de parler de ses origines juives à Dyson.

« Il se trouve que j'ai reçu hier une lettre de ma sœur m'annonçant qu'elle venait avec mon père. Mais vous le saviez sans doute déjà ? »

Dyson eut un petit sourire.

« Bien sûr que vous le saviez.

— J'imagine que les autorités allemandes sont au courant, elles aussi.

— Et vous savez pourquoi ils viennent, Archie ?

— J'ai beaucoup de qualités, mais je ne suis pas extra-lucide, Clara. Demandez-leur vous-même. Ce n'est pas pour ça que je vous ai parlé de rentrer au pays.

— Pourquoi, alors ? »

Dyson tripota un instant son verre, comme pour soupeser ses mots. Le cœur de Clara s'emballa. Il était arrivé quelque chose. Elle s'efforça néanmoins d'attendre patiemment une explication.

« En fait, c'est de ça que je voulais vous parler. Ce n'est peut-être rien du tout. »

Dyson fit la grimace, rechignant manifestement à lui faire part de la nouvelle. Il avait beau dire que ce n'était rien, la gravité de son expression lui laissait entendre le contraire. Clara tâcha de rester calme, malgré la panique qui commençait à la gagner.

« Nous avons eu vent de soupçons que vous auriez éveillés. Je voulais juste vous dire de... de ne rien faire qui sorte de l'ordinaire. Allez-y doucement.

— C'est toujours ce que je fais. D'où vous vient cette information ?

— D'un ami. Il nous a fait savoir que votre nom est revenu dans des conversations ces derniers jours.

— Quelles conversations ? Où ça ?

— Prinz Albrecht Strasse. »

Bien que Dyson l'ait dit sans tiquer, cette adresse avait le pouvoir de terrifier toute personne résidant à Berlin. La façade neutre de l'ancien musée des Arts, au 8 Prinz Albrecht Strasse, ne révélait rien des horreurs qui s'y passaient. Depuis 1933, c'était le quartier général de la Geheime Staatspolizei, la Gestapo, qui pouvait à tout moment – en dehors de toute juridiction – arrêter des gens, interroger et envoyer ses prisonniers dans des camps de concentration SS tels que Dachau, Sachsenhausen, Buchenwald et Lichtenburg. Derrière son entrée voûtée et austère, des centaines de bureaucrates travaillaient à exploiter des fichiers et des dossiers sur les citoyens.

Au sous-sol se trouvaient les salles d'interrogatoire, un dédale de cellules carrelées de blanc où les informations étaient obtenues de façon beaucoup plus directe. Une fois à Prinz Albrecht Strasse, aucun talent d'acteur, aussi grand fût-il, ne pouvait sauver quiconque du sort qu'on lui réservait.

Une vague de frayeur envahit Clara, semblable à une rafale d'air glacé. Elle prit tout son temps avant de parler. Elle sortit une cigarette, l'adapta à son fume-cigarette et inspira une longue bouffée.

« Et qui donc est cet ami ? » Pour avoir accès à la Prinz Albrecht Strasse, il ne pouvait s'agir que d'un policier ou d'un membre de la Gestapo.

« Il travaille pour eux. Il dit qu'un indicateur leur a transmis votre nom. »

Un indic. Ce pourrait être n'importe qui. Tous les agents de la Gestapo disposaient de leur propre réseau d'indics, qui s'étendait à toutes les couches de la société. Le service comptait beaucoup sur eux pour dénoncer des suspects ou rapporter des activités illégales. Ces indics n'étaient pas toujours des candidats tout désignés : cela pouvait être un voisin bien tranquille, ou le boucher du quartier. Un facteur, un commerçant, ou même un enfant. N'importe qui dissimulant un secret et pouvant faire l'objet d'un chantage. D'une façon ou d'une autre, la Gestapo considérait l'ensemble de la population comme un renfort de policiers susceptibles de les aider à tout contrôler. Rien ne devait échapper à leurs filets.

Dyson prononça des paroles apaisantes, à la manière d'un médecin qui vient poser un diagnostic fatal.

« Écoutez, nous ne sommes pas inquiets. Personne n'a évoqué une arrestation. Vous parlez allemand comme si c'était votre langue maternelle. À leurs yeux, vous n'êtes pas différente d'une actrice comme Lilian Harvey – elle est née à Muswell Hill, non ? Et, plus important, ils connaissent votre père… »

Ils connaissaient son père. Il semblait incroyable que la même classe dominante qui pratiquait depuis des siècles le népotisme en Grande-Bretagne puisse également avoir une influence sur les agents de la Gestapo de l'Allemagne nazie.

« Et vous prenez bien les précautions habituelles ? continua Dyson. Vous ne parlez pas au téléphone ? Changez vos habitudes, ne notez rien. Ne buvez pas en compagnie de n'importe qui.

— Je prends mes précautions, Archie.

— Très bien. Ce n'est peut-être rien du tout. Mais je dirais que vous êtes très probablement suivie. Je voulais donc vous mettre en garde pour que vous redoubliez de prudence. Et, surtout, que vous fassiez profil bas. »

Profil bas ?

« Alors, dois-je assister à la réception des Goebbels ?

— Bien sûr, puisqu'on vous a invitée ; ne pas y aller attirerait l'attention. Mais pour l'instant, ne faites rien de plus. Ne faites rien. Profitez de votre tournage.

— Il n'y a pas de tournage en ce moment. J'ai terminé mon dernier film et on ne démarrera pas les répétitions avant plusieurs semaines.

— Alors profitez de cette pause. Souvenez-vous de ce que je vous ai dit. »

Pendant que Dyson se levait, allait payer les consommations au bar et échangeait quelques mots bien choisis avec Herr Koch, Clara but le reste de sa Weisse et tenta de mettre de l'ordre dans ses pensées. Un indic avait transmis son nom à la Gestapo. Qui cela pouvait-il être ? Un employé subalterne du studio ? ou bien quelqu'un plus proche de chez elle ? Étrange que ce soit juste au moment où elle avait été conviée chez le ministre de la Propagande qu'un autre département du régime envisage de l'inviter à Prinz Albrecht Strasse. Le sentiment de sécurité qu'elle avait eu jusque-là, la confiance qu'elle avait acquise et développée depuis qu'elle était à Berlin, se trouvaient sérieusement ébranlés. Avec l'angoisse, elle sentait son estomac se contracter, lui donnant l'impression qu'une ceinture lui sanglait la taille. Elle parcourut rapidement la salle des yeux, comme si l'indic pouvait s'y trouver en train de l'observer, mais elle ne vit que des habitués, attablés à leurs Stammtisch, à grommeler en berlinerisch, le dialecte local, et Archie parlant à Fritz Koch des plaisirs de la jetée de Brighton.

Profil bas, avait dit Archie. Ne rien faire.

Dyson revint prendre son chapeau sur la table.

« À propos de pause, Fritz parle d'aller en vacances à Brighton voir sa fille. Je lui ai dit que ça lui ferait du bien à cette époque de l'année. L'air de la mer est très vivifiant. Je me suis vraiment bien amusé lors de mon escapade de voile. Si j'étais vous, Clara, j'y réfléchirais. »

# 5

La photographie était l'art par excellence du Reich. Joseph Goebbels avait déclaré qu'il suffisait de raconter un mensonge suffisamment gros pendant suffisamment longtemps pour que les gens le croient – et il avait dû se dire que le mensonge serait encore plus crédible avec des photos. Quel que soit l'événement, un paisible déjeuner sur la terrasse du Führer au Berghof, un défilé militaire, un meeting, ou même une centaine de petits minois appartenant à la Ligue des Jeunes Filles allemandes en pleine séance de remise en forme dans un parc, il y avait toujours un appareil photo présent. Plusieurs, même, luttant contre les cordons officiels à coups de flashs aveuglants. Des appareils de toutes sortes : des équipements officiels encombrants avec trépied et éclairages, les Speed Graphic utilisés par les photographes de presse ou les nouveaux 35 mm de Leica et Zeiss. Ces temps-ci, partout dans le Reich, il y avait un objectif prêt à saisir une image fugitive. À adoucir la réalité, grâce à un léger flou et une lueur monochrome. À montrer toute l'Allemagne, telle une actrice de cinéma, sous son jour le plus glamour.

En ce beau jeudi matin, Goebbels posait près des portes monumentales des studios de cinéma de l'Ufa pour un article de presse en l'honneur de son quarantième anniversaire qui approchait. Il avait suggéré au photographe de le prendre de la rue, afin que tout le portail entre dans le cadre, avait-il dit, mais en réalité pour qu'il en impose autant que possible en dépit de son mètre soixante-deux et de son pied atrophié.

« Il est très difficile quand il s'agit de le prendre en photo, non ?

— Tu ne le serais pas, toi ? Est-ce que tu ne ferais pas la même chose ? D'ailleurs, s'il avait un peu plus de jugeote, il ne se ferait pas photographier du tout. »

Clara regardait par la fenêtre d'un bureau qui se trouvait dans l'enceinte des studios de Babelsberg, un conglomérat tentaculaire de halls, de salles de montage, d'entrepôts de menuiserie et de décors nichés au cœur d'épaisses pinèdes situées à la périphérie de Potsdam, à une quinzaine de kilomètres de Berlin. Le bureau était celui d'Albert Lindemann, un producteur exécutif qu'elle avait connu une semaine à peine après son arrivée en Allemagne. À l'époque, Albert était un jeune homme inquiet qui n'avait plus beaucoup de cheveux et encore moins d'espoirs de promotion. À présent, c'était un homme puissant et raffiné, à la silhouette mince, sanglé dans une chemise de soie assortie d'un nœud papillon violet, les pieds chaussés de souliers en daim crème posés devant lui, sur son bureau. Depuis l'aryanisation, qui interdisait à toute personne ayant des origines juives de travailler aux studios de la Ufa, la carrière d'Albert avait prospéré. On lui avait confié la production de projets de plus en plus importants. Il roulait dans une voiture voyante et vivait à Schöneberg, dans un appartement qui regorgeait de mobilier chromé ou en bois blond, de grands miroirs et d'épais tapis blancs. Albert, qui adorait les potins, avait un humour caustique et un sens de l'absurde très développé. Il ne s'intéressait absolument pas aux femmes, mais on ne le voyait jamais dehors sans une jeune actrice à son bras. Clara avait souvent envie de lui poser des questions sur sa vie privée, mais elle s'en abstenait. C'était plus prudent. Excepté les plaisanteries d'usage sur les officiels nazis, ils évitaient de parler politique. Lorsqu'ils apprenaient qu'un acteur avait disparu des studios – ce qui se produisait souvent – ou qu'un réalisateur avait été emmené pour un interrogatoire, ils échangeaient un regard, mais n'en discutaient que rarement. Cette semaine, justement, Gisela Wessel, une actrice avec laquelle ils avaient l'un et l'autre travaillé, avait été arrêtée pour « militantisme actif et entreprise de démoralisation communiste », et embarquée pour être interrogée. Albert s'était contenté de hausser les sourcils et de murmurer : « Gisela est partie. » Il n'avait pas besoin d'en dire plus. Pour Clara, il était à Berlin ce qui ressemblait le plus à un ami et ils se comprenaient à demi-mot.

« Merci de m'avoir prêté la voiture. »

C'était Albert qui lui avait appris à conduire l'année précédente, supportant ses embardées dans les rues de Berlin, jurant de façon théâtrale quand elle écrasait la pédale de frein, ne se détendant que lorsqu'ils arrivaient sur des routes dégagées, en pleine campagne. Elle lui tendit les clés mais il les repoussa d'un geste.

« Garde-la encore un peu, ma chérie. Je ne m'en sers pas en ce moment et ta vie est tellement plus glamour que la mienne. J'imagine qu'une voiture te sera utile. »

Albert essayait toujours de compenser son prodigieux appétit pour les potins par la discrétion qu'exigeait la politique. Sur le sujet des rencontres de Clara avec les Goebbels, il estimait que moins il en savait, mieux il se portait.

« J'espère que ton excursion à Schwanenwerder s'est bien passée, en tout cas.

— Bien, je ne sais pas. Mais c'était intéressant. »

Albert se déploya et se servit un verre de schnaps d'une bouteille qu'il gardait dans le tiroir du bas de son bureau. Il connaissait assez Clara pour ne pas se cacher d'elle quand il avait envie d'un verre, et elle avait pu constater que le niveau de la bouteille avait beaucoup baissé depuis la dernière fois qu'elle l'avait vu boire. Chacun avait sa façon de faire face à l'atmosphère qui régnait dans les studios. Albert but une bonne lampée et la regarda, les yeux plissés, l'air inquiet.

« Tu m'as l'air un peu sur les nerfs ce matin, ma chérie. Et pâlichonne, en plus. Tu n'as pas d'ennuis, j'espère ?

— Des ennuis ? » Clara eut un petit rire. « Au contraire, même. Avec tous les rôles qu'on me confie ! »

C'était vrai. Depuis son arrivée en Allemagne, Clara avait été régulièrement sollicitée. Avec l'arrivée du parlant, les acteurs découvraient que leur voix avait autant d'importance que leur apparence. Certaines vedettes passèrent de mode du jour au lendemain parce que leur voix était trop aiguë ou leur accent trop comique. D'autres se plaignirent de ne plus pouvoir faire la fête le soir à cause de tous les dialogues qu'ils devaient apprendre. *Les Roses noires*, le premier film de Clara, avait été l'un des premiers longs métrages parlants tournés en trois langues, allemand, français et anglais. L'expérience, cependant, ne dura pas longtemps ; les étrangers se lassèrent vite des films réalisés dans l'Allemagne nouvelle. Surtout depuis qu'on n'y tournait plus que des films de guerre dans lesquels les courageux soldats allemands étaient prêts à mourir pour leur pays.

Ses tentatives pour sonder l'humeur de Clara s'étant révélées vaines, Albert changea de sujet. « As-tu entendu la dernière théorie de notre grand maître à tous ? » Il désigna le dernier numéro de *Filmwoche* – lecture obligée pour quiconque travaillait dans le cinéma – où figurait un portrait flatteur de Goebbels. « Il raconte là-dedans que la femme idéale devrait être un composé des trois M – la Mère, la Madone et la Maîtresse.

— Je croyais qu'il préférait les garder séparées.

— Moi aussi. Mais si ce qu'on dit à propos de Lída Baarová est vrai, il pense qu'elle pourrait aimer combiner deux rôles. »

Lída Baarová était la dernière conquête de Goebbels. Une actrice tchèque sensuelle, aux magnifiques pommettes slaves, que son admirateur dévoué avait propulsée en haut de l'affiche. *Les Patriotes*, son nouveau film, l'histoire d'un courageux soldat allemand se liant d'amitié avec une Française, devait d'ici peu faire l'objet d'une première exceptionnelle au Palast am Zoo de l'Ufa, le plus somptueux cinéma de la ville.

« Alors, cette fois, c'est sérieux ?

— Il est vraiment amoureux. Il en est fou. Il passe au crible tous ses partenaires masculins. J'ai entendu dire qu'il lui avait demandé de ne pas raccrocher son téléphone pour que, lorsqu'il est à son bureau, il puisse prendre le combiné rien que pour entendre son souffle.

— Son souffle !

— Très romantique, non ? Ou peut-être qu'il veut l'entendre au cas où elle ferait ses bagages pour partir à Hollywood, comme tout le monde. On dit qu'il tient tellement à elle qu'il va demander le divorce à Magda.

— Je croyais que Lída était déjà mariée.

— Qu'est-ce c'est que le mariage ? Un morceau de papier. Ce n'est pas un problème de paperasse qui va décourager Goebbels. »

Clara s'éloigna de la fenêtre. Même s'il était au portail du studio, à cent mètres de là, elle eut brusquement l'impression que Goebbels avait des yeux derrière la tête. Albert rit.

« Tu n'as pas à t'en faire, chérie. Tu t'y prends plutôt bien, semble-t-il. Hâte d'aborder ton premier grand rôle ? »

Le personnage qu'elle incarnait dans son nouveau film, *La Fiancée du pilote*, était en effet le premier rôle-titre de Clara. Elle jouait Gretchen, la jeune épouse d'un as de la Luftwaffe, pilote de chasse reconnu pour son héroïsme jusqu'à ce qu'il soit tragiquement abattu. L'histoire était des plus simples. Gretchen, qui est la seule à refuser de croire à la mort de son mari, apprend à piloter afin de pouvoir partir à sa recherche et le ramener à la maison. Échappant à la DCA ennemie, elle atterrit en territoire hostile et le découvre blessé mais vivant. Jusque-là, rien que de très classique. Une courageuse aviation de chasse allemande, une héroïne d'une patience à toute épreuve, une fin heureuse. On tournait pas mal de films de ce genre ces temps-ci, mais celui-ci était assurément promis au succès. Grâce à Ernst Udet.

Elle sourit. « Nous savons tous qui est la véritable vedette du film. »

Elle alla vers le bureau d'Albrecht et parcourut une pile de cartes postales représentant la silhouette rayonnante d'Udet dans différentes poses. Udet était une star née. Quand il était à Hollywood, il aimait réaliser ses cascades en tenue de soirée et chapeau haut de forme. Une de ses cascades préférées consistait à voler au ras du sol pour y ramasser des objets. La presse avait été dithyrambique quand il avait gagné son pari de récupérer le mouchoir de Mary Pickford dans l'herbe, rien qu'avec le bout de son aile.

« Le plus triste c'est que ce sera son dernier rôle, dit Albert. Il paraît que le Führer lui a dorénavant interdit de tourner et d'exécuter des acrobaties.

— Mais je croyais que ses films faisaient une excellente propagande pour l'aviation ? »

Le dernier film d'Udet, *Le Miracle du vol*, qui raconte l'histoire d'un garçon dont le rêve est de devenir pilote, avait remporté un grand succès au box-office.

« C'est le cas. Mais maintenant, il est d'une importance cruciale pour la Luftwaffe. Ils ne veulent pas qu'il lui arrive un malheur. Ça le déprime tellement que j'ai entendu dire qu'il envisage de repartir aux États-Unis.

— Il n'aime pas son travail ?

— Il en a horreur. Il n'est pas du tout à sa place. Il passe la journée derrière son bureau à griffonner et à confectionner des avions en papier. »

Goering était tellement déterminé à mettre son ancien camarade de guerre au premier plan de l'expansion de la Luftwaffe qu'il l'avait nommé à la tête du département technique de l'armée de l'Air, en charge du développement de tous les chasseurs, bombardiers et autres types d'aéronefs spécialisés. Le problème, c'était qu'Udet détestait au moins autant la paperasse et la politique du Parti qu'il aimait les femmes, l'alcool, et les avions. Le public lui-même ne semblait pas comprendre qu'il soit devenu un dignitaire du Parti ; on lui réclamait toujours des autographes chaque fois qu'on le voyait dans la rue. Le studio profitait au maximum de son statut de vedette. Ce matin, il était prévu qu'il signe des affiches et des cartes postales promotionnelles pour le prochain film.

Le téléphone sonna. Albert décrocha et fit signe à Clara de rester.

« Voilà. Il est arrivé. Veux-tu rencontrer ton mari à l'écran ? »

Ils traversèrent les bureaux d'un bon pas et prirent un raccourci par le Grand Hall où se déroulaient tous les tournages. De la taille d'un hangar d'aviation, il abritait une douzaine de plateaux, assemblés dos à dos, où se préparaient autant de versions de la réalité censées faire oublier aux Allemands les manœuvres militaires et la pénurie de beurre. En longeant l'arrière des décors en piteux état, maintenus par des étais en bois, ils croisèrent un groupe d'évêques bavardant avec des hommes en perruque poudrée et jabot de dentelle. Des cordes et des câbles électriques serpentaient au sol. Un réalisateur irrité par le bruit d'une perceuse hurla « *Ruhe !* » pour obtenir le silence. Ils sortirent à l'autre bout du hall et parvinrent à un bureau de réception en brique rouge où se tenait un homme grand et fort, d'une quarantaine d'années tout au plus, vêtu de l'uniforme gris ardoise de la Luftwaffe qui faisait ressortir le bleu éblouissant de ses yeux.

« Herr Generaloberst, puis-je vous présenter Clara Vine ? »

Udet esquissa un sourire entendu, comme s'il avait une bonne blague en réserve. Il claqua des talons et fit à Clara un baisemain d'une courtoisie surannée.

« Ma bien-aimée. Au cinéma, en tout cas. Et, si je puis me permettre, un excellent choix.

— Nous sommes ravis que vous ayez pu vous libérer pour ce film, Herr Generaloberst, reprit Albert avec obséquiosité.

— Moi de même, je vous assure, dit-il avec un clin d'œil à l'adresse de Clara. J'ai bien failli ne pas pouvoir le faire. J'ai eu un accident l'autre jour. L'avion était bon pour la ferraille. Je m'en suis sorti, mais à deux centimètres près j'aurais pu chanter avec une voix de soprano. »

Derrière Udet, Clara vit deux secrétaires s'arrêter de travailler et se faire des signes en dissimulant leurs gloussements. Ces filles voyaient des acteurs célèbres tous les jours que Dieu fait, et si elles perdaient leurs moyens en présence d'Udet, c'est qu'il était sans nul doute une immense star. Tout ce que Clara avait entendu dire sur son charme, sa gaieté et sa décontraction qui incitaient les gens à se précipiter sur lui dans la rue semblait vrai. Elle se prit aussitôt de sympathie pour lui.

« Vous avez déjà volé ? demanda-t-il à Clara.

— Non, malheureusement. Mais j'ai vu votre démonstration en marge des Jeux olympiques l'an dernier. »

Comme pour tout ce qui était de son ressort, le gala que Goering avait organisé à cette occasion pour sept cents personnes dans sa résidence de la Leipziger Platz n'avait pas donné dans la simplicité. Une piscine avait été creusée dans le jardin, et rien n'y manquait, pas même les cygnes. Il y avait un village français en miniature, une fête foraine, des stands de tir et un manège. Un corps de ballet au grand complet avait été invité à danser dans l'herbe au clair de lune, pendant qu'au-dessus, dans le ciel, l'avion d'Udet exécutait une série de figures acrobatiques, de glissades et de descentes en piqués.

Le visage d'Udet s'épanouit en un large sourire. « Ça vous a plu, j'espère ?

— C'étaient les acrobaties les plus stupéfiantes que j'aie jamais vues. » Et c'était vrai.

La vision de cet avion plongeant dans le ciel nocturne, effectuant des virages sur l'aile et des figures dignes d'un danseur dans la lumière des projecteurs l'avait littéralement clouée sur place.

« Je peux organiser un vol pour vous, si ça vous tente.

— Ma foi, je ne sais pas…

— Vous allez adorer ! Et ça vous aidera à entrer dans la peau du personnage. N'est-ce pas ce que disent les actrices ?

— Dans ce cas, c'est très aimable à vous.

— Faites-moi confiance. Je vais voir ce que je peux faire. »

Albert désigna la pile de documents promotionnels qu'il portait.

« Nous nous demandions, Herr Generaloberst, reprit-il sur un ton mielleux, si vous pourriez trouver le temps de faire un saut à mon bureau pour en signer quelques-uns ?

— Et, intervint Clara, puis-je vous solliciter un autographe pour un jeune admirateur ? C'est un de mes amis, il s'appelle Erich. Il vous a vu voler et il veut s'engager dans la Luftwaffe quand il en aura l'âge. »

Udet prit une carte postale sur le dessus de la pile d'Albert. Le cliché le représentait posant à côté d'un bombardier Ju 87 Stuka, coiffé d'une casquette inclinée de façon désinvolte. Avec des fioritures, il griffonna au dos : *Pour Erich ! Meilleur souvenir, Ernst Udet.*

Puis il prit une autre carte, écrivit quelque chose dessus et la tendit à Clara en singeant une révérence. Elle lut :

*Mademoiselle Clara Vine est invitée à une réception au 4, Pommerschestrasse, Berlin-Wilmersdorf, le 18 octobre à 20 heures.*

« J’espère que vous viendrez. Vous y rencontrerez quelques-uns de mes amis. Il faut que nous fassions plus ample connaissance puisque vous allez être mon épouse. Amenez aussi Herr Lindemann. Mais méfiez-vous, je fais un cocktail redoutable. »

## 6

Une belle brise ridait la surface du Wannsee, faisant danser les bateaux au mouillage. Il n'y avait pas si longtemps, ils s'appelaient Edda, Ute ou Gretel, mais leurs noms avaient été remplacés par d'autres qui évoquaient des aspirations national-socialistes plus ambitieuses tels Courage, Victoire ou Endurance. Clara se détourna du spectacle et frissonna. Peut-être en raison de la fraîcheur de la brise entrant par les portes-fenêtres du salon des Goebbels, mais plus vraisemblablement à cause des gens qui l'entouraient.

Le mobilier avait été retiré de la pièce pour laisser la place à un grand nombre de femmes en fourreaux brillants, l'éclat de leurs bijoux rivalisant avec les têtes de mort argentées des uniformes d'apparat noirs des SS. C'était comme toujours une expérience troublante que de se tenir si près d'officiers de la SS. Ici ou là Clara percevait les accents précieux de la grande bourgeoisie anglaise au milieu des aboiements de la conversation allemande, mais personne n'avait encore fait appel à ses talents de traductrice. Les Allemands faisaient semblant de comprendre et les Anglais s'imaginaient que parler plus fort et plus lentement les rendait parfaitement intelligibles.

« Vous vivez dans un très bel endroit, Frau Doktor, dit l'un d'entre eux. Il paraît que le Führer préfère parfois Schwanenwerder à Berchtesgaden.

— Rien ne vaut Berchtesgaden ! intervint une Anglaise godiche aux cheveux couleur paille coupés au carré. Berchtesgaden est ce qui se rapproche le plus du paradis. »

Unity Valkyrie Mitford était si impassible qu'en la regardant Clara songea aux statues sur la façade du théâtre de la Nollendorfplatz. Son visage aux sourcils épilés très haut formait comme une flaque parfaitement plane dans laquelle on avait envie de jeter un caillou. Cette fille, qui avait prié un journal allemand de faire savoir qu'elle « haïssait les Juifs », avait l'allure maussade d'un ruminant derrière une barrière. Elle n'avait que vingt-trois ans, mais elle avait quitté l'Angleterre pour l'Allemagne, afin d'être aussi près que possible d'Hitler, et choisi Munich dans l'espoir d'être invitée par le Führer, à déjeuner, à l'opéra ou même seulement à prendre le thé chez lui. De temps à autre, on lui demandait de faire des discours ou d'écrire des articles de journaux dans lesquels elle se lançait dans de longues diatribes contre les Juifs, aussi maladroites et ennuyeuses qu'un devoir de collégienne de douze ans.

La raideur de Unity, son attitude empruntée, ne faisaient que souligner la beauté de sa sœur Diana : de quatre ans son aînée, mais plus petite d'une tête, celle-ci était habillée d'une exquise robe Dior couleur crème qui mettait en valeur ses cheveux blond platine et ses yeux d'un bleu dur. Toutes deux avaient le même front large et les mêmes pommettes hautes, mais ce qui faisait le charme de Diana était beaucoup plus grossier chez Unity. Quand on voyait les deux sœurs côte à côte, on s'étonnait qu'à partir de la même matière, les hasards de la naissance aient pu aboutir à des résultats aussi différents. La même pensée avait certainement effleuré Heinrich Hoffmann, le photographe personnel d'Hitler, qui faisait le tour des invités avec une agilité remarquable, armé d'un Leica.

« Ne prêtez surtout pas attention à moi. Je ne veux pas déranger ! »

Hoffmann était un personnage fringant au charme compassé et au sourire mielleux d'un patron d'hôtel. Ses cheveux étaient lissés avec une brillantine au parfum âcre, et un extravagant foulard de soie émergeait de sa poche supérieure. Le fait qu'il soit depuis des années le seul photographe autorisé à prendre des portraits du Führer signifiait qu'il était aussi le photographe attitré des soirées données par les dirigeants du parti. Ce jour-là il avait laissé tomber les éclairages spéciaux et le trépied au profit d'un appareil peu encombrant, mais ses efforts pour rester discret étaient inutiles. Être photographiées, pour les Mitford, faisait partie de la routine.

« Le Berghof, oui, qu'est-ce qu'on y est bien », disait Diana, qui revenait tout juste de vacances dans la retraite du Führer dans les Alpes bavaroises. « La vue est splendide, même si le décor a un petit côté bed and breakfast à Bournemouth. Tu me croirais si je te disais qu'il y a des slogans brodés sur les coussins ? » Elle eut un rire caustique qui tinta comme une coupe de champagne qui se brise. « Il y en avait un où était inscrit *La femme allemande se remet au tricot* ! Et le coussin était tricoté ! Avoue que c'est cocasse ! S'il n'y avait pas eu tous ces gardes imposants autour, je l'aurais mis dans mon sac pour le rapporter à la maison. »

— Tu ne devrais pas dire ça, lui objecta Unity, sans le moindre humour. Les invités qui veulent garder des souvenirs du Berghof, c'est une véritable plaie pour ce pauvre Führer, quoique il lui serait difficile de s'en offusquer. Tout le monde lui vole ses cuillers. Même les brosses et les limes à ongles de la salle de bains. Juste parce qu'elles portent ses initiales.

— Il devrait peut-être faire plus attention aux gens qu'il invite, alors, répliqua gaiement Diana. Je dois dire que certaines des femmes présentes au dîner de l'autre soir m'ont paru plutôt douteuses. Et en plus, elles n'étaient pas terribles. Je me demande comment ce cher Führer peut supporter de les regarder. Elle m'ont fait penser à un Hindenburg [1], pas vous ? »

En comparaison, le corps de Diana était aussi fin et délié que celui d'un lévrier. De profil, son visage avait l'insolite perfection d'une déesse grecque. À côté d'elle Magda Goebbels, en robe blanche et cardigan rayé, le visage couvert de poudre, les chevilles enflées, paraissait particulièrement massive. Les sœurs se mirent à bavarder avec Henny, la fille d'Hoffmann, une jeune femme pleine d'entrain qu'elles avaient connue à Munich, pendant que son père prenait d'autres photos. Henny parlait à voix basse, presque dans un murmure.

1. Allusion aux rondeurs du plus grand dirigeable commercial jamais réalisé qui venait d'être construit en Allemagne.

« Vous avez eu de la chance d'être assise avec le Führer au Berghof. Moi, j'étais coincée à côté de Bormann. Il nous a soûlées avec ses grands projets de mariages dans le Reich. Il veut instituer des mariages collectifs, marier cinquante couples simultanément. Une horreur. Vous pouvez imaginer une chose pareille, vous ?

— Moi je trouve que ce serait marrant, dit Diana. Pensez à toutes les mères des mariées, rivalisant de couleurs pastel. »

Clara se demanda si Archie Dyson avait raison de penser que les sœurs Mitford ne présentaient aucun intérêt. Il lui semblait qu'elles occupaient une place de choix dans la hiérarchie nazie. Invitées privilégiées d'Hitler, elles étaient dans le secret des conversations privées des hauts dignitaires qui venaient lui rendre visite dans sa retraite bavaroise. Elles étaient parmi les premières à entendre les projets du Führer pour l'avenir de l'Europe et elles-mêmes le nourrissaient d'une vision de l'Angleterre excentrique à l'extrême. Alors qu'elle songeait à cela, Clara sentit le regard vif de Diana s'attarder sur elle, comme si elle lisait dans ses pensées.

« Clara ! Vous ici, mais c'est merveilleux. Ça fait tellement longtemps que je ne vous ai vue. Comment va votre divine sœur, Angela ? »

Diana connaissait Angela mais était plus proche de Gerald – que sa sœur venait d'épouser –, un avocat flegmatique qui avait des ambitions politiques mais aucune qualité aux yeux de Clara. Gerald avait flirté avec l'idée de rejoindre l'Union anglaise des fascistes de Mosley, mais il avait fini par miser sur le Parti conservateur, moins risqué.

« Angela va très bien, merci. Elle va bientôt arriver.

— C'est une rigolote, votre sœur, on ne s'ennuie pas avec elle. Dommage qu'elle n'ait pu être présente au Congrès du Parti. C'était très impressionnant. Vous êtes allées à Nuremberg ?

— Non, malheureusement pas cette année. »

Jusqu'à présent, Clara avait réussi à ne pas assister au moindre Congrès du Parti, mais elle savait que, tôt ou tard, il lui faudrait accepter l'invitation. Cette année-là au Congrès du Parti à Nuremberg, il n'avait été question que de la « Cathédrale de Lumière » conçue par Albert Speer, fabriquée à partir des faisceaux lumineux de cent cinquante projecteurs qui montaient haut dans le ciel nocturne comme pour former les piliers d'un édifice sacré.

« Vous auriez dû voir ça, Clara, renchérit Unity, rajoutant son grain de sel. C'était tout simplement le plus grandiose de tous. Le Führer était absolument ravi. Je n'arrive pas à croire que vous ne soyez jamais venue. Tous ces congrès, ces défilés, c'est absolument enchanteur ; quant aux Jeunesses hitlériennes, on aurait dit des anges. »

Clara laissa échapper un petit rire. « À Berlin aussi, on peut voir plein de défilés.

— Peut-être. Mais pour moi, c'est un crime de manquer ça. On n'a jamais vu autant de monde rassemblé au même endroit. Et ça se termine par la procession du Drapeau sanglant – celui que tenait le jeune nazi abattu au moment du putsch – quand tous les autres drapeaux viennent toucher le Drapeau sanglant pour être consacrés. C'est le moment le plus solennel. C'est impossible à décrire. Il faut l'avoir vu par soi-même. C'est prodigieux.

— Pas aussi prodigieux que le discours d'Herr Doktor, la taquina Diana. Cinquante pages sur les maux du bolchevisme ! »

Cette plaisanterie aux dépens de son mari provoqua un petit rire gêné de la part de Magda, mais l'entrée de trois jeunes enfants Goebbels détourna l'attention générale, mettant fin à son embarras. Helga, cinq ans, Hilde, trois ans et Helmut, deux ans, firent le tour de la salle en dansant sur un air de Strauss sorti d'une boîte à musique, les filles dans leurs plus belles robes à smocks blanches et en socquettes, le petit Helmut entre elles. Les adultes regardèrent leur numéro en silence, puis applaudirent à tout rompre lorsque les enfants le conclurent par des *Heil Hitler*, patientant docilement afin qu'Hoffmann les prenne en photo. La solennité se rompit soudain quand Hilde leva la jambe et dit « Vous avez vu ? J'ai des chaussures toutes neuves ! », provoquant l'hilarité générale.

« Heini Hoffmann, siffla une voix à l'oreille de Clara. Le photographe personnel du Führer. Nous sommes flattés. »

Clara se tourna et vit Annelies von Ribbentrop, la femme de l'ambassadeur auprès de la Cour de St. James. Il se disait que les Ribbentrop revenaient en Allemagne dans l'espoir que lui soit nommé ministre des Affaires étrangères. Tenant sa cigarette de côté, Annelies offrit sa joue à Clara.

« Frau von Ribbentrop. Vous êtes rentrée d'Angleterre !

— Enfin. Même si j'ignore pour combien de temps. »

Le visage carré d'Annelies von Ribbentrop était encadré de cheveux bruns, austèrement coiffés en tresses serrées, et son impressionnante silhouette était vêtue d'une sorte de veste en laine vert bouteille qui rappelait la chasse, même s'il manquait l'air vif et l'exercice qui allaient avec.

Elle renifla. « Je vous admire vraiment, vous autres Britanniques, de supporter un climat aussi épouvantable. Je dois dire que l'humidité m'est affreusement pénible. Je suis très sensible aux dépressions atmosphériques. »

Probablement son seul point sensible, pensa Clara.

« Mais vous, comment allez-vous ? »

Frau von Ribbentrop s'enquérait toujours du bien-être de Clara avec une insistance proportionnellement inverse à son véritable intérêt pour elle.

— Très bien, je vous remercie.

— Votre père a donné pour nous un merveilleux dîner à Londres. » Clara en avait entendu parler. Les Amitiés anglo-allemandes avaient réservé la salle de réception de l'hôtel Grosvenor House pour une réception en l'honneur de l'ambassadeur d'Hitler. « Toutes les tables avaient été décorées de croix gammées. Une très charmante attention, vraiment. Il faut le remercier de notre part. Il est merveilleux. Mais je dois dire que c'est quand même un soulagement d'être de retour à Berlin. » Elle balaya l'assistance du regard. « Je me suis remise dans le bain. Quel bonheur inespéré pour

Frau Goering ! J'imagine que vous connaissez la nouvelle ? »

L'Allemagne tout entière connaissait la nouvelle. À l'âge respectable de quarante et un ans, Emmy Goering attendait son premier enfant. Un vrai miracle. Nombreux étaient ceux qui doutaient de la paternité du Reichminister dont on disait qu'il était impuissant, à cause de son usage de la morphine, de ses blessures de guerre, ou encore de son énorme corpulence. Tout le pays ne parlait que de ça. Chacun y allait de sa plaisanterie sur le sujet, et l'artiste de cabaret Werner Fincke avait été arrêté pour avoir poussé trop loin la satire.

« Oui, c'est une merveilleuse nouvelle », répondit Clara d'un ton neutre.

Dehors, dans l'allée, un moteur ronronna, le gravier crissa. Clara regarda par la fenêtre et vit une silhouette sauter d'une rutilante Bugatti surbaissée. Puis on entendit la porte d'entrée s'ouvrir et, une minute plus tard, l'invité retardataire fit son apparition. C'était un homme de grande taille, aux cheveux blond cendré, la quarantaine, avec, sur le visage, l'expression de quelqu'un qui aurait abandonné le casino pour assister à une réunion du conseil paroissial.

« Désolé de ce retard, dit-il en anglais.

— Bon sang, Ralph, s'exclama Diana en le tirant impérieusement par la manche. Ce chapeau vous donne l'air d'un bookmaker juif. Entrez, c'est très vilain de nous avoir fait attendre comme ça. »

Tandis que la soubrette prenait son chapeau, son manteau, et que Magda l'entraînait à l'écart, le regard de l'homme s'attarda sur Clara. Mais personne n'avait songé à les présenter.

Clara avait du mal à s'intéresser à cette réception. Cela faisait deux jours que les paroles d'Archie Dyson lui trottaient dans la tête.

*« Nous avons eu vent de soupçons que vous auriez éveillés.*

Cette remarque l'avait plus affectée qu'elle ne s'y attendait. Elle savait – elle avait toujours su – qu'elle serait surveillée. Quelqu'un de son profil, à moitié anglaise, fréquentant l'élite nazie, ne pouvait pas espérer passer inaperçu. C'était inévitable. Elle s'était toujours préparée à assumer les conséquences de ses actes. Et pourtant, savoir qu'elle était dans le collimateur de la Gestapo la tracassait, lui nouait l'estomac. Elle passait et repassait ses connaissances en revue pour essayer de déterminer qui aurait pu faire part de ses soupçons à son endroit aux occupants de la Prinz Albrecht Strasse. Mais, *a priori*, rien de ce qu'elle avait pu faire récemment ne sortait de l'ordinaire. Elle ne se souvenait d'aucune conversation compromettante qui aurait pu parvenir aux oreilles d'un tiers, ni de rencontres avec quelqu'un d'hostile au régime.

Au même instant, elle perçut un parfum qui la ramena brusquement au présent. Une fragrance citronnée astringente. L'après-rasage Tarr de Scherk.

« Fräulein Vine. Quelle agréable surprise ! »

Peu importait le nombre de fois où elle l'apercevait de loin aux studios, pressant le pas dans les couloirs de sa démarche claudicante, se retrouver nez à nez avec Joseph Goebbels, le persécuteur par excellence des Juifs, celui qui était chargé par Hitler de déterminer la « direction spirituelle de la nation » faisait encore frémir Clara. Son visage blême et intelligent ainsi que sa silhouette chétive mettaient les gens au défi de regarder son pied déformé. Son sourire était aussi intermittent que le projecteur d'une prison, mais éblouissant, et il pétillait d'énergie et de nervosité. Ce soir, fringant comme à son habitude, il portait un costume léger en serge de bonne coupe et une cravate bleu marine. Il inclina rapidement la tête pour effleurer des lèvres la main de Clara, puis sortit un étui à cigarettes et lui en offrit une.

« Il me semble vous avoir aperçue à Babelsberg, l'autre jour. Avec le général Udet, c'est ça ?

— Il joue dans notre nouveau film. Il a accepté d'exécuter une acrobatie.

— Vraiment ? Je l'ai vu dans *Le Miracle du vol*. Je me suis laissé dire que c'était un miracle qu'il ait pu réaliser cette cascade. »

Clara ne fut pas surprise de ce que Goebbels soit parfaitement au courant du penchant d'Udet pour l'alcool. C'était son travail que de connaître les faiblesses et les peccadilles de toutes les personnalités nazies. Nul doute que la Gestapo avait, elle aussi, une pile de notes bien classées dans les fichiers de la Prinz Albrecht Strasse, toutes prêtes à être utilisées contre Udet le cas échéant.

Clara sourit poliment. « En fait, j'espère pouvoir voler avec lui.

— Alors, Fräulein Vine, vous êtes plus courageuse que moi. Mais peut-être êtes-vous attirée par le danger.

— Je suis certaine d'être parfaitement en sécurité.

— Certes, certes. Du moment que vous faites ça avant le déjeuner ! »

Du coin de l'œil, Clara sentit qu'on l'observait. C'était le dernier arrivant, cet Anglais prénommé Ralph, qui se tenait entre Magda et les sœurs Mitford, ou plutôt les dominait de son mètre quatre-vingt-huit. Son visage avait des traits prononcés et la bosse sur son nez évoquait une fracture sur un terrain de jeu. Son front haut se dégarnissait et il fumait en se tenant le coude. Clara remarqua qu'il avait des ongles bien nets et une chevalière en or au petit doigt de la main gauche. Pendant la fraction de seconde où leurs regards se croisèrent, l'étincelle d'un lien fugitif jaillit entre eux.

Diana adressa un signe à Goebbels.

« Nous jouons à un jeu, Herr Doktor, venez donc vous joindre à nous. Nous parlons des péchés mortels. Je trouve que les anciens sont terriblement dépassés. Il devrait y en avoir de nouveaux. À moins que l'on n'ait des vertus mortelles à la place !

— Que diriez-vous de la chasteté ? suggéra l'Anglais.

— Péché ou vertu ?

— C'est assez mortel dans les deux cas. »

Un éclat de rire emplit la pièce. « Si vous n'arrivez pas à vous décider, Ralph, il va vous falloir trouver autre chose, insista Diana. Que proposez-vous ?

— Le secret.

— Péché ou vertu ?

— Vertu, assurément. »

Tandis que s'éteignait le rire de Diana, Goebbels lança des regards noirs à la compagnie. Il ne semblait pas apprécier cet humour. Peut-être détestait-il ces petits jeux de société typiquement anglais, ou bien craignait-il qu'il n'y ait dans les plaisanteries de ses invités une allusion humoristique à sa liaison avec Lída Baarová. Qu'avait dit Albert ?

*« Il est vraiment amoureux. Il en est fou... On dit qu'il va demander le divorce... »*

Goebbels reprit sa mine habituelle et reporta son attention sur l'Anglais.

« Parlant de vertu, capitaine Sommers, j'ai à me plaindre de vos journaux anglais. Ils n'arrêtent pas de nous sermonner à propos de notre moralité comme une vieille institutrice qui réprimanderait notre jeune Reich. Dites-moi, trouvez-vous juste qu'ils continuent de raconter tous ces mensonges, ou bien allez-vous les corriger ?

— Je crains que vous ne surestimiez mon influence sur les habitants de Fleet Street, Herr Doktor, plaisanta Sommers. Mais je m'étonne qu'ils vous soient si antipathiques. Bon nombre de journaux britanniques sont favorables au national-socialisme, pourtant ? Lord Rothermere ne soulignait-il pas l'autre jour qu'Adolf le Grand serait bientôt aussi populaire en Grande-Bretagne que Frédéric le Grand ? Et en ce qui me concerne, plus tôt l'Angleterre comprendra que son intérêt réside dans une étroite association avec le Reich allemand, mieux cela vaudra. »

Il fit un signe de tête à Clara et lui tendit la main. Une petite croix gammée en argent brillait à son revers.

« Ralph Sommers. » Au contact de sa main, elle frissonna.

Goebbels fit un geste pompeux en direction de Clara. « Capitaine Sommers, voici Fräulein Clara Vine. Elle incarne parfaitement l'union de nos deux grandes nations. Son père, sir Ronald Vine, est anglais, et sa mère était allemande. Elle paraît peut-être plus anglaise, à première vue, mais je pense que nous avons gagné son cœur. »

Sommers posa sur elle un regard inquisiteur. « Je suis heureux de l'apprendre. Si seulement un certain nombre de nos compatriotes pouvaient suivre son exemple. Arrêter de parler de guerre, et se pencher sur ce que nos deux peuples ont en commun. » Il adressa un signe de tête à Clara. « Vous n'êtes pas de cet avis ?

— Si, bien sûr.

— Nous sommes deux anciennes races aryennes que l'amitié devrait réunir. Nous sommes du même sang. Notre famille royale est de langue maternelle allemande. Le bolchevisme est notre ennemi commun. Je ne vois aucune raison pour que la Grande-Bretagne et l'Allemagne ne forment pas l'une des grandes alliances du monde moderne. »

Clara n'avait pas besoin de demander ce qu'un homme comme le capitaine Sommers faisait à Berlin. La ville était pleine d'hommes tels que lui, d'Anglais mondains amoureux du nouveau régime, entichés de défilés, d'étendards et de légions de Jeunesses hitlériennes bien dressées. Il avait les yeux un peu fatigués et le visage ombré par une barbe de plusieurs jours, mais Ralph Sommers respirait cette confiance commune à toutes les fréquentations de sa sœur – des hommes issus des rangs les plus privilégiés de la société, les produits les plus policés des collèges privés, qui considéraient que le monde était à leurs pieds. Étant donné son allusion à lord Rothermere, il devait avoir partie liée avec ces barons de la presse résolus à devenir proches d'Hitler et favorables à une alliance avec l'Allemagne. Elle se demandait ce que Sommers imaginait à son sujet. Qu'elle appartenait à cette catégorie de filles sensibles au prestige de l'uniforme et à la proximité du pouvoir évoluant dans les cercles nazis ? Clara se rappela qu'elle devait se méfier aussi des autres Britanniques. Ils pouvaient remarquer des erreurs qui échappaient aux Allemands. Sentir l'imposture.

« Et qu'est-ce qui vous amène ici, capitaine Sommers ?

— Je dirige une petite entreprise aéronautique spécialisée dans la recherche et la vente. Nos bureaux se trouvent sur Conduit Street. Tenez... » Il fouilla dans sa poche, en sortit un étui en or de cartes de visite. « Prenez ma carte. En fait, je suis ici pour affaires, mais j'en ai profité pour descendre en voiture à Nuremberg pour assister au Congrès du Parti, et je dois reconnaître que c'était un sacré spectacle. À vous couper le souffle. C'est là-bas que Frau Doktor m'a aimablement invité à cette soirée. Elle me gâte, vraiment.

— J'ai l'impression qu'on ne s'occupe pas bien de vous, ce soir, Sommers, intervint Goebbels en remarquant son verre vide. Vous n'avez plus de champagne. »

Il lui adressa son grand sourire, celui qui donnait la chair de poule à Clara, et fit un signe à une jeune femme qui portait une bouteille de Henkell dans une serviette blanche. Clara la reconnut. C'était la fille de l'École des Épouses qui leur avait servi le thé l'autre jour. Elle avait les joues rouges et une goutte de sueur dégoulinait sur sa tempe. Suivant l'ordre du ministre, elle lutta avec la bouteille, se débrouillant pour verser du champagne sur la manche de Ralph Sommers. La rage déforma le visage de Goebbels.

« Mais faites donc attention, espèce de maladroite ! »

Sommers brossa de sa manche les éclaboussures de champagne avec un sourire.

« Il n'y a pas de mal », dit-il doucement.

Goebbels lança un regard noir à la fille qui battit aussitôt en retraite.

« Je suis navré. Ce n'est pas une de nos domestiques habituelles. Elle vient de l'École des Épouses. »

Diana Mosley dressa l'oreille.

« Une École des Épouses, avez-vous dit ? Vraiment, comme c'est curieux ! Je devrais peut-être en fréquenter une.

— Tu n'y ferais pas long feu, répliqua Unity sur un ton agressif. Tu as été renvoyée de toutes les écoles où tu es allée. »

Mais Goebbels ne s'associa pas à la plaisanterie. « Dieu vienne en aide aux malheureux SS qui vont épouser ces femmes. » Il se contrôla au prix d'un effort visible. « Cela étant, c'est un tout autre mariage que nous avons en tête en ce moment. Nous attendons la visite d'autres de vos compatriotes. Le duc et la duchesse de Windsor doivent arriver demain de leur voyage de noces. »

Pendant une fraction de seconde, les regards de Clara et de Frau von Ribbentrop se croisèrent. Il se disait à Londres que von Ribbentrop avait eu une liaison avec l'ex-Wallis Simpson. Après qu'ils avaient été présentés par Emerald Cunard, une dame de la haute société, dont la maison de Grosvenor Square était le lieu de rendez-vous du tout-Londres pro-nazi. Ribbentrop aurait même envoyé dix-sept roses chaque jour au domicile de la duchesse. Annelies von Ribbentrop avait traité ces ragots avec un sang-froid imperturbable, comme à son habitude. En entendant le nom de Wallis, elle resta de marbre.

« Ce qui est regrettable, c'est qu'ils soient chassés de leur propre pays pour une telle peccadille, poursuivit Goebbels en se tournant vers les sœurs Mitford. Je n'en reviens pas que vous autres Anglais ayez tant de mépris à l'idée qu'une femme divorcée devienne reine.

— Pas tous les Anglais, corrigea Diana, elle-même divorcée, ce que Goebbels savait pertinemment.

— Peut-être pas. Mais le fait est que vous auriez pu avoir un jeune souverain heureux avec une femme très séduisante, et que ces pruneaux secs que vous avez au gouvernement ne l'ont pas supporté. Sans compter qu'ils ont été soutenus par ces détestables hypocrites de l'Église. Je suis désolé, mais, pour moi, c'est là la marque du déclin d'une nation.

— Le duc le vit très mal, admit Diana. Je crois que l'idée de ce voyage en Allemagne est de donner un peu à Wallis le sentiment d'être reine. Il pense que, s'ils sont résolus à se conduire aussi mal à son égard, au point de lui refuser le rang d'Altesse, elle a bien le droit de profiter de tous les agréments d'une tournée royale. Avec le tapis rouge et l'ambassadeur britannique pour les accueillir.

— Pas l'ambassadeur britannique », objecta Clara sans réfléchir, et elle s'en voulut aussitôt. Comment cela avait-il pu lui échapper ?

« Vraiment ? » s'étonna Sommers. Il pencha la tête sur le côté. « Et pourquoi pas ?

— Politiquement, j'imagine que ce serait délicat, improvisa-t-elle.

— C'est ce que vous pensez ? » Il parlait d'un ton légèrement moqueur, tenant sa cigarette nonchalamment en l'air, un sourcil relevé. On aurait dit qu'il la défiait ; son regard insistant semblait destiné à la mettre mal à l'aise. « Mais pourquoi ?

— Ça me paraît évident, non ? Je lis les journaux, vous savez.

— J'en suis certain. » Ses lèvres esquissèrent un sourire mais ses yeux verts la sondaient avec insolence. « Sans compter qu'avec un père comme le vôtre, vous devez être très au courant des affaires politiques.

— Je n'ai nul besoin de mon père pour ça », rétorqua-t-elle.

Face à cette réponse laconique, il écarquilla légèrement les yeux mais continua de sourire, comme s'il la trouvait distrayante.

« Bien sûr que non. »

Soudain, Clara en eut assez. Quel plaisir y avait-il à se trouver dans un lieu où l'on détestait tous les invités et où l'on ne pouvait pas boire une goutte ? Quelle vie était-ce, que de fréquenter des gens dont on exécrait les opinions et qui entretenaient des relations avec un régime usant d'intimidation, de violence et de brutalité ? Se lier d'amitié avec des gens représentant une Angleterre qui n'était pas sienne. Être en permanence sur ses gardes, rire, bavarder, dissimuler, ne jamais faire d'erreur engendrait une tension épuisante. Il fallait qu'elle sorte, ne serait-ce qu'un moment.

Elle se rendit sur la terrasse pour aller respirer un peu et s'isoler, loin des portes-fenêtres et du brouhaha de la réception. Se glissant dans l'ombre au coin de la maison, elle resta là à écouter les cris des oiseaux de nuit dans le silence des bois et, plus loin, de l'autre côté du lac, la rumeur de la circulation. Tandis qu'une petite bouffée de brise salée lui parvenait, elle se représenta la force du courant qui plissait la surface du Wannsee. Elle avait adoré cet été passé au bord des magnifiques lacs autour de Berlin, à ramer, nager et plonger dans l'eau incroyablement cristalline de la Havel, même si on l'avait mise en garde contre la traîtrise des courants qui se cachent sous le calme apparent de la surface.

Un bruit interrompit ses pensées. Le pas d'un homme, semblait-il. Des talons ferrés résonnaient sur les dalles. Clara se rencogna dans l'obscurité. Un rai de lumière jaillit des portes ouvertes, éclairant la terrasse. Elle aperçut Ralph Sommers en train de rôder – c'était bien le terme –, tel un prédateur guettant sa proie. Il se redressa, les épaules en arrière, étira les bras au maximum, comme un animal sauvage, puis se massa le cou d'une main. Même de sa cachette, elle put voir qu'il était tendu et soucieux. Clara se colla davantage contre le mur et s'efforça de contrôler sa respiration.

Elle était certaine qu'il ne pouvait pas la voir, pourtant il regardait avec insistance dans sa direction. Il alluma une cigarette en abritant la flamme, leva les yeux vers elle, comme s'il la voyait, puis fit demi-tour et retourna à l'intérieur.

## 7

Il était 22 heures quand Clara, épuisée, arriva Winterfeldstrasse et y gara sa voiture. L'entrée était déserte, mais elle remarqua que deux boîtes de soupe au poulet avaient été jetées au point de collecte de Rudi, lesquelles suffiraient peut-être à la fabrication de quelques boulons destinés à l'aileron d'un avion. C'était la nuit du Parti, se souvint-elle, la seule sortie de la semaine pour Rudi, dont il rentrait d'ordinaire en titubant, empestant la bière, la tête pleine de chants SA.

Clara, elle, n'était pas du tout ivre. Plus que jamais consciente de la nécessité de rester attentive, elle n'avait rien bu à la réception des Goebbels. Elle avait gardé une coupe de champagne à la main tout du long, car c'était le genre de détail qui n'échappait pas à Goebbels. Pourtant, malgré sa sobriété et sa très grande vigilance, elle avait tout de même commis une erreur.

Au moins, l'ascenseur avait été réparé. Elle soupira en l'attendant et se massa les jambes. Ses chaussures à talons la faisaient souffrir. Elle avait hâte de se jeter sur son lit et de se détendre. Elle ne parvenait pas à chasser de sa tête le visage de Ralph Sommers, industriel dans l'aéronautique et sympathisant nazi. Quelque chose chez lui la troublait. Cette lueur tranquille dans le regard, le frisson qui l'avait parcourue quand ils s'étaient serré la main. Une inexplicable envie de le revoir la prit.

L'ascenseur s'éleva en vibrant et s'arrêta au dernier étage dans un grognement. Clara sortit de l'habitacle, alluma l'éclairage du palier et fouilla dans son sac à la recherche de sa clé. Mais, alors qu'elle approchait de la porte, elle s'immobilisa, tous ses sens en alerte. Elle hésita. La pellicule de poudre Max Factor avait disparu de la poignée. Il pouvait y avoir plusieurs raisons à cela, bien sûr. Peut-être que Rudi était venu fureter par ici. Ou qu'un membre des Jeunesses hitlériennes ou de la Ligue des Jeunes Filles allemandes, cherchant à vendre ses publications, avait secoué vigoureusement la porte pour placer son carton de collecte. Clara n'était pas tranquille. Quelque chose clochait. Elle éteignit la lumière et, le cœur battant, aussi vite et doucement que possible, elle inséra la clé dans la serrure.

Elle entrouvrit la porte et se glissa dans l'entrée. Un remous d'air frais sur son visage ; on avait dû ouvrir une fenêtre. Il flottait une odeur indéfinissable qu'elle ne reconnut pas. Quelqu'un était passé. Peut-être était-il encore là. Deux pas en direction de la cuisine lui permirent de découvrir, sur la table, une tasse qui avait servi. Une tasse à thé en porcelaine bleue, sans soucoupe, avec une petite cuiller posée à côté. Or quand elle était partie, il n'y avait rien sur la table. La fenêtre de la cuisine était légèrement entrouverte mais il paraissait improbable que quelqu'un se soit introduit par là, car son appartement était au quatrième étage.

Clara se figea. Aucune autre trace d'intrusion ni le désordre habituel qui succède à un cambriolage. Celui ou celle qui avait pénétré dans son appartement ce soir n'avait visiblement nulle intention de détruire quoi que ce fût. Elle ôta ses chaussures pour ne pas faire de bruit. L'appartement était silencieux, mais il y avait dans l'air une étrange vibration, quelque chose de subliminal qui suggérait la présence d'un être humain. D'un autre cœur qui battait. Tout près.

Marchant aussi doucement que possible, Clara s'approcha du salon et ouvrit la porte toute grande. La pièce était plongée dans le noir, mais une silhouette sombre assise dans le fauteuil se détachait devant la fenêtre dépourvue de rideaux. Sous le choc, elle resta là, figée, quand une femme se leva et s'adressa à elle en riant :

« Clara ! J'aurais dû me douter que tu ne serais pas chez toi un samedi soir. Oh, mais quelle classe ! Tu t'es coupé les cheveux ! »

Clara laissa tomber son sac et s'élança vers son amie, les bras grands ouverts. L'extrême tension fit place à la joie. Des larmes lui vinrent aux yeux.

« Mary ! Mary Harker. Mais qu'est-ce que tu fabriques ici ? »

La visiteuse lui rendit son étreinte.

« C'est une longue histoire. » Mary avait l'accent traînant et languissant des Américains mâtiné d'un soupçon d'humour. « Je suis prête à tout te raconter, dans les moindres détails, alors j'espère que tu n'es pas fatiguée.

— Mais… » Clara alluma le plafonnier, ôta son manteau et le laissa tomber sur un siège. « Comment es-tu entrée ?

— C'est Rudi qui m'a ouvert. Je suis tombée sur lui au moment où il partait pour l'une de ses soirées nazies. Il était ravi de me voir de retour. C'est un brave type, derrière ses fanfaronnades national-socialistes. En t'attendant, j'ai pu voir ce que tu as fait de mon appartement et, franchement, je suis impressionnée. Ça n'a jamais été aussi bien rangé de mon temps. Je n'avais même jamais vu le parquet sous mon foutoir. J'aime beaucoup la déco. Et le tableau de la chambre, j'adore. »

Mary Harker avait un peu vieilli depuis la dernière fois que Clara l'avait vue, en 1933, alors qu'elle se préparait à quitter l'Allemagne pour l'Amérique. Sa silhouette à la poitrine généreuse s'était étoffée et elle avait pris quelques rides. Mais dans l'ensemble, elle n'avait pas changé. C'était la même journaliste ambitieuse qui avait tenu informés les lecteurs du *New York Evening Post* des débuts du Troisième Reich. Le même tailleur en tweed épais. Les mêmes grosses lunettes qui lui donnaient l'air sérieux. Des cheveux toujours en désordre qu'elle coupait elle-même et qui ne voyaient que rarement une brosse. Des yeux gris-vert qui passaient en un instant de la gravité à l'humour. Très peu de maquillage. Des taches de rousseur, une voix qui donnait l'impression qu'elle se gargarisait avec du gravier ; les dents du bonheur et un sourire qui réchauffait tous les coins de la pièce.

Elle se tapa sur les bras de façon théâtrale. « Dieu qu'il fait froid ici. J'avais oublié à quel point on se gèle dans cette ville.

— Et il va faire encore plus froid. L'hiver ne fait que commencer. Je vais alimenter le poêle. Mais d'abord, je vais voir si j'ai quelque chose à grignoter. »

Clara ouvrit le réfrigérateur et n'y trouva qu'une bouteille de bière et du lait, un gros morceau de pain de seigle et une croûte de fromage. Mary jeta un regard sombre par-dessus son épaule.

« Moi qui croyais que les actrices avaient toujours du champagne et du saumon fumé dans leur frigidaire.

— Pas moi. Ça fait un bon bout de temps que je ne suis pas allée faire des courses.

— Mais tu manges quoi, alors ?

— Je vais au restaurant. Ou au studio. En attendant, il va falloir se contenter d'un café. »

Pendant que Clara mettait la bouilloire sur le feu et sortait les tasses, Mary l'examina d'un œil critique.

« Tu as l'air plus mince. J'espère que tu ne te fais pas maigrir pour un rôle.

— Oh, Mary. Tu vas trouver que pas mal de choses ont changé dans ce pays. »

Comment expliquer ce changement à quelqu'un qui n'était pas revenu en Allemagne depuis quatre ans ? En cet automne 1937, la nourriture se faisait de plus en plus rare. Avec le plan quadriennal de Goering, un nouveau slogan était apparu : « Des canons, pas de beurre. » Il était censé faire comprendre les sacrifices auxquels chacun devait consentir pour réarmer le pays. Et le sacrifice n'était d'ailleurs pas si grand compte tenu de la qualité du beurre quand on en trouvait.

« Il y a constamment pénurie de nourriture. On ne trouve pas d'œufs. Le rare beurre disponible est rance. Il y a tellement d'eau dans le lait qu'on appelle ça du jus de cadavre. Les gens doivent garder leurs croûtes de pain. Et, en plus de ça, toutes sortes de rumeurs circulent. Tiens, par exemple, si on ne trouve pas d'oignons, c'est parce qu'on s'en sert pour des expériences sur le gaz asphyxiant. Et, à la campagne, tu risques la pendaison si tu donnes des céréales aux cochons. Il y a même cette chanson qui circule. « *Der Hitler hat keine Frau, Der Bauer hat keine Sau, Der Fleischer hat keine Fleisch, Das ist das Dritte Reich.* » Hitler n'a pas de femme, le fermier n'a pas de truie, le boucher n'a pas de viande ; voilà le Troisième Reich.

— Accrocheur !

— Oui, mais à la chanter, on risque d'être arrêté.

— Pourtant, les choses ne m'ont pas l'air d'avoir changé tant que ça. Les restaurants sont pleins.

— C'est vrai, mais ils ne servent que deux plats. Essaie de commander autre chose et tu verras. Les serveurs raclent les assiettes pour rapporter les restes à leur famille. D'après l'Office du Reich pour l'Alimentation, il faudrait que le pays soit autosuffisant. Le seul problème, c'est que le gouvernement dit que pour le devenir, l'Allemagne va avoir besoin d'un territoire plus vaste.

— Et j'imagine que ce sera celui de quelqu'un d'autre. »

Clara tendit une tasse de café à son amie et s'assit sur le canapé, les jambes repliées sous elle.

« Exactement. Mais on parlera politique plus tard. Toi d'abord. Je veux tout savoir. Que s'est-il passé dans ta vie ? Qu'est-ce qui te ramène à Berlin ?

— Hormis le sujet le plus important en Europe, tu veux dire ?

— Comment tu t'y es prise, c'est ça que je veux dire ? Tous les journalistes ne peuvent pas se targuer d'avoir été expulsés par le ministre de la Propagande lui-même.

— Oh, obtenir l'accréditation a été un vrai cauchemar. J'étais retournée dans le New Jersey pour passer du temps avec mon père et, quand il est mort, ma mère a voulu que je reste avec elle à la maison pour la distraire. Comme se distraire, pour elle, c'est jouer au bridge à son country club et à « Coucou » avec son petit-fils, j'ai fini par avoir une furieuse envie de m'en aller. Nous ne nous sommes jamais entendues. Le journalisme me manquait terriblement, et quand la guerre civile a éclaté en Espagne, j'ai pensé, il faut absolument que j'y aille, bon sang. Ma mère regrettait toujours qu'il n'y ait pas plus de choses entre nous, alors je me suis dit, pourquoi pas l'océan Atlantique.

— Tu es partie toute seule ?

— Bien sûr. J'ai décidé de jouer la femme-orchestre. J'ai emprunté mille dollars à la banque, j'ai pris mon billet et j'ai empoigné ma Remington, ajouta Mary en tapotant la boîte de sa machine à écrire à côté d'elle, et mon chapeau porte-bonheur. » Elle désigna un feutre noir abîmé que Clara reconnut. « Et voilà, j'ai mis le cap sur l'Europe.

— J'ai du mal à imaginer la situation en Espagne. Les reportages sont terrifiants.

— Il n'y a pas de mots pour décrire ça, Clara. Je suis d'abord allée à Madrid alors assiégée par Franco. Les Brigades internationales se battaient pied à pied, rue par rue. Je n'avais jamais rien vu de tel. Elles ont empêché *in extremis* que la ville ne tombe aux mains des nationalistes. Puis, en février, je suis partie sur la côte andalouse où se trouvaient des milliers de réfugiés fuyant la progression sur Malaga. J'ai croisé des mères si certaines qu'elles allaient être tuées qu'elles me suppliaient de prendre leurs enfants. Où que l'on aille, là-bas, il n'y a que ruines et désolation. Au printemps, je suis remontée au Pays basque. C'est là que se trouvent la plupart des mouvements de résistance républicains. Je ne te raconte pas ce que j'y ai vu. »

Mary s'interrompit un instant et se passa une main sur les yeux.

« Je te raconterai. Mais pas maintenant. J'ai travaillé comme pigiste pour différents journaux, transmis quelques articles à United Press et j'ai tout fait pour que Frank Nussbaum, le rédacteur en chef de l'*Evening Post*, prenne mes articles. Je l'ai supplié. Mais ce que je voulais, en réalité, c'était revenir en Allemagne. C'était ce que je voulais couvrir. Et là, j'ai eu un énorme coup de bol. Tu as entendu parler de Charles Lindbergh ?

— Évidemment. »

Tout le monde connaissait Charles Lindbergh. L'illustre aviateur américain, célèbre dans le monde entier pour son vol solitaire de New York à Paris, avait vu sa vie détruite lorsque son enfant avait été kidnappé puis assassiné. Pour échapper à l'hystérie qu'avait suscité le procès pour meurtre qui avait suivi, la famille s'était installée dans un paisible village du Kent.

« Il se trouve que le colonel Lindbergh est originaire du New Jersey, pas loin de là où vivent mes parents, alors on le connaissait un peu. Après avoir arraché son adresse à ma mère, je suis allée en Angleterre, j'ai roulé jusqu'au village où il s'était réfugié et j'ai frappé à sa porte. Je me suis présentée, lui ai donné mon nom de famille, puis je lui ai demandé s'il accepterait que je l'interviewe et, à ma grande surprise, il a accepté. J'ai dû lui parler de mon désir de retourner en Allemagne, parce qu'il semble qu'il en ait parlé à quelqu'un. Une semaine plus tard, le visa était là.

— Lindbergh doit avoir des contacts en Allemagne.

— Bien sûr. C'est un grand copain de Goering. Je suis certaine que c'est Goering lui-même qui a validé mon visa. Quoi qu'il en soit, le *Post* s'est déclaré enchanté par mon interview de Lindbergh ; résultat, j'ai été réintégrée au bureau de Berlin à soixante dollars par semaine.

— Soixante dollars ! Mais tu vas vivre comme une princesse ici, avec ça.

— De ce côté-là, pas de problème. Maintenant, il faut que je trouve des sujets. C'est plus dur qu'avant. Les règles imposées aux correspondants étrangers sont plus strictes. Il me faut un bon thème. De la matière, pour avoir ma signature en première page.

— Il y a quelque chose, dit Clara, hésitante. J'en ai entendu parler l'autre jour, mais rien n'est encore sorti dans les journaux. »

La morte à l'École des Épouses du Reich l'avait perturbée. Non que les crimes violents soient inhabituels à Berlin. C'était même quasiment quotidien. Le fait que le meurtre de cette fille soit passé inaperçu n'était guère surprenant. Ce qui l'était, c'était le fait que cette femme s'appelait Anna Hansen. Se pouvait-il qu'il s'agisse de la même Anna ?

« Il y a une femme qui a été tuée la semaine dernière à l'École des Épouses de Schwanenwerder. Ils pensent…

— Attends un peu. » Mary pencha la tête. « Tu as dit l'École des Épouses ?

— Des écoles comme ça, il y en a partout en Allemagne. C'est une invention d'Himmler. Il faut en fréquenter une si l'on veut épouser un SS.

— Qu'est-ce qu'on y apprend ? Quelles fleurs vont bien avec les roses ? Où placer un évêque à table, ce genre de choses ? Comment se servir d'une fourchette à huîtres ? »

Clara rit. « Plutôt des recettes de harengs et la façon de faire des ourlets de rideaux. Tout ce qu'il faut pour être une bonne épouse conforme à la doctrine national-socialiste. »

Mary roula des yeux. « Cette fille n'a sans doute pas été assassinée à cause de ses talents de cuisinière ?

— Eh bien, justement. On ne sait rien. Il n'y a rien eu dans les journaux, j'ai bien cherché. Et ça ne m'aurait pas intéressée si cette fille ne s'était pas appelée Anna Hansen et si je n'en avais pas connu une de ce nom. Je me suis demandé si ce n'était pas la même.

— C'est un nom assez répandu, non ?

— Sans doute. C'était juste une réflexion. La fille que je connaissais venait de Munich et n'était pas du tout du genre à fréquenter une École pour futures épouses de SS. Elle posait pour Bruno Weiss. Mon ami peintre. Je ne crois pas que tu l'aies déjà rencontré mais il connaissait Helga Schmidt. »

Helga Schmidt. L'actrice dont la mort avait réuni Mary et Clara. Mary secoua la tête, incrédule.

« Qui que soit cette fille, cette école pour futures épouses est un sujet en soi. Je suis certaine que mon rédacteur en chef va adorer l'idée. Je m'y attaque dès demain. »

Clara réprima une envie de bâiller. « Désolée, la soirée a été longue.

— Alors, quelle chambre je prends ? »

Mary regarda innocemment Clara, puis éclata de rire.

« Ne t'en fais pas. Je ne m'installe pas. Ce serait bien trop compromettant pour toi d'héberger une journaliste. Je ne vais rester qu'une nuit, le temps de trouver autre chose. Je vais camper sur ton canapé. Tu ne sauras même pas que je suis là. »

Clara éprouva un petit soulagement coupable.

« Bien sûr. Aussi longtemps que tu en auras besoin. Tout ce que tu veux.

— Ce que je veux vraiment, là, c'est un verre. Où pourrait-on aller ?

— Maintenant ?

— Pourquoi pas ? À moins que la vie nocturne de Berlin n'ait complètement changé, ce n'est qu'à partir de 23 heures que tout commence. »

À l'idée d'une soirée dehors avec Mary Harker, la fatigue de Clara s'évapora d'un coup. L'enthousiasme de Mary était comme une transfusion de quelque chose de vivifiant. Le genre de substance qu'on ne trouvait pas dans les cliniques de Magda Goebbels.

« Où voudrais-tu aller ?

— Tu connais un endroit où deux femmes seules peuvent boire un martini sans être importunées ?

— Je pense, oui. Pourquoi ?

— Parce que c'est exactement le genre d'endroit que je veux éviter ! »

Après la soirée par trop animée qu'elles avaient passée, Clara n'aurait pas dû se réveiller aussi tôt. Une lumière nacrée commençait à poindre au bord des rideaux comme un négatif dans un bain de développement, s'infiltrant dans la pièce pour transformer la masse noire du mobilier en formes d'un gris délayé. Clara demeura un moment étendue dans son lit, épuisée, dans un état de grande lucidité. Certes, pour la première fois depuis longtemps, il y avait quelqu'un d'autre dans l'appartement, mais jamais elle ne s'était sentie aussi seule. Enveloppée de ce sentiment de solitude, comme dans un cocon invisible, elle écouta Berlin s'éveiller – les klaxons, le grondement des trams sur la Nollendorfplatz et le grincement métallique des trains du S-Bahn sur les hauts pilotis de ses voies aériennes.

La veille, Mary lui avait posé tout un tas de questions. « Combien de temps peux-tu rester ici ? Es-tu heureuse ? Y a-t-il un homme à l'horizon ? » Clara avait souri en secouant la tête. À la vérité, malgré les quelques passades de ces dernières années, elle n'avait rencontré personne qui l'ait réellement attirée. Elle avait connu l'amour une fois, dans sa vie. Mais, depuis le départ de Leo, aucun homme n'était parvenu à vaincre ses défenses. Elle pouvait rire avec eux et coucher avec eux, mais elle partait au matin sans même se retourner. Cela témoignait sans doute de la solidité de la carapace qu'elle s'était forgée, pourtant personne n'avait jamais eu sur elle le même effet que Leo lors de leur première rencontre. Personne, sauf peut-être le capitaine Ralph Sommers.

« Et ta vie privée, alors ? » Mary voulait savoir, bien sûr. Clara ne pouvait pas lui dire que, pour quelqu'un dans sa situation, la vie privée n'existait pas. C'était dans sa vie privée que se déroulait sa vie professionnelle, sa vie professionnelle officieuse. Lors des réceptions et des premières, elle était toujours en quête d'informations utiles et se tenait sur ses gardes. Elle mémorisait tout, le moindre ragot que les femmes laissaient échapper sur les pensées du Führer, les querelles entre leurs maris, ou les récriminations à propos de l'intensification des préparatifs militaires du Reich, en attendant de pouvoir les transmettre à Archie Dyson. Mais, si Clara avait réussi à éluder les questions de Mary, il lui était de plus en plus difficile de faire taire ses propres pensées qui se bousculaient dans sa tête. Lesquelles, après plusieurs martinis gin dans un bar du quartier ouest, étaient pour le moins confuses.

Son regard tomba, comme d'habitude, sur le tableau de Bruno Weiss accroché au mur opposé. *Que t'est-il arrivé, Bruno ?* Après la mort d'Helga, elle l'avait mieux connu et s'était mise à aimer son mordant, son humour berlinois. Et elle avait admiré sa décision courageuse, en tant que Juif, de refuser un visa pour l'Angleterre. C'était bien lui, ce genre de décision. À la fois hardi et téméraire. Parce que, pour un Juif allemand, ancien agitateur communiste de surcroît, ayant déjà été souvent arrêté comme auteur de pamphlets et dont les tableaux entraient dans la catégorie de l'art dégénéré aux yeux des nazis, la vie n'était pas sans danger sous le Troisième Reich. D'autres artistes comme Georg Grosz, ami de Bruno, avaient déjà émigré. Otto Dix avait été contraint de rejoindre la Chambre des beaux-arts du Reich de Goebbels mais Bruno, en tant que Juif, ne pouvait suivre son exemple et se retirer à la campagne pour y peindre d'innocents paysages. Selon la loi du Reich, Bruno ne pouvait pas peindre, alors comment gagnait-il sa vie ? Menait-il une vie dans l'ombre, quelque part, en s'efforçant de survivre ? Couchait-il dans la rue, ou devant les portes de boutiques, risquant de se faire tabasser par un nazi de rencontre ? Avait-il été capturé, emprisonné et envoyé dans un camp ? Clara pensait que Bruno était le seul Allemand qui n'ignorait ni ce qu'elle faisait, ni qui elle était. Difficile de ne pas se demander si ce n'était pas Bruno qui, interrogé, avait éveillé les soupçons des hommes de la Prinz Albrecht Strasse.

Clara s'étira et sortit un pied du lit. C'était à croire qu'une fanfare lui martelait la tête. Il lui fallait du café, ensuite de l'aspirine, puis encore du café. Elle qui tenait si mal l'alcool n'aurait jamais dû boire autant de martinis. Elle se leva, quelque peu chancelante, comme si elle était sur le pont d'un yacht, puis sentit le sol se stabiliser sous ses pieds. Elle allait préparer le petit déjeuner de Mary. Tout au moins était-ce son intention. Se lever, trouver de l'aspirine et préparer un petit déjeuner pour Mary. Puis elle se souvint qu'il n'y avait rien à manger.

Elles auraient pu aller prendre un café n'importe où. Berlin regorgeait de cafés. C'était là que les gens se retrouvaient, discutaient, se querellaient et, plus récemment, depuis qu'il était devenu si difficile de se chauffer, se blottissaient dans la chaleur que leur procurait une tasse de café. C'était le café qui coulait dans les veines de Berlin et la faisait tenir debout, encore maintenant – bien que ce breuvage ressemblât davantage à de la chicorée, à une décoction de glands ou d'autres ersatz. N'empêche, Clara avait terriblement envie de café. Mais Mary insista pour qu'elles aillent jusqu'à Olivaer Platz, à une bonne vingtaine de minutes à pied, pour voir si un bar tenu par un de ses amis existait toujours.

« Rien ne presse, Clara. Tu ne tournes pas aujourd'hui et la journée d'une correspondante étrangère ne débute qu'à l'heure du déjeuner. N'oublie pas qu'il y a quelques heures de moins à New York. Je n'enverrai même pas de télégrammes avant la fin de l'après-midi. »

En marchant ainsi dans les rues, Clara s'efforça de voir Berlin à travers les yeux de Mary. C'était vrai, les changements apportés par le nouveau régime n'étaient pas immédiatement visibles. Les fleuristes vendaient toujours leurs petits bouquets de violettes et de roses. Les commerçants n'étaient pas encore trop enclins à faire le salut nazi et se contentaient généralement d'un simple « *Guten Morgen* ». Et quand ils le faisaient, Clara, comme de nombreux Berlinois, avait trouvé comment se dispenser d'y répondre en prenant la précaution d'avoir un porte-documents dans une main et un sac dans l'autre.

Tout de même, les rues étaient remplies de camions pleins de soldats, les façades arboraient quantité de fanions et de bannières. Les sombres édifices de Berlin flamboyaient d'écarlate, comme si quelqu'un avait renversé un pot de peinture rouge d'un bout à l'autre de la ville. Et, partout, le visage d'Hitler, dans les boutiques, sur des affiches, sur des cartes postales empilées à l'entrée du métro. Une mèche comme un rouleau de réglisse en travers du front, les joues terreuses, le froncement de sourcils étudié. Mary fit la grimace.

« Il est comme ces couchers de soleil que les gens ne se lassent pas de regarder. La même vue, dans des milliers de versions légèrement différentes. Le bras levé, baissé, de face, de trois quarts.

— Chut. » Clara avait remarqué que les voix des étrangers résonnaient toujours anormalement fort. « Tu n'as pas entendu cette phrase que tout le monde répète ? Parlez à travers une fleur ?

— Et qu'est-ce que c'est censé vouloir dire ?

— On l'entend partout, ces temps-ci. Ça veut dire, en public, ne dites que des choses positives sur les nazis.

— Tu ne me prendras pas à marmonner derrière mon bouquet. Je me fiche bien que les gens entendent ce que j'ai à dire. Et je trouve bizarre qu'on aime tant Hitler à Berlin, alors que lui n'a aucun attachement à cette ville. Il la traite de *Trümmerfeld*, de tas de décombres.

— Eh bien, c'est pourtant à lui que nous devons ça. Tu as certainement remarqué qu'on construit tous azimuts. »

Tout en parlant, elles passèrent devant un chantier d'où montaient des nuages de poussière semblables à de l'encens dans l'air du matin, tandis que deux ouvriers aux moustaches plâtreuses taillaient la pierre. L'un d'eux, en bretelles et bras de chemise, une lueur dans le regard, s'arrêta pour lancer une salutation avec un accent paysan prononcé.

« Pourquoi faut-il que les bâtiments d'Hitler soient si grands ?

— Il a besoin de démesure. Il pense que ça met sa propre stature en valeur. On dit qu'il a demandé à Speer de copier l'idée de Mussolini d'avoir un bureau gigantesque afin que ses visiteurs soient obligés de marcher longuement jusqu'à lui. Il pense que ça le rend plus intimidant.

— Mon Dieu, cet homme-là doit avoir besoin de surcompenser.

— Speer n'utilise que la pierre, le marbre et la brique, poursuivit Clara. Il a une théorie : puisque le Reich va durer mille ans, un jour, toutes ces constructions ressembleront aux ruines de la Grèce antique.

— Mais à quoi ça rime un architecte qui parle de ruines avant même de bâtir ? déclara Mary, poussant la porte d'un café. Heureusement, Stefan est toujours là, lui. »

Stefan Hirsch, un homme mince, tout juste la soixantaine, accueillit Mary avec autant d'effusions que possible chez un homme plutôt bourru. Son sourire dessinait comme une fissure dans un chêne noueux et sa voix était aussi rocailleuse que la terre berlinoise elle-même.

« Alors comme ça vous êtes revenue. Qu'est-ce qui s'est passé ? On a oublié votre commande dans un autre café ?

— Oh, le goût du changement, vous savez. Comment allez-vous ?

— Vous avez de la chance que je sois toujours ouvert. Ce sera comme d'habitude ? s'enquit Stefan, se tournant vers le percolateur bien astiqué.

— Avec de la crème fouettée dessus !

— On voit que ça fait longtemps que vous êtes partie. Vous ne trouverez plus de crème fouettée dans aucun café à Berlin, Fräulein.

— Ça me fait vraiment plaisir qu'il se soit souvenu de moi ! souffla Mary tandis qu'elles s'installaient à une table en vitrine avec leurs tasses de café fumantes.

— Pour être franche, tu n'es pas du genre facile à oublier.

— Et ça veut dire quoi, ça ? Non, ne dis rien. »

Sur les grilles, à l'extérieur du café de Stefan, les drapeaux à croix gammées alternant avec la bannière portant l'emblème héraldique de Berlin, l'ours dressé sur ses pattes arrière, flottaient au vent.

« N'allez pas croire que c'est moi qui les ai accrochés là, grommela Stefan en leur apportant d'épaisses tranches de brioche. C'est le sept centième anniversaire de la ville. Beaucoup d'agitation pour rien, selon moi. Tous ces drapeaux, ces défilés, ces ours vivants.

— Des ours vivants ?

— Cadeau de la ville de Berne. Ils sont en train de creuser une fosse pour ces malheureux plantigrades, dans le parc Köllnischer.

— Une fosse aux ours ? En plein centre-ville ? Erich aimera ça, dit Clara, mordant dans une savoureuse pâtisserie à la cannelle. Tu devrais peut-être couvrir l'événement, Mary. »

Mais Mary était absorbée dans la lecture d'un exemplaire du *Berliner Illustrierte*, avec, en couverture, la photo d'une Mercedes imposante, deux SS sur les sièges avant, deux autres sur les marchepieds et, derrière eux, un petit homme accompagné d'une femme brune.

— Regarde-moi ça ! On dirait que ton duc de Windsor est arrivé. »

Clara repensa à ce jour de décembre, l'an dernier, quand elle avait entendu cette voix curieusement aiguë à la radio : *« Moi, Édouard le huitième, roi de Grande-Bretagne, d'Irlande et des possessions Britanniques au-delà des mers, empereur d'Inde, déclare ici ma détermination irrévocable à renoncer au trône... »*

Cette abdication avait paralysé la Grande-Bretagne et encore accru ses divisions sociales. Dans les pubs et les clubs d'ouvriers de toute l'Angleterre, on espérait que cela signerait la fin de la monarchie cependant qu'ailleurs, dans des cercles plus huppés, on le redoutait. Angela avait écrit qu'à la maison tout le monde s'était assis dans le salon de Ponsonby Terrace, y compris les domestiques, pour écouter la retransmission en silence, et que la cuisinière en avait pleuré.

« Quel est le problème d'ailleurs, avec Wally ? demanda Mary.

— Elle est divorcée.

— Je pense que ça n'a rien à voir. Que c'est juste que vous autres Britanniques ne pouvez pas supporter l'idée qu'une Américaine monte sur le trône. »

Le *Berliner Illustrierte* avait mis le paquet : trois doubles pages avec une série de photos. La duchesse en robe du soir, sur un yacht, à son mariage. Puis deux silhouettes impeccables, très soignées, qui paraissaient minuscules au milieu d'un détachement de nazis, arpentant un tapis rouge à la gare de Friedrichstrasse. La duchesse, en manteau noir et étole de fourrure, serrant un bouquet de roses blanches, et le duc avec une expression revêche sur son visage simiesque. On était bien loin d'un tableau de félicité nuptiale. Pendant un instant, Clara eut presque pitié du duc. Que ressentait-on quand on avait renoncé au trône pour une femme ? Quand on avait sacrifié le travail de toute une vie à l'amour ? Clara, qui n'avait sacrifié l'amour que pour son travail, pouvait-elle le savoir ?

« On dit, ici, que le Doktor Goebbels a personnellement composé une chanson pour l'arrivée du couple royal à l'hôtel Kaiserhof. Il se trouve juste en face de son ministère. Nul doute qu'il les a mis là pour pouvoir les avoir à l'œil.

— Très romantique.

— Tu paries que la Gestapo a installé un micro dans leur chambre ?

— Espérons qu'ils l'auront fait et qu'ainsi Goebbels saura ce qu'ils pensent vraiment de sa chanson. »

Après avoir terminé leur café, les deux femmes se dirigèrent tranquillement vers la Nollendorf Platz. Au centre de l'Olivaer Platz, elles traversèrent un petit jardin où, entre des colonnades de pierre ornées de guirlandes de chèvrefeuille tardif, des moineaux s'agitaient et sautillaient. Un homme jouait de l'accordéon pour quelques pfennigs. La matinée était calme, quelques nuages filaient à toute allure dans le ciel tout bleu. Mary et Clara avançaient bras dessus bras dessous quand tout à coup Clara remarqua avec inquiétude qu'un attroupement s'était formé.

Instinctivement, elle évitait la foule. Certes, il y en avait d'inoffensives, les queues devant les boutiques qui annonçaient un arrivage de beurre, par exemple, ou encore celle massée devant une salle de spectacle qui attend l'arrivée des vedettes. Mais, le plus souvent, un rassemblement ne présageait rien de bon – on risquait d'assister à des actes violents ou bien au minimum être obligé de présenter ses papiers. Cette crainte se justifia quand elles s'approchèrent. Au centre, il y avait le gris des uniformes classiques de deux SS. Même en ne voyant que leur dos, Clara percevait leur cruauté. Devant, un jeune couple s'employait à nettoyer l'un des bancs du parc avec leurs mouchoirs.

« Mais que se passe-t-il… ? » demanda Mary.

Pour Clara, ce n'était que trop évident. Les railleries des gardes suffisaient à expliquer la situation.

« Sales cochons ! Et ça contamine les bancs des braves gens !

— Je ne veux pas voir la moindre tache. Enlevez-moi toute cette saleté. Estimez-vous heureux que je ne vous arrête pas sur-le-champ. »

Le jeune homme, en manteau et chapeau, frottait vigoureusement les traverses en bois du banc, transpirant sous l'effort. Agenouillée dans l'allée, son amie, qui ressemblait à une secrétaire, avec son chemisier blanc et son tailleur en tweed gris, passait un morceau de tissu en dentelle sur les pieds en fer forgé, des larmes silencieuses coulant sur ses joues. Sur le banc, une mention peinte indiquait « *Nur für Arier* ».

« Ces bancs sont interdits aux Juifs, murmura Clara.

— Et où les Juifs ont-ils le droit de s'asseoir, alors ?

— Là-bas », dit simplement Clara en désignant un banc à l'autre bout du jardin, tout près de la rue. Il était d'un jaune sale et les gens qui l'occupaient s'en éloignèrent précipitamment. Au-dessus il y avait un panneau sur lequel on pouvait lire : « *Die gelben Banke sind für Juden.* »

« Les Juifs ne sont autorisés que sur les bancs jaunes. »

Certains des spectateurs de la scène apparemment gênés grimaçaient de dégoût, mais plus nombreux étaient ceux qui souriaient, et il y avait même une mère qui insistait sur le côté comique de la situation auprès de sa petite fille. Horrifiée, Clara vit Mary s'avancer, son carnet à la main, pour se frayer un chemin vers le centre de ce rassemblement. Elle la retint par la manche.

« Mary, arrête. Fais attention !

— Pourquoi ? Je suis journaliste, non ? Je dois rendre compte de ce qui se passe ici. C'est exactement le genre de choses que mes lecteurs doivent savoir. »

Comment se faisait-il, songea Clara exaspérée, que la seule amie dont elle appréciait la compagnie fût journaliste ? Le travail de Clara consistait à passer inaperçue, celui de Mary à fouiner, puis à se jeter sur les problèmes quand elle en trouvait. Clara évitait d'éveiller l'attention. Mary l'attirait. Clara resta en arrière tandis que Mary s'approchait des gardes.

« Mais qu'est-ce que vous faites ? »

Un des gardes venait juste d'envoyer un coup de pied vicieux au jeune homme, le faisant tomber. De stupéfaction, le garde leva les yeux vers Mary.

« Je m'appelle Mary Harker, déclara-t-elle en exhibant sa carte de presse. J'ai l'intention d'écrire un article là-dessus dans mon journal, le *New York Evening Post.* »

L'espace d'un moment, les deux SS échangèrent des regards, amusés. Clara retenait son souffle. Mais ce harcèlement particulièrement subtil infligé au jeune couple juif les avait mis de bonne humeur et, le sourire aux lèvres, ils se donnèrent le bras, comme pour prendre la pose.

« Mais bien sûr. Vous pouvez aussi nous photographier, si vous voulez !

— Dommage, je n'ai pas mon appareil », grommela Mary en tournant les talons. Clara lui empoigna le bras et l'entraîna hors du jardin. Les lèvres serrées, elle traversa la rue et héla un taxi. Comment pourrait-elle expliquer à Mary que, pendant son absence, ce n'était pas seulement les bâtiments de Berlin que l'on démolissait puis reconstruisait ? C'était comme si toute l'Allemagne avait été mise sens dessus dessous, comme si la part sombre de ce qui était resté caché jusque-là apparaissait maintenant en pleine lumière.

Mais là, en cet instant, elle ne se donna pas la peine de l'expliquer.

« Tu viens juste d'arriver, Mary, et si tu continues comme ça ils vont t'expulser à nouveau, si vite que tu n'auras même pas besoin de défaire ta valise », expliqua-t-elle sans pour autant être convaincue que son amie suivrait son conseil.

# 8

Les fenêtres de l'appartement d'Ernst Udet à Wilmersdorf donnaient sur les paisibles platanes du Preussenpark. Cet environnement, verdoyant et coté, était suffisamment proche des boutiques et des salles de spectacle du Ku'damm pour être à la mode et assez éloigné pour que les rues redeviennent silencieuses à la tombée de la nuit, excepté un éventuel promeneur de chien rentrant tranquillement dans sa belle villa du XIXe siècle. Pour l'heure, toutefois, cette réputation de respectabilité bourgeoise était sérieusement mise à mal par son riverain le plus célèbre, le général Udet lui-même.

Un jazz assourdissant s'entendait déjà depuis la rue et à peine avait-elle franchi la porte que Clara fut convaincue que rien de ce qui se disait sur la vie privée d'Udet n'était exagéré. La pièce faiblement éclairée était pleine à craquer d'uniformes gris-bleu de la Luftwaffe auxquels se mêlaient çà et là les tenues légères de jeunes femmes aux décolletés plongeants. L'atmosphère rappelait le genre de clubs très prisés à Berlin quelques années auparavant – des petits endroits sordides bourrés de monde, où la fumée emplissait les poumons et la musique vibrait jusque dans vos veines. On y trouvait alors toutes les combinaisons de couples imaginables. Des hommes avec des femmes, des hommes avec des hommes, des femmes avec des femmes. La plupart de ces clubs avaient maintenant fermé ou, tout du moins, étaient plus difficiles à dénicher, mais les réceptions d'Udet demeuraient une assez bonne alternative. Dans un coin était installé un bar à cocktails – moderne, arrondi, en bois lisse avec des équipements chromés et un généreux stock de bouteilles – derrière lequel un général de la Luftwaffe, en gilet noir de barman, une serviette jetée sur l'épaule, était en train de préparer un Alexandra. À l'autre bout de la pièce, un officier à monocle, coiffé d'une casquette de la Luftwaffe penchée de travers sur sa tête, jouait au piano, une chope de bière à portée de main. À côté de lui, une blonde sculpturale, les cheveux tirés en arrière, une poitrine digne de l'étal d'un joaillier, caressait Bulli, le chien d'Udet.

Depuis quatre ans qu'elle vivait à Berlin, Clara ne s'était jamais habituée à pénétrer dans une pièce pleine d'officiers nazis. La proximité de leurs uniformes l'empêchait de se détendre vraiment. Tous, ou presque, appartenaient à l'armée de l'air et Clara ne vit que quelques officiers de la Wehrmacht en vert-de-gris. Tandis qu'elle se frayait un chemin parmi ces tuniques parsemées de boutons d'aluminium et de décorations, elle sentit les regards lascifs qui se posaient sur elle. Elle se dit que bon nombre de ces officiers devaient être de retour du service actif. Comme tous les hommes privés de compagnie féminine, ils étaient particulièrement sensibles à l'approche d'une inconnue. Surtout en robe habillée dos nu.

« C'est ce qu'on appelle une robe de cocktail, non ? Il vous faut absolument un cocktail pour aller avec. » Ernst Udet avait émergé de la foule pour baiser la main de Clara. Ses mains à lui étaient plutôt petites et manucurées avec soin, remarqua-t-elle tandis qu'il faisait signe à un homme portant un plateau de margaritas.

« Rien de tel que la Luftwaffe pour savoir apprécier une belle femme. Vous savez pourquoi ? Les pilotes sont tenus d'avoir une vision parfaite, il nous faut donc aussi tout naturellement quelque chose de parfait à regarder. »

Son visage hâlé rayonnait d'un plaisir juvénile après cette sortie et Clara ne put s'empêcher de rire, elle aussi. « Herr Generaloberst…

— Ernst, je vous en prie.

— Ernst. Merci de votre invitation. Je suis si contente que vous ayez pu vous libérer pour tourner ce film. Vous devez être terriblement occupé.

— J'ai saisi l'occasion ! La nostalgie du bon vieux temps, voyez-vous. Quand je n'avais pas tout ce travail administratif et que je pouvais me contenter de voler toute la journée. Ça fait des semaines que je n'ai pas réalisé une bonne acrobatie. La dernière, c'était quand je suis passé avec mon Focke-Wulf Stieglitz sous le Hindenburg et que je me suis accroché à son train d'atterrissage… » Il eut un sourire désapprobateur. « *Ach*, mais les filles ne s'intéressent pas aux avions.

— Moi, si. C'est fascinant.

— Vous mentez, ma chère. Mais bon, même si vous pensez que je suis un vieux raseur, je suis sûr que votre gamin Erich, lui, aimerait que je lui raconte tout ça. Il faudra que je vous dise comment est né le fameux bombardier en piqué Ju 87 Stuka. Mais, d'abord, allons trouver notre producteur. Herr Lindemann est là, quelque part. »

Clara chercha Albert des yeux. Beaucoup de choses devaient lui plaire dans cette soirée. Un jeune homme était vautré sur un canapé, jambes écartées, un bras autour d'un officier plus âgé. Un autre avait ajouté mascara et rouge à lèvres à sa tenue de soirée officielle. Pour un homme comme Albert, tout avait changé depuis la mort d'Ernst Röhm, le monstrueux chef de la SA, l'unité de troupes d'assaut, dont la chute avait été précédée d'un énorme scandale homosexuel. L'homosexualité était désormais un délit antisocial passible d'un internement immédiat en camp de concentration. C'était devenu un des meilleurs moyens de se débarrasser de quiconque commettait une infraction. Des voisins ayant un différend allaient souvent faire part de leurs soupçons à la Gestapo par une note discrète : « Je considère de mon devoir d'Allemand d'attirer votre attention sur… » Lorsqu'un ami était arrêté pour homosexualité, inutile d'employer le mot, il suffisait de murmurer « *Hundertfünfundsiebzig* », évoquant ainsi le 175ᵉ paragraphe du code criminel allemand. Et comme les bars et les lieux de rendez-vous des homosexuels étaient à présent très surveillés par la police secrète, les réceptions privées étaient devenues un espace de rencontre privilégié pour eux. Il n'empêche qu'Albert ne prenait aucun risque.

« Le voilà. »

Albert se tenait debout au milieu d'un groupe d'officiers de la Luftwaffe, une blonde à son bras pour donner le change. Clara ne la connaissait pas. Elle avait un visage dur et calculateur avec des sourcils arqués haut, d'où une expression d'étonnement permanent. À moins, se dit Clara, qu'elle ne fût réellement étonnée d'accompagner un homme tel qu'Albert. Légèrement ivre, celui-ci pérorait à propos de la production cinématographique.

« Nous sommes une nation d'ingénieurs. Les Allemands sont les meilleurs ingénieurs du monde. Vous autres construisez des avions, nous, nous faisons des films. »

Un autre officier, aux cheveux blonds coupés à ras, s'esclaffa. « Excusez-moi, Herr Lindemann, mais, avec Goebbels aux manettes, vous êtes loin de produire des Junkers. »

Udet lança à Clara un clin d'œil complice. « Clara, je vous présente l'Oberst Heinrich von Kleist, l'Oberst Horst Schilling et les Oberstleutnants Rudolf Fleischer et Hans Schwarzkopf. Heinrich et Horst sont pilotes d'essai et Hans et Rudolf travaillent pour moi au département technique. Nous avons souvent d'agréables échanges de points de vue. Rien de sérieux, ne faites pas attention. Des discussions entre hommes, c'est tout. »

Les quatre officiers approuvèrent d'un signe de tête. Ils dominaient Albert avec une assurance et une autorité encore renforcées par leurs uniformes de la Luftwaffe.

« Vous pouvez dire ce que vous voulez, mais Goebbels est un bon ingénieur en émotions, poursuivit Albert. Et Goebbels croit à la production de bons films capables de générer les bonnes émotions.

— Minable propagande toxique d'un avorton, grommela von Kleist entre ses dents.

— S'agissant de comprendre les vertus de la propagande, Doktor Goebbels nous dépasse tous de la tête et des épaules, répliqua Albert d'une voix légèrement pâteuse.

— Goebbels ne pourrait même pas dépasser ma queue de la tête et des épaules, lança Horst Schilling, provoquant l'hilarité générale.

— Attendez, messieurs, intervint Fleischer, je vais dire une chose pour la défense de Doktor Goebbels. Il a entrepris de faire une distinction entre l'art et les inepties d'aujourd'hui. J'étais à Munich, l'autre jour, et j'ai voulu aller jeter un coup d'œil à cette exposition révoltante d'Art dégénéré. Toutes ces horreurs qui ont été confisquées dans les musées.

— J'en ai entendu parler, dit Schilling avec langueur, portant un cigare à sa bouche. De l'art juif, n'est-ce pas ? C'est le genre de choses qu'on peut voir sur les murs de n'importe quelles toilettes publiques. Je ne comprends pas pourquoi on aurait besoin d'un musée pour ça.

— Ça a eu un succès fou. On faisait la queue dans la rue.

— Eh bien, le voilà, le génie de Goebbels ! intervint Udet. Ça doit être une grande exposition ! »

Fleischer le regarda froidement. À voir ainsi son visage lisse et sa tête ronde, Clara pensa aux crânes du Musée national d'Histoire de Berlin, alignés par ethnies. Il avait les yeux aussi pâles et inexpressifs que de l'acier poli.

« Goebbels a eu raison de les rassembler, mais il aurait mieux fait d'allumer un bûcher, comme il l'a fait pour les livres. Ces tableaux sont dégoûtants. Ce sont des œuvres de dépravés, pourries par les déchets humains. Le message est toujours le même : l'Homme est bestial, Berlin est un lieu de perdition. L'Allemagne est empoisonnée. Tout le monde est à vendre. Toutes ces conneries bolcheviques.

— Et quels sont donc les artistes présentés dans cette exposition d'art dégénéré ? s'enquit Clara.

— Comme Horst vient de vous le dire, surtout des Juifs. Paul Klee, Picasso, Miró, Emil Nolde, Kurt Schwitters, Kandinsky, Bruno Weiss. Je l'ai vu, ce Weiss, d'ailleurs. Il était là, fier comme Artaban, à contempler ses immondes créations. »

Bruno Weiss ! Ce fut comme un coup de poignard pour Clara. Cet homme avait vu son ami Bruno, tout récemment. Il vivait donc à Munich. Sous l'effet de la surprise, son verre trembla dans sa main et, pour ne pas se trahir, Clara se força à garder les yeux fixés sur le visage osseux de Fleischer.

« En fait, poursuivit celui-ci, il a eu de la chance que je ne le fasse pas arrêter sur-le-champ.

— Pour quel motif ? » s'enquit Schwarzkopf, qui était de loin le plus beau du groupe, avec un haut front aristocratique et des yeux durs, d'un bleu aryen.

Fleischer haussa les épaules. « Atteinte à la morale publique, encouragement à un manque de respect pour l'État national-socialiste. N'importe quel foutu motif, tu as le choix. La liste de ces délits est aussi longue que le bras ; la police ne devrait pas avoir de mal à trouver quelque chose convenant à une ordure juive comme ce Weiss. Pendant que j'y étais, je l'ai signalé aux autorités locales ; il aura donc très bientôt à répondre à leurs questions.

— Et ce ne seront pas des questions sur le sens de l'art », ironisa Schilling.

Schwarzkopf rit. « Sûrement pas. S'il répond bien, il se retrouvera dans un camp et s'il répond mal, on lui confectionnera une redingote en sapin.

— Mais que faisiez-vous là-bas, Fleischer ? le taquina Udet. Serait-ce que vous auriez vous aussi un penchant pour ce genre de choses ? Pour l'art décadent ?

— J'allais voir des parents, répliqua l'Oberstleutnant.

— Je reviens moi aussi de Munich. Je devrais peut-être y faire un saut la prochaine fois que j'irai. »

Udet sourit à Clara, mais elle s'en rendit à peine compte. Elle était encore en train de maîtriser sa surprise. Ainsi Bruno était à Munich. Il n'était pas dans un camp, ni mort, puisque cet homme l'avait vu devant ses propres œuvres. Une telle idée lui paraissait incroyable. C'était imprudent, téméraire, et totalement déraisonnable. Exactement le genre de choses que ferait Bruno.

Clara était tellement bouleversée qu'elle avait du mal à se concentrer. Udet cherchait à lui présenter un autre officier qui se tenait à côté d'elle.

« Ma chère Clara, voici mon bras droit. Oberst Arno Strauss. Arno, il faut que vous fassiez connaissance de ma nouvelle femme. Regardez-moi ces yeux ; vous ne trouvez pas qu'on pourrait s'y noyer ? »

Une rougeur éthylique commençait à poindre sur le visage d'Udet qui n'allait bientôt plus pouvoir avaler un verre de plus, mais l'Oberst Arno Strauss, lui, était manifestement sobre. Raide comme un piquet, il avait une carrure athlétique et des cheveux bruns coupés très court. De profil, son nez aquilin et sa joue creuse laissaient présager un visage parfait, ciselé, mais quand il tournait la tête, c'était une autre affaire. La moitié de sa figure était chiffonnée, comme si elle avait fondu, et une longue cicatrice barrait les plis de chair du coin de sa paupière jusqu'aux commissures de sa bouche, tirant l'œil vers le bas et la peau de sa joue vers le haut en une zébrure grise. Cette mutilation était telle qu'on n'aurait su dire si la grimace qu'il faisait était expressive ou accidentelle. Peut-être les deux.

Strauss claqua galamment les talons, s'inclina et lui fit un baisemain.

« Voici donc la Femme du Pilote.

— Arno Strauss est le seul en Allemagne à pouvoir me surpasser dans les airs, précisa Udet, d'une voix pâteuse.

— Seulement dans les airs ? dit Strauss.

— Et qui peut continuer de boire pendant que je roule sous la table, bien sûr. » Exhalant des vapeurs d'alcool aussi fortes que les gaz d'échappement d'une Mercedes, Udet se pencha vers Clara. « Arno fait d'excellents cocktails au cognac. Il faut goûter son Ailes d'Ange pour y croire. Cognac, crème, crème de cacao, servi sans mélanger. Excellent. Il ferait le meilleur barman de Berlin, mais le travail qu'il a entrepris est un peu plus utile à la patrie.

— Bon, mais quel est le sujet de ce film ? » s'enquit Strauss.

Udet roula des yeux, puis baissa la tête comme un écolier pris en faute. « Pour être tout à fait franc…

— Ne me dis pas que tu n'as pas lu le scénario ?

— J'ai lu jusqu'au moment où ça parle de la première acrobatie ; ça m'a suffi pour leur dire que j'allais le faire. Je n'ai pas besoin de connaître l'histoire. »

D'une certaine façon, Udet n'avait pas tort. Les films de l'Ufa utilisaient désormais un schéma tellement prévisible qu'au bout de quelques minutes on connaissait déjà la suite. En l'espèce, le spectateur pouvait se douter que l'héroïque pilote de la Luftwaffe avait très certainement survécu quand son avion avait été abattu, et que le courage de Gretchen partant à la recherche de son mari disparu serait récompensé, lui permettant ainsi de revenir à ses devoirs d'épouse et de mère de famille. Le conflit dans lequel Udet était supposé combattre n'était pas spécifié, mais quiconque voyait les plaines plates et sablonneuses qui avaient été peintes sur les plateaux du studio ne pouvait qu'y reconnaître les paysages espagnols.

À cet instant, deux filles arrivèrent pour entraîner Udet, l'implorant d'exécuter un tour de jonglerie. Se retrouvant seule à côté de Strauss, Clara se sentit obligée de continuer la conversation.

« Et… vous travaillez où ? »

Il lui jeta un regard rapide de ses yeux gris et froids, comme s'il ne daignait pas répondre. Clara remarqua sur son bras un brassard sur lequel étaient inscrits les mots « Légion Condor ».

« Je suppose que vous connaissez le Reichsluftfahrtministerium ? »

On ne pouvait pas le manquer. Le nouveau ministère de l'Air de Goering sur la Wilhelmstrasse, au coin de la Leipzigstrasse, était aussi gargantuesque que son chef, bien que le décor lui-même fût plus sobre. Le bâtiment était même carrément austère. Tout le monde l'appelait communément la Maison aux mille fenêtres, mais, en réalité, le bloc de granit en avait quatre mille, qui se succédaient sans fin sur son abrupte façade. À l'intérieur, l'ascenseur sans portes ne s'arrêtait jamais, si bien que les personnels devaient en sortir au passage à leur étage.

« Ernst a le bureau 231, moi le 232.

— Ces officiers travaillent tous avec vous ?

— Plus ou moins, oui. » Il jeta sur eux un regard méprisant. « À l'étage en dessous.

— Et vous volez beaucoup ? »

Il lui adressa un sourire las. « Je sors autant que je le peux. Comme Ernst, je ne suis pas fait pour m'encroûter dans un bureau.

Clara se força à poursuivre la conversation. « Alors quelle est cette activité pour la Patrie dans laquelle vous êtes engagé ? »

Son rire fut aussi sec que des feuilles mortes s'engouffrant dans une impasse.

« Ernst exagère. C'est un travail technique. Ce que je fais, n'importe qui pourrait le faire. »

Il n'avait manifestement aucune envie de parler, mais Clara ne lâchait pas, s'efforçant de le regarder sans se focaliser sur sa cicatrice. Son visage était comme une sculpture d'un vieux temple romain, une moitié parfaite, l'autre en ruine.

« Il y a longtemps que vous connaissez Ernst ?

— Nous nous sommes rencontrés en 1916. Nous étions affectés à la même unité, nous pilotions des Fokker monoplaces. Un jour, nous sommes sortis pour une patrouille de routine et nous nous sommes retrouvés sous le feu nourri d'avions anglais et français. Nous étions largement surpassés en nombre mais Ernst est parvenu à abattre un avion français, moi un autre. Les pilotes ont fait un atterrissage forcé et Ernst a décidé de se poser à côté d'eux et de les faire prisonniers. Ils étaient terrifiés, comme vous pouvez l'imaginer, mais Ernst les a rejoints à grandes enjambées et leur a serré la main, en vrai gentleman. Plus tard, alors qu'ils étaient emprisonnés, il leur a apporté des cigarettes. Je me suis dit que c'était le genre d'homme que j'aimerais avoir comme ami. Après la guerre, j'ai volé comme pilote commercial et, quand Goering a restructuré la Luftwaffe, je me suis réengagé. »

Pendant tout le temps, il avait parlé en détournant la tête, comme pour lui épargner ce qu'elle n'aimerait peut-être pas regarder. Il finit apparemment par se rappeler l'endroit où il se trouvait. « Mais assez parlé de mon travail, Fräulein Vine, reprit-il avec raideur. Le vôtre est beaucoup plus passionnant.

— En ce moment, c'est tranquille. Nous avons une courte pause avant de commencer les répétitions.

— Vous aimerez travailler avec Ernst. Il aime s'amuser. Regardez-le là-bas. »

Udet jonglait avec deux bouteilles de vin vides. La foule s'était écartée de lui, mais il était gêné par une fille légèrement ivre qui essayait de se pendre à son cou.

« Tout le monde a envie de travailler avec lui. Il paraît qu'il fait des avions en papier qui volent comme les vrais.

— Ce n'est que l'un de ses nombreux talents, commenta sèchement Strauss. Il sait aussi faire tourner des assiettes et il est capable de dessiner des caricatures aussi bien qu'un artiste de rue. Les femmes le trouvent irrésistible. Et il ne voit pas de raisons de leur résister. »

Clara se demanda si cette remarque l'incluait dans le lot.

« Il a promis d'organiser un vol pour moi, se lança-t-elle. Si je veux bien comprendre mon rôle, il faut que je vole au moins une fois. Et je dois dire que j'ai toujours voulu monter dans un avion.

— Pourquoi ?

— Par curiosité.

— Vraiment ? Dans ce cas, je vous emmène. »

La proposition la prit de court. « Vous êtes sérieux ?

— J'ai un vol d'essai à effectuer à Tempelhof jeudi. Un Henschel 126. Si ça vous dit, vous pouvez venir avec moi. Du moment que vous restez sagement assise et que vous mettez quelque chose de chaud. Pas d'hystérie féminine dans le cockpit. Vous pensez y arriver ?

— Mais oui.

— Très bien, alors. Mais il faut que ce soit tôt. Soyez-y à 9 heures. »

À l'autre bout de la pièce, on entendait Udet qui se moquait de la grande galerie d'art contemporain que le Führer avait ouverte à Munich. Par contraste avec l'exposition d'Art dégénéré, la Maison de l'Art allemand exposait ce que l'art allemand avait de meilleur – une ambition de longue date d'Hitler. Udet, le visage luisant sous l'effet de la boisson, mais rayonnant, racontait une blague osée à propos de son boss. « Goering visite la Maison de l'Art allemand et enrage de tomber sur un portrait de lui-même en cochon. Il se plaint aussitôt au directeur du musée, à quoi celui-ci lui répond, "Mais, Herr Reich Minister, vous ne voyez pas que c'est un miroir ?" »

Il y eut de grands éclats de rire, mais Strauss se détourna et regarda par la fenêtre vers les limites à peine visibles du parc. La laideur de son visage défiguré était cachée, mais l'ombre de sa barbe naissante semblait faire écho à une ombre d'un autre genre, plus profonde, dans ses yeux. Clara s'efforça de décrypter ses émotions. En vain. Il lui fut impossible de savoir à quoi il pensait jusqu'au moment où il dit, doucement : « Je crains que mon ami Ernst ne souffre d'un mal dangereux.

— Que voulez-vous dire ?

— Il souffre de troubles de l'audition depuis la guerre. Autrement dit, il parle trop fort ; ça pourrait lui nuire. »

Il y eut un brouhaha à l'autre bout de la pièce. Udet, une nappe nouée à la taille, dansait le french cancan, debout sur une table.

## 9

« Pourquoi faut-il que nous apprenions à bien nous alimenter ? interrogea le professeur, une femme dont les tresses serrées encadraient un visage en lame de couteau.

— Parce que notre corps appartient au Reich et que nous avons la responsabilité de le nourrir ?

— Bien. Quoi d'autre ? »

Une forêt de mains se leva. « Parce que nous portons les enfants et que les enfants sont les pierres angulaires du Reich allemand. »

Dans une pièce tachetée de lumière, avec une vue magnifique sur le lac, vingt jeunes femmes étaient assises en rangs, toutes habillées pareil de dirndl[1] avec corsages blancs, corselets et foulards à damiers bleus. En face d'elles, les jambes bien plantées au sol, une baguette à la main, le professeur désignait le tableau.

Mary avait toujours un petit haut-le-cœur quand elle mettait les pieds dans une école – souvenir de son passage dans une pension du New Jersey où elle se colle-

1. Costume traditionnel bavarois composé d'un corsage, d'un corselet, d'une jupe ample et d'un tablier.

tait avec l'algèbre et la Guerre civile américaine. Mais l'École des Épouses provoqua en elle une véritable nausée. Il était interdit d'y fumer – bon sang, comment y arrivaient-elles ? – et les couloirs exhalaient le mélange institutionnel de chou et d'antiseptique. Et il est vrai qu'il aurait été difficile de trouver institution plus impeccable que l'École des Épouses. Le jardin semblait avoir été entretenu à la pince à épiler. L'allée de gravier avait été ratissée et le chemin traversant la pelouse dessinait comme une raie séparant parfaitement des cheveux. Même les oiseaux sur la pelouse ressemblaient à des petits jouets mécaniques, sautillant sur un gazon tondu à ras.

« Ce n'est vraiment pas le meilleur moment pour une visite de journaliste, se plaignit Fräulein Wolff, la femme qui l'accompagnait.

— Mais pourquoi ? s'enquit Mary avec fourberie, car sans réel espoir de tirer grand-chose d'elle.

— Nous avons un examen administratif, répondit-elle platement. Nous allons recevoir la visite du ministre. Nous avons prévu de lui présenter les différents cours. Puériculture, Couture, Obéissance dans le mariage et ainsi de suite. Et aussi une causerie dont le thème sera "Comment être une bonne épouse allemande".

— Tout ça m'a l'air passionnant, affirma Mary pour l'encourager. Je pourrais peut-être y assister.

— J'en doute fort. »

La journaliste insista. « Toutes les futures épouses de SS doivent-elles fréquenter une école de ce genre ?

— Tous les mariages de SS sont soumis à autorisation, pour éviter que des SS épousent des femmes qui ne seraient pas convenables.

— Pas convenables ? Comment cela ? »

De se voir ainsi interrogée sans sollicitation, Fräulein Wolff grimaça d'exaspération.

« Sur le plan de la santé, pour commencer. Les futures épouses doivent répondre à des questionnaires de santé relatifs à l'histoire de tous les membres de leur famille, notamment pour ce qui est de la tuberculose, de la psychopathie et de la gynécologie. Si un SS était pris à contracter un mariage sans autorisation, il serait exclu de la SS.

— Exclu ? Seulement pour un défaut de certificat ? »

La femme la regarda comme si elle n'avait qu'une envie : renvoyer Mary sur-le-champ.

« Suivez-moi. »

Passant par deux hautes portes doubles, elle conduisit la journaliste dans le hall de marbre. Au-dessus de la cheminée, en face du portrait du Führer, comme pour former une paire de tableaux de fiançailles sinistres, il y avait un portrait de Gertrude Scholtz-Klink, la responsable du Bureau des Femmes, en veste de laine peignée grise, chemise et cravate.

« C'est Frau Scholtz-Klink qu'il faudrait que vous voyiez, en réalité. Mais elle est absente pour l'instant. Puis-je revoir votre carte de presse, s'il vous plaît ? »

Mary brandit le laissez-passer qui lui avait été remis le jour de son arrivée. Les Allemands étaient, heureusement, toujours soucieux de faciliter au mieux le travail des journalistes américains, dans l'espoir de cimenter une alliance internationale. Le visage de la femme se plissa de consternation.

« Comme j'ai essayé de vous l'expliquer, ce jour est mal choisi pour une visite, Fräulein. Peut-être pourriez-vous revenir demain.

— Demain, je dois assister à un discours du Führer, mentit Mary. Mais je me contenterai de peu de chose. Juste une interview avec l'une des futures épouses. Il y a peut-être un coin tranquille où je pourrais m'entretenir avec l'une de ces jeunes filles ? »

L'idée qu'une future épouse puisse avoir une conversation privée était totalement inimaginable ici. Fräulein Wolff parut sur le point de refuser puis, dépassée par les événements du jour, elle céda.

« Très bien. Venez par ici. Elles préparent le petit déjeuner nuptial d'une des futures épouses. Je vais voir s'il y en a une qui serait disponible. »

Les deux femmes entrèrent dans une grande cuisine étincelante où un essaim de futures épouses s'affairaient en tabliers blancs. Était-ce la chaleur des fours, la nourriture elle-même ? Toujours est-il que l'atmosphère était bien plus gaie que dans le reste de la maison. Les conversations bourdonnaient et une odeur d'épices et de pâtisserie mettait l'eau à la bouche. Un nuage de farine flottait dans un rayon de lumière, au-dessus d'un plan de travail sur lequel deux jeunes femmes étaient penchées, très concentrées, occupées à réaliser ce qui ressemblait à des rubans de pâte tressée. D'autres étaient en train d'entrelacer du lierre et des fleurs d'oranger en un chemin de table formant une croix gammée avec une bougie à chaque coin. Au milieu de la grande table de pin trônait un gâteau de mariage, splendide composition à deux étages scintillant à la lumière du soleil. En s'approchant, Mary remarqua qu'en son sommet, d'un blanc neigeux, à la place des mariés, une minuscule effigie du Führer vêtu de noir, réalisée en massepain jusqu'à la petite moustache, se tenait au garde-à-vous au milieu de roses en sucre.

« Comme vous pouvez l'imaginer, on confectionne beaucoup de gâteaux de mariage, ici, dit Fräulein Wolff, laconique. Que se passe-t-il, Ilse ? »

Une blonde grassouillette, aux tresses graisseuses, l'air angoissé, examinait la silhouette en sucre, consternée.

« Je suis inquiète, Fräulein Wolff. Est-ce que ça ne va pas poser un problème ?

— Un problème, mais pourquoi ?

— À qui va échoir la part avec le Führer ? Personne n'osera la prendre et, du coup, personne n'osera la manger. Ce sera du gâchis et le Führer déteste le gâchis. »

Le visage de l'enseignante se plissa de mépris. « Ce n'est pas le moment de parler de ça, Ilse. J'ai besoin de vous. Voici Fräulein Mary Harker, du *New York Evening Post*. C'est une journaliste américaine et elle aimerait écrire un article sur une journée type à l'École des Épouses du Reich. Vous allez l'accompagner à la salle de musique. »

À ces mots, Ilse se figea, comme foudroyée. Son regard consterné allait de Mary à l'enseignante.

« Eh bien, allez, ma fille ! Je compte sur vous pour répondre au mieux à ses questions. »

Ilse s'essuya les mains sur son tablier et se cala une mèche de cheveux derrière l'oreille. Au milieu de l'uniformité de la tenue des jeunes filles, celle d'Ilse avait un je ne sais quoi de désordonné à cause de son corsage bouffant dont les dentelles débordaient de son corselet. Une fois dans la salle de musique et la porte refermée derrière elles, Ilse s'excusa : « Pardonnez-moi, Fräulein, mais je crains de ne pouvoir vous être utile. Je ne sais pas grand-chose.

— Ne vous inquiétez pas, Ilse, répondit Mary en sortant son carnet de notes. Je vais vous poser quelques questions. Vous aurez juste à y répondre. » Elle lui adressa son sourire le plus engageant. Celui qu'elle réservait aux policiers et aux petits enfants. « Parlez-moi de l'École des Épouses.

— Eh bien… » Ilse se mordit la lèvre et parcourut la salle de musique du regard, comme si elle cherchait son inspiration dans les affichettes proclamant que « *Faire la cuisine c'est l'arme de la femme* » et que « *L'ordre vous épargne du temps et des efforts* », qui étaient punaisées aux murs.

« Qu'est-ce que vous y apprenez ?

— Toutes sortes de choses. » La jeune fille débita une liste à toute allure. « À quelle fréquence changer le linge, cirer et polir les sols, comment faire des conserves de fruits, comment devenir une épouse obéissante, quoi cuisiner pour quelles occasions.

— Et pourquoi avez-vous choisi de venir ici ?

— Oh mais c'est obligatoire. Si vous ne fréquentez pas l'école, alors votre promis sera renvoyé de la SS. Et quand vous avez votre certificat, vous devez le présenter au bureau des mariages de l'office central de la Race et de l'Installation, pour que le mariage obtienne l'autorisation officielle de la SS.

— L'autorisation ? »

Ilse la regarda comme si elle était folle.

« En Allemagne, tout le monde a besoin d'une autorisation pour se marier. Tout le monde a besoin d'un Ariernachweis ; c'est un certificat de pureté aryenne. Mais c'est plus rigoureux pour ceux qui se marient dans la SS. Il faut s'adresser au Bureau de la Race pour que vos origines raciales soient vérifiées.

— Et comment s'y prennent-ils ?

— En fait, c'est très simple. On vous pèse et on mesure votre nez et votre lèvre supérieure. Vous n'aurez pas l'autorisation de vous marier si vous ne faites pas ce test. Il faut aussi fournir les actes de naissance et certificats de mariage de vos ancêtres en remontant jusqu'à 1750 – ça demande beaucoup de travail. Il faut parfois se rendre dans toutes les églises où les mariages ont été célébrés pour y trouver les attestations. Mais les SS doivent être absolument certains que vous êtes de race pure, exempte de sang juif ou mêlé. »

Leur conversation fut interrompue par le son métallique d'une cloche suivi d'un bruit de semelles claquant dans l'escalier.

« C'est l'heure du déjeuner, Fräulein. Voulez-vous vous joindre à nous ? Ce n'est pas dimanche, mais l'école a annoncé du ragoût pour aujourd'hui. »

Mary en avait entendu parler. Chaque dimanche, dans le cadre d'un effort national pour se serrer la ceinture, chacun – depuis les leaders du parti jusqu'au bas de l'échelle sociale – ne prenait qu'un plat au déjeuner et reversait l'argent économisé au Fonds de Soutien pour l'Hiver. Généralement le ragoût avait cuit à l'étouffée, des yeux de graisse y flottaient, et les parties les moins nobles d'un animal y avaient séjourné. Mary décida de s'en passer.

« Pas de problème, dit Ilse. Je n'ai pas faim non plus. On pourrait aller marcher dans le parc, si cela vous tente. » Elle remarqua le paquet de cigarettes qui dépassait du sac de Mary. « Vous pouvez fumer dehors, si vous voulez. »

Les deux femmes se promenèrent le long d'un sentier. C'était une belle journée automnale et, au détour d'une allée, elles tombèrent sur un ouvrier en train de donner des coups de marteau sur les planches d'une bâtisse en cours de construction. Il se redressa poliment au passage des deux femmes, puis se remit à la tâche. Il s'agissait d'un cottage de style médiéval, avec jardinières fleuries aux fenêtres, poutres et pignons à colombages. Il n'y manquait que le toit. Il ressemblait à une cabane pour les enfants, sauf que celle-ci était pour adultes.

« On la croirait tout droit sortie de *Blanche-Neige*, fit observer Mary. Il n'y manque plus que les sept nains.

— Ça va être une maison modèle, expliqua Ilse. Pour que les futures épouses puissent expérimenter la vie de femme mariée.

— Alors on sera loin du conte de fées.

— Oh, il y aura tout ce qu'il faut, poursuivit Ilse avec sérieux. Une cuisine, une planche à repasser, une pièce pour la couture. Ils vont y faire venir des enfants d'une garderie du coin pour qu'on apprenne à s'en occuper. J'adore la regarder. Ça sera comme une parfaite petite maison... » Elle s'interrompit soudain, et Mary vit que des larmes lui étaient montées aux yeux. « Je suis désolée, Fräulein Harker. Je traverse un moment difficile, dit-elle dans un sanglot. Une de mes amies vient juste de mourir.

— Mourir ?

— Oui, ici, dans ce jardin. Je ne sais pas ce qui lui est arrivé. » Ilse frissonna, imaginant Anna face contre terre, un filet de sang vermeil s'échappant de sa bouche, maculant les mèches de ses cheveux décolorés. Puis elle se souvint que Frieda Müller avait précisé qu'elle avait été abattue d'une balle en plein cœur. Tuée à la manière dont un chasseur expérimenté tuerait une biche, avait ajouté Frieda, en parlant à voix basse, à un petit groupe de futures épouses. C'était ce qu'un des policiers lui avait révélé. À l'idée qu'Anna avait été pourchassée comme un animal, de nouvelles larmes lui montèrent aux yeux.

« Vous voulez parler d'Anna Hansen ? la sonda Mary.

— Comment le savez-vous ? Les journaux n'en ont même pas parlé.

— J'ai entendu dire qu'ils avaient arrêté le jardinier.

— Hartmann. Oui, ils l'ont embarqué, alors je suppose que c'était bien lui. Mais je n'aurais jamais pensé ça de lui. C'est juste un type simple. Pas très futé. L'œil qui traîne un peu partout. Toujours à nous observer, mais il n'y a pas de mal à regarder, n'est-ce pas ? Enfin, c'est ce que je croyais. J'avais sans doute tort.

— Pour être franche, Ilse, j'avais déjà eu vent de cette affaire. C'est en partie pour ça que je suis ici. J'avais prévu d'interroger Fräulein Wolff à ce sujet. »

Horrifiée, Ilse s'immobilisa.

« Vous ne pouvez pas faire ça ! Ils ne voudront pas vous en parler !

— Mais pourquoi ?

— Nous n'avons pas le droit d'en parler. On nous a dit de garder le silence et de ne pas poser de questions. Que c'était un accident tragique, qu'Hartmann avait été arrêté, qu'il n'y avait donc rien à ajouter. Oh, mon Dieu, gémit-elle, prenant conscience de son indiscrétion. Fräulein Wolff va me tuer si elle apprend que je vous ai parlé d'Anna. »

À l'idée d'une punition, elle se remit à pleurer, ce qui incita Mary à passer un bras consolateur autour des épaules d'Ilse, puis à lui murmurer d'un ton rassurant : « Je ne dirai à personne que vous m'en avez parlé. Vous avez ma parole là-dessus. Mais il me semble injuste que la mort de cette pauvre Anna soit étouffée, non ? Qu'on mette ça sous le tapis comme si ça ne comptait pas ? »

L'image était habile. L'idée qu'Anna soit remisée dans la même frénésie de propreté qui gouvernait toutes les existences à l'École des Épouses eut l'effet escompté sur Ilse. Elle se mordit la lèvre inférieure et s'essuya le visage avec sa manche.

« Non, vous avez raison. »

Elles continuèrent de marcher dans l'allée de gravier jusqu'à un bosquet de pins qui dominait le lac, au bout de la propriété. Ilse s'arrêta et lança à Mary un regard implorant, comme si celle-ci avait la réponse à une question qui la perturbait.

« À dire vrai, Fräulein Harker, je ne crois pas du tout qu'Hartmann soit mêlé à ça. Anna n'aurait jamais eu une relation avec lui. Elle ne lui aurait même pas donné l'heure. Elle aimait son fiancé, Johann. Elle me racontait souvent leur rencontre, à l'époque où elle dansait au Wintergarten avec un body à sequins et un casque en plumes.

— Elle était danseuse ?

— Oui, et Johann était venu la voir. Il est allé la retrouver dans un bar après pour lui dire à quel point il avait admiré son numéro, et ça a été le coup de foudre. Elle lui écrivait tout le temps. Et il lui répondait. Elle conservait ses lettres dans un endroit spécial.

— Un endroit spécial ? »

Ilse se figea comme une biche prise au piège, comme si Mary lui avait tendu un panneau dans lequel elle était innocemment tombée. Elle faisait partie de ces personnes interviewées qui vous donnaient le sentiment d'appartenir à la Gestapo, pensa Mary.

« Oh, mon Dieu. C'est encore une chose que je n'aurais pas dû vous dire. Nous n'avons aucune intimité, ici, voyez-vous. Ils prétendent que l'intimité est néfaste aux futures mariées et mène à l'indolence. Mais Anna avait trouvé un biais. » L'œil encore humide, elle lança à Mary un regard frondeur. « Une sorte de cachette, derrière la penderie dans le dortoir. Il faut écarter la penderie ; il y a un conduit dans le mur où se trouvait une cheminée, jadis. Ça a été bouché avec des briques mais il y a un espace en haut, où les briques s'ajustent mal.

— Comment le savez-vous ? Vous êtes allée voir ?

— Non ! Enfin, oui. Vous comprenez, j'avais remarqué que le soir, Anna se rendait parfois dans le dortoir alors qu'on devait aller chanter ; un jour, je l'ai suivie et je l'ai vue assise sur son lit, avec la penderie écartée du mur, son petit coffret de cuir sur les genoux. Enfin ce n'était pas vraiment un coffret, mais plutôt un petit bureau portable, avec une poignée en haut, des rabats ouvrants et un rangement pour le stylo. Une écritoire pour rédiger des lettres en voyage, vous voyez ?

— Bien sûr. Ma grand-mère en avait une.

— En tout cas, quand Anna m'a vue, elle s'est fâchée tout rouge en rouspétant que ce n'était déjà pas drôle de manquer d'intimité sans qu'en plus des fouineuses la suivent sans arrêt. Elle était tellement en colère que j'ai cru qu'elle allait me gifler.

— Avez-vous lu ces lettres ? »

Les joues d'Ilse s'embrasèrent. « Bien sûr que non ! Pour qui me prenez-vous ? Je n'aurais jamais fait une chose pareille. Mais, après sa mort, je suis allée vérifier que le coffret était toujours là. J'ai pensé qu'elle y gardait sans doute aussi ses bijoux car on n'a pas le droit d'en avoir ici. Je savais bien que j'aurais dû en parler mais, voyez-vous, je me suis dit que ce serait la trahir. Quand j'ai demandé à Fräulein Wolff ce qu'ils avaient fait des affaires d'Anna, elle m'a répondu qu'ils les avaient envoyées à Johann. Ses vêtements appartiennent à l'École, alors il n'y avait pas grand-chose. Une brosse à cheveux, des chaussures et ainsi de suite. C'est à ce moment-là que j'aurais sans doute dû parler de l'écritoire, sauf que Fräulein Wolff aurait été tellement furieuse. Mais j'y repense souvent. Quelqu'un va tomber dessus, tôt ou tard, et lire les pensées secrètes d'Anna. J'aimerais pouvoir la remettre à Johann, ou à la famille d'Anna, mais je n'ai pas la moindre idée de l'endroit où ils se trouvent. Tout ce que je sais, c'est qu'elle avait une sœur, une certaine Katia, qui vivait à Munich.

— Je peux peut-être vous aider.

— Comment ? »

Mary improvisa très vite. « La femme qui partage mon appartement est une amie de sa famille. C'est elle qui m'a parlé d'Anna. C'est pour ça que j'étais au courant.

— Et vous pensez qu'elle pourrait transmettre ces lettres à la famille d'Anna ?

— J'en suis certaine. »

Ilse rougit de plaisir. « Alors il faut absolument que vous preniez le coffret. Au moins ainsi, ça ira à quelqu'un de proche. Ils ont déjà attribué ses vêtements à une autre future épouse. Il y a une nouvelle fille dans son lit, alors qu'il y a à peine deux jours qu'elle est morte.

— Pourriez-vous aller me le chercher ? »

Ilse lança un regard paniqué vers la maison, comme si elles étaient surveillées.

« De toute manière, je suis déjà en retard pour la Volksgemeinschaft.

— De quoi s'agit-il ?

— Oh, des sujets liés à la vie en société, si vous voyez ce que je veux dire. Aujourd'hui on va traiter de la race et de l'économie nationale. Mais le professeur, Frau Schneider, est plutôt accommodante.

— Parfait.

— Je dirai que j'ai besoin d'aller prendre un tablier propre dans le dortoir. Celui-ci est plein de farine. Et si quelqu'un me voit avec le coffret, je pourrai toujours dire qu'il est à vous. Attendez-moi dans le hall. »

Elle fut de retour quelques minutes plus tard, portant un petit coffret en cuir bordeaux avec une poignée en cuivre. C'était du cuir de bonne qualité, doux et souple, avec un fermoir en cuivre lui aussi. Les dernières possessions terrestres d'Anna Hansen. Mary était consternée par la rapidité avec laquelle l'École des Épouses s'était débarrassée des traces du passage de leur ancienne élève. Alors qu'Ilse faisait mine de se sauver, Mary lui remit une carte.

« Prenez ça. C'est mon ancienne adresse mais ils savent où me joindre. Contactez-moi si autre chose vous revenait. »

Ilse examina la carte avec gravité. L'adresse était Winterfeldtstrasse, une rue dont elle n'avait jamais entendu parler. Elle la glissa dans sa ceinture.

« Merci, Fräulein, comptez sur moi. »

Le coffret de cuir était plus lourd et avait l'air plus coûteux que ce à quoi Mary s'était attendue. Elle se demanda si elle allait l'ouvrir maintenant on bien attendre d'être avec Clara. Alors qu'elle y réfléchissait, Fräulein Wolff fonça sur elle avec une expression alliant suspicion et consternation. Maintenant qu'elle avait ce dont elle avait besoin, Mary décida d'aborder le sujet.

« Je voulais vous demander, Fräulein Wolff. J'ai été désolée d'apprendre le drame survenu l'autre jour à l'une de vos élèves. »

Fräulein Wolff tressaillit, comme si on l'avait physiquement agressée.

« Comment l'avez-vous appris ?

— C'est une amie de la famille qui me l'a dit.

— Un tragique accident, Fräulein. Sa famille a expressément demandé que cela reste confidentiel. Et inutile de poser des questions ; sachez que personne n'en parlera, comprenez-vous ? Absolument personne. »

# 10

L'aérogare de la base aérienne de Tempelhof, au sud de la ville, était un joyau de la nouvelle Allemagne. Construite par Ernst Sagebiel, également responsable du monumental ministère de l'Air, ses hangars tentaculaires se déployaient en un arc gigantesque, dans le but d'évoquer les ailes déployées d'un aigle en vol. C'était le plus vaste édifice autoporteur au monde. En sous-sol, cinq niveaux de tunnels souterrains dans lesquels étaient assemblés des chasseurs-bombardiers, tandis qu'au-dessus, le toit d'un kilomètre et demi de long couvrait des gradins conçus pour que quatre-vingt mille spectateurs puissent admirer des spectacles aériens. Cet endroit ressemblait moins à une aérogare qu'à une cathédrale consacrée aux dieux gémellaires de l'aviation et du Troisième Reich.

Clara n'avait jamais rien vu d'aussi grand. Debout au milieu de l'énorme Hall de la Gloire, encore inachevé, elle était complètement désorientée. L'endroit était si vaste, les distances entre chaque point si éloignées qu'elle se sentait désincarnée, tous les sens à la dérive. C'était comme être piégée dans un tableau cubiste, avec une perspective qui partait dans tous les sens, si bien qu'à force de regarder trop intensément le vertige vous gagnait.

Arno Strauss s'avançait vers elle à grandes enjambées. Son visage chiffonné la fit tressaillir de nouveau, sans qu'elle puisse savoir si la tension qui s'y lisait était due aux mutilations ou à son regret de lui avoir proposé ce vol. Il portait des lunettes protectrices remontées sur le front et fumait une cigarette.

« Bonjour, Fräulein Vine. » Il jeta un regard désapprobateur sur son pull à col roulé et son pantalon. « Vous allez vous geler, habillée comme ça. Tenez, prenez ça. »

Il ôta sa veste de cuir et la lui mit sur les épaules. C'était un beau cuir brun avec des épaulettes et un aigle aux ailes déployées sur la poche de poitrine. Son poids était rassurant, de même que la chaleur emmagasinée dans la doublure en peau de lapin.

— Toujours partante ? Pas nerveuse, j'espère ?

— Un peu quand même. »

Nerveuse, elle l'était horriblement, depuis son réveil. En réalité, elle avait à peine dormi. Vraiment idiot, s'était-elle dit en se brossant les dents, avant de préparer un café noir. Les gens n'arrêtent pas de prendre l'avion. Et cet homme était un expert. L'un des tout meilleurs pilotes de la Luftwaffe, avait précisé Udet. Pourquoi devrait-elle avoir peur à l'idée de voler ? En tout cas, elle n'avait rien pu avaler au petit déjeuner. Sage précaution en fin de compte.

« Juste pour votre information, lui annonça-t-il alors qu'ils sortaient du hall, je fais une petite entorse au règlement, là.

— Pas trop grave, j'espère.

— Disons seulement que, officiellement, vous n'existez pas. »

Tandis qu'ils marchaient sur le tarmac où un vent de face soufflait violemment, ils étaient obligés d'élever la voix, et même de crier. L'avion les attendait, une machine gris-bleu aux lignes pures, anguleuses, le nez relevé, semblable à un grand oiseau prêt à se lancer dans les airs. En se baissant pour passer sous les ailes, Strauss tendit le bras et son index effleura une croix gammée peinte sur la partie inférieure.

« J'en touche toujours une, pour me porter chance.

— Parce que vous avez besoin de chance ?

— Nous avons tous besoin de chance. Bien que j'en aie sans doute déjà eu plus que ma part. On va peut-être devoir compter sur la vôtre, cette fois. »

Le cockpit était à peine assez grand pour une personne mais il y avait deux sièges, l'un derrière l'autre. Strauss l'installa à l'arrière, lui enfila le harnais d'un parachute sur les épaules et lui tendit une casquette doublée de fourrure ainsi que des lunettes de protection. Le visage tendu, très concentré, il ajusta d'abord le parachute de Clara, puis le sien. Il sentait le cuir, les vapeurs de graisse et de carburant. Lorsqu'il se pencha sur elle pour boucler son harnais, elle reçut aussi une bouffée d'alcool, ce qui ajouta à sa nervosité.

« Et vous avez souvent volé sur cet avion ?

— En fait, c'est la première fois. C'est un prototype. Un Henschel Hs 126. Il n'est même pas encore en service. Ils en ont fait dix pour que nous les testions. Son intérêt est de pouvoir voler assez lentement.

— Et c'est une bonne chose ? »

Il eut un rire bourru.

« Suffisamment pour ce que nous voulons en faire. Mais à vous, cela ne paraîtra pas si lent que ça, je vous le promets. »

Il se glissa devant un tableau de bord incurvé, rabattit la verrière au-dessus de leurs têtes et passa en revue les instruments de pilotage. À travers ses lunettes de protection, Clara regardait les cadrans et les leviers sans rien comprendre. La partie intacte, parfaite du visage de Strauss, était tellement proche que, les genoux repliés contre sa poitrine, elle respirait quasiment dans son cou.

« Qui s'assied ici normalement ?

— C'est la soute de prise de vues. »

Strauss actionna une commande d'une chiquenaude, lança le moteur, et l'avion se mit à vrombir. Un crissement assourdissant, aigu, ébranla tout le fuselage. En dessous d'eux, un homme se précipita pour ôter les cales placées sous les roues et l'avion avança lentement, cahotant sur la piste qui s'étendait devant eux, éclairée par une étroite avenue de lumières. Puis il gagna de la vitesse et c'est l'estomac noué qu'elle sentit l'avion s'élever bruyamment dans les airs.

Plaquée sur son siège par la force de l'accélération, Clara se dit qu'il devait être très inconfortable pour un homme adulte de tenir longtemps dans un espace aussi minuscule. Le tableau de bord s'était animé, les aiguilles vacillaient, les voyants clignotaient. Elle vit les mâchoires de Strauss se contracter, ses yeux se plisser tandis qu'il tirait le manche vers lui et qu'ils grimpaient, fendant l'air épais.

Au-dessous d'eux, la ville rapetissait jusqu'à n'être plus qu'un patchwork de toits rouges et de cheminées.

À l'extérieur de Tempelhof, elle apercut une mosaïque de lotissements, de petites parcelles de poireaux et de choux, semblable à un diagramme dans un manuel scolaire. Autour des espaces verts s'étendait la grille de mots croisés des rues et des pâtés de maisons et, à la périphérie de la ville, les fumées des hautes cheminées d'usines s'élevaient dans le ciel.

En songeant à elle et à Strauss suspendus aussi périlleusement dans les airs, le cœur de Clara se mit à battre très fort. Pourquoi avait-elle accepté cette invitation ? se demanda-t-elle, bien qu'elle connût la réponse. Quelque chose en elle, d'instinctif, de trop profondément ancré pour être éradiqué, lui interdisait de refuser un défi. Elle le devait à son père qui lui avait inculqué cela dès l'enfance, montant une sœur contre son frère, faisant de chaque partie d'échecs une compétition, de chaque excursion une occasion de tester les capacités des uns et des autres. En vacances, dans les Highlands écossais, les enfants suivaient sa silhouette austère, peinant sous leur sac à dos dans le crachin, et chacun se voyait assigner une tâche. Il avait l'habitude de les laisser quelque part dans un endroit éloigné muni seulement d'une pelote de ficelle, d'une boussole et d'un shilling. C'était, selon lui, tout ce dont ils avaient besoin pour retrouver leur maison. D'une façon ou d'une autre, Clara y était toujours parvenue. Dès son plus jeune âge, elle avait appris à ne jamais montrer sa peur, ou une quelconque réticence.

Alors que l'avion poursuivait son ascension, la carte géographique se transforma en tapisserie. Les forêts vert foncé, aussi épaisses que de la fourrure, composaient des motifs enserrés dans le patchwork des champs. Une rivière aperçue fugitivement faisait comme du mercure. Ils traversèrent un moutonnement de nuages, la buée perlant à l'extérieur de la verrière avant de ressortir dans un ciel complètement dégagé. À respirer cet air vif et glacial, Clara sentit une sorte d'euphorie la gagner. Et là, elle comprit ce qu'était l'ivresse de voler. Cela devait être merveilleux d'avoir une telle passion dans la vie, aussi vertigineuse, de sentir qu'en un instant on pouvait s'élever au-dessus de la cité et laisser sa petite vie derrière soi.

« Ça, c'est l'indicateur de vitesse ascensionnelle, expliqua Strauss en montrant du doigt le tableau de bord. L'indicateur de pression de suralimentation, l'indicateur de vitesse, l'altimètre. La vitesse maximale de cet avion est de trois cent soixante-cinq kilomètres à l'heure. »

Aucun de ces cadrans ne lui disait quoi que ce soit. Recroquevillée derrière Strauss, Clara se sentait comme Sinbad sur le dos de l'aigle, bien que le froid, pénétrant, fût de toutes ses sensations celle qui dominait. Ses vêtements, qu'elle avait pensé chauds, se révélaient désespérément inadaptés. Le froid lui brûlait le visage et malgré la veste de Strauss elle avait l'impression qu'elle allait geler sur le siège métallique. Elle se demanda comment Strauss faisait pour s'en passer, même s'il portait des bottes doublées de fourrure et, lui sembla-t-il, un épais pull-over par-dessus d'autres couches de lainages.

Ils étaient beaucoup plus haut, à présent, à un nombre inimaginable de milliers de pieds. En dessous d'eux, s'étendait le Brandebourg, jusqu'à la ligne d'horizon à peine visible des collines, soulignées de pourpre.

« Accrochez-vous ! » cria Strauss.

Dans les hauteurs où il était monté, l'avion effectua un tonneau gracieux, puis se retourna à travers la couche de nuages avant de descendre en piqué. Exécutant un virage incliné sur l'aile, l'appareil enchaîna plusieurs tonneaux si bien que Clara ne sut plus s'ils volaient sur le ventre ou sur le dos. Soudain, il lui sembla que l'hélice s'était arrêtée, que le moteur avait calé. Les arbres, l'herbe et les constructions réapparaissaient à mesure qu'ils fonçaient vers le sol. L'effroi l'empêchait de respirer. Quand une douleur fulgurante lui perça les oreilles, elle voulut hurler, s'agrippant à son siège, mais ses poumons, privés d'air, lui interdisaient de proférer le moindre son. L'hélice ne fonctionnait toujours pas. Elle ferma les yeux, très fort. Pendant plusieurs secondes, l'appareil continua sa chute jusqu'à ce que, au dernier moment, alors qu'une aile touchait presque l'herbe, Strauss remette les gaz. L'avion vira de nouveau sur l'aile et, comme s'il rebondissait, laissant le sol derrière eux, il remonta en flèche dans les airs.

« Ça s'appelle un atterrissage au moteur mort, autrement dit moteur coupé, expliqua Strauss. Notre ami Ernst en a la paternité. »

Il fallut un moment à Clara pour comprendre que ce terrible plongeon était intentionnel, et que Strauss s'était lancé dans une acrobatie dangereuse sans la prévenir. Tandis qu'un mélange de fureur et de peur montait en elle, l'avion dont chaque pouce était secoué de vibrations reprenait son élan ascensionnel, les pales de l'hélice tranchaient l'air blanc et glacé. Elle allait être malade, elle en était sûre.

Au-dessus de l'amoncellement de nuages, l'avion perdit un peu de vitesse, se stabilisa, et ils dérivèrent haut dans ce glorieux matin. Un voile de brume cachait le sol, ils étaient totalement seuls, suspendus entre ciel et terre, éclaboussés par les rayons du soleil qui perçaient les nuages.

Strauss fit décrire à l'avion une large boucle, lente, gracieuse, comme s'il offrait son propre spectacle de ballet aérien. Puis, empoignant la manette des gaz, il l'abaissa énergiquement. Aussitôt, le ciel se cabra vers eux et l'avion se retrouva presque à quatre-vingt-dix degrés. Clara aurait voulu le supplier de cesser ses acrobaties, mais elle en était incapable : elle était à bout de souffle et la pression de l'air l'empêchait d'ouvrir les lèvres. Aucun mot ne sortit de sa bouche. Quand elle sentit l'avion se stabiliser puis basculer et plonger, elle sut que c'était déjà trop tard.

Alors que le moteur faisait un bruit épouvantable, elle fut prise de vertige. Le sol fonçait vers eux à une vitesse folle. Neuf mille pieds. Huit mille. Sept mille. Les indicateurs de vitesse du tableau de bord tournoyaient frénétiquement dans leurs cadrans. Le vent fouettait le fuselage, des voyants rouges s'allumèrent. Qu'est-ce qui lui prenait de tenter une acrobatie pareille ? Le visage de Strauss demeurait impassible, mais ses mâchoires se serraient lorsqu'il actionnait les commandes. Le fuselage vibrait si violemment qu'elle fut convaincue que l'avion allait se disloquer. Ils fonçaient droit sur la terre dans leur cercueil d'acier, prêts à s'enfoncer comme une pierre dans le sol. Strauss paraissait tirer de toutes ses forces sur le manche, mais ils continuaient de piquer vers le sol. Elle sentit la nausée monter en elle et chercha un récipient où vomir. Plonger vers la mort tout en cherchant un sac vomitoire, quelle horreur !

Soudain, alors qu'ils semblaient promis à une mort certaine, Strauss eut un mouvement rapide du pied, tira brusquement la manette des gaz vers lui, et l'avion s'inclina à quatre-vingt-dix degrés, les projetant vers la gauche, et ils remontèrent à nouveau. Malgré ses neurones maltraités, elle se rappela le commentaire de Goebbels.

« Je pense que vous avez un penchant pour le danger, Fräulein. »

Goebbels avait tort. Clara n'avait aucun penchant pour le danger. C'était le danger qui en avait après elle.

Il fallut quelques minutes à l'avion pour effectuer un nouveau virage sur l'aile et amorcer une descente tranquille jusqu'à la piste d'atterrissage de Tempelhof. Strauss roula, s'arrêta, le moteur grogna puis bégaya avant de se taire. Lorsque l'hélice s'immobilisa, il enleva son casque et resta un moment assis, un sourire pincé aux lèvres. Des gouttes de sueur perlaient sur son front. Son regard était sombre et aussi impénétrable qu'une flaque d'huile.

« Vous avez eu peur ? s'enquit-il.

— Non.

— Vous mentez.

— D'accord, j'ai eu la frousse de ma vie. »

Strauss rit. Un aboiement bref, sans joie. « Moi aussi. J'ai perdu le contrôle, un moment, vous vous rendez compte ? J'ai cru qu'on était foutus. La manette des gaz s'est coincée à haute altitude. J'ai failli abandonner. Heureusement, je suis arrivé à dégager le manche avec le pied juste à temps.

Il l'aida à s'extraire de la carlingue puis ils traversèrent le tarmac. Ils n'avaient pourtant pas passé plus de quinze minutes dans les airs, mais elle avait l'impression que ça avait duré une éternité. Ses jambes tremblaient comme si elle descendait d'un bateau et ses pensées n'étaient plus qu'un maelström de confusion. Est-ce que Strauss avait délibérément risqué sa vie et la sienne ? Disait-il la vérité quant à sa perte de contrôle ?

« Comment vous sentez-vous ? »

Instinctivement, comme toujours, elle évacua le trouble et la colère qui bouillonnaient en elle.

« Je me sens comme un cocktail qu'on vient de passer au shaker », déclara-t-elle d'un ton dégagé.

Il la regarda avec étonnement, mais alors même qu'elle prononçait ces paroles, son humeur se modifia. C'était vrai. Elle était euphorique de ne pas avoir péri. Elle avait trompé la mort et s'apprêtait à retrouver une matinée berlinoise ordinaire, à reprendre une vie normale sur le plancher des vaches. Les pilotes éprouvaient-ils tous cette sensation intense d'être vivant chaque fois qu'ils regagnaient la terre ferme ? Auquel cas, cela valait presque la peine de ressentir une telle peur.

« Bon, il me faut une cigarette. »

Strauss s'arrêta, fouilla dans la poche de la veste qu'elle portait, en sortit un paquet de cigarettes et en alluma une pour elle et une pour lui-même. Elle remarqua que ses doigts tremblaient.

« Désolé de vous avoir effrayée.

— J'ai cru vous entendre dire que les conditions étaient parfaites.

— Les conditions étaient très bien. C'est cette manette des gaz qui a mal fonctionné.

— J'espère que vous le mentionnerez dans votre rapport.

— Bien sûr.

— Il y a une chose que je voulais vous demander. Quand nous étions là-haut. Vous avez dit que vous aviez failli abandonner. Qu'est-ce qui vous a retenu ? »

Son visage prit à nouveau cette expression absente, lèvres serrées, qu'elle lui avait déjà vue.

« Mon heure n'avait pas encore sonné. Surtout avec vous à bord. »

Elle rit, comme s'il plaisantait, bien qu'il n'en eût pas l'air.

« Vous savez, dit-il, il y a un poème que j'affectionne. Il est irlandais. Vous le connaissez peut-être.

— Essayez toujours.

— *Je sais que mon destin m'attend / Quelque part là-haut dans les nuages ; / Je ne hais pas ceux que je combats, / Je n'aime pas ceux que je protège*. C'est de Yeats. *Un aviateur irlandais pressent sa mort.* » Une étincelle d'intérêt s'alluma dans les yeux de Strauss. « Vous connaissez ?

— J'aime beaucoup.

— Moi aussi. Cette idée a également des racines dans la mythologie germanique. Les anciens héros teutoniques partaient pour un voyage dont ils ne revenaient pas. Ça s'appelait le Totenritt, la chevauchée de la mort.

— Eh bien, grâce à Dieu, nous y avons échappé.

— Nous avons étudié Yeats à l'école. Ce même professeur, celui qui nous enseignait notre mythologie, adorait la poésie. La plupart des élèves allemands se focalisent sur Schiller, Heine, Goethe et ainsi de suite. Ou en tout cas c'était ainsi. Mais notre professeur s'intéressait également à d'autres poètes. Des étrangers. Même s'il précisait que les Irlandais étaient nos alliés, bien sûr. »

En approchant de l'aérogare, ils parlèrent un peu du film à venir. Strauss n'allait jamais voir les films d'Ernst. Ces gens de cinéma se trompaient toujours pour ce qui était des détails techniques, sans compter qu'il préférait Ernst quand il ne jouait pas au nazi à l'air guindé, fredonnant le *Horst Vessel Lied*. Ernst n'avait pas besoin de jouer un personnage. Il avait déjà un coffre plein de décorations et on aurait pu construire tout un avion avec les médailles qu'il avait gagnées dans la vie réelle. Au fur et à mesure qu'ils parlaient, les vibrations ressenties jusque dans ses os par Clara la quittèrent et elle retrouva tout son calme.

Quand ils arrivèrent dans le hall principal, Strauss dit : « Tiens, au fait, je vais bientôt rencontrer des compatriotes à vous. J'ai été invité à rencontrer votre ex-souverain. Le ministre du Reich organise une réception en son honneur à Carinhall.

— Ça va être passionnant, dit Clara d'un ton neutre.

— Vous croyez, vraiment ? Pour une actrice, peut-être. En tant que pilote, je ne vois rien de pire. Je ne suis pas fait pour tenir la jambe à des duchesses. » Il la regarda pensivement, puis s'inclina en un salut raide, ironique. « Maintenant Fräulein, je dois aller rédiger mon rapport d'essai. »

Elle éprouva une pointe de regret qu'il parte si vite, mais elle ôta sa veste de ses épaules et la lui rendit.

« J'espère que vous avez eu ce qu'il vous fallait, reprit-il. Pour votre film, je veux dire.

— C'est plus que suffisant.

— Alors je suis ravi d'avoir pu vous être utile. »

Strauss toucha le bord de sa casquette et s'éloigna à grandes enjambées dans le bâtiment de l'aérodrome.

## 11

Les premiers jours de ses retrouvailles avec Berlin, Mary Harker avait été impatiente de retrouver ses anciens repaires. Le Verona Lounge sur la Kleiststrasse, près de la Nollendorfplatz, qui de club chic se transformait en un bar outrageusement bohème aux petites heures. Le Garçonne sur la Kalckreuthstrasse, dont la propriétaire, Susi Wanowski, ex-femme d'un chef de la police de Berlin, avait complètement changé d'existence pour devenir l'amante de la danseuse érotique Anita Berber. Mali et Ingel's dans la Lutherstrasse, où, si l'on ne s'arrêtait pas au panneau « Fermé pour réception privée », on pouvait tomber sur toutes sortes d'artistes, d'intellectuels, de chanteurs et d'actrices. Des traces de la décadence de Weimar étaient encore visibles çà et là, même aux premiers jours du Reich. Chaque soir, on pouvait pousser la porte d'une cave et apercevoir une danseuse ajustant son bustier ou un homme en sueur jouant du saxophone. À présent, tous ces lieux avaient fermé. Les rythmes de jazz qui filtraient des caves des night-clubs enfumés avaient été remplacés par des opérettes, des marches et des fanfares. La Chambre de la Culture du Reich avait donné des instructions pour que les saxophones soient remplacés, chaque fois que c'était possible, par des altos, l'improvisation était proscrite et les paroles des chansons devaient être joyeuses et non lugubres, comme celles qu'affectionnaient les Juifs. Le Reich appréciait particulièrement la batterie, pour que les cœurs allemands battent en rythme. Une musique stridente en mode majeur.

Il n'y avait pas que la vie nocturne qui avait changé. Tous les journalistes du monde avaient convergé vers Berlin. La concurrence y était féroce. La crise en Europe attirait les correspondants étrangers comme des abeilles sur un pot de miel, sauf que le contenu des communiqués transmis deux fois par jour par le ministère du Reich à l'Éducation et à la Propagande n'avait rien de doux. Les nazis faisaient tout pour garder la main. Chaque jour, matin et soir, les journalistes venaient s'imprégner des mensonges que leur servait le gouvernement, par l'entremise d'Otto Dietrich, le responsable du service de presse, ou bien par celle de Goebbels lui-même. Pour le moment, il s'agissait essentiellement de la perfidie des Bolcheviques et de la nécessité d'armer l'Allemagne pour protéger le monde du communisme.

La seule bonne chose qu'avait accomplie Goebbels, c'était de construire un centre de presse branché sur la Leipziger Platz où nombre de correspondants étrangers étaient venus en masse, depuis le bar de l'Adlon. On y trouvait des journaux, de somptueux fauteuils en cuir, des tables d'acajou, de même qu'un service de télégraphe pour expédier les articles, quand on était assez fou pour confier son papier aux censeurs maison. Son personnel était évidemment composé d'informateurs nazis et le bruit courait que les sièges avaient été câblés pour favoriser les écoutes, mais les correspondants avaient développé un système complexe de signaux lorsqu'ils avaient besoin de communiquer entre eux. C'est là, dans la salle à manger du premier étage, que Mary s'était installée, et qu'elle pensait à Clara.

Au cours de leur longue conversation, la nuit précédente, son amie lui avait révélé que l'absence d'un homme dans sa vie lui pesait. Il y en avait bien eu un ou deux, mais elle craignait d'avoir définitivement laissé passer l'occasion d'une relation sérieuse. Il y avait comme toujours de nombreux commérages à son sujet mais ils étaient désormais teintés de quelque chose de plus sombre. On se demandait si son célibat ne cachait pas un chagrin personnel. Elle était brouillée avec sa famille et avait mis fin à la relation qui aurait logiquement dû la conduire au mariage.

Mais, sur les peines de cœur, Mary en connaissait un rayon. L'homme qu'elle voulait ne voulait pas d'elle et le seul à lui avoir proposé le mariage était un avocat du New Jersey, répondant au nom de Dirk Phillips, qui avait fait sa demande d'une manière tellement sèche qu'on aurait dit qu'il s'était directement inspiré des recommandations d'un conseiller conjugal. Sous oublier l'ennuyeux discours sur le mariage en tant que solution pour procréer et sortir du péché. Comme Mary ne voulait pas d'enfants et ne se souciait guère du péché, elle n'avait eu aucune difficulté à rejeter la demande de Dirk.

L'arrivée d'un serveur apportant deux martinis et un bol d'olives ramena ses pensées vers Clara. À la vérité, où qu'en soit sa vie amoureuse, l'existence de son amie lui paraissait enviable. Elle avait cet adorable appartement de la Winterfeldtstrasse – grâce à Mary – une voiture, même si c'était un prêt d'un ami du studio, et une garde-robe fournie, pleine de tenues élégantes. Sa carrière décollait. Elle était encore plus jolie que quatre ans auparavant – ses pommettes ressortaient plus nettement et une certaine gravité dans le regard venait rehausser sa beauté. Mary avait toujours admiré la chevelure de Clara, d'un brun profond avec des touches de noisette et de miel. Par contraste, les cheveux de Mary se définissaient par ce qu'ils n'étaient pas – ni châtains, ni blonds, mais d'une nuance indéfinissable qui ne devenait couleur qu'avec le soleil. Elle avait de beaux yeux mais, si elle voulait qu'un homme puisse les voir convenablement, elle devait ôter ses lunettes, ce qui signifiait qu'elle, du coup, ne pouvait plus le voir. Et alors que Mary menait un combat permanent contre l'embonpoint, la pénurie d'aliments en Allemagne avait rendu Clara mince et svelte. Mais pas au point que les regards se détournent d'elle. À preuve, ceux qui se posaient sur elle tandis qu'elle traversait le club pour rejoindre leur table. Mary se leva d'un bond et l'embrassa.

« Merci de m'avoir aiguillée sur l'École des Épouses. Quelle histoire ! Espérons que ça ne donnera pas d'idées aux États-Unis. Dans le New Jersey il y a des hommes qui ne souhaitent rien d'autre qu'une femme sachant farcir un hareng. »

Clara lui adressa un sourire ironique.

« Frank Nussbaum adore le concept. Quand je lui ai dit qu'elles avaient des cours d'obéissance au mari, il était pratiquement prêt à venir s'installer ici. »

Sans le lui avoir jamais demandé, Clara devinait qu'il y avait déjà quelques années que Mary avait abandonné l'idée de se marier. Elle estimait sans doute que c'était incompatible avec son travail. Mais elle se dit aussitôt que Mary devait penser la même chose à son sujet. Qu'en était-il réellement ?

« Et comment ces filles le supportent-elles ?

— Tu veux parler de l'idée de se marier, ou du ragoût de pieds de porc qu'elles servent ? Mon Dieu ! Même moi je ne pourrais pas supporter un plat pareil.

— Alors, as-tu une idée de ce qui s'est passé ?

— En partie. Il y a une fille qui m'a tuyautée. Ilse Henning, elle s'appelle. Ils ont commencé par incriminer le jardinier. D'après Ilse, il est à la limite de la débilité. Mais quand j'ai appelé les services de la police criminelle, ils m'ont dit qu'il avait été relâché sans avoir été inculpé. Avec un alibi en béton, semble-t-il. Alors ils cherchent parmi tous les criminels qu'ils ont répertoriés dans leurs fichiers…

— Ce qui fait pas mal de monde à Berlin par les temps qui courent…

— Exactement. Et ils n'ont toujours pas trouvé leur homme.

— Et Anna Hansen ?

— On dirait bien que tu avais raison. Elle était danseuse. Originaire de Munich. Fiancée à un Obersturmführer SS, Johann Peters.

— Alors ça doit être la même Anna Hansen. La fille que connaissait Bruno venait de Munich et avait été danseuse. Mais elle est la dernière personne que je me serais attendue à retrouver dans une École des Épouses. »

Clara rassembla les souvenirs qu'elle gardait de ce jour où elle était allée au studio de Bruno et y avait trouvé Anna Hansen, une fille au sourire facile et à l'air calculateur. À l'arrivée de Clara, Anna s'était assise, avait pris un drap taché de peinture et, comme s'il s'était agi d'une robe du soir, en avait paresseusement drapé son corps bien fait et musclé. Clara avait été aimable avec elle, pensant qu'elle avait remplacé Helga dans le cœur de Bruno, qui avait sans doute déjà oublié celle-ci même s'il prétendait le contraire. Les deux femmes avaient à peine échangé quelques mots. Et à présent, elle était morte.

« J'imagine que le fait qu'il s'agisse bien de la même personne n'a plus beaucoup d'importance, maintenant.

— Sauf que… j'allais oublier, répondit Mary. Il y a ça. C'était à elle. J'ai dit que tu pourrais peut-être le restituer à sa famille. »

Elle sortit le coffret de cuir bordeaux de son sac et le lui tendit. Clara manipula avec curiosité la jolie fermeture en cuivre. L'objet était plus lourd qu'il n'y paraissait.

« Qu'est-ce que c'est ?

— Une écritoire de voyage, expliqua Mary. Une sorte de coffret de correspondance portable. Anna le gardait dissimulé dans leur dortoir pour protéger son intimité. D'après Ilse, elle s'en servait sans doute pour écrire à son bien-aimé, Johann. Elle semblait penser que la famille d'Anna pourrait être contente de récupérer les lettres qui s'y trouvent encore.

— Mais pourquoi es-tu allée raconter que j'allais les rendre à sa famille ? Je ne connais pas ces gens. Ils vivent sûrement à Munich.

— Je n'en pensais évidemment pas un mot ! Mais il me fallait un prétexte. Personne d'autre ne connaît l'existence de ce coffret. Ilse était contrariée que l'on tire le rideau sur la mort d'Anna et voulait croire qu'il y avait au moins une personne, quelque part, qui s'en souciait. Je me suis dit qu'après tout, si ça lui faisait plaisir, pourquoi pas ? »

Au même instant Mary fut distraite par quelqu'un qui la saluait à l'autre bout du bar. « Mais c'est Mary Harker ! Ravi de vous voir à nouveau parmi nous ! Est-ce que vous prévoyez de rester un peu plus longtemps cette fois ? » Un Américain tout tordu, en imperméable froissé, agitait un journal roulé en direction de Mary qui aussitôt s'échappa pour aller bavarder avec lui. À son retour, Clara examinait le coffret avec attention.

« Tu sais… je crois que je vais le prendre.

— Pour l'emporter à Munich ? Mais c'est à l'autre bout du pays ! Pas loin de six cents kilomètres. Sois raisonnable, Clara. Ça n'est pas comme si tu savais où vit sa famille.

— Je pourrais me renseigner.

— Comment ? Tu l'as dit toi-même, Hansen est un nom très répandu. Il y en a probablement une centaine dans l'annuaire téléphonique.

— Et si on y jetait un œil ? » Clara tapa sur le coffret.

« À la bonne heure, sourit Mary. Tu lis dans mes pensées.

— On y trouvera peut-être une adresse. Tu disais qu'elle gardait toutes ses lettres. D'accord, elles sont privées, mais Anna n'est plus là pour s'en offusquer, n'est-ce pas ? Quand quelqu'un est mort, il n'est plus question d'indiscrétion.

— Ah, voilà une fille selon mon cœur.

— Je suppose que tu n'as pas la clé ?

— Passe-le-moi. » Mary tira une épingle dans ses cheveux et tritura avec application la serrure. Moins d'une minute plus tard, celle-ci s'ouvrit avec un déclic plaisant.

« Ah ! Un truc appris quand j'étais gosse. Et plus facile que je ne l'aurais cru. »

Les rabats du coffret s'ouvrirent, révélant un bureau miniature doublé de feutrine pourpre usagée avec, à la base, un insert en cuir pour écrire. Empilés à l'intérieur, une épaisse liasse d'enveloppes et de papiers et, derrière, des petits compartiments pour ranger stylos et crayons, ainsi qu'un logement pour un encrier, qui manquait. Sur le dessus, il y avait deux tiroirs avec des cordons, l'un contenant des timbres, l'autre une réserve d'enveloppes. Mary prit le paquet, en tendit la moitié à Clara et entreprit de feuilleter le reste.

Les lettres avaient été sorties en hâte des enveloppes et repliées négligemment. La plupart portaient l'adresse de l'École des Épouses.

« Des lettres d'amour », dit Mary.

L'écriture était régulière, simple, scolaire. Une petite photo en noir et blanc tomba de l'une d'elles, représentant un groupe d'officiers SS, bras dessus, bras dessous devant une taverne. Aucun d'eux n'avait plus de vingt-cinq ans. Rien n'indiquait lequel était

Johann Peters, mais Clara l'imaginait penché sur sa lettre en une attitude concentrée, essayant de communiquer avec sa séduisante nouvelle fiancée.

« Et elle conservait ses vieux programmes. »

Mary brandissait une poignée de programmes de théâtre, tenus ensemble par un élastique. Le Friedrichpalast, le Wintergarten et le Metropol à Berlin. *Happy Journey*, *La Chauve-Souris* de Strauss. Une production de *La Veuve joyeuse*, au théâtre Gärtnerplatz de Munich, où le nom d'Anna Hansen figurait en petits caractères dans la troupe. Mary en tendit un à Clara qui le scruta, incapable de reconnaître qui que ce soit dans le groupe de femmes légèrement vêtues posant au milieu d'une forêt de plumes de paon.

« Ça ne nous aide pas beaucoup.

— Celle-là pourrait nous aider. »

Une autre lettre, cachetée, avait été affranchie, mais jamais expédiée. Elle était adressée à

*Katia Hansen,*

*Frauenstrasse 17,*

*München*

« C'est peut-être sa sœur.

— Parfait. Comme ça, j'ai une adresse.

— Sérieusement, Clara. J'ai du mal à imaginer pourquoi tu te donnerais le mal d'apporter tout ça à Munich. Ça n'est pas comme si quelqu'un savait que nous avons cette écritoire. Et Anna Hansen n'était pas ton amie, n'est-ce pas ? C'était une amie de Bruno Weiss. »

Quelque chose chez Clara, une réserve de prudence qui la guidait dans tous ses gestes, la retint de parler à Mary de la conversation qu'elle avait entendue à la réception chez Udet. Que Bruno Weiss avait été vu à Munich, à l'exposition d'art dégénéré, se tenant fièrement devant ses propres tableaux. Elle y croyait, non seulement parce que l'officier de la Luftwaffe n'avait aucune raison de mentir, mais encore parce que c'était exactement le genre de comportement – intrépide, stupide, non conformiste – que Weiss pouvait adopter. Elle se l'imaginait très bien, avec son sourire satisfait, convaincu qu'en dépit de ce que le régime pouvait penser de sa peinture l'art parlait toujours pour lui-même. Cela étant, l'officier en question l'avait signalé aux autorités. Et Bruno était la seule personne en Allemagne à qui elle avait parlé de ses activités clandestines.

S'il y avait une chance de découvrir ce qui était arrivé à Bruno, ça valait la peine de la saisir. Et elle pourrait du même coup apporter le coffret à la famille d'Anna Hansen.

« Je n'ai pas de travail prévu pour les quelques semaines à venir. Je n'ai jamais vu Munich. Pourquoi pas ? Ce sera comme des vacances. »

Mary dévisagea calmement Clara. Elle se pencha en avant et lui parla doucement.

« Tu as changé, Clara, depuis que je suis partie. Tu m'avais bien eue, à l'époque, et j'avais déjà du mal à savoir ce que tu pensais. Mais c'est encore pire maintenant. Je n'ai pas la moindre idée de ce que tu mijotes. »

## 12

Pendant le reste de la semaine, le froid s'installa à Berlin. Le givre empluma les grilles et recouvrit les arbres d'une fourrure d'un blanc étincelant. Sur les trottoirs, des chariots répandaient une agréable odeur de châtaignes grillées. Un vent froid fouettait les murs gris des bâtiments, glaçait les parois du canal. L'acier qui constituait l'ossature de la ville – les câbles qui scintillaient dans l'air vif, les poutrelles qui tremblaient en grinçant, les tramways, les lampadaires, les ponts et le métro aérien – tout était gelé.

Et Clara ne parvenait pas à se défaire du sentiment d'être suivie.

Cette impression ne l'avait plus quittée depuis le moment où Archie Dyson l'avait mise en garde. Il lui avait conseillé de faire profil bas. Comme un banquier qui recommanderait la prudence à son client plutôt que l'augmentation du plafond de son découvert. Mais faire profil bas n'avait rien changé. Les jours suivants, l'impression s'était même intensifiée. Quelqu'un la filait, elle en était certaine. Le lendemain après-midi, après un essayage de costume pour le nouveau film – surtout des robes de jeune fille en vichy, de larges jupes plissées et des tabliers –, Clara décida d'en avoir le cœur net.

La gare de Babelsberg, à quelques pas des studios, était une jolie construction de brique rouge à pignons de bois ouvragés. Tout en regardant la voie ferrée en dessous d'elle, sentant les rails grincer et s'animer à l'approche du train, Clara essayait de se convaincre que cette sensation ne venait pas des rues de Berlin mais de son imagination. Elle n'avait jamais été très sûre d'elle. Se pouvait-il qu'il ne s'agisse que de la conséquence de sa vigilance, désormais constamment en éveil ?

Vingt minutes plus tard, le train s'arrêta à la gare du Zoo et elle descendit sur le quai, se dirigeant vers l'est, le long de la Hardenberg Strasse. Elle marchait vite, stimulée par un froid pénétrant. Elle passa devant des affiches qui vantaient les vacances de l'organisation La Force par la Joie[1], avec leurs ciels bleus, les fjords de Norvège et le soleil de minuit sur les plages de la Baltique. « *Vous aussi vous pouvez voyager !* » Ç'aurait pu être un pied de nez aux passants s'ils avaient levé les yeux. Mais la plupart d'entre eux avançaient comme des tortues, le cou engoncé dans leur manteau et leur écharpe.

Clara prit à gauche dans la Budapester Strasse, marchant résolument en direction du Tiergarten. Le vent glacial faisait frissonner les arbres et les larges allées étaient désertes, à l'exception des tristes héros

1. Organisation de loisirs appartenant au Front Allemand du Travail, mise en place pour promouvoir les avantages du national-socialisme.

de bronze disposés çà et là. Après quelques minutes passées dans le parc, et s'étant assurée qu'elle n'était pas suivie, elle revint vivement sur ses pas, marcha vers le sud et s'engouffra dans le métro Wittenberg Platz, pour en ressortir quelques stations plus loin, Potsdamer Platz.

Les bâtiments de la Wilhelmstrasse présentaient leurs mornes façades arrière, et un vent cinglant s'engouffrait dans les rues du quartier de l'administration centrale. Passant devant le ministère de l'Air, elle resserra les pans de son trench-coat dans un réflexe de défense. Devant elle, alors qu'elle tournait au coin de la Voss Strasse, où une forêt d'échafaudages entourait la nouvelle Chancellerie du Reich, deux hommes en manteaux de cuir approchaient. Cela n'avait rien de surprenant. La Gestapo était partout, et elle se trouvait au cœur même du régime nazi. Clara les croisa, les yeux baissés, comme n'importe quelle citoyenne, tout en les observant du coin de l'œil.

La Gestapo n'existait que depuis quatre ans, mais elle s'était répandue comme un cancer dans la société allemande. Son objectif était de tout savoir sur certains, ce qu'ils portaient, comment ils dormaient, jusqu'au tréfonds de leurs rêves. Sa surveillance était devenue légendaire. Ses techniques étaient elles aussi impressionnantes mais, au moins, certaines lui étaient connues.

Les signaux utilisés, par exemple. Un homme penché pour rattacher un lacet pouvait indiquer à son collègue qu'il avait hâte de finir sa surveillance. Un homme soulevant son chapeau, une femme se passant la main dans les cheveux, un garçon appuyé contre un mur et tournant les pages d'un journal, tous ces gestes apparemment banals pouvaient être convenus pour transmettre des messages ou des instructions entre deux agents. Leo Quinn lui en avait appris un certain nombre mais ces signes et leur signification changeaient constamment. L'important, selon Leo, était de guetter le langage corporel – le port de tête, la direction du regard – et, surtout, de développer ce sixième sens qui vous prévient que l'on est surveillé.

Clara avait pris l'habitude de bien observer les gens qui l'entouraient. Elle étudiait non seulement leurs tenues, mais également leurs visages, les répartissant en catégories distinctes : les éléments évidents, comme les lunettes ou un œil de verre, et, de manière plus subtile, la saillie d'un menton, la courbure d'un nez, des yeux un peu trop rapprochés. À cet instant, par exemple, un homme en train de nettoyer le trottoir, armé d'un grand balai, leva les yeux vers elle, laissant du même coup voir sa bouche et ses dents brunes. Il y avait aussi un garçon d'environ seize ans, qui semblait prendre énormément de temps pour allumer une cigarette. Une femme âgée, un foulard fleuri sur la tête, était plantée avec suffisance devant le ministère de la Propagande, attendant que son petit chien gras ait fini de se soulager contre un réverbère. Devant elle, un homme aux épaules un peu voûtées et coiffé d'un chapeau mou clair à bande sombre tourna au coin, à sa gauche. Non, elle ne voyait rien susceptible d'éveiller ses soupçons.

En haut de la rue, Clara sauta dans un tram et jeta un rapide coup d'œil autour d'elle. Des employés de bureau fatigués voyageaient debout dans la rame bondée, exsudant une odeur de linge sale. Un garçon portant une casquette avec cache-oreilles la dévisagea avec indifférence. Son attention fut attirée par un homme portant un élégant chapeau noir et une canne à pommeau d'argent qui la regardait avec intérêt. Elle n'en conçut aucune inquiétude. Elle était habituée à ce qu'on la reconnaisse et avait pris le parti d'y répondre par une parfaite impassibilité. Elle guettait surtout ce qui était plus discret. Mais dans la rame, personne ne détournait le regard ni ne dissimulait son intérêt pour elle derrière un journal.

Lorsqu'elle bondit du tram, à mi-distance de la Friedrichstrasse, la lumière déclinait. Elle était dans la rue des théâtres de la ville, une large artère très animée où les néons des salles se reflétaient sur les carrosseries rutilantes des Mercedes et autres BMW. Les trottoirs grouillaient de gens qui allaient au spectacle. Une opérette intitulée *Maske in Blau* se donnait au Metropol. Au-delà des arches métalliques de la station de métro, les néons rouges du Wintergarten annonçaient que Das Führende Varieté, une célèbre entreprise de spectacles, programmait un numéro de magicien.

Au passage, Clara examina les devantures afin d'étudier le reflet des piétons, notant la couleur de leur cravate, de leurs cheveux ou de leurs souliers. Quiconque la suivait paraîtrait parfaitement anonyme, d'où l'importance de ces détails, de ceux qu'on ne peut pas changer facilement.

Plus loin, elle se faufila derrière une foule de gens qui riaient et bavardaient en attendant d'entrer dans une salle de cinéma. Elle constata, avec étonnement, que le film projeté était *Madame Bovary*. Elle leva les yeux et aperçut le regard sombre de Pola Negri posé sur Werner Scharf, le fringant comédien qui interprétait le rôle de Léon Dupuis. Pour une fois, Clara était contente de n'y avoir joué qu'un tout petit rôle. Aucun risque qu'on fasse le lien entre une jeune villageoise française du XIX^e siècle et la silhouette insignifiante de cette fille en trench-coat et chapeau cloche, qui s'attardait devant les vitrines où étaient affichés les prochains spectacles.

Après avoir dépassé le cinéma, elle s'arrêta à un café et commanda une assiette de saucisse fumée accompagnée de salade de pommes de terre et d'oignons frits, qu'elle mangea en observant les gens dehors, à l'affût de quiconque s'attarderait sans raison. Pendant un moment, elle garda à l'œil un homme qui attendait en face, dans l'embrasure d'une porte. Il paraissait agité, regardait à la dérobée par-dessus son journal, semblant observer sans vouloir être observé à son tour. Puis, soudain, une fille arriva en courant, le rejoignit et ils s'en allèrent en riant, bras dessus, bras dessous.

Dans la Oranienburger Strasse, elle reprit le métro pour rentrer vers Nollendorfplatz et mit le cap sur son appartement. Elle avait fait le tour de la ville et constaté que personne ne la suivait. Son but n'était pas de déjouer une éventuelle filature, seulement d'en déceler l'existence. Mais ce périple l'avait convaincue. Les ombres qui la suivaient n'existaient que dans sa tête.

À présent, il faisait vraiment nuit. Devant elle, les lampadaires pendaient comme un collier de perles dans le crépuscule, découpant des cercles de lumière sur le trottoir. Soudain, un homme émergea. Chaque fois qu'il passait devant un lampadaire, sa silhouette se dessinait avant de disparaître. Il ne la suivait pas. Sinon il se serait fondu dans l'obscurité, de l'autre côté de la rue. En tournant le coin de la Winterfeldstrasse, elle se faisait déjà une joie de passer une soirée tranquille chez elle, et de se détendre dans un bain chaud avec un bon roman. Elle avait mal aux pieds après cette longue marche et regrettait de ne pas avoir mis des chaussures plus confortables.

La rue était tranquille. Elle l'était toujours le soir, malgré la proximité de la Nollendorfplatz. Un store clignota à une fenêtre, et elle eut tout à coup conscience d'un bruit de pas derrière elle. Quelque chose – peut-être ce sixième sens dont lui avait parlé Leo – lui dit de s'arrêter, et elle se mit vivement à l'abri sous le porche de l'immeuble à sa droite. Un chat perché sur le toit d'une voiture en stationnement la regarda de ses yeux jaunes, avec lassitude, tandis qu'elle se rencognait dans l'ombre, attendant que les bruits de pas aient cessé.

Il y avait vingt pas entre l'angle de la Nollendorfstrasse et sa porte. Elle le savait. Elle les avait comptés. Les foulées étaient confiantes et résolues. Il y en eut dix. Quinze. Puis elle reconnut quelque chose qu'elle avait déjà entendu. Un petit bruit métallique dans le talon de la chaussure. Cela n'avait rien d'inhabituel à Berlin, personne ne jetait une paire de chaussures usées tant qu'on pouvait encore les réparer ; on les rafistolait une douzaine de fois, on les recousait, on refaisait les talons et on les ressemelait avec du carton. Il y avait quelque chose dans ces pas, un bruit lourd, net, métallique. Les pas s'arrêtèrent. Sans doute devant chez elle.

Elle sortit de sa cachette et aperçut, posté sous le lampadaire à côté de sa porte, Ralph Sommers qui allumait une cigarette. Il leva les yeux à son approche.

« Vous êtes fichtrement difficile à localiser.

— Et vous fichtrement résolu à me trouver. »

Il secoua son allumette pour l'éteindre, la jeta et lui adressa son sourire charmeur.

« C'est que, Clara… puis-je vous appeler Clara ? J'aimerais beaucoup vous inviter à prendre un verre. »

Clara fut abasourdie. Elle avait l'impression de jouer à un jeu dont elle ignorait les règles. Est-ce que Sommers la suivait depuis la gare du Zoo ? L'avait-il suivie tout autour de la ville, ou bien était-il venu jusqu'à Winterfeldstrasse par hasard ?

« Vous voulez m'inviter à prendre un verre ? répéta-t-elle.

— Exactement. Si c'est possible, j'en serais ravi. Vous connaissez le café Einstein, sur la Kurfürstenstrasse ? Et si nous nous y retrouvions ? Êtes-vous libre jeudi soir ? Disons 19 heures ? »

## 13

Neukölln était situé au sud de la ville, un quartier pauvre composé de logements, d'usines et de cimetières, surpeuplé d'immigrés venus d'Europe de l'Est. Autrefois bastion communiste, on y trouvait encore des presses à imprimer clandestines, au-dessus de magasins, ou dans des caves où ceux qui écrivaient hier pour des journaux communistes composaient aujourd'hui des tracts en écriture scripte qui donnaient des nouvelles des militants incarcérés. Ils les placardaient de nuit, avec des gants pour ne pas laisser d'empreintes, avec des pinceaux et de la colle qu'ils cachaient dans des caisses d'oranges. La distribution de ces *Flugblätter*, ces affichettes de dissidents politiques, était punie de mort et la Gestapo ne ménageait pas ses efforts pour tout analyser – depuis l'origine du papier jusqu'à la marque d'encre en passant par le type de machine à écrire utilisée. Malgré cela, tout le monde pouvait les voir collées sur les murs, par-dessus les horaires de trams ou les affiches publicitaires. Quand ces tracts n'avaient pas été suffisamment bien arrachés, le message demeurait : *Soldats allemands ! Luttez avec nous pour renverser le régime nazi ! Rejoignez le combat antifasciste !* Il y avait aussi des stencils : *À bas Hitler !* ou plus simplement *Liberté !* Pour connaître la vérité sur un pays, mieux vaut lire ses murs que ses journaux.

Ce matin-là, tout en marchant, Clara se demandait si sa propre allégeance aux nazis serait aussi évidente à quiconque prendrait la peine d'y regarder à deux fois. Sa rencontre de la veille au soir avec Ralph Sommers l'avait plus que jamais convaincue de ne pas relâcher sa vigilance. L'avait-il suivie tout autour de la ville ? Et si c'était le cas, était-ce uniquement pour lui proposer de prendre un verre ? Ne voulait-il vraiment que boire un verre ? L'attitude détendue de Sommers, légèrement moqueuse, mêlée à son charme indéniable l'avait profondément déstabilisée, ce qui s'était soldé par une nuit troublée, au sommeil agité. Elle avait hâte de le revoir, tout en le redoutant. Mais pour l'heure, elle devait retrouver Erich. Il était prévu qu'ils aillent déjeuner dans son restaurant préféré, et pendant quelques heures elle s'efforcerait d'oublier les événements de la soirée précédente en se concentrant sur quelque chose de normal.

Lorsqu'elle sonna, Erich était déjà prêt et l'attendait. Il était visiblement impatient d'échapper aux remontrances continuelles de sa grand-mère. Clara fut émue par le plaisir qu'il manifestait à la voir. Elle avait craint que, devenu adolescent, son affection d'enfant ne se mue en quelque chose de plus distant. Qu'avec sa barbe naissante et ses épaules devenues plus larges une réserve, voire une certaine gêne, n'apparaissent. Et cela aurait pu être le cas s'il n'y avait eu son accident.

À douze ans, parti en camp d'été avec les Pimpf, la section junior des Jeunesses hitlériennes, ce qu'avait craint sa mère se réalisa. Erich, qui n'était pas très grand pour son âge, avait tenté de compenser sa petite taille par de la témérité en escaladant une paroi rocheuse presque verticale. Victime d'une chute et d'une mauvaise fracture du fémur, il avait dû être rapatrié à Berlin où il était resté trois mois la jambe dans le plâtre ; trois mois durant lesquels Clara avait passé de nombreuses heures à lui lire à haute voix des livres qu'elle aimait. Ils avaient commencé par des romans allemands comme *Emil et les détectives*, puis étaient passés à des œuvres en anglais. En partie pour aider Erich à apprendre l'anglais mais aussi parce que Clara avait compris que c'était un bon moyen de tisser des liens forts avec lui. Il adorait Sherlock Holmes et *Les Trente-neuf Marches*. *Enlevé !,* de Stevenson, pouvait passer, mais c'était un peu lent. Dickens et P.G. Wodehouse le déconcertaient. Ces expériences de lecture avaient un autre avantage. Elles lui évitaient de discuter politique avec Erich et ainsi de lui transmettre ses vues antinazies, de crainte qu'il n'en fasse état à l'école et n'en soit puni. Elle se contentait donc de parler de livres et d'histoire. Et de cinéma, bien sûr.

Comme d'habitude, ils avaient prévu d'aller voir un film après le déjeuner. Ils se dirigèrent vers le métro, passèrent les grands magasins Karstadt dont le restaurant installé dans les jardins en terrasse était un de leurs lieux de prédilection. Elle aimait traiter Erich en adulte, l'emmener dans des endroits où il n'irait jamais. Il pouvait choisir ce qu'il voulait dans le menu. De plus, quoique pas très grand pour son âge, il faisait la même taille qu'elle, à présent, si bien qu'on oubliait facilement qu'il était si jeune. Ce jour-là, cependant, Clara était contrariée. Elle se dit que c'était parce qu'Erich arborait son nouvel uniforme des Jeunesses hitlériennes. Une chemise brune fraîchement repassée, une ceinture rutilante et un brassard à croix gammée. Cette tenue avait coûté à Clara l'extravagante somme de cent trente-cinq marks.

« Pourquoi as-tu mis ça ?

— J'ai fait du ramassage ce matin.

— Le Secours hivernal ?

— Non. Tu ne devineras jamais. » Il fronça le nez. « Des os. On doit faire du porte-à-porte pour récupérer les os dans les cuisines. Et ça pue, tu n'imagines pas.

— Mon pauvre. Mais à quoi ces os peuvent-ils bien servir ?

— Ils les broient, et les recyclent dans l'industrie. Notre responsable dit qu'ils en font du rouge à lèvres. Tu crois que c'est vrai, Clara ? »

Elle frissonna. « Si c'est le cas, c'est la dernière fois que j'en mets.

— La semaine prochaine, j'ai ma cérémonie d'incorporation. Pour mes quatorze ans.

— Quatorze ans ? Tu es presque un adulte, alors. »

Erich lui adressa un sourire plein d'ironie. Il savait qu'elle plaisantait. Il était très observateur, ce qu'elle appréciait d'autant plus qu'elle se reconnaissait en cela. Elle savait qu'Erich avait été brimé à l'école, mais avait fini par l'accepter comme faisant partie de son destin. Être orphelin était loin d'être facile. La seule chose pire que de n'avoir ni père ni mère serait d'avoir un parent qui se révélerait infréquentable.

« Alors, tu vas venir ?

— Je suis désolée, Erich, je ne pense pas pouvoir me libérer.

— Pas grave », fit-il en haussant les épaules.

À la vérité, elle ne tenait pas à y aller. Au milieu des garçons des Jeunesses hitlériennes, avec leurs visages d'Aryens pleins de ferveur et leurs grands yeux bleus, Erich n'était pas à sa place. Le garçon avait les mêmes yeux noirs que sa mère. Ces yeux qui avaient supplié Clara de s'occuper de son fils, alors qu'Helga gisait brisée et mourante dans la Rykerstrasse, une flaque de sang vernissée autour de sa tête.

Leur première rencontre après la mort d'Helga avait été assez délicate. Erich regardait ses genoux, se mordait les lèvres et ne parlait pratiquement pas. Il persistait dans ce mutisme à chaque sortie que Clara lui proposait – une promenade, un film ou au café. Son frère Kenneth, le seul autre garçon que Clara avait bien connu, était l'être le plus épanoui que l'on puisse imaginer. Kenneth était ressorti indemne du traumatisme de la mort de leur mère, et aller taper dans un ballon ou promener Flashman, son chien, étaient les pires actes de rébellion dont il pouvait se rendre coupable. Erich, en revanche, était différent, il était plus vif, plus intelligent, mais aussi plus perturbé. Au début, avec lui, Clara avait plus ou moins endossé le rôle de marraine, mais elle avait peu à peu abandonné tout projet de soirées au théâtre ou de cadeaux édifiants. Maintenant Erich était davantage un fils pour elle. Ou l'idée qu'elle se faisait d'un fils.

Ils sortirent du métro à Potsdamer Platz et se frayèrent un chemin vers la Haus Vaterland. La Haus Vaterland de Kempiski était une destination fantastique, un gigantesque pavillon plein de restaurants à thèmes décorés avec un remarquable souci du détail. Il y avait le jardin à bières bavarois, qui pouvait accueillir un millier de personnes, le café viennois de Grinzing, une bodega espagnole, des restaurants hongrois, italien, turc et japonais. Le préféré d'Erich était le bar du Far West au quatrième étage. Une fois franchies les portes de saloon, le client découvrait des bottes de paille accrochées au plafond, des cornes de bélier aux murs et des tables en bois éclairées par des lanternes d'étain. Un cow-boy coiffé d'un grand chapeau les installa à une table sous une affiche proclamant : « *La Loi et l'Ordre sont expéditifs dans un territoire sans Loi.* » C'était le genre de slogan qu'on pouvait trouver sur les murs de Neukölln. Le patron du restaurant avait manifestement un sens de l'humour assez développé.

Ils commandèrent de la limonade et le plat favori d'Erich : un jarret de porc braisé aux pâtes. Clara aimait le gâter. Et il en fallait beaucoup pour le nourrir, désormais. Tandis qu'il mangeait, elle contempla les muscles de ses bras, son cou qui forcissait, un quelque chose de plus râblé aussi qui étoffait sa fine ossature. Son regard s'attardait affectueusement sur lui quand un aspect important de sa tutelle lui revint à l'esprit.

« Je voulais te dire, Erich, ta grand-mère m'a rapporté que les chefs des Jeunesses hitlériennes sont grossiers avec elle, qu'ils sapent son autorité.

— Ce n'est pas vrai. Oma est trop sensible. Elle se mêle toujours de ce qui ne la regarde pas. Il faut qu'elle comprenne que je suis grand maintenant. Je ne suis plus un enfant. »

Clara comprenait la grand-mère d'Erich. Tout le monde se plaignait des Jeunesses hitlériennes qui encourageaient les enfants à traiter leurs parents avec mépris. Pour Erich, qui avait un tel besoin de trouver sa place, ça devait être pire.

« De toute façon, poursuivit-il, elle ne me verra plus beaucoup. Je vais être bien plus souvent absent, dorénavant. Je serai très occupé avec les JH. »

Clara connaissait le mode opératoire des JH. Réunions chaque semaine avec deux heures de formation politique et sport chaque samedi après-midi. Randonnées de quatre-vingts kilomètres le week-end. Camping durant les vacances. Il s'agissait de ne jamais laisser ces garçons en paix, inoccupés. Ils ne devaient pas pouvoir échapper à la propagande ni réfléchir. Et ce n'était pas seulement les JH, bien sûr. Les nazis avaient créé des groupes correspondant à chaque âge de la vie. On racontait cette blague qu'avec un mari dans les SA, une femme dans le Mouvement national-socialiste des Femmes, un fils dans les Jeunesses hitlériennes et une fille à la Ligue des Jeunes Filles allemandes, le seul endroit où une famille pouvait vraiment se retrouver, c'était au Congrès de Nuremberg.

« Bon, mais tâche d'être plus respectueux avec ta grand-mère, hein ? C'est une vieille dame à présent, et elle t'aime. »

Les jeunes Anglais de l'âge d'Erich, élevés dans le respect des aînés, étaient habitués à dire s'il vous plaît, merci, et à se lever quand un adulte entrait dans la pièce. Mais dans l'Allemagne d'Hitler, c'était une autre histoire. Le pouvoir était aux jeunes, et ils le savaient.

« Oui. Promis. » Il mangeait goulûment. « J'ai hâte d'être au camp de l'été prochain. On va aller dans une île sur le lac. Je suis content que tu m'aies appris à nager parce que si on dit qu'on ne sait pas nager, ils vous jettent à l'eau pour qu'on s'y mette rapidement. »

Clara songea que parfois il valait mieux en savoir le moins possible sur ce qui se passait dans les JH.

« Et comment ça va à l'école ?

— Plutôt bien. Sauf avec Herr Klug. Je déteste ce professeur. Il a une Backpfeifengesicht. » Un mot allemand qui n'avait pas d'équivalent pour décrire une tête à claques.

« Pourquoi le détestes-tu ? »

Erich tenta de le lui expliquer avec une expression farouche :

« Il demande aux garçons ce qu'ils ont eu au déjeuner du dimanche.

— Mais pourquoi, grands dieux ?

— Pour repérer ceux qui ne parlent jamais de porc. Les Juifs, autrement dit. »

Clara fut surprise. Elle avait vu dans les livres d'Erich les tableaux des races et les photos d'enfants qui démontraient les différences entre Juifs et Aryens. Ce thème n'apparaissait pas seulement en Rassenkunde, la science raciale, mais dans tous les sujets. Même en maths. « Comparez le pourcentage de Juifs dans différents emplois et leur représentation dans la population totale. »

« Il essaie toujours de prendre Karl Meyer en défaut. Karl est bon élève. Il a les meilleures notes en maths et en sciences. Ils ne le laissent pas chanter avec nous, ni rien, mais tout le monde l'apprécie. Malgré ça, Herr Klug lui demande de rester debout pendant tout le cours. Et le jour où Karl a remporté le cent mètres, Herr Klug a dit qu'il n'avait pas droit à une médaille. »

Clara s'étonna qu'Erich ne voie pas le rapport entre l'odieux professeur et les méthodes des Jeunesses hitlériennes. L'antisémitisme qui le faisait se hérisser à l'école y était pourtant bien enseigné. Comment pouvait-il ne pas faire le lien ?

« Je suis sûr qu'Herr Klug sait déjà qui est juif. Après tout, les garçons juifs ne font pas le salut hitlérien. Et quelle est la matière que tu préfères ?

— Toujours l'histoire. Il est bon, Herr Schnaubel, bien qu'on ait du mal à le situer. Il y a toutes sortes de questions sur l'histoire allemande ou sur notre avenir auxquelles il refuse de répondre. Il se contente de dire "On ne discute pas ce que dit le Führer".

— Il a raison. » Clara prit conscience du jeu dangereux auquel jouait Herr Schnaubel. Il était très probable qu'il détestait propager la vision nazie de l'histoire allemande. Et pourtant, si un professeur était suspecté d'être antinazi, les garçons les plus âgés risquaient de s'en prendre à lui. Éviter la discussion était le plus sage.

Erich termina son assiette et entreprit d'examiner à nouveau le menu, opta comme toujours pour une forêt-noire, recouverte de crème fouettée, de cerises et de copeaux de chocolat.

« Tant pis si tu manques mon incorporation, Clara, mais l'an prochain, avec de la chance, je défilerai au

Congrès du Parti et, là, il faudra que tu viennes me voir.

— Je viendrai, je te le promets. Bon… je sais ce que tu veux pour ton anniversaire, et je te l'offrirai la prochaine fois qu'on se verra. En attendant, j'ai pu t'avoir ça. »

À travers la table, elle lui glissa une enveloppe renfermant la carte postale signée d'Ernst Udet. Les yeux d'Erich s'illuminèrent, comme elle s'y attendait. Il siffla.

« Tu as vraiment rencontré Ernst Udet ?

— Je suis son épouse. Tout au moins dans le film. Et, oui, je suis allée à une réception chez lui. »

Les yeux d'Erich allaient de la carte à Clara. Il avait complètement oublié son dessert.

« Tu crois que… ? Y a-t-il une chance que je le rencontre ?

— Je vais voir ce que je peux faire. »

Il examina la photo, les yeux brillants.

« Peut-être qu'ils vont bientôt faire une carte de toi. Comme ils l'avaient fait avec Mutti. »

La carte promotionnelle d'Helga Schmidt, qui la montrait légèrement vêtue, se penchant avec coquetterie vers l'appareil photo pour lui souffler un baiser, n'était peut-être pas l'image la plus convenable à chérir pour un fils, pourtant c'était le plus précieux des maigres biens d'Erich. Un jour de sinistre mémoire, ses camarades avaient découvert la photo, glissée entre les pages de *Mein Kampf*, et l'avaient agitée en l'air avec des cris de joie, prenant d'abord la jeune femme pour sa petite amie, avant de découvrir la vérité et de hurler de rire en la traitant de putain et lui de fils à maman. C'était un miracle qu'il ait réussi à récupérer le cliché.

« J'imagine qu'il y en aura une, dit Clara. Je serai sur l'affiche, en tout cas.

— Moi je serai pilote de planeur. Goering dit que l'Allemagne sera une nation d'aviateurs. Je me suis inscrit pour une formation cet été. Je pourrai m'engager quand j'aurai dix-sept ans. »

Clara se demanda ce qui arriverait d'ici là. Ce n'était peut-être pas juste le vol à voile qui attendait Eric. Ce pourrait être la guerre.

Après dîner, ils allèrent au cinéma Ufa qui se trouvait au pied de l'immeuble. Il y regardèrent d'abord un documentaire sur la récente visite de Mussolini en Allemagne. Il y eut quelques plans sur des gardes SS tapis sur les toits pendant qu'Hitler et Mussolini défilaient côte à côte dans une Mercedes découverte, le Duce, la mine renfrognée, inspectant de son regard noir les troupes d'assaut rassemblées. Des fontaines d'eau colorée avaient été installées sur la Pariser Platz – rouge et vert pour le drapeau italien – tandis que des mâts blancs soutenaient des aigles dorés le long de Unter den Linden. Les actualités furent suivies d'un film de guerre. Pendant qu'Erich se détendait à son côté, Clara se laissa aller à le contempler discrètement. Elle l'adorait. Elle s'était prise pour lui d'une tendresse incroyable. Et Erich n'était même pas son fils. Qu'est-ce que cela serait s'il l'était ?

Le film, hélas, était lamentable. Un des pires films du genre ; plein d'horreur et de violence. Clara se demanda à nouveau comment Erich pouvait aimer ça. C'était sans doute une période, se dit-elle, comme celle que traversent tous les garçons quand ils réalisent des maquettes d'avions. Peut-être que les garçons sensibles ont eux aussi besoin d'explorer leur part de cruauté pour, à l'instar des jeunes guerriers africains, s'endurcir en prévision de ce que la vie leur réserve. Pour savoir comment affronter la violence et la mort le moment venu.

# 14

Choisir sa tenue pour une soirée n'aurait dû poser aucun problème à Clara. Quand Hitler avait créé le Bureau du Reich pour la mode – initialement dirigé par Magda Goebbels –, il avait décrété que les actrices allemandes n'étaient autorisées à porter que des vêtements réalisés par des créateurs allemands, de race aryenne, avec des tissus authentiquement allemands. Conséquence de cette restriction, les créateurs allemands se mettaient en quatre pour persuader les actrices les plus en vue de porter leurs créations. Et même si Clara était loin de figurer parmi les plus grandes, il lui arrivait de recevoir des robes et des vestes, et la Maison Horn lui avait récemment offert une superbe robe du soir violette à porter lors d'une première.

Le problème était que l'autre aspect de son travail présupposait qu'elle devait attirer aussi peu l'attention que possible. Et une femme se faisait facilement remarquer par ses vêtements ou un parfum caractéristique. *Soir de Paris*, de Bourjois, qui était son préféré, avait été relégué à contrecœur au fond d'un tiroir. La beauté de Clara ne passait pas inaperçue, alors que, justement, elle était censée passer inaperçue.

Elle finit par opter pour une robe d'un vert mousse tendre, avec un décolleté en cœur et des manches bouffantes, un simple rang de perles autour du cou et des boucles d'oreilles en diamants. Elle avait verni ses ongles, mais décidé de porter des gants de cuir souple. Un anonymat séduisant, c'était tout ce qu'elle pouvait espérer.

Elle avait l'estomac noué, comme toujours quand elle était angoissée. Et la perspective de boire un verre avec Ralph Sommers la perturbait à plusieurs titres. Elle n'arrivait pas à le saisir. L'avait-il suivie dans tout Berlin ? Sinon, comment avait-il su où elle habitait ? Qu'est-ce qui l'avait motivé à l'inviter à boire un verre ? Était-ce à cause de cette petite étincelle qui avait jailli entre eux chez les Goebbels ? Et ce sourire taquin, comme s'ils venaient d'échanger une plaisanterie qu'eux seuls pouvaient comprendre. Alors qu'elle revivait cet instant, elle sentit le désir monter en elle et se le reprocha aussitôt. Sommers était attirant, certes, mais il avait une bonne dizaine d'années de plus qu'elle, et, surtout, elle ne pourrait jamais éprouver le moindre sentiment pour un compagnon de route d'Oswald Mosley. Il s'agissait d'une soirée de travail, pas de plaisir.

Une fois habillée, elle enfila un manteau chaud à col de fourrure et chercha un chapeau. Elle avait l'embarras du choix : une cloche en velours pourpre avec une bande blanche, une cloche marron, souple et flatteuse, ou encore sa nouvelle toque, à porter inclinée avec une élégante voilette de quelques centimètres. Les voilettes étaient de plus en plus en vogue. La mode avait une façon de s'adapter à l'époque qui tenait du génie. Rien n'était plus frivole que ce petit bout de dentelle qui dépassait d'un chapeau, et pourtant, rien n'était plus utile dans une période où garder les yeux à l'abri des regards était devenu un impératif presque quotidien.

Le café Einstein, sur Kurfürstenstrasse, à quelques pâtés de maisons au sud du Tiergarten, était une institution berlinoise. Les murs de ce lieu de rencontre favori des écrivains et des artistes depuis le XIXe siècle étaient tapissés de photos des plus grands, des plus célèbres, et éclairés par de grands globes suspendus à un plafond doré et vert pistache. La villa elle-même appartenait à l'actrice Henny Porten, une star du muet, dont la carrière avait connu une véritable dégringolade lorsqu'elle avait refusé de divorcer de son mari juif. Clara avait plusieurs fois croisé dans les studios sa silhouette mélancolique au teint blanc argenté et aux cheveux d'encre, mais depuis que Goebbels l'avait bannie des écrans elle passait ses journées au-dessus du café, errant dans la villa tel un beau fantôme nostalgique.

Clara attira les regards sur son passage quand elle se faufila entre les tables pour rejoindre Ralph Sommers, assis sur une banquette de cuir, le dos au mur – de cette place, il avait une bonne vue d'ensemble de la salle. Il était vêtu d'une veste de tweed avec une pochette de soie cramoisie. Il se leva avec un sourire enjoué.

« Je me demandais si vous alliez venir après votre petit numéro d'hier soir.

— Eh bien, me voici.

— Les jolies femmes ne m'échappent pas aussi facilement d'habitude.

— Vous arrive-t-il souvent de voir de jolies femmes vous échapper ? »

Il rit. « Non, ce n'est pas fréquent. Mais je pense que vous saviez que je vous suivais. Où avez-vous appris ça ?

— Je pourrais vous retourner la question.

— C'est moi qui l'ai posée en premier.

— Je n'ai rien appris du tout. Peut-être êtes-vous plus envahissant que vous ne le croyez.

— Dans ce cas, pourquoi ne pas vous être arrêtée pour me demander ce que je voulais ?

— Je me suis peut-être demandé d'où vous connaissiez mon adresse.

— Ah. Ça c'est tout simple. Notre hôtesse, Magda, me l'a aimablement donnée. »

Fournie par Goebbels lui-même, sans aucun doute.

« Je me suis permis de commander du vin. »

Tandis qu'il remerciait le serveur dans un allemand parfait, Clara remarqua les miroirs placés derrière lui, qui lui renvoyaient un reflet reproduisant à l'infini une multitude de versions d'elle-même et de Ralph Sommers. Mais quelle était la vraie, en ce qui le concernait ? Qui était-il ? Elle ne le savait toujours pas. Avait-il été envoyé par Goebbels pour l'avoir à l'œil ? Elle se souvint de ce qu'il avait dit au sujet de l'accueil que lui avait réservé Magda. Il devait donc être proche des Goebbels. Peut-être même connaissait-il son père.

« Alors, parlez-moi de votre carrière. Qu'est-ce qui vous a amenée à Berlin ? Une fille comme vous devrait mener une vie de patachon à Londres, être la coqueluche de Drury Lane ? »

Elle rit. « Je n'étais la coqueluche que du Pavillion d'Eastbourne avant de venir à Berlin. J'ai débarqué ici un peu par hasard, en 1933, parce que quelqu'un m'avait dit qu'il y avait peut-être un job pour une actrice bilingue à l'Ufa. Et c'était vrai. Je n'ai pas arrêté de travailler depuis. »

Il avait commandé un bourgogne, riche et charpenté, qu'il fit tourner dans son verre.

« Et maintenant, vous allez jouer avec Ernst Udet ? C'est très impressionnant. Je le connais un peu. Je suis sûr qu'on ne doit pas s'ennuyer, à travailler avec lui.

— Je l'espère. Ce sera amusant. L'autre jour, j'ai effectué un vol de préparation.

— Ernst vous a emmenée voler ?

— Non, un de ses amis. L'Oberst Strauss. Il devait faire un vol d'essai à Tempelhof et m'a proposé de m'emmener.

— Un vol d'essai ? Qu'est-ce qu'il devait essayer ?

— Oh, pour ce qui est des noms, je suis nulle. Pour moi, tous les avions se valent. Mais ce fut une des expériences les plus excitantes de ma vie. Terrifiante, aussi. Bien que je suppose que, pour vous, il n'y a là rien de terrifiant, étant donné votre métier.

— Parfois mon métier est un peu éprouvant pour les nerfs. Mais je suis sûr que vous étiez entre de bonnes mains avec l'Oberst Strauss.

— Je suppose qu'il a enfreint pas mal de règles pour me prendre avec lui.

— C'est peut-être un fan.

— Ça m'étonnerait. Il m'a dit qu'il allait rarement au cinéma. Et il ne regarde jamais les acrobaties d'Udet au cinéma parce qu'il dit qu'il s'arrête toujours aux détails techniques et que ça l'empêche de suivre l'histoire.

— Alors, il ne saura pas ce qu'il manque quand votre film sortira, déclara Sommers en levant galamment son verre.

— Merci.

— Et vous prévoyez de rester à Berlin ? »

Toujours cette même question. Pourquoi la lui posait-on tout le temps ?

« Voyez-vous, capitaine Sommers, j'ai fait ma vie ici. J'ai un appartement agréable, je me suis fait des amis et j'adore jouer la comédie. De plus, ma mère était allemande et la langue n'a jamais été un problème. Et, comme vous le savez, ajouta-t-elle prudemment, il se passe tellement de choses. »

Ce qui était la stricte vérité.

« Des choses passionnantes, en effet, renchérit-il.

— Oui. L'Allemagne est en train de changer très rapidement. »

Encore exact.

« La nouvelle Allemagne, dit-il. Germania, n'est-ce pas ainsi que l'appelle le Führer ? »

Il prit une longue gorgée de vin.

« Vous voyez souvent les Goebbels ?

— Non, pas récemment. J'ai été très occupée.

— Bien sûr. » Une autre gorgée. « Il semblerait que vous ayez fait très forte impression sur Joseph. » Il lui adressa son plus beau sourire. Un sourire de star, pensa-t-elle, destiné à un large public. « Je ne suis pas certain, en revanche, que faire impression sur Herr Doktor soit une bonne chose pour une actrice séduisante. »

Elle eut un petit haussement d'épaules. « Je suis une grande fille.

— Je n'en doute pas.

— Excusez-moi, *mein Herr* », intervint le serveur qui proposait de remplir leurs verres.

Ralph tourna la tête pour exhaler une volute de fumée sans l'incommoder. Quand le serveur fut reparti, le sourire de vedette avait disparu. Il contempla son verre un instant puis leva les yeux et reprit doucement : « Mais, dites-moi alors, qu'en retirez-vous ?

— Que voulez-vous dire ? »

Son changement d'attitude la perturba. Sommers n'avait plus rien du séducteur ; il l'observait avec l'attention d'un légiste. Il la regardait sous ses paupières tombantes en se tamponnant méticuleusement les lèvres avec sa serviette.

« Vous les caressez dans le sens du poil. Vous leur faites croire à votre amitié. En réalité, vous les observez en permanence, n'est-ce pas ? Vous les scrutez avec votre regard perçant, derrière cette jolie voilette. Vous êtes plus intelligente qu'eux. Vous vous y prenez très bien pour leur donner le change, on dirait. Mais moi, vous ne m'aurez pas.

— Vraiment, capitaine Sommers. Je ne vois vraiment pas ce que vous voulez dire. Avez-vous bu ?

— Je suis parfaitement sobre, en fait. Quoiqu'il soit possible que cela ne dure pas. » Il prit son verre, le vida, puis s'en servit un autre.

« Vous êtes très observatrice, n'est-ce pas ? C'est votre remarque concernant l'ambassadeur qui m'a intéressé. Comment une ravissante actrice allemande aurait-elle pu savoir ce genre de chose ? Comment pourrait-elle être si parfaitement au courant des déplacements de l'ambassadeur britannique ? À moins, bien sûr, qu'elle ne soit plus anglaise qu'allemande. À moins qu'elle n'ait accès à certaines informations confidentielles.

— Tout cela n'a aucun sens. Je vais partir à présent. »

Clara se leva de table et tenta de s'en aller, le frôlant au passage, mais il lui saisit le poignet, l'obligeant à se rasseoir.

« Ne vous donnez pas en spectacle. Tout va bien. Vous ne risquez rien. »

Il la regarda intensément et, de sa main libre, sortit de son portefeuille quelques billets qu'il glissa sous la soucoupe d'argent placée sur la table. De l'autre, tenant toujours la main de Clara, il l'aida doucement à se lever et la conduisit hors du café. Au cas où d'autres consommateurs les auraient observés, il afficha un air désapprobateur pour qu'on croie à une querelle d'amoureux.

« Voulez-vous faire quelques pas ? suggéra-t-il en baissant la voix. Un peu d'air frais me ferait du bien. »

Il lui tenait toujours la main. Sentant sa paume dure, sèche et ferme, Clara se demanda ce qu'il avait fait, ce qu'il serait capable de faire. Sommers ne la lâcha pas avant d'avoir tourné dans la Einemstrasse.

« Désolé, murmura-t-il en la libérant. Mais parler de choses sérieuses dans un tel lieu n'est pas très indiqué. Et j'aimerais vraiment avoir une conversation avec vous. »

Clara sentit son cœur tambouriner dans sa poitrine. « À quel sujet ?

— À votre sujet. Vous m'avez tout de suite intéressé, dès que je vous ai vue à la réception des Goebbels. Avec cet air de petite geisha qui ne laisse rien paraître. Quand je vous ai vue parlant à Goebbels, je me suis dit qu'une fille comme vous, capable de garder son sang-froid au milieu d'une telle bande de brutes nazies, plus décorées qu'un arbre de Noël, pourrait bien travailler dans le renseignement.

— Vous vous trompez.

— Je ne me trompe jamais sur une femme qui prend des risques.

— Alors, comme ça, vous êtes expert en risques ?

— C'est un sujet que je connais bien, en effet. »

Ils tournèrent au coin de la rue et prirent à nouveau à gauche, vers un quartier huppé, en bordure du Tiergarten, un secteur diplomatique qui regorgeait de grandes demeures avec des jardins arborés et une luxuriante verdure venant caresser de hautes grilles. Dans l'obscurité feutrée, les réverbères projetaient une lumière trouble sur la rue presque déserte.

« Je crains, capitaine Sommers, que votre imagination ne vous joue des tours.

— Ne vous en faites pas, ma chère. Je suis comme un marchand d'art. J'ai appris à repérer les faux. Je suis absolument certain que votre remarque a totalement échappé aux autres. »

L'image d'elle-même, pareille à un objet d'art dans ses mains, retourné et examiné de près, provoqua en elle un curieux frisson.

« Bref, après vous avoir rencontrée, ajouta-t-il d'un ton dégagé, je me suis renseigné.

— Renseigné ? Auprès de qui ?

— De mes contacts au ministère de l'Air ; le ministère britannique. Qui me l'a confirmé. »

Elle resta silencieuse.

« Cela dit, et j'espère que vous ne m'en voudrez pas de vous en faire part, votre remarque à propos de l'ambassadeur était une sacrée boulette. »

Clara était mortifiée. Néanmoins, elle continua de se taire. Sommers attendit qu'un homme promenant son chien soit passé, puis reprit : « Ça devient chaque jour plus dangereux, par ici. Alors ce n'est pas le moment de cafouiller bêtement. »

Il lui lança un bref coup d'œil et poursuivit :

« D'un autre côté, je crois comprendre que c'est la première fois que vous commettez une erreur. »

Clara fut prise de vertiges. Elle ne savait toujours pas qui était Sommers, mais il était évident qu'il en savait bien plus sur elle qu'elle sur lui.

« Ne tentez jamais rien qui n'ait pas l'air naturel. Partez de ce que vous savez. On ne vous a pas appris ça dans votre formation ?

— La seule formation que j'ai eue, ce sont des cours d'art dramatique. »

Elle se rappela Leo Quinn lui demandant comment elle incarnait un personnage sur scène. Sers-toi de la même technique, lui avait-il dit. Imagine que tu joues un rôle, deviens cette personne.

Sommers se pencha et lui adressa un regard interrogateur.

« Non, vraiment ? Pas la moindre formation ? À quoi pensent-ils donc ? Dans ce cas, vous vous débrouillez sacrément bien.

— Comment ça ? »

Il eut un rire nerveux. « Vous n'êtes pas encore rassurée à mon sujet, n'est-ce pas ? C'est à mettre à votre crédit. Je vais devoir vous convaincre de me faire confiance. »

Clara ne répondit pas. Que savait-il ? Jusqu'où pouvait-elle aller dans ses dénégations ?

« Mais moi aussi, je vais vous faire confiance », poursuivit-il.

Clara continuait de marcher, trop en colère contre elle-même pour avoir peur. Qu'est-ce qui lui avait pris de revoir ainsi quelqu'un qu'elle connaissait à peine, sans la moindre protection ? Elle se demanda si Sommers l'emmenait quelque part, ou s'ils allaient marcher longtemps comme ça, dans la nuit. Puis elle se mit à réfléchir au moyen de lui fausser compagnie.

« Il va falloir que je commence, alors, reprit-il. Car, moi aussi j'ai ma petite couverture.

— Alors vous ne dirigez pas vraiment une entreprise dans l'aéronautique ?

— Oh mais si. C'est vrai, enfin en partie. D'une certaine façon, oui. J'ai toujours été passionné par les avions, depuis que je suis gamin. »

Les réverbères projetaient leurs ombres devant eux. Elle observa celle de Sommers, haute et large, et la sienne, mince, plus petite, penchée vers lui, se fondant presque dans l'autre, comme si ces ombres étaient celles d'amoureux en balade. Il parla doucement, ouvertement, en regardant droit devant lui.

« Je suis né dans une famille de gens simples. Nous vivions dans un village du Surrey. Canapé en chintz, roses dans le jardin, thé à 16 heures ; c'était notre vie. Que l'on pourrait qualifier de typiquement anglaise. Je n'étais pas particulièrement studieux, mais j'aimais vraiment les avions. Les modèles réduits, pour commencer. Quand la guerre a éclaté, j'ai laissé tomber l'école et, contre l'avis de ma mère, je me suis engagé dans les Royal Flying Corps, parce que je voulais voler. Au fait, je suis Group Captain. Mon avion a malheureusement été abattu par les copains de Goering et j'ai été fait prisonnier en 1917. J'ai passé un an dans un camp, au sud-ouest de l'Allemagne. Se retrouver coincé dans un camp, à jouer d'interminables parties d'échecs, a été d'un ennui, vous n'imaginez pas. Ma famille m'a longtemps cru mort.

— Ça a dû être dur.

— Oui. Des gémissements et des grincements de dents tout du long. » Il eut un petit rire. « Ce n'est qu'en lisant la nécro qui m'était consacrée dans le journal local que j'ai su quel type super j'étais. »

Elle ne voyait pas très bien son visage. Entre les réverbères, l'obscurité épaisse, impénétrable, avait la texture de la suie ou du pétrole. Un vent violent soufflait dans les arbres. Son ton redevint sérieux.

« Il y a eu tout de même deux choses positives au fait d'être prisonnier dans un camp au milieu de nulle part. La première c'est que j'ai appris à parler couramment l'allemand. Et la seconde, c'est que j'ai commencé à avoir beaucoup de respect pour leur armée de l'air. Il m'apparaissait évident que les Allemands avaient réfléchi bien plus sérieusement à leur stratégie aérienne que nous ne l'avions fait.

— Ils n'ont pas gagné la guerre pour autant.

— C'est vrai, heureusement. Bref, à la fin de la guerre, je suis rentré en Angleterre où j'ai traîné sans véritable but. Je suis allé quelque temps à Cambridge mais c'était dur. Je n'avais aucune idée de ce que je voulais faire de ma vie. L'idée d'aller chaque jour au bureau, un chapeau sur la tête, une serviette à la main, me faisait horreur. Je n'avais aucune envie d'être enchaîné. Puis, tout à fait par hasard, je suis tombé sur un ancien camarade d'escadrille, qui m'a suggéré de prendre contact avec la section aérienne des Services de Renseignement.

— Et vous l'avez fait ?

— À la vérité, j'ignorais jusqu'à leur existence. Je ne me suis pas précipité. J'étais en randonnée dans les Alpes. Je me disais que ça pouvait attendre quelques semaines. Mais ce sont eux qui ont fini par m'appeler.

— Et vous avez accepté de travailler pour eux ?

— En quelque sorte, oui. C'est assez compliqué. » Pour la première fois, il se tourna vers elle, et elle vit qu'il était sobre. Peut-être qu'il prenait autant de risques qu'elle.

« J'ai accepté de recueillir des informations sur le développement de l'aviation militaire en Allemagne. Déjà, à l'époque, l'essor de la Luftwaffe suscitait de vives inquiétudes dans certains cercles. L'idée, c'était que je vienne ici en tant que professionnel pour collecter autant d'informations que possible sur le déploiement et la montée en puissance de l'armée de l'air et en profiter pour recruter quelques personnes amies afin de constituer un réseau. J'ai découvert que les nazis étaient ravis d'entretenir des contacts de haut niveau en Grande-Bretagne. Ils semblaient croire que, puisque nous étions une puissance impériale, nous devions partager leurs ambitions de conquête. Peut-être n'avaient-ils pas tort s'agissant de certains milieux. »

Clara songea à son propre père et ne dit mot.

« Quoi qu'il en soit, à peine arrivé ici, j'ai décidé d'agir en tant que source et de m'immerger pleinement dans les cercles national-socialistes. J'ai réussi à rencontrer tous ceux qui comptent – Hitler, Hess, Rosenberg, le général von Reichenau, le général Kesselring, Erhard Milch. Et j'ai pu organiser des rencontres entre des huiles nazies et notre RAF. Jusqu'à présent, ça a très bien fonctionné.

— Ça doit demander du sang-froid.

— Je suis sûr que c'est quelque chose que vous maîtrisez parfaitement. »

Elle jeta un regard alentour dans la rue déserte.

« Alors, vous êtes un agent ?

— Je suis ce que vous pourriez appeler un indépendant. Volontairement. C'était mon idée, et je travaille en solitaire ici. Je n'ai aucun contact avec les autres agents. Jusqu'à présent, en tout cas.

— Pourquoi ?

— C'est plus sûr ainsi. En ce moment, tout ne cesse de changer. Chacun a son plan d'action. C'est un monde complexe que celui du renseignement. »

Ils avaient beau parler anglais, il lança instinctivement un rapide coup d'œil derrière lui.

« Il se trouve au sein du gouvernement britannique des gens qui refusent d'écouter les mises en garde concernant l'Allemagne, qui les jugent alarmistes. Les personnes avec lesquelles vous avez travaillé, Dyson et ses amis, ont affaire à ces hommes-là. Mes interlocuteurs nazis ne tarissent pas d'éloges pour notre nouvel ambassadeur, M. Henderson. Ils me disent qu'il est "favorable aux légitimes aspirations allemandes". Je crains bien qu'une partie du gouvernement britannique ne reste sourd à ce que des gens comme nous pouvons dire. »

Cette banale formulation, *des gens comme nous*, ne la laissa pas indifférente. Pourtant, Clara n'était toujours pas certaine de ce qu'il savait d'elle ni de ce qu'elle pouvait révéler. Sa prudence, son instinct lui recommandaient de ne pas baisser la garde. Pas encore.

Sommers continua : « Il existe d'autres factions, bien sûr, qui sont certaines qu'une guerre serait bien utile pour convaincre les Allemands de se débarrasser d'Hitler.

— Si chacun a son plan d'action, le vôtre, quel est-il ? demanda-t-elle.

— Je veux que mes informations parviennent aux gens capables de prendre la véritable mesure de la menace que constituent les nazis. Pour moi, il est clair que les Allemands ont l'intention de bâtir l'armée de l'air la plus puissante du monde. »

Le nom d'Archie Dyson avait légèrement détendu Clara, mais elle continuait d'évaluer Ralph Sommers. Elle savait qu'il ne fallait jamais prendre une histoire pour argent comptant. La partie de son récit relative à sa captivité pendant la guerre était crédible. Sommers avait cette sorte de raideur dans le maintien qui évoquait une formation militaire. N'empêche qu'il avait manifesté son admiration pour l'aviation allemande. Et il avait bien précisé qu'il agissait en dehors des cadres habituels. En indépendant.

« Et pourquoi auriez-vous accès à leurs informations ? Pourquoi vous feraient-ils confiance ? Que leur offrez-vous ? »

Il lui adressa un grand sourire, comme à une bonne élève.

« De très bonnes questions, que je me suis posées un millier de fois, croyez-le bien. Je pense qu'ils me font confiance parce que j'ai eu la chance de rencontrer un certain nombre des dignitaires nazis avant qu'ils n'accèdent au pouvoir. Et comme mes collègues britanniques souhaitaient que je poursuive ces relations et, malgré quelque répugnance au départ, l'excitation à l'idée de me retrouver en première ligne a fini par l'emporter.

— De la répugnance, vraiment ?

— Peut-on éprouver autre chose face au régime nazi ? »

Ils étaient arrivés à un petit jardin. Il scruta l'obscurité et constata qu'il n'y avait personne alentour. Ce qui n'avait rien d'étonnant ; aucune personne sensée n'irait se promener dans ce jardin par une nuit pareille. Quelques gouttes de pluie lui picotèrent le visage.

« On s'assoit un instant ? » proposa-t-il. Sans attendre de réponse, il s'installa sur un banc, alluma deux cigarettes et lui en tendit une. Clara inhala une profonde bouffée avant de dire : « Si vous éprouvez de la répugnance à leur égard, qu'éprouvent-il à votre endroit ? »

Ralph Sommers se redressa fièrement. « Je crois qu'ils m'ont à la bonne. Les nazis pensent que je suis une voie d'accès aux autorités britanniques. Ils sont certains de pouvoir m'utiliser pour déchiffrer les intentions des Anglais et leur adresser des messages à leur convenance. Si bien que j'agis comme intermédiaire.

— Et comment vous y prenez-vous ?

— Je les mets en contact avec tous ceux qui, en Grande-Bretagne, ont fait des déclarations ou produit des écrits favorables à l'Allemagne. Puis ils les invitent à venir – ce ne sont pas seulement des politiques ; des industriels, des journalistes, ainsi que des écrivains. L'autre soir, un certain nombre des invités de Goebbels l'ont été sur mon conseil. »

Clara était heureuse de porter son manteau à col de fourrure. Elle s'emmitoufla un peu plus pour mieux résister à la morsure du froid. Elle sentait la chaude présence de Sommers à son côté et avait envie de se rapprocher de lui, mais il était encore trop risqué de baisser la garde. Sommers semblait tout à fait ravi de poursuivre cette conversation là, dans ce jardin glacial, comme s'il ressentait le besoin de s'épancher. Ce qui était peut-être le cas. Mais pourquoi l'avoir choisie, elle ?

« Je me demande pourquoi vous me racontez tout ça, captain Sommers.

— J'y viens. En fait, j'ai besoin de votre aide.

— Mon aide ? » Elle eut un petit rire bref. « Je ne pense vraiment pas que…

— Attendez. Écoutez-moi. Vous travaillez avec Ernst Udet.

— Juste quelques jours de tournage.

— Udet est intéressant. Il n'a pas du tout sa place dans une machine de guerre. C'est un brave type, même s'il a été indirectement responsable d'un des épisodes les plus déplaisants de ces derniers temps. Vous êtes au courant de la participation des Allemands dans la guerre civile en Espagne, je suppose ? La Légion Condor ?

— J'en ai entendu parler. » Elle se souvint du brassard bleu marine que portait Arno Strauss, où étaient brodés les mots *Legion Condor*.

« Udet a une certaine responsabilité dans ce qui s'est passé là-bas. Le bombardement en piqué, dont il était l'un des pionniers, a été au cœur de la guerre-éclair, vous savez. Il a même conçu une sirène spéciale appelée Trompette de Jéricho, qui émet un hurlement strident lorsque les avions sont en approche, afin de semer la terreur parmi les pauvres diables qui se trouvent au sol.

— Mais Udet est de retour, maintenant. Son séjour en Espagne, c'est du passé.

— Précisément. Et c'est le futur qui m'intéresse.

— Alors, qu'attendez-vous de moi ?

— Il s'agit de quelque chose de nouveau. Quelque chose qui pourrait transformer radicalement la façon dont on fait la guerre.

— Si on fait la guerre.

— Votre optimisme vous fait honneur, Clara. Hélas, j'ai bien peur de ne pas pouvoir le partager. Ce que j'ai découvert est de nature à bouleverser radicalement l'issue de tout conflit européen. À l'avantage des Allemands. »

Clara finit sa cigarette et écrasa le mégot par terre.

« Et qu'est-ce qui vous fait penser, capitaine Sommers, que vous ne prenez pas un énorme risque en me racontant tout ça ?

— Je le prends. Comme je vous l'ai dit, le risque, ça me connaît. Et celui-ci est calculé. »

Le jardin était complètement silencieux. Sur la gauche montait la rumeur diffuse et continue de la circulation. Clara avait les nerfs à vif et redoutait d'être poussée à la faute.

« Écoutez, poursuivit Sommers à voix basse, on ne peut pas parler ici. Je ne veux pas vous mettre en danger, mais tout ce qu'on m'a dit à votre sujet me porte à croire que vous pourriez m'aider. »

*Tout ce qu'on m'a dit à votre sujet* ? Cette petite phrase prononcée en passant, comme ça, la fit tressaillir. On savait qui elle était, apparemment, et on était au courant de ses activités. Mais c'était tout de même un choc pour elle d'apprendre que quelque part, bien loin, dans des bureaux au cœur de Londres, des militaires en costumes trois-pièces qu'elle n'avait jamais vus parlaient d'elle.

« Il faudra que vous puissiez entrer en contact avec moi, continua-t-il, d'un ton neutre.

— Vous voulez que je vous téléphone ? »

Un petit grognement. « Bien sûr que non. » La plupart des téléphones appartenant à des étrangers suspects étaient placés sur écoute. Dès qu'un étranger arrivait à Berlin, des réparateurs de téléphone se présentaient au prétexte de « vérifier les branchements ».

Dès lors, passer un coup de fil revenait à jouer une pièce à deux personnages au profit d'une large et invisible audience.

« Je voudrais que vous veniez me voir. Appartement 2. 58 Duisberger Strasse. Le plus tôt possible. N'importe quel soir de cette semaine. Répétez l'adresse.

— Appartement 2. 58 Duisberger Strasse. »

Les mots d'Archie Dyson lui revinrent à l'esprit. Profil bas. Ne faites rien. Travaillez, mangez, dormez, et ne faites rien d'autre qui puisse sembler suspect.

Sommers regardait toujours devant lui, dans l'obscurité. « J'espère que vous viendrez, Clara. C'est un sujet de la plus haute importance. J'irais même jusqu'à dire que cela pourrait changer l'issue d'une prochaine guerre. »

Il se leva et déclara d'une voix forte : « Maintenant, j'espère que vous voudrez bien me pardonner de vous quitter ici. »

En lui serrant la main, il lui décocha son éblouissant sourire, puis il tourna les talons. Elle se leva à son tour et le regarda s'éloigner dans l'allée jusqu'à ce que l'ombre menaçante des arbres l'enveloppe comme un gant.

## 15

Les policiers voulaient juste lui dire un mot.

La veille, Ilse avait rapporté le briquet. Elle était allée au bout du jardin, à l'endroit où Anna avait été tuée, pour y déposer une branche d'edelweiss et dire une petite prière. Pour montrer qu'elle pensait à Anna, même si elle était bien la seule – tout le monde, ici, ne cherchait qu'à l'oublier. Personne ne voulait attirer l'attention sur le fait qu'une jeune femme pouvait aller à une École des Épouses du Reich et y finir assassinée, si bien que, comme tout le reste de l'école, le sentier sous les arbres avait été nettoyé. L'herbe avait été coupée, les feuilles ratissées, et il n'y avait plus de trace de sang, ni de terre déplacée, plus rien qui indiquait que, deux jours auparavant, une femme avait été sauvagement abattue à cet endroit.

Quand il s'agissait de religion, Ilse ne faisait pas dans le compliqué. Ses parents étaient luthériens, mais elle estimait que Dieu ne lui tiendrait pas rigueur de l'absence de cérémonie. Elle jeta un coup d'œil par-dessus son épaule puis récita sa prière toute simple, très vite, à voix basse. « S'il vous plaît, mon Dieu, bénissez Anna et accueillez-la au nombre de vos bataillons d'anges éternels. » Puis, ouvrant les yeux, elle aperçut une minuscule tache d'argent, luisant entre les racines du pin, enfouie dans l'herbe. Tel un message lui signifiant que sa prière avait été entendue. Elle frotta ses yeux humides et alla voir de plus près. Il s'agissait du briquet en argent d'Anna. Elle l'avait rapidement ramassé et mis dans la poche de son tablier. Et il y était resté toute la matinée, lui brûlant les doigts, jusqu'au moment où elle avait pu retourner au dortoir, à l'heure du déjeuner, et le glisser dans une chaussure de rechange.

Ilse hésitait au sujet du briquet. Elle ne voulait pas le remettre aux professeurs car elle savait qu'il serait donné à la campagne du Secours hivernal et elle ne pouvait supporter l'idée que le précieux briquet en argent d'Anna soit fondu avec les lames de rasoir, les tubes de pâte dentifrice et les boîtes de conserve pour être transformés en avions. D'un autre côté, que se passerait-il si quelqu'un le trouvait ? Fräulein Kampfner, la surveillante du dortoir, était toujours à farfouiller dans les affaires des futures épouses, pour soi-disant vérifier la « propreté » et le « respect des règles d'hygiène ». Et si, découvrant le briquet, elle accusait Ilse de l'avoir volé ? Elle saurait que c'était le briquet d'Anna à cause des initiales. Que dirait Otto ? On la renverrait peut-être de l'École des Épouses. Anxieuse, Ilse avait tourné et retourné ces pensées pendant deux heures, puis, en fin de journée, elle était redescendue avec le briquet et l'avait remis à Fräulein Kampfner.

Le lendemain, les hommes de la Reichskriminalpolizei, la Kripo, comme on l'appelait, avaient débarqué.

Ils voulaient juste lui en toucher deux mots, l'avait rassurée Fräulein Wolff en les introduisant dans la salle de musique. Celle-ci apporta du café et une assiette pleine de biscuits au gingembre à ces messieurs qui se montrèrent très aimables. L'inspecteur Hans Kuckhoff était un gros homme affable à la moustache blanche, sentant fort le cigare, et l'inspecteur Ule Georg, plus petit et souriant, n'arrêtait pas de plaisanter sur le fait qu'il allait lui aussi se trouver une fiancée ici.

« Ce sont des jeunes filles bien, Georg, s'indigna son collègue. Trop bien pour un gars dans ton genre. Et en plus, elles sont déjà toutes prises. »

L'un et l'autre insistèrent sur le fait qu'Ilse n'avait absolument rien à craindre. L'inspecteur Kuckhoff la remercia d'avoir remis le briquet et lui dit que cette action était digne d'une fiancée du Reich.

« C'est un bel objet. Gravé et tout, qui vaut sans doute cher. Une autre fille aurait pu essayer de le garder pour elle. Mais vous êtes honnête, Fräulein Henning. C'est le genre d'honnêteté que le Führer attend d'une Allemande. Ça pourrait bien vous valoir une récompense. »

Ilse se demanda s'il sous-entendait qu'elle aurait pu vouloir en tirer quelque chose.

« Je ne l'aurais jamais vendu. Anna était mon amie. Je souhaite seulement aider à découvrir son assassin. »

L'inspecteur leva les mains. « Mais bien sûr, Fräulein. Excusez-moi. »

Après avoir bu son café et enfourné plusieurs biscuits à la suite dans son énorme bouche, l'inspecteur évoqua la visite de la journaliste du *New York Evening Post* et lui confia que Fräulein Wolff avait essayé de ne pas en parler, parce qu'elle ne voulait pas qu'on lui reproche d'avoir autorisé une interview. Il rit.

« Mais si vous pouviez nous aider, Fräulein, nous aimerions quelques précisions sur ce qui s'est passé lors de la visite de cette journaliste. Juste pour que les choses soient claires. »

Alors Ilse leur avait raconté. Elle s'y était sentie obligée, vraiment, étant donné qu'ils avaient loué son honnêteté concernant le briquet. Elle avait expliqué qu'elle avait remis le coffret d'Anna à cette dame, car elle avait dit être une amie de la famille.

« Quelle amie de la famille ?

— Je n'en suis pas sûre. En fait, Fräulein Harker m'a dit qu'elle connaissait une amie de la famille. C'est à elle qu'il faudrait demander. »

L'inspecteur Georg fronça les sourcils et épousseta quelques miettes tombées sur son pantalon.

« Ce coffret, à quoi ressemblait-il ?

— C'était une petite écritoire. Rien d'important ni de précieux. Anna y rangeait des lettres, c'est tout. »

L'inspecteur Kuckhoff avait pris quelques notes et s'était claqué les cuisses en signe de satisfaction, puis l'inspecteur Georg avait déclaré que le fiancé de Fräulein Henning avait bien de la chance d'avoir une jeune promise aussi jolie. Après quoi les deux hommes étaient partis.

Cela aurait pu en rester là, sauf qu'une chose curieuse se produisit. C'était en fin d'après-midi, Ilse était en classe de couture où elle brodait, pour Otto, une paire de gants en tricot, avec *Heil* au dos d'une main et *Hitler* au dos de l'autre. Ce devait être son cadeau de Noël. Elle s'imaginait Otto, montant la garde à un avant-poste glacial, la buée sortant de sa bouche, tapant ses mains l'une contre l'autre et rendant grâce à Dieu d'avoir une fiancée si attentionnée. De là, elle partit dans une longue rêverie sur la vie qui l'attendait après le mariage, la façon dont elle accueillerait Otto à son retour, réfrigéré et fatigué après le service, le poêle allumé, un ragoût mijotant avec une bonne odeur, après quoi il la prendrait dans ses bras et…

Ce rêve éveillé fut interrompu par le crissement du gravier dehors et le bruit sourd d'un claquement de portière. Jetant un coup d'œil par la fenêtre, elle aperçut une chose des plus étranges. Elle en était absolument certaine. L'élégante Mercedes Benz 540K noire qui s'éloignait ne pouvait être confondue avec une autre. Non seulement sa taille, équivalente à celle d'un petit tank, son blindage, avec vitres à l'épreuve des balles, mais aussi sa plaque d'immatriculation personnalisée l'identifiaient comme propriété de Joseph Goebbels, le ministre du Reich à l'Éducation du peuple et à la Propagande.

# 16

Depuis l'étonnant épisode de jeudi soir, Clara ne cessait de penser à Ralph Sommers. Elle ne parvenait pas à effacer son visage de son esprit. Ce sourire, légèrement moqueur, cette voix patricienne et sa parfaite maîtrise de l'allemand. Le froncement à peine visible autour des yeux. Ces yeux à la fois sensuels et sérieux, aux éclats verts plus foncés sur les bords. Pourquoi lui ferait-elle confiance ? Ne l'avait-elle pas rencontré au beau milieu de l'élite nazie ? Il l'avait suivie avec l'habileté d'un professionnel. Professionnel de quoi ? Elle aurait été bien en peine de le dire. Il s'était décrit lui-même comme un « indépendant » – terme pour le moins ambigu – tout en lui demandant de l'aide. Elle ne voyait pas en quoi elle pourrait lui être utile. S'il avait voulu lui tendre un piège, alors il l'avait soigneusement élaboré. Ce qui était sûr, c'est qu'en se confiant à elle, il avait pris un grand risque lui aussi. Bref, elle décida de rester sur ses gardes.

Dans le quartier de Wilmersdorf, la Duisburger Strasse était bordée de solides bâtisses du XIX$^{e}$, hautes de plafond, ornées de balcons en fer forgé ouvragés qui s'avançaient comme de la dentelle sur une lourde poitrine. La porte donnant sur la rue était ouverte, si bien que Clara entra et frappa à plusieurs reprises à celle de l'appartement numéro deux. Pas de réponse. Elle serait repartie si la musique qui filtrait derrière la lourde porte en chêne ne lui avait indiqué qu'il y avait quelqu'un. Lorsque celle-ci finit par s'ouvrir, Sommers apparut, non rasé, vêtu d'un peignoir de soie bleu nuit, qui bâillait au collet et laissait voir une abondante toison fauve. Clara se demanda si elle ne venait pas de le déranger en compagnie d'une femme. Il s'écarta.

« Entrez vite. »

Il ne paraissait pas surpris de la voir, ni gêné de sa tenue. Il la conduisit au salon et lui désigna un canapé.

« Voulez-vous vous asseoir un instant ? Je finis de m'habiller. »

Tandis que Sommers entrait dans la chambre à coucher de l'autre côté de l'entrée, Clara regarda rapidement autour d'elle en quête de ce que ce salon pourrait lui révéler à son sujet. Pas de rouge à lèvres sur un verre, pas de fleurs sur la cheminée. Rien n'évoquait une présence féminine dans cette pièce. La seule femme visible était en train de tailler des rosiers sur une photo, dans un cadre de bois, et avait l'âge d'être une mère ou une tante. Elle remarqua un flacon bleu avec une étiquette sur laquelle était écrit *Extraits de Citron Vert, Geo.F. Trumper, Curzon Street, Mayfair.* Sur le bureau, une paire de boutons de manchettes avec les initiales R.G.S. gravées dessus. Sur la table, un briquet en cristal taillé en forme de globe, un lourd cendrier de cuivre et une bouteille de whisky Johnnie Walker entamée. Bien rangée à côté du fauteuil, une paire de richelieus présentait, sur la semelle intérieure, l'inscription *Church's of Turl Street, Oxford.* Une veste de tweed était pendue derrière la porte. L'ameublement de la pièce donnait à penser que celui qui vivait là y était installé depuis longtemps, qu'il ne s'agissait pas que d'un pied-à-terre. Un fauteuil à dossier de cuir trônait devant un bureau sur lequel étaient posés une lampe et un exemplaire ouvert d'un polar d'Edgar Wallace. Clara eut le sentiment qu'on s'était efforcé de créer ici une atmosphère typiquement anglaise.

Sur le gramophone, les notes d'une sonate de Bach s'égrenaient, tournoyant délicatement dans la pièce avant de mourir avec une infinie tristesse. Sommers revint, arrêta la musique puis alla décrocher le combiné téléphonique du mur.

« J'espérais que vous viendriez. »

Il lui montra la bouteille de whisky, interrogatif, et, comme elle refusait, s'en servit pour lui-même.

« Pour le téléphone, ce n'est qu'une précaution. Ne vous inquiétez pas. L'endroit est parfaitement sûr. »

Clara s'installa dans le fauteuil le plus proche de la porte, Sommers en face d'elle. Il s'appuya contre son dossier et son regard s'attarda sur ses jambes gainées de bas, ce qui l'étonna. Un agent devait savoir maîtriser ce genre de chose. Ne pas laisser un coup d'œil révélateur dévoiler ses pensées. Les yeux étaient la première chose qui pouvait trahir.

« Je déduis de votre présence ici que vous pensez pouvoir m'aider ?

— Il va falloir que vous m'en disiez un peu plus, répondit Clara d'un ton neutre.

— Bien sûr. » Il se caressa un sourcil, l'air pensif. « Un petit rappel ne serait peut-être pas inutile. Un peu plus tôt, aujourd'hui, deux régiments de Panzers sont partis de Neuruppin – qui se trouve à une heure d'ici au nord – pour l'Espagne. Il n'y a là rien d'exceptionnel, sauf que cela témoigne de la poursuite de l'engagement allemand dans la guerre civile espagnole. Des hommes et du matériel y sont régulièrement expédiés.

— Continuez.

— Chacun devrait s'interroger sur le sens réel de cet engagement en Espagne. La vérité, c'est qu'il s'agit d'une préparation. La Luftwaffe a été mobilisée au début de cette année et a connu depuis un essor exceptionnel. Il y a maintenant soixante-dix aérodromes militaires dans tout le pays. La construction aéronautique s'est accélérée à un rythme sans précédent. Les Allemands disposent du bombardier le plus rapide au monde – le Dornier 17. À l'usine Heinkel, sur la mer Baltique, il y a une chaîne de fabrication qui produit une énorme quantité de bombardiers en piqué. À ce jour, les Allemands totalisent trente escadrilles de bombardement, six de bombardiers en piqué et douze de chasseurs. En tout, deux mille trois cent quarante avions. Le département technique de votre Ernst Udet sort tout le temps de nouvelles idées. La seule chose qui les empêche de produire encore plus d'avions, c'est une pénurie d'acier et d'aluminium. Tout le monde s'accorde pour dire que le nombre d'avions sera vital dans le conflit imminent.

— Le conflit imminent ? Alors votre opinion est faite.

— Clara, regardez les choses en face. Ils préparent une guerre à grande échelle. L'armée allemande se renforce de mois en mois. Les usines de munitions tournent à plein régime et ils ne s'arrêteront pas avant d'avoir transformé toutes les casseroles d'Allemagne en Stuka. Avant même qu'Hitler ne s'engage en Espagne, le reste du haut commandement supposait que la guerre n'aurait pas lieu avant 1941. Mais à présent, il semblerait que ce sera plus tôt que cela. Peut-être même dès l'an prochain. Il serait grand temps que la Grande-Bretagne se mette au diapason.

— Et ce n'est pas déjà le cas ?

— Hélas, nous avons perdu trop de temps à écouter les pacifistes résolus à empêcher le réarmement. Ces gens qui prétendent qu'il est inutile de se défendre parce que le prochain conflit anéantira l'espèce humaine. Ou d'autres qui disent qu'il vaut mieux laisser l'Europe à Hitler, du moment qu'il ne touche pas à l'Angleterre. Ce sont tous des imbéciles s'ils croient qu'on peut se fier à Hitler. Nous devons dès à présent faire jeu égal avec l'Allemagne. En matière de bombardiers lourds pour commencer. Pensez seulement aux dégâts que causerait une bombe de deux cents ou même quatre cents kilos lâchée sur Londres.

— Qui pourrait, même dans ses rêves les plus fous, avoir l'idée saugrenue de bombarder Londres ?

— Avec les rêves les plus fous de certains, on ne sait jamais. »

Clara changea de position dans son fauteuil. Les inquiétudes de Sommers, surtout exprimées avec tant de calme, étaient contagieuses.

« Lorsque je vous ai rencontré l'autre jour, vous m'avez dit que beaucoup d'Anglais seraient d'accord pour une alliance. Hitler n'a sûrement pas écarté cette possibilité ?

— Vous avez raison. Et je crois que c'est encore ce qu'Hitler préférerait. Par le passé, il était favorable à une grande alliance, l'Angleterre ayant une supériorité maritime, l'Allemagne une supériorité terrestre et les deux faisant jeu égal dans les airs. C'était bien pensé. S'il réussissait, il pourrait concentrer toutes ses forces vers l'est, vers la Russie, pour trouver cet espace vital auquel il songe. Il absorberait la Pologne et la Russie blanche. Dans l'intervalle, une alliance germano-italienne lui est apparue incontournable. Alors l'autre semaine, pour la visite de Mussolini, ils ont organisé une formidable démonstration de puissance militaire. Mais Hitler est toujours à l'écoute de ces voix britanniques influentes qui aimeraient voir la Grande-Bretagne et l'Allemagne devenir frères d'armes. »

L'allusion ne faisait aucun doute. Elle visait son père, sir Ronald Vine. L'image de son père, avec sa silhouette taillée à la serpe et ses yeux bleus pénétrants, donnant des dîners et discourant en faveur du fascisme en Angleterre, se dressa entre eux et, par loyauté envers lui, Clara eut un petit réflexe de défense. Même si elle détestait tout ce que son père défendait, même si elle avait consacré ces quatre dernières années à tout faire pour saper le régime nazi, il lui était toujours douloureux d'entendre parler de lui avec mépris. La fidélité à la famille était une valeur bien ancrée en elle, et ces liens-là étaient les plus difficiles à briser.

« Pourquoi ne pas le dire franchement ? Vous parlez de mon père, n'est-ce pas ? Eh bien, il n'est pas le seul.

— C'est exact, et c'est précisément ce qui me fait peur. Des hommes influents comme votre père font tout ce qui est en leur pouvoir pour que le projet d'une alliance soit entendu au plus haut niveau. Et – c'est ce qui me préoccupe – toute information venant d'ici qui remettrait en question cette alliance risque d'être étouffée par ces factions au gouvernement qui ne souhaitent pas croiser le fer avec Herr Hitler. Des gens qui privilégient l'apaisement au détriment de l'action. »

Clara se détourna pour dissimuler ses yeux embués de larmes. Était-ce l'évocation de son père ou bien le fait d'être là, chez un Anglais tout ce qu'il y avait de plus british, à parler anglais, qui déclenchait soudain le mal du pays ? Son domicile de Ponsonby Terrace, ses amis, le Conservatoire d'art dramatique, les réceptions et les pièces de théâtre, même les programmes radio de la BBC, tout cela lui paraissait si loin. C'était une autre vie. L'espace d'un instant, elle s'imagina dans un train traversant le Kent, les remblais couverts de fleurs sauvages, les chevaux qui la regardaient derrière les lisses, puis elle bascula dans le Londres animé des quartiers populaires, avec ses squares, ses places et ses flèches noires comme de la suie.

« Je me demande… ce que signifierait vraiment une alliance. »

Cette question lui venait souvent à l'esprit, mais elle ne s'était encore jamais autorisée à la formuler à voix haute.

« Si vous voulez savoir à quoi ressemblerait la Grande-Bretagne, regardez autour de vous. N'allez pas croire que les Juifs anglais, la presse indépendante ou les hommes politiques seraient en sécurité bien longtemps dans une alliance avec Hitler. Comment pourraient-ils se défendre ? Ceux qui pensent que la Manche suffit à garantir leur sécurité sont des imbéciles. Les nazis commenceraient par installer des hommes à eux aux postes-clés, qui augmenteraient les pouvoirs de la police, interdisant les manifestations, à l'exception des défilés des suppôts de notre ami Mosley. Ils mettraient les syndicats au pas et enfermeraient les ecclésiastiques. Ce serait ensuite au tour des structures sociales : l'école, l'université, le traitement des femmes. Les livres, les pièces de théâtre, les films, rien de ce qui est culturel n'échapperait à leur contrôle. Un millénaire de démocratie parlementaire britannique serait ainsi sapé avant longtemps. La Grande-Bretagne ne serait plus que l'ombre d'elle-même. Et toutes les vilaines passions, les pommes de discorde qui dorment sous la surface seraient ranimées. Voilà pourquoi c'est tellement crucial, Clara. Les pacifistes ne peuvent pas savoir ce qu'Hitler leur réserve. C'est un pacte avec le diable. »

Le ton doux et cordial de Sommers avait disparu. L'apparente bonhomie qu'il affichait à la réception des Goebbels avait laissé la place à quelque chose de plus profond, de plus mélancolique.

« On dirait que vous en connaissez un rayon, sur le nombre d'avions et ainsi de suite. Pourquoi les nazis vous donnent-ils autant d'indications ?

— Ils tiennent à ce que je sois bien informé. Je vous l'ai dit, ils me considèrent comme un vecteur utile. Goering souhaite que je relaie ça chez nous, aux Anglais, car il pense que le fait de connaître la force de la Luftwaffe éclairera les esprits et poussera les Britanniques à prendre conscience que toute résistance serait vaine. Ils me fournissent un nombre incroyable de données de performance, de rapports sur le moteur de chaque avion, de processus de fabrication. Nous partageons aussi quelques informations avec eux. Leurs hommes ont pu visiter quelques bases de la RAF ce mois-ci, même si, bien sûr, on ne leur a montré que des modèles dépassés. Des vieux clous, c'est tout, rien d'important. Mais le temps presse. L'échéance approche.

— L'échéance ?

— Et elle est cruciale. Le mois prochain, lord Halifax, le ministre, vient en visite. Que savez-vous sur Halifax ? »

Clara repensa à ce comte livide qu'elle avait connu, avec son chapeau mou et son air glacial. « Je sais qu'il a accueilli favorablement la réoccupation de la Rhénanie, affirmant que ce n'était que l'arrière-cour de l'Allemagne.

— Halifax a été mandaté pour nouer le dialogue avec les Allemands. Officiellement il vient ici en qualité de maître d'équipage de Middleton rendre visite à Goering et chasser quelques renards avec lui. Officieusement, il a pour mission de sonder les intentions allemandes. Goering va le recevoir avec le nouvel ambassadeur, M. Henderson. Comme je l'ai dit, Henderson est déjà, *a priori*, un grand admirateur des nazis. Il clame partout son engouement pour tous les leaders du régime, même Goebbels. Il reste obstinément aveugle. Il avale tout ce que les nazis lui racontent sur leur désir de resserrer les liens entre nos deux grandes nations. Sur Halifax, je serais moins catégorique. Mais on l'a entendu évoquer les "modifications de l'ordre européen", en référence aux plans d'Hitler concernant le Lebensraum[1].

— Vous voulez dire qu'il considère qu'une agression éventuelle se limiterait à la Pologne et à la Tchécoslovaquie ?

— Précisément. Et les nazis sont conscients de cette faiblesse. Il est donc capital qu'avant l'arrivée d'Halifax je dispose d'éléments précis concernant la montée en puissance de la Luftwaffe. Halifax – et les autres – doivent savoir ce que nous risquons d'affronter.

— Que risquons-nous d'affronter ? »

Il prit une longue gorgée de whisky et la regarda d'un air sombre.

« Je dirais que la Grande-Bretagne est à la plus importante croisée des chemins de son histoire. Composer avec le fascisme, ou bien le combattre. L'avenir de tout le continent européen dépendra de ce qui va se passer durant les deux mois à venir.

— Ça, je m'en rends compte. » Clara se raidit. « Mais je ne vois toujours pas en quoi l'avenir de l'Europe me concerne personnellement. »

Il ouvrit d'une chiquenaude un paquet de Senior Service et l'inclina vers elle.

« J'allais y venir. Plus précisément à votre ami l'Oberst Strauss. »

---

1. « Espace vital ». Concept géopolitique créé par Friedrich Ratzel (1844-1904) et récupéré par les nazis pour justifier la politique expansionniste de l'Allemagne nazie, en particulier sur le front de l'Est.

Strauss. Elle revit sa silhouette raide à l'aérodrome de Tempelhof, touchant sa casquette pour la saluer avant de tourner les talons.

« Ce n'est pas mon ami.

— Peut-être. Mais c'est quand vous m'avez parlé de votre rendez-vous avec lui que j'ai résolu de vous approcher. Avant cela, j'hésitais. Même au café, je n'étais pas encore tout à fait décidé. Je craignais de vous compromettre. Je ne pensais pas que vous puissiez m'être vraiment utile. Sans compter que vous étiez la trouvaille de Dyson. »

Elle se cabra.

« Je ne suis la trouvaille de personne, captain Sommers. »

Il sourit en guise d'excuse. « Bien sûr que non. Vous êtes indépendante. Tout comme moi. Mais vous nous êtes extrêmement précieuse. Le problème avec la plupart des agents britanniques, c'est qu'ils ont un accent épouvantable. Personne ne peut oublier qu'ils sont anglais. Alors que vous… votre allemand est parfait.

— Vraiment, captain Sommers…

— Ralph. Appelez-moi Ralph, s'il vous plaît. Bref, cet Arno Strauss, vous le connaissez bien ?

— Je le connais à peine. Que savez-vous de lui ? »

Il eut un petit rire. « Arno Strauss. Né à Berlin en 1896, fils de Hans et Eva Strauss. Un frère jumeau décédé. Vient d'un milieu fortuné. Formation de pilote sur Fokkers sur lesquels il a volé pendant la guerre. Devenu expert en combat aérien, tenu en haute estime, récompensé par la Croix du Mérite. A abattu quarante-cinq avions britanniques. L'un des meilleurs amis d'Ernst Udet, sinon le meilleur, et son plus proche collaborateur au département technique de la Luftwaffe.

— Eh bien. Vous en savez manifestement beaucoup plus que moi sur lui. Qu'attendez-vous de moi ?

— Je veux que vous vous rapprochiez de lui.

— Que voulez-vous dire ?

— Que vous le fréquentiez. »

Elle étouffa une exclamation. « Et vous voyez ça comment ? »

Sa bouche esquissa un sourire. « Vous sous-estimez votre charme, Clara.

— Je ne crois pas que Strauss soit homme à être sensible au charme.

— Tous les hommes sont sensibles au charme, croyez-moi.

— Et pourquoi ferais-je ça, mon Dieu ?

— Au cas où une occasion se présenterait.

— Quel genre d'occasion ?

— Pour l'instant, je ne peux pas vous le dire. »

Elle dévisagea Ralph, perplexe.

« Je suis désolée, captain Sommers… Ralph. Je ne voudrais pas vous paraître bornée, mais si vous ne pouvez pas m'expliquer ce que vous attendez de moi, comment grands dieux voulez-vous que j'accepte ? »

Il l'observa sans ciller et haussa légèrement les épaules.

« À cause des enjeux. »

L'air songeur, elle promena son regard autour d'elle, puis se concentra à nouveau sur lui.

« Très bien. À mon tour de poser des questions. Vous m'avez dit travailler en indépendant. Qu'est-ce que cela signifie exactement ?

— Cela signifie qu'on n'est pas à l'école, ni à l'armée, ni dans aucun de ces endroits où l'on doit se soumettre en attendant que d'autres réfléchissent à votre place. Comme je l'ai déjà dit, les enjeux sont trop importants. L'heure est venue d'agir et d'utiliser tout ce que nous avons à notre disposition. Tous ceux qui sont en mesure d'aider doivent le faire maintenant.

— Mais vous avez cité l'Air Service. Vous m'avez dit travailler pour eux. »

Il écrasa sa cigarette d'un air pensif et croisa ses longues jambes.

« C'est exact. Je travaille pour eux. Mais ils me laissent une certaine liberté. Comment puis-je expliquer ça ? Laissez-moi réfléchir. » Son regard s'attarda sur elle un instant. « Quand j'étais gamin, j'adorais les cours de biologie. J'aimais observer des créatures au microscope, analyser leur fonctionnement. Je me rappelle avoir examiné de près des yeux de papillon. En avez-vous déjà vu ? Ils sont composés d'un nombre infini de parties, et offrent donc de multiples perspectives qui, ajoutées les unes aux autres, forment un œil très complexe. Eh bien, le Renseignement opère comme un œil de papillon. Une multitude de points de vue, une perspective plus large.

— Cela ne répond pas à ma question, répliqua sèchement Clara. Et à qui, précisément, mes informations seront-elles transmises ?

— Aux bonnes personnes. Celles des services secrets.

— Archie Dyson sait-il que vous m'avez contactée ?

— Personne n'est au courant. Seulement vous et moi.

— Alors je vais y réfléchir. »

Son hésitation le fit légèrement tiquer.

« Bien sûr. Je vous comprends. Nous pourrions nous revoir demain, et vous me ferez part de votre décision. C'est assez urgent, en réalité.

— Demain, je suis occupée. Et puis je dois me rendre à Munich.

— À Munich ?

— J'ai quelqu'un à voir, là-bas. »

Une lueur de contrariété passa dans ses yeux, comme s'il n'avait pas l'habitude que l'on contrecarre ses projets.

« Je vois. À votre retour, alors. Si vous le voulez bien. »

En cet instant, elle eut l'impression que Sommers la déshabillait des yeux. Elle sentit l'odeur du whisky qui émanait de lui et réalisa qu'il était un peu éméché. Elle lui avait expliqué qu'elle devait partir dans la matinée, mais il ne faisait pas un geste pour la reconduire. Il souriait.

« Ils sont malins, en tout cas. Je n'en reviens toujours pas. Avoir un agent parfaitement intégré dans la place. Qui fréquente les bons cercles. Qui vit durablement ici avec d'excellentes raisons. Et une femme, de surcroît. »

Clara le fusilla du regard. « Vous auriez dû être encore plus attentif durant vos fameux cours de biologie. Vous auriez découvert qu'une femme est aussi capable et intelligente qu'un homme. Sans doute davantage, même. »

Il secoua la tête et haussa les épaules.

« Mais naturellement. »

Il y avait quelque chose d'exaspérant chez Ralph Sommers. Comme si l'âge et l'expérience l'autorisaient à penser que ses ordres seraient automatiquement exécutés. Était-ce sa remarque au sujet des femmes, ou bien sa conviction manifeste que Clara allait tout laisser tomber sans poser de questions pour le suivre qui la poussait à se rebeller ?

« Et vous, Ralph ? reprit-elle froidement. Êtes-vous à Berlin pour longtemps ? Y a-t-il une femme quelque part qui s'inquiète pour vous ? »

Il leva les sourcils et lui lança un coup d'œil sans ambiguïté.

« Trop occupé pour ça. »

Il se leva et alla se poster devant la cheminée, les mains enfoncées dans les poches, fixant les photos qui s'y trouvaient. « Vous me demandez pourquoi je suis prêt à prendre des risques. Je connais personnellement la situation en Espagne. Mon plus vieil ami s'est engagé l'an dernier pour lutter aux côtés des partisans. Mais voilà neuf mois que je suis sans nouvelles de lui.

— Je suis désolée.

— Oui. »

Sommers lui tournait toujours le dos. Il se frotta le menton, l'air pensif.

« Il s'appelle Tom Roberts. Je le connais depuis toujours. Nous étions à l'école ensemble, puis aussi à Cambridge. La dernière fois qu'il a été vu, c'était avec un groupe de combattants près de Madrid, dans l'un des bâtiments universitaires, les fenêtres bouchées, ils étaient terrés au milieu des livres de philosophes allemands du XIXe siècle et de littérature ancienne. Ce qui devait plutôt lui plaire.

— Je suis sûre qu'il va bien.

— Une fois de plus, votre optimisme vous honore. »

Clara ne se laissa pas démonter par cette réponse un peu brusque.

« Avez-vous envisagé d'y aller ? De partir à sa recherche ? »

Il haussa les épaules.

« C'est grand, l'Espagne.

— Mais n'avez-vous pas des contacts dans le Renseignement ? Il ne devrait pas être si difficile de retrouver un Anglais correspondant à sa description ? Vous pourriez interroger des tas de gens. »

Il lui lança un regard perçant. « Avez-vous idée de ce qui se passe là-bas ?

— J'ai une amie qui était en Espagne. C'est une journaliste américaine. Mary Harker, du *New York Evening Post*. Elle a passé un certain temps avec les Brigades internationales. Voulez-vous que je lui demande si elle ne l'a pas croisé ? »

Sommers balaya sa proposition d'un geste.

« Pardonnez-moi de vous avoir ennuyée avec mes problèmes personnels. C'était malvenu de ma part. S'il y a une chose que je sais à propos de Tom, c'est qu'il est capable de s'en sortir tout seul. »

Il se retourna. Le sourire charmeur était revenu.

« Bon, ce n'est pas tout, mais si vous avez du travail demain, il vous faut une bonne nuit de sommeil pour être à votre avantage. J'espère que vous allez réfléchir à ce que je vous ai dit. Je vous recontacte dans quelques jours. »

Clara se dirigea vers la porte, puis hésita.

« Il y a une chose que vous devez savoir. Juste pour que vous compreniez… vous avez parlé d'Archie Dyson. Il se trouve que je l'ai vu très récemment, et il m'a dit qu'on avait parlé de moi au siège de la Gestapo. Il m'a conseillé de faire profil bas.

— Je vois.

— Il m'a même conseillé de rentrer en Grande-Bretagne.

— Et vous faites profil bas ?

— Si c'était le cas, je ne serais pas ici. »

Il s'approcha et se tint si près d'elle qu'elle en fut troublée. Il sentait encore légèrement le whisky qui se mêlait au savon et à l'amidon de sa chemise de coton.

« Dans ce cas, j'espère que vous serez prudente.

— Je suis toujours prudente. »

Son expression devint pensive.

« Vous savez, vous avez mal pris ce que j'ai dit sur le fait que vous êtes une femme. Je pense justement que les Britanniques sont en retard pour ce qui est de l'emploi des femmes dans les missions d'espionnage. Les Français sont très en avance sur nous. Ils ont ce qu'ils appellent des séductrices opérationnelles. Alors que nous autres, Anglais, gâchons nos femmes. Vous êtes nos meilleurs atouts et nous avons peur de nous servir de vous.

— Mais pourquoi ? »

Il haussa les épaules. « Des idées archaïques. À Londres, ils s'imaginent que les femmes ne savent pas garder un secret. Ils craignent qu'elles soient trop émotives. »

Il posa un regard interrogateur sur elle. Pendant un court instant, elle se demanda s'il n'allait pas la toucher. Elle dut faire appel à toute sa volonté pour ne pas tressaillir sous l'intensité de ce regard. Elle sentit à nouveau le courant qui était passé entre eux lorsqu'ils s'étaient rencontrés chez les Goebbels. Une attirance sexuelle inexprimée qui lui échauffait le sang et faisait travailler son imagination.

« Ne vous inquiétez pas, Ralph. Ce ne sera pas un problème en ce qui me concerne. »

Elle se retourna aussitôt et sortit.

## 17

Les cadeaux avaient déjà commencé à affluer alors que le bébé ne devait naître que six mois plus tard. Debout devant la grande demeure à tourelles du ministre du Reich Goering, sur la Leipziger Platz, un ours en peluche de chez Steiff à la main, Clara se demanda si venir avec son propre cadeau avant la naissance du bébé n'était pas présomptueux. En Grande-Bretagne, on considérait que cela portait malheur. Mais ici, à Berlin, l'ambition l'emportait toujours sur la superstition, et offrir un cadeau au futur enfant de Goering était sans nul doute un bon investissement. Et c'était d'autant plus indiqué dans le cas de Clara qu'Emmy Goering avait tenu à l'inviter à plusieurs réceptions au fil des années, même si elles se connaissaient assez peu, rien que parce que toutes deux étaient actrices. N'empêche, Clara souhaita presque qu'Emmy ne soit pas chez elle.

Pas de chance.

Un majordome conduisit Clara à travers un hall très haut de plafond jusqu'à un salon majestueux. Pas de petites tables recouvertes de napperons, ni de bouquets de fleurs séchées comme on en trouvait dans les intérieurs berlinois traditionnels, mais des tableaux de maîtres aux murs et des fenêtres tendues de lourdes draperies bordeaux. Et un sol en marbre incrusté d'une immense mosaïque représentant une croix gammée. Emmy était assise sur un trône rouge somptueux orné d'ananas dorés qui aurait davantage convenu à un pape. Elle n'avait pas encore l'air aussi enceinte que son mari dont l'embonpoint tirait sur les coutures de son uniforme, mais elle grossissait lentement, sûrement, comme un dirigeable en cours de gonflage. Elle portait une robe qui ressemblait à un gâteau de mariage, toute ruchée et chargée de volants crème, et ses cheveux encadraient sagement son visage. Elle fumait des cigarettes turques, une assiette de gâteaux à portée de main.

« C'est vous, Clara. Quel soulagement ! Je craignais que ce ne soit encore quelqu'un de l'ambassade d'Italie. Herr Mussolini s'est montré si attentionné depuis sa visite, le mois dernier. Regardez ce qu'il m'a envoyé ! »

Elle désigna un guéridon d'où sortait une paire de bois de cerf en or incrustés de diamants, d'une extravagance frisant l'absurde.

« Ils sont étonnants, vous ne trouvez pas ? Mais le goût italien a évolué depuis la Renaissance. Savez-vous que le Duce est très porté sur le contact physique ? Je craignais même de me retrouver seule dans une pièce avec lui. Surtout dans mon état ! »

Emmy Goering avait été comédienne dans un petit théâtre de province, plus précisément à Weimar, jusqu'au jour où elle avait tapé dans l'œil d'Hermann Goering, donnant du même coup un bel essor à sa carrière. En comparaison de leur mariage, deux ans auparavant, la cérémonie du duc de Windsor avait eu l'air d'un thé au presbytère. Trente mille militaires avaient été postés le long de la route menant à la cathédrale, sans oublier la Luftwaffe qui avait effectué des figures aériennes. Son statut d'épouse d'un ministre du Reich ne lui permettait plus de jouer la comédie, mais Emmy aimait se tenir au courant de ce qui se passait dans le monde du cinéma et elle adressait à Clara des petites notes avec des appréciations sur ses rôles.

« Tout le monde a fait preuve d'une générosité inimaginable. Regardez-moi ça. »

Elle désigna un amoncellement de cadeaux alignés sur deux tables à tréteaux : des vases en cristal, des services à thé en porcelaine de Saxe et divers ustensiles de ménage luxueux parfaitement inadaptés aux besoins d'un nouveau-né, ainsi qu'un jeu d'échecs en ivoire incrusté de pierres précieuses – des émeraudes pour les pions, des rubis pour les fous, des diamants pour le roi et la reine. La ville de Cologne avait envoyé une *Vierge à l'Enfant* de Lucas Cranach. Clara s'arrêta un instant sur ce cadeau qui avait incontestablement un sens et se demanda s'il était censé flatter Emmy. Sous son dais de velours, la Madone avait des boucles de cheveux de la couleur des blés étrangement semblables aux siens, il est vrai, mais la ressemblance s'arrêtait là. L'embonpoint et le visage grassouillet d'Emmy n'avaient rien à voir avec cette toute jeune fille submergée par la joie de la nativité. Face à tant de magnificence, l'ours de Clara lui parut de plus en plus insignifiant. Emmy le reçut avec un sourire poli et le lança sur un porte-gâteau de Dresde.

« Ce n'est pas facile de faire des cadeaux, n'est-ce pas ? » Elle soupira en désignant un nu en verre particulièrement hideux. « Le Führer a trouvé la bonne formule. Il ne donne que trois choses : un cadre à photo, un nécessaire pour fumeur ou un portrait de lui. Généralement une peinture à l'huile. » Elle fit une pause et gloussa. « Vous imaginez la tête de ceux qui déballent ça ? »

Clara osa un sourire. « Je suis heureuse de vous trouver chez vous. Je pensais que vous étiez encore en Bavière.

— Nous venons de rentrer. Nous avons acheté une maison à Obersalzburg mais nous n'aurions pas dû. Nous risquons d'être harcelés.

— Il y avait foule ?

— Ne m'en parlez pas. Fräulein Eva Braun a un nouveau passe-temps. Vous ne devinerez jamais ce que c'est. »

Clara en aurait été incapable.

« Le parfum ! Le Führer lui a acheté tout un assortiment de fragrances avec lesquelles elle fait des essais. Elle mélange la violette, le lilas, le jasmin, que sais-je encore. Ou bien elle choisit un parfum dont vous n'avez jamais entendu parler. Chacun a droit au sien. Vous ne devinerez jamais celui qu'elle a choisi pour moi… *Shocking* de Schiaparelli. » Elle haussa les sourcils. « Je n'ose imaginer ce que cela sous-entend.

— Cela signifie-t-il qu'elle est plus heureuse ? » Quelques années auparavant, Eva Braun avait fait une tentative de suicide.

« Oh, notre petite Eva n'a jamais l'air très heureuse. Pendant que nous étions là-bas, elle s'est plainte qu'Hitler ne la laisse pas monter à cheval. Il dit que ce n'est pas féminin, ni distingué. Et elle ne cesse de critiquer sa façon de s'habiller : "Mussolini a fière allure dans son uniforme, et toi, assis à côté de lui avec ta petite casquette, tu as l'air d'un facteur !" Les haut gradés ont du mal à se retenir de rire.

— Qui y avait-il d'autre ?

— Voyons… Les Himmler, bien sûr. Je n'arrive pas à m'entendre avec elle. Lina Heydrich appelle Marga Himmler "Taille Cinquante".

— Taille Cinquante ?

— C'est sa taille de sous-vêtements. Il faut dire qu'elle a un faible pour les gâteaux à la crème. » Emmy réprima un gloussement.

« Et avez-vous vu les Mitford ? s'enquit Clara. J'ai rencontré Unity et sa sœur, l'autre jour. Elles revenaient du Berghof.

— Unity Mitford ! » Emmy Goering fit la grimace. « Cette fille, avec ses yeux comme des soucoupes et l'insigne du Parti sur sa poitrine. Les hommes l'appellent *Mitfahrt* – la compagne de voyage – parce qu'elle est toujours là. Elle n'a pas lâché Hitler d'une semelle pendant tout le Congrès. Elle déjeune tous les jours à l'Osteria Bavaria dans l'espoir d'attirer son attention. Bien entendu, elle est affreusement jalouse d'Eva Braun, et craint que celle-ci ne prenne la première place dans le cœur d'Hitler. Je lui ai dit qu'il était un peu tard pour s'en inquiéter. Eva n'a-t-elle pas déjà sa chambre à la Chancellerie du Reich ?

— Si je comprends bien, Unity n'est pas très populaire ?

— Personne n'arrive à comprendre ce que le Führer lui trouve. Il semblerait qu'il adore le fait que son second prénom soit Valkyrie. Eva dit qu'elle en a tout à fait l'allure, les jambes, surtout. Himmler aussi la déteste. Il pense qu'elle pourrait être une espionne. Il a chargé un SS de la suivre en se faisant passer pour un photographe. Mais j'ai fait remarquer à Heinrich que les espionnes ne se promènent pas en uniforme de troupe de choc, surtout fait maison. Elles s'habillent avec un peu plus de subtilité. Vous rendez-vous compte que ce SS a surpris Unity avec un pistolet. Quand il lui a demandé à quoi il servait, elle lui a répondu qu'elle s'entraînait à tuer des Juifs.

— Pensez-vous que le Führer épousera Fräulein Braun ?

— Ach… les goûts du Führer en matière de femmes sont un mystère. » Emmy s'approcha. « Hermann dit qu'il faudrait qu'on lui mette un pistolet sur la tempe pour qu'il épouse Fräulein Braun. D'autant qu'il reçoit douze mille lettres d'amour par an ; il n'a que l'embarras du choix. Bien qu'il se murmure… – elle baissa la voix – qu'il ne s'est jamais remis de la mort de Geli. Sa nièce, vous savez, qui s'est tiré une balle alors qu'elle se trouvait chez lui. Hermann dit qu'Hitler prenait soin de Geli comme un jardinier d'une fleur exotique.

— Alors pourquoi s'est-elle suicidée ?

— Si nous le savions, ma chère… » Emmy Goering lui adressa un regard lourd de sens, mais s'en tint là.

« Et Diana Mitford ? Est-ce que le Führer l'aime bien, elle aussi ?

— Je crois qu'il y est très attaché. Il s'est libéré toute une journée pour assister à son mariage chez les Goebbels ; du jamais vu. Et il a consenti à ce que la famille von Ribbentrop soit exclue de la noce au motif que Diana les déteste. Annelies a piqué une colère en l'apprenant, car ils s'étaient déjà invités, mais, franchement, Diana a eu raison. Le Führer n'aurait jamais dû nommer Ribbentrop ambassadeur. Il a dit à Hermann que Ribbentrop était un bon choix parce qu'il connaissait tout le monde en Angleterre, à quoi Hermann a répondu que, précisément, le problème était que tout le monde en Angleterre connaissait Ribbentrop. » Elle eut un petit rire affectueux au souvenir du mot d'esprit de son mari. « Le fait est, en tout cas, que nous avons du mal à comprendre ce que vous autres Anglais avez derrière la tête. Vous nous faites languir. »

On frappa à la porte. Le majordome introduisit la silhouette immaculée d'Heinrich Hoffmann, le photographe. Il salua ces dames, posant sur Clara un regard appuyé. Comme il l'avait vue récemment chez les Goebbels et qu'il la retrouvait à présent chez les Goering, il devait se demander ce qu'elle faisait là et tentait d'évaluer son statut social.

Il s'avéra qu'Hoffmann avait été chargé de photographier les cadeaux. Pendant qu'il dépliait son trépied et installait son éclairage, Emmy s'empressa de faire disparaître les bois de cerf dorés.

« Je les enlève. Ils pourraient susciter des questions gênantes. Hitler censure tout ce qu'il n'aime pas, alors pourquoi ne ferions-nous pas de même ? »

Hoffmann rit. « Bien sûr, Frau Reich Minister. » Sous son air de mielleuse gaieté, il cachait cette raideur commune à la plupart des photographes professionnels obligés de travailler dans un contexte social.

« Qu'est-ce qu'Hitler censure ? s'enquit Clara mine de rien alors qu'elles s'avançaient vers l'autre bout de la pièce.

— Oh, absolument tout, ma chère ! Pour commencer, il ne veut aucune photo de lui avec des lunettes. Pour ne pas laisser entendre qu'il pourrait souffrir des mêmes maux que le commun des mortels. Il ne se baigne jamais en public, pour ne pas être photographié en maillot, et il n'est pas question qu'on le voie en short tyrolien. Je ne sais pas pourquoi, d'ailleurs ; Hermann trouve ça très viril. »

Elle jeta un œil de fouine du côté d'Hoffmann qui déclenchait, se repositionnait, puis déclenchait à nouveau.

« Je suis étonnée qu'Hoffmann ait encore besoin de travailler, chuchota-t-elle, il est tellement riche à présent. Ses photos se vendent dans le monde entier. Des timbres, des cartes postales, sans compter qu'il sort au moins un livre par semaine. Tous les droits de reproduction sont pour lui. Il faut dire que le Führer a une totale confiance en lui.

— Et comment cela se fait-il ?

— Cela remonte à loin. Ils sont ensemble depuis le début ; depuis le putsch de Munich. Quand, en 1924, Hitler était en prison, Hoffmann est allé le voir et, en cachette, y a pris de très bonnes photos de lui. Puis il a offert à Hitler d'utiliser son studio de Schellingstrasse pour en faire le premier siège du Parti. À présent, Hoffmann a des bureaux dans toute l'Europe. On l'appelle l'ombre d'Hitler. Moi je dis qu'Hitler aura été sa poule aux œufs d'or. »

Elle l'interpella de l'autre bout de la pièce : « Heini, où ces photos vont-elles paraître ?

— Elles vont être diffusées dans la presse, répondit Hoffmann. Le pays s'intéresse à tout ce qui vous concerne, Frau Goering.

— Humm. On verra ça, commenta Emmy, puis, baissant la voix : Ça m'étonnerait. Goebbels ne supporte pas qu'on parle de nous. En janvier dernier, quand nous avons donné un bal à l'Opéra, nous avions entièrement redécoré le lieu avec du satin blanc. C'était superbe, mais Goebbels nous a refusé l'autorisation de publier une seule photo. »

La rivalité entre les Goering et les Goebbels ne datait pas d'hier. Les deux couples se disputaient surtout les faveurs d'Hitler. En bénéficiaient les membres de l'élite nazie invités à des réceptions spectaculaires, chacun des ministres voulant surclasser l'autre dans l'invention et le faste. Avec sa réception olympique donnée pour deux mille personnes l'année précédente, dans l'Île du Perroquet, Goebbels n'avait pas réussi à surpasser celle de Goering, comme en convinrent toutes les personnes présentes.

L'épouse du ministre du Reich haussa les épaules. « Il faut dire que Joseph est lui-même passé maître dans l'art de la censure. Vous vous rappelez tout ce cirque, l'an dernier, avec ces actrices qui s'étaient saoulées à sa réception ? Personne n'en a jamais entendu parler. Quand il s'agit d'opinion publique, il est d'une susceptibilité ridicule. Tout le contraire de mon mari. Hermann a le sens de l'humour, lui, au moins. Savez-vous qu'il donne trois marks à ceux qui lui racontent une blague qui court à son sujet ? Même qu'il note les meilleures dans un petit carnet. Il en a des centaines ! »

Emmy baissa encore un peu la voix.

« Puisqu'on parle de Goebbels, sa femme… »

Il y avait longtemps que Clara avait compris qu'Emmy Goering, comme Magda, avait besoin d'être tenue au courant des potins, des prises de bec et des discordes de l'élite nazie. Comprendre les tensions sous-jacentes dans la vie des hommes était la première règle en politique. Clara se savait être un intermédiaire précieux pour ces deux femmes. Elles rivalisaient pour le statut de Première Dame du Reich, et chacune était avide d'informations sur l'autre.

« … Vous l'avez vue récemment, n'est-ce pas ? Comment va-t-elle ? »

Ainsi Emmy savait que Clara avait assisté à la réception des Goebbels. Comment l'avait-elle appris ? Mystère.

« Bien, je crois.

— La pauvre. Il semblerait qu'elle en ait vraiment assez. Elle a établi une liste de trente femmes qui ont eu des rapports intimes avec son mari. Il a toujours été très porté sur les actrices. Surtout les salopes ; il adore. Mais à présent, il n'en a que pour cette petite Slave Lìda Baarovà. Vous êtes certainement au courant ? Je suis sûre que les langues vont déjà bon train aux studios.

— J'en ai vaguement entendu parler. »

Il ne fallait jamais donner l'impression d'être trop bavarde.

Emmy Goering soupira, déplaça son gros ventre et se frotta le creux des reins.

« Il paraît qu'il sort tous les soirs. Il ne supporte plus de rentrer chez lui à Schwanenwerder et de passer la soirée avec Magda. Il fait un tel mystère de ses déplacements qu'il les cache même à ses fonctionnaires du ministère. Il ne veut pas qu'elle sache où il va. On dit que Magda doit se brancher sur Radio Moscou pour savoir ce qu'il fabrique. »

Clara en rit, comme il se devait.

« Joseph devient très susceptible à ce sujet. Et pourtant c'est lui qui vient de proposer une peine de dix ans pour adultère si le mari trompé l'exige. Vous vous rendez compte ? C'est plutôt les femmes qu'il faudrait plaindre. »

Elle lança un regard de fouine à Clara qui s'efforça d'en ignorer les sous-entendus.

« Et vous ? Où en sont vos amours ? » Emmy était toujours gourmande des détails sur la vie privée des gens. « Pas de bel Obersturmbannführer à l'horizon ? Pas d'idylle ? »

Clara détourna modestement les yeux.

« Eh bien…

— Il y a quelque chose ? Allez ! Racontez-moi !

— Ce n'est pas une idylle, mais le fait est que j'ai rencontré un homme intéressant. Un Oberst de la Luftwaffe.

— Qui s'appelle ?

— Arno Strauss. Un ami d'Ernst Udet. »

À une rapidité confinant au comique, l'excitation se mua en consternation sur le visage de Frau Goering.

« Pas celui avec… ? » Elle mima une fermeture Éclair sur un côté de son visage. « La cicatrice ? »

Clara acquiesça.

« Je ne suis pas sûr que Strauss aime les femmes. Je ne l'ai jamais vu accompagné. » Emmy fronça les sourcils, hésitante. « Pas qu'il soit… enfin vous savez… je pensais seulement que c'était le genre à préférer la compagnie des hommes. Mais je crois qu'il est tout à fait charmant si on… si on oublie les apparences, je veux dire. Tenez, vous me donnez une idée.

— Laquelle ? » demanda Clara, espérant qu'elle serait bonne.

Emmy hésita un instant : « Nous donnons une réception à Carinhall le week-end prochain. En l'honneur du duc et de la duchesse de Windsor. Je pense que l'Oberst Strauss sera là. Voulez-vous venir ? »

Clara se rappela la mise en garde d'Archie Dyson. La consigne, presque un ordre, formulée quelques jours plus tôt. Il avait insisté pour qu'elle ne prenne aucun risque. Profil bas. Ne faites rien. Puis il y avait eu la requête de Ralph Sommers. J'aimerais que vous le fréquentiez.

Elle sourit. « J'en serais enchantée, merci. »

## 18

Un tablier ensanglanté serré sur son gros ventre, l'homme leva le couperet, qui étincela sous le soleil matinal. Puis il l'abattit de toutes ses forces sur les chairs, faisant jaillir de la viande un flot de sang qui vint s'étaler en flaque lisse sur le billot. Ilse en eut l'estomac retourné.

Le samedi était généralement moins chargé que les autres jours à l'École des Épouses. Les cours étaient remplacés par des travaux ménagers et il y avait plus de temps alloué aux activités culturelles. Ce matin-là, après s'être acquittée de ses tâches quotidiennes – préparer le feu et apporter les paniers de bois coupé –, Ilse s'était rendue à la cuisine pour apprendre à tirer le meilleur parti d'une pièce de viande bon marché. Le boucher leur montra comment trancher un quartier de porc, d'un geste vif, sans hésiter, puis le partager en côtes et en plus petits morceaux à hacher. Le sang qui filtrait de la chair pâle coagulait sur le billot et son odeur métallique donna envie de vomir à Ilse. Elle était devenue beaucoup plus sensible depuis la mort d'Anna.

Après le cours, les futures épouses de service pour la préparation du déjeuner du jour entreprirent de cuisiner les morceaux de porc, les autres emportèrent une tasse de café dans le jardin. Certaines se mirent à jouer avec les chiots récemment arrivés à l'École des Épouses, deux bergers allemands aux dents et aux griffes minuscules qui sautaient sur les ombres de la pelouse parsemée de taches de lumière.

Les bergers allemands étaient très en vogue, ces temps-ci, surtout parce que le Führer les aimait, mais l'arrivée de Prinz et de Wolf à l'École des Épouses du Reich ressemblait plutôt à une réponse muette au crime qui avait eu lieu récemment. Il n'y avait pas mieux que deux bons chiens de garde pour donner un sentiment de sécurité aux filles.

Bref, Ilse avait le souvenir d'une matinée de week-end parfaitement ordinaire à tous points de vue, si bien que la suite des événements n'en fut que plus déplaisante.

Les hommes qui attendaient dans le hall pour lui parler étaient différents, cette fois. Ils portaient des manteaux de cuir et des uniformes de la SS, et Ilse ne fut pas longue à comprendre qu'ils n'appartenaient pas à la Kripo, la police criminelle ordinaire, mais à la Gestapo. La police secrète. L'idée à elle seule la rendit malade. Ilse n'avait même jamais parlé à un policier, et là, en deux jours, quatre d'entre eux étaient venus l'interroger.

Après avoir été introduits dans le bureau de la surveillante et s'être présentés, les hommes de la Gestapo lui annoncèrent qu'ils avaient repris l'enquête de la Kripo et qu'il leur restait plusieurs points à éclaircir.

L'inspecteur Wiedemann était un homme chauve de petite taille qui portait des lunettes finement cerclées d'acier derrière lesquelles ses yeux sans cils rappelèrent à Ilse ceux d'un iguane qu'elle avait vu au zoo. Plus âgé, et aussi plus usé, le commissaire Decker, qui fumait cigarette sur cigarette, avait un visage gris comme une épave de navire de guerre, taillé à la serpe, la contrariété à jamais fixée sur ses traits. Il avait une moustache qui retombait sur son visage lugubre, comme si elle voulait le quitter. Il n'y eut pas de café et de biscuits, cette fois, ni de blagues légères, ni même de commentaires sur la chance qu'avait Otto d'avoir une jolie fiancée.

Wiedemann prit le fauteuil derrière le bureau de la surveillante comme s'il lui revenait de droit et les doigts joints, comme pour mettre l'accent sur un point, il expliqua à Ilse qu'ils se posaient encore quelques questions liées au meurtre d'Anna. Peut-être pourrait-elle les aider. Le ton était nettement moins rassurant qu'avec les premiers policiers. Que savait-elle ? l'interrogea Wiedemann. Que pouvait-elle leur dire ? Anna avait apporté un briquet à l'école malgré le règlement qui interdisait de fumer. Anna avait-elle d'autres secrets ?

Ilse lança un regard paniqué autour d'elle. Dans le jardin, par la fenêtre, elle vit une fiancée qui battait un tapis comme si elle voulait en faire sortir la vérité. Un sentiment de terrible solitude s'abattit sur la jeune femme. Pas de surveillante dans les parages pour l'aider, pas même Fräulein Wolff. Le personnel semblait bien l'avoir abandonnée à son sort.

« Anna n'avait pas de secrets, bégaya-t-elle.

— Allons, allons. Tout le monde a des secrets, pas vous ?

— Je ne sais pas, murmura Ilse en tortillant son tablier dans ses mains jusqu'à en faire une petite corde humide.

— Se confiait-elle à vous ?

— Je n'en ai pas le souvenir. »

Wiedemann prit dans sa main une photo de Gertrud Scholtz-Klink que la surveillante aimait particulièrement, et la fixa avec dégoût avant de la reposer sur le bureau. « Alors, peut-être allons-nous devoir réfléchir à un moyen de stimuler votre mémoire », dit-il d'un ton neutre.

Decker se pencha vers elle, comme pour lui donner un conseil amical.

« Il va falloir faire un effort, ma chère. »

Pour que ses mains cessent de trembler, Ilse les posa sur le dossier d'une chaise. Une pensée lui vint en voyant Wiedemann se passer la langue sur les lèvres. Le rouge à lèvres d'Anna. Celle-ci trouvait particulièrement dure la règle interdisant le maquillage à l'École des Épouses. Les autres filles s'en accommodaient en se mordant les lèvres, ou en se mettant un peu de vaseline. Une fille avait eu l'idée astucieuse d'utiliser le colorant alimentaire rouge qui servait à réaliser les croix gammées sur les gâteaux de mariage. Mais Anna avait apporté son propre rouge à lèvres et elle s'en servait tous les jours.

« Un secret ? Oui, ça me revient, maintenant ! Elle cachait un rouge à lèvres. Guerlain. Elle se maquillait, alors que c'était défendu. »

Le visage de Wiedemann s'empourpra, à croire qu'elle l'avait délibérément insulté.

« Vous vous moquez de moi, ma petite ? Épargnez-moi donc ces sottises. »

Decker s'interposa.

« Fräulein Henning, peut-être vais-je devoir être un peu plus clair. Ce que nous voulons savoir, c'est ce qu'Anna vous racontait sur sa vie. Vous nous avez bien dit que vous étiez amies. Vous deviez bavarder. Toutes les femmes bavardent, n'est-ce pas ? Ma femme n'arrête pas. » Il lança un regard las en direction de Wiedemann. « Celui qui placerait mon téléphone sur écoute le regretterait. »

Puis il se tourna à nouveau vers Ilse. « Ce que nous voulons savoir, c'est ce qu'elle a pu vous dire de sa vie. »

Hésitant, trébuchant sur les mots, Ilse tenta de restituer tout ce qu'elle savait de l'histoire d'Anna. Elle avait été danseuse. Elle faisait partie d'une revue, au Wintergarten – le genre très déshabillée. C'est dans un bar qu'elle avait rencontré Johann, mais plus tard. Ç'avait été le coup de foudre. Ilse avait toujours cru au coup de foudre, même si Otto disait que c'était des foutaises, et elle était contente qu'Anna lui ait prouvé le contraire. Puis Johann avait été envoyé en Espagne. Anna lui écrivait au moins une fois par semaine et lui, encore plus souvent. Anna recevait plein de lettres de Johann.

« Ils devaient se marier à Noël. La famille de Johann était déjà en train de tout organiser. Anna m'avait dit que les Peter étaient un peu guindés, plutôt vieux jeu, mais elle était si charmante qu'elle avait su se faire aimer. Nous avions déjà commencé à confectionner sa robe de mariée. Elle devait être brodée de croix gammées écarlates sur l'ourlet et…

— Ces lettres, l'interrompit Wiedemann, celles de son fiancé. Elle les gardait dans un coffret, m'a-t-on dit. Celui que vous avez remis à cette journaliste. Quels autres secrets avez-vous dit qu'elle gardait ?

— Je n'ai jamais dit qu'elle gardait des secrets ! Ses seuls secrets, c'étaient ses lettres d'amour. »

Decker se caressait gentiment la moustache, comme s'il s'agissait d'un animal domestique. « Ça ne nous avance pas beaucoup, Ilse. Je suis navré de voir que vous êtes si peu coopérative. »

C'était une impasse. Au siège de la Gestapo, l'inspecteur Wiedemann, qui interrogeait des hommes recroquevillés dans une cellule insalubre, obtenait généralement ce qu'il voulait. Il disposait pour cela de tout un arsenal de techniques. Mais là, il allait devoir opter pour un autre moyen, parce qu'avec cette idiote qui savait certainement quelque chose de crucial sans en avoir conscience, il n'arrivait à rien. Et il fallait que cette affaire soit tirée au clair, il avait reçu des ordres d'en haut. Ce qui agaçait Wiedemann, du reste. Il était partisan d'une égalité de traitement pour tous les criminels. Il subodorait que des huiles s'étaient offusquées qu'un meurtre soit venu troubler leur petite vie idyllique. En arrivant à Schwanenwerder, le policier avait remarqué les belles voitures, les villas, les grands portails, et il se doutait que les résidents considéraient ce quartier de Berlin comme un îlot privé leur appartenant, protégé des meurtres et de la violence qui se propageait partout ailleurs. Eh bien il serait temps qu'on leur ouvre les yeux.

« Peut-être, dit-il à l'adresse de Decker, comme si l'idée venait de lui traverser l'esprit, Fräulein Henning serait-elle plus encline à nous aider si nous l'interrogions dans un autre cadre. » Il fit un signe de tête en direction de la voiture, garée dehors.

Saisie d'effroi, Ilse regarda l'un, puis l'autre.

« Non ! Attendez, laissez-moi réfléchir, j'essaie de me rappeler tout ce que je peux ! »

Mais Wiedemann s'était déjà lassé. Il se tourna vers Decker, comme s'ils avaient déjà congédié la jeune femme :

« Je me demande si Fräulein Henning est vraiment à sa place à l'École des Épouses du Reich, dit-il, songeur. Si ça se trouve, elle ne pourra pas rester, et ne pourra donc pas se marier. Et que deviendra-t-elle alors, hein ? Je crains qu'elle ne finisse obligée d'arpenter Friedrichstrasse en bottines vertes pour gagner sa vie[1]. » Ilse éclata en sanglots et se cacha le visage dans son tablier. Elle ne pouvait pas croire que c'était à elle que ça arrivait. Elle avait été élevée dans l'idée que les policiers étaient des bonnes personnes qui veillaient aux intérêts des honnêtes gens vivant dans la crainte de Dieu, comme elle et sa famille. Certes, elle en avait vu hurler contre des fauteurs de troubles dans la rue, frapper des hommes à coups de matraque ou arrêter des Juifs, mais ça, c'était les autres. Ilse avait toujours pensé que la loi était faite pour la pro-

1. La couleur des bottines d'une prostituée annonçait sa spécialité.

téger. Ces choses-là ne pouvaient pas arriver à une fille comme elle.

Heureusement, les hommes de la Gestapo semblaient en avoir momentanément fini avec leurs questions.

« Nous reviendrons. »

Wiedemann se leva pour partir, la bousculant sans ménagement au passage. Avant de sortir de la pièce, Decker se retourna et pointa un doigt comme un pistolet vers elle.

« Et réfléchissez bien, hein ? »

Plus tard, alors que les fiancées étaient couchées, Ilse, pleurant encore à chaudes larmes dans son oreiller, se souvint d'un détail qu'elle aurait dû leur dire. Ce maçon, celui qui construisait la maison modèle. Elle l'avait vu s'entretenir avec Anna. Peut-être était-ce lui qui l'avait assassinée. Elle aurait dû leur en parler.

# 19

« Fräulein ! Fräulein ! *Wachen Sie auf !* Réveillez-vous ! »

Clara s'était endormie dans le train, quelque part à la sortie de Nuremberg. Elle avait admiré le paysage bavarois, ses minuscules villages médiévaux avec leurs flèches de contes de fées, leurs pignons et leurs petites rues pavées. Sans oublier ses terres agricoles plates et ses importants massifs forestiers. Mais bercée par le rythme du train, elle s'était assoupie quelques instants, relâchant sa vigilance. Elle était en train de rêver qu'elle était de retour en Angleterre, et que jouant dans *La Veuve joyeuse* sur la scène du théâtre de Haymarket, elle avait complètement oublié son texte.

« Fräulein ! *Wachen Sie auf !* »

L'homme assis en face d'elle lui touchait gentiment le bras, et Clara, réveillée en sursaut, vit que sa femme la regardait avec curiosité. Planté devant elle, un contrôleur en uniforme vert attendait de pouvoir contrôler ses papiers.

Après le départ du contrôleur qui claqua la porte du compartiment derrière lui, elle contempla son reflet sur la vitre, superposé aux champs qui défilaient à toute vitesse. L'image d'une jeune femme aux cheveux bruns qui l'observait avec sobriété flottait devant ses yeux. Clara était d'une certaine façon toujours accompagnée d'une image fantomatique d'elle-même, pas seulement à cause de la conscience aiguë de soi qu'ont toutes les femmes en public, mais parce qu'elle était toujours en représentation, consciente de l'image qu'elle projetait sur les autres.

Elle repensa à l'époque où elle avait débarqué en Allemagne, quatre ans plus tôt. Tant de choses avaient changé depuis. Son reflet dans la vitre lui rappela la Clara Vine des premiers jours, émotive, d'une grande naïveté, qui rêvait d'une carrière à l'écran et sortait tout juste d'une histoire d'amour qui avait mal fini. Cette Clara Vine-là n'existait plus.

Pourtant, elle était étonnée de s'être si bien adaptée à cette vie. Enfant, sa faculté d'adaptation aurait pu sembler limitée. Clara était aussi timide que sa sœur aînée était sociable. Elle faisait partie de ces enfants silencieux et observateurs dont on oublie aisément la présence. Même sa passion pour le théâtre lui était venue moins par désir de se mettre en avant que par modestie. Pour être tout le monde et personne en même temps. Elle avait bien entendu gagné en confiance depuis, mais ce trait de caractère lui était resté. Peut-être était-elle comme l'un de ces personnages des *Métamorphoses* d'Ovide dont Leo Quinn lui avait parlé. Un être mythique ayant le mystérieux pouvoir de se transformer pour se fondre dans le paysage.

Clara songea à la proposition de Ralph Sommers. Elle n'avait eu aucune difficulté jusque-là à recueillir les potins des femmes et des maîtresses de l'élite nazie. D'autant que certaines, comme Emmy Goering, étaient de véritables pipelettes. Chaque fois que Clara se trouvait en sa présence, celle-ci lâchait un torrent d'anecdotes sur les rivalités des haut dignitaires nazis, leurs disputes, leurs divergences d'opinions, les doutes qu'ils exprimaient en privé. Et les femmes n'avaient rien à envier aux hommes dans ce domaine. Ces messieurs n'avaient pas idée de la colère et des passions qui se cachaient sous les robes de soie, les chemisiers et les corsages à fleurs brodés de leurs épouses ! S'ils croyaient pouvoir contenir leurs émotions en les emprisonnant dans le corselet d'un dirndl, ils se trompaient lourdement. Les femmes comme Emmy, qui ne pouvaient pas s'empêcher de colporter les ragots, adoraient la compagnie de Clara. Les orientations politiques de son père les mettaient en confiance, et puisqu'elle était à moitié anglaise, elles ne la voyaient pas tout à fait comme quelqu'un de leur monde. Cultiver la fréquentation d'Arno Strauss était une autre paire de manches. Obtenir une invitation pour la réception des Goering était un premier pas, mais elle ne savait pas encore quelle suite elle allait lui donner.

Elle porta son attention sur ses compagnons de voyage. En face d'elle, un homme dormait, sa tête dodelinant sur sa poitrine. Clara eut aussitôt le réflexe de se demander s'il dormait vraiment ou s'il l'observait. Dans le compartiment, à part lui, il n'y avait que le couple âgé qui l'avait réveillée, lui vêtu d'un short de cuir et d'une veste de chasse en loden vert, elle arborant un chapeau tyrolien joliment incliné sur la tête. Ils n'arrêtaient pas de lancer des regards dans sa direction, comme s'ils cherchaient à engager la conversation. Ils n'eurent d'ailleurs nul besoin d'y être encouragés pour se décider. Ils se rendaient à Munich pour y voir la Grosse Deutsche Kunstausstellung du Führer, à la Maison de l'Art allemand. En avait-elle entendu parler ?

« Bien sûr. Ça doit être fascinant. »

Cet été, Hitler avait inauguré une exposition destinée à présenter ce qu'il appelait l'Art Nouveau allemand. Quinze mille pièces avaient été proposées et Hitler avait participé au choix final, privilégiant les nus nordiques, les paysages pleins de douceur et les scènes de genre, éliminant tout ce qui était obscur ou difficile, allant même jusqu'à crever certaines toiles à coups de pied. Il avait ses propres critères, comme celui d'exclure tous les coloris absents de « la nature » ainsi que les scènes d'angoisse ou d'érotisme. Le privilège de pouvoir exprimer des émotions fortes semblait réservé au Führer.

Et pourquoi Clara se rendait-elle à Munich ? Le couple âgé était curieux de le savoir.

Pourquoi ? Parce que Bruno Weiss était un ami cher, et qu'il fallait l'avertir qu'il avait été dénoncé aux autorités ? Ou encore parce que si Bruno était arrêté, le risque était grand qu'au cours d'un interrogatoire il ne révèle le nom de Clara ? Les deux, peut-être.

« Je viens voir ma sœur. »

Clara s'étendit un peu sur sa sœur fictive et ajouta qu'elle espérait elle aussi trouver le temps de voir l'exposition du Führer. Le couple âgé évoqua avec excitation et même un tantinet de fébrilité tout ce qu'ils allaient essayer de voir pendant le week-end. L'Opéra.

La résidence de Louis II de Bavière. La Tour chinoise de la maison de thé du Jardin anglais. L'espace d'un instant, avec beaucoup d'émotion, Clara souhaita être vraiment la personne qu'ils imaginaient, se réjouissant de passer quelques jours à savourer la cuisine et la légendaire qualité de vie munichoise.

Elle descendit à la gare principale et consulta le plan de ville qu'elle avait pris soin d'emporter. Elle devait apparemment prendre à l'est vers la Prinzregentenstrasse, pour atteindre la Haus der Kunst. L'Institut d'archéologie, qui abritait l'Entartete Kunst, l'exposition d'Art dégénéré, n'était qu'à deux pas. Elle avait emporté un petit sac de cuir dans lequel se trouvait le coffret emballé d'Anna Hansen, ainsi que de quoi se changer pour le lendemain.

Munich étincelait dans le soleil de l'après-midi. Elle en perçut immédiatement l'attrait en comparaison avec la sobriété prussienne du paysage berlinois. Munich était plus belle, plus propre, moins exubérante. Clara marcha sans se presser le long de grands boulevards bordés de beaux immeubles blancs aux toits brun-rouge qui résonnaient du fracas métallique des trams bleu et blanc, jusqu'à l'emblématique Marienplatz, avec son Neues Rathaus néo-gothique anguleux, taché de suie et couvert de plus de monstres grimaçants que n'en comptait le cabinet d'Hitler. La ville était pleine de gens qui faisaient leurs courses auxquels venaient s'ajouter des hordes de touristes venus pour l'Oktoberfest annuelle, avec leur sac à dos, leurs bretelles de cuir et leurs chapeaux verts. Clara commença à se détendre un peu, s'attardant devant les étalages, faisant du lèche-vitrines, et caressa l'idée de s'acheter de quoi déjeuner, ou tout au moins de prendre une bonne tasse de café. Le sentiment qu'elle avait à Berlin, d'être épiée en permanence, avait disparu. Le risque qu'elle soit suivie ici était quasiment nul.

Elle regardait autour d'elle avec curiosité en marchant. C'était là que tout avait commencé. Là, à Munich, berceau du national-socialisme et, toujours, sa capitale spirituelle, qu'en 1923, dans une brasserie, Hitler et son gang d'affidés avaient tenté un putsch avant de se retrouver en prison. Depuis lors, la Bavière était devenue le bastion du Führer. À Berlin, il était en permanence sur la brèche, très officiel dans sa Chancellerie tapissée de marbre à l'épreuve des bombes. À Munich, il pouvait se détendre, aller à l'opéra, déjeuner à l'Osteria Bavaria ou boire un thé orange pekoe dans le Hofgarten avec sa bande d'ex-chemises brunes que Goebbels appelait ironiquement sa « clique de Munich » : Rudolf Hess, Putzi Hanfstaengl et, jusqu'à son exécution quelques années auparavant, Ernst Röhm, l'espèce de brute qui dirigeait la SA.

Clara n'eut aucun mal à trouver la Haus der Kunst. On ne pouvait pas la rater. C'était un temple néoclassique spectaculaire aux colonnes de pierre pâle sur lesquelles flottaient les drapeaux nazis aux couleurs sang et noir. Elle aurait pu ressembler à une gare de chemin de fer construite dans la Grèce antique. Conçue par l'architecte d'Hitler, Paul Ludwig Troost, sa construction avait duré quatre ans, et elle avait été inaugurée en grande pompe en juillet. Une volée de marches annonçait des halls étincelants et d'immenses perspectives de marbre rouge sang. Mais Clara n'avait aucun désir d'aller voir ça.

Elle se dirigea plutôt vers un autre bâtiment, qui se trouvait à quelques dizaines de mètres de là. Une bannière placée au-dessus de la porte annonçait : *Art dégénéré, entrée gratuite.*

Une longue file de gens serpentait dans un escalier étroit en bois, contournait la première sculpture présentée, une évocation menaçante du Christ sur la croix, puis allait s'engouffrer dans une enfilade de salles sombres aux plafonds bas, remplies d'œuvres exposées en dépit du bon sens. Cubistes, fauves, impressionnistes et expressionnistes étaient délibérément mélangés, et les toiles accrochées de travers, sans cadre, pendaient au bout d'une ficelle ou d'une corde. Sous chaque œuvre était indiqué le montant qu'un musée avait déboursé pour son acquisition, quelques-unes d'entre elles étaient barbouillées d'épitaphes nazies. Des slogans avaient été gribouillés sur les murs également. *Une menace pour la nation allemande ! Purification et Extermination ! Nous méprisons les illusions d'optique d'un Juif !* Deux gardes SS officiaient comme une antithèse aux guides de musée, le dos tourné aux œuvres, jetant des regards las sur les visiteurs. Clara parcourut la foule des yeux. Se pouvait-il que Bruno fût là ?

L'endroit était bondé. Clara se retrouva derrière le guide d'un groupe de matrones qui faisaient le tour de la salle, les yeux exorbités. Elles passèrent devant une série d'aquarelles de Kandinsky, accrochées n'importe comment sous un commentaire : *Fou quel qu'en soit le prix.* Malgré la faiblesse de l'éclairage, les couleurs explosaient comme des feux d'artifice hors de leurs cadres. Pointant son bâton d'un geste dédaigneux, le guide y alla de son explication : « Le Führer nous dit que les artistes dégénérés sont incapables de percevoir les couleurs ou les formes telles qu'elles sont dans la nature. C'est un signe d'infériorité raciale. »

Ce fut à cet instant que Clara éprouva à nouveau la même sensation qu'à Berlin. Un regard posé sur sa nuque. La nette impression, quoique irrationnelle, qu'on la suivait. Elle attendit que le groupe se soit éloigné, puis se retourna subitement et, à l'extrémité de son champ de vision vit quelque chose se dessiner derrière un mur. Puis une femme à la poitrine avantageuse, qui portait un chapeau fleuri, lui cacha la vue, et lorsqu'elle regarda à nouveau, ce qu'elle avait cru voir n'était plus là.

S'agissait-il d'une filature ? Ou bien n'était-ce que son imagination ? Était-ce une personne en chair et en os ou bien une image créée de toutes pièces, fruit d'un jeu d'ombres et de lumière ? La salle était si mal éclairée qu'on pouvait légitimement se poser la question. Secouée, elle s'efforça de se concentrer à nouveau sur les œuvres. Comme elles étaient choquantes, et stimulantes ! Des corps qui n'avaient rien d'humain et ressemblaient à des carcasses d'animaux, mais n'en provoquaient pas moins un électrochoc. Le regard happé par ces toiles, Clara s'émerveilla de cette alchimie par laquelle un pigment de base se métamorphosait en chair, matière vivante entre toutes.

La salle suivante était entièrement dédiée à la dépravation des femmes et le premier tableau qu'elle aperçut lui causa un choc. *La Bacchanale du Diable* de Bruno Weiss. La dernière fois que Clara avait vu cette grande toile de deux mètres sur deux, elle était posée contre un mur de son atelier de Pankow, et voilà qu'elle la retrouvait entre un Van Gogh et un Emil Nolde. La scène était surréaliste, la composition, heurtée, semblait sortir d'un cauchemar. Au premier plan, la terre était tourmentée, funeste, comme si elle avait engendré les maux perpétrés à sa surface. Au-dessus, une femme nue au milieu de scènes licencieuses, des hommes s'ébattant en compagnie d'autres hommes, y compris, en arrière-plan, un personnage qui ressemblait beaucoup à Ernst Röhm. La femme, pour qui Anna avait posé, et dont la chair blanche luisait comme un quartier de viande sur un billot de boucher, était à la fois belle et inhumaine. Au-dessus du tableau, un conservateur de musée nazi avait gribouillé : *Une insulte à la femme allemande*.

C'était donc ici que Bruno s'était tenu et avait contemplé son œuvre. Clara ne put réprimer un sourire. Il pouvait être fier, en effet, de se retrouver en compagnie de tous ces artistes qu'il admirait tant, même si la présentation laissait quelque peu à désirer.

Elle laissa le groupe s'éloigner et s'attarda un moment devant le tableau, espérant contre toute attente voir apparaître Bruno. Mais, les minutes passant, elle se rendit compte que c'était totalement improbable. Même si Bruno s'était montré, même si Fleischer, l'officier de la Luftwaffe, l'avait vu, qu'est-ce qui aurait bien pu le pousser à revenir ? Aucun Juif sain d'esprit ne pouvait se sentir bien ici, ni nulle part ailleurs à Munich à vrai dire. Bruno devait savoir qu'il était une cible vivante. Un agitateur juif communiste, arrêté en 1933 en tant qu'auteur présumé de pamphlets hostiles au régime, devait se sentir aussi tranquille à Munich qu'un cerf dans une forêt infestée de loups.

Soudain, une sorte de sixième sens, un picotement à la surface de la peau la poussa à nouveau à regarder autour d'elle. Un mouvement à peine perceptible à l'extrémité de son champ de vision, comme celui d'une feuille agitée par le vent, l'incita à se retourner brusquement, et là, elle entrevit quelque chose : un homme qui lui tournait le dos, le visage en partie dissimulé par son chapeau. Environ un mètre soixante-quinze, une mallette à la main. Il était à l'autre bout de la salle, en train d'étudier *Les Invalides de guerre*, d'Otto Dix, qui représentait des anciens combattants squelettiques, hideux, en train de vendre des allumettes dans la rue. L'homme lui rappelait quelqu'un. Mais alors que Clara s'efforçait de l'identifier, il tourna les talons et disparut.

Elle se mit aussitôt sur sa trace et emprunta, à gauche, un couloir voûté avec des vitrines de chaque côté, puis entra dans la salle suivante, si exiguë et basse de plafond que les visiteurs devaient se tenir sur trois rangs pour voir les pièces exposées. Elle se fraya un passage dans la foule, non sans récolter quelques réprimandes, mais l'homme n'était visible nulle part. Elle se faufila aussi vite qu'elle put à travers les autres salles, descendit bruyamment l'escalier et regarda à gauche puis à droite dans la rue. Un bus apparut, qui s'avançait lentement, lui masquant la vue de l'autre côté de la chaussée. Elle traversa précipitamment et manqua de se faire écraser par un camion. Derrière son pare-brise, le chauffeur lui lança des insultes inaudibles. Aucun signe de l'homme. Soit il s'était envolé, soit il était aussi doué pour produire des illusions d'optique que n'importe quel artiste dégénéré.

Revenant sur ses pas dans la large Prinzregentenstrasse, elle chercha à comprendre ce qui avait pu la rendre aussi soupçonneuse. Au fil des années, elle avait appris à se fier à son instinct, et son instinct lui disait que l'homme du musée lui rappelait quelqu'un. Mais elle n'arrivait pas à savoir qui. De plus, à part Mary et Ralph Sommers, personne n'était au courant de sa présence ici. Et même si la Gestapo la surveillait à Berlin, il y avait peu de chances pour qu'elle ait été suivie jusqu'à Munich. D'un autre côté, si cet homme n'était qu'un simple visiteur, pourquoi se serait-il volatilisé ainsi ?

Clara traversa la ville, remontant la Leopoldstrasse, flanquée de bâtiments baroques de couleurs crème ou ocre. Perdue dans ses pensées, elle remarqua à peine qu'un attroupement s'était formé devant elle, jusqu'à ce qu'une forêt de bras droits se lève et qu'une Mercedes douze cylindres suivie de trois voitures d'escorte pleine de gardes armés les dépasse. Le cortège s'arrêta au carrefour de la Schellingstrasse et de la Schraudolphstrasse, devant un restaurant à colombages très sombre. Sur un panonceau, au-dessus de la porte, on pouvait lire *Osteria Bavaria*. Un détachement de SS en uniformes noirs gicla des voitures d'escorte comme des scarabées d'une pierre qu'on soulève.

Un chien-loup bondit sur le trottoir en remuant la queue. Le Führer était en ville. Et il allait déjeuner dans son restaurant favori.

Faisant aussitôt demi-tour, Clara fut presque renversée par une bande de filles à vélo, impatientes, contrairement à elle, d'apercevoir le Führer avant qu'il ne rejoigne sa table préférée, au fond du restaurant. Elle se demanda un instant si Unity Mitford, vêtue de sa chemise noire, ne serait pas parmi elles. *Mitfahrt*, comme on la surnommait, avait dit Emmy Goering, parce qu'elle suivait Hitler partout. Puis elle se rappela que les sœurs Mitford étaient à Berlin où elles devaient assister à la réception des Goering.

Clara pouvait toujours multiplier les tactiques d'évitement, échapper au Führer était impossible. Un peu plus bas dans la Schellingstrasse, elle passa devant une vitrine pleine de photos de lui : Hitler en plein discours, Hitler, le regard fixé au loin, Hitler en train de lire. Il regardait le public sans jamais baisser les yeux, contrairement à la plupart des orateurs – une tactique destinée à inspirer la crainte et le respect, à en croire ce que Clara avait entendu dire. Cette galerie de photos d'Hitler lui parut excessive, même à l'aune de l'enthousiasme qu'affichaient les vitrines sous le Troisième Reich, jusqu'au moment où, levant la tête elle vit le nom écrit au-dessus : Heinrich Hoffmann.

Évidemment. Ce devait être le magasin où le photographe de cour d'Hitler l'avait présenté à son assistante, Eva Braun. Elle n'avait que dix-sept ans à l'époque, et Hitler, venu avec des billets pour l'opéra, l'avait invitée à se joindre à lui. Eva n'avait pas hésité une seconde. Elle savait déjà ce qu'elle valait. Une diseuse de bonne aventure qu'elle avait consultée un jour lui avait assuré qu'elle serait « célèbre dans le monde entier ». Clara se demanda comment elle conciliait cela avec la totale invisibilité dans laquelle le Führer la maintenait. Quasiment personne n'était au courant de son existence.

Après avoir consulté son plan de ville, Clara marcha rapidement vers le sud, laissant derrière elle des bâtiments baroques de quatre étages peints de couleurs pastel pour emprunter les rues pavées du centre. Au passage, elle jeta un coup d'œil à l'intérieur de brasseries sombres dont les appliques en fonte n'avaient pas changé depuis le Moyen Âge, avec leurs plafonds peints de fleurs colorées mélangées aux incontournables croix gammées. Il y avait encore un endroit qu'elle voulait voir avant de remettre le coffret à Katia Hansen.

Après le Viktualienmarkt, et ses odeurs entêtantes de saucisses, de bretzels et de poulets rôtis, elle se retrouva sur la jolie Gärtnerplatz, au carrefour de cinq voies. Au centre, une pelouse, des arbres et ce qu'on pourrait appeler une débauche de géraniums, si une chose aussi incontrôlée que la débauche était autorisée dans la capitale de la Bavière. De l'autre côté de la place se trouvait un élégant bâtiment gris à colonnades entouré d'échafaudages entre lesquels elle aperçut une enseigne indiquant qu'il s'agissait du Théâtre de Gärtnerplatz. C'était là qu'Anna Hansen s'était produite.

Clara entra dans un café donnant sur la place et, contrairement à son habitude, s'assit en vitrine, vers l'extérieur. À la table voisine, trois femmes commandèrent un chocolat chaud et un gâteau avec de la crème fouettée, avant de se mettre à disserter sur la difficulté de trouver des domestiques.

La serveuse apporta à Clara un Apfelstrudel avec une riche pâte feuilletée. Grassouillette, joviale, elle avait une poitrine généreuse qui débordait un peu du corselet de son dirndl.

« Le théâtre est en travaux ? lui demanda Clara.

— En pleine transformation. Le Führer a décidé d'en faire l'opéra comique officiel du Reich.

— Il y vient souvent ?

— Ah oui, très ! Mais il est tellement modeste. Il se glisse dans la loge royale juste avant le lever de rideau. On ne le découvre qu'au moment où son drapeau est déployé sur le balcon. Il était encore là l'autre jour pour *La Veuve joyeuse.*

— Encore cette opérette ! Ils la donnent souvent ?

— Tout le temps. C'est la préférée du Führer. »

Clara avait ouï dire qu'Hitler adorait cette opérette de Franz Lehár, ses airs sentimentaux, son intrigue centrée sur les femmes, l'argent et l'amour. Il ne semblait pas gêné par le fait que les librettistes Leo Stein et Viktor Léon fussent juifs.

« Et après cela, ils organisent les plus merveilleuses réceptions à la Künstlerhaus.

— La Künstlerhaus ? Qu'est-ce que c'est ?

— La Maison des artistes. Sur Lenbachplatz. C'est un endroit incroyable. Du doré partout sur les murs, avec des signes astrologiques peints au plafond du hall. Mon homme a travaillé à la décoration. Il est maçon.

— Et à quoi ressemblent ces réceptions ?

— Comme si je le savais ! Vous les voyez, inviter des gens comme moi ? Je suis déjà bien contente de voir passer le Führer. On a une excellente vue, d'ici.

Si vous restez jusqu'à ce soir vous l'apercevrez peut-être, on ne sait jamais. »

L'immeuble sans charme où résidait Katia Hansen était situé au coin de la Frauenstrasse et de la Zwingerstrasse, à quelques minutes à pied seulement de la Gärtnerplatz. Une vieille femme que Clara supposa être la propriétaire vint lui ouvrir la porte au bout d'un certain temps. Elle portait un tablier taché et ses cheveux étaient retenus par un turban rudimentaire. Ses joues ressemblaient à des pommes flétries, et ses petits yeux la regardaient d'un air soupçonneux. Tout en elle était en contradiction avec le mot « Bienvenue » qui figurait sur son paillasson. Lorsque Clara demanda Katia Hansen, l'expression de la vieille se durcit encore, passant du silex à l'acier.

« Elle n'est pas là.

— Mais elle habite bien ici, n'est-ce pas ?

— Plus maintenant. Elle habitait là, en effet, mais elle est partie.

— Savez-vous où elle est allée ?

— Très loin. »

Clara ne s'attendait pas à cela. L'idée que Katia Hansen ait pu déménager ne lui était pas venue à l'esprit. Décidément, avec Bruno, qui était introuvable, et Katia Hansen, qui avait disparu, il était clair qu'elle avait fait ce déplacement pour rien. Soudain, était-ce la fatigue ou l'échec de son entreprise, ou bien les deux, elle fut prise d'un découragement qui la paralysa.

« Je devais lui remettre quelque chose, voyez-vous. Je pourrais peut-être vous le laisser. »

La propriétaire jeta un œil soupçonneux au coffret que portait Clara.

« Il n'en est pas question.

— La sœur de Fräulein Hansen est morte, voyez-vous. »

La vieille femme blêmit légèrement mais ne céda pas d'un pouce.

« Je suis désolée. Mais ce ne sont pas mes affaires.

— Ce coffret appartenait à sa sœur. Il a une valeur sentimentale. J'ai fait exprès le trajet depuis Berlin pour le lui apporter. Si je le laissais ici, elle pourrait peut-être venir le chercher. »

Si Clara avait espéré que mentionner la mort d'Anna attendrirait la vieille femme, elle en fut pour ses frais. La femme se pencha en avant, et entre ses dents pleines de taches brunes qui laissaient échapper une haleine fétide, elle siffla :

« Mais combien de fois dois-je vous le répéter ? Elle est partie. Fichez-moi la paix, vous autres. On ne veut rien avoir à faire avec elle.

— Vous n'avez pas une adresse où lui faire suivre son courrier, par hasard ? Je viens de si loin. »

Des cris d'enfants qui se chamaillaient leur parvinrent des entrailles de l'immeuble. Une odeur de viande bouillie flottait dans le hall. La femme était visiblement tiraillée entre l'envie de congédier la visiteuse et la crainte que celle-ci ne revienne faire un esclandre. Elle jeta un coup d'œil dans la rue par-dessus l'épaule de Clara.

« Attendez une minute. »

À son retour, elle glissa un bout de papier dans la main de Clara.

« Cet endroit est ce qu'il y a de mieux pour elle, commenta la vieille femme. Si vous la voyez, dites-lui que ce n'est pas la peine de revenir. » Sur quoi, elle ferma la porte au nez de Clara.

Clara lut ce qui était écrit sur le papier.

*Katia Hansen*
*Heim Kurmark*
*Klosterheide*
*Lindow in der Mark*

Heim Kurmark ? s'interrogea-t-elle. Qu'est-ce que c'est que ça ?

Elle avait mal aux pieds d'avoir tant marché et le corps tendu d'avoir dû redoubler de vigilance. Il était déjà 18 heures et, ayant abandonné l'idée de prendre le train de nuit pour rentrer à Berlin, Clara se chercha un endroit où dormir. Elle trouva une chambre dans une maison d'hôtes, à deux pas de la gare. Elle aurait dû se montrer plus exigeante : l'endroit était glacial, inhospitalier, la vitre de la porte était fêlée et, dans l'entrée, elle vit, trop tard, hélas, une carte annonçant que *Les Juifs ne sont pas les bienvenus ici*. La cuisinière avait réussi cet exploit de présenter à Clara un plat de chou trop cuit et des pommes de terre pas assez cuites, que celle-ci mangea sous l'œil à monocle du seul autre pensionnaire des lieux, un homme sec, au visage poilu, qui lorgnait ses seins sans la moindre gêne, comme si elle allait les lui offrir plus tard. Le café fut servi dans la pénombre du petit salon où, tous les quarts d'heure, le carillon d'une horloge venait frapper l'air moisi.

À 21 heures, elle se retrouva assise sur un lit aussi dur qu'une autoroute du nouveau Reich, à méditer sur ce voyage infructueux. Pas de Bruno, pas de Katia Hansen, et comme si cela ne suffisait pas, elle avait mal au dos d'avoir trimballé partout le coffret dans son sac. Elle l'en sortit, l'ouvrit à nouveau et en fit tomber le contenu sur le lit, étalant les lettres de collégien de Johann qu'elle connaissait presque par cœur à présent. Elle se demanda ce qu'Anna avait répondu à chaque fois. D'après tout ce qu'elle savait d'Anna Hansen, son mariage avec un officier SS ne lui ressemblait pas du tout. Quant au passage à l'École des Épouses… il lui était difficile d'imaginer plus improbable. Était-ce juste l'amour qui avait attiré Anna et Johann l'un vers l'autre ? Ou bien Anna avait-elle attendu autre chose de cet arrangement ? Une protection, peut-être ? De l'argent ? Une échappatoire ?

Elle feuilleta négligemment les papiers. Parmi eux, l'enveloppe adressée à Katia, la seule dont elle n'avait pas examiné le contenu. Elle se décida à l'ouvrir et se mit à lire :

*Katia chérie, je sais que tu es fâchée contre moi mais je t'expliquerai tout, je te le promets. Quand tu recevras ce mot, réponds-moi s'il te plaît. Ne crois pas ce qu'on te dira sur moi. Tout va s'arranger, tu verras. Ta sœur qui t'aime, Anna*

Les sœurs Hansen s'étaient donc disputées. Et à présent, Katia était partie à l'autre bout du pays, ignorant sans doute que sa sœur avait été assassinée et qu'elles ne pourraient jamais se réconcilier. Combien de temps s'écoulerait-il avant qu'elle ne le découvre ?

Clara secoua la tête et remit la lettre d'Anna dans son enveloppe, puis, réunissant les papiers en liasse, elle referma le coffret. Après quoi elle se déshabilla et, se glissant entre les draps froids, les yeux fixés sur le plafond couvert de taches d'humidité qui le faisaient ressembler à une carte de l'Afrique, elle passa en revue les événements de la journée. Une chose l'intriguait. Ce commentaire de la vieille femme : *Fichez-moi la paix, vous autres.*

De toute évidence, Clara n'était pas la première personne venue s'enquérir de Katia Hansen. Quelqu'un d'autre avait demandé à la voir. Les autorités, peut-être, cherchant à contacter la famille après le décès de sa sœur. Mais dans ce cas, le visiteur aurait sûrement expliqué à la propriétaire qu'Anna était morte ? Or la réaction de la vieille dame montrait clairement qu'elle n'était pas au courant. Alors pourquoi avait-on essayé de localiser Katia, et surtout, qui ?

Le lendemain matin elle sauta le petit déjeuner tant elle était pressée de partir, mais se retrouva avec une demi-heure à perdre avant le départ du train. Dans la rue menant à la gare, alors qu'elle musardait, son œil fut attiré par une vitrine où il y avait toute une collection de couteaux des Jeunesses hitlériennes. Au premier plan, précisément celui dont Erich lui avait parlé. Le dernier modèle. À l'idée qu'elle allait être bien obligée de le lui acheter, elle soupira, mais entra tout de même dans la boutique et demanda à le voir. Quand le commerçant, un moustachu à la carrure impressionnante, le lui déposa dans la main, elle éprouva une agréable sensation, curieusement. Comme si son manche à damier noir, lourd et doux au toucher avait été fait pour elle. Sur sa lame en acier luisante était gravée la devise des JH, *Blut und Ehre*, en lettres gothiques anciennes. Sang et Honneur, deux mots tout à fait banals dont les nazis avaient réussi à pervertir le sens. Tout en payant, elle pensa qu'il n'y avait pas de formule plus détestable au monde, en réalité.

« Heil Hitler ! » lança le commerçant.

Clara répondit par un signe de tête.

Hormis celle-là, bien sûr.

## 20

Le palais blanc du XVIII$^e$, qui abritait le ministère du Reich à l'Éducation du peuple et à la Propagande, était bien moins imposant que le ministère de l'Air de Goering, qui se trouvait à un jet de pierres sur la Wilhelmstrasse, mais il était lui aussi très emblématique de la personnalité du maître des lieux. Le ministère de l'Air impressionnait par ses seules dimensions, celui de Goebbels par sa complexité. Afin d'augmenter l'espace vital de l'empire de la propagande du Reich, le bâtiment d'origine avait été agrandi et mis au goût du jour avec une façade de pierre patinée et des lampes flambeaux. En outre, une salle de projection et des salles de conférences lambrissées y avaient été aménagées, de sorte que l'ensemble donnait une impression de machine bien huilée, produisant un courant ininterrompu de démentis et de nouvelles formatés pour nourrir la voracité des médias.

En attendant le Hauptsturmfürher Huber, Mary observa le flot des journalistes affairés qui sortaient l'un après l'autre de la salle située derrière elle. Chaque matin, un bulletin affiché dans le hall annonçait les conférences de presse du jour données par Otto Dietrich, le chef du service de presse du Reich, ou par Goebbels lui-même. Plus ou moins toujours les mêmes sujets : des attaques dirigées contre l'Église, les Juifs, les Tchèques ou les Bolcheviques. Personne n'avait de doute quant à ce qu'il fallait écrire. Dans l'Allemagne nazie, le formatage de l'information était pris très au sérieux et bénéficiait de la même rigueur que la fabrication des tanks et des fusils, et les journalistes faisaient l'objet d'un contrôle très strict. Officiellement, par l'attribution au compte-gouttes d'accréditations et de sauf-conduits ; officieusement, au moyen d'écoutes, de menaces et de surveillance. Rien à voir avec ce qui se passait en Espagne, songea Mary, où bon nombre des soldats en charge des vérifications *ad hoc* ne savaient pas lire, et où il suffisait de brandir n'importe quel vieux bout de papier, y compris une lettre d'amour, pour qu'on vous donne un laissez-passer.

Tout à Madrid n'était que bruit et fureur. C'était chaque jour la même chose : les hurlements de sirènes, les haut-parleurs de rue dénonçant le fascisme, les tramways jaunes cliquetant le long des avenues, le brouhaha des bars pleins de soldats sentant le tabac et la sueur. Les nuits étaient ponctuées par le grondement lointain de l'artillerie et le fracas des mortiers des tranchées dont les obus tombaient avec un bruit sourd sur leurs cibles. On faisait partout la queue pour des haricots ou du pain, et se déplacer signifiait contourner des trous géants sur les trottoirs, quand il ne fallait pas aussi contourner des barrages établis dans les rues pour arrêter ceux que les autochtones appelaient « les factieux ».

Les plus grands hôtels comme le Ritz et le Palace avaient été transformés en hôpitaux, les prostituées du coin ayant été embrigadées pour servir d'infirmières, si bien que Mary avait dû s'installer dans un lieu plus modeste, au milieu d'un drôle d'assortiment d'étrangers vaquant chacun à leurs affaires. Il y avait des journalistes, des chefs d'entreprise, des agents provocateurs et d'autres individus dont on se demandait ce qu'ils faisaient là. Les conversations étaient essentiellement centrées sur les avancées fascistes et les ressources alimentaires disponibles. Dans quel magasin allait-on pouvoir trouver des pommes de terre, des pommes, ou des saucisses. Entre deux incursions en ville, on se réunissait au bar du rez-de-chaussée. Quelqu'un s'installait d'office au piano, ou bien un résident, qui disposait d'un gramophone, diffusait du Beethoven à plein volume, pendant qu'un autre ouvrait une valise remplie de chocolat à échanger contre du café, du pain ou des œufs. Un jour, alors que le bombardement matinal rituel des forces franquistes commençait, Mary s'y trouvait en train d'écouter la serveuse maugréer sur la perte de ses mèches blondes, maintenant que tout le peroxyde de la ville avait été réquisitionné par les hôpitaux. Cependant qu'un obus tout proche venait de toucher sa cible et que Mary se retournait pour regarder dehors, elle vit s'écrouler un poteau télégraphique, ses fils tendus comme des cordes à linge en travers de la rue. Le bâtiment d'en face était constellé de trous de shrapnells.

« Vous admirez les œuvres du général Franco ? »

Deux hommes étaient en train de déjeuner à la table voisine. Ils lui offrirent de se joindre à eux et lui versèrent un généreux café amer tandis que d'autres obus tombaient alentour.

« Il n'y a pas d'inquiétude à avoir », dit l'un d'eux, un Anglais au physique maigre et nerveux, aux pommettes hautes et au visage émacié. Il portait un treillis kaki et un foulard rouge autour du cou. « On peut prédire à quelle distance va tomber un obus rien qu'à son sifflement. »

Son compagnon était un Autrichien sûr de lui et bien en chair, qui avait des cheveux épais ondulés, et des yeux bruns soupçonneux. Il portait un pistolet dans un étui en cuir à la ceinture. Au grand étonnement de Mary, il se présenta comme étant Emilio Kléber, le conseiller militaire des Brigades internationales à Madrid, l'homme réputé pour avoir jusque-là sauvé la ville face aux nationalistes. Il mangeait, plutôt salement, une assiette de ragoût, mais en entendant l'accent de Mary, il s'interrompit.

« Ah, vous êtes américaine. J'ai vécu un temps à New York. À Greenwich Village. Il y avait un stand à hot dogs devant mon appartement et, chaque matin, je me réveillais avec cette odeur. La meilleure saucisse du monde.

— Et vous, qui êtes-vous ? demanda-t-elle à l'Anglais.

— Vous pouvez m'appeler Périclès », répondit-il. Ce qui ne parut pas autrement surprenant à Mary. La moitié des hommes engagés dans ces combats avaient pris un nom de guerre. Tous deux lui posèrent des questions sur son travail ainsi que sa carrière de journaliste, puis ils se mirent à disserter gravement du communisme en tant qu'unique solution à l'injustice et moyen le plus sûr d'éviter au continent d'être englouti par la guerre. La barbarie des fascistes était selon eux sans limites. Si on les laissait faire, les incendies qu'ils avaient allumés en Espagne embraseraient l'Europe entière.

« Vous êtes allée en Allemagne, dites-vous ? lui demanda Kléber. Eh bien, si Franco arrive à ses fins, ça va se terminer de la même façon ici. Il veut un État calqué sur celui d'Hitler. »

— J'espère obtenir un sauf-conduit pour franchir les lignes fascistes. J'aimerais interviewer quelques-uns de leurs dirigeants. »

Le visage de Kléber devint grave. « Méfiez-vous des fascistes. La propagande, ça les connaît. Ils vous raconteront n'importe quoi. Ils prétendent que les républicains donnent leurs prisonniers à manger aux animaux du zoo. » Il eut un rire sauvage et guttural. « L'idée les a peut-être effleurés, mais ils auraient été bien en peine de passer à l'acte. Il n'y a plus un seul animal vivant dans le zoo de Madrid. »

Quand le bombardement prit fin, Kléber les quitta et Mary alla faire un tour sur la Gran Via en compagnie de Périclès. Il boitait légèrement à la suite d'une blessure par balle qui n'avait pas bien cicatrisé à la jambe, mais il marchait d'un pas rapide et déterminé, celui d'un homme pleinement conscient du rôle qu'il lui appartenait de tenir dans la vie.

« Et après, que ferez-vous ? » lui demanda-t-elle.

Il haussa les épaules. « Il y a tant à faire.

— Si le communisme vous attire à ce point, pourquoi n'allez-vous pas vous installer en Union soviétique ? »

Il la regarda comme si elle avait dit une énormité. « À quoi ça servirait, miss Harker ? La Russie a déjà fait sa révolution. Mon travail, c'est de déclencher la prochaine. »

Ils se séparèrent peu après, et elle ne le revit plus à l'hôtel, ni nulle part ailleurs dans Madrid.

Le Hauptsturmführer Huber revint, ramenant Mary à l'instant présent. Il était plus gros que dans son souvenir et des bourrelets de chair blanche apparaissaient entre les boutons malmenés de sa vareuse, comme la farce d'un pâté en croûte trop rempli. Les quelques cheveux qu'il avait sur le crâne venaient de subir un nouveau coup de rasoir, ce qui lui faisait une tête de pomme de terre hérissée de piquants. Elle fut soulagée de le voir porter une liasse de papiers contenant tous les renseignements la concernant revêtus du cachet indigo de l'aigle national-socialiste. Mais avant de les lui remettre, Huber les feuilleta de ses doigts boudinés et lui lut les conditions de validité de son accréditation. Aucune image représentant les autorités nazies sous un mauvais jour ne sera autorisée. Pas de photos dégradantes de citoyens allemands. Ni de sites interdits. Toute violation des conditions régissant cette autorisation entraînerait une expulsion immédiate, par ordre du Führer Adolf Hitler lui-même.

« Signez ici. »

Mais alors que Mary s'apprêtait à signer, il lui reprit l'autorisation des mains et fit mine de lire un article supplémentaire.

« Une dernière condition. Toute Fräulein demandant une autorisation de prendre des photos devra accompagner le Hauptsturmführer SS Karl Huber à une soirée au théâtre Metropol. Alors, qu'en dites-vous ? »

Huber partit d'un grand éclat de rire, exhibant du même coup la dent en or qu'il avait sur le devant, et agita l'autorisation dans ses mains boudinées. À la pensée de ce que ces doigts pourraient essayer de faire s'il était assis à côté d'elle au théâtre, Mary frémit.

## 21

Cette fois, lorsque Clara revint à son appartement de la Winterfeldtstrasse, elle n'eut pas besoin de vérifier la poignée pour savoir qu'il y avait eu des visiteurs. Un trou dans le bois avait été percé autour du verrou et la porte était grande ouverte.

Clara tâtonna pour trouver l'interrupteur et laissa échapper une exclamation en découvrant l'ampleur des dégâts. Un véritable saccage. Les rayonnages de la cuisine avaient été vidés à la hâte, les portes de placards ouvertes. Dans le salon, une bonne partie des livres de la bibliothèque était par terre, les tiroirs de son bureau ouverts, ses papiers dispersés tout autour. Dans la chambre, sa commode avait été écartée du mur, ses tiroirs sauvagement renversés, les vêtements traînés sur le parquet. Le matelas était de travers – on avait dû fouiller en dessous – et, sur le mur, la toile de Bruno Weiss penchait lamentablement. Dans la salle de bains, on avait ôté les couvercles aux pots et répandu partout les sels de bain à la lavande. On aurait dit qu'un enfant de la taille d'un géant avait piqué une colère et tout balancé comme si c'étaient des jouets.

Pensant tout à coup à quelque chose, Clara revint au salon et se dirigea vers le bureau pour donner un petit coup du tranchant de la main sur l'un des pieds ouvragés, lequel s'ouvrit, révélant une cavité creusée à l'intérieur. Elle y introduisit ses doigts et rencontra le métal froid du canon d'un pistolet. Son Beretta. Le cadeau d'un ami.

À cet instant, elle entendit le pas pesant de Rudi qui apparut sur le seuil, les yeux exorbités, le souffle court d'avoir gravi l'escalier. Il n'avait vu personne, aucun intrus, clama-t-il, abasourdi, en repoussant une mèche de cheveux raides et ternes qui lui barrait le front. Il était monté la veille au soir pour glisser quelques lettres sous la porte et n'avait rien vu d'anormal, ce qui voulait dire que cela avait dû se produire plus tôt dans la journée. Un dimanche !

« Je vais appeler la police, annonça-t-il. Ils seront là en un rien de temps. »

C'était le seul avantage de vivre dans un État nazi. La police n'était jamais bien loin.

« Non. Ce n'est pas la peine.

— Mais pourquoi pas, Fräulein ?

— Je ne veux pas que la police vienne piétiner partout avant que j'aie pu voir ce qui manque.

— Il va tout de même falloir réparer la porte.

— Ça m'a l'air moins grave qu'il n'y paraît. Le verrou fonctionne encore. Pas la peine de faire venir un ouvrier un dimanche.

— C'est vous qui décidez, dit-il sans conviction.

— Occupons-nous de ça plus tard, quand j'aurai remis de l'ordre », décréta-t-elle tandis qu'il s'éloignait à contrecœur.

Clara pensa d'abord aux hommes venus réparer l'ascenseur. En avaient-ils profité pour repérer les appartements inoccupés ? Ou bien quelqu'un savait-il déjà qu'elle allait s'absenter ? Les cambrioleurs avaient choisi le seul moment de la semaine où ils étaient sûrs que Rudi ne les remarquerait pas. Le dimanche matin, en effet, il dormait tout son soûl pour évacuer la cuite qu'il prenait tous les samedis soir avec ses amis des sections d'assaut.

Allant d'une pièce à l'autre, Clara dressa un rapide inventaire de ses biens. Curieusement, malgré l'état de l'appartement, rien ne semblait manquer. Ses perles avaient été jetées au sol dans la chambre, ses broches et ses boucles d'oreilles en diamant traînaient hors de leurs écrins sur la coiffeuse, mais après les avoir rassemblés, elle put constater que tous ses bijoux étaient bien là. Le portefeuille renfermant cinquante marks qu'elle gardait dans un tiroir à côté des *Poèmes* de Rilke n'avait pas été touché. Des exemplaires du *Times* – qu'on avait du mal à se procurer comme tous les journaux étrangers – étaient posés en tas dans un coin. Des lettres de sa famille, dont une de Leo qu'elle n'avait jamais pu jeter, avaient été éparpillées sur son bureau mais il n'en manquait aucune. S'introduire dans cet appartement par effraction et repartir les mains vides, prendre un tel risque sans en tirer le moindre profit… on avait affaire à un drôle de cambrioleur !

Elle réfléchissait à toute allure. Depuis quatre ans qu'elle vivait ici, elle n'avait jamais été cambriolée. Si c'était la Gestapo, elle devait se faire à l'idée que son appartement ne serait plus le sanctuaire qu'il avait été. Non contents de surveiller son courrier, ils avaient probablement installé des écoutes. Ils avaient en tout cas certainement lu jusqu'à la dernière les lettres trouvées dans son bureau.

Clara entreprit de ranger avec fébrilité, remettant chaque chose à sa place.

Mais le temps lui manqua. C'était l'heure du déjeuner et elle avait un rendez-vous. Erich avait quatorze ans aujourd'hui. Son cadeau d'anniversaire était au fond de son sac, avec une barre de Trumpf, son chocolat préféré, ainsi qu'un stylo marqué du logo des studios de l'Ufa, qui lui conférerait un certain prestige à l'école.

Heureusement, la porte d'entrée fermait encore ; quant à la verrouiller, à quoi bon ? Attrapant son manteau et son chapeau, elle partit retrouver Erich.

Bien qu'on soit dimanche, la gare d'Anhalter était très animée. Les gares de chemins de fer sont toujours des lieux de départ, mais il régnait dans celle-ci une atmosphère bien particulière. On les reconnaissait au premier coup d'œil : les Juifs sur le départ, à la façon dont les mères, fébriles, faisaient taire leurs enfants rassemblés autour d'un pauvre tas de bagages, les épouses vêtues de leurs plus belles fourrures, les maris, le visage crispé par l'angoisse, passeports en main, vérifiant et revérifiant papiers et billets. Tous émigrant sans grands moyens vers un avenir incertain. Vers un pays qui ne leur serait pas franchement hostile, comme l'était l'Allemagne, mais n'en resterait pas moins froid, inhospitalier, et qui verrait d'un sale œil ces réfugiés franchir ses frontières en une marée de plus en plus impossible à endiguer.

Erich attendait Clara à l'endroit habituel, sous l'horloge. Le voir fit remonter en elle toute l'angoisse qu'elle refoulait depuis le moment où elle avait découvert le cambriolage. Elle eut du mal à retenir ses larmes. Mais elle était résolue à ne pas l'évoquer devant Erich. Elle ne voulait pas l'inquiéter, surtout pas le jour de son anniversaire.

« *Herzlichen Glückwunsch zum Geburstag*, mon ange ! »

Elle le serra dans ses bras avec une tendresse inhabituelle, mais le sentit se raidir, gêné par cette démonstration d'affection en public.

« Merci. » Il s'écarta. « Tu es en retard.

— Désolée, mon chéri. J'ai été retenue.

— Je n'ai pas beaucoup de temps. Il y a une réunion des JH. » Il désigna son sac à dos. « Nous nous entraînons en prévision d'un grand défilé à Berlin. Comme tu n'as pas l'air d'aimer me voir avec mon uniforme, je l'ai emporté pour me changer.

— Mais c'est ton anniversaire ! On devait déjeuner ensemble ! »

Il avait l'air impatient et contrarié. Le petit garçon autrefois tout excité quand arrivait le mois d'octobre était en conflit avec l'adolescent pour qui les anniversaires étaient des enfantillages comparés au privilège de servir la Mère Patrie. Il avait le crâne complètement rasé et avait tellement ciré ses chaussures qu'elles brillaient comme un sou neuf.

« Les anniversaires ne comptent pas à mon âge, se défendit-il.

— Qu'est-ce que ce sera quand tu auras mon âge, alors ! » plaisanta-t-elle. Mais il n'était pas d'humeur à rire et, au lieu de faire quelque chose de spécial, ils se dirigèrent vers un café miteux, dans un coin de la gare. Ils s'installèrent au bar, où on s'agitait beaucoup et où le risque était grand de se faire bousculer par les voyageurs qui jouaient des coudes pour obtenir d'être plus vite servis. Clara commanda des œufs au plat et des petits pains, et, pour Erich, une saucisse au fromage. Elle l'observa avec attention pendant qu'il mangeait. Il était si précisément à ce stade intermédiaire entre l'enfance et l'âge adulte que, sous un certain angle, elle voyait encore en lui le gamin timide et effacé qui avait toujours cherché à lui plaire, sous un autre, l'homme, le fanfaron qu'il était déjà un peu.

Elle tenta encore un rapprochement : « Et pour qui est ce défilé, cette fois ?

— Un dignitaire étranger. » Comme il ne voulait pas reconnaître qu'il n'en savait pas plus, il ajouta : « Nous ne sommes pas censés en parler. Pour des raisons de sécurité.

— Je comprends.

— Nous partirons de la Kemperplatz, et nous défilerons jusqu'à Siegesallee, en passant par le Reichstag, puis autour de la Colonne de la Victoire avant de remonter Unter den Linden. Et regarde ! » De son sac à dos, il sortit une boîte à collecte grise ayant très exactement la forme d'une bombe. « Certains d'entre nous ont été choisis pour défiler avec les boîtes de collecte à l'extérieur des rangs. C'est un honneur.

— Tu vas récolter des fonds pour des bombes ?

— Non, Clara. *Contre.* Contre les bombes ennemies. L'Allemagne doit collecter des fonds pour se défendre.

— Mais personne ne menace l'Allemagne.

— Bien sûr que si. » L'entêtement de Clara l'agaçait. En matière de politique, Erich se voyait de plus en plus souvent obligé de la corriger. Il n'aimait pas ça mais, aux Jeunesses hitlériennes, on leur avait dit qu'ils avaient raison de le faire. Les jeunes ne devaient plus se sentir inféodés à leurs aînés. Ils étaient l'esprit de la nouvelle Allemagne et devaient avoir confiance dans le rôle qu'ils allaient y jouer.

« Les communistes veulent nous envahir. Ils ont déjà envahi l'Espagne. Ce sont les ennemis de la chrétienté. Ils ont assassiné tous les prêtres.

— En Espagne, il y a du mauvais des deux côtés, Erich. »

Il haussa les épaules. « Je déteste les communistes. J'espère qu'ils vont tous mourir. Ou en tout cas… » Il se reprit, une concession à l'égard de Clara dont il savait qu'elle n'aimait pas les généralisations hâtives. « J'espère qu'ils seront envoyés dans des camps pour y être rééduqués. »

Ce déjeuner d'anniversaire était mal parti, constata Clara. Erich avait bien changé depuis l'été dernier, quand l'enfant qu'il était encore avait appris à ramer sur l'Havel, s'esclaffant, lui prenant les avirons, tout fier des progrès accomplis en si peu de temps. Le retrouver le week-end seulement était comme le voir dans un film en accéléré. Il grandissait, se transformait à vue d'œil. Et ses opinions politiques évoluaient au même rythme.

Clara n'était d'ordinaire jamais aussi détendue et disponible que lorsqu'elle était en compagnie d'Erich, mais le cambriolage l'avait perturbée et pendant qu'il parlait, elle se rendit compte qu'elle avait l'esprit ailleurs. Il évoquait un discours entendu la semaine précédente aux JH. Les Allemands de Rhénanie étaient reconnaissants d'avoir été libérés et les Tchèques aspiraient à l'être, eux aussi.

« Mais de qui les Tchèques veulent-ils se libérer ? D'eux-mêmes ?

— Il y a trois millions d'Allemands en Tchécoslovaquie.

— Et combien de non-Allemands ? »

Clara s'en voulut de ne pas avoir respecté la règle qu'elle s'était fixée de ne jamais parler politique avec Erich. Il lui lança un regard noir.

« L'Angleterre devrait se méfier. L'Allemagne va lui prendre ses colonies. L'Angleterre est décadente, et sur le déclin.

— Oh, Erich, pour l'amour du ciel, tais-toi ! Qu'est-ce que tu sais de l'Angleterre ?

— Me taire ? Mais pourquoi ? Pourquoi ne dirais-je pas à tout le monde comment tu es ? Tu n'aimes pas le Führer. Tu ferais n'importe quoi pour éviter le salut.

— Ce n'est pas vrai !

— Tu crois que je ne l'ai pas remarqué ? Et tu n'es même pas allemande !

— Ne dis pas de bêtises. Tu es bien trop jeune pour comprendre.

— Il faut que j'y aille. » Les larmes lui étaient montées aux yeux. « Si c'est ce que tu ressens pour notre pays, il se pourrait bien que je n'aie plus envie de te revoir. »

Il descendit du tabouret et sortit précipitamment du café. Impuissante, Clara regarda sa tête brune danser dans la foule puis disparaître dans une mer de manteaux gris et de silhouettes pataudes. Elle se rappela un autre discours prononcé par Hitler : *Quand un opposant dit, je ne me battrai pas à vos côtés, je réponds calmement, ton fils nous appartient déjà.*

Tout cela faisait partie de la crise d'adolescence, et Erich regrettait sûrement déjà son attitude, mais ce n'était pas en discutant qu'elle gagnerait son cœur. Comment pouvait-elle garder son calme dans tous les autres domaines de sa vie, mais perdre son sang-froid avec la personne qui lui était la plus chère ? Le choc du jour et la fatigue se conjuguèrent. Elle poussa un gémissement sonore en le regardant s'éloigner.

Assise à sa droite, au bar, une vieille femme se tourna vers elle et lui adressa un sourire plein de compassion.

« Des ennuis avec les hommes ?

— En quelque sorte, oui.

— Toujours le même refrain.

— Sans doute, oui. »

Clara se rendit compte qu'elle n'avait même pas offert le couteau à Erich. Il était toujours au fond de son sac, dans son étui, avec son petit ruban rouge noué autour.

# 22

Malgré leur prestigieuse adresse sur Unter den Linden, les bureaux du *New York Evening Post* ne payaient pas de mine. Le mot « bureaux » au pluriel était d'ailleurs trompeur : une seule pièce, en réalité, située au sixième étage, derrière une porte en verre dépoli. Deux tables de travail maculées de ronds de café, avec plusieurs téléphones noirs, des cendriers endommagés par des brûlures de cigarettes, et des piles de vieux journaux partout. Mary empoigna le sac en papier brun qui contenait la barquette de saucisse fumée et le pain de seigle qu'elle avait achetés pour le déjeuner, et en prit une bouchée, l'esprit ailleurs. Comme s'il n'y avait pas assez de matière pour ses articles, il lui fallait aussi devenir photographe.

« Trouve-toi un appareil photo ! » lui avait suggéré Frank Nussbaum quand elle l'avait appelé pour lui proposer un papier sur l'École des Épouses. « Prends ces petites dames en train de faire la cuisine, de s'initier au culte du Führer… Bref, tout ce que tu veux.

— Et l'art de raconter une histoire avec des mots, tu en fais quoi ?

— Aujourd'hui les mots ne suffisent plus, Mary. Pour accompagner un sujet, il faut des photos. Sais-tu quel est le tirage du magazine *Life* ? Plus d'un million d'exemplaires chaque semaine.

— Mais je suis journaliste, Frank.

— Si tu peux aussi prendre des photos, tes articles n'auront que plus d'impact. Les images renforcent l'émotion. On joue sur la corde sensible. Regarde ce que fait Robert Capa en Espagne. »

Mary l'avait croisé, un jour, dans un bar de Madrid. Robert Capa était un jeune Hongrois qui avait changé d'identité et s'était réinventé lui-même, réinventant la correspondance de guerre du même coup. Ses photos étaient stupéfiantes. Qu'elle puisse un jour arriver à produire quelque chose de ce niveau était exclu.

« Pour l'amour du ciel, Frank, la photo est un art. On ne parle pas photos de famille à Coney Island, là.

— Alors sois une artiste !

— Mais il faut aussi être chimiste ! Il faut s'y connaître en… je ne sais pas moi, en révélateur, en fixateur, en chambres noires, ce genre de choses. Ce n'est pas mon rayon.

— Pour ça le bureau t'aidera. Laisse-les s'occuper du développement. Contente-toi de prendre les photos. Ça s'appelle le photojournalisme. Je compte sur toi, ma cocotte. Tu en es tout à fait capable.

— Et puis il faut que je me fasse enregistrer, maugréa-t-elle. Goebbels a décrété que tous les photographes doivent porter un brassard de presse. J'ai déjà eu du mal à obtenir mon accréditation. Je ne suis pas certaine qu'ils apprécient de me voir aussi avec un appareil photo. Je suis loin d'être Leni Riefenstahl.

— Je m'en charge. »

C'est ainsi que Mary était allée s'équiper d'un Zeiss Ikon Ikoflex, un robuste boîtier noir bi-objectifs avec un petit étui élégant. Elle avait appris à faire la mise au point à l'aide de la mollette placée sur le côté gauche, et à charger la pellicule. Elle se surprit à aimer ça. Même si elle aurait préféré que ses articles se suffisent à eux-mêmes. Mais Mary avait toujours été du genre à voir les choses du bon côté, sans compter qu'il y avait en Allemagne tellement de journaux et de magazines illustrés que, si elle devait se tourner vers le photojournalisme, Berlin n'était pas le plus mauvais endroit pour débuter. Du moment qu'elle n'avait pas à apprendre les aspects techniques comme la distance focale, la profondeur de champ, ou le passage d'un négatif à une photo de première page.

Et elle dut se rendre à l'évidence : Frank avait raison. Mary regrettait de ne pas avoir eu d'appareil photo en Espagne. Si elle avait pu prendre des photos de ce qu'elle y avait vu, des pauvres victimes de ces combats d'une violence inouïe, ses articles auraient eu beaucoup plus d'impact sur le public américain enclin à ne voir, dans la guerre civile espagnole, qu'un conflit de plus dans l'histoire déjà sanglante de l'Europe. Elle avait parfois eu du mal à décrire ce qu'elle voyait ; un appareil photo aurait fait son office.

Toujours est-il que de ce moment, elle emmena son Zeiss partout avec elle. Au ministère de la Propagande, pour commencer, où elle sollicita une accréditation de photographe de presse, ainsi que le brassard et l'insigne qui allaient avec. Malgré ce qu'avait pu dire Frank, ce n'était pas gagné. Son contact, Putzi

Hanfstaengl, l'ancien responsable de la presse étrangère – à moitié américain lui-même –, avait fui le pays en février, redoutant d'être assassiné. Il avait été convoqué au ministère de Goebbels où on lui avait enjoint de prendre l'avion pour l'Espagne. Mais il soupçonnait que leur projet était de l'éjecter en vol, et Hanfstaengl avait pris le premier train pour la Suisse. Depuis, Goebbels avait raconté que toute cette histoire d'assassinat n'était qu'une blague, ce qui était loin d'être rassurant. Il était de notoriété publique qu'il valait mieux ne pas se fier au sens de l'humour de Goebbels.

Bref, Mary allait devoir être particulièrement persuasive. Il lui faudrait peut-être même approcher le Hauptsturmführer Huber, le gros officier du Service de presse qui la lorgnait toujours pendant les interminables conférences de presse de Goebbels. Elle poussa un grognement, rien que d'y penser. C'était le seul homme à lui avoir proposé une sortie depuis son arrivée à Berlin. Et il fallait que ce soit ce balourd de nazi, avec sa tête de champion de boxe ayant fait un combat de trop.

Mary chassa cette image de son esprit et se lécha les doigts pleins de graisse à l'oignon. Elle ferait mieux de s'en occuper sans attendre. Avec son autorisation en main, elle pourrait retourner à l'École des Épouses dire à cette abominable Fräulein Wolff qu'elle était dorénavant autorisée à prendre toutes les photos qu'elle voulait. Elle pourrait en profiter pour voir s'il y avait eu du nouveau dans l'affaire de la fiancée assassinée.

## 23

Le Residenz-Casino, sur la Blumenstrasse, que les habitués appelaient le Rési, était l'endroit où tout Berlin allait se changer les idées. Sa piste de danse, qui pouvait accueillir un millier de personnes, résonnait de musique et de rires, et exhalait un cocktail détonnant de parfums bon marché. Des éclats lumineux tombaient des boules de miroirs à facettes fixées au plafond, arrosant les clients de mouchetures phosphorescentes. Mais la grande attraction du Rési, c'était les téléphones. La piste de danse était entourée d'une série de box d'où on pouvait appeler tous les autres. Il y avait même un système de tubes pneumatiques suspendus au-dessus des tables par lesquels on pouvait s'envoyer des cadeaux.

Vêtue d'une robe de satin noir agrémentée d'un simple rang de perles, Clara s'installa dans son box et observa la piste de danse en dessous. Elle avait passé la journée à remettre de l'ordre dans son appartement, replier les vêtements, les ranger dans les tiroirs, suspendre les robes, jeter la vaisselle brisée, et revérifier au passage si quelque chose avait été emporté. Il semblait bien que la réponse soit toujours non. Cela posé, l'autre question était de savoir si on y avait laissé quelque chose. Elle avait inspecté à fond tout l'appartement jusque dans ses moindres recoins, notamment derrière les radiateurs et les panneaux de la salle de bains. Elle avait dévissé les plafonniers ainsi que le combiné téléphonique, et inspecté le dessous de la table de nuit. Mais elle n'avait rien trouvé. D'une certaine façon, ce cambriolage portait la marque d'une descente de la Gestapo. On savait qu'ils pouvaient avoir la main lourde et qu'ils ne se souciaient guère de remettre les choses en place. Ils savaient bien que personne n'irait porter plainte. Pourtant, si c'était la Gestapo, ce capharnaüm indiquait qu'il ne s'agissait pas d'une fouille ordinaire. Le manque de délicatesse employé était un message à lui seul. Presque un avertissement. Mais à quel sujet ? Une fois de plus, les paroles d'Archie Dyson résonnèrent à ses oreilles. Profil bas. Ne fais rien. Mais ne rien faire ne suffisait pas, c'était évident.

Rudi, qui était remonté la voir, soi-disant pour lui remettre une lettre, avait regardé la scène du délit avec un intérêt non dissimulé. Personne n'était passé samedi devant sa loge, avait-il répété. Il les aurait vus. Peut-être s'étaient-ils introduits par la fenêtre de la cage d'escalier. Clara l'avait examinée. Il y avait bien dehors un minuscule rebord avec une rampe accessible à un cambrioleur déterminé mais la couche de vert-de-gris dont elle était recouverte était intacte. Non, ils étaient probablement passés par le rez-de-chaussée. Avaient-ils revêtu des tenues de personnel d'entretien et fait semblant de réparer l'ascenseur pour étudier le moyen d'entrer plus tard ? Étaient-ils arrivés samedi, sachant que Rudi était toujours dehors ce soir-là, ou bien avaient-ils attendu le dimanche matin, alors qu'il était encore en train de cuver ?

« Que vous ont-ils pris ? s'était enquis Rudi.

— Rien d'important, avait nonchalamment répondu Clara, se gardant bien de fournir une quelconque information à Rudi.

— Peut-être que vous n'aviez pas ce qu'ils cherchaient », avait-il commenté en haussant les épaules et jetant un regard libidineux autour de la pièce en quête d'une preuve de débauche. Ses petits yeux s'étaient allumés en voyant un soutien-gorge accroché au dossier d'une chaise. Il était reparti à contrecœur, disant que l'homme à tout faire passerait dans l'après-midi pour réparer la porte. Aussitôt après son départ, Clara avait ouvert l'enveloppe qu'il avait apportée. Elle y avait trouvé une note brève de Ralph, qui l'invitait à discuter de son « dernier rôle ».

Ses pensées furent interrompues par la sonnerie du téléphone qui était sur sa table. Elle décrocha.

« Diablement amusant, ces trucs-là, vous ne trouvez pas ? Il devrait y en avoir dans tous les bars. Les vieux couples mariés ne resteraient plus assis côte à côte sans se parler. Ils pourraient se contenter de décrocher le téléphone en disant "Moi, j'ai pris un gin-tonic". »

Les inflexions enjouées de Ralph étaient parfaitement reconnaissables. Ç'aurait pu être n'importe quel Anglais de sortie en ville. Entendre sa voix la mit aussitôt de bonne humeur.

« Où êtes-vous ?

— Regardez sur votre droite. »

Il était installé à quelques tables d'elle, un bras passé derrière le dossier de sa chaise, une bouteille de champagne et deux flûtes devant lui. Il était en tenue de soirée, les cheveux gominés plaqués en arrière, le nœud papillon desserré. C'était un touriste, bien décidé à profiter au maximum de son séjour à Berlin, à mille lieues de la politique.

« Ça vous dit de vous joindre à moi ? En réalité, je déteste parler au téléphone. »

Elle le rejoignit à sa table. Il l'embrassa sur la joue, brève et virile caresse de peau chaude sentant l'eau de Cologne, puis il servit le champagne. Il en prit une gorgée et fit la grimace.

« Ce qu'ils servent ici est infect. » Elle remarqua que son regard balayait la salle pendant qu'il parlait, et qu'il s'attardait sur une femme exceptionnellement belle en robe très décolletée, accoudée au bar. « Et Munich, alors, comment était-ce ? Jolie ville, n'est-ce pas ?

— Très. Ils ont des musées incroyables, là-bas. Et vous, très occupé ?

— Je n'ai pas arrêté. La Luftwaffe organisait des manœuvres près de Francfort, pour exhiber leurs dernières productions. Ils avaient invité une poignée d'attachés militaires étrangers ; je les ai accompagnés. Le fait est que leurs avions sont vraiment impressionnants. Surtout les chasseurs Messerschmitt et les bombardiers Dornier. Il devait y avoir au moins treize cents appareils. Ils en sont très fiers.

— Et ils veulent que tout le monde le sache, c'est ça ?

— La Luftwaffe a décidé que l'heure était venue de déployer ses ailes en public. Ils espéraient y attirer aussi le duc de Windsor, mais il était au fond d'une mine à Düsseldorf ou je ne sais où, le pauvre.

— On dirait que tout le monde a pitié du duc.

— Et pour cause. » Ralph se caressa la moustache d'un geste frivole. « C'est incroyable, ce tapage de la presse anglaise autour de sa vie privée. Nous sommes au bord d'une crise internationale qui pourrait menacer des milliers de vies, et le public britannique semble n'avoir pour préoccupation que les mœurs de son ex-souverain.

— Vous pensez que ça ne compte pas ? »

Il la regarda et fronça les sourcils.

« Je parle de mœurs sexuelles. J'ai toujours pensé que ce que deux personnes font au lit ensemble ne regarde qu'elles. Pas vous ? »

Sa remarque remua quelque chose en elle, et Clara changea de position sur son siège. À cet instant, elle eut la sensation que son corps était mûr, prêt, parfaitement vivant, comme si quelque chose d'animal en elle lui répondait. Ce dont elle s'étonna. Comment pouvait-elle ressentir cela compte tenu de la muflerie de Ralph Sommers, sans parler du traumatisme causé par le cambriolage ? Cette effraction avait encore renforcé son sentiment de vulnérabilité. Elle ne pouvait pas marcher dans la rue sans craindre d'être suivie. Peut-être était-ce comme ce que l'on dit des pilotes et des soldats, qu'ils ne se sentent jamais aussi vivants que sous la menace du danger. Elle espérait juste qu'il ne l'avait pas vue rougir.

« Bien entendu, poursuivit-il, les journaux britanniques ne font que rattraper le temps perdu. Ils ont ignoré Wallis pendant des années, alors que toute l'Europe était au courant. Ils font la même chose, à présent, avec le réarmement. Il y a un mur de silence. La presse se moque de Churchill et de ses craintes à l'égard du militarisme allemand, parce qu'elle n'ose pas dire la vérité. C'est comme si elle pensait que le public ne le supporterait pas. Il le faudra bien, pourtant ; et plus vite qu'on ne le croit. »

À cet instant un cri retentit à quelques mètres d'eux, auquel Ralph répondit par un grand sourire. Il salua de la main une tablée d'hommes qui riaient en le regardant et lui faisaient signe de venir se joindre à eux. Il reprit le masque affable de l'homme du monde qui mène grand train à Berlin en compagnie d'une belle actrice. N'importe qui aurait pu croire à un beau couple passant une soirée en ville en les voyant. Revenant à Clara il se pencha, lui tapota la main et dit : « Ce n'est pas possible, on ne peut pas parler ici.

— Alors pourquoi m'y avez-vous invitée ? C'est probablement l'endroit le moins tranquille de Berlin.

— Précisément pour cette raison. Vous m'avez dit que vous étiez peut-être surveillée et je voulais en avoir le cœur net.

— Le suis-je ?

— Seulement par moi. »

En quittant le Rési, il héla un taxi qui les conduisit Duisburger Strasse. L'appartement était froid et sombre. Il alluma et l'aida à se débarrasser de son manteau.

« Désolé. Vous vous attendiez sans doute à un bon dîner. Au lieu de quoi vous vous retrouvez dans l'appartement d'un vieux célibataire qui n'a rien d'autre qu'une demi-bouteille de bourbon à vous proposer. »

Il en versa une généreuse rasade dans un verre qu'il posa sur la table basse, puis fouilla dans le placard et en sortit quelques biscuits qu'il plaça comme un trophée devant elle.

« Alors, ça progresse avec notre Oberst Strauss ? »

Elle fit sobrement état de son succès. « Frau Goering m'a invitée à une réception qu'ils donneront en l'honneur du duc et de la duchesse dans leur rendez-vous de chasse. Strauss y sera également. »

Il hocha la tête. « Je suis impressionné. À Francfort, tous les gars de la Luftwaffe parlent de la petite sauterie des Goering. Il semblerait qu'elle ait un but stratégique. Apparemment, Hitler doit faire une proposition importante au duc après, quand il descendra à Berchtesgaden. La réception chez Goering est censée le mettre en confiance. »

Elle s'assit et croisa les jambes.

« J'espère que vous allez finir par me dire de quoi il retourne.

— Je vous dirai tout le moment venu. L'autre jour, vous m'avez dit que Strauss vous avait emmenée voler mais que vous ne vous souveniez pas des détails. Je suppose que c'est tout le contraire.

— C'était un Henschel HS 126. Un biplace. Le troisième prototype sur une série de dix en phase de tests. »

Il leva un sourcil. « Excellent. C'est bien ce que je pensais.

— Que voulez-vous dire ?

— D'après ce que j'ai compris, Strauss dépend d'une nouvelle division de la Luftwaffe appelée l'Escadron des projets spéciaux. Elle est reliée au Service du Renseignement. C'est une unité opérationnelle dirigée par un homme qui s'appelle Theodor Rowehl. Il recrute des pilotes et met des avions au point dans le but de développer la reconnaissance aérienne. »

Ralph sortit une Senior Service de son paquet, puis le poussa vers elle.

« Vous comprenez ce que je veux dire par reconnaissance aérienne, n'est-ce pas ?

— Vous pourriez peut-être me l'expliquer, dit-elle en prenant une cigarette.

— Les Allemands l'ont expérimentée pendant la guerre. Ils ont fixé des appareils photo miniaturisés sur la gorge de pigeons qu'ils ont envoyés au-dessus des champs de bataille.

— Des pigeons ! » Clara ne put s'empêcher de rire, mais il était sérieux.

« Authentique. C'était ingénieux mais encore assez rudimentaire. On a fait beaucoup de progrès depuis. Voyez-vous, Clara, la stratégie de guerre-éclair initiée par notre ami Udet exige une connaissance approfondie du terrain. Si vous fondez en piqué avec une charge de bombes, vous avez intérêt à savoir à l'avance avec précision quels sont vos objectifs. Il vous faut des photos aériennes détaillées.

— Je vois.

— Ils doivent donc pratiquer la photo aérienne. Mais, jusqu'à présent, le renseignement militaire allemand avait un problème. Il ne pouvait pas effectuer de vols avec les avions de la Luftwaffe ; c'eût été une violation de l'espace aérien d'autres pays, pour ne pas dire un signal clair quant à leurs intentions, si bien qu'ils utilisaient des appareils photo dissimulés sur des avions de ligne et d'autres vols commerciaux. Ils ont déjà pris des photos de Pologne, de Belgique, de France et de Russie. Ils ont ainsi pu cartographier les usines, les centrales électriques, le réseau ferré, les réservoirs et les installations portuaires.

— Mais pourquoi ?

— À votre avis ? poursuivit-il, non sans une certaine brusquerie. L'idée, c'est de sélectionner des objectifs en cas de guerre. »

Il lui lança un regard interrogateur pour voir si elle suivait.

« Alors c'est vraiment sérieux ?

— On ne peut plus sérieux. Et si la guerre éclate, le général von Fritsch, chef d'état-major de l'armée, dit que ce sont ceux qui disposeront de la meilleure reconnaissance aérienne qui l'emporteront. C'est une course de vitesse et, pour l'heure, les Allemands nous dépassent, et de loin. Notre Service du renseignement de l'armée de l'air est conscient que nous devons impérativement développer notre propre reconnaissance photographique. Nous devons suivre les préparatifs militaires allemands, savoir où sont déployées les troupes, où sont armés les vaisseaux, où sont assemblés les avions. Nous avons besoin d'avoir un œil sur ce qui se passe dans leurs usines, sur les appareils qu'ils construisent. De pouvoir distinguer si une installation au sol est militaire ou si c'est une usine banale. Vous me suivez ? »

Elle acquiesça. La tête lui tournait de n'avoir rien mangé de la journée, surtout sous l'effet du bourbon et des cigarettes.

« Vous disiez que les Allemands avaient un problème ?

— Exact. La Luftwaffe veut développer son propre avion de reconnaissance aérienne, mais se heurte à deux difficultés : les performances et le rayon d'action de l'appareil d'un côté, de l'autre le champ de la prise de vues. Ils sont donc occupés sur les deux chantiers. Ils sont résolus à développer un avion adapté à cette mission, et ils tentent de mettre au point des objectifs photographiques capables de produire des images d'une très grande précision. C'est la tâche la plus délicate, car au-dessus de deux mille cinq cents mètres d'altitude, la plupart des objectifs s'embuent à cause de la condensation. Et à une altitude inférieure, l'avion est bien trop visible.

— Et qu'est-ce qu'Arno Strauss a à voir là-dedans ?

— Strauss est chargé du développement et des essais des appareils photo sur le nouvel avion. J'ai appris récemment qu'il était chargé de mettre au point quelque chose d'encore bien plus excitant. Un appareil photo révolutionnaire pour la reconnaissance aérienne, équipé d'un objectif plus performant que tout ce qui existait jusqu'ici, le tout ne dépassant pas la taille d'un sac de dame. Les appareils photo allemands sont les meilleurs du monde. Vous avez entendu parler de Zeiss ? Eux et Leica fabriquent les objectifs les plus sophistiqués. Toujours est-il qu'il a fallu des années au département photo de Zeiss pour développer ça. L'utilisation d'une pellicule infrarouge permet également des prises de vues de nuit. C'est une véritable percée technologique, semble-t-il, qui va leur être extrêmement utile. »

Il se pencha plus près d'elle, tenant son whisky entre ses mains.

« Ce qu'il nous faut, ce que je voudrais vraiment, c'est en savoir plus sur cet appareil photo.

— Mais vous-même avez vos entrées dans la Luftwaffe. Vous venez de me dire qu'ils vous montrent tous leurs nouveaux modèles d'avions de chasse.

— Oui, mais ça c'est top secret, Clara. Seuls les nazis y ont accès.

— Alors je ne vois pas comment je pourrais vous aider.

— Laissez-moi vous expliquer. Cet appareil photo est placé dans une baie, derrière le siège arrière de l'avion, juste à côté de l'endroit où se trouve la mitrailleuse dans un bombardier. Mon contact me dit que Strauss doit effectuer un essai de l'appareil photo dans les quinze prochains jours, probablement sur un Henschel 126, comme celui dans lequel il vous a emmenée faire une virée. Ce que j'aimerais, c'est avoir plus d'informations sur cet appareil photo. Comprendre ses performances. Niveau de résolution, distance focale, et ainsi de suite. Ça pourrait faire toute la différence.

— En cas de guerre ?

— J'irais jusque-là, oui. Si nous pouvons rivaliser avec la reconnaissance aérienne des nazis ce sera comme… ma foi, voir correctement. Avoir une tout autre perspective. Que dit ce type dans la Bible ? *Pas dans un miroir, obscurément…*

— *Car maintenant, nous voyons dans un miroir, obscurément, mais alors, nous verrons face à face*[1].

1. Corinthiens, 13-12.

— C'est ça.

— Je ne vois toujours pas en quoi je pourrais vous aider. »

Il fit la grimace et pianota sur le bras du fauteuil.

« Moi non plus, pour l'instant. Il faut attendre qu'une occasion se présente. Mais vous comprenez qu'Arno Strauss est la cheville ouvrière dans cette affaire, n'est-ce pas ? L'homme clé. C'est pour cette raison qu'au cours de cette réception chez Goering… » Il la regarda avec insistance. « Il est essentiel que vous soyez amicale, ou plus précisément que vous…

— Je comprends, l'interrompit-elle avec brusquerie. Je sais ce que je dois faire. Cultiver Strauss. » Elle écrasa dans le cendrier son mégot cerclé de rouge à lèvres, puis dit : « Désolée, je ne voulais pas être cassante. La journée a été longue. »

Son regard erra sur elle, s'attarda sur ses cernes, sa pâleur. Il essayait de lire en elle. Il avait sûrement remarqué que sa robe, jetée n'importe comment lors du cambriolage, après avoir été arrachée de son cintre, était froissée. Peut-être se demandait-il pourquoi une femme telle que Clara sortait sans paraître à son avantage. Il avait sûrement aussi remarqué qu'elle était ailleurs, compris qu'elle était soucieuse. Clara avait une envie folle de lui parler du cambriolage, et même de la dispute avec Erich, mais elle resta silencieuse. Il lui fallait d'abord découvrir la vérité par elle-même.

« Pourquoi êtes-vous là, Clara ? Pourquoi faites-vous cela ?

— Je pourrais vous poser la même question.

— Vous pourriez tout laisser tomber demain. Rentrer en Angleterre. Reprendre votre carrière sur les planches. Redevenir la coqueluche de l'Eastbourne Pavilion.

— Peut-être que je préfère le cinéma. »

Il parut ignorer sa réponse. Son regard, d'une grande intensité à cet instant, semblait déterminé à percer ses défenses.

« Il faut que vous sachiez qu'il y a un appareil terrifiant là dehors, qui n'aurait pas le moindre scrupule à vous boucler ou à vous envoyer dans un camp où vous ne reverriez jamais la lumière du jour. Vous n'avez pas vu ces camps – moi, si. Connaissez-vous les peines encourues pour espionnage ?

— Vous ne me posez pas sérieusement la question, j'espère. »

Chaque jour, les journaux rendaient compte d'arrestations pour trahison de la Mère Patrie, de verdicts et de sentences rendues avec un luxe de détails. Quand elle tombait sur ce genre d'articles, Clara les lisait, horrifiée, mais la plupart du temps elle s'efforçait de les éviter. Elle détournait le regard.

« S'il arrivait quelque chose, personne ne serait vraiment en mesure de vous venir en aide. Malgré toutes les relations de votre famille. En fait, la Gestapo voit d'un très mauvais œil l'espionnage pratiqué par ceux qui sont les plus proches de l'élite nazie.

— Je sais.

— Alors pourquoi restez-vous ? »

Elle n'appréciait pas du tout le ton qu'il avait adopté. Ils ne discutaient pas d'un emploi quelconque. Il n'était pas un de ces types en costume à rayures tennis chargé de la cuisiner pour un recrutement de fonctionnaire.

« Je peux être utile.

— Mais vous n'avez pas de liens affectifs ? Pas de petit ami ? Pas d'amant ?

— Il y a quelqu'un, à vrai dire. Quelqu'un à qui je tiens énormément. Il s'appelle Erich. »

Comme un joueur d'échecs scrutant son adversaire, elle remarqua chez lui un battement de cils involontaire.

« Ah. Je vois. »

Elle marqua un temps, délibérément, puis ajouta : « C'est un adolescent. Une sorte de filleul. Le fils d'une amie qui est morte. Je m'occupe de lui. Il vit avec sa grand-mère à Neukölln, mais je le vois souvent et je l'aide un peu financièrement. Il n'a pas non plus de père et je ne voudrais pas qu'il se sente seul au monde. Avant de mourir, mon amie Helga m'a demandé de m'occuper de lui. Ce furent ses dernières paroles. »

Ralph se laissa aller en arrière tout en se passant la main dans les cheveux. « Pauvre gamin, perdre ses parents. Je crois comprendre ce qu'il peut ressentir. Mes parents n'ont pas été très présents. On m'a expédié en pension à l'âge de sept ans.

— Vous n'avez pas aimé ?

— C'était dans le Sussex. Hardingly Hall, typique de ce genre d'établissement. Pas dur, mais pas très accueillant non plus, même si ça m'a terrifié la première fois que je l'ai vu. Tous ces créneaux, ces tourelles gothiques, il y a de quoi ficher une trouille bleue à un gamin. Une liste longue comme le bras d'anciens élèves appartenant à la haute administration ou au clergé, qui ont tous passé leurs années de formation à chanter *Je me voue à toi, mon pays*, se bardant d'une armure invisible pour que nul ne sache jamais s'ils se sentaient seuls ou malheureux. Savoir discipliner ses émotions est la vertu cardinale d'un endroit comme Hardingly. C'est une machine à produire des hommes destinés à administrer l'Empire. Elle les prend à sept ans, s'ennuyant de leur famille et appelant leur mère, les intègre dans une chaîne de fabrication qui les endurcit comme de l'acier, et votre produit fini est un gars capable de s'adapter à n'importe quelle situation, n'importe où dans le monde. À l'aise dans un cocktail, excellent derrière un bureau, habile au cricket. Sachant très bien déchiffrer des inscriptions de pierres tombales en latin. Parfaitement capable de se suffire à lui-même et de vivre seul, sans l'aide de personne. L'ennui, c'est que certains n'arrivent pas à échapper à ce modèle.

— Est-ce là que vous avez connu votre ami ? Tom Roberts ?

— Tom est la meilleure chose qui me soit arrivée à Hardingly. Ce qui est drôle c'est qu'au début, je ne l'aimais pas. Sa famille était galloise et d'un milieu très simple. En fait, il bénéficiait d'une bourse et les autres garçons ne manquaient pas une occasion de le lui rappeler.

— Comment êtes-vous devenus amis ? »

Il réfléchit un instant. « Je pense que ce qui nous a rapprochés, c'est que nos pères étaient tous les deux pasteurs. Autrement dit, je comprenais sa façon d'aborder les choses. Au bout d'un certain temps, après que ses deux parents sont morts, il est venu passer ses vacances chez nous. Tom était le type le plus raisonneur que j'aie jamais connu. Quand on ne se disputait pas à propos de politique, on se querellait à cause du cricket, mais il était comme un frère pour moi. »

Ces quelques instants de souvenirs avaient modifié l'atmosphère entre eux. Il enleva sa veste, ôta son nœud papillon et desserra son col de chemise.

« Et vous, Clara ? Je suppose que vous avez eu une enfance idyllique quelque part dans la région de Londres. »

Clara ne répondit pas tout de suite. Il n'avait pas tort, du moins en partie. Son enfance était comme une tapisserie avec un accroc au milieu, du bonheur suivi de quelque chose d'effroyable. Quand elle repensait au passé, des images sans rapport les unes avec les autres lui revenaient en mémoire. Angela lui apprenant à jouer *La Lettre à Élise* au piano. Leur ancienne maison avec ses pierres moussues couvertes de roses anciennes, son allée d'arbres fruitiers en espaliers et de buis taillés où les enfants jouaient à cache-cache. Sa mère jardinant en chapeau de paille et tablier de lin. Des vacances glaciales sur les plages britanniques, où le sable se glissait partout dans leur pique-nique, son père organisant des jeux.

« Ce fut assez idyllique, oui, sans doute, jusqu'à ce que ma mère meure. Ensuite, tout a changé. »

Tout avait changé, était devenu plus morose, moins spontané. La famille s'accommoda plus ou moins de ses blessures, naviguant à vue, comme si elle craignait de les rouvrir. Les sœurs se parlèrent moins et Kenneth se donna tout entier à sa passion pour le sport. Leur père se replia sur lui-même, chacun marchant sur des œufs autour de lui. Lorsqu'elle arriva pour la première fois à Berlin, Clara fit brutalement l'expérience d'une grande liberté, comme si elle parvenait enfin à s'émanciper de sa famille, de son statut social, de son passé. Comme elle le découvrit plus tard, elle faisait totalement fausse route.

Ralph, penché en avant, la regardait intensément, attendant qu'elle poursuive, et Clara éprouva soudain le besoin d'en dire plus. D'atteindre celle qui se cachait sous la carapace qu'elle s'était peu à peu construite. Parler comportait un risque, mais elle était déjà allée trop loin pour s'en soucier.

« Quand je suis arrivée ici, j'ai découvert autre chose. J'ai un quart de sang juif. Ma grand-mère Hannah était juive, mais ma mère nous l'avait toujours caché. Je crois que mon père en avait honte. »

Il inclina la tête d'un air interrogateur.

« Vous avez un quart de sang juif ? Mais comment avez-vous réussi à travailler à l'Ufa, alors ? Le ministère n'exclut-il pas les gens qui ont un quart de sang juif ? Je sais qu'il y en a encore un certain nombre qui ont réussi à s'y maintenir, mais en falsifiant leurs papiers. »

Clara repensa à ce jour où Leo Quinn était parti. À la dernière enveloppe qu'il lui avait laissée, livrée en main propre et ne portant que son nom. C'était un cadeau. L'œuvre d'un maître artisan, réalisée avec autant de soin et de savoir-faire que n'importe quel bijou. Sauf que ce n'était pas un bijou mais un arbre généalogique complet, du genre que l'on pouvait acheter dans une papeterie, retraçant votre généalogie sur trois générations. Il était bien à son nom mais sa grand-mère avait été transformée en Aryenne. Le sang juif de Clara avait été détourné vers d'autres canaux. Ce document portait le cachet officiel du bureau de la race – ou plutôt celui d'un contact de Leo dont les contrefaçons étaient très appréciées des services secrets britanniques.

« Quelqu'un m'a procuré les papiers nécessaires.

— Quelqu'un qui pensait beaucoup de bien de vous, alors.

— Sans doute, oui. »

Ralph se leva et se tint devant elle, puis il lui prit la main, la retourna, exposant la peau blanche, légèrement bleuâtre, de son poignet, comme pour examiner le sang récemment christianisé qui coulait dans ses veines. Le contact l'électrisa. Elle se sentit mise à nu, comme écorchée.

« Je peux comprendre pourquoi. »

Il l'attira à lui pour qu'elle se lève et déplaça sa main vers les perles qu'elle portait à son cou, prit le temps d'en sentir la chaleur, puis continua jusqu'à l'épaule de sa robe, l'écartant juste ce qu'il fallait pour découvrir la bretelle de sa combinaison en crêpe de Chine rose pâle. Clara s'approcha de lui en sorte qu'ils ne furent plus séparés que par quelques centimètres d'air vibrant. Excitée, levant son visage vers le sien, elle vit ses yeux se troubler de désir. Elle imaginait déjà la suite : le baiser, ses mains glissant sur le satin de sa robe, puis l'instant où il la prendrait dans ses bras en une forte et irrésistible étreinte. Tous ses sens étaient en éveil, aiguisés par une chaude senteur de citron vert et de tabac mêlée au coton amidonné de sa chemise. Chaque particule de peau en elle était en phase avec lui. Mais malgré ce courant d'attraction, elle sentit aussi une résistance. Ralph lui lâcha l'épaule pour lui toucher le bout des doigts, puis les repoussa en douceur du bout de ses propres doigts.

« Pardonnez-moi. Je n'ai aucune excuse.

— Il n'y a rien à pardonner.

— J'aurais dû me dominer.

— M'avez-vous sentie protester ?

— Même. Il ne faut pas.

— Pourquoi dites-vous ça ?

— Ce n'est pas facile à expliquer. »

Elle demeura ainsi, haletante, le cœur battant, la gorge sèche, comme étourdie, chaque parcelle de son corps vibrant de désir. Il avait réveillé en elle une douleur qui avait un urgent besoin d'être apaisée.

Il se détourna, enfonça les mains dans ses poches.

« Alors… vous voulez que je parte ? »

Il resta le dos tourné, les omoplates tendues.

« Je pense que cela vaudrait mieux.

— Très bien, alors je m'en vais. »

Faisant appel à une force qu'elle ne pensait pas avoir, elle tourna les talons, attrapa son manteau, et sortit de l'appartement.

## 24

Le Dr Theo Morell était le médecin des stars. C'était un dermatologue à l'origine, corpulent, presque chauve, dont le cabinet, situé sur le Ku'damm, pratiquait des honoraires élevés. Son mariage avec l'actrice Hanni Moller lui avait apporté toute une clientèle d'acteurs désireux de se débarrasser d'une verrue ou d'un grain de beauté, ou qui lui demandaient de remédier à d'autres imperfections peu photogéniques. Il s'était également spécialisé dans les « injections de vitamines » censées produire un regain de vitalité instantané, sans doute parce que les amphétamines en étaient le principal ingrédient. L'un des premiers patients de Morell avait été Heinrich Hoffmann et c'était par son entremise que Morell, choisi par Hitler comme médecin personnel, était parvenu à soigner les crampes d'estomac dont souffrait le Führer. Cet exploit avait valu à Morell un tel succès que nombreux étaient les hauts dignitaires nazis qui se pressaient désormais dans sa salle d'attente. Il était donc le médecin le plus célèbre du Troisième Reich et ce jour-là, il avait été appelé à l'Ufa pour procéder à une série d'injections sur le Doktor Goebbels, par ailleurs en excellente santé.

Clara, assise à l'extérieur du bureau de Goebbels, trompait sa nervosité en feuilletant la dernière édition de *Filmwoche.* Elle s'arrêta sur la photo d'une étoile montante, une de ces nombreuses actrices à qui Goebbels avait imposé une chirurgie du nez pour corriger une apparence par trop sémite. Ce n'était un secret pour personne que la chirurgie esthétique figurait au nombre des avantages annexes offerts par Goebbels à ses protégées, et la plupart d'entre elles ne pouvaient pas faire autrement qu'accepter. « Méfie-toi, avait ironisé Albert, quand Clara était partie à la réunion, ce matin-là. Ne laisse pas Joseph mettre ses pattes sur ta jolie frimousse. » Dans le cas de la fille du magazine, en tout cas, la chirurgie avait été payante. Elle venait d'obtenir un premier rôle dans un grand film biographique consacré à Frédéric le Grand.

Ce matin-là, des bruits à donner la chair de poule couraient dans les couloirs de Babelsberg comme des pages de journal dans le vent. L'actrice Gisela Wessel avait été arrêtée puis envoyée au camp de concentration de Moringen, un camp de femmes situé en Basse Saxe. Interrogée Prinz Albrecht Strasse, elle aurait avoué avoir effectué une livraison dans la boîte aux lettres de l'attaché commercial soviétique après avoir été vue en train de transmettre ces informations par deux agents de la police secrète. Rien qu'en pensant à la manière dont les aveux de Gisela avaient été obtenus, Clara frissonna. Ce que lui avait dit Ralph la veille résonnait encore à ses oreilles.

« *Il faut que vous sachiez qu'il y a un appareil terrifiant là dehors, qui n'aurait pas le moindre scrupule à vous boucler ou à vous envoyer dans un camp où vous ne reverriez jamais la lumière du jour.* »

Clara avait eu besoin de rassembler toutes ses forces pour partir de chez lui, et la douleur qu'il avait réveillée en elle avait persisté jusqu'au bout de la nuit. La caresse avait été brève mais après la surprise, le frisson, l'euphorie provoquée par ses mains l'avait laissée dans l'attente d'une autre rencontre.

L'appel inattendu du bureau de Goebbels à 7 heures du matin avait tout de même réussi à chasser Ralph de ses pensées. Le ministre de la Propagande qui se rendait à Babelsberg ce jour-là, lui dit une secrétaire à la voix blanche, espérait que Fräulein Vine pourrait venir lui rendre visite à 11 heures. Clara alla rapidement exhumer d'un tiroir une broche en forme de croix gammée incrustée de diamants. C'était un cadeau de Goebbels lui-même, qui espérait bien, par ses largesses, amener la jeune femme à lui rapporter les ragots qu'elle aurait entendus dans le milieu des femmes nazies. Elle la piqua à son revers.

Le Dr Morell apparut à la porte, suivi de Goebbels, qui se frottait vigoureusement les mains, comme pour en ôter un sang invisible.

« Morell me disait à l'instant qu'il a du travail par-dessus la tête. Que presque tous nos hauts responsables font appel à ses services. Seigneur, quelle bande de bras cassés ! »

Goebbels lui-même était plutôt soigné, malgré son infirmité, et apparemment en pleine forme. Il portait un costume gris perle impeccablement coupé et des chaussures en cuir verni très voyantes. Il déplaçait sa mince silhouette avec une vigueur malfaisante, traînant un miasme d'après-rasage Tarr de Scherk derrière lui.

« Entrez, Fräulein Vine. » Il l'invita à prendre un siège, puis, désignant une boîte à cigarettes en argent et le briquet assorti placés sur son bureau, il dit : « Le Führer m'a envoyé un si charmant cadeau pour mon anniversaire ; j'ai été bien en peine de trouver comment lui rendre la pareille. Mais pour Noël, j'ai décidé de lui offrir une série de dessins animés de Mickey. Qu'en pensez-vous ? Je sais qu'il adore Mickey Mouse. »

Était-ce une blague ? Goebbels savait-il que Mickey Mouse était son sobriquet ? Clara décida que non, cela n'en était probablement pas une. Le sens de l'humour de Goebbels s'appliquait rarement à lui-même.

« C'est une excellente idée.

— Merci. » Il s'installa dans un fauteuil et croisa les jambes de façon à dissimuler son pied bot. Goebbels aimait venir aux studios. C'était l'occasion pour lui d'adopter le rôle d'arbitre de la culture dont il rêvait depuis l'époque où il écrivait ses interminables romans, dans sa ville natale de Rheydt, les proposant à des maisons d'édition qui les lui renvoyaient chaque fois accompagnés de lettres de refus et de sévères critiques. Des maisons d'édition juives pour la plupart à qui il avait, depuis, fait payer leurs erreurs d'appréciation littéraire.

Clara jeta un coup d'œil autour d'elle. Parmi un certain nombre d'affiches encadrées de films de l'Ufa, tels que *La Lumière bleue*, *Le Jeune Hitlérien Quex* et *Les Roses noires*, il y en avait une des *Patriotes*, le dernier film à grand budget dont Lìda Baarovà était la vedette. C'était un film à suspense racontant l'histoire d'un courageux soldat allemand abattu par les Français et secouru par une rebelle française. Sur l'affiche, on voyait Baarovà et l'héroïque soldat, incarné par le séduisant Mathias Wielan, enlacés. Quelle dose de masochisme fallait-il avoir pour, toute la journée, s'infliger le spectacle de la femme qu'on aime embrassant un autre homme ? Mais on ne comptait plus les goûts bizarres des nazis. À côté de ces affiches, l'habituelle sélection d'œuvres agréées par le Reich – des nus teutons sans charme, convenablement couverts de voiles vaporeux, de robustes paysans dans un champ de blé. Goebbels ne les avait certainement pas choisies lui-même. Il avait aimé l'œuvre de l'expressionniste Emil Nolde jusqu'à ce qu'il soit en fin de compte décidé que ce dernier irait rejoindre les rangs des artistes dégénérés.

Goebbels suivit le regard de Clara. « Je sais ce que vous pensez. Je devrais demander à Herr Speer de redécorer cet endroit, mais il est très occupé ces temps-ci. Il se trouve que je viens de lui demander de réaliser un film sur les liens existant entre les races et l'architecture. Je suis sûr que vous ne pensiez pas qu'il y avait des liens entre les races et l'architecture, n'est-ce pas ? » Il sourit pour montrer que sa question était de pure forme. « Quoi qu'il en soit, Fräulein, je voulais vous dire qu'on m'a demandé d'envoyer une sélection de films à Obersalzberg. Le Führer apprécie de visionner les films les plus récents dans une atmosphère détendue et j'ai décidé d'y inclure *Madame Bovary.* »

— Merci, Herr Reich Minister. » C'était une surprise pour Clara, car des rumeurs commençaient à circuler au sujet de Pola Negri, la vedette du film. Elle n'était rentrée des États-Unis qu'à contrecœur et parce qu'elle avait perdu une fortune dans le krach de Wall Street, mais il se disait à présent qu'elle avait du sang juif. Et qu'elle ne tarderait pas à repartir.

« J'aime *Madame Bovary.* Je pense que c'est une histoire intéressante, très morale. L'infidélité chez les femmes n'est jamais attrayante. Je suis sûr que ça plaira au Führer. Il a un faible pour les histoires d'amour. Voyez toutes ces opérettes auxquelles il assiste.

— Ce n'est pas tout à fait la même chose. »

Goebbels rit, comme s'il s'était laissé aller à une plaisanterie audacieuse. « Bien entendu, je partage votre réserve, Fräulein. L'opérette est un genre que je n'ai jamais aimé. Mais dans la vulgaire sensualité juive que vous voyez chez ces filles qui s'exhibent nues au Wintergarten, moi je vois une saine exubérance de nature à stimuler la natalité ! Tout dépend de quel point de vue on se place. »

Clara savait que cet étalage de cynisme auquel Goebbels se livrait devant elle n'avait d'autre but que de lui faire baisser sa garde. L'amener à faire des commentaires qui pourraient être utilisés contre elle ultérieurement.

« Mais laissons là le goût du Führer pour l'opérette ; c'est d'un autre sujet que je voulais vous entretenir, ce matin. »

Le vrai sujet.

« Je voulais vous parler de nos amies les Mitford. Fräulein Mitford et Frau Mosley, devrais-je dire. Des jeunes femmes adorables ; mais je me demandais… » Il agita sa cigarette en l'air, comme s'il ne savait trop comment formuler sa question. « Je me demande si elles incarnent vraiment l'âme du peuple anglais. Qu'en pensez-vous ?

— J'en suis persuadée. »

Clara savait que le père des sœurs Mitford était un cousin de l'épouse de Winston Churchill. Hitler, qui devait aussi connaître ce lien de parenté, se disait sans doute que ces femmes avaient le pouvoir d'infléchir l'opinion dans les hautes sphères de l'establishment anglais. Goebbels, lui, était plus clairvoyant.

« Unity est étonnante, non ? Elle m'a envoyé un exemplaire du *Tatler*, un magazine anglais dans lequel elle a entouré les photos des gens qui pourraient être réceptifs à notre cause.

— Quelle efficacité !

— Magda dit qu'elle cache un rat vivant dans son sac à main.

— Les Anglais aiment beaucoup les animaux, commenta Clara. Unity emmenait toujours son mouton domestique dans la voiture de seconde classe du train Oxford-Londres. Je crois même qu'elle possède un serpent. Il s'appelle Enid.

— Un serpent ? » Il eut une grimace de dégoût. « J'espère qu'elle l'enferme. Nous la connaissons depuis plusieurs années, c'est vrai, et ma femme est bien plus proche d'elle que moi, mais elle a l'air d'une jeune femme très… émotive. Son attachement au Führer est aussi fort que si elle était allemande.

— Encore plus, si c'est possible. Unity dit qu'elle a vécu le plus grand moment de sa vie le jour où, assise aux pieds du Führer, celui-ci lui a passé la main dans les cheveux. »

Goebbels parut très surpris.

« Vraiment ? »

Avoir distillé une information ayant échappé au réseau tentaculaire de Goebbels pouvait certes procurer une certaine satisfaction à Clara. Cela étant, elle devait rester prudente. Goebbels comptait sur elle pour lui rapporter des potins qui lui avaient échappé, mais il fallait qu'ils soient inoffensifs. Sans grande importance.

« Elle est très enthousiaste, en tout cas. Quand elle revient en Angleterre, elle fait le salut hitlérien à tous les commerçants.

— Preuve d'une loyauté peu commune.

— C'est certainement ce que pensent les commerçants. Unity dit qu'elle est destinée à suivre le Führer, parce qu'elle a été conçue à Swastika dans l'Ontario. »

Goebbels eut l'air étonné. « En tout cas, le Führer s'est entiché d'elle. Il lui fait tout visiter, l'escorte partout où elle veut aller. Il lui a fourni un chauffeur personnel à Berlin et il l'emmène à Munich dans son propre train. Mais surtout, il m'a dit qu'ils parlent souvent de l'Angleterre. Fräulein Mitford lui donne à penser que les Britanniques sont très attachés à l'idée d'une alliance avec l'Allemagne contre la menace bolchevique. Elle est persuadée que la

Grande-Bretagne ne prendra jamais les armes contre l'Allemagne. »

Goebbels marqua une pause, l'air songeur. Attendait-il de Clara qu'elle abonde dans le sens de Unity, ou bien lui demandait-il de dire la vérité – que l'Allemagne avait accès à un très grand nombre de journaux, à des personnels diplomatiques, des contacts et des transcriptions de discours politiques, sans oublier un Service de renseignement, qui étaient tous plus aptes à informer le Führer de l'état d'esprit des Britanniques qu'une Anglaise de vingt-trois ans dont l'excentricité n'était plus à démontrer ?

« Je pense que les opinions de Unity sont aussi personnelles que ses choix en matière d'animaux domestiques. »

Il sourit. « Le Führer passe aussi beaucoup de temps avec Frau Mosley. Il m'a confié qu'il trouve Diana extrêmement intelligente. Elle lui a dit qu'il n'y a que trois batteries de canons antiaériens en Grande-Bretagne. Croyez-vous que c'est quelque chose qu'elle pourrait savoir ?

— Vous me demandez si elle pourrait savoir quel est le nombre de batteries ou ce qu'est au juste un canon anti-aérien ? »

Le sourire de Goebbels disparut d'un coup, comme un rideau métallique qui retombe.

« C'est bien ce que je pensais. »

Goebbels parut totalement rassuré quant à son propre jugement. Les Mitford n'étaient que des excentriques dont les opinions n'étaient pas à prendre plus au sérieux que leurs jeux de société. Mais il se devait de rester attentif à l'influence qu'elles pourraient avoir sur Hitler. Celui-ci était plus sensible que Goebbels aux charmes de ces aristocrates, plus enclin à croire que leurs opinions étaient représentatives.

« Dites-moi, Fräulein Vine, j'ai appris que vous alliez assister à la réception donnée pour le duc et la duchesse de Windsor au pavillon de chasse du Reich Minister Goering.

— C'est exact, Herr Minister.

— Je ne pourrai malheureusement pas m'y rendre. J'ai d'autres obligations, mais j'aimerais beaucoup en avoir des échos.

— Bien sûr.

— En particulier... Je me suis laissé dire que nos amies les Mitford y assisteront également. » Il lui fit un sourire que son regard démentait. « J'aimerais beaucoup en savoir davantage sur leurs points de vue. Je pense que nous devrions nous revoir à votre retour.

— Je vais voir ce que je peux faire, Herr Doktor. »

Clara ne put s'empêcher de s'émerveiller de l'ironie de la situation. Le Renseignement britannique à qui elle avait offert de surveiller les Mitford l'avait envoyée promener, et c'était Goebbels, à présent, qui lui demandait de lui rendre ce service. Il se leva brusquement, indiquant par là que l'entretien était fini.

« Pour distraire le duc, je prépare moi-même quelque chose d'un peu plus excitant qu'une soirée bien arrosée en compagnie d'une bande d'officiers de la Luftwaffe, aussi agréable que soit ce genre de distraction. Je lui réserve une surprise d'ordre culturel qu'il devrait apprécier, je crois. Le duc est un homme intelligent, j'irais même jusqu'à dire un homme exceptionnel. Il est clairvoyant, moderne, fin. Trop fin peut-être, trop raffiné pour demeurer en Grande-Bretagne. » Il traversa la pièce en boitant, mais d'un pas vif, et ouvrit la porte. « Permettez-moi de vous dire que je pense la même chose de vous. »

Clara s'en alla, se demandant comment Goebbels avait su qu'elle assisterait à la réception des Goering. La rivalité entre ces deux hommes était telle que Goering ne lui montrerait jamais sa liste d'invités. Puis elle se dit qu'un tel événement était trop important pour que Goebbels n'en soit pas informé.

Ce fut un soulagement que de retrouver Albert et de s'écrouler dans son fauteuil. La nouvelle de l'arrestation de Gisela Wessel et du réseau de communistes auquel elle appartenait le tracassait beaucoup. Il se leva et alla lui préparer un verre.

« Comment s'est passée ta visite chez le Doktor ? » Lui demander ce que lui voulait Goebbels était exclu. Clara ne pouvait décemment pas non plus lui confier que le ministre de la Propagande l'avait chargée d'espionner ses propres compatriotes.

« Disons que j'aime autant que ce soit fini.

— Tiens, tu dois en avoir besoin », dit-il en lui tendant un gin-tonic.

Elle soupira. « Ce n'est pas le genre de médicament que prescrit le Dr Morell.

— À moins qu'il n'en mette dans ses piqûres. C'est peut-être ça, son secret. Une dose de gin, directement dans la veine. Pas étonnant qu'ils en redemandent.

— Je suis impatiente de reprendre le tournage, Albert. Les répétitions démarrent la semaine prochaine, n'est-ce pas ? Heureusement qu'il y a le travail.

— Nous avons tous besoin de travailler, sourit Albert. Ça rend la vie plus supportable. »

# 25

Un metteur en scène n'aurait pas pu trouver cadre plus approprié que Carinhall comme décor pour un opéra wagnérien. Le grand pavillon de chasse des Goering apparaissait au bout d'une longue allée sinueuse en pleine forêt de Schorfheide, au nord de Berlin. Celle-ci n'était percée que par quelques rares chemins. On était loin du fouillis d'arbres à feuilles caduques des forêts anglaises. Des pins se dressaient en un mur impénétrable, sombres, tous identiques, semblables à des rangées de soldats. Clara pensa aussitôt aux légions de la Wehrmacht, qui se répandaient inexorablement en Espagne et dans toute l'Europe, peut-être aussi vers l'est, inexpugnable forêt de soldats vert-de-gris.

Carinhall, demeure seigneuriale en pierre blanche ornée de tourelles avec un toit de chaume pentu, avait été nommée ainsi en l'honneur de Carine, la première épouse adorée de Goering. Bien qu'il l'occupât actuellement avec la seconde, Goering avait veillé à ce que la Carine éponyme fût toujours avec eux – et pas seulement en esprit – en l'inhumant dans un magnifique mausolée sous la maison elle-même, après avoir fait exhumer sa dépouille de sa terre natale suédoise. Comme si cela ne suffisait pas, la première chose que voyaient les visiteurs en entrant était un buste en or massif de la première Frau Goering qui trônait au beau milieu du vestibule.

Ce soir-là, la grande salle dégageait une forte odeur de pin et de cire, les lustres étincelaient de mille feux. Des cerfs et de nombreuses autres créatures étaient accrochés aux murs, mais ce n'était rien à côté du nombre d'animaux, vivants ceux-là, qu'on pouvait voir dans le parc, en cages ou dans des box. Outre des ours, des loups, des lions et une espèce de bison élevée tout spécialement afin de recréer l'âge de glace germanique, le Reich Minister avait rassemblé une collection exotique de créatures sauvages dans un zoo privé. Goering aimait élever des animaux presque autant que leur tirer dessus.

Goering était ministre de l'Air, chef de la Luftwaffe, responsable du Plan quadriennal, et numéro deux du Troisième Reich, mais pour ce week-end en particulier il fut intronisé Reichjägermeister, Grand Veneur du Reich. Ce soir-là, il entra pleinement dans ce rôle, apparaissant comme sorti d'un conte de fées médiéval, en culotte de peau, chapeau de chasse tyrolien et veste de daim vert olive avec des dents de cerf montées sur argent en guise de boutons. Des bagues d'émeraude, de saphir et de rubis brillaient à ses doigts boudinés, et il s'était verni les ongles. Le Führer était absent, mais Rudolf Hess et son regard noir sous ses sourcils broussailleux, Heinrich Himmler et son allure d'employé de banque, ainsi que Robert Ley, le patron alcoolique du Front Allemand du travail étaient là, tous en uniforme

SS noir de cérémonie. Autour d'eux d'autres nazis, écharpes et décorations épinglées sur la poitrine, se pavanaient en poussant des cris enthousiastes qu'on entendait d'un bout à l'autre de la salle.

Les femmes, en revanche, n'étaient qu'une masse compacte de fourrures – ocelot, hermine, renard argenté, vison, étoles de zibeline sur des épaules d'une pâleur extrême – si dense qu'on pouvait croire à un animal hybride ondulant à travers la salle. Et c'était d'un même mouvement aussi qu'elles suivaient des yeux la mince silhouette de Wallis Simpson, celle qui avait failli être la reine d'Angleterre.

Un renard posé sur ses épaules nues, Clara la regardait aussi. Wallis, vêtue d'une robe du soir en crêpe de satin gris-bleu avec une veste fermée par trois boutons en miroir, était beaucoup plus petite que les photos ne le laissaient supposer. Elle parlait avec un lent accent traînant du sud des États-Unis, et ses vêtements, d'un classicisme sévère, accentuaient les lignes anguleuses de sa silhouette. Elle portait un collier de saphir autour du cou et une raie blanche séparait ses cheveux de jais en deux parties égales. Elle ressemblait à une machine aérodynamique magnifiquement conçue. Son extrême minceur semblait accentuer le côté bien en chair des nazies qui l'entouraient et, malgré l'impassibilité de son visage sur lequel tout semblait glisser comme sur de l'ivoire, sa poitrine se soulevait et retombait à un rythme accéléré comme celle d'un oiseau pendant qu'on la guidait parmi les invités. Robert Ley présentait Wallis, baisant des mains de ses lèvres humides et luisantes, et certaines femmes, impressionnées par la prestance de la duchesse, allaient jusqu'à lui faire la révérence. Emmy Goering, qui était un peu à la traîne, écartait ses invités, tels des pions sur un échiquier, pour avoir une meilleure vue de la presque reine. Clara se rappela le jeu d'échecs en ivoire offert au rejeton à naître des Goering et songea que le cadeau était bien trouvé. Les manœuvres politiques incessantes de la cour du Reich n'étaient qu'un jeu, aussi compliqué, mais beaucoup plus pervers.

Clara était encore en train d'observer la scène quand une silhouette familière fonça sur elle. Comparée à Wallis Simpson que son mari admirait, Annelies von Ribbentrop ressemblait à un blindé paré de satin crème comme une garniture de cercueil. De lourds pendants d'émeraudes tiraient sur ses lobes d'oreilles. Le rouge à lèvres criard qui lui barrait la figure lui donnait l'air menaçant d'une plante carnivore.

« Fräulein Vine. Vous, ici, quelle surprise ! »

Elle jaugea Clara d'un coup d'œil, évaluant le fourreau violet reçu de la maison Horn ainsi que les pendants d'oreilles en perle. Avec son nez puissant et ses yeux de faucon, on imaginait assez bien Annelies von Ribbentrop en oiseau de proie prêt à fondre sur les bijoux des autres invitées. Elle désigna du menton Goering, qui s'était approché de la duchesse et lui offrait son sourire de canard si particulier. À côté de cette gigantesque masse de chair, Wallis avait l'air encore plus petite. Elle tiendrait sans doute dans une jambe de son pantalon.

« Ils parlent régimes alimentaires. Le Reich Minister en essaie un nouveau. Et il vient d'installer un vélo d'exercice chez lui parce que Elizabeth Arden lui a dit qu'il était en surpoids. Elle n'arrête pas de l'asticoter sur son embonpoint mais ça ne servira à rien. Il a déjà ici, au sous-sol, une salle de gym complète avec des haltères, un appareil de massage et un cheval d'arçons.

— Il a un cheval d'arçons ? »

Frau von Ribbentrop adressa un sourire absent à une connaissance et murmura : « Ça doit être le seul cheval qui ne gémit pas quand il l'enfourche.

— Je ne vois pas la duchesse faisant un régime, dit Clara, observant les mains de Wallis qui papillonnaient, pareilles à de blanches colombes, sur la manche de Goering.

— Oh, mais le duc et la duchesse sont toujours au régime. Vous l'ignoriez ? À Londres, on ne parle que de ça. Lorsque nous les avons reçus à l'ambassade, nous avons dû prendre des dispositions particulières. Ils sont tous les deux très difficiles. Il faut que ce soit des plats américains. La duchesse a congédié le majordome du duc qui avait refusé de mettre de la glace dans les boissons, à l'américaine. Je l'ai vu de mes propres yeux. »

Clara n'en doutait pas. Frau von Ribbentrop avait des yeux de sniper. Rien ne lui échappait.

« Cela dit, nous sommes tous pro-Américains, ces temps-ci. Mon mari me dit qu'ils ont écarté l'ambassadeur Dodd pour le remplacer par un homme neuf, beaucoup plus clairvoyant. Il a assisté au Congrès du Parti. Il était enchanté. »

Clara en avait entendu parler. D'après Mary, William Dodd, l'ancien ambassadeur des États-Unis, était un type bien, atterré par le régime nazi au point de refuser d'assister aux cérémonies officielles. Il devait quitter son poste le mois prochain. On disait que son successeur, Hugh Wilson, était beaucoup plus complaisant.

Le couple royal approchait. « Nous adorons le duc, bien sûr, poursuivit Frau von Ribbentrop. Mon mari le voit comme une sorte de national-socialiste anglais. Le Führer l'aimerait beaucoup. La duchesse, elle… » Elle laissa son appréciation en suspens, scrutant sa rivale avec la froideur d'un serpent observant une souris.

Une servante vêtue d'un dirndl s'approcha pour remplir à nouveau les coupes en cristal et Clara en profita pour s'échapper. L'endroit était rempli de SS bien nourris, à croire que toutes les calories qui faisaient défaut au reste de la population avaient fini dans leurs uniformes. Clara se mêla à la foule pour écouter les conversations, se joignant parfois à une discussion, tantôt en allemand tantôt en anglais. On parlait d'art, de mode, de cinéma, des vedettes de l'écran et, comme toujours dans les cercles nazis, on s'enquérait du Führer. Celui-ci avait récemment diverti tout le monde avec les impairs commis par Mussolini lors de sa dernière visite. Le Duce, auquel on avait offert une épée de cérémonie, l'avait sortie de son fourreau et agitée en l'air, de sorte que les gardes du corps d'Hitler s'étaient précipités, craignant une tentative d'assassinat. Le Führer, lui, avait gardé son sang-froid. Il le fallait, avec tous ces invités étrangers qui affluaient pour le rencontrer.

Clara entendait l'accent bavarois jovial d'Heinrich Hoffmann s'élever au-dessus des bavardages, de temps à autre aussi le rire caractéristique de Diana Mosley. Unity Mitford pérorait au milieu d'un groupe d'officiers parmi lesquels se trouvait Ernst Udet, qui la regardait absolument fasciné. Elle les entretenait en allemand, mais avec un fort accent, de l'état de l'industrie cinématographique.

« Tous ces films de guerre qu'on tourne aujourd'hui. Le Führer ne les aime pas beaucoup, vous savez. Il me l'a dit. Il trouve que Goebbels en fait trop. Il pense que le public a besoin de s'évader au contraire.

— Ah bon ? Et qu'est-ce qu'il aime, alors ? demanda Udet, préférant ne pas souligner que lui-même était la vedette d'innombrables films de guerre.

— Quelque chose de léger et de plaisant, voilà ce qu'il aime regarder. De préférence une histoire d'amour. Il a adoré *Les Roses noires*, avec Lilian Harvey. C'est tellement romantique. Il nous l'a projeté à la Chancellerie.

— Je me demande qui pourrait être contre l'amour, minauda Emmy Goering. D'ailleurs, nous espérons que voir le duc aussi heureux incitera le Führer à prendre femme. Ça fait longtemps qu'il pense que dans le domaine sentimental, la quête du roi est très proche de la sienne. »

Unity hésita, se demandant si c'était une allusion directe à sa passion pour le Führer. Clara se rappela l'observation d'Emmy : *Les goûts du Führer en matière de femmes sont un mystère.* Mais Unity n'eut pas le temps de répondre. La duchesse et son entourage étaient arrivés devant eux. Ernst Udet s'inclina profondément pour baiser la main toute menue de Wallis.

« J'ai vu vos acrobaties, général, lui dit-elle. J'ai été mariée à un pilote, jadis. Il s'appelait Win. Il emmenait toujours une flasque de Jack Daniel's avec lui en vol ; ce qui fait qu'à l'atterrissage, il était fin soûl. Depuis, j'ai toujours peur de monter dans un avion.

— Le duc est un pilote émérite, pourtant, répliqua Udet.

— Oui, Dieu nous protège ! Peut-être est-ce mon destin de n'épouser que des pilotes. David adore les avions. Le roi, son père, n'approuvait pas du tout qu'il apprenne à piloter. Il disait que David avait des passions dangereuses. » Elle s'esclaffa, d'un rire canaille de femme ayant vécu. « Des passions dangereuses ! On ne peut pas mieux dire. »

La boutade provoqua quelques rires prudents.

« Je partage les passions du duc dans bien des domaines, alors, votre Altesse », dit galamment Udet.

Malgré la légèreté de ses propos, il régnait une atmosphère de tension autour de Wallis. Ses yeux sombres suivaient constamment le duc dans sa progression symétrique de l'autre côté de la salle, mais elle ne pouvait pas échapper à la phalange de nazis qui l'entourait. On les exhibait tous les deux comme les dernières acquisitions de la collection de créatures exotiques de Goering. Pas étonnant qu'Hitler ait pensé qu'il pourrait les instrumentaliser.

Clara chercha Arno Strauss du regard. C'est pour lui, en fin de compte, qu'elle était venue à cette réception. Les instructions de Ralph étaient de cultiver sa relation avec lui. Elle ne savait pas trop ce que cela recouvrait exactement, mais une chose était sûre : la première étape consistait à entamer la conversation. Or elle ne le voyait nulle part. Emmy Goering, toujours aussi observatrice, s'approcha et murmura : « Si c'est votre Oberst Strauss que vous cherchez, je l'ai aperçu il y a quelques instants. J'ai l'impression qu'il n'aime guère les mondanités. »

Mais, avant que Clara ne parte à sa recherche, le gong annonçant le dîner retentit.

Comme on pouvait s'y attendre, les mets étaient extravagants : un sanglier entier qui avait rôti dans l'âtre, une pièce de bœuf grillée pratiquement bleue, des montagnes de gelées tremblotantes, du vin aussi rouge que du sang. On avait placé des bols de roses crème sur les tables et, de chaque côté des assiettes, des couverts par paire, en rang de taille comme une famille nombreuse allemande. Avec le fumet de la viande en train de rôtir, les serviteurs en haut-de-chausses et pourpoints, les chandelles et, à l'extérieur, les ténèbres de la forêt, on se serait cru en plein Moyen Âge.

Clara avait maintes fois remarqué cette propension germanique à se réfugier dans le passé. Les nazis avaient beau se hâter de reconstruire leur pays, une immense nostalgie pour la vieille Allemagne n'était jamais très loin. Elle avait appris que pour inventer leurs contes aux tout débuts de l'Allemagne moderne, les frères Grimm avaient feint de les tenir de vieilles paysannes rencontrées dans les bois, comme pour créer une tradition orale qui n'avait jamais vraiment existé. Celle d'un pays mythique dont les racines plongeaient dans l'époque médiévale. Pour ce qui était de la sauvagerie, le fait est que les nazis n'avaient aucun mal à renvoyer le pays tout entier au Moyen Âge.

Elle se retrouva assise parmi une poignée d'officiers de la Luftwaffe, face à Diana Mosley, Unity à deux places sur sa gauche. Cette dernière, qui semblait totalement étrangère aux usages voulant que chacun converse avec son voisin immédiat, se pencha par-dessus le silencieux général placé entre elles, et l'interpella en anglais : « Hello, Clara ! Tu t'amuses bien ? Pas moi. Je n'avais aucune envie de venir ce soir. C'est Diana qui m'a forcée. J'aurais préféré rester avec notre Führer bien-aimé, mais il a absolument refusé de venir.

— Mais pourquoi ?

— À cause de la partie de chasse de demain. Il a horreur des sports sanguinaires. Il ne supporte pas la cruauté envers les animaux. Il a décidé de passer la soirée au Wintergarten.

— Encore ?

— Le Führer adore l'opéra. Il ne s'en lasse pas. Il lui arrive souvent de veiller la nuit pour concevoir des scénographies, des mécanismes de levage, des éclairages. S'il n'avait pas été Führer, il dit qu'il aurait aimé créer des décors d'opéra. Et pas seulement les tristes opéras de Wagner. Il ne manque jamais *La Chauve-souris* ou *La Veuve joyeuse*. Il a déjà vu six fois *La Veuve joyeuse* cette année !

— Il doit l'adorer. »

Unity semblait totalement ignorer tous les regards braqués sur elle. C'était presque comme si les autres invités n'existaient pas. Elle avait cette assurance bruyante des personnes de la haute société qui se croient autorisées à dire tout ce qui leur passe par la tête.

« Absolument. Je lui demanderai de vous emmener avec nous au Wintergarten, si vous voulez.

— Oh, je ne pense pas que…

— Je vous assure. Vous adorerez, Clara. Du moment que vous ne lui faites pas de l'œil. Viendrez-vous chasser demain ?

— Je crains que non. Je dois partir avant le déjeuner.

— Quel dommage ! Moi j'adore la chasse. Quand nous étions petites, notre père organisait des chasses aux enfants. Nous étions les renards et il nous pistait à travers champs avec ses limiers. Nous courions comme si nous avions le diable à nos trousses. J'ai beaucoup appris en étant la proie. Il faut éviter les mouvements brusques. C'est toujours ce qui attire l'œil. On apprend à se fondre dans le paysage. J'y excellais, je n'ai jamais été repérée. »

On ne pouvait pas en dire autant dans la vie réelle. La même pensée avait dû traverser l'esprit des autres invités qui avaient abandonné toute velléité de conversation et se contentaient de tendre l'oreille sans la moindre gêne. Jusqu'à la tête de cerf perdant ses poils, derrière Unity, qui semblait en béer d'étonnement.

« Avez-vous vu le Führer récemment ? demanda Clara.

— Hier soir, en fait. Il nous a invités à souper à la Chancellerie. Rien de spécial, mais être avec lui est toujours une fête, même quand on passe une soirée tranquille. Les gens apprécient beaucoup sa compagnie, vous n'avez pas remarqué ? Nous avons eu droit à un gratin de chou-fleur, son plat préféré entre tous ; puis il a fait installer un écran dans le salon de musique et nous avons regardé des dessins animés. »

Le cadeau de Goebbels était donc bien trouvé.

« Il adore les dessins animés. Il a un merveilleux sens de l'humour. Mais vous savez ce qui m'attriste ? » Unity fronça les sourcils, comme si elle était face à un mystère insoluble. « Les Anglais sont pleins de préjugés sur notre bien-aimé Führer. Je voulais que notre cousin Winston vienne le rencontrer, mais il est affreusement vieux jeu. Il a tout simplement refusé, assez grossièrement d'ailleurs. »

Il était clair que Unity était purement et simplement folle amoureuse d'Hitler. Mais qu'est-ce que le Führer pouvait bien trouver à Unity ? Il était censé avoir résumé les activités de la femme idéale avec sa formule *Kinder, Küche, und Kirche* – les enfants, la cuisine et l'église – alors que Unity Mitford ne paraissait pas du tout disposée à perdre cinq minutes à l'une ou l'autre de ces tâches. Clara se dit que Goebbels devait se poser la même question. Le Führer voyait-il en Unity et Diana l'expression de l'opinion britannique, ou bien prenait-il la mesure de leur excentricité ?

Clara chercha des yeux le soi-disant photographe qui, selon Emmy Goering, était chargé de filer Unity à la demande d'Himmler. *A priori*, c'était une couverture idéale. Il suffisait d'un appareil photo et d'avoir l'air observateur. Pourtant, à son habit qui ne lui allait pas, Clara le repéra aussitôt. Il était à quelques places d'elle, son Leica en main. Il avait le teint terreux, une crinière brune, les yeux docilement rivés sur sa cible.

En tête de table, Goering se leva et entama un discours sur la nécessité de conserver la pureté de l'âme nazie. Le duc de Windsor réprima un bâillement. La duchesse, assise de l'autre côté, captivée, au contraire, avait les yeux levés vers son hôte, apparemment indifférente aux regards braqués sur elle. Le moment parut bien choisi à Clara pour s'excuser de devoir s'absenter quelques instants.

Elle emprunta un escalier de bois puis les couloirs tortueux de Carinhall. Ici encore, on retrouvait ce style kitsch Renaissance que Goering adorait et que Goebbels exécrait. Les murs étaient ornés de tapisseries, de tableaux et de sculptures, les pièces remplies de trésors telle une tombe de pharaon. Clara passa la tête dans une pièce où un circuit de chemin de fer en modèle réduit couvrait l'intégralité du plancher, avec des trains et leurs tenders superbement décorés qui serpentaient à travers des tunnels, des villages bavarois et des villes parfaitement reconstituées. Il y avait même un métro aérien en miniature. Quelques portes plus loin, elle tomba sur la bibliothèque, qui renfermait autant d'animaux morts que de livres, avec des murs couverts de massacres de cerfs et deux peaux d'ours étalées à plat sur le sol. Sur l'un des murs, une grande carte du Reich avait été peinte et illustrée de dessins de style médiéval. Elle s'avança pour la regarder de plus près. L'Allemagne était en vert, mais, curieusement, l'Autriche semblait faire partie du Reich ; il n'y avait pas de frontière. Le « réajustement territorial » dont elle avait entendu les nazis parler était vraisemblablement déjà une réalité pour les cartographes de Goering. Comme ils allaient vite à changer le monde !

Tournant à gauche, Clara monta une autre volée de marches taillées dans le chêne et continua son exploration. Sur les portes des chambres étaient fixées des plaques de porcelaine avec des cartes au nom des invités pour faciliter le service. Le premier étage était réservé aux dames. Elle jeta un œil à l'intérieur de l'une d'elles et vit une coiffeuse jonchée de pots et de parfums comme un autel sacrificiel dédié à une divinité cosmétique. Elle monta à l'étage supérieur où se trouvait le couloir des messieurs et, arrivant devant la carte au nom d'Ernst Udet, vit que la chambre voisine était celle de l'Oberst Arno Strauss. Cédant à une impulsion, elle frappa et, n'ayant pas obtenu de réponse, elle se glissa à l'intérieur.

La chambre baignait dans l'ombre. Elle était décorée dans le même style cynégétique bavarois que le reste de la demeure, une tête de cerf sinistre au-dessus du lit, l'os du crâne luisant au clair de lune. Elle était vide, heureusement. Clara s'était vaguement attendue à y trouver Strauss caché quelque part, peut-être même endormi. Elle regarda autour d'elle, se demandant ce qu'elle cherchait. Sa mission consistait à « cultiver » Arno Strauss, parce que celui-ci participait à l'expérimentation d'un appareil photo de reconnaissance aérienne très performant. Mais elle ne voyait toujours pas de quelle façon elle pourrait se rendre utile.

Ses yeux s'habituant peu à peu à l'obscurité, elle vit un bureau sur lequel il y avait des documents. Elle sentit son pouls s'accélérer. Strauss avait dû emporter du travail avec lui comme prétexte pour sortir plus vite de table. Peut-être s'agissait-il de documents ayant un rapport avec le programme de reconnaissance aérienne. Si seulement elle avait pu les prendre en photo. Mais faute d'appareil elle allait devoir lire et mémoriser tout ce qui lui paraîtrait intéressant. Clara était en train de se diriger vers le bureau quand elle entendit des pas dans son dos. Elle se figea.

« Quelle délicieuse surprise, Fräulein Vine. Vous voir ici. À cette réception, je veux dire, et dans ma chambre, qui plus est. »

Clara le voyait en silhouette, le dos faiblement éclairé par la lumière du couloir, le visage dans l'ombre, si bien qu'il lui était difficile de déchiffrer son expression, mais elle devinait le rictus habituel de ses traits déformés.

Elle ne put retenir un rire nerveux. « J'explorais.

— C'est un exercice dangereux ici. Il y a une pièce, de l'autre côté du couloir, où le Reichminister garde ses lionceaux. Il ne faudrait pas que vous y entriez par erreur. »

Il referma la porte derrière lui sans allumer la lumière et croisa les bras.

« Vous aviez autre chose à faire ici ?

— Non, c'est juste que…

— Que vous pourriez examiner mes papiers, c'est ça ? »

Il ne lui restait plus qu'à jouer le jeu. Elle lui sourit.

« Eh bien, puisque vous me le demandez, je vous cherchais. Frau Goering m'a dit que vous étiez là, mais je ne vous ai vu nulle part. J'avais besoin de voir un visage aimable. »

Strauss continua de la scruter d'un œil froid pendant quelques instants, puis il s'esclaffa.

« On m'a déjà dit des tas de choses sur mon visage, mais on ne l'a jamais qualifié d'aimable. »

Son humour l'encouragea. Il ne lui restait plus qu'à continuer de simuler le flirt, suivant la ligne de conduite qu'elle s'était fixée.

« Ça vous ennuierait de me dire comment c'est arrivé ?

— Ça ? » Il passa la main dessus. « Beaucoup de femmes trouveraient mal venu de demander à un pilote comment il a été blessé. Cela pourrait sous-entendre qu'il n'est pas aussi bon qu'il aurait aimé le croire.

— Peu importe. Et puis, n'oubliez pas que j'ai volé avec vous. Je sais que vous êtes un excellent pilote. Alors, vous pouvez me le dire. Était-ce un accident ?

— Je préfère parler de chance, plutôt. Je l'ai échappé belle. » Il eut un sourire narquois. « Pour le dîner de ce soir aussi je l'ai échappé belle. Figurez-vous que j'ai été invité à une audience avec votre duc. Il s'est plaint d'être pauvre. Il veut s'acheter un yacht mais son radin de frère lui refuse les fonds. L'amour fraternel se perd, on dirait.

— J'ai du mal à croire que l'ex-roi d'Angleterre n'a pas d'argent.

— Il prétend être sans le sou. Son frère ne veut rien lâcher. Même pour ce voyage, c'est le Reich qui prend en charge tous les frais. Ils en ont pour leur argent, en tout cas. Toute une semaine de dîners et de déjeuners, sans oublier les visites d'usine à Dresde, Stuttgart, Nuremberg et Munich.

— Leurs altesses ont l'habitude des voyages officiels. On m'a dit qu'à force de faire des visites elles croient que le monde entier sent la peinture fraîche.

— Je pense qu'on attend un peu plus de votre duc que quelques poignées de main avec des ouvriers.

— Que voulez-vous dire ? »

Bien qu'ils fussent seuls, Strauss baissa la voix. « Le bruit court que le duc aurait déclaré qu'au besoin il exercerait les fonctions de président d'une république anglaise.

— Au besoin ?

— Si les circonstances l'exigent. Une guerre, peut-être. Ils ne vont pas le lâcher. Ils ont rédigé un document promettant une alliance permanente avec l'Allemagne, qui garantirait à celle-ci le retour de ses colonies, avec le nord de l'Australie en prime. Deux exemplaires de ce texte attendent la signature du duc. Ils sont ici, Goering doit en prendre connaissance. »

Était-ce possible ? Si les nazis parvenaient à leurs fins, ce serait un coup de maître. Une vision s'imposa à elle d'une Angleterre devenue une république dirigée par le duc de Windsor et d'autres affidés nazis, peut-être même son père. Ce serait la même Angleterre, mais réduite à peu de chose, privée de sa souveraineté, sous la botte nazie. Puis elle se rappela ce que lui avait dit Ralph. Qu'au Foreign Office, certains s'employaient à dissiper les craintes à l'égard du bellicisme allemand parce qu'ils rêvaient d'une alliance avec Hitler. Ils ignorent les mises en garde des renseignements de l'armée de l'air relatives à une attaque allemande contre l'Angleterre. Aurait-on recommandé à Clara de faire profil bas à cause de ce qu'elle pourrait découvrir et pas parce qu'elle était surveillée ?

Elle ne pouvait plus reculer, à présent. Elle sourit à Strauss, évitant de regarder le côté abîmé de son visage, avec sa cicatrice qui lui barrait la joue tel un cimeterre.

« J'ai bien aimé notre vol de l'autre jour.

— Vraiment ? Vous m'avez pourtant donné l'impression d'avoir une trouille bleue. Mais il est vrai que vous êtes comédienne.

— Je ne jouais pas la comédie. C'était grisant. J'ai même éprouvé une sorte d'euphorie.

— Ah oui, de l'euphorie ?

— Je le referais sans hésiter. »

Il la regarda un moment, songeur, tout en passant la main sur sa cicatrice.

« Très bien, alors. J'ai un autre essai à effectuer après-demain. Vous pourriez venir, si vous y avez pris goût. »

Elle frémit à l'idée de la petite victoire qu'elle venait de remporter. Un essai. Se pourrait-il qu'il teste le nouvel appareil photo ?

« Nous pourrions voler jusqu'à un terrain près duquel il y a un petit restaurant que je connais, et y déjeuner avant de rentrer.

— Ça m'a l'air affreusement irrégulier.

— Ça l'est. Mais on le fait tous. Ça nous change les idées et on y sert les meilleures escalopes du pays. La seule chose, c'est qu'on ne sera pas de retour avant la tombée de la nuit. L'idée de voler dans le noir vous effraie-t-elle ?

— Ne pas voir à quelle altitude on vole peut aussi être un avantage, non ?

— Ça vous évitera d'avoir à me regarder.

— C'est une charmante attention de votre part, Oberstleutnant Strauss, répondit-elle, surprise par cette réflexion.

— Pas d'Oberstleutnant avec moi. Appelez-moi Arno.

— Merci, Arno. Je suis d'autant plus sensible à votre offre que vous n'avez rien à en attendre.

— Et que pourrais-je en attendre, selon vous ? »

Strauss garda le regard fixé sur elle, comme s'il allait en dire plus et, tout à coup, ce fut trop pour Clara. Il semblait voir à travers elle. Elle fit un mouvement en direction de la porte, et ce fut la fin de ce moment de détente ; il retrouva sa raideur habituelle.

« Bon. Eh bien, à moins que vous n'ayez autre chose à faire dans ma chambre, je vous verrai à Tempelhof, vendredi à 10 heures. »

Le lendemain matin, avant la chasse au sanglier, comme tout le monde Strauss dut se rendre au petit déjeuner en forêt, où du café, chauffé sur un feu de bois, serait servi avec du schnaps et du pain noir. Les invités y furent emmenés en charrettes découvertes, une peau d'ours sur les genoux, Goering en tête, vêtu de son uniforme officiel de Grand Veneur du Reich : une blouse en soie blanche et un justaucorps en cuir jaune souple, que venaient compléter des cuissardes en cuir et un chapeau surmonté d'une aigrette de queue de chamois. Le duc de Windsor, assis docilement à son côté, regardait sans enthousiasme autour de lui cette forêt lugubre. Udet et Strauss qui s'étaient arrangés pour avoir leur propre charrette suivaient non loin derrière. Leur conversation était ponctuée d'éclats de rire fréquents provoqués, à n'en pas douter, par les extravagances de leur chef. Clara, qui avait observé ce cortège depuis sa fenêtre, avait pris le petit déjeuner dans sa chambre. Sur son plateau, du jus d'orange, du café, des petits pains croustillants, des pots de confiture en forme de pomme de pin en argent et du beurre doux en copeaux. Elle y avait fait honneur. Manifestement, l'injonction « Pas de beurre, mais des canons » n'était pas encore parvenue à Carinhall.

# 26

En temps ordinaire, lorsqu'un crime était commis, tout le monde y allait de son opinion sur le sujet. Tout le monde voulait témoigner de ce qu'il avait vu, donner son avis quant aux auteurs, leur mode opératoire, leur fuite ou la probabilité qu'ils soient arrêtés. Mais nous n'étions pas en temps ordinaire, et il s'avéra que le meurtre d'Anna Hansen n'avait laissé aucun souvenir dans les esprits. Personne n'avait vu ce qui s'était passé, personne ne se rappelait avoir entendu quelque chose d'anormal, et d'ailleurs, personne n'avait la moindre idée de la raison pour laquelle ce drame qui était déjà oublié avait bien pu se produire. Telle était en tout cas la synthèse de la situation opérée par Mary Harker après quelques minutes d'entretien avec les résidents de l'École des Épouses de Schwanenwerder.

Il lui aurait été plus facile d'entrer par effraction à Alcatraz. Mary s'était d'abord vu refuser tout net de revenir photographier les fiancées. On lui avait accordé une matinée à l'École des Épouses, c'était bien assez. Mais à présent qu'elle avait fini par convaincre le Bureau de presse qu'il lui fallait des photos attestant de la joie et de la santé des fiancées du Reich, elle s'étonnait que tout parût aussi normal. Fräulein Wolff lui avait lancé des regards noirs depuis son bureau, mais n'était pas intervenue. Quelques fiancées levèrent le nez des nappes qu'elles étaient en train de coudre sur le passage de Mary, une forte odeur de hareng s'exhalait de la cuisine où on donnait un cours, et dehors, dans le jardin, une nuée de futures mariées à la peau hâlée se livrait à des exercices de gymnastique. Mary braqua son Zeiss-Ikon tout neuf dans leur direction, et fut récompensée par une impeccable rangée de sourires radieux et un cliché que Frank Nussbaum allait adorer.

À regarder ces jeunes femmes faire de l'exercice dans la brise qui charriait des senteurs de pin, deux chiots batifoler sur la pelouse, et, au loin, les voiliers danser sur le lac, Mary n'était pas loin de comprendre qu'on puisse être séduit par cet endroit. Qui pourrait affirmer qu'il ne faisait pas bon vivre dans ce décor idyllique, avec ces sourires chaleureux et ces corps vigoureux qui respiraient la santé et l'optimisme ? Qui était Mary pour critiquer l'idée d'enseigner à des femmes la meilleure façon de s'occuper des enfants ou de préparer une nourriture saine ? Mais à peine cette pensée lui avait-elle effleuré l'esprit qu'elle se reprit. La vie en Allemagne ressemblait à ces gâteaux de papier mâché qu'on voyait dans les vitrines des boulangeries depuis qu'il y avait pénurie alimentaire. Un cercle de bois couvert d'un glaçage factice. Celui qui en prenait une bouchée risquait fort de s'y casser les dents.

Un premier signe que tout n'était pas tout à fait normal apparut lorsque Ilse Henning, qui avait été désignée pour chaperonner la séance de photos de Mary, arriva en courant sur la pelouse. Quelques semaines auparavant, Ilse était une fille bien en chair, avec des joues rebondies, un front brillant et une poitrine généreuse serrée dans un dirndl trop petit pour elle. Or elle avait perdu du poids, c'était flagrant. L'inquiétude avait creusé ses traits, et elle n'arrêtait pas de tripoter l'ourlet de son tablier. Elle lui serra timidement la main.

« Fräulein Harker ! Je suis ravie de vous revoir. Comme nous nous connaissons déjà Fräulein Frankl a suggéré que je vous accompagne. Puis-je vous proposer quelque chose ? Une tasse de café, peut-être ? »

Mary remarqua qu'elle tremblait. Elle lui prit la main et la tapota.

« Ilse, je suis ravie moi aussi. Pas de café, non, ne vous dérangez pas. Ce que j'aimerais, surtout, c'est prendre des photos du jardin. »

C'était en partie vrai. Mary voulait une photo de l'endroit où Anna Hansen avait été abattue.

« Pourriez-vous me porter ça ? »

En réalité, elle n'avait absolument pas besoin d'un trépied. Mais elle avait pensé, à bon droit, qu'il pourrait se révéler utile autrement que par sa fonctionnalité première. Un bon équipement faisait très professionnel et dénotait un souci artistique. Dans le cas présent, cela donnait à Ilse quelque chose à porter, justifiant ainsi sa présence à son côté. Mary emprunta le sentier qui allait au bout du jardin pour prendre un plan général de la maison, Ilse sur ses talons, se débattant maladroitement avec le trépied.

« Vous allez bien, Ilse ? s'enquit Mary. Vous êtes la seule ici qui semble avoir un peu perdu le sommeil. »

Ilse lui lança un regard hésitant. Elle aimait bien la Fräulein américaine. Bien que son allemand fût exécrable, elle avait une bonne tête, quelque chose de maternel qui lui donnait la nostalgie de sa chère Mutti restée à Wuppertal avec ses tresses, son visage plat comme une crêpe et son regard soucieux. Mutti, à qui sa fille unique avait beaucoup manqué après son départ à l'École des Épouses, mais qui avait essayé de se convaincre qu'Ilse apprenait à devenir une bonne épouse pour le bien de la nouvelle Allemagne. Ilse ne pouvait pas parler du meurtre à Mutti – elle en aurait été horrifiée –, et elle se sentait d'autant plus seule qu'elle n'avait personne à qui se confier. Fräulein Harker avait été la seule à se soucier de ce qu'elle ressentait après la mort d'Anna. Il n'était venu à l'idée de personne d'autre, ici, qu'Ilse avait besoin de faire le deuil de son amie, ni qu'elle avait été traumatisée par les interrogatoires de la police criminelle et de la Gestapo.

« Ça n'a pas été facile. J'ai subi de fortes pressions, vous savez. D'abord cette pauvre Anna, puis la Kripo qui est venue m'interroger.

— La Kripo ?

— La police criminelle. Je leur ai donné le briquet d'Anna. Je l'ai retrouvé dans l'herbe, là où elle a été tuée, et, après ça, la... la Gestapo. »

Elle trébucha sur le mot. Pourquoi l'enquête avait-elle été confiée à la police secrète ? se demanda

Mary. La Gestapo était chargée des dossiers ayant trait à la sécurité et aux crimes contre l'État. Alors qu'il ne s'agissait que d'une enquête criminelle, non ?

« Des hommes très antipathiques. » Instinctivement, Ilse avait baissé le ton. « Ils ont dit que je ne méritais pas d'être à l'École des Épouses. Je suis terrifiée à l'idée qu'ils mêlent Otto à cette histoire. Que cela puisse affecter sa carrière, d'une façon ou d'une autre. Il ne me reste que deux semaines à passer ici, mais si les supérieurs d'Otto apprennent que la Gestapo a enquêté sur sa future épouse… »

Elle se mordait les lèvres, s'efforçant vaillamment de ne pas pleurer.

« Mais non, Ilse. » Mary lui prit le bras. « Ça n'arrivera pas. Vous les avez aidés, ils n'ont pas enquêté sur vous. Qu'ils soient venus ici vous entendre est à mettre à votre crédit. Ça veut dire qu'ils vous considèrent comme une personne digne de confiance. »

Mary inventait ça au fur et à mesure, tout en réfléchissant très vite. La Gestapo ne remporterait sans doute jamais un championnat de courtoisie, mais pourquoi menacer une fille comme Ilse, de toute évidence étrangère à ce meurtre ? Quelqu'un tenait décidément beaucoup à élucider cette affaire.

« Je ne sais pas, Fräulein. Ils avaient l'air furieux. Ils m'ont menacée. »

Ilse avait du mal à expliquer la frayeur que ces hommes avaient suscitée en elle. Cette remarque, comme quoi elle serait obligée de travailler dans la Friedrichstrasse, par exemple. Elle savait ce que ça voulait dire. C'était même Anna qui le lui avait dit. Ilse avait eu une jeunesse protégée, confinée à l'église et à la Ligue des Jeunes Filles allemandes, avec sa pieuse luthérienne de mère qui lui avait prodigué quelques vagues conseils relatifs à l'amour conjugal. Anna lui avait expliqué qu'il y avait à Berlin des femmes qui faisaient commerce de leurs charmes. Et même que leur spécialité était annoncée par la couleur de leurs bottines. Ça l'avait tellement choquée qu'elle s'était bien gardée de lui en demander plus, si bien qu'elle n'avait jamais su de quelles obscénités les bottines vertes étaient la promesse.

Et pourtant, plus Ilse y pensait, plus elle se disait qu'elle aurait dû aborder un autre sujet avec la Gestapo. La police avait omis de s'intéresser à une personne. Quelqu'un qui aurait bien pu être responsable de la mort d'Anna. Elle décida de s'en ouvrir à Fräulein Harker ; peut-être qu'elle, au moins, réussirait à tirer cette histoire au clair.

« Il y a une chose que j'aurais dite aux policiers mais ça ne m'est revenu que plus tard. » Elle se corrigea d'elle-même : « Mais je vais leur dire, c'est promis.

— Prenez votre temps, Ilse. » L'idée que la Gestapo soit au courant de quelque chose avant elle ne plaisait guère à Mary. « Ça ne sert à rien de se précipiter. Je pourrais peut-être vous dire si c'est important. Nous savons que les policiers n'aiment guère être dérangés pour des détails insignifiants, n'est-ce pas ? »

Ilse se rappela le visage de l'inspecteur Wiedemann quand elle lui avait parlé du rouge à lèvres d'Anna. Sa question rageuse, crachée comme une insulte : « Vous vous moquez de moi, ma petite ? » Elle frissonna.

« Non, vous avez raison. Je ne voudrais pas leur faire perdre leur temps. »

En réalité, Ilse ne voulait plus jamais avoir affaire à un policier. Pas même à un agent de la circulation.

« Alors, qu'est-ce qui vous est revenu ? demanda gentiment Mary.

— Ils m'ont demandé si Anna avait des secrets. Si j'avais vu quelque chose d'inhabituel. Eh bien, en y repensant, je me suis souvenue que je l'avais vue parler à un homme.

— Quel homme ? Vous savez de qui il s'agit ?

— Oui, je le sais. »

Ilse regarda en direction de la maison modèle, presque achevée à présent. Elle était jolie, une petite maison rustique dans le style bavarois avec une palissade et des jardinières pleines de pétunias aux fenêtres.

« Il est là-bas. »

Mary suivit son regard et aperçut l'homme. Il était barbu, d'une maigreur squelettique, les biceps saillant sur ses bras hâlés. Il était penché en avant, occupé à gâcher du ciment à coups de pelle répétés avec un savoir-faire éprouvé. La pelle retournait encore et encore le ciment avec un claquement gratifiant, mélangeant la pâte visqueuse et granuleuse comme pour la préparation d'un gigantesque gâteau gris. Le visage perlé de sueur, le maçon était tout à son travail. Mais il avait senti qu'on l'observait car il leva un instant des yeux sombres et pénétrants qui, bien qu'il fût un parfait étranger pour Mary, lui donnèrent le sentiment d'avoir été aussitôt percée à jour.

# 27

L'avion frémit, comme une chose vivante, et dans ses flancs d'aluminium les boulons furent soumis à rude épreuve. Jetant un coup d'œil par la vitre, Clara, soulagée, vit l'herbe frissonner puis s'aplatir sous les roues qui touchaient le sol. Après la secousse de l'atterrissage, l'avion trépida dans les ornières, provoquant une vibration qu'elle ressentit dans tout son corps, au point de claquer des dents. Strauss coupa les gaz et enleva ses lunettes d'aviateur. Clara aperçut un champ envahi de chardons et de mauvaises herbes, ainsi que les vestiges d'un baraquement en ciment.

« Alors, nous y sommes ?

— L'endroit où nous allons déjeuner se trouve de l'autre côté de ce bois. Cette piste désaffectée est très pratique. C'est notre petit secret à nous autres pilotes. On y va ? »

Ils sortirent de la carlingue et traversèrent la piste pour se diriger vers un sentier pavé de pierres calcaires qui s'enfonçait dans la forêt. C'était un splendide après-midi d'automne. Parés de leurs plus belles couleurs, les arbres formaient comme une saisissante tapisserie de brun-roux, d'ambre, de jaune et d'or. Dans le sous-bois, le soleil filtrait à travers les feuilles de bouleau, créant une mosaïque d'ombre et de lumière tandis qu'au-dessus d'eux, dans les branches, les oiseaux s'interpellaient. Clara et Strauss marchaient côte à côte, sur un sol moelleux jonché d'aiguilles de pin. Une odeur de feu de bois flottait dans l'air. Clara était en train de se dire que l'endroit était absolument charmant lorsqu'ils passèrent devant un panneau annonçant que *Les Juifs ne sont pas les bienvenus dans ces forêts allemandes.*

Le sentier finissait dans une rue qui menait au village et, juste après le virage, à une auberge à colombages avec des volets peints en vert, des vitres au plomb et de lourdes portes en bois. Tout à fait le genre d'endroit qu'on se serait attendu à trouver dans la partie de la Haus Vaterland[1] consacrée au Tyrol. À l'intérieur, une collection de chopes alignées au-dessus de la cheminée et un patron en gilet rouge traditionnel et tablier blanc qui servait des bières mousseuses. Des gens du cru étaient appuyés au bar, des vieux jouaient au skat dans un coin. Clara s'assit devant la cheminée pendant que Strauss alla commander. Il revint, portant trois verres en équilibre.

« Nous attendons quelqu'un ?

— Non. Il y en a deux pour moi. »

Il descendit rapidement le premier, et elle remarqua que sa main tremblait légèrement. Il la regarda avec ironie.

1. La Maison de la Mère Patrie, au centre de Berlin, était un établissement réunissant le plus grand café du monde, une grande salle de cinéma et de nombreux restaurants à thème, très populaire dans les années 1930.

« Alors, ça vous a plu ?

— Ce n'était pas le même avion, cette fois, n'est-ce pas ?

— Un Heinkel He III, si ça vous dit quelque chose. »

Elle rit.

« Ça ne me dit rien du tout.

— C'est aussi bien. Au ministère de l'Air, on a des inquiétudes concernant la sécurité, ces temps-ci.

— Qu'est-ce qui s'est passé ?

— Des informations ultra-secrètes qui ont fuité. Ils soupçonnent un officier d'état-major. C'est ennuyeux, mais il faut se farcir tout un tas de nouvelles procédures et les mesures de sécurité ont été renforcées. La Gestapo a essayé d'y fourrer son nez, mais Goering leur a dit que la Luftwaffe pouvait très bien gérer elle-même ses affaires internes. Ça les a calmés. Je peux vous dire que ce qui se passe entre l'Allemagne et la France n'est rien à côté de la rivalité entre la Gestapo et Goering. »

Clara déposa sa cigarette dans le cendrier et regarda le cordon de fumée monter, s'enrouler, s'étirer, puis se décomposer dans l'air. C'était très exactement la raison de sa présence ici. Elle se rappela ce que Strauss lui avait dit la première fois qu'il l'avait emmenée voler : *Officiellement, vous n'existez pas*. Il ne pouvait pas savoir à quel point c'était vrai.

Elle se tut un moment, laissant au serveur le temps d'apporter les plats : une escalope pour Strauss ; une truite pêchée dans le lac voisin avec purée de pommes de terre pour Clara. Puis, ayant accordé toute l'attention requise au poisson à la chair rose accompagné d'une riche sauce au beurre, elle reprit : « Ne me dites rien de l'avion, alors. Je ne veux rien savoir. Mais qu'est-ce que vous fabriquiez avec cet appareil photo ?

— Quelque chose de très technique. Ça vous ennuierait à mourir.

— Ah mais non ! N'oubliez pas que je suis actrice de cinéma. La photo, les prises de vues, ça fait aussi partie de mon travail. »

Il lui lança un regard inquisiteur.

« Très bien, alors. Je me suis servi d'un appareil photo pour dresser la carte du terrain que nous survolions. C'est un modèle spécial, qui utilise de la pellicule de trente-cinq millimètres à perforations latérales permettant à des moteurs de l'entraîner automatiquement derrière l'objectif pour avoir une exposition précise. On peut aussi s'en servir pour la photo nocturne.

— Vous prenez des photos du sol, alors ? Mais pourquoi ?

— Pour analyser la configuration du terrain.

— La configuration du terrain ? Que voulez-vous dire ?

— C'est fondamental. » Il se pencha vers elle, tout excité. Le sujet l'intéressait tellement qu'il en sortait de sa réserve habituelle. « Ça ne se limite pas à prendre des photos du terrain, voyez-vous. Il faut savoir décrypter. Il faut savoir ce qu'on cherche. Quelle information peut receler une photo. »

Elle pencha la tête et fronça les sourcils. « Quelle information ?

— Précisément. Il y a ce que l'œil perçoit, mais pas seulement. Il faut être géologue, mathématicien, archéologue et je ne sais quoi encore, botaniste, pour lire convenablement un cliché. »

Elle rit. « Botaniste ? Les plantes, les fleurs, c'est ça ? Vous plaisantez. Qu'est-ce que des fleurs peuvent bien révéler ?

— Oh mais vous les sous-estimez. Ce ne sont pas que des jolies petites choses inoffensives. Le type de plantes qui pousse sur un terrain est très révélateur. Est-il meuble et marécageux ? Auquel cas il serait trop mou pour un atterrissage. Le sol est-il ferme, la terre est-elle stable ? La botanique nous parle, beaucoup. Avez-vous jamais lu la *Métamorphose des plantes* de Goethe ? C'est une petite merveille de botanique et de poésie conjuguée. Ça vous plairait.

— Alors, ce que vous me dites, c'est qu'un pilote doit savoir lire le terrain…

— Absolument. Et vous seriez étonnée de tout ce qu'on découvre quand les photos sont développées. Les vestiges d'un ancien hameau, parfois, d'un fort ou d'un château qui n'existe plus. Une traînée grise sur la carte, c'est tout ce qu'il en reste. Et on se dit que des gens y ont vécu, aimé et combattu, jadis, mais qu'à présent ils ne sont plus rien. Rien que des ombres sur le sol. »

Clara pensa à ces gens, morts depuis longtemps, laissant leur ombre fantomatique à ceux qui savent où porter le regard.

« Bien entendu, nous nous intéressons surtout à ce qu'on y trouve aujourd'hui, poursuivit Strauss. Ces photos révèlent toutes sortes de secrets. Certaines des choses les plus importantes sont dissimulées juste sous notre nez.

— Quelle sorte de secrets ? » Elle le regarda d'un air perplexe.

Il rit de bon cœur en reculant sur son siège et fit signe au serveur.

« Mais ce ne serait plus des secrets si je vous les révélais, n'est-ce pas ? »

Elle attendit que le serveur ait déposé deux autres verres sur la table, puis elle reprit : « Vous savez, je ne vous avais encore jamais vu sourire. Pas vraiment, en tout cas.

— Peut-être que je n'ai pas beaucoup de raisons de sourire.

— Quand l'idée de devenir pilote vous est-elle venue ?

— Oh, ça n'a aucun intérêt.

— Je ne vous poserais pas la question si ça ne m'intéressait pas.

— Vous voulez vraiment savoir tout ça ? L'histoire de ma vie ?

— Absolument. »

Pendant qu'elle l'observait, son visage s'adoucit et son amertume coutumière fit place à quelque chose de plus doux.

« Très bien, alors. Par où vais-je commencer ? Nos parents étaient fortunés. Ma mère venait d'une famille de banquiers, les von Eckdorff, originaires de la région de Potsdam. Mon père, qui était professeur de droit, écrivait des livres, notamment sur le système juridique allemand. C'étaient des gens extrêmement cultivés, sensibles et animés de grandes ambitions pour leurs enfants. Rien que de très normal pour nous, cela dit. J'ai eu une enfance heureuse.

Nous allions passer l'été au bord du Wannsee. Nous y avions une maison charmante, très lumineuse, avec une vue magnifique sur le lac. Les cerfs de la forêt voisine venaient jusque dans le jardin. Nous faisions des pique-niques interminables, des barbecues ; du bateau, aussi. J'ai adoré cette époque. J'en ai la nostalgie chaque fois que je sens l'odeur de l'herbe écrasée sous mes pas. Je me revois allongé sur la pelouse discutant de nos projets. Des invités allant et venant dans la maison aux réceptions de nos parents. Les jeux avec mes frères. J'avais un frère jumeau qui s'appelait Harro. Nous étions identiques, mais c'était lui l'aîné ; nous avions tous les deux une passion pour les avions. Un de nos voisins, qui avait un planeur, nous a appris à piloter. »

Se représenter les pelouses inondées de soleil, la villa luxueuse, l'élégance d'avant-guerre était facile ; beaucoup plus difficile d'imaginer le jeune Strauss, heureux, sans cicatrice.

« Bref, Harro et moi, on s'est vite révélés bons pilotes. On s'est inscrits dans un aéroclub. Nous avions de grands projets, devenir des pilotes professionnels, nous faire un nom. Nous étions tous les deux en rivalité permanente, bien que, pour être honnête, Harro fût un peu plus fort que moi. Il était intrépide, voyez-vous. Pas casse-cou, mais il ne connaissait pas la peur, alors que moi si ; il y avait toujours un fond de peur en moi.

— Vous voulez dire que vous étiez prudent ?

— Non. Ce n'était pas de la prudence, c'était de la peur. Une véritable peur.

— La peur est peut-être nécessaire pour être bon pilote, non ? Elle vous rend plus prudent. Elle vous empêche de commettre des erreurs stupides. »

C'était vrai pour tout ce qu'entreprenait Clara, en tout cas. La peur, être sur le fil du rasoir aiguisaient son attention. La rendaient plus vigilante.

Strauss prit le temps de réfléchir à la question.

« Je pense qu'un grand pilote n'a pas peur, justement, c'est ce qui le différencie des autres. Ernst, par exemple, n'a pas peur. Pas du tout. Si vous avez peur, c'est que vous n'avez pas accepté ce qui pourrait arriver. Vous ne l'avez pas affronté ni assumé avant de vous lancer.

— Cette peur, vous l'avez encore ?

— Moins, mais je mentirais si je disais qu'elle a complètement disparu. »

Songeur, il passa un doigt sur la cicatrice qui lui barrait la joue.

« Toujours est-il qu'un jour, tout a basculé. Nous sommes montés dans un biplace ; Harro était aux commandes. Les conditions de vol étaient parfaites. Tout aurait dû bien se passer, mais l'avion s'est crashé et nous avons été éjectés. Nous avons eu de la chance d'en sortir vivants. J'avais le visage très amoché, une bouillie de sang et de chair, mais Harro semblait indemne. Au début, j'ai cru qu'il était juste sonné, alors je me suis accroupi auprès de lui et je lui ai dit que j'allais chercher de l'aide. Il nous a fallu des heures pour le ramener à la maison. Il s'était brisé la colonne vertébrale. Il était paralysé. »

Le regard de Strauss croisa celui de Clara, puis se fixa sur le manteau de la cheminée, aux boiseries très ouvragées, avec des motifs de fruits et de feuilles sculptées en haut relief.

« Il a vécu encore quelques mois. Vous ne pouvez pas imaginer ce que c'était pour moi de voir mon frère jumeau, un beau jeune homme, plein de vie, réduit à rien, à un corps souffrant, échoué sur un lit. Il se desséchait sous nos yeux. Il n'y avait pas que son dos ; son cerveau aussi avait souffert ; c'était ce que disait ma mère, en tout cas. Elle passait des journées entières à son chevet, mais mon père pouvait à peine supporter de le regarder. Il a fallu que je continue, bien sûr. On m'a rafistolé le visage et je suis retourné à l'école, même si je renonçais à tout engagement à l'extérieur parce que je ne voulais qu'une chose : rester avec Harro. Je me sentais très coupable, voyez-vous. Chaque fois que je rentrais, il y avait ce regard qu'il posait sur moi, muet de douleur, et il marmonnait. Le médecin disait qu'il ne pourrait plus remarcher. Notre rêve était brisé. J'ai fini par décider de ne plus jamais piloter. Puisque Harro ne pouvait plus, moi non plus. Je restais à la maison, pour lui faire la lecture, je lui rapportais du travail de l'école, bien que nous nous leurrions en voulant croire qu'il pourrait avoir une vie décente. Mais il a assez vite attrapé une pneumonie et il en est mort. C'est mon père qui m'a appris la nouvelle et, sur le moment, j'ai été soulagé. Oui, soulagé parce que ça signifiait que j'allais pouvoir recommencer à voler sans éprouver de la culpabilité. Ça n'a duré qu'un instant, bien sûr. Le chagrin est venu tout de suite après. Il a détruit ma mère. Elle ne s'en est jamais remise. Il m'arrive de me demander jusqu'à quel point j'en ai été affecté, moi aussi. Parfois, dans ma vie de tous les jours, j'ai la sensation d'avoir perdu quelque chose, et puis, tout de suite après, je réalise ce que c'est. »

Il pinça les lèvres.

« Nous l'avons enterré dans le cimetière de l'église proche de notre maison du Wannsee. On peut trouver ça bizarre, mais nous n'y avons pas mis de pierre tombale. Mon père a dit que Harro était un esprit libre, qu'il ne fallait rien au-dessus de lui que le bruit des sabots des cerfs. »

Il battit des paupières et prit une autre gorgée de bière.

« Voilà. Vous connaissez ma triste histoire. Faites-en ce que vous voulez. »

Clara regarda fixement son verre, la gorge nouée par un sentiment de malaise qui lui était familier. Elle se sentait tiraillée par un conflit intérieur qui lui faisait craindre d'être submergée par le dégoût d'elle-même. Elle savait qu'elle était un « piège à miel ». Une sorte de femme fatale, comme disaient les Français. Une Mata Hari. La vie d'un espion est certes pleine d'ombre et de double jeu, mais celle d'une espionne implique un niveau de duplicité supplémentaire. Encourager les confidences, feindre la proximité, affecter une certaine intimité, amener un homme à se dévoiler, c'était d'une certaine façon pire, peut-être, que le déshabiller. Chaque fois que ce sentiment menaçait de la submerger, elle se rappelait quels étaient les enjeux. L'information qu'elle pouvait obtenir d'Arno Strauss était précieuse. Des milliers de vies en dépendraient peut-être. Si c'était au prix de cette duplicité, cela en valait la peine.

« On aurait pu penser que vous arrêteriez définitivement de voler, Arno.

— Bien au contraire. Quand cela arrive, vous êtes face à un choix : soit vos nerfs lâchent, soit vous remontez dans le cockpit. Moi je me suis engagé dans la guerre.

— Et vous êtes parti en Espagne. »

Il releva brusquement la tête, percevant là un sous-entendu.

« Oui, je me suis porté volontaire. Et j'en suis heureux. C'était pour moi une occasion unique d'enrayer la progression du bolchevisme. Une gangrène qui se répand partout en Europe. Un cancer. Ce qui se passe en Espagne se produira bientôt en Allemagne si nous ne faisons rien pour l'arrêter. L'Allemagne ne reconnaîtra jamais une Espagne rouge.

— Qui vous dit que l'Espagne va devenir rouge ? »

Il poussa un grognement. « Vous n'y êtes pas allée. Le pays est bourré d'agents de Moscou. Ils ne se contentent pas d'y envoyer des armes, une assistance. Ils envoient aussi des espions. Les Soviétiques exercent un contrôle sévère sur les Républicains. Dans les environs de Madrid, ils ont des prisons secrètes où ils torturent et tuent les nationalistes et les catholiques. De plus, leurs agents ne sont pas faciles à repérer. Ils ne sont pas toujours russes ; il y a des Allemands, des Espagnols. Presque tous juifs, bien sûr. Il y a un Juif ukrainien, parmi eux, le général Kléber – tout au moins est-ce son nom de guerre – qui conseille les Brigades internationales. En réalité, c'est un membre dirigeant du NKVD, dépêché de Moscou. Son véritable nom est Manfred Stern. Il y a aussi quelques

Anglais. Vous devriez ouvrir l'œil. Les Bolcheviques ont pour objectif avoué de renverser aussi le gouvernement britannique. Si les Anglais n'y prennent pas garde, la faucille et le marteau flotteront bientôt sur Buckingham Palace.

— Vous en parlez comme s'ils n'étaient pas humains. »

Il haussa les épaules. « Les Bolcheviques, les Juifs. Ils sont différents de nous. N'allez pas croire que je les considère comme des brutes sans cervelle. Bien au contraire. Je les crois dangereux. Ils veulent détruire tout ce en quoi nous croyons. Avez-vous entendu parler de ce qui se passe en ce moment à Moscou ? Des purges de Staline ? »

Clara resta silencieuse. Elle s'étonna d'entendre Strauss parler des horreurs commises par Staline, quand les exécutions illégales, les procès spectacles et les arrestations arbitraires étaient une réalité quotidienne dans l'Allemagne d'Hitler.

« Mais vous, Arno, qu'avez-vous fait en Espagne ?

— Êtes-vous en train de me demander en quoi consiste une guerre ?

— Dans les grandes lignes.

— Je faisais partie des pilotes de la Légion Condor. Sous les ordres du lieutenant-colonel Wolfram von Richthofen. Un parent du Baron rouge, vous savez ? Le commandant en chef s'appelait Hugo Sperrle. Vous avez peut-être entendu parler de lui ? »

Clara avait vu des photos du Generalmajor Sperrle dans la presse. Un bouledogue humain, avec un monocle et une bouche carnassière.

« Oui, je crois.

— Nous avons effectué des missions contre les communistes.

— Alors tous les gens que vous avez bombardés à l'époque étaient communistes ? »

La voix de Strauss prit un ton glacial.

« À quoi ça rime, Clara ?

— À rien. Ça m'intéresse, c'est tout.

— Ça vous intéresse, vraiment ? C'est pour ça que vous me posez toutes ces questions. Allez-vous me demander ce que j'ai vu ? Ce que j'ai fait ? Vous croyez que je vais vous raconter ça ici, autour d'un bon repas, pour vous distraire ? Êtes-vous de ces femmes qui voudraient bien savoir combien on en a tué et la tête qu'ils faisaient quand on les bombardait ? S'ils ont été brûlés vifs ou enterrés vivants sous les décombres ? »

Il termina son verre en silence, le posa brutalement et se leva pour payer l'addition. Clara s'en voulut terriblement. Qu'est-ce qui lui avait pris de parler politique – le dernier sujet à aborder –, détruisant ainsi l'intimité qui s'était installée entre eux ? Elle avait probablement éveillé les soupçons de Strauss quant à ses propres motivations, mais même dans le cas contraire, il était presque certainement trop tard pour rattraper le coup. Bravo Clara, mission non accomplie.

C'est en silence aussi qu'ils traversèrent le village pour rentrer. Un soleil oblique de fin de journée dorait les toits rouges et donnait un éclat particulier aux chrysanthèmes orange et dorés qui dépassaient des clôtures de jardin. Au-dessus d'eux, un vol bruyant d'oies sauvages passa, formant une flèche noire dans le ciel ; en dessous, des poules picoraient dans l'herbe.

La beauté du paysage devait peu à peu produire son effet sur Strauss, car il se détendait : le visage était moins crispé et Clara sentit sa colère s'estomper.

Ils pénétrèrent dans la forêt fraîche et verdoyante, où il n'y avait pas de bruit hormis le bruissement des feuilles et le murmure d'un ruisseau dans le lointain. Au bout d'un moment, Strauss s'arrêta et, l'empêchant de continuer, la pressa contre le tronc d'un arbre qui perdait son lichen comme une statue de plâtre écaillée. La lumière filtrait à travers les feuilles, tamisant l'ombre et le soleil.

« Pourquoi êtes-vous venue aujourd'hui ?

— Je vous l'ai dit. C'est pour le rôle de Gretchen. Pour entrer dedans. Comprendre le personnage que je dois interpréter. Je suis censée savoir ce qu'elle vit sans même y réfléchir. Un travail de recherche, en quelque sorte.

— Et que fait-elle, cette Gretchen ?

— Elle vole en territoire ennemi pour aller secourir son mari.

— Et le mari, c'est Ernst ?

— Oui.

— Il a de la chance. »

La boisson avait manifestement fait son effet. Elle rit avec légèreté.

« Je dois le voir cette semaine. Nous avons une séance de prises de vues pour la campagne promotionnelle du film.

— Vraiment ? J'aimerais bien avoir une de ces photos. Mes murs sont plutôt nus.

— Je leur demanderai de vous en envoyer une.

— Et moi, je fais partie du travail de recherche ? »

Il lui prit la main, mêlant ses doigts aux siens. Elle dut se retenir pour ne pas la retirer.

« Vous savez, Clara, je vous trouve fascinante.

Il lui effleura le visage, le palpa, tel un aveugle ou un amant, ses doigts glissant sur sa peau, ses tempes, ses pommettes, comme si les traits de Clara allaient lui révéler quelque chose.

« Nous avons un point commun, vous et moi. Je ne montre pas mes sentiments parce que je ne peux pas. Ce que j'ai, là, sur mon visage m'en empêche. Vous, vous n'êtes que façade. C'est pourquoi je m'interroge sur votre intérêt à mon égard. Les belles actrices qui se jettent à mon cou ne sont pas légion. Qu'est-ce que vous cachez ?

— Qui vous dit que j'ai quelque chose à cacher ?

— Soleil et nuages. C'est ce que je vois dans vos yeux. »

La voûte des arbres au-dessus d'eux projetait des formes changeantes sur le visage de Strauss qui lui souriait. Elle pensa, l'espace d'un instant, que s'il n'avait pas été national-socialiste, elle aurait pu tomber amoureuse de lui. Au fond, il n'était pas si différent de Ralph. Le besoin de séduire de Ralph avait sur elle un effet aussi dissuasif que le visage abîmé de Strauss. Sauf que Strauss était un officier supérieur de la Luftwaffe. Il fréquentait des gangsters comme Goering et Himmler, des hommes impitoyables, violents, qui considéraient tous ceux qui n'étaient pas d'accord avec eux comme des dégénérés, des Bolcheviques, ou des gens indignes de se promener dans une forêt germanique. Strauss n'avait peut-être pas le sadisme de ses maîtres ni leurs idées malfaisantes, mais n'avait-il pas choisi de les servir ? Comme eux, il méprisait les Juifs. Travailler au ministère de Goering et piloter un bombardier portant la croix gammée étaient un choix de sa part.

Strauss avança vers elle son visage mutilé et se pencha pour l'embrasser. Instinctivement, elle se déroba. La bouche de Strauss se durcit en une ligne mince.

« Vous me trouvez repoussant, c'est ça ? Bah, ce n'est pas une surprise. Je devrais y être habitué, maintenant. »

Son visage s'était fermé sous l'effet de la colère et de la contrariété. « Les femmes m'évitent toujours. Elles ne veulent pas voir cette monstruosité de trop près. Au Service du Travail, on donne une cuillerée de bicarbonate de soude par jour aux gars pour calmer ce genre d'élans. Je devrais peut-être leur demander conseil.

— Ça n'a rien à voir avec votre visage. »

Un éclair d'amertume apparut dans ses yeux gris.

« Vous n'avez pas besoin d'en dire plus, Fräulein. J'apprécie votre sincérité.

— Je vous ai dit la vérité.

— Je me suis entraîné sur un ring de boxe pendant des années pour que les hommes hésitent avant de dire quelque chose qu'ils pourraient regretter, mais ça ne marche pas avec les femmes. Je les dégoûte. Elles n'arrivent pas à voir au-delà, et qui pourrait leur en vouloir. Aucune fille n'a envie d'être vue en compagnie d'un phénomène de foire. Lorsque je défile et que les filles de la Ligue allemande arrivent vers moi avec leurs bouquets de fleurs, je les vois toujours hésiter.

— Oh, pour l'amour du ciel ! »

Comment Clara pouvait-elle lui faire comprendre ? Il avait été blessé au visage, certes, mais ses blessures intérieures étaient encore plus profondes. Et ces blessures-là ne s'étaient pas complètement refermées. Il suffisait que quelqu'un y touche pour les rouvrir, les raviver, aussi douloureuses qu'au premier jour. Comment pourrait-elle dire à Strauss que son mouvement de recul n'était pas imputable à son visage, mais au fait qu'elle ne voulait pas l'abuser plus que le strict nécessaire ? Elle chercha rapidement une explication crédible.

« Ce n'est pas ce que vous croyez.

— Ah bon, vraiment ? dit-il avec une expression de dégoût.

— Ma réaction n'a rien à voir avec votre blessure.

— Avec quoi, alors, si ce n'est pas ça ?

— Vous parliez de secret en ce qui me concerne, et vous aviez raison. J'en ai bien un. Voyez-vous, Arno, vous fréquentez une Juive. »

Il la fixa un moment puis elle le sentit se raidir, horrifié. Il fit un pas en arrière. « Vous devriez consulter l'anthropologue, dit-il d'une voix blanche. Je ne peux pas croire qu'une seule goutte de sang juif coule dans vos veines. »

Elle avait regretté ses paroles à peine sorties de sa bouche. Son cœur tambourinait dans sa poitrine. Qu'est-ce qui lui avait pris de révéler un tel secret à un officier nazi ? Ce secret qu'elle protégeait chaque jour. Qui avait été si habilement dissimulé grâce aux faux papiers de Leo, réalisés par des gens qui avaient pris d'énormes risques personnels pour les lui fournir. Quel droit avait-elle de s'abandonner ainsi à un instant d'émotion impardonnable ? Non seulement elle mettait sa vie en danger, mais du même coup aussi celle de tous ces hommes courageux qui ne manqueraient pas d'être repérés dans Berlin, puis arrêtés si sa fausse identité était découverte ? Tout ça pour empêcher Strauss de l'embrasser. Il ne restait plus qu'à lui faire croire à une plaisanterie.

« Pas juive comme ça. Je voulais dire que je suis à moitié anglaise. Ce journal SS, *Das Schwarze Kopf*, « La Tête noire », n'a-t-il pas affirmé que nous sommes tous des Juifs blancs ? »

Il partit d'un grand éclat de rire. « Vous auriez dû le dire. Il n'y a vraiment aucun mal à ça. Aucun, vraiment. »

Toujours est-il qu'il ne fit pas d'autre tentative pour l'embrasser. Ils continuèrent de marcher à travers bois, Strauss apparemment détaché, presque comme si elle n'était plus là. Il lui prêta une main secourable pour l'aider à enjamber un enchevêtrement de fougères, mais la retira ensuite. Les commentaires de Clara sur la beauté du cadre restèrent sans réponse. Le visage de Strauss s'était refermé. À un moment donné, il sortit de sa poche une flasque en argent qu'il porta à ses lèvres d'un geste vif. Ce ne fut qu'en arrivant à l'aérodrome et en se dirigeant vers l'avion qu'il la regarda à nouveau et lui dit, laconique : « On pourrait peut-être se voir jeudi. Si vous êtes libre.

— Je suis vraiment désolée, Arno. Je dois être au studio ce jour-là. »

Il fit glisser la porte du cockpit et prit leurs vestes de vol.

« Bon. Mais il y aura un déjeuner chez Horcher dans quelques jours, pour fêter le départ de Sperrle de la Légion Condor. Il a été promu General der Flieger. Je vous ferai parvenir tous les détails. Je pense que vous devriez venir. Ça pourrait être intéressant pour vous, de voir Sperrle de plus près. Considérez ça comme faisant partie de votre travail de recherche.

— Merci. Je viendrai. »

La réponse sembla le satisfaire.

## 28

La nuit était tombée quand ils atterrirent à Tempelhof, et elle rentra aussitôt Winterfeldstrasse. Une pluie fine avait lavé l'asphalte et vidé la rue. Sur le pare-brise de l'Opel rouge d'Albert, toujours garée là où elle l'avait laissée, devant l'immeuble, une tache claire attira son attention. Sans doute un prospectus distribué par une organisation national-socialiste l'exhortant à conserver ses croûtons ou à raccommoder ses chaussettes. S'approchant, elle vit qu'il s'agissait d'une enveloppe ordinaire, sans adresse. Cela ne ressemblait pas aux documents de propagande, généralement plutôt colorés. Elle l'ouvrit. À l'intérieur, il y avait la photo d'un petit garçon souriant, en uniforme, âgé de six ans environ. Elle la sortit d'une main tremblante. Erich. C'était la photo qui se trouvait sur sa cheminée. Elle n'avait même pas remarqué sa disparition.

Elle jeta un coup d'œil des deux côtés de la rue, mais il n'y avait personne. L'enveloppe était légèrement humide ; celui qui l'avait déposée là avait probablement été surpris par la pluie. Il n'était pas reparti depuis longtemps. S'il était reparti.

La respiration de Clara se fit haletante, entrecoupée. Cette photo était une menace, une menace directe émanant de celui qui la suivait partout. Sans qu'il ait été nécessaire de prononcer un seul mot, on lui disait qu'on s'en prendrait à Erich. Erich qu'elle n'avait pas revu depuis qu'il était reparti furieux de ce malheureux rendez-vous d'anniversaire. Des images de cauchemar se bousculèrent dans sa tête. Le corps d'Erich étendu dans la rue, sa mince poitrine se soulevant à peine, ou bien tombant d'une fenêtre, comme sa mère. Le jeune garçon, dont la vie était devenue inextricablement liée à la sienne, était désormais en danger. Erich, auquel elle s'était peu à peu attachée et qui, à certains moments, était la seule chose qui la retenait à Berlin. Au lieu de le protéger, elle l'avait mis en danger.

À cet instant, Clara eut le sentiment de n'être qu'une figurante dans une histoire qui la dépassait. Celui qui en avait écrit le scénario tirait les ficelles, faisait évoluer les événements vers un dénouement que lui seul connaissait. Qui était cette personne qui agissait en coulisse ? Que voulait-elle ? Et que lui réservait-elle ?

De retour à l'appartement, elle s'efforça de réfléchir calmement à l'endroit et au moment où elle aurait pu être suivie. Archie Dyson l'avait prévenue que la Gestapo la surveillait. Depuis des semaines, elle avait l'impression d'être suivie, même à Munich. C'était certainement lors du cambriolage que la photo lui avait été dérobée. Elle se maudit de ne pas avoir remarqué qu'elle n'était plus là. Ceux qui lui avaient pris cette photo la connaissaient suffisamment pour savoir à quel point elle tenait à Erich. Ils devaient également savoir qu'elle s'était absentée. Ils savaient où elle habitait. Quelle voiture elle conduisait. Le message était clair. Ils avaient menacé quelqu'un de cher au cœur de Clara parce qu'elle savait quelque chose qui leur était précieux. Le problème, c'est qu'elle n'avait pas la moindre idée de ce que c'était.

La grand-mère d'Erich n'avait pas le téléphone, et Clara résista à la tentation de foncer aussitôt dans le métro. Au lieu de quoi elle appela le collège d'Erich. Le principal, un homme bourru, qui travaillait tard et répondit lui-même, la rassura : Erich Schmidt était bien venu en cours ce jour-là. Après cela, dans le silence de son appartement, elle s'assit et se mit à réfléchir, une tasse de café noir dans les mains. Elle s'était rendue à Munich pour trouver la sœur d'Anna Hansen. Elle n'en comprenait pas encore la raison, mais la vie d'Anna Hansen était désormais liée à la sienne. La mort inexpliquée d'un modèle à la vie dissolue devenue une fiancée du Reich projetait une ombre sur sa propre vie. Il fallait qu'elle découvre ce qui était arrivé à Anna Hansen, et vite.

Cette nuit-là, Clara eut beaucoup de mal à s'endormir. Enfin, sa respiration devenant plus régulière, alors qu'elle était sur le point de sombrer, une silhouette lui apparut, qui lui faisait signe et, dans les recoins les plus obscurs de son esprit, où flottaient les images qui précèdent les rêves, elle perçut très vaguement quelque chose. Quelque chose qui tentait de s'extraire de ces images, de remonter à la surface, mais qui n'avait ni voix ni visage, qui se déplaçait comme l'aurait fait un souvenir, entrant et sortant des brumes de son esprit.

# 29

Le foyer Kurmark se trouvait à Klosterheide, un petit village à cinq kilomètres au nord de Lindow et à une heure et demie de route au nord de Berlin. Plantée sur la crête d'une colline, c'était une bâtisse majestueuse à pignons hauts en pierre rose, dont le toit d'ardoises était surmonté d'une coupole à l'intérieur de laquelle une cloche au carillon métallique et lugubre sonnait les heures. C'était un monastère, à l'origine, ce dont témoignait l'austérité de sa façade. Une odeur de piété y subsistait, qui rivalisait avec de forts relents d'ammoniaque, de produits de nettoyage et de cire. Un peu plus tôt dans l'année, les responsables de la SS avaient récupéré ce lieu et l'avaient réaménagé de fond en comble pour en faire un centre du Lebensborn – qui faisait partie du réseau d'institutions créées par la Fondation pour l'Amélioration de la Race, destinées aux futures mères célibataires voulant échapper aux leçons de morale des prêtres et des membres de leur famille. Là, dans le cadre d'un programme conçu par Heinrich Himmler, elles pouvaient porter leur enfant et faire le choix de le garder ou de le donner à une famille SS désireuse de respecter le quota officiel de quatre enfants imposé par le Reich. Au-dessus de la lourde porte de chêne, un drapeau SS noir flottait au vent vif de l'automne.

Clara sortit de la voiture et s'attarda un instant devant la porte. Ainsi, Katia Hansen était enceinte et célibataire. Ce qui pouvait expliquer le mépris de sa logeuse à Munich. Mais cela n'expliquait pas pourquoi, alors que des centres comme celui-ci existaient partout en Allemagne, elle avait choisi de traverser la moitié du pays, pour se confier aux bons soins de la SS à un moment de grande vulnérabilité. À moins que cela n'ait à voir avec le fait que d'autres personnes fussent également à sa recherche, comme la logeuse l'avait laissé entendre. Clara ne savait pas du tout si ce déplacement serait plus fructueux que celui qu'elle avait effectué à Munich, mais elle était cette fois poussée par d'autres considérations plus pressantes. Katia Hansen se cachait et elle voulait comprendre pourquoi.

Il n'y avait pas de sonnette et, au bout d'un moment, Clara poussa la porte et s'aventura à l'intérieur. Pour une institution accueillant des nourrissons et des enfants en bas âge, l'endroit était étrangement calme. Et peu avenant : un linoléum décoloré par des lavages répétés à la brosse, des murs ternes couleur moutarde et un plancher éraflé. Même la lumière qui pénétrait en oblique par les fenêtres embuées était blafarde, comme une promesse faite aux bébés que le monde extérieur ne serait pas moins triste que l'endroit où ils avaient vu le jour.

Avant qu'elle ait pu faire trois pas, une infirmière en coiffe blanche vint à sa rencontre, l'air affairé.

« Katia Hansen, dites-vous ? Cette visite était-elle prévue ?

— Je suis une amie de la famille. J'ai une triste nouvelle à lui annoncer, dit Clara, éludant la question et prenant un ton grave et solennel. Sa sœur est morte. »

L'infirmière tressaillit, comme si Clara avait proféré une obscénité. Peut-être la mort était-elle une forme d'obscénité, en effet, dans un lieu entièrement voué à la naissance.

« Sa sœur, dites-vous. Elle est morte ? » Clara observa l'infirmière qui digérait cette information, se demandant peut-être si Katia avait illégalement dissimulé un problème familial, une anomalie de santé héréditaire, des morts prématurées.

« Elle a été assassinée », précisa Clara. La mort par assassinat n'était pas héréditaire.

« Assassinée ! Vraiment ? Quelle horreur ! Il va falloir que j'aille la chercher alors. Je crois qu'elle est dans la salle de conférences. Mais je vous demanderai d'y aller doucement, s'il vous plaît. Une jeune fille dans son état ne doit pas subir de choc. »

Clara fut introduite dans une salle d'attente, chichement meublée d'une batterie de meubles en rotin en mauvais état. Au mur, une affiche vantait les vertus d'un régime pour femmes enceintes, à base de porridge et de pain bis. L'une des fenêtres donnait sur le jardin où d'autres infirmières tout de blanc vêtues, une croix rouge cousue sur la coiffe, étaient assises en cercle, un bébé sur chaque genou. Il y avait quelque chose de particulier chez ces nourrissons, songea Clara, et ce n'était pas seulement qu'ils étaient tous blonds et qu'ils portaient les mêmes ensembles et chaussons tricotés. Puis elle sut ce que c'était : avec leurs joues rebondies sous leurs bonnets, et leurs petits bras potelés, ils avaient l'air beaucoup mieux nourris que les bébés qu'on voyait dans Berlin. Sur la terrasse qui se trouvait juste au-dessous de la fenêtre, elle vit une rangée de berceaux recouverts de dentelle et de couvertures à fleurs, et, un peu plus loin sur la pelouse, une table ronde où une dizaine d'enfants prenaient un repas dans des bols en inox.

Katia Hansen était une jeune fille menue d'une vingtaine d'années. À en juger par son ventre, volumineux sous son tablier de grossesse, elle devait en être à sept mois. Elle avait les cheveux châtain foncé – sans doute la même couleur qu'Anna avant que celle-ci ne se les décolore – et des traits délicats qui rappelèrent sa sœur aînée à Clara. Katia se libéra du bras de l'infirmière et regarda Clara, l'air interloqué.

« C'est vrai ? Ce que la Krankenschwester Flick m'a dit au sujet d'Anna ? Mais qu'est-il arrivé ?

— Asseyez-vous, ma chère, dit l'infirmière, s'efforçant à un peu de gentillesse. Cette dame est venue pour tout vous expliquer.

— C'est vrai, hélas, dit Clara. Je suis sûre que l'École des Épouses du Reich a essayé de vous retrouver. Ainsi que le reste de la famille.

— Il n'y a pas de reste de la famille, dit Katia en s'asseyant. Il n'y a que moi. Et ils n'ont pas dû beaucoup essayer. Mais au fait, qui êtes-vous ?

— J'ai connu Anna à Berlin. » Clara prit une profonde inspiration et entreprit de tout lui raconter : la rencontre d'Anna par l'entremise de Bruno Weiss, l'École des Épouses et le meurtre. Elle essaya de rester dans le vague quant aux circonstances de l'assassinat, mais se crut obligée d'ajouter que la police avait déjà relâché le jardinier arrêté au début de l'enquête.

« Alors qui soupçonnent-ils à présent ?

— Je ne sais pas.

— Pauvre Anna. » Une larme coula sur la joue de Katia, qu'elle essuya de l'index. « Tout de même, elle ne méritait pas ça. »

*Tout de même* ?

Du coin de l'œil, Clara vit une voiture s'arrêter dans l'allée, un groupe d'officiers SS en sortir, claquer les portières et s'avancer sur le gravier. L'un d'eux portait un bouquet.

« Ils sont venus pour la cérémonie, expliqua Katia d'un ton détaché.

— Quelle cérémonie ?

— Un bébé va être donné à la Patrie, aujourd'hui. Sa mère ne voulait pas, mais elle ne voit pas d'autre solution. Elle sait qu'en tant que pupille du Reich il aura un bel avenir. Il y a toujours plein de gens prêts à les adopter.

— Comment est-ce possible ? » Clara avait du mal à comprendre qu'on puisse souhaiter avoir davantage de bouches à nourrir dans une période aussi difficile.

Katia haussa les épaules. « Les familles SS sont requises d'avoir quatre enfants minimum. Himmler dit qu'ils doivent être "*kinderreich*". Si vous obtenez un enfant par le Lebensborn, il est garanti de race pure. Tenez, voilà Eva. »

Une grosse fille aux cheveux roux frisés entra dans la pièce et s'installa fébrilement dans un fauteuil.

Habillée comme si elle était en visite, avec manteau et chapeau, elle tenait un bébé enveloppé dans un châle blanc dans ses bras. Le nourrisson se mit à pleurnicher et la fille entreprit aussitôt de le calmer en le berçant. Les pleurs ne faisant que redoubler, la mère finit par défaire son corsage pour lui donner le sein, non sans avoir jeté un rapide coup d'œil autour d'elle. Clara observa la scène : les yeux temporairement bleu marine du nourrisson se tournèrent vers les seins distendus et veinés de bleu, puis la petite bouche happa le téton, faisant tressaillir la mère. Eva resta ainsi le regard perdu au loin pendant tout le temps que l'enfant téta, l'air terriblement abattu.

« Eva a eu sa petite fille il y a un mois. » Katia gratifia Clara d'un sourire puis baissa la voix. « Elle va être adoptée par un couple sans enfant. Nous sommes toutes censées assister aux cérémonies de transmission, sauf que je ne les supporte pas… »

Elle jeta un œil dehors. « C'est votre voiture ? Vous croyez qu'on pourrait aller faire un tour ? Il ne faudrait pas qu'on traîne, mais je meurs d'envie de fumer une cigarette. »

Elles s'esquivèrent. En passant dans le couloir, Clara examina la salle à manger où étaient rassemblés les officiers SS. On y avait installé deux rangées de chaises devant une table dressée comme un autel, recouverte d'un linge blanc et ornée d'un vase de fleurs et d'un portrait du Führer. Derrière, un drapeau cramoisi était pendu au mur à côté de la bannière noire de la SS avec ses éclairs de foudre déchiquetés. Un couple se tenait près de la table, un Sturmbannführer grisonnant et une femme coiffée d'un chapeau fleuri, dont l'expression était si sévère qu'on pouvait penser qu'elle ferait face à tout ce que la vie pourrait lui envoyer. Même si c'était un bébé.

Katia marcha rapidement vers la voiture, puis se glissa péniblement sur le siège avant. Il y avait en elle cette assurance, ce pragmatisme dont Clara se souvenait chez Anna. Elle venait d'apprendre la mort de sa sœur mais avait à peine versé une larme. « Au cas où vous vous poseriez des questions, reprit Katia, se sentant observée, sachez que c'était un accident ; alors qu'est-ce que je pouvais faire ? Les médecins n'ont pas le droit de donner des conseils de contraception. S'ils le font, c'est directement le camp pour eux, et les contraceptifs qu'on peut trouver sont tous foireux. C'est exprès. Toujours plus d'enfants pour la Patrie. Quant à l'avortement, ce n'est même pas la peine d'y penser.

— Je sais », dit Clara. L'avortement était interdit dans le Troisième Reich. Quiconque prêtait son concours à une interruption de grossesse était justiciable de la peine de mort. Sauf s'agissant des Juifs, chez qui cette pratique était au contraire vivement encouragée.

« Je ne l'aurais pas envisagé de toute façon, poursuivit Katia tandis que Clara démarrait. Bref, être ici est un honneur, paraît-il. Il faut en faire la demande et ils n'acceptent que la moitié des postulantes. Ils préfèrent que le père soit un SS, et il faut pouvoir prouver que l'hérédité est saine. Heureusement mon copain n'était pas racialement inférieur. Même s'il l'était sur tous les autres plans.

— Qui était-ce ?

— Il était chauffeur. Dans les SA ; il conduisait les SS à Munich. Il a fini par disparaître du paysage. Au fond, je ne suis pas mécontente d'être débarrassée de lui.

— Ce foyer a l'air d'un endroit bien tranquille.

— Tranquille ? Vous plaisantez. Nous sommes débordées. Ça n'arrête pas, les cours de diététique, de puériculture évidemment, les conférences, les films. Ce matin nous avons eu une causerie sur une méthode infaillible pour que notre prochain enfant soit un garçon. Des conseils émanant directement de Herr Himmler, apparemment. Assurez-vous que votre partenaire ne boive pas d'alcool pendant une semaine et fasse beaucoup d'exercice. » Elle eut un rire amer. « Vous voyez que ce n'est pas gagné. Himmler ferait mieux de trouver autre chose pour donner plus de soldats au Führer.

— Comment ça se passe, après la naissance du bébé ?

— Oh, ils s'en occupent très bien. Ils ont une approche très scientifique : les infirmières pèsent tous les aliments, donnent deux bains quotidiens aux bébés, et tout est stérilisé. Et les mères ont droit à un supplément de nourriture. Du lait entier, des légumes frais à volonté. C'est un des avantages de ce genre d'endroit.

— Ce que je voulais dire c'est, qu'arrive-t-il à l'enfant après ça ?

— Si vous n'êtes pas en situation de vous en occuper, il est donné à une famille SS. Peu importe le nombre d'enfants qu'ils ont déjà. On nous serine que les familles nombreuses sont une bénédiction. Nous avons eu des conférences sur les Allemands célèbres issus de familles nombreuses où l'on vous démontre qu'une fratrie plus réduite n'aurait pas permis à certains génies de voir le jour. Mozart et bien d'autres.

— C'est ce qui va se passer pour votre bébé ? demanda gentiment Clara. Vous allez le donner pour adoption ? »

Le visage de Katia s'assombrit. « Je ne sais pas. Les autres n'y voient pas vraiment d'inconvénient. Certaines ont déjà des enfants. J'ai une amie ici qui dit qu'elle est fière de donner un bébé au Führer. Elle espère que ce sera un garçon, qui pourra mourir pour lui. Mais moi j'espère que ce sera une fille et je n'ai pas envie qu'une espèce de vieille sorcière SS s'approprie mon enfant. »

Clara remarqua que des larmes coulaient à nouveau sur les joues de Katia.

« Ce n'était pas comme ça que je m'étais imaginé avoir un enfant, vous savez. J'aurais voulu faire ça bien, avoir un bon mari, une belle maison, un beau mariage ; et voilà ce qui m'arrive. » Elle renifla. « Vous ne m'avez pas dit que vous aviez des cigarettes ? »

La route traversait un bosquet et Clara s'y arrêta. Elles descendirent et s'en allumèrent une. Katia avala goulûment la fumée, puis s'adossa à la voiture. Dans la lumière qui filtrait à travers les feuilles, elle avait l'air épuisé. Son visage était déjà marqué par des rides d'amertume.

« Je suis désolée que vous ayez dû venir m'annoncer la nouvelle pour Anna. Vous pensez sans doute que je n'ai pas de cœur, vu que c'était mon unique sœur. Mais je n'arrive pas encore à réaliser. Le plus drôle c'est que c'était moi la gentille petite fille dans la famille. Et Anna la brebis galeuse. Elle s'est très tôt heurtée à nos parents ; elle picolait, rentrait tard. Elle avait refusé de rejoindre la Ligue des Jeunes Filles allemandes. Elle avait des petits copains pas très fréquentables. Son rêve, c'était de devenir danseuse, ce qui, pour notre père, revenait à se prostituer. Moi j'étais la bonne élève, la première de la classe, jamais un écart. Résultat, me voilà enceinte, sans homme, alors qu'Anna était à l'École des Épouses, sur le point de se marier avec un officier SS. »

Elle secoua la tête, comme si elle s'étonnait encore de la tournure prise par les événements.

« Pourquoi Anna a-t-elle quitté Munich ? demanda Clara.

— Pour être plus libre, je crois. À Munich, elle fréquentait une clique assez douteuse. Pas qu'on se soit attendu à ce qu'elle rencontre des gens plus reluisants à Berlin, remarquez. » Katia se corrigea elle-même. « Rien de personnel, Fräulein, mais Anna n'était pas le genre à boire du thé et à tirer l'aiguille. Quand j'ai appris qu'elle était entrée dans la troupe du Wintergarten, j'ai pensé qu'elle devait traîner avec des types du même genre que ceux qu'elle fréquentait chez nous. Heureusement, nos parents n'étaient plus là pour voir ça. »

Elle croisa les bras de manière protectrice sur son gros ventre. « Je suppose que c'est une bonne chose aussi qu'ils ne soient plus là pour me voir comme ça. Vous savez, quand elle m'a écrit qu'elle avait rencontré un bel officier SS blond qui s'appelait Johann, j'ai failli m'étrangler. Anna, en femme de SS ! Pendant que la bonne petite Katia se retrouvait enceinte après avoir été plaquée par un salaud de chauffeur SA.

— Savez-vous pourquoi on aurait pu vouloir tuer votre sœur ? »

Une voiture les dépassa et Katia sursauta comme une biche effrayée. Elle était à cran, se dit Clara. Terrifiée.

« Allez savoir ? L'idée qu'une personne puisse vouloir en tuer une autre me dépasse ! » Elle éclata en sanglots et, pour changer de sujet, Clara sortit le coffret.

« Anna a laissé ça à l'École des Épouses. Il y a une lettre pour vous à l'intérieur. Je suis désolée, mais je l'ai ouverte. Je ne pensais pas vous trouver un jour. »

Katia se moucha. « Ne vous en faites pas. Je me doute de ce qu'il y a dedans. »

Elle ouvrit la lettre et la lut, mettant beaucoup plus de temps que nécessaire pour parcourir les quelques lignes du message implorant de sa sœur. Puis elle la replia.

« Eh bien, de toute façon ça n'a plus d'importance, à présent.

— À quel sujet vous étiez-vous disputées ?

— L'argent, entre autres. Elle était toujours à quémander. » Elle regarda au loin, les yeux embués. « Quoi que j'aie pu dire, c'était toujours ma grande sœur. Je l'aimais, et elle ne le saura jamais.

— Mais si, elle le savait. » Clara passa un bras autour de ses épaules. « Cependant, Katia, il y a quelque chose qui me turlupine. Pourquoi êtes-vous venue ici ? »

— Je vous l'ai expliqué. Ça m'a paru une bonne solution. Je n'avais pas vraiment le choix.

— Je voulais dire, ici. À Klosterheide. C'est sacrément loin de Munich. » Katia se dégagea du bras de Clara. « J'avais besoin d'une pause. »

La jeune fille cachait quelque chose. Clara savait qu'il y avait un foyer du Lebensborn près de Munich. Pourquoi serait-elle partie aussi loin si ce n'était pour échapper à quelque chose ? Était-ce à cause de ces « autres » dont s'était plainte la logeuse ?

« Quand je suis allée à Munich, à votre ancien appartement de la Frauenstrasse, la logeuse m'a dit que je n'étais pas la seule à m'être enquise de vous. Savez-vous qui pourrait être à votre recherche ? »

Les joues de Katya s'empourprèrent, elle avança la lèvre inférieure en une moue signifiant qu'elle n'en savait rien. Et même si elle le savait, elle ne le dirait pas à Clara.

« Ça pourrait être n'importe qui, non ? Merci pour la cigarette. Je ferais mieux de rentrer, à présent. »

Elle jeta le mégot dans l'herbe et remonta en voiture, ne laissant pas à Clara d'autre choix que de la suivre.

« Le problème, Katia, c'est que la personne qui suivait Anna pourrait bien vous avoir suivie aussi. Et à présent, je pense que c'est après moi qu'on en a. »

Katia lui lança un regard en coin.

« Pourquoi dites-vous ça ? demanda-t-elle, l'air inquiète.

— On a menacé d'attenter à la vie de mon filleul.

— Mais pourquoi ferait-on une chose pareille ?

— C'est précisément le problème. Je n'en ai pas la moindre idée. J'espérais que vous sauriez. »

Elles arrivèrent devant le foyer juste au moment où le groupe de SS en sortait, avec, au milieu, la nouvelle mère au chapeau à fleurs qui portait l'enfant d'Eva dans ses bras, maladroitement, comme si elle ne savait pas par quel bout le prendre. Le visage mouillé de larmes de Katia devint cramoisi en les voyant. Au moment où celle-ci sortait de la voiture, Clara lui tendit le coffret.

« N'oubliez pas ça.

— Gardez-le. Je n'en veux pas. Les objets personnels ne sont pas bienvenus ici. »

Katia se pencha par la fenêtre de la portière et posa la main sur le bras de Clara. « Faire tout ce chemin pour venir me parler est très chic de votre part, et je suis désolée pour votre filleul. Je ne vois pas comment je pourrais vous aider. Je ne sais pas ce qui est arrivé à Anna et j'espère qu'ils vont attraper le salopard qui a fait ça, mais vu la vie qu'elle menait, il était inévitable qu'il lui arrive quelque chose. Elle attirait les ennuis. » Elle renifla. « En y réfléchissant, si, il y a une personne qui pourrait peut-être vous aider ; c'est Heidi Kastner.

— Qui est Heidi Kastner ?

— La meilleure amie d'Anna. Si on peut appeler ça une amie. Plutôt son âme damnée. Elles étaient comme larrons en foire. Elles se connaissaient depuis l'âge de dix ans et Heidi aura été derrière tous les problèmes qu'Anna a rencontrés. J'en veux à Heidi de presque tout ce qui est arrivé à ma sœur.

— Où est-ce que je peux la trouver ?

— La dernière fois que j'ai entendu parler d'elle, elle dansait au Wintergarten. »

Sur ce, Katia claqua la porte de la voiture, puis s'éloigna et disparut à l'intérieur.

Il fallut une heure à Clara pour atteindre les faubourgs de Grunewald. Elle éprouva soudain une immense fatigue. Tout son corps lui faisait mal. Le chauffage de l'Opel avait rendu l'âme et un courant d'air glacial parcourait l'habitacle. Les paroles de Mary résonnaient dans sa tête : *Rentre bien au chaud à la maison. Tu ne rends service à personne en allant jusqu'à l'épuisement.* Elle se demanda si Mary était retournée à l'École des Épouses et si elle en avait appris un peu plus sur la mort d'Anna.

À ces préoccupations vint s'en ajouter une autre. Voir ces bébés au Lebensborn avait ravivé ce désir viscéral d'enfant qui montait de plus en plus souvent des profondeurs de son être. Elle se remémora le regard encore vague du nourrisson dans les bras de sa mère, le crâne fragile avec son petit toupet de cheveux, sa peau douce comme un pétale et le pied qui dépassait de la couverture, replié comme la patte d'un chat. Clara se demanda ce que c'était que d'avoir un bébé dans les bras, de sentir son petit poing serré autour de votre doigt, ou son regard planté dans le vôtre. Allait-elle connaître cela un jour ? Aurait-elle jamais un enfant tout à elle ? Et cet enfant grandirait-il plein d'amour à son endroit, pour la rejeter plus tard quand il n'aurait plus besoin d'elle ?

Clara ne s'attarda qu'un instant sur le sujet et le remisa quelque part au fond de ses pensées. Il n'y avait pas de période ni d'environnement plus défavorables à la mise au monde d'un enfant que le Troisième Reich. Sans oublier ce détail qu'il fallait un géniteur. Bien entendu, ces arguments ne la convainquaient pas, mais elle s'était rendu compte que de les répéter souvent suffisait à faire taire d'autres désirs plus profondément enfouis. Exactement comme le préconisait Goebbels.

Arrivée à la périphérie de Berlin, elle n'eut d'autre désir que d'aller se coucher. Elle se voyait déjà emprunter les rues du centre, puis, après être passée sous les arcades de la Nollendorfplatz, atteindre la Winterfeldstrasse, franchir la porte, monter les escaliers, entrer dans l'appartement et enfin se glisser dans son lit. Parvenue devant chez elle, elle se gara et descendit de voiture. Elle l'aperçut du coin de l'œil, une fraction de seconde avant qu'une masse d'acier brillant ne la heurte avec un son mat terrifiant, puis ne reprenne sa route et ne s'éloigne, et elle tomba.

Il y eut un bout de ciel et un visage, puis le sol vint à sa rencontre, et elle se recroquevilla, une sensation de violente douleur à la nuque.

# 30

Clara avait rêvé de ses parents. Jadis, quand elle menait encore une vie normale. Elle se réveilla brièvement, dans un endroit frais. Une douleur lui vrillait le crâne, se propageant par vagues successives dans toute la boîte crânienne. Des souvenirs confus remontaient à la surface. Étendue dans la Winterfeldstrasse, des gens autour d'elle, la tête sur le point d'exploser. On la soulevait ; un voyage en taxi. Elle changea de position et ressentit une vive douleur dans les côtes.

La menace contre Erich. Bruno. Arno Strauss. La fille assassinée et la visite à Katia Hansen. Elle ne parvenait pas à trouver un sens à tout cela. Au cours de ces dernières semaines, sa vie semblait avoir basculé. C'était comme au cinéma à la fin, quand le film s'accélère et se débobine à toute vitesse avant de faire place à une obscurité tremblotante. Elle se rendormit.

Elle émergea à nouveau quelques heures plus tard. Une immense fatigue s'abattit sur elle, si lourde qu'elle eut même du mal à s'étirer. Le lit dans lequel elle se trouvait était merveilleusement doux et confortable, les draps délicieusement frais contre ses membres brûlants. La chambre lui apparut peu à peu plus nettement.

Les rideaux étaient tirés mais c'était indéniablement le matin parce que le soleil pénétrait avec insistance sur les côtés, donnant un éclat bleuté aux roses damassées de l'étoffe. La lumière lui faisait mal aux yeux, si bien qu'elle les ferma à nouveau. Elle entendit quelqu'un approcher. Des richelieus noirs bien cirés de chez Church of Turl Street à Oxford, avec un fer au talon. Un pas traînant reconnaissable entre tous.

« Bonjour. » C'était Ralph, lui caressant la tête. Il avait le visage grisâtre. Son col de chemise était déboutonné et son nœud papillon pendouillait, dénoué. Il lui prit le menton dans sa main et lui effleura la joue qu'elle avait brûlante.

« Vous avez les doigts gelés, Ralph. »

Il rit. « Vous allez mieux que je ne le craignais. Rien de sérieux. Juste une bosse de la taille d'un œuf à l'endroit où l'arrière du crâne a heurté le sol, et quelques égratignures. »

Elle remarqua le bol de porcelaine sur l'une des tables de chevet, un tampon d'ouate à côté. Une tache de sang en forme de fleur s'élargissait dans l'eau.

« C'est mon sang ?

— Juste une écorchure à la tempe. Je vous ai rafistolée du mieux que j'ai pu. J'ai essayé de me rappeler les leçons de secourisme apprises chez les scouts. Voilà. » Il l'aida à s'adosser contre les oreillers. « Pas que ce soit ma façon habituelle de mettre une jolie femme dans mon lit, mais… » Voyant son air, il rit et ajouta : « Ne vous inquiétez pas. J'ai dormi sur le canapé. Vous êtes restée inconsciente pendant des heures. »

Il prit un autre morceau de coton, l'humecta de désinfectant et lui tamponna tendrement le front.

Baissant les yeux, elle vit qu'elle portait une chemise d'homme en coton blanc. Une chemise de Ralph, probablement, sous laquelle elle était complètement nue. Elle piqua un fard. Il détourna poliment le regard.

« Comment va la tête ?

— Douloureuse.

— Une minute, je vais vous chercher de l'aspirine et une tasse de thé. »

De là où elle se trouvait, calée contre l'oreiller, elle voyait le salon en enfilade, avec son tapis persan et le bureau dans un coin. Elle entendit Ralph se déplacer dans l'appartement, mettre la bouilloire sur le feu, préparer le thé et, en attendant qu'il infuse, allumer une cigarette et en souffler la fumée. Elle trouva son sac à main à côté d'elle, en sortit son poudrier Max Factor qui lui révéla un visage d'une blancheur laiteuse, laquelle faisait ressortir l'estafilade qu'elle avait à la tempe.

Ralph revint avec un plateau sur lequel il y avait de l'aspirine, deux tasses de thé et des toasts.

« Attention. C'est chaud. »

Le thé avait une saveur douce, maltée. De l'Assam.

« Que m'est-il arrivé ?

— Un imbécile vous est rentré dedans, apparemment. Une voiture venue de nulle part vous a heurtée et assommée, sans s'arrêter. Heureusement pour vous, j'étais là. Sinon, vous seriez en train de moisir dans un hôpital. »

À l'entendre, on aurait pu croire que la voiture ne l'aurait pas renversée si elle avait été plus prudente.

« Et comment se fait-il que vous étiez là ?

— Pur hasard.

— Vous n'espérez tout de même pas que je vais vous croire ?

— Tant pis pour vous. Au fait, j'ai ramassé votre sac à main, et ça, que vous aviez avec vous. »

Il désignait le coffret, déposé au pied du lit.

« Merci.

— Je crains que vos vêtements n'aient été un peu salis. » Il fit un geste vers ses bas, son soutien-gorge et ses sous-vêtements bien pliés sur le dossier d'un fauteuil. « Je les ai nettoyés du mieux que j'ai pu, mais je ne suis pas un spécialiste. »

Clara se coula un peu plus dans le lit, serrant le drap contre son corps. À l'idée que Ralph lui avait passé une chemise après l'avoir déshabillée et mise au lit comme une petite fille endormie, elle éprouva des sentiments contradictoires. De la gêne, d'abord, puis de la contrariété, mais aussi une certaine excitation. Qu'avait-il ressenti en lui ôtant ses vêtements, en la voyant nue ? Avait-il réagi comme une infirmière ou comme un homme ?

« Comment se fait-il que je ne me souvienne de rien ? Je me rappelle être venue ici avec vous… » Les images commençaient à s'ordonner dans sa tête. Le taxi, un bras ferme qui la soutenait, la guidant pour gravir les marches de pierre. « Mais je ne me rappelle absolument pas avoir été renversée.

— C'est normal d'être un peu sonnée après une commotion pareille. Il n'y a pas de quoi s'inquiéter. Je suis sûre que vous vous rappelez ce que vous avez fait hier ? »

La visite à Katia Hansen.

« Oui.

— Et le jour d'avant ?

— Arno Strauss m'a emmenée faire un autre vol d'essai. Nous avons atterri à proximité d'un restaurant qu'il connaissait et nous y avons déjeuné. »

La journée avec Strauss lui revint en mémoire. L'abattement qui s'était lu dans les yeux du pilote. Sa fierté blessée quand elle avait refusé son baiser.

« Parfait. Et vous avez appris quelque chose ?

— Plein de choses. Il m'a tout expliqué sur les prises de vues.

— Vous croyez qu'il soupçonne quelque chose ?

— Rien que je ne puisse gérer.

— Vous vous êtes séparés en bons termes ?

— Je crois, oui.

— C'est bien. Vous devriez vous reposer, à présent, parce que je vais avoir besoin de savoir tout ce que vous pourrez me dire à ce sujet. Prenez ces aspirines et buvez votre thé. Je serai à côté si vous avez besoin de moi. »

Elle but, et commença à recouvrer ses forces. L'angoisse qui ne l'avait pas quittée depuis qu'elle avait découvert la photo d'Erich sur la voiture s'estompait, ici, dans cet appartement. Les sons qui lui parvenaient – les déplacements de Ralph dans le salon, le froissement des pages d'un livre, une toux réprimée – lui apportaient un sentiment de sécurité qu'elle n'avait pas connu depuis qu'elle vivait à Berlin. C'était comme si rien ne pourrait venir perturber ce cocon.

Une heure plus tard, il passa la tête et la trouva en train de regarder avec curiosité autour de la chambre. Il vint s'asseoir à son chevet, étendant ses longues jambes devant lui.

« Vous vous sentez en état de parler ?

— À peu près.

— C'est bien. Parlez-moi de Strauss, alors. Vous l'avez vu à la réception de Goering ?

— Oui. Et il a évoqué ce qu'ils ont l'intention de proposer au duc de Windsor. Leur idée, c'est que dans l'éventualité d'une alliance entre l'Angleterre et l'Allemagne, le duc remonte sur le trône, avec Lloyd George comme Premier Ministre. Ou alors, s'il devait y avoir une guerre, qu'Édouard devienne le président d'une république anglaise. Et ils ne vont pas le lâcher. Un document a été préparé, promettant à l'Allemagne le retour de ses anciennes colonies, avec le nord de l'Australie en prime. Deux exemplaires ont été établis pour la signature du duc. Ils viennent d'être soumis à l'approbation de Goering. »

Ralph écarquilla les yeux. « Je donnerais cher pour voir ce document. Ils vont sans doute passer cet accord quand le duc rendra visite à Hitler, à Berchtesgaden.

— Si ça devait arriver… je veux dire s'il y avait la guerre et qu'une alliance fût conclue, qu'adviendrait-il du nouveau souverain et de sa famille ? »

Clara pensait au timide roi George qui avait remplacé son frère aîné, et à Elisabeth, sa jolie femme tout en rondeurs. Ils avaient deux petites filles – la princesse Élisabeth, onze ans, et sa sœur cadette Margaret Rose. Élisabeth, ou Lilibet, comme on l'appelait, la plus sérieuse et responsable des deux, et Margaret, pleine de vie et d'entrain. Le peuple britannique semblait déjà beaucoup les aimer.

« Qui sait ? Ils s'effaceraient, retourneraient dans l'ombre, ou bien ils émigreraient, au Canada par exemple, avec tous ces hommes politiques qui ont voté l'abdication d'Édouard. Baldwin et Churchill.

— Et vous pensez que le duc pourrait signer un tel document ? »

Ralph haussa les épaules. « Pas sûr, mais il y a une chose dont je suis certain : les Britanniques n'accepteraient le retour d'Édouard que s'ils perdaient la guerre. C'est précisément pour cette raison que nous devons cultiver notre ami Strauss. Il vous a donc emmenée déjeuner et vous avez pu voir l'appareil de prise de vues. Qu'avez-vous appris ?

— Il m'a parlé de ce que peuvent révéler des photos aériennes. J'ai mémorisé ce qu'il m'a dit au sujet de l'appareil. Il utilise de la pellicule trente-cinq millimètres spéciale, à perforations latérales, ce qui permet à des moteurs d'entraîner automatiquement le film derrière l'objectif et d'obtenir une exposition précise. On peut aussi l'utiliser de nuit.

— Vous m'avez tout l'air de bien vous entendre avec lui. Il était disposé à parler, on dirait. »

Elle fit la grimace.

« Quoi ?

— Oui, il a été très loquace. Au cours du déjeuner il m'a beaucoup parlé de son enfance. » Elle marqua une pause. « Oh, je ne sais pas, Ralph. J'aurais préféré avoir affaire à un barbare, ça m'aurait été plus facile. Mais il y a chez lui quelque chose de tellement triste. Désespéré, presque.

— Désespéré ? » Un éclair de colère passa dans les yeux de Ralph. « On se fiche bien de ce qui peut se passer dans ce cœur de pierre de nazi. La prochaine fois que vous vous apitoierez sur Strauss, ayez donc une pensée pour tous ces civils fauchés par ses bombes en Espagne. »

Mais sa colère disparut aussi vite qu'elle était apparue. L'esprit toujours en éveil, professionnel, il poursuivit :

« Quoi qu'il en soit, je suis heureux que vous l'ayez trouvé accessible. Cela facilite d'autant notre prochaine étape.

— Et quelle est la prochaine étape ?

— Nous devons tout faire pour le retourner. On est en train de mobiliser tous les agents de renseignement possibles, il n'y a pas de temps à perdre. Selon un rapport reçu plus tôt ce mois-ci, Udet a conseillé à un de ses amis de quitter l'Allemagne au plus vite, ajoutant qu'il ferait bien pareil, n'était sa position. Udet pense qu'il sera en disgrâce du régime avant longtemps et je parierais que Strauss se dit la même chose. Donc, étant donné qu'il a fait une entorse au règlement en emmenant une actrice séduisante faire une virée non autorisée, notre boulot pourrait bien s'en trouver facilité.

— Vous n'allez pas lui faire du chantage ! s'exclama-t-elle, atterrée.

— Ne soyez pas naïve, Clara. C'est précisément ce dont il est question et vous le savez très bien. Beaucoup de choses reposent sur Strauss. Compte tenu de sa proximité avec Udet, nous estimons qu'il pourrait être ouvert à la persuasion de toute façon. Mais s'il ne l'est pas, il y a d'autres méthodes. »

Clara se laissa aller en arrière sur l'oreiller. Elle sentit le découragement la gagner. Certes, elle savait que les informations détenues par Strauss avaient une grande valeur, mais elle n'avait pas imaginé qu'il apprendrait aussi vite qu'elle l'avait abusé. Elle trembla à la seule pensée du visage ravagé de Strauss découvrant sa trahison. Heureusement qu'il avait eu l'air horrifié à l'idée d'avoir embrassé une Juive.

« Strauss va nous être très précieux, dit Ralph, satisfait.

— Ne parlez pas de lui de cette façon ! »

Il la regarda bizarrement.

« J'avais cru m'être bien fait comprendre. » Sa voix était devenue légèrement cassante. « Il ne s'agit pas ici de se faire des amis. Ni de partager d'agréables déjeuners, ou de copiner avec les gars de la Luftwaffe. Je vois ces gens-là chaque soir de la semaine et je suis sûr qu'ils n'hésiteraient pas à me coller devant un peloton d'exécution ou que je ferais de même, si cela se révélait nécessaire. »

Clara fixa le plafond, mains nouées sous les draps.

« Je comprends.

— Si vous n'êtes pas capable de mettre vos sentiments en veilleuse…

— Mettre mes sentiments en veilleuse ! » Une vague de chagrin et de lassitude monta en elle. « C'est ça qu'on vous a inculqué dans votre fichue pension ? Ne jamais rien éprouver. Ne jamais s'engager. Refréner toute forme d'émotion parce que ça pourrait être dangereux ? Oublier tout ce qui ressemble à l'amitié ou au respect élémentaire de la personne humaine ?

*Je me voue à Toi, mon Pays*[1]. Se revêtir d'une armure invisible ? Eh bien, je suis désolée, mais je ne fonctionne pas comme ça. Les gens que je fréquente ne me laissent jamais indifférente. »

Il y eut un moment de silence. Puis il dit :

« Vous avez fini ? »

Elle détourna le regard.

« Ça fait partie du travail, Clara, je pensais que vous l'aviez compris. Vous m'aviez donné des raisons de croire que ce ne serait pas un problème pour vous. Vous disiez qu'il n'y avait aucun risque que vous vous laissiez submerger par vos sentiments. Mais si vous en pincez pour tous les Oberstleutnants qui vous font des avances…

— Je n'en pince pas pour lui, répliqua-t-elle en serrant les dents.

— Vous avez pitié de lui…

— Je n'ai pas pitié de lui.

— Alors je crains de ne pas voir où est le problème. »

Clara avait épouvantablement mal à la tête. Elle voulait cesser de penser à Arno Strauss, cesser d'imaginer l'instant où il allait comprendre qu'elle jouait un double jeu. Cette dureté et cette expression de vulnérabilité dans ses yeux gris.

Ralph se leva. « Vous êtes sans doute encore sous le choc de l'accident. Nous devrions peut-être en reparler plus tard. Quand vous serez redevenue vous-même. »

---

1. Hymne patriotique anglais tiré d'un poème de sir Cecil Spring-Rice.

Elle détourna la tête pour qu'il ne voie pas les larmes lui monter aux yeux. Cette fois, il ferma la porte derrière lui.

Plus tard, il revint avec deux verres de schnaps et un franc sourire aux lèvres.

« Parlons d'autre chose. »

Elle répondit par un léger haussement d'épaules.

« Parlez-moi de vous, Clara.

— Que voulez-vous savoir ?

— Après vous avoir rencontrée, j'ai essayé d'en savoir un maximum à votre sujet. Pas par indiscrétion. Juste par souci de professionnalisme. On m'a dit qu'un type avait été follement amoureux de vous, mais que ça n'avait pas marché.

— Il s'appelait Leo Quinn et il travaillait au contrôle des passeports de l'ambassade. Il s'activait à fournir un visa aux Juifs désireux de quitter l'Allemagne.

— Un homme courageux, alors. Le Foreign Office n'y était pas très favorable, d'après ce que j'ai entendu dire. Ils ont refusé d'accorder le statut de diplomate aux fonctionnaires du contrôle des passeports. Alors il risquait gros. Où est-il maintenant ?

— Il est rentré en Angleterre en 1933. » Elle le regarda bien en face. « Il est sans doute marié aujourd'hui. Je n'ai rien vécu de sérieux depuis.

— Est-ce Leo Quinn qui vous a recrutée ?

— Il s'était dit que j'avais des contacts utiles.

— Ce n'est peut-être pas la seule chose qu'il s'était dite.

— Je ne comprends pas. »

Il sourit. « La première fois que vous êtes venue ici, j'ai remarqué que vous regardiez autour de vous. Je vous ai vue jeter un œil à la photo sur la cheminée et deviner que c'était ma mère. Vous êtes très observatrice. Sans doute l'avez-vous toujours été.

— Peut-être, oui.

— Secrète, aussi.

— Je pense que tous ceux qui ont des frères et sœurs le sont. On est toujours en train de protéger son intimité, d'empêcher les autres d'amuser la galerie avec nos petits secrets.

— Alors vous aviez des secrets ?

— Oh, les trucs habituels. J'écrivais un journal que je cachais dans un tiroir, derrière un lit ou des coussins. J'avais tendance à dissimuler. »

Les émotions, aussi. Depuis ses douze ans, elle était passée maîtresse dans l'art de les garder pour elle, profondément enfouies sous plusieurs couches de prudence et de circonspection. Ce n'était pas difficile. Dans sa famille, on ne montrait jamais ses émotions. Tomber d'un arbre et s'écorcher le genou se soldaient par une bonne application d'iode, pas par des larmes. Les baisers étaient une denrée rare. L'expression du chagrin, de la joie ou de l'hilarité, n'étaient admises que dans les limites de la bienséance, pour faire bien dans le décor, comme la collection de porcelaines chinoises anciennes que ses parents conservaient dans des vitrines. Lorsque Kenneth était parti en pension à l'âge de huit ans, il avait serré la main de leur père. Montrer de la tendresse à son fils aurait paru à celui-ci aussi incongru que de s'embarquer pour la lune.

Ralph, les yeux toujours fixés sur elle, l'observait avec attention.

« Ça vous ferait peut-être du bien de me raconter quelques-uns de ces secrets, non ? »

Si bien qu'elle lui raconta. Tout, depuis le début, ce dont elle fut la première surprise, comme si elle pensait à voix haute. Bruno et le voyage à Munich, sa certitude d'avoir été suivie. Le cambriolage. La photo d'Erich trouvée sur le pare-brise de sa voiture au retour du vol en compagnie de Strauss.

« Ceux qui me menacent savent tout de moi. Ils connaissent mes liens avec Erich et sont prêts à s'en prendre à lui. J'ai aussitôt appelé le collège, et le principal m'a rassurée, mais le seul fait de savoir qu'on puisse vouloir du mal à Erich, sachant à quel point je tiens à lui, me… ce que je veux dire, c'est que, s'il lui arrivait quelque chose, je ne le supporterais pas.

— Il ne lui arrivera rien.

— Peut-être pas. Mais je suis responsable de lui. »

Avec douceur, il dit :

« Vous aimez ce garçon, n'est-ce pas ? Vous aimez les enfants ? Les coiffer, leur frotter les genoux, leur apprendre à avoir les ongles propres, tout ça ?

— Avant, non. Mais j'imagine qu'être avec Erich a changé ma façon de voir les choses.

— Peut-être devriez-vous avoir des enfants à vous ? Vous n'en voulez pas ? »

Elle s'efforça de soutenir son regard.

« Ce n'est peut-être pas la période idéale pour avoir des enfants. »

Pendant cet échange, Ralph s'était rapproché d'elle, lui avait pris la main et la caressait délicatement du doigt en cercles concentriques. Lorsqu'elle s'interrompit, il pencha la tête vers elle pour l'embrasser, doucement, au début, puis avec passion. Sans avoir pleinement conscience de l'intensité de son désir, elle mit ses bras autour de son cou et l'attira à elle, répondant à son baiser par une étreinte pleine de fougue. Il la rejoignit sur le lit et elle se glissa sous lui, caressant ses joues auxquelles une barbe de trois jours donnait une couleur dorée. Elle s'embrasa lorsque ses mains effleurèrent ses seins puis poursuivirent leur exploration le long de son corps, mais au bout de quelques instants il s'écarta.

« Je suis désolé.

— Il ne faut pas.

— N'empêche que je le suis. » Il recula brusquement et son visage se ferma. « Cela n'aurait pas dû arriver. Ce n'était pas dans mes intentions. »

Il fit mine de se lever, mais l'idée de laisser passer ce moment fut insupportable à Clara. Elle avait tout oublié. Le désir la submergeait. Elle ne voulait qu'une chose : qu'il lui fasse l'amour. Lui aussi ; elle en était sûre.

« Je suis à moitié nue dans votre lit, Ralph. Vous m'avez amenée ici, puis déshabillée et embrassée. Quelles étaient vos intentions, alors ?

— Je ne veux pas que vous vous fassiez des idées.

— La première fois que je suis venue ici, répondit-elle calmement, vous m'avez dit qu'il y avait toutes sortes de raisons pour lesquelles vous ne deviez pas avoir une liaison avec moi. Quelles sont ces raisons ?

— Je suis trop vieux pour vous.

— Vous avez quoi, dix ans de plus que moi ?

— J'ai plus de quarante ans, précisa-t-il d'un ton bourru. Je suis un célibataire endurci. Habitué à vivre seul et à n'en faire qu'à sa tête.

— Vous m'avez posé des questions sur ma vie amoureuse, et vous, alors ? Vous avez sûrement connu beaucoup de femmes. Vous en plaisantez.

— Des relations de passage. Rien de durable. Elles n'auraient pas parié sur un avenir avec moi.

— Je ne suis pas joueuse. »

Ralph fuyait son regard. Il joignit les mains et se pencha en avant, regarda ses pieds en fronçant les sourcils.

« Faut-il que nous discutions de ça ? Je vous l'ai dit, j'ai toujours eu besoin d'être seul. Toute ma vie.

— Ce n'est pas la raison.

— Épargnez-moi cet interrogatoire, Clara, voulez-vous ? lança-t-il avec brusquerie. J'ai passé l'âge. J'ai manifestement franchi la ligne jaune et je m'en suis excusé. C'était irresponsable de ma part. Surtout compte tenu de votre état. Maintenant je vous laisse. » Il se leva.

Elle se sentit rougir. « Eh bien, partez, Ralph, mais au moins, soyez honnête avec moi. »

Il resta planté là un moment, les mains enfoncées dans les poches, l'air sombre et boudeur, comme s'il allait refuser de répondre. Puis, à contrecœur, il s'exécuta : « Eh bien, puisque vous insistez. Je ne veux pas avoir de liaison avec vous parce que c'est trop risqué.

— Comme tout ce que nous faisons.

— Ça l'est doublement. Nous serions une menace l'un pour l'autre. Nous prenons déjà suffisamment de risques sans en rajouter. Si l'un de nous était arrêté, il faudrait que l'autre le désavoue. Vous le savez, n'est-ce pas ? Je nierais vous avoir jamais connue. »

Elle n'en doutait pas.

Il se pencha vers elle, lui prit le visage entre ses mains et la regarda avec des yeux de braise. « Et je me détesterais d'y être contraint. Ne comprenez-vous pas ? Je ne pourrais jamais me le pardonner. Et s'ils avaient la certitude que nous nous connaissons, cela pourrait être encore pire…

— Vous pourriez me trahir ? »

Il ne répondit pas. Mais elle savait que c'était cela sa plus grande crainte. Séduire, tromper, trahir, c'était la boîte à outils du renseignement et tout agent apprenait à s'en accommoder. Nier une amitié était une chose, mais trahir ce qui vous était le plus cher, ce qui comptait pour vous, que ce soit votre pays ou votre amour, c'était une autre paire de manches.

Il se retourna et entreprit d'insérer une cigarette dans son porte-cigarettes d'ébène.

« Bref, il vaut mieux que nous en restions là.

— Il ne vous arrive jamais d'en avoir assez, Ralph ? De tous ces mensonges ? Ces subterfuges ? »

Le regard de Ralph s'assombrit. Elle savait qu'il aurait préféré ne pas parler de ça.

« Mentir, c'est comme apprendre une autre langue, expliqua-t-il. Pendant longtemps vous disposez de la traduction, dans ce cas la vérité, qui circule en permanence dans votre tête. Mais une fois que vous la parlez couramment, cela vous vient tout seul et vous n'êtes plus sur le même registre. L'objectif est que ce soit aussi naturel que possible. Maintenant, je me suis habitué à cette vie. J'aurais du mal à me rappeler comment c'était avant. Je suis habitué à être épié, surveillé, à deux doigts d'être arrêté. J'ai des responsabilités vis-à-vis d'autres personnes et j'ai fini par aimer ce contrôle de tous les instants. Vous aussi. Mettre ensemble deux personnes telles que nous... ce serait un mélange détonant. Nous risquerions de perdre ce contrôle. Et c'est un risque que je ne peux pas prendre. »

Il se pencha et, prenant une de ses chaussures rangées sous le fauteuil, il la retourna, puis, d'une pichenette, en fit pivoter le talon, révélant ainsi un compartiment de la taille d'un penny qui renfermait un morceau de papier journal entortillé. À l'intérieur, il y avait une pilule brune de la taille d'un petit pois qu'il lui montra. Elle paraissait inoffensive dans sa main. Quelconque, même.

« Vous voyez que je prends les choses au sérieux, commenta-t-il. Ça fait partie de la panoplie. »

Elle y jeta un bref coup d'œil, poussa une exclamation et détourna les yeux. Elle savait que c'était une capsule de cyanure, même si c'était la première fois qu'elle en voyait une et espérait que ce serait la dernière. L'idée de transporter la mort partout avec soi donnait à réfléchir. Mais elle s'obstina.

« Je me contrôle autant que vous, Ralph. Je vis la même chose. Je comprends très bien que nous devons éviter de prendre des risques. La dissimulation fait également partie de ma nature. Mais je suis ici dans votre appartement, n'est-ce pas ? Vous m'y avez expressément conduite.

— J'y ai été obligé, rétorqua-t-il. Je ne pouvais pas faire autrement. »

Ses objections finirent par produire leur effet. Il s'exprimait comme si elle était un paquet livré à une mauvaise adresse. Elle repoussa les draps et sauta hors du lit.

« Eh bien alors merci pour l'hospitalité. » L'afflux de sang dans ses jambes et les larmes qui lui montaient aux yeux lui causèrent un éblouissement. La frustration se le disputait à la contrariété. « Vous savez ce que je pense ? Vous croyez être la seule personne à vouloir garder votre indépendance, vous vous imaginez que toutes les femmes que vous rencontrez vont essayer de vous piéger. Mais ne vous en faites pas, Ralph, avec moi ça n'arrivera pas. Je suis parfaitement heureuse comme je suis. Loin de moi l'idée de vous tendre un piège. Je m'en vais, à présent. »

Elle prit son soutien-gorge et commençait à enfiler ses vêtements lorsque, venant se placer derrière elle, il l'emprisonna dans ses bras.

« Attendez. »

Elle se libéra d'un mouvement d'épaules et continua de boutonner son chemisier.

« Je vous en prie, Clara ! Laissez-moi vous expliquer. Je n'aurais pas dû vous embrasser. »

Ses doigts tremblaient, mais elle garda le dos tourné, crispée sur ses boutons.

« Je ne vois pas pourquoi.

— Ce serait une très mauvaise idée.

— Vous me l'avez déjà très clairement expliqué, merci.

— Je suis bien plus âgé que vous.

— Vous n'êtes pas si vieux que ça. Et je ne suis pas une gamine qui ne sait pas ce qu'elle fait.

— Calmez-vous.

— Arrêtez de me parler comme si vous étiez mon père. »

Il tendit une main vers elle. « Vous n'êtes pas raisonnable.

— Laissez-moi, Ralph ! Je comprends.

— Vous ne comprenez rien du tout ! » Il avait l'air exaspéré. « Maintenant… taisez-vous. » La prenant par les épaules, il l'obligea à se retourner pour lui faire face, puis, tranquillement, avec une dextérité consommée, il déboutonna le chemisier qu'elle venait de boutonner, le lui ôta, puis la prit dans ses bras et la porta sur le lit.

Son corps fut une révélation. Le torse était musclé, souple et ferme. Il avait la tonicité d'un homme de vingt ans plus jeune, avec juste un tout petit bourrelet au niveau de l'estomac. Une ligne de poils roux courait entre ses pectoraux, jusqu'au ventre. Avec une grande douceur, il lui embrassa les yeux, le nez, les épaules, les seins, puis il plongea la tête et avec ses lèvres, lui explora le ventre. Comme elle se cambrait sous ses caresses, il se tourna pour fouiller dans le tiroir de la table de nuit. Elle l'entendit déchirer un papier d'aluminium, puis il revint à elle avec un désir dont l'intensité la surprit.

Après tout ce qu'il avait dit sur le contrôle, elle trouva délicieux de pouvoir s'abandonner tout entière à ses sens, de se laisser emporter par le plaisir quand il fut au-dessus d'elle. C'était si bon de sentir sa peau contre la sienne, son souffle, son visage à quelques centimètres du sien. Après une si longue période de solitude, être touchée par un homme, c'était comme faire l'amour pour la première fois, une redécouverte. Elle se sentait délicate, précieuse, sous ses mains, comme l'objet d'art auquel il l'avait comparée un jour. Et pourtant, il la prenait et la retournait sans ménagement, il se contrôlait, pimentait son désir par une pause qui prolongeait le plaisir de Clara, lui empoignait les hanches pour la maintenir sous lui. Et elle s'abandonna d'autant plus que l'idée de la mort qui accompagnait Ralph où qu'il aille était demeurée présente à son esprit.

Après quoi il s'étendit à son côté, un bras pris sous elle, et s'endormit très vite, sa respiration devenant plus lente et plus profonde. Clara, elle, ne put trouver le sommeil. Elle resta un long moment immobile, puis se redressa sur un coude pour le regarder.

Alors qu'elle l'observait, un frisson parcourut le corps hâlé de Ralph. Puis il marmonna quelque chose ; elle se pencha au-dessus de lui, mais ne parvint à comprendre ce qu'il disait. Elle se demanda quelles sombres pensées il tournait et retournait dans sa tête ; quels rêves secrets le faisaient ainsi frémir dans son sommeil.

Ils passèrent ensemble toute la journée qui suivit, au lit et en dehors. Clara prit un bain, s'attardant suffisamment longtemps dans la grande baignoire en porcelaine de Ralph pour se délasser les membres qu'elle avait encore douloureux. Son savon Pears, avec sa couleur ambrée et son odeur familière de phénol, lui rappela la salle de bains de la nursery de son enfance, avec ses bruits de tuyauterie et ses serviettes semblables à du carton floqué. Devant le miroir, elle explora sa bosse à l'arrière du crâne, et tenta de dissimuler son entaille à la tempe avec du fond de teint. Une alléchante odeur d'oignons et de champignons frits lui parvint de l'étroite cuisine où Ralph préparait un déjeuner avec ce qu'il avait trouvé dans les placards. Elle passa la tête et le vit en train de couper un carré de beurre et de l'envoyer grésiller dans la poêle.

« Alors racontez-moi Babelsberg, lui cria-t-il de la cuisine. Est-ce comme vous l'imaginiez ?

— N'ayant jamais tourné avant de venir à Berlin, je n'avais pas d'idée préconçue. C'était un art totalement nouveau pour moi. Venir ici a été un saut dans l'inconnu. »

Ralph parlait désormais sans méfiance, sur un ton plus enjoué, avec plus de spontanéité. Il avait habillé sa petite table d'une nappe blanche, et allumé une chandelle, mais il en atténua le côté romantique avec un petit salut ironique en lui offrant un verre de Hock.

« Les vins allemands sont bien meilleurs qu'on ne le dit, mais en Grande-Bretagne, très peu de gens en boivent. »

Le déjeuner qu'il avait préparé était étonnamment bon. La soupe à l'oignon venait d'une boîte, mais l'omelette aux champignons était moelleuse et baignait dans le beurre. Il avait fait une salade de chou aux pommes. Elle se rendit compte qu'elle avait faim et mangea de très bon appétit. C'était comme si tous ses sens avaient été à la diète jusque-là. Lui, pendant ce temps, ne la quittait pas des yeux.

« Je me disais bien que vous auriez faim. Je ne suis pas un grand cuisinier mais je peux tout de même improviser l'essentiel. » Il y avait quelque chose de touchant dans ce constat. C'était en quelque sorte le défaut de la cuirasse. Clara savoura chaque bouchée, songeant qu'il y avait des années que quelqu'un n'avait pas fait la cuisine pour elle.

Quand ils furent rassasiés, elle s'allongea sur son canapé de cuir craquelé, la tête sur ses genoux pendant qu'il parlait et lui caressait le front d'un geste très doux, hypnotique.

« Mon père était pasteur de Saint Anselme, à Brooklands. L'endroit était en brique rouge, typiquement victorien, avec des paroissiens tout aussi typiquement victoriens. Je pense que mon père avait l'ambition de devenir évêque, mais qu'il n'a pas eu les relations qu'il aurait fallu, Je n'en ai pris conscience que tardivement, en le voyant en permanence habité par le ressentiment. Il ne m'en a jamais parlé, il était bien trop renfermé pour ça, mais il pensait pouvoir assouvir ses ambitions à travers moi. Il a toujours voulu que je prenne sa suite à l'église ; malheureusement il a été déçu.

— Vous n'êtes pas croyant alors ? »

Il eut un petit rire sec. « Quand j'étais plus jeune, honorer ce Dieu de l'enfance à qui l'on dit le bénédicité, ou que l'on prie quand son chien est malade me convenait très bien. Mais la guerre a tout changé. Après ce que j'ai vu, l'idée de Dieu n'a plus eu aucun sens pour moi. Comment un Dieu d'amour pourrait-il présider à tant de désolation et de misère ?

— L'avez-vous dit à votre père ?

— Il aurait considéré ça comme une faiblesse. Mon père n'avait pas beaucoup de patience à l'égard de la faiblesse humaine.

— Vous, si ?

— Tout dépend de la personne. »

Il lui passait inlassablement les doigts dans les cheveux tout en parlant. « Tom est la seule personne avec qui je discutais de ça. Nous parlions de tout, de politique surtout, même si nous n'avions pas toujours les mêmes opinions. Tom était un intellectuel. Le genre à voir tout en noir et blanc. J'avais parfois l'impression qu'il accordait plus d'importance aux idéologies qu'aux gens, et pourtant, après la guerre, il en a totalement perdu le goût. Il disait que les politiciens n'étaient qu'une bande d'imposteurs et qu'il n'y en avait pas un pour racheter l'autre. Je me dis que la guerre nous a tous affectés d'une façon différente. D'où mon étonnement quand j'ai appris qu'il était parti en Espagne. J'ai reçu une lettre de lui à Noël, disant que l'endroit où il était terré était pris sous d'intenses bombardements et qu'il ne savait pas quelles étaient ses chances d'en sortir vivant. Je n'ai pas eu de nouvelles depuis.

— Il y a certainement des gens auprès de qui vous pourriez vous renseigner, non ? Je veux dire… avec toutes les relations que vous avez ?

— En Espagne, ça ne fonctionne pas comme ça, Clara. Ce n'est pas organisé comme en Allemagne. Les gens ne relèvent pas l'identité des personnes capturées, ni des corps retrouvés. Le chaos moral qui règne chez les nazis ne les empêche pas d'être des champions de l'ordre. Alors qu'en Espagne, c'est… une sorte de maelström. Je… » Il détourna le regard, peu disposé à finir sa phrase, comme si prononcer les mots allait leur donner un instant de vérité. « Je crains plutôt que Tom n'ait été tué. »

Puis un sourire se forma sur ses lèvres, un peu trop jovial.

« Bref. À quoi bon en discuter ? »

Il se tut, si bien que Clara se mit à lui raconter son arrivée à Berlin, comment elle avait rencontré Leo Quinn et accepté d'espionner les femmes nazies pour son compte ; comment elle avait découvert la judéité de sa grand-mère maternelle, Hannah Neumann, secret que sa propre mère ne lui avait jamais révélé. Elle lui parla de sa détermination à faire tout ce qui était en son pouvoir pour nuire au régime nazi. Ralph savait écouter. Il se garda de l'interrompre, ne s'autorisant qu'un mouvement de tête ou une expression de surprise de temps à autre. L'intimité était si totale entre eux que c'était comme si, non content de s'être dévêtus, ils s'étaient mis à nu.

« Ce que vous avez dit tout à l'heure… que je ne comprends rien. Qu'est-ce que je ne comprends pas ? »

Il soupira et continua de lui caresser les cheveux. « Le problème chez moi, c'est que j'ai toujours voulu tout contrôler. J'ai pris l'habitude de garder les gens à distance. C'est le boulot, non ? Contrôle. Distance. Autodiscipline. Vous parliez d'apprendre à construire un mur invisible autour de soi ; c'est exactement ça. Pour accomplir ma mission, c'est même indispensable. Rien ni personne ne doit pouvoir y ouvrir une brèche.

— Et là vous me laissez y ouvrir une brèche ?

— Peut-être étais-je fou de croire que je pouvais l'éviter. Ou que je le voulais. »

Plus tard, Clara le regarda se raser. La lame allait et venait avec un bruit de râpe sur son visage, puis il la rinçait sous le jet d'eau chaude avant de recommencer, très concentré devant le miroir embué. Se voyant observé, il l'embrassa, et alors qu'elle faisait courir ses doigts dans ses cheveux mouillés, à l'endroit où ils grisonnaient, sur les tempes, elle songea que, pour la première fois depuis des années, la petite voix qui lui conseillait la prudence et la dissimulation s'était tue. Elle espéra qu'il en allait de même pour lui.

À un moment Ralph sortit de l'appartement pour aller chercher du lait et de la nourriture, et par habitude Clara jeta un rapide coup d'œil autour de la chambre. La veste en tweed de Ralph, avec les coudières en cuir, était accrochée dans la penderie, et les vêtements bien pliés dans les tiroirs, comme on avait dû le lui apprendre en pension. Quand elle tâta en dessous, elle ne trouva rien, hormis une lampe torche. Ailleurs elle tomba sur la photo d'un couple – sans doute ses parents – en tenues vieillottes, devant une porte en chêne encadrée de glycine, et une autre de lui à côté d'un jeune homme en tenue de cricket blanche, dont elle devina qu'il s'agissait de Tom. Il était plus petit que Ralph, et bel homme, quoiqu'il y eût une rigidité dans le bas du visage, et une dureté dans ses pommettes burinées qui suggéraient une certaine arrogance.

Lorsqu'elle entendit la clé dans la porte d'entrée, elle retourna à sa place dans le canapé et, ouvrant le *Times*, elle s'efforça d'avoir l'air concentré sur des mots croisés. Elle fit mine de chercher une définition : *Épuisé en 2 lettres*. Mais elle reposa le journal presque aussitôt. Ralph occupait toutes ses pensées, elle n'avait pas besoin d'autre distraction. Il vint se placer derrière elle et l'embrassa.

« H.S. »

Elle fronça les sourcils.

« Épuisé en 2 lettres ; HS, Hors Service.

— Ah, mais oui, bien sûr.

— À propos d'épuisement, reprit-il se penchant pour l'attirer à lui, il vous reste quelques forces ? »

Elle l'embrassa à son tour et ils retournèrent au lit.

Après, comme il la regardait, l'air songeur, elle l'interrogea.

« Pour être franc, après avoir couché avec une femme, d'habitude, je n'ai qu'une envie, qu'elle s'en aille au plus vite. »

Elle rit. « Moi qui vous avais demandé de la franchise… je suis servie.

— Cette fois-ci, c'est différent. C'est comme… Je ne sais pas, moi, comme sauter dans un de ces foutus lochs écossais et sentir l'eau si revigorante que tout votre sang afflue vers le cœur. Être avec vous me rappelle que je suis bien vivant. »

Le lendemain matin, lorsqu'elle se réveilla, il n'était plus dans le lit à côté d'elle. Elle s'habilla rapidement, se brossa les cheveux et alla à la cuisine où elle le trouva debout à la fenêtre, dans sa robe de chambre en soie noire, le regard perdu au loin vers le ciel, plombé comme souvent à Berlin. Un petit mouvement d'épaules lui indiqua qu'il avait remarqué sa présence.

« Ralph ? »

Elle s'avança vers lui et le toucha, avec retenue. Il se retourna. Il avait retrouvé son air distant, professionnel, sa raideur coutumière, toute militaire.

« Il faut que je sorte aujourd'hui. J'ai une réunion avec Rosenberg. Nous devons nous rendre à l'aérodrome de Staaken où il me présentera le Messerschmitt Bf 109. Ils l'ont amélioré en Espagne. Les progrès sont apparemment significatifs. Puis nous irons inspecter la nouvelle usine Heinkel d'Oranienburg, après quoi il y aura un dîner. Autrement dit, je serai absent une bonne partie de la journée. Je ne serai sans doute pas de retour avant 23 heures.

— Pas de problème.

— Et il y a pas mal de choses prévues ces prochains jours. Vous avez entendu parler de Charles Lindbergh, l'aviateur américain ?

— Bien sûr. » N'était-ce pas Lindbergh qui avait aidé Mary à obtenir son visa ?

— Il va venir. Sa visite n'est pas officielle, mais toutes les huiles de l'armée de l'air vont rappliquer pour le rencontrer. Il y aura une réception à l'hôtel Adlon.

— Bon, je vais rassembler mes affaires, alors.

— Non, attendez. »

Il se tourna vers elle, la prit dans ses bras et écarta les cheveux qu'elle avait dans les yeux.

« Il y a une chose que je dois vous dire. Je ne voulais pas vous inquiéter, sauf en cas d'absolue nécessité. C'était égoïste de ma part, je sais, mais je voulais avoir un peu de temps avec vous avant…

— Avant quoi ?

— Quand je suis allé à votre appartement l'autre jour, on vous suivait. Le modèle de base de la Gestapo. Vous êtes surveillée.

— Ça, je le savais.

— Mais il y a autre chose. Vous avez été renversée, et ça, c'était délibéré.

— Je croyais que c'était un accident.

— J'ai tout vu, Clara. Ce n'était pas un accident. La voiture a foncé sur vous. Je n'ai pas réussi à voir la tête de l'homme qui était au volant, mais ce n'était pas la Gestapo. Celui qui vous filait était là. D'ailleurs, à quoi aurait-il servi si les instructions étaient de vous éliminer ? Si la Gestapo voulait se débarrasser de vous, ce serait déjà fait. Quelqu'un d'autre en a après vous, c'est évident. »

L'inquiétude déformait ses traits. Il réfléchissait à toute allure, envisageant toutes les hypothèses.

« Quelqu'un vous veut du mal, Clara. Mais pourquoi ? Qui cela peut-il être ? »

Elle secoua la tête.

Ralph se redressa. « J'y ai beaucoup pensé ces deux derniers jours et j'ai changé d'avis. Archie Dyson a raison. Il va falloir que vous fassiez profil bas.

— Vous n'êtes pas sérieux.

— Si. Ça vaut mieux. On ne doit prendre aucun risque. Vous devez arrêter tout ce que vous avez entrepris avec Arno Strauss. Vous devez redevenir une actrice, dont les seules préoccupations consistent à étoffer sa garde-robe et gagner l'affection du premier rôle masculin.

— Il n'en est pas question, dit-elle en fronçant les sourcils.

— Il le faut. Ne vous servez pas du téléphone, sauf pour les appels professionnels. Ne fraternisez pas avec des journalistes américains. Ne parlez pas dans les cafés.

— Vous ne pensez tout de même pas que j'ignore les règles de base.

— Regardez-moi, Clara. » Il la prit par les épaules. « Vous m'avez demandé pourquoi je ne voulais pas m'éprendre de vous. Peut-être est-ce à cause de ce qui est arrivé à Tom. J'ai déjà perdu quelqu'un de proche. Je ne voudrais pas que cela se reproduise. »

Il leva le menton de Clara vers lui.

« Vous ne devez pas retourner chez vous, en tout cas. Il y a là dehors des gens qui veulent vous tuer. Je ne sais pas de qui il s'agit, ni qui les envoie, mais vous ne devez pas leur donner la moindre chance d'arriver à leurs fins. Vous devez rester ici. Pour votre propre sécurité. Promettez-le-moi. »

Elle détourna les yeux, mais il planta ses doigts dans son bras et la secoua un peu. « Regardez-moi ! C'est important, Clara. Il ne s'agit pas seulement de vous ; vous risqueriez de compromettre bien d'autres choses. Si nous étions en guerre, ce serait un ordre. Prenez-le comme tel. Promettez-le-moi.

— Je vous le promets. »

# 31

Ce vendredi, Ilse s'était vu confier la tâche de s'occuper du linge. C'était, avec la pâtisserie, l'une des activités les plus agréables de l'école, et elle se demanda d'abord si le personnel ne lui avait pas fait une fleur, jusqu'à ce qu'elle se rende compte que c'était tout simplement son tour. Elle aimait l'odeur du linge frais et amidonné qu'elle ôtait encore raide de la corde à linge pour l'emporter dans la salle de repassage, toute blanche de nuages de vapeur parfumée. Après cela, il fallait aller ranger le linge dans de très grands placards qui se trouvaient dans les combles, ce qui voulait dire qu'on pouvait disparaître un moment pour s'y détendre à l'insu de tous, et, appuyée contre une pile de linge, les yeux fermés, se laisser envahir par cette douce chaleur. Ilse aimait tout ce qui allait avec cette tâche. Y compris l'idée de redonner de la fraîcheur, de la propreté et du neuf à tout ce linge.

Mais les deux dernières fois qu'elle était allée décrocher la lessive, elle avait eu l'impression désagréable d'être observée. C'était quelque chose de fugace, d'indéfinissable, mais de palpable, aux frontières de sa perception. Elle se retourna vivement à plusieurs reprises mais ne vit rien que les dernières feuilles qui tombaient des branches et tourbillonnaient jusque sur un paillis en dessous. À un moment, elle crut voir quelque chose de blanc du coin de l'œil, mais cela aurait aussi bien pu être la queue d'un oiseau ou un bout de drap que le vent agitait.

Après le déjeuner, elle était ressortie pour aller nourrir les oies que l'on engraissait pour Noël. Celles-ci restaient confinées dans des caisses en bois dont ne dépassaient que la tête et le cou, jusqu'à ce qu'elles atteignent un poids maximum et qu'on les abatte. Ilse avait grandi dans une ferme. Elle n'était donc pas sentimentale, mais elle n'en avait pas moins pitié de ces pauvres bêtes. Elles restaient la plupart du temps tranquilles, mais quand quelqu'un approchait, elles tendaient leur long cou, cacardant pour avoir du grain. Ilse jeta sans arrêt des regards autour d'elle tout en les gavant de maïs, mais il n'y avait rien.

Tout l'après-midi, elle essaya de se concentrer sur ses comptes de ménage, dressant des colonnes bien séparées pour chaque chose – café, thé, lait, sucre – avec les montants correspondants, puis le total en bas, mettant à rude épreuve ses compétences en calcul. Pendant tout ce temps, elle surveilla le jardin du coin de l'œil, scrutant la masse d'ombre au bout de la pelouse.

Ilse avait songé à appeler cette dame américaine, mais elle n'arrivait pas à retrouver sa carte avec son numéro de téléphone. Elle avait dû l'égarer. Et comment, de toute façon, pourrait-elle expliquer à Fräulein Harker la sensation qui s'emparait d'elle.

Après le dîner et avant l'extinction des feux, les fiancées disposaient d'un petit moment de libre qu'elles mettaient à profit pour faire leur courrier, lire, bavarder ou écouter la radio. Ilse, elle, disparut du côté de la cuisine. L'endroit était désert. Tout avait été nettoyé, les marmites lavées et les poêles pendues à leur place au-dessus du fourneau. Une bonne odeur de pâtisserie flottait dans la pièce et on sentait encore celle du poulet qui avait été au menu du soir. La pâte à pain du lendemain levait sur le poêle et, dehors, des volutes de fumée montaient dans l'air du soir. Tout était tranquille à Schwanenwerder et Ilse avait peur.

Elle n'allait pas commettre la même erreur qu'Anna en allant se promener dans le jardin. Elle allait juste faire deux pas dehors, dans la cour, derrière la maison, et voir si son impression persistait. Laissant la porte ouverte, elle s'avança un peu. Elle était trop loin de l'interrupteur pour pouvoir allumer la lumière de la cuisine, si bien qu'elle n'avait que les flammes dansantes du poêle à bois pour se guider. Il flottait dans l'air glacial des senteurs de mousse et de pin, le lac faisant entendre son doux clapotis. Le son d'une musique dansante venant de la radio du salon se répercuta jusqu'à elle. Ilse scruta l'obscurité, au-delà des hautes marguerites commençant à se faner sous l'effet des premières gelées, par-dessus les buissons et les pots de fleurs bordant le chemin de gravier.

Et ce fut alors qu'elle vit quelque chose. Ou plutôt quelqu'un, car c'était un homme, elle en était sûre, à cinquante mètres d'elle de l'autre côté du jardin, qui émergeait de la masse d'arbres et marchait vers la maison. Terrifiée, la gorge nouée, Ilse ne put émettre le moindre cri. Comme ses jambes se dérobaient sous elle, elle fit un pas en arrière. L'entendant chanceler, l'homme se figea, comme un renard, regarda dans sa direction puis s'avança à nouveau d'un pas rapide à travers la pelouse jusqu'au moment où sa silhouette noire se fondit dans l'ombre d'un mur, comme si elle faisait partie de la nuit elle-même.

## 32

Clara attendit le départ de Ralph, puis un quart d'heure de plus avant de se glisser hors de l'appartement pour s'éloigner d'un bon pas sur la Duisbergerstrasse. Elle pouvait tenir sa promesse de ne pas se servir du téléphone, de ne pas fréquenter des journalistes américains, mais pas de rester chez lui. L'idée la tentait, mais cela pourrait le mettre en danger. Ralph avait raison d'avoir peur. Si quelqu'un la suivait, il risquait lui aussi d'en faire les frais. D'un autre côté, si la Gestapo surveillait vraiment son appartement, s'y rendre n'avait aucun sens.

La journée était maussade, le ciel couvert. Clara marchait absorbée dans ses pensées, sans voir grand-chose de ce qui l'entourait. Berlin était une ville de lignes droites, les perspectives étant à tous égards rectilignes, depuis la planéité du terrain lui-même, jusqu'aux longues avenues, en passant par le bras droit levé de son peuple. Sous ces lignes, pourtant, tout était tordu, sournois. Berlin était comme des mots croisés – une grille apparemment simple pleine de casse-tête et d'énigmes.

Qui la filait ? La Gestapo, presque certainement, mais aussi un assassin ? Était-ce un tueur à gages ? L'idée lui paraissait d'un ridicule sans nom et pourtant, Ralph lui avait bien dit qu'on l'avait délibérément renversée. Il l'avait vu de ses propres yeux. Que savait-elle donc pour qu'on tienne tant à l'éliminer ? En quoi pouvait-elle bien être une menace pour qui que ce soit ? Dans les rues familières alentour le danger était partout, invisible. Même dans les choses les plus ordinaires comme les pavés luisant sous la pluie.

Le froid finit par avoir raison d'elle. Elle avait les doigts gelés, car elle avait laissé ses gants chez elle, son manteau était légèrement déchiré à l'endroit où elle était tombée, et les vêtements qu'elle portait, trop légers, ne la protégeaient pas du vent pénétrant. Elle traversa la Wittenbergplatz et entra dans le KaDeWe.

Clara adorait ce grand magasin. Une fois franchies les portes en cuivre, on s'y sentait dans un monde à part, chaleureux, lumineux, parfumé. Tout avait été pensé pour satisfaire le client, depuis la pièce spéciale, à l'entrée, où un employé en uniforme s'occupait de votre chien, jusqu'au râtelier où les messieurs pouvaient laisser le cigare qu'ils n'avaient pas terminé, le temps de faire leurs courses. Le seul fait d'y entrer procurait une sensation de détente, les murs recouverts de miroirs vous renvoyant votre image enrichie d'une patine de glamour et de luxe. On pouvait facilement y passer une demi-journée à s'immerger dans le rayon librairie, ou à boire un café au milieu des palmiers en pots du salon de thé du sixième étage.

Clara avait toujours aimé s'attarder au rayon confection, ou tester les parfums, mais ce jour-là, rien ne put la distraire, ni les chapeaux, ni les produits de beauté. Elle était entrée dans le magasin pour être entourée, mais elle se sentit terriblement seule. Elle erra sans but, réchauffée, mais dans l'incapacité de se détendre. Dans le hall se déroulait un concours qui consistait à deviner le montant total du Secours hivernal collecté par la municipalité de Berlin au cours des six derniers mois. Le gagnant pouvait choisir entre un aspirateur et un portrait du Führer, les deux lots étant présentés côte à côte. Le portrait était une des photos d'Hoffmann, grossièrement colorisée, presque caricaturale, le front d'Hitler bas et fuyant ainsi que son nez saillant teintés de rose. Il avait cette pose martiale, les mains sur les hanches, qu'il travaillait depuis des années pour avoir l'air intimidant, et ses yeux bleus perçants semblaient suivre le spectateur, comme ceux de la Joconde. Terrifiant. Clara se demanda si quelqu'un serait assez courageux pour choisir l'aspirateur.

Dans l'après-midi, elle entra dans un cinéma. La salle, enfumée par les cigarettes, exhalait une odeur de vêtements humides. Aux actualités, il y eut un sujet sur le récent Congrès du Parti puis des images du duc de Windsor allant à la rencontre d'ouvriers. Il visitait une usine avec un sourire figé, serrant des mains de façon mécanique. Les ouvriers lui retournaient son salut en criant « Heil Windsor ! » La duchesse, elle, vidait le contenu de son porte-monnaie dans les mains d'un membre de la SA au profit du fonds de la Force Grâce à la Joie. Clara s'assoupit, dormant quelques instants d'un sommeil inquiet, dont elle émergea en sursautant et en jetant des regards inquiets autour d'elle. Ne jamais se laisser aller, songea-t-elle. Ne jamais se laisser aller. Sa tempe était douloureuse à l'endroit où elle avait heurté la chaussée et elle avait de nouveau mal à la tête.

Elle fouilla dans la poche de son manteau et y trouva un mouchoir. Un grand mouchoir d'homme, blanc, taché de sang. C'était son propre sang, bien sûr, mais les initiales dans le coin étaient celles de Ralph. Il avait dû le mettre dans sa poche en la ramassant dans la rue. Elle le pressa contre son visage, respira son odeur. Se promener partout avec ce petit morceau de lui la réconforta. Après le film, elle descendit le Ku'damm et alla s'asseoir dans la convivialité des fortes odeurs du café Kransler, avec ses vapeurs grasses se pressant contre les vitres embuées, et son plafond jauni par des décennies de nicotine. Clara alla s'installer à côté d'un homme qui lisait un journal relatant les victoires en Espagne. Elle jeta un coup d'œil aux titres et repensa aux propos de Ralph relatifs à l'imminence de la guerre. Son vocabulaire ressemblait tant à celui d'Arno Strauss. Cartographier le terrain. Observer le moindre changement dans l'environnement. Être attentif à la direction du vent. Étudier la configuration du terrain. Sauf que Strauss parlait d'observation aérienne, alors que Ralph parlait de guerre. Elle imagina les bombardiers allemands semblables à un vol d'oiseaux migrateurs obscurcissant les paysages européens, et Strauss, dans son cockpit, ayant perdu jusqu'au souvenir de sa peur.

Depuis que Ralph lui avait dit avoir vu un homme de la Gestapo devant son immeuble, elle avait l'impression de le voir en chaque personne qu'elle croisait. Y avait-il quelque chose chez cet homme assis à la table d'à côté qui pouvait laisser penser que c'était lui ? D'un âge moyen, il avait des mains calleuses de travailleur manuel, et des chaussures usées au talon, signe qu'il devait beaucoup marcher, ou bien qu'il était fauché, ou les deux. Il avait des rougeurs dans le cou et une très vague odeur de saucisse se dégageait de lui. L'homme sentit le regard de Clara sur lui et lui jeta un coup d'œil indifférent avant de se replonger dans son journal. Son regard était-il dénué d'intérêt parce qu'elle n'était qu'un suspect déshumanisé parmi un millier d'autres à surveiller et à suivre ? Ou bien était-il seulement las ? Elle avait perdu toute capacité d'arbitrage.

Mais il y avait aussi l'autre, songea Clara. Celui qui avait essayé de la tuer. Peut-être la surveillait-il à cet instant même, là, alors qu'elle regardait dehors par la vitrine du café en finissant sa tasse de chocolat chaud. Peut-être attendait-il une autre occasion. Que voulait-il d'elle ? Que savait-elle donc de si important qu'il était prêt à tuer pour l'empêcher de parler ?

Clara quitta le café Kranzler et continua son périple. Comme la pluie tombait plus dru, elle entra dans une église catholique où, assise dans une lumière vacillante, elle remarqua que l'autel consacré à Marie était désormais surmonté d'un portrait d'Hitler et qu'ils partageaient un même cierge. La Vierge regardait froidement au loin, comme offensée par cette promiscuité imposée. Bien que sensible au caractère sacré de ce lieu baigné par des odeurs d'encens et de pierre humide, Clara laissa son esprit vagabonder dans le souvenir du plaisir qu'elle venait de connaître. Elle revécut chaque moment passé au lit avec Ralph. Ses mains sur son corps, son visage quand son désir l'avait emporté sur la jalousie qu'il éprouvait à l'égard de Strauss, et sur les barrières mentales qu'il avait érigées. Ses cheveux en bataille et sa barbe naissante qui lui avait râpé la peau. Son attitude militaire, épaules en arrière, tête droite, menton relevé. *Si nous étions en guerre, ceci serait un ordre.* Puis sa façon de se pencher pour la prendre dans ses bras et céder à la tyrannie du désir. Elle eut soudain très envie de se retrouver à nouveau au lit avec lui. Elle n'avait rien éprouvé de semblable depuis Leo.

Dans les bras de Ralph, Clara s'était sentie en sécurité. Quoi qu'il ait pu dire sur le risque qu'ils prenaient ensemble, celui-ci était partagé, et il y avait bien longtemps qu'elle n'avait pas eu quelqu'un avec qui le partager. Clara n'était pas lâche. Elle supportait depuis longtemps d'être séparée de sa famille, et s'était résolument interdit d'éprouver ce genre de sentiments, mais peut-être avait-elle eu tort de penser que cela fût possible ou même qu'elle devait s'y efforcer.

Elle resta un long moment dans l'église, attendant que la pluie diminue jusqu'au moment où, regardant sa montre, elle vit qu'il était l'heure d'y aller.

# 33

Danseuse de revue au Wintergarten, Heidi Kastner se consolait du côté répétitif et assommant de son boulot avec la somptuosité du cadre et la régularité de sa paye. La revue lui imposait, ainsi qu'aux vingt-quatre autres filles, de passer d'un costume de geisha à celui d'une écolière, d'un grand chapeau mexicain à une tiare en l'espace de deux heures et demie. À un moment donné, elles devaient entrer en scène à bicyclette, puis retourner se changer à toute vitesse pour le finale, notamment se mettre une aigrette avec de grandes plumes d'autruche affreusement difficiles à fixer sur les cheveux, et, sur le corps, une pièce de tulle pleine de fanfreluches qui ne couvrait presque rien.

Quand Heidi sortit de scène, ce soir-là, Hedwige, la vieille femme qui leur servait d'habilleuse et qui réussissait à effectuer des réparations très délicates, une cigarette fichée en permanence au coin de la bouche, lui indiqua d'un mouvement de tête que quelqu'un l'attendait à l'entrée des artistes.

« Une Fräulein demande à te voir.

— Quelle Fräulein ?

— Comment veux-tu que je le sache ? » Hedwige était en train de recoudre un bouillon de plumes roses sur un bustier. « Ça fait un bout de temps qu'elle t'attend. »

Dans l'entrée, Heidi trouva une femme mince en tailleur marine aux cheveux bruns soyeux, qui avait l'air tendue. Pas du tout le profil habituel de ses fans.

Elle lui tendit la main.

« Heidi Kastner ? Je m'appelle Clara Vine. Je me demandais si nous pourrions échanger deux mots au sujet de quelqu'un que vous connaissiez. Anna Hansen. »

Une demi-heure plus tard, elles étaient installées dans le café enfumé qui se trouvait au coin de la rue, où un piano martelant de vieux airs de danse couvrait la plupart des conversations. Une fille en tenue de soubrette française ondulait sur la piste, les regards concupiscents du public masculin ne perdant pas une miette de chacun de ses mouvements. Au bout d'un moment, un vieux et gros serveur en smoking s'avança sur la piste de danse, un plumeau à la main. Pendant que la fille dansait autour de lui, il fit mine de fouetter son postérieur qu'une jupette couvrait à peine, dans un concert de cris d'encouragement.

« Votre travail vous plaît ? » lui demanda Clara.

Heidi repoussa en arrière ses cheveux blonds vidés de sève. « Au moins, c'est varié. On a des trapézistes, des acrobates, des magiciens, des chanteurs. Demain soir, il y aura un cheval dans le spectacle. Un vrai cheval, vous savez ? Il danse. Après ça, changement complet. On donne *La Veuve joyeuse*. Encore. » Elle plissa les yeux et prit une nouvelle cigarette dans le paquet de Clara. « Alors, que voulez-vous savoir, au sujet d'Anna ?

— Elle travaillait avec vous au Wintergarten, n'est-ce pas ? Et avant cela, à Munich ?

— On était toutes les deux danseuses, à Munich. On faisait partie de la troupe du théâtre de Gärtnerplatz. Il employait beaucoup de monde. Dans certains spectacles, nous étions jusqu'à deux cents danseuses. Il pouvait y avoir dix changements de costume en une seule représentation. Le travail ne manquait pas.

— Alors pourquoi êtes-vous venue à Berlin ?

— Pour l'argent ; il n'y en avait pas à Munich. On gagnait mieux sa vie en faisant des ménages, sans compter qu'on pouvait se rompre le cou avec tous ces accessoires. Et puis, l'endroit était toujours glacial. Plusieurs danseuses sont mortes de pneumonie à l'époque où j'y étais. Je ne vous mens pas ! Ça fait maintenant plus de dix ans que je suis ici. Il y fait aussi froid, remarquez.

— Mais on gagne mieux sa vie à Berlin, c'est ça ? »

Heidi jeta un coup d'œil rapide autour d'elle et croisa les bras.

« Ben oui, l'argent ça compte, dit-elle avec un regard éloquent à l'adresse de Clara.

— Bien sûr. » Clara saisit l'allusion. « Tenez. »

Elle glissa à Heidi quelques billets pliés que celle-ci s'empressa de fourrer dans son sac.

« Alors, parlez-moi d'Anna.

— Je la connais depuis l'âge de dix ans. Nous avons grandi ensemble. À l'école nous parlions déjà de devenir danseuses, même si son père y était farouchement opposé. Elle a fait fausse route pendant un temps, un boulot mortel au secrétariat d'un labo, mais quand j'ai obtenu mon premier contrat, elle était si jalouse qu'elle m'a rejointe au théâtre. On faisait tout le temps la fête, à l'époque. »

Heidi inspira profondément et regarda Clara du coin de l'œil.

« Enfin… jusqu'à ce qu'Hitler s'y pointe. »

Dans la salle, un rugissement d'approbation salua le serveur qui avait saisi la soubrette française par les hanches et simulait des coups de reins lubriques. Comme la salle incitait l'homme à continuer de plus belle, la danseuse feignit d'être outragée. Clara détourna le regard et se pencha plus près.

« Il était toujours là. Il adorait les spectacles de variétés et l'opérette. Il aimait bien quand c'était un peu osé, si vous voyez ce que je veux dire. Pour lui, c'était une occasion de se lâcher. Le directeur du théâtre ne savait que faire pour lui être agréable. Tout pour Herr Hitler. On ne pouvait rien lui refuser. Il n'était même pas encore le Führer à l'époque. Dans un de nos numéros nous dansions le cancan et finissions par le salut nazi, mais avec la jambe à la place du bras. Il adorait ça. Bref, après le spectacle, nous montions toutes dans des cars de location et restions en costume pour la soirée donnée à la Künstlerhaus. Tout le monde était invité. Il y avait une salle spéciale avec des tapis et des coussins au sol. On l'appelait la Salle Zodiacale à cause du plafond, qui était couvert de signes astrologiques dorés. On nous demandait d'y refaire un numéro qui devait être encore plus osé que celui de la revue. Il y avait une danseuse américaine, Dorothy van Bruck, elle s'appelait – c'était son nom de scène en tout cas –, que les hommes adoraient. Elle dansait nue et quand ses seins ont commencé à tomber, elle a eu recours à la chirurgie esthétique. Elle portait parfois des ailes de papillon transparentes, mais pour l'essentiel, ces messieurs n'avaient pas besoin de jumelles, si vous voyez ce que je veux dire.

— Eh bien, ça devait être quelque chose !

— Vous n'avez pas idée. La guilde nazie des artistes avait des dossiers sur toutes les filles, avec leurs données personnelles et administratives. Et ils ne s'intéressaient pas qu'aux dames. Il y avait aussi quantité de jeunes hommes pour ceux qui aimaient ce genre de choses. Mais ça remonte à un certain temps, vous savez. »

Elle soupira et se caressa machinalement le cou de bas en haut, comme pour effacer une dizaine d'années de rides.

« Vous disiez que c'est là-bas qu'Anna a fait la connaissance d'Hitler.

— C'est ça. Elle en avait sans arrêt après lui. Dès qu'ils ont été présentés, elle s'est mise à flirter comme une folle. Et il l'aimait bien. C'est sûr, parce qu'il lui offrait des cadeaux et des fleurs. Mais en même temps, j'ai bien vu qu'il n'y avait rien de plus. Hitler n'était jamais seul avec elle. Il y avait toujours des gens autour de lui. Ce photographe, vous savez, Hoffmann. Et son adjudant-major. Hoffmann prenait tout le temps des photos. Ça me tapait sur les nerfs. Et Hitler amenait son vieux copain Ernst Röhm. Celui qui a été exécuté il y a quelques années pour avoir couché avec la fine fleur des jeunes de la SA.

— Donc lui et Anna n'étaient pas…

— Amants ? Pas du tout. En plus, Anna n'aurait pas osé. Elle avait déjà un petit ami.

— Un petit ami ? Qui était-ce ?

— Oh, un gars du coin. Mais il était du genre jaloux. Non, je suis certaine qu'il n'y avait rien de plus entre eux.

— Mais alors, qu'est-ce que ça a changé dans le fait qu'Anna rencontre Hitler ?

— C'est difficile à expliquer, mais très peu de temps après, Anna a changé. Elle a commencé à la ramener, comme si elle était devenue quelqu'un d'important. Moi-même, je n'ai pas compris. Ce n'est pas comme s'il lui avait donné de l'argent, ou un truc comme ça. Il n'était même pas encore aussi célèbre que maintenant. Il y a eu un moment où je n'ai plus supporté ça. Même si j'étais sa meilleure amie, j'ai voulu m'éloigner d'elle. C'est l'époque où j'ai commencé à réfléchir à l'idée de venir ici.

— Où elle vous a suivie, pour finir ? »

Heidi eut un gloussement rauque.

« C'était tout Anna, ça. Elle a rappliqué un jour au Wintergarten, des années plus tard, comme si de rien n'était – et que je te fais la bise, et qu'on est de nouveau les meilleures amies du monde ; alors je me suis dit pourquoi ne pas oublier le passé ? C'était bon de revoir un visage ami ; sans compter que j'étais à la recherche de quelqu'un avec qui partager mon loyer. Je l'ai aidée à se trouver un travail, puis Anna s'est dégoté un petit ami SS et vous connaissez la suite. »

Quelques-unes des autres danseuses arrivées au bar les avaient aperçues et s'approchaient de leur table. Heidi ramassa son sac à main d'un geste vif.

« Désolée, Fräulein, je ne sais rien d'autre. Il faut que j'y aille, là. »

Elle se leva, fit une pause, et lança un regard inquisiteur à Clara.

« Juste par curiosité, vous ne connaissez pas l'ancien petit ami d'Anna, par hasard ? »

Elle fit un signe de tête vers l'entaille que Clara avait à la tempe et qu'elle avait dissimulée tant bien que mal avec du fond de teint.

« Non. Pourquoi ?

— Parce que le genre d'hématome que vous avez là, c'est tout à fait sa spécialité. »

# 34

Le ministère de la Propagande de Joseph Goebbels était sans doute le seul endroit du Reich qui ne faisait pas mystère de l'abondance de ses ressources en matière de nourriture. Ce qui ne manquait pas de sel, compte tenu de ce qu'il entretenait le mystère sur tous les autres sujets. Sur une table à tréteaux de la salle de conférences, un véritable festin avait été apporté de l'hôtel Kaiserhof. Des montagnes de savoureux massepains au Streusel, des tartes aux pommes à la confiture d'abricots, des choux à la crème et des Sachertorte au chocolat étaient disposés sur un splendide présentoir à pâtisseries en argent. Il y avait peut-être pénurie partout ailleurs en Allemagne, mais ici, c'était un étalage spectaculaire de magnifique pain blanc – pas le pain noir grumeleux que mangeait le reste de la population – et des fromages à profusion. Les serveurs s'affairaient, une serviette pliée sur le bras, veillant à ce que le verre de chacun soit constamment rempli de vin mousseux. Officiels nazis et journalistes s'empressaient autour du buffet comme s'il pouvait se révéler n'être qu'une illusion, à l'instar de tout ce qui émanait des services de Goebbels. Mary, qui n'avait pas fait un tel repas depuis des mois, s'en donnait à cœur joie.

Cette réception était donnée à l'occasion de la projection du film réalisé pour célébrer l'anniversaire de Joseph Goebbels. Pas vraiment de quoi écrire un article, mais Mary découvrait que pour rester en bons termes avec les autorités nazies, il était préférable de se montrer quand elles vous faisaient signe. Malgré sa lourde charge de travail en tant que responsable de la propagande et de la culture pour tout le Reich, Goebbels avait pris le temps de superviser cette production qu'il avait baptisée *L'Anniversaire de Papi*. C'était une œuvre d'une simplicité exquise, presque expressionniste. Il n'y avait pas de scénario à proprement parler, juste quelques séquences de la vie du ministre, ou, en tout cas, de la vie qu'il voulait montrer au bon peuple, dont certaines avec sa famille à Schwanenwerder : Magda sur la balancelle du jardin, le petit Helmut traversant la pelouse sur son poney, Helga jouant avec la mini-machine à coudre que Hitler lui avait offerte, et Goebbels lui-même, tout sourires, remontant l'allée au volant de sa nouvelle voiture de sport Maybach, le bras à la portière. Ce documentaire devait être projeté dans tous les cinémas, après les actualités et avant le grand film.

« D'un ennui à mourir, ce film, vous ne trouvez pas ? Une famille adorable, certes, mais le Doktor n'aurait pas dû se montrer comme ça au volant de sa nouvelle voiture de sport, qu'en pensez-vous ? Le Führer m'a parié que les gens allaient lancer des choses sur l'écran.

— Ceux qui feraient ça devraient se méfier. J'ose à peine penser au traitement que leur réserverait le Doktor s'il les y prenait. »

En entendant les accents chantants d'un anglais aristocratique par-dessus le tintement raffiné des verres, Mary se retourna. Deux femmes aux cheveux d'un blond éclatant, tailleurs en tweed et foulards de soie autour du cou, se tenaient à quelques mètres d'elle. Elles portaient des cols Claudine et des perles, et la plus grande des deux arborait un badge en or du parti nazi sur sa blouse. Les sœurs Mitford, à n'en pas douter.

Unity, qui allait s'attaquer à une grosse part de gâteau au chocolat, s'interrompit. « Sais-tu que lord Rothermere a offert à Goebbels un travail avec un salaire dix fois plus élevé que son salaire actuel ? dit-elle en riant. Je te parie qu'il va y réfléchir à deux fois quand il aura vu ça.

— Pauvre Doktor. Il craint peut-être de ne pas rester la première famille du Reich quand Goering junior arrivera. Cela dit, les Goering ont un sacré retard à rattraper.

— Très juste. Je vois mal Frau Goering arriver à bout de quatre petits Hermann. »

Mary était stupéfaite. La salle grouillait de gens importants, d'officiers de liaison avec la presse, d'officiels de l'Ufa et, vraisemblablement, certains d'entre eux comprenaient l'anglais. Même les hauts dignitaires nazis n'auraient pas osé se moquer ouvertement de Herr Doktor. Goebbels était certes grand amateur de sarcasme, mais son sens de l'humour était aux abonnés absents dès lors qu'il s'agissait de sa propre vie. Que les Mitford puissent dire tout ce qui leur passait par la tête, y compris sur le territoire du ministre, elle n'en revenait pas. Ces jeunes femmes bénéficiaient de la protection du Führer lui-même. Quel formidable sujet ça pourrait faire ! S'était-on jamais vraiment penché sur l'influence exercée par les sœurs Mitford ? Les Américains savaient-ils seulement qui elles étaient ? L'Europe était peut-être à deux doigts d'un conflit et ces deux Anglaises excentriques étaient les seules personnes à avoir l'oreille d'Hitler. Mary se rapprocha et écouta la conversation, sans la moindre gêne.

« Au fait, Bobo, dit Diana, je veux que tu viennes au Kaiserhof voir les uniformes de l'armée que ce cher Führer a envoyés pour mes fils. Quelle merveille ce sera de voir leurs petites frimousses quand ils les porteront. Sans compter la tête que feront les autres ; je m'en réjouis déjà. Heureusement qu'il y a ça ; sinon je ne sais pas comment je pourrais supporter l'idée de rentrer en Angleterre. Quelle chance tu as de rester ici avec lui !

— Oui, c'est un amour. Cette semaine il m'emmène voir *La Veuve joyeuse* et, juste après, il me fait une place dans son train, pour me ramener à Munich. J'ai hâte d'y retourner. Mon chien me manque terriblement. Mes rats aussi. »

Des rats, vraiment, c'est ce qu'elle avait dit ? Mary faillit s'étrangler avec son chou à la crème.

« Je suis terriblement jalouse, commenta Diana, faisant la moue. Les gens sont tellement lugubres à Berlin. Rien ne me ferait plus plaisir que d'aller m'asseoir au Hofgarten et d'oublier tous ces abominables discours sur la guerre.

— À ce sujet, dit Unity, le Führer m'a confié que lord Halifax vient le voir le mois prochain au Berghof. C'est peut-être une bonne nouvelle, non ? Je vais continuer de le harceler pour qu'il passe un accord avec l'Angleterre. J'ai décidé que ce serait ma mission. »

Mary était tétanisée. Elle était impatiente d'en parler à Clara. Mais elle se rappela qu'elle avait autre chose à dire à son amie – quelque chose qui était au centre de ses préoccupations depuis plusieurs jours. Quelque chose que Clara aurait très envie de savoir.

Seulement voilà : Clara semblait avoir disparu. Elle ne répondait pas au téléphone, même si cela ne signifiait pas grand-chose en soi. Les étrangers utilisaient désormais leur téléphone avec la plus grande prudence, Clara plus encore que quiconque. La veille, Mary avait poussé jusqu'à son appartement et engagé une conversation amicale avec son vieux copain Rudi le gardien, lequel s'était empressé de lui livrer l'information que Clara n'était pas rentrée depuis deux jours. Rudi avait bien tenté d'y glisser une allusion salace, mais cela ne voulait probablement rien dire. Clara était sûrement sur un plateau, en train de tourner. N'empêche que Mary était de plus en plus inquiète. Il fallait qu'elle essaie encore.

Glissant quelques sandwichs et un gâteau dans son sac à main pour plus tard, Mary quitta le ministère de la Propagande pour se rendre Winterfeldstrasse. Clara était chez elle, lui indiqua Rudi par gestes. Toute contente, Mary grimpa les étages quatre à quatre et frappa à la porte, mais là, son sourire s'évanouit.

« Mon Dieu, Clara ! Mais qu'est-ce qui t'est arrivé ?

— Oh, ça ? » Clara désigna son hématome à la tempe, qui jaunissait sur les bords à présent. « Je suis tombée dans la rue. J'allais le recouvrir, mais je n'attendais pas de visiteurs. »

Mary était inquiète. Elle dévisagea son amie, les yeux débordant de sollicitude, puis s'affaira dans l'appartement, fit chauffer la bouilloire pour du thé et disposa les sandwichs du ministère sur une assiette, à côté du gâteau à la crème à présent quelque peu défraîchi. Elle avait eu l'intention de parler à Clara de sa visite à Schwanenwerder et de la découverte surprenante qu'elle y avait faite, mais le spectacle de son front contusionné chassa momentanément ces questions de son esprit.

Elle s'avança vers elle et lui mit une main sur le bras.

« Il y a quelque chose qui ne tourne pas rond, Clara. Qu'est-ce que c'est ? »

Clara croisa les bras sur sa poitrine et détourna le regard. Elle n'avait pas de maquillage et portait un chemisier blanc tout simple qui accentuait sa pâleur.

« Ce n'est rien, je t'assure. Je suis tombée en traversant la rue ; c'est tout. Tu n'as aucune raison de t'inquiéter. »

Mary apporta le thé et s'assit en face de Clara.

« Tu t'es absentée. Je suis venue hier et Rudi m'a dit qu'il ne t'avait pas vue depuis plusieurs jours. Il est arrivé quelque chose, n'est-ce pas ? Je suis ton amie. Tu peux me le dire. »

Clara but une gorgée de thé. « Tu es adorable de te faire du souci. Ça me touche, mais il n'y a rien à raconter.

— Tu oublies que j'ai du flair.
— Vraiment, Mary, ce n'est rien. »

Il y avait quelque chose, la journaliste le savait, mais il lui faudrait du temps pour découvrir ce que c'était. Quand son amie était résolue à garder quelque chose pour elle, il était rare qu'elle n'y parvienne pas. Mary encaissa ce refus implicite et poursuivit.

« Bon. Tu ne veux rien me dire, alors commençons par ce que moi j'ai appris. Parce que ça, tu vas vouloir l'entendre. »

Mary se réjouit de voir son amie dresser l'oreille, tout à coup.

« Je suis retournée prendre des photos à l'École des Épouses du Reich et j'ai reparlé à cette fille, Ilse Henning. Elle m'a dit que la Gestapo avait été chargée de l'affaire. Ils ont enlevé l'enquête à la Kripo, ce qui me paraît très bizarre. Les hommes de la Kripo avaient été gentils avec elle – elle leur avait donné le briquet en argent d'Anna qu'elle avait retrouvé.

— Un briquet ?

— Oui. Un objet de valeur, portant les initiales d'Anna. Mais les hommes de la Gestapo ont eu l'air de penser qu'Ilse cachait quelque chose. Ils l'ont traitée comme si elle travaillait pour la Ligue des Combattants du Front Rouge. Elle était morte de peur. »

Clara, tout ouïe, réfléchissait à cent à l'heure. « Pauvre fille. Quelle cruauté !

— Absolument. Je n'arrive pas à comprendre pourquoi la Gestapo s'en est mêlée, mais j'ai découvert autre chose, Clara, qu'il faut que tu saches. Ton ami, cet artiste dont tu m'as parlé, Bruno Weiss ? Il travaille comme maçon à l'École des Épouses de Schwanenwerder. Ilse m'a montré où je pourrais le trouver, et je l'ai pris à part pour qu'il me raconte tout ce qui est arrivé. Mais il ne m'a pas tout dit, Clara, j'en suis certaine. Le pauvre n'avait pas l'air d'aller bien du tout. Et il veut à tout prix te voir. »

# 35

Le quartier Moabit était un ensemble d'immeubles locatifs tapis sous un ciel maussade, au nord de Berlin. Clara passa les murs de granite de la prison Moabit et tourna dans la Turmstrasse, pour se diriger vers un bâtiment gris assez élevé situé dans une cour plantée de platanes aux troncs écaillés. Par un escalier de pierre froid et humide, elle monta au troisième étage et frappa, espérant que Mary avait correctement noté l'adresse. Elle avait la gorge nouée.

Elle reconnut à peine la silhouette qui apparut dans l'entrebâillement de la porte. Le front de Bruno Weiss s'était encore dégarni, il ne lui restait que quelques mèches sur le crâne, et son visage était d'une pâleur cadavérique. La peau était tendue sur les pommettes, sa maigreur témoignait de ce qu'il devait être très, très loin de manger à sa faim. Il n'avait qu'une trentaine d'années, mais on lui en aurait donné vingt de plus. Pourtant, en voyant Clara, un sourire radieux éclaira son visage. Il l'attira vite à l'intérieur et lui tendit les bras.

« Clara Vine ! » Il l'étreignit, puis l'embrassa sur les deux joues, comme il l'avait toujours fait. Une odeur de sueur âcre et de vêtements sales la prit à la gorge ; elle sentit les côtes saillantes sous la peau décharnée.

« Mon Dieu, je n'aurais jamais pensé te revoir. Sauf sur les écrans. Tu as l'air en forme. »

Il jeta un coup d'œil dehors pour s'assurer que personne ne les avait vus, puis l'invita à le suivre dans le couloir. « Excuse-moi pour ces précautions. J'ai peur de tout autres visiteurs. »

On aurait dit que la chambre de Bruno avait été abandonnée par son occupant précédent. Le parquet était nu, un courant d'air pénétrait par une fenêtre qui fermait mal. Un matelas taché était posé à même le sol dans un coin, et deux valises cassées attendaient près de la porte.

« J'ai vu tous tes films, tu sais.

— Et moi, je suis allée à Munich voir tes tableaux.

— Tu y es allée ? Magnifique exposition, n'est-ce pas ? Entrée gratuite, en plus. Nous avons des politiciens si éclairés. »

Une lueur d'ironie qu'elle connaissait bien apparut dans son regard. Un défi à l'autorité qui lui indiqua que Bruno ne se laissait pas abattre. Il la tint à bout de bras, l'interrogeant du regard, comme pour deviner ses intentions et, là, Clara eut honte d'avoir cru que Bruno l'aurait dénoncée au cours d'un interrogatoire musclé. À voir son visage, terriblement marqué, on pouvait penser qu'il en avait subi un, mais il n'y avait rien d'autre qu'une affection sincère dans ses yeux.

« C'est tellement bon de te voir, Clara. Est-ce que tu t'occupes toujours de ce gamin, Erich ? Comment va-t-il ? »

Elle haussa les épaules. « D'humeur changeante. Passionné. Imprévisible. La dernière fois que je l'ai vu, il m'a accusée de ne pas aimer Hitler. »

Bruno eut un sourire entendu.

« Perspicace, le gamin. »

Clara fit la grimace. Depuis leur dispute et la menace qui pesait sur lui, elle avait une envie folle d'aller voir Erich, mais elle n'osait pas. L'idée qu'elle puisse mettre sa vie en danger la terrifiait.

« C'est un bon gars, Bruno. Il adore les Jeunesses hitlériennes, pour l'instant, mais il les démasquera, ce n'est qu'une question de temps. Il est très intelligent.

— Comme sa mère, alors. » Il haussa les épaules. « Je crois savoir pourquoi tu es venue.

— Ne t'inquiète pas. Tu peux me faire confiance.

— Comment pourrais-je en douter ? » Il désigna d'un geste une table sur laquelle trônait un cendrier débordant de mégots, avec autant d'élégance que s'il s'était agi d'une table à l'hôtel Adlon, et s'inclina avec raideur. « Assieds-toi, je t'en prie. Et excuse-moi pour le ménage, je reconnais qu'il y a un certain relâchement. »

Il lui prépara un verre de thé et quand il le posa sur la table, elle remarqua que ses mains tremblaient. Bruno avait des mains d'artiste, grandes et fortes, qu'elle avait toujours vues pleines de taches de peinture, abîmées comme des mains d'ouvrier, le tremblement en moins. Elle se demanda s'il pourrait à nouveau peindre un jour.

« Je crois que je ne t'ai jamais vu autrement que sentant la térébenthine », lui dit-elle sur un ton enjoué.

Il écarta une mèche de son front. « Une odeur dangereuse, la térébenthine. Je l'évite comme la peste. C'est le genre de parfum qui pourrait me valoir d'être embarqué.

— Tu penses que la térébenthine pourrait attirer l'attention sur toi ?

— Tout attire leur attention. Quelque chose qu'ils ont vu, un son, une odeur. J'ai appris à ne pas les sous-estimer, Clara. Être exclu de la Chambre des Beaux-Arts du Reich signifiait ne plus jamais pouvoir peindre. J'aurais pu me dire que je pourrais toujours pratiquer entre mes quatre murs, mais c'était sans compter avec la Gestapo. Ils débarquent chez vous pour voir si votre pinceau est humide. Ils vont chez les fournisseurs de matériel pour artistes s'assurer que des peintres proscrits n'ont pas commandé des tubes de couleur. J'ai fini par comprendre que j'allais devoir abandonner complètement la peinture. Là-bas, à Munich, je n'avais aucun moyen de gagner ma vie et, comme tu le sais, les chances de pouvoir trouver du travail en tant que Juif sont beaucoup plus limitées dans notre belle Bavière.

— Alors tu es revenu à Berlin. »

Il haussa les épaules. « On est plus en sécurité ici. On peut se fondre plus facilement dans la foule. » Il partit à la recherche de débris de tabac et entreprit de se rouler une cigarette, lui donnant forme avec élégance et délicatesse, comme pour un travail d'origami. Clara s'empressa de sortir de son sac la boîte de cigarettes bleu cobalt sur le couvercle de laquelle figurait une photo d'Ernst Udet.

« Je t'en prie, prends-les. »

Bruno prit la boîte, resta un instant les yeux fixés dessus, puis sourit. « Il se trouve que c'est à cause d'une cigarette que j'ai repris mes activités. Un jour, un de mes vieux amis avec qui je venais de bavarder a laissé un paquet de cigarettes sur la table et, en l'ouvrant, j'ai vu qu'il y avait une adresse écrite à l'intérieur. C'était un endroit situé à Rudow, dans les faubourgs de Neukölln. Je m'y suis rendu, et j'y ai trouvé deux types qui dirigeaient une entreprise de construction : Max Grabowski, et son frère Otto. Ils avaient un hangar de stockage pour la peinture, le papier peint, les fournitures, le matériel, ce genre de choses, et une presse dissimulée à l'intérieur. Ils avaient imprimé des tracts dénonçant l'engagement allemand dans la guerre d'Espagne et ils avaient besoin d'aide. »

Clara se rappela la première fois qu'elle avait vu l'un des pamphlets de Bruno. Elle était installée à l'extérieur du café Kranzler et, sur le siège voisin du sien, elle avait trouvé un tract chantant les louanges du Parti communiste allemand, le KPD.

« C'est dangereux, Bruno. »

Il haussa les sourcils et planta son regard dans le sien. « Et tu penses que ce que tu fais ne l'est pas ? Mais tu as raison, Clara. Ça devient plus dur. La Gestapo surveille tout. Ils vont jusqu'à décompter les fournitures de bureau et les timbres achetés en quantité. C'est comme ça qu'ils détectent les activités clandestines. Les nôtres doivent être extrêmement prudents. Il y a un type qui demande à son frère de jouer du violon pour couvrir le bruit de sa machine à écrire. Le problème, c'est que son frère joue tellement mal qu'il craint que les voisins ne le fassent arrêter pour tapage. »

Il rit, de bon cœur, et Clara se demanda comment il faisait pour garder son sens de l'humour dans de telles circonstances.

« Alors, depuis quand exerces-tu tes talents de pamphlétaire ?

— Deux mois, environ. On en met absolument partout : dans les boîtes aux lettres, les cabines téléphoniques, les compartiments à bagages des trains. L'un des nôtres est médecin et il en distribue sous prétexte d'effectuer des consultations à domicile.

— Et toi ?

— Je ne fais ça que deux fois par semaine. La nuit, surtout, quand je n'arrive pas à dormir. Je me réveille souvent en croyant entendre un bruit de bottes dehors, sur la chaussée, ou bien des coups frappés à la porte.

— Des cauchemars ?

— Le plus souvent, oui. Sauf quand ça devient une réalité. Dans les premiers temps de mon arrivée ici, je partageais cet appartement avec un autre homme, mais un matin, on a frappé à la porte et deux policiers sont entrés. Ils m'ont dit de rester au lit et ils l'ont emmené. Ils lui ont à peine laissé le temps de s'habiller. Quand j'ai voulu voir ce qui se passait, l'un des deux m'a agité son pistolet sous le nez. J'ai demandé où ils l'emmenaient mais ils m'ont ignoré. J'ai eu de la chance de ne pas être embarqué avec lui. Max Grabowski a su quel sort lui avait été réservé. Il a été guillotiné à la prison de Plötzensee. »

Bruno battit des paupières et regarda ailleurs. Clara se concentra sur son thé. Un lourd silence plana entre eux. On avait l'habitude de ces silences-là à Berlin. On les respectait, c'était un peu comme observer une minute de silence en hommage à un mort. Ils étaient chargés d'émotions, de souvenirs. Mais au bout de quelques secondes, Bruno adopta un ton plus léger.

« Assez parlé de moi. C'est une autre triste histoire qui t'occupe aujourd'hui, n'est-ce pas ? Je suppose que tu aimerais avoir des informations sur Anna Hansen ?

— Il me semble qu'elle posait pour toi, non ? Dans le temps ?

— Oui. Je crois même que tu l'as rencontrée une fois. C'était quelqu'un, cette Anna. Elle aimait vivre dangereusement. Je ne peux pas dire que sa fin brutale m'ait surpris. Beaucoup moins que lorsque j'ai appris qu'elle était devenue une fiancée du Reich.

— Comment se fait-il que tu sois retombé sur elle ?

— C'est une drôle d'histoire, si tant est qu'il y ait quelque chose de drôle là-dedans. Le hasard, c'est tout. Il fallait bien que je mange, et il y a tellement de chantiers de construction en ville qu'ils embauchent n'importe qui, même des Juifs. On m'a engagé pour un travail à Schwanenwerder. Il s'agissait de bâtir une maison modèle dans le parc de l'École des Épouses du Reich. C'était un travail agréable, j'étais ravi. Dehors au soleil, au grand air, avec plein de jolies filles à regarder. Puis, un jour, j'ai vu une fille qui était le portrait craché d'Anna. Ç'a été le choc de ma vie. La matinée était ensoleillée et toutes ces futures petites épouses obéissantes assistaient à un cours qui était donné dans le jardin. J'ai failli m'étrangler. C'était bien Anna. Je n'arrivais pas à comprendre ce qu'elle faisait là, mais quand on a passé un mois à peindre une femme, on la reconnaît, même affublée d'un dirndl.

— Était-elle contente de te voir ?

— Eh bien, disons que j'ai eu un certain nombre de bonnes fortunes dans ma vie, mais je n'ai jamais vu une fille aussi heureuse de me revoir. Elle a eu du mal à se contrôler. Elle m'a fait passer une note pour me demander de revenir ce soir-là, et nous nous sommes retrouvés au fond du jardin. J'ai cru qu'elle avait autre chose en tête jusqu'à ce qu'elle me raconte son histoire.

— Et quelle était son histoire ? »

Bruno alla à la fenêtre et jeta un coup d'œil en bas dans la rue avant de tirer les nappes qui lui servaient de rideaux et d'allumer une lampe. D'instinct, il baissa la voix.

« Anna était jolie fille mais elle ne perdait jamais de vue son intérêt. Elle s'employait à rassembler un tas de secrets que les personnes concernées préféraient ne pas voir divulgués. C'était sa façon de procéder. La morale ne l'étouffait pas. À Munich elle avait survécu en retirant de l'argent du compte d'un vieux Juif qui avait été forcé d'émigrer. Elle prétendait qu'il lui devait de l'argent pour s'être occupée de sa maison. Cette manne-là s'étant épuisée, il lui a fallu trouver une nouvelle source de revenus ; c'est là qu'elle a décidé de s'en remettre à ses talents artistiques. Elle avait été danseuse.

— Au théâtre de Gärtnerplatz ?

— Tu connais ? À l'époque, l'endroit était célèbre pour les soirées d'après-spectacles qu'on y organisait. Des soirées décadentes, pour emprunter le vocabulaire des nazis. Des filles dansant nues, des femmes et des hommes, des hommes entre eux, des femmes entre elles. Tout était permis. J'ai peint quelques tableaux à partir de ce que m'avait raconté Anna. Tu les as sûrement vus à l'exposition de Goebbels. »

Clara se rappela *La Bacchanale du Diable*, les corps déformés, leur nudité, leurs contorsions.

« Qu'est-ce qu'Anna t'a raconté de ces soirées ?

— Hitler et sa clique y participaient régulièrement. Anna prétendait qu'il lui arrivait de s'asseoir sur ses genoux et qu'il l'appelait sa favorite. Mais la décadence n'allait pas plus loin, paraît-il. Elle couchait déjà avec l'assistant photographe d'Heinrich Hoffmann, celui qui s'occupait des développements. Anna disait de lui que c'était un sale type. Qu'il était parfaitement à sa place dans les produits chimiques parce que son visage était aussi caustique qu'une bouteille d'acide.

— Comment s'appelait-il ?

— Elle ne me l'a pas dit. Mais elle comptait sur lui pour accéder à une vie meilleure. Bref, Hoffmann prenait des photos dans ces soirées. À cette époque, il suivait Hitler partout, et photographiait quasiment tout ce qu'il voyait. Un instantané d'Hitler devant un miroir, en train de gesticuler ou de faire des grimaces. Ou bien de répéter un discours. Quoi que fasse Hitler, où qu'il aille, Heinrich Hoffmann était là, dans l'ombre, à prendre des photos. Ce qui était convenu, c'était qu'Hitler donnait à Hoffmann un libre accès exclusif à sa vie privée et l'élevait au rang de photographe officiel, à la condition que ce dernier lui soumette absolument toutes les photos qu'il avait prises.

Une bonne manière de garder un contrôle absolu sur son image.

— Et ça fonctionnait ?

— Merveilleusement. Hoffmann et Hitler passaient des heures à examiner en détail chaque cliché. Quand Hitler n'aimait pas une photo, le négatif était détruit. À l'époque, ils travaillaient avec les anciens négatifs, sur des plaques de verre qu'il était facile de briser. Ils en ont brisé des milliers et des milliers. L'important, vois-tu, c'était de donner de lui l'image la plus favorable possible. C'était habile de la part d'Hitler. Il a toujours été conscient de l'importance que cela avait. Personne ne voudrait d'une photo où le Führer aurait l'air idiot, même si nous sommes un certain nombre à penser qu'il n'y pourrait rien. Tous les clichés peu flatteurs, où on le voit mal habillé, ou la bouche ouverte ou les yeux mi-clos, ou bien en compagnie de personnes indésirables – c'est à dire l'ensemble de ses connaissances à mes yeux – ont été détruits. L'ennui c'était qu'il y avait tellement de négatifs à détruire qu'Hoffmann n'arrivait plus à suivre. Il a chargé ce type, le petit ami d'Anna, de ce travail, et Anna est venue l'aider. Bref, tu peux imaginer ce qu'elle a fait. Elle en a gardé deux ou trois pour elle, à l'insu de son ami. Une poire pour la soif.

— Qu'y avait-il sur ces photos ?

— Anna ne me l'a pas dit. Des années plus tard, longtemps après leur séparation, alors qu'elle était dans la dèche, elle s'est mise à sa recherche. À cette époque-là, elle était venue vivre à Berlin et elle dansait de temps à autre au Wintergarten, et ce type, qui avait lui aussi quitté Munich, s'était trouvé un job ici.

Un bon job, très bien payé, si bien qu'Anna a décidé que l'heure du retour sur investissement avait sonné. Elle lui a parlé de ce qu'elle avait entre les mains et lui a demandé jusqu'à combien il était prêt à lui donner pour ces négatifs. Ajoutant qu'en cas de refus de payer, elle les vendrait à un journal américain. Erreur fatale. »

Bruno regarda autour de lui et baissa le ton jusqu'à murmurer.

« Le type, ça l'a rendu fou. Il l'a menacée. Il l'aurait tuée, même, selon elle, mais elle n'avait pas les négatifs sur elle et il voulait absolument les récupérer. Pas tant pour le préjudice que ça pourrait causer à son Führer bien-aimé, bien qu'il s'agît de cela aussi, mais parce que ça lui retomberait dessus. C'était lui qui avait été chargé de les détruire. Ce serait de sa faute si des photos racoleuses apparaissaient à la une d'un journal étranger.

— Alors Anna ne lui a pas remis les négatifs ?

— Exactement. Le type a changé de tactique, il est devenu tout miel, et lui a fixé un rendez-vous en lui demandant d'apporter les négatifs avec elle, mais Anna a eu peur. C'était une fille qui avait du caractère et qui ne se laissait pas facilement berner. Elle a compris qu'aller à ce rendez-vous pourrait signer son arrêt de mort. Et qu'il fallait qu'elle parte, qu'elle disparaisse. Et pour disparaître, la meilleure idée qui lui soit venue à l'esprit a été de se marier. Où pourrait-elle être plus en sécurité que dans une institution pour futures épouses SS ?

— Mais il faut un officier SS, pour ça.

— Anna a elle-même reconnu que sa rencontre avec Johann avait été un coup de chance. Et accordons-lui qu'elle semblait vraiment éprise de ce pauvre garçon. N'empêche qu'elle avait encore peur. Elle était certaine que son ancien petit ami n'allait pas la lâcher. Le jour où nous nous sommes parlé, elle était paniquée parce qu'une photo était parue le matin même dans les pages féminines de *Der Angriff*. On y voyait les filles de l'École des Épouses faire de la gymnastique dans le jardin, Fräulein Anna Hansen au premier rang. Elle était sûre qu'il la verrait et trouverait le moyen de la localiser.

— Et c'est ce qui s'est passé ? »

Bruno haussa les épaules. « J'en ai bien l'impression.

— Et maintenant, que vas-tu faire ?

— Je ne peux pas retourner à Schwanenwerder. Pas après que la fille a fait part de ses soupçons à la police. L'endroit grouille de membres de la police secrète. Je serais arrêté sur-le-champ. Il va me falloir d'autres papiers d'identité. Et une autre planque, bien sûr. »

Il fit un geste vers les valises près de la porte.

« Je faisais mes bagages quand tu es arrivée. J'aurais dû être déjà parti, mais après avoir vu ton amie Fräulein Harker et lui avoir donné cette adresse, je me suis dit que j'allais encore tenir bon quelque temps. Au cas où. »

Clara se pencha et posa la main sur son bras. « Il faut que tu viennes chez moi, Bruno.

— Tu sais bien que c'est impossible. » Il sourit, plein de mélancolie. « Je repense souvent à l'époque où Herr Quinn m'avait proposé un visa pour l'Angleterre. Et je me demande si je n'aurais pas dû accepter. Cela restera au royaume des conjectures. J'ai des amis, il ne faut pas que tu t'inquiètes.

— Que vas-tu faire, à présent ?

— Ce que je fais déjà. Le jour j'attends, je fais des projets de tableaux dans ma tête. Je dessine au crayon au dos de sacs en papier et sur des pages arrachées dans des bouquins. J'envisage d'étudier la frise au musée Pergamon. Et même de me mettre à la sculpture, une pièce évoquant le combat d'un peuple opprimé, quand tout ça sera fini. »

Lorsqu'il la raccompagna à la porte, un sourire radieux éclairait son visage creusé. Il ouvrit grand les bras. « Ne t'inquiète pas, chère Clara. Cette barbarie ne durera pas. Une nation qui a produit Goethe, Rilke et le peintre Caspar David Friedrich ne pourra pas supporter longtemps cet état de choses. »

La pluie s'était remise à tomber lorsque Clara le quitta, une petite pluie froide et cinglante, comme des lames de rasoir. Elle remonta son col et se dirigea vers la Winterfeldstrasse, oublieuse de la circulation et des passants, tellement perdue dans ses pensées qu'elle était déjà pratiquement devant sa porte lorsqu'elle remarqua l'imposante Mercedes noire qui attendait non loin de là, moteur en marche.

## 36

Un duffle-coat ayant de longs états de service sur le dos à cause du froid pénétrant, Mary était posée au bord de sa chaise en une attitude qui lui était coutumière, le nez à vingt centimètres de sa Remington, les yeux plissés par la concentration. Elle s'efforçait d'écrire sur le meurtre de l'École des Épouses, mais sans compter sur la presse locale pour les détails. Contrairement aux journalistes américains, qui se seraient jetés avec délices sur un meurtre et auraient autopsié le dossier avec morbidité des jours durant, les journaux locaux préféraient se focaliser sur les miraculeuses réussites du Reich. Mary les avait parcourus en vain, n'y ayant trouvé que des articles sur une moisson record, la visite triomphale de Mussolini, la première d'un film à laquelle devait assister Goebbels, ainsi que des bonnes nouvelles de l'étranger. En Espagne, les fascistes avaient encerclé Madrid et un destroyer républicain baptisé le *Ciscar* avait été coulé par l'aviation nationaliste.

*L'Espagne*. Pendant un instant, Mary ôta ses lunettes et frotta ses yeux fatigués. L'Espagne éveillait des souvenirs pénibles. Il s'était produit quelque chose, là-bas, qu'elle ne comprenait toujours pas très bien.

Au printemps, elle avait quitté Madrid pour se rendre dans le nord du pays, dans un petit village du bastion basque de Bilbao. En ce temps-là, cette partie du pays, Santander y compris, était encore aux mains des Républicains, mais les Nationalistes lançaient constamment de nouvelles offensives. Ce soir-là, sur la place, les combattants des Brigades internationales jouaient de la guitare et chantaient des airs révolutionnaires, pendant que dans un bar, Mary se morfondait sur les ruines de sa dernière histoire d'amour tout en regardant le barman chasser les mouches de son comptoir. Malgré son charme et ses yeux noirs, Alfonso s'était révélé désespérant. Ses mains sentaient les armes à feu et chaque soir, il s'abrutissait d'alcool. Il avait dit à Mary qu'elle était trop indépendante. Qu'elle faisait peur aux hommes. Au moins avait-il tenté une explication dans un monologue aviné bien peu romantique, jusqu'au moment où, épuisé par cet effort intellectuel, il s'était écroulé dans une mare de Rioja et d'apitoiement sur lui-même. Mary avait finalement décidé d'aller noyer son chagrin dans l'alcool elle aussi. Elle en était à sa deuxième carafe d'un vin du cru assez ordinaire, essuyant de temps à autre une larme, quand un jeune homme était entré dans le bar.

« Périclès ! »

C'était l'Anglais de l'hôtel, à Madrid. Il n'eut pas l'air le moins du monde surpris de la trouver là.

« Hello, Mary. Qu'est-ce que tu fais là à chialer dans ton verre, au lieu d'écrire des articles ? »

Il se glissa sur la chaise voisine. Il avait une barbe naissante et ses cheveux bouclés étaient décolorés par le soleil. Il portait un béret et une vieille veste bleue sur une chemise sans col.

« Il y a eu une nouvelle contre-attaque réussie aujourd'hui… »

Mary leva une main. « Stop, on arrête tout de suite. Je ne veux pas parler de la guerre. J'en ai soupé. J'en ai soupé de la politique, articula-t-elle non sans peine.

— Très bien. » Il lui offrit une Gauloise qu'elle s'empressa d'accepter. Il y avait pénurie de cigarettes et un seul paquet valait dix pesetas. « Bon, parlons de toi, reprit-il. Mais, avant ça, on va te trouver quelque chose à manger. »

Il l'emmena dans un autre bar et réussit le tour de magie de lui faire servir un repas chaud de saucisson, de riz et d'olives, qu'elle mangea comme si elle mourait de faim. Sous le regard attentif de Périclès et la sobriété revenant, elle se laissa convaincre de lui livrer sa triste histoire.

« Je ne rencontre jamais de type bien. Ceux qui sont intéressants sont mariés, ou bien cinglés. Ceux qui ne sont pas intéressants me verraient bien en train de laver leurs chaussettes dans le New Jersey. Je ne sais pas m'y prendre avec les hommes. Ça m'étonnerait que je me marie un jour ! gémit-elle.

— Pourquoi diable voudrais-tu te marier ? demanda-t-il, le plus sérieusement du monde. Qui voudrait s'engager dans une course perdue d'avance ? Tu es bien mieux comme ça, Mary. Tu es libre. »

Elle le regarda, les yeux humides de gratitude. C'était comme si, dans la brume persistante de l'ivresse, elle découvrait un tout nouvel art de vivre.

« Tu as raison. Le mariage viendrait tout gâcher, n'est-ce pas ? »

Elle renifla et inclina son verre dans sa direction.

« Comment pourrais-je poursuivre ma merveilleuse carrière ? » ajouta-t-elle.

Elle plaisantait à moitié, mais il fit le choix de la prendre au sérieux. « Exactement. À ce sujet, d'ailleurs, j'ai un tuyau pour toi. Il va se passer quelque chose, plus tard dans la journée, pas loin d'ici. Quelque chose que tu vas vouloir couvrir. Un scoop. Les Allemands ont tenu une conférence militaire à Burgos, autour de Wolfram von Richtofen, le commandant de la Légion Condor. Tu vois de qui je parle ?

— Bien sûr.

— Bon. Eh bien, ils ont prévu de frapper les troupes républicaines à Guernica.

— Inconnue au bataillon.

— Normal. C'est une bourgade, à trente-cinq kilomètres d'ici. Pourquoi n'irais-tu pas y jeter un œil ? Tu ne le regretteras pas, je te le garantis. »

Guernica était encore la proie des flammes quand elle y arriva le lendemain matin à l'aube dans une fourgonnette déglinguée en compagnie de deux républicains du cru. La lueur éclairait le ciel à des kilomètres à la ronde et, en approchant, ils croisèrent des civils qui avançaient à grand-peine sur des tracteurs ou des chariots tirés par des bœufs avec tout ce qu'ils possédaient. Dans les champs calcinés, on voyait des voitures incendiées d'où sortaient des corps écartelés, ou noircis, à moitié carbonisés. Dans le centre-ville, c'était un cauchemar, pire que tout ce qu'elle aurait pu imaginer.

Jusqu'à son arrivée en Espagne, Mary n'avait jamais vu un cadavre, à l'exception de celui de son père, jaunissant lentement dans son lit d'acajou, chez eux, en Amérique. Elle croyait savoir à quoi ressemblait la mort, mais elle se trompait. À Guernica, la mort prenait une tout autre dimension. Ces corps, yeux ouverts, bouches béantes, avaient été arrachés à la vie. Quant aux vivants, ils se déplaçaient comme si on leur avait sucé l'âme, creusant les ruines encore fumantes à mains nues dans l'espoir de retrouver un être cher. Des soldats basques alignaient les cadavres devant l'église Santa Maria, seul bâtiment encore debout. Et, partout, l'odeur fétide de chair calcinée vous prenait à la gorge. Debout place du marché, là où une pluie de bombes était tombée du ciel, Mary eut conscience d'un calme étrange, une sorte de silence outragé, qui n'était rompu que par des cris, des appels, chaque fois qu'un nouveau corps carbonisé émergeait des bâtiments détruits, et par des aboiements frénétiques.

Elle erra autour de la place du marché, abasourdie, machinalement agrippée à son carnet de notes comme un médecin à son stéthoscope. Autour d'elle, des maisons étaient encore en train de s'écrouler en tas de débris rougeoyants, projetant des volées d'étincelles et de briques qui rebondissaient comme des balles de tennis. Elle s'agenouilla à côté d'un paysan qui berçait un garçon d'environ quatorze ans et gémissait à n'en plus finir. « Mon fils a besoin d'air ! Il lui faut de l'air, du soleil sur le visage. » L'homme saisissait à pleines poignées les plumes qui s'échappaient d'un oreiller déchiré, comme de la neige tourbillonnant, pour soutenir la tête du garçon. Il poussait des cris aigus, stridents, pareils à ceux d'un animal. Mary jeta un coup d'œil au garçon et vit qu'il était mort depuis plusieurs heures.

Devant l'église, elle rencontra un prêtre qui lui dit qu'un tiers des habitants avaient été tués. Tous les hommes et les femmes qu'il avait fait entrer dans les abris antiaériens au début du raid avaient été brûlés vifs. Il lui raconta qu'ayant braqué ses jumelles sur le ciel, il avait vu un escadron d'avions en approche, qui tournait en rond au-dessus d'eux, et qu'au vrombissement de leurs moteurs il avait compris que c'était des avions allemands – la Légion Condor.

Il s'avéra que Mary fut l'une des premières journalistes présente sur les lieux. Elle écrivit quantité d'articles que Nussbaum fit paraître en première page.

Guernica marqua indéniablement un tournant dans la guerre. Une terrible gravité se lisait sur les visages de tous ces villageois. Il y avait des forces républicaines dans la région, certes, mais ce bourg était toujours resté à l'écart des combats. Guernica était dépourvue de défense antiaérienne. Ce que Mary avait vu, c'était un bombardement destiné à terroriser la population, rien d'autre, le mitraillage au sol de gens sans défense, dans le seul but d'intimider, de semer la terreur. Les enfants n'étaient pas une cible militaire. Il n'y avait pas d'industrie, ni d'infrastructure vitale. Le véritable objectif de Guernica, c'était d'atteindre le moral des gens. Quelle sorte d'hommes était capable d'une chose pareille ?

Mary écrivit que, dans la prochaine guerre, quand elle se déclencherait, la terreur aérienne serait une arme des plus redoutable. La possibilité de rayer de la carte des bourgs, voire des cités entières était devenue une réalité.

Pourtant, chaque fois qu'elle y repensait, Mary se disait que quelque chose clochait dans cette affaire. Sans Périclès, elle n'y serait jamais allée. Il savait que les Allemands avaient programmé une attaque. Mais, sur le moment, elle ne s'était pas demandé d'où il tenait cette information. Il était anglais, pas allemand. Alors, comment l'avait-il appris ? De plus, comment avait-il su que Mary se trouverait dans ce bar ce soir-là, prête à en être le témoin ?

Périclès savait que Guernica allait avoir un impact considérable. Il se doutait que cette attaque attirerait l'attention du monde. Mais s'il en avait été prévenu, pourquoi n'avait-il pas tenté de l'arrêter ? Pourquoi n'avait-il pas averti les habitants de ce qui se tramait ? À moins, évidemment, qu'il n'ait pensé qu'il fallait que cela se produise.

L'horreur de Guernica était vite passée au second plan. Pour couvrir les événements en Allemagne Mary se retrouvait à présent confrontée au même problème qu'à l'époque où elle devait rendre compte de la situation en Espagne. Personne aux États-Unis n'avait vraiment envie de savoir. Les Américains avaient leurs propres sujets d'inquiétude. Des milliers de personnes mouraient de faim à Cleveland, dans l'Ohio. Un avion de United Airlines s'était écrasé dans l'Utah. Les Yankees avaient battu les Giants au championnat national de base-ball qui se tenait à New York. Certes, les traitements infligés aux Juifs en Allemagne étaient odieux, mais trop nombreux, en réalité, étaient les Américains qui approuvaient les nazis. Mary se disait que les Américains préféraient que les affaires étrangères restent ce qu'elles étaient… étrangères à leur vie.

La mort d'Anna Hansen, en revanche, voilà précisément ce qu'aimait le public américain, à en croire Frank Nussbaum. Une histoire de meurtre avec plein de photos de jolies filles. Tout ce que Mary avait à faire, c'était de fournir l'information. Mais c'était précisément là que résidait la difficulté. Lorsqu'elle appela le bureau des enquêtes criminelles, elle tomba sur des policiers que cette histoire n'intéressait absolument pas. Ils finirent par admettre, à contrecœur, qu'Hartmann, le jardinier, avait bien été relâché, mais refusèrent de révéler si quelqu'un d'autre était soupçonné. À en juger par le ton endormi du fonctionnaire de permanence, la mort de la fiancée du Reich ne comptait guère plus qu'une collision de vélos et plutôt moins que le vol d'une saucisse grillée sur un étal du marché. Et pourtant, Ilse Henning lui avait dit que la Gestapo était sur le coup. Ce qui signifiait que, pour une raison ou pour une autre, le meurtre d'Anna Hansen était loin d'être anodin.

C'était pourquoi Mary avait hâte d'entendre ce que Bruno Weiss avait à en dire. Elle ne croyait pas un instant que l'artiste ait trempé dans le meurtre d'Anna, mais il avait tout de même été très réticent à l'idée de lui parler. Quand elle s'était approchée de lui ce jour-là dans le jardin de l'École des Épouses, de la terreur était apparue dans ses yeux, rien de moins. Même après qu'il eut compris qu'elle était une amie de Clara Vine et l'eut attirée à l'écart au fond du jardin, derrière les grands pins, il n'avait pas dit grand-chose. Il n'arrêtait pas de regarder autour de lui, les yeux écarquillés, comme si les arbres et les buissons eux-mêmes dissimulaient des dispositifs d'écoute qui pouvaient l'enregistrer et le trahir. Il y avait en Bruno Weiss quelque chose de la prudence instinctive d'un animal aux abois. Mary reconnut cet air-là. Elle l'avait déjà vu. C'était la peur de la mort qui rôdait, et cela n'avait nul besoin d'être décrypté.

# 37

Les souvenirs se télescopaient dans le cerveau traumatisé de Clara. Elle pensa à sa mère, et essaya de se rappeler ce qu'elle éprouvait quand elle était dans ses bras, mais elle eut du mal à se remémorer son visage. Pendant longtemps, elle n'avait eu qu'une photo d'elle pour se la rappeler, et les photos ne disent jamais tout à fait la vérité, n'est-ce pas ?

Clara se demanda si elle-même aurait une fille un jour, et si elle la prendrait dans ses bras comme l'avait sans doute fait sa mère. Elle ne parvenait pas à oublier le visage du nourrisson au foyer du Lebensborn. D'autres images flottaient dans son esprit. Angela et son élégance décontractée, insolente. Sa chevelure d'un blond vénitien et son sourire à peine esquissé, plein d'ironie, qui sous-entendait toujours que Clara faisait quelque chose d'un peu excentrique, bohème ou carrément absurde. Erich, les larmes aux yeux, accusant Clara de ne pas aimer le Führer. Le visage angoissé de Mary. *« Je suis ton amie, Clara. Tu peux tout me dire ! »*

Elle regrettait de ne pas avoir dit la vérité à Mary, mais l'amitié, ces temps-ci, c'était en dire le moins possible. Les confidences étaient dangereuses. Aimer quelqu'un, c'était nécessairement lui mentir. Comment en était-on arrivé à ceci que la proximité entre deux personnes ne se mesurait plus qu'à ce qu'elles se cachaient ? On pouvait tout savoir d'un être, comment il se brossait les dents, quel parfum il portait, s'il préférait l'Arabica ou le Robusta, et même quelle était sa position favorite pour faire l'amour, mais on n'avait pas accès à ses secrets les plus profonds. S'il vous aimait, en tout cas. Aimer quelqu'un revenait à mentir. Et Clara savait mentir. Elle avait ce talent.

Elle repensa à elle et à Ralph, revit leurs deux corps rouler sur le lit en désordre, les draps entre leurs membres brûlants, pareils à des cumulonimbus, les mains puissantes de son amant dessiner les contours de son corps. Elle se revit lui glisser la main dans les cheveux, humides de sueur, puis le long de la colonne vertébrale, ses lèvres s'avançant vers les siennes. Les heures qu'ils avaient passées dans son appartement lui avaient donné l'impression d'avoir vécu dans un monde à part. Un intermède de deux jours, seulement, mais qu'elle chérissait, pour le cas où il demeurerait sans suite. Elle le revivait dans sa tête, heure par heure, comme si le seul fait d'y penser allait évacuer tout le reste.

Clara se trouvait dans une petite pièce carrelée de blanc d'à peine deux mètres de large, avec, en guise de lit, une planche de bois qui se repliait contre le mur. Une ampoule nue se balançait chaque fois que les portes d'acier du couloir claquaient, projetant des ombres folles sur les parois. Elle était privée de lumière naturelle, mais elle supposa que c'était l'aube.

Elle se demanda combien de temps elle tiendrait avant d'être obligée d'utiliser le seau qui se trouvait dans un coin. Elle avait la bouche sèche et du mal à déglutir, mais personne ne lui avait proposé un verre d'eau. Le désinfectant utilisé pour le nettoyage n'arrivait pas à chasser l'odeur infecte de l'ammoniaque ni celle de la peur. Elle repensa à Bruno qui lui avait parlé des cours du soir auxquels il lui était arrivé d'assister dans ce bâtiment, quand c'était encore une école d'art. C'était un autre art qu'on y pratiquait désormais.

Elle s'efforça de ne pas songer à ce dont elle avait entendu parler. Les tortures, les membres désarticulés, les doigts broyés. Des méthodes de persuasion pour rafraîchir la mémoire. Ce moment de bascule où le récit d'un prisonnier changeait. Le visage de ceux qui avaient subi les interrogatoires, tuméfié, ou carrément en bouillie, au point que leur famille elle-même ne les reconnaissait pas. Clara se demanda quand ils allaient commencer avec le sien.

Les bruits étaient sporadiques. Le claquement de portes métalliques, des bottes frappant le sol, le hurlement ponctuel de fureur, ou de peur. Une voix impérieuse affectant la patience mais sous-tendue par une colère froide. Et, plus lointains, les bruits de circulation de la Prinz Albrecht Strasse, le pas de ceux qui traversaient le quartier administratif pour se rendre à la gare d'Anhalt, des citoyens ordinaires qui détournaient le regard de la sinistre façade néo-classique, même s'ils ne s'intéressaient pas à ce qui se passait derrière.

Pourquoi se retrouvait-elle ici ? Goebbels était-il au courant ? L'ordre de l'arrêter émanait-il de lui ?

Elle l'imagina boitant le long du couloir dans ses chaussures vernies, dont tout le monde disait qu'elles cachaient des pieds fourchus, comme ceux du diable. Goebbels lui avait demandé de lui faire un rapport sur les sœurs Mitford, mais ce n'était pas dans ce cadre qu'il avait prévu de prendre connaissance du fruit de ses efforts, tout de même ?

Puis elle se rappela Gisela Wessel, arrêtée au studio et conduite ici pour interrogatoire. Clara préférait ne pas y penser, mais elle savait qu'ils ne reculeraient devant rien pour obtenir les réponses qu'ils attendaient. Elle imagina le visage de Gisela plongé à plusieurs reprises dans l'eau glacée, ses poumons déchirés par le manque d'air, des mains gantées lui agrippant les cheveux. Quelles autres méthodes emploieraient-ils ? Il y avait sans doute des horreurs spécialement réservées aux détenus de sexe féminin. Ces sadiques étaient aussi attentifs qu'un amant aux sensations que leurs mains pouvaient provoquer. Et comme les séducteurs, ils se donnaient beaucoup de mal pour obtenir d'une femme qu'elle capitule.

Elle ne disposait d'aucun indice sur les raisons de son arrestation, mais elle devait tout de même réfléchir à ce que la Gestapo pouvait croire. Si elle était soupçonnée de transmettre des informations aux Britanniques, alors, son sort était scellé. Elle se demanda combien de temps allait s'écouler avant que son absence soit remarquée. Mary allait-elle commencer à poser des questions, même si elle lui avait dit qu'il n'y avait aucune raison de s'inquiéter ? Albert allait-il signaler qu'elle ne s'était pas présentée au studio ? Et Ralph ? Elle se rappela qu'il avait affirmé que si elle était arrêtée, il feindrait de ne pas la connaître. Pourvu qu'il s'y tienne, pour son propre bien.

Un bruit de bottes dans le couloir. Elle sut que c'était pour elle.

Ce fut comme si une lame la transperçait. Une peur panique, qui la glaça jusqu'à l'os. Elle n'avait jamais prétendu être courageuse face à qui que ce soit. Pas même vis-à-vis d'elle-même. Elle n'était pas exceptionnellement brave. L'idée d'une quelconque douleur physique la terrifiait et elle chercha désespérément qui pourrait bien l'en préserver. Elle n'aurait même pas hésité à demander à son père d'intercéder en sa faveur, mais comment lui faire parvenir le message, elle n'en savait trop rien. Elle se demanda si mentionner les sœurs Mitford pourrait exercer sur la Gestapo le même charme que sur Adolf Hitler, mais l'idée aurait été risible, si elle avait été capable de rire.

Clara éprouvait une sensation de grande vulnérabilité, comme si sa peau était aussi tendre que celle d'un bébé. Des ecchymoses étaient apparues sur le haut de ses bras, tels des négatifs photographiques sur la blancheur de sa chair, souvenirs des brutalités de la veille. Elle avait l'oreille qui bourdonnait douloureusement à cause de la gifle qu'elle avait reçue. Elle savait qu'il y aurait plusieurs interrogatoires, qu'on lui poserait encore et encore les mêmes questions. Pour l'instant, elle n'avait survécu qu'au premier.

Le visage de l'Hauptsturmführer Oskar Wengen était cadavérique. Il lui rappelait une ancienne momie, découverte dans un lointain marécage teutonique. La peau adhérait au crâne, soulignant parfaitement la structure osseuse, puis s'étirait en tendons noueux sous la gorge. Les yeux seuls étaient vifs, vigilants, comme ceux d'un serpent, et aussi insondables.

La pièce sentait la peur humaine. Lorsque Clara y fut introduite, la veille, il lui désigna une chaise en bois, face à son bureau, et à la vue d'un dossier en papier kraft portant son nom et les chiffres 6 732 au pochoir, elle tiqua. Que pouvait-il bien renfermer ?

Elle décida de prendre l'initiative.

« Pour quel chef d'inculpation ai-je été arrêtée ? »

Wengen eut un sourire qui ressemblait à une grimace, ses lèvres minces tellement serrées qu'on les aurait crues cousues ensemble.

« Vous n'avez pas été arrêtée, Fräulein Vine. Nous vous avons priée de venir pour vous interroger.

— Pour m'interroger, mais à quel sujet ? Je ne sais rien du tout.

— J'espère que vous n'êtes pas en train de suggérer que nous vous aurions amenée ici sans raison. Cela pourrait constituer en soi un délit passible d'emprisonnement. Savez-vous pourquoi nous voulions vous interroger ?

— Mais non, je l'ignore. Pourquoi ne me le dites-vous pas ?

— J'attends que vous y réfléchissiez. Pourquoi vous aurait-on amenée ici ?

— Je vous l'ai dit. Je n'en ai pas la moindre idée.

— Vraiment, même pas une toute petite ? Ça vaudrait mieux pour vous. »

Il ne s'enquit pas du cambriolage. Peut-être n'étaient-ils pas au courant. Elle espérait contre toute attente qu'ils ne l'avaient pas suivie depuis Moabit, parce que dans le cas contraire cela signifierait débusquer Bruno et, à travers lui, peut-être, tout ce réseau de gens courageux qui imprimaient les tracts. Mais là, présentement, l'Hauptsturmführer Wengen semblait beaucoup plus intéressé par son travail à Babelsberg.

« Nous sommes en train de vérifier des informations troublantes émanant de l'un de vos amis. »

Dans sa poche, ses doigts rencontrèrent le mouchoir que lui avait donné Ralph. Pour Clara, une nouvelle source d'inquiétude. Pourvu qu'ils ne le trouvent pas et ne posent pas de questions sur la personne porteuse des initiales R.S.

« Aucun de mes amis ne pourrait vous fournir d'informations troublantes à mon sujet parce qu'elles seraient fausses.

— C'est à nous d'en juger. Qui fréquentez-vous au studio ?

— Laissez-moi réfléchir. Je vois régulièrement Herr Doktor Goebbels. » Sa boutade lui valut un regard noir.

« Des noms, s'il vous plaît.

— Je vois des centaines de personnes. Faites défiler le générique de mes films, Herr Hauptsturmführer, ce sera plus simple.

— J'imagine que vous n'allez pas boire un verre avec des centaines d'acteurs.

— Je vais très rarement boire un verre. »

Elle se creusa la tête pour trouver qui avait bien pu la dénoncer. Gisela Wessel s'était sans doute retrouvée dans la même cellule d'interrogatoire. Aurait-elle parlé de Clara ? Cela paraissait improbable ; elles se connaissaient à peine. Ce n'était tout de même pas Mary, si ? La Gestapo allait régulièrement voir les correspondants étrangers pour les interroger sur leurs informateurs. Les aurait-on vues ensemble au Club de la Presse ? En aurait-on tiré des conclusions hâtives ? Pour couper court à ses frissons de nervosité, Clara se redressa, les épaules bien droites, feignant le plus grand calme. Plus elle avait l'air calme, plus Wengen enrageait.

« Vous devez certainement avoir des amis, là-bas ? »

Albert, oui, c'était le seul. Et elle ne pouvait pas l'évoquer. Sa préférence pour les garçons lui vaudrait à elle seule d'être viré et envoyé dans un camp de concentration en moins de deux.

« J'essaie d'être aimable avec tout le monde.

— Tout le monde ? C'est difficile, non, d'être aimable avec tout le monde, Fräulein ?

— Vous oubliez que je suis actrice, Herr Hauptsturmführer. »

Il lui jeta un regard glacial, mais c'était autre chose qui la perturbait. Une pensée qui s'était insinuée dans son esprit, rôdant comme une murène en eaux profondes. N'importe qui aurait pu fournir des informations sur elle. Alors pourquoi avait-elle le sentiment qu'il s'agissait de quelqu'un de proche, quelqu'un qui savait plus ou moins ce qu'elle faisait de ses journées ? À peine l'Hauptsturmführer Oskar Wengen l'avait-il interrogée au sujet de ses amis que la réponse lui était venue. Les yeux plissés qui la regardaient avec bienveillance. Sa façon d'éviter soigneusement les questions directes, qu'elle avait prise pour du tact. Son secret qui le rendait vulnérable à n'importe quel chantage. *Albert*. Il n'était pas fiable. Albert avait dû leur livrer des informations sur elle.

Elle aurait dû être blessée d'avoir été trahie par quelqu'un d'aussi proche, qui avait ri avec elle, veillé sur elle et suivi chaque étape de sa carrière depuis son arrivée à Berlin. Ce petit maigrichon encore tout jeune qui était devenu élégant et sûr de lui, mis à part le lourd secret qui le rendait vulnérable. Était-ce pour cette raison qu'il répugnait à lui poser trop de questions ? Parce qu'il ne voulait pas la compromettre plus que nécessaire ? Pourtant, il avait insisté pour qu'elle garde l'Opel rouge, ce qui rendait ses déplacements faciles à suivre. Être dénoncée par Albert aurait dû l'affecter beaucoup plus, mais, sur le moment, elle n'éprouva que du soulagement. De ne pas avoir trahi Ralph. Et même, qu'ils ne lui aient pas posé de questions à son sujet.

Essayant une nouvelle approche, Wengen adopta un ton plus conciliant.

« Nous ne sommes pas toujours au courant des secrets de nos collègues. Il nous arrive de frayer avec des gens indésirables sans le savoir. »

Elle sentit son regard scruter son visage en quête d'un signe de désespoir lui indiquant qu'elle était sur le point de craquer et de livrer des informations. Autrement dit, de mouiller d'autres personnes dans l'espoir de retrouver sa liberté.

« Les agissements de ces gens-là salissent notre réputation et nous attirent toutes sortes d'ennuis.

— De quels ennuis parlez-vous en ce qui me concerne, Herr Hauptsturmführer ? »

Le ton conciliant disparut aussi soudainement qu'il était apparu.

« Des tas d'ennuis si vous ne vous décidez pas à répondre à mes questions. Je veux les noms de toutes les personnes que vous fréquentez, Fräulein Vine. Vous vous êtes certainement fait des amis parmi tous ces Juifs et ces communistes qui travaillent à Babelsberg. Une jolie femme comme vous. »

Elle le regarda dans le blanc des yeux, sans ciller.

« C'est au sein du Parti que la femme allemande trouve ses amis les plus fidèles. N'est-ce pas ce que dit Gertrud Scholtz-Klink ? »

Wengen rit, d'un rire haché qui fendit l'air comme une scie. Et ce fut la première fois qu'il la gifla.

C'était la veille. À présent, au petit matin, les bruits de bottes se rapprochaient, on revenait la chercher. Clara sentit la pression monter en elle. Elle essaya de rassembler une nouvelle fois toute l'énergie qu'il lui fallait pour tromper son monde, mais elle avait la peur au ventre, et elle se mit à trembler malgré elle. C'était le deuxième interrogatoire ; ils reviendraient sur les mêmes questions. Qui fréquentait-elle ? À qui aurait-elle pu transmettre des informations ? Qui parmi ses amis était communiste ou juif ? Et à chaque question, il y aurait des coups, jusqu'à ce qu'elle fournisse des réponses différentes. Combien de temps allait-elle pouvoir tenir ? Des heures, des jours ? Il n'y avait pas d'avocat pour l'assister et personne ne savait où elle était. Elle avait quitté l'appartement de Ralph malgré sa promesse et, quoique très fâché, il se disait sûrement qu'elle était quelque part en sécurité, loin de chez elle. Personne à Berlin ne s'inquiétait pour Clara ni ne regardait l'heure pour savoir quand elle rentrerait ; personne n'appellerait la police pour signaler sa disparition. Elle aurait voulu que ce soit déjà fini, que le temps ait fait un bond en avant et être dans un camion, en route vers un camp. Et ainsi emporter ses secrets avec elle.

Un gardien déverrouilla la porte, puis lui tendit sa valise et son sac.

« Vous êtes libre, Fräulein.

— Que voulez-vous dire ?

— Vous pouvez partir, à moins que vous ne souhaitiez profiter un peu plus longtemps de notre hospitalité. »

À présent dehors, chancelant dans la fraîcheur matinale de Berlin, Clara regarda autour d'elle. Elle vit partout des gens marcher pour se rendre à leur travail, ou à la gare de Stresemannstrasse, pour aller chez des amis, ou prendre un train, comme s'ils étaient sur une autre planète, comme si cet immeuble grotesque derrière elle, n'existait pas. Mais elle se ressaisit et s'éloigna aussi vite qu'elle le put. Elle éprouvait une sensation grisante d'excitation et de peur mêlées. La même que le jour où l'avion de Strauss s'était brusquement redressé après son piqué. Une sensation de soulagement d'être passée à côté d'une catastrophe, d'euphorie d'être toujours vivante.

Mais l'euphorie fit très vite place à la perplexité. Si Albert avait fourni des informations sur elle, il avait certainement partagé ses soupçons avec le patron des studios. L'homme en charge de toute l'activité culturelle du Troisième Reich. Joseph Goebbels. C'était à

Goebbels qu'elle devait d'avoir été suivie et arrêtée. Il avait décidé que si Albert avait raison, si Clara cachait quelque chose, la police politique le découvrirait. Mais si c'était à Goebbels qu'elle devait son arrestation, à quoi ou à qui devait-elle sa libération ?

# 38

À l'angle de Friedrichstrasse et de Unter den Linden, autrefois point de ralliement des prostituées de la ville, trônait une reproduction de torpille avec un empennage en métal argenté. Elle avait été positionnée de façon à donner l'impression d'être sur le point de s'écraser sur le trottoir en dessous, et sur un panneau qui en faisait le tour, une carte d'Europe colorée était déployée, où l'on voyait tous les pays entourant l'Allemagne pleins de dessins naïfs d'escadrons de bombardiers visant directement la mère Patrie. Au-dessus de la carte figurait un slogan : *Une défense aérienne pour chaque Allemand.* Deux sentinelles, casquées et lourdement bottées, marchaient de long en large devant, leur boîte de collecte à la main. Mary remarqua que la plupart des passants ignoraient la carte et accéléraient le pas. Personne n'avait envie de prendre des cours de géographie auprès des nazis.

Mary avait hâte de revoir Charles Lindbergh. Pour autant qu'elle le sache, elle était la seule journaliste à être invitée à cette réception, ce qui signifiait que Lindbergh lui-même avait souhaité sa présence. Elle frissonna de plaisir à cette pensée. Lindbergh avait demandé à la voir ! Non seulement tout ce que le grand aviateur dirait serait un scoop, mais ce serait aussi une occasion de le remercier en personne d'avoir facilité son retour à Berlin. Appareil photo en main, c'est donc nourrissant de grands espoirs qu'elle arriva à l'hôtel Adlon.

Comme toujours, l'Adlon était une oasis de luxe, où de magnifiques lustres brillaient de tous leurs feux sur un sol en marbre. Avec ses odeurs terriblement alléchantes qui arrivaient du grill-room, et, sur chaque table, des roses de serre fraîchement coupées, cet hôtel semblait appartenir à un univers qui n'était pas celui du Berlin réel. Mary repéra aussitôt Lindbergh, silhouette impressionnante dominant une mer de fonctionnaires nazis. Les ampoules de flash crépitaient autour de lui tandis qu'il serrait des mains de militaires en tenue. À trente-cinq ans, avec ses cheveux blonds un peu en bataille et son regard bleu perçant, il en imposait. Ce jour-là, il avait déjà visité Tempelhof, piloté un bombardier, fait le tour de deux aérodromes et déjeuné à l'Aéroclub de Berlin. Il était entouré d'un mur compact de cadres de la Lufthansa et d'attachés militaires, à présent, tous impatients d'avoir son avis sur le développement significatif de l'armée de l'air allemande.

Mary, était-il utile de le préciser, était incapable de faire la différence entre le nez et la queue d'un avion, et, au bout d'une demi-heure, elle en eut assez. Si elle devait écouter un autre nazi parler des performances et des caractéristiques du ME 109 ou de la supériorité des Junkers 88, elle se mettrait à hurler. Jouant des coudes à travers une forêt d'uniformes, elle finit par se frayer un chemin jusqu'à Lindbergh, juste au moment où celui-ci s'apprêtait à partir pour recevoir l'épée de cérémonie qui devait lui être remise en tant qu'invité d'honneur de l'Allemagne.

Il eut l'air ravi de la voir et lui serra énergiquement la main. « Miss Harker ! Je dois partir, là, mais quel plaisir de vous voir ici !

— C'est grâce à vous, colonel. Je voulais vous remercier de m'avoir aidée pour le visa.

— Je vous en prie. Je suis heureux que vous l'ayez obtenu. Je crois qu'il est important qu'on ait ici autant de bons journalistes américains que possible. Il faut que le monde soit informé de la véritable force de l'Allemagne.

— Alors, après tout ce que vous avez vu aujourd'hui, votre sentiment ?

— Très impressionné, dit-il avec chaleur. En fait, compte tenu de ce que j'ai vu de ses forces aériennes, je dirais que l'Allemagne a maintenant les moyens de détruire Londres, Paris et Prague si l'envie lui en prenait. Et vous pouvez me citer. »

Mary en resta comme deux ronds de flan. Serait-ce que Lindbergh avait dit cela pour être agréable à ses hôtes nazis, qui hochaient tous la tête, l'air ravi autour de lui ? Pourtant il n'avait pas l'air de feindre. Il était tout sourires et semblait se réjouir à la pensée que, grâce à leur puissance aérienne, les nazis aient désormais la suprématie en Europe. Comment pouvait-il ainsi évoquer la destruction de Londres, de Paris et de Prague ? Hitler venait juste d'annoncer qu'il ne permettrait pas que les Allemands des Sudètes soient « sans défense et abandonnés » comme les Arabes en Palestine. Était-il possible que Lindbergh, ce héros cent pour cent américain, n'ait pas une petite idée du sort que l'Allemagne réservait à la Tchécoslovaquie ? Ou bien s'en fichait-il, tout bonnement ?

« Mais colonel, vous ne pensez tout de même pas que… ?

— Ce que je pense, miss Harker, l'interrompit Lindbergh avec le zèle des convertis, c'est que nous autres Américains avons un rôle important à jouer pour faire connaître la nouvelle Allemagne. C'est pourquoi j'étais si favorable à l'idée que vous y reveniez.

— Vous pensiez que je… ? »

Il se pencha vers elle, rayonnant de bonne foi. « J'ai pensé que vous sauriez brosser un portrait juste et fidèle du genre de société qu'Herr Hitler est en train de construire. Et c'est ce que je leur ai dit. »

Sur ce point il ne se trompait pas. Mary était de plus en plus résolue à brosser un portrait juste et fidèle du monde qui l'entourait. Mais pas comme Lindbergh semblait l'imaginer. Après Wallis Simpson, il était la seconde personnalité américaine à visiter Berlin et ils avaient manifestement quelque chose en commun. Tous deux restaient obstinément aveugles à ce qui se passait sous leurs yeux. Comment pouvaient-ils voir les vitrines des boutiques et les chantiers de construction, mais pas les affiches sur les murs, ou les opposants envoyés dans les camps, ou bien encore les réfugiés qui se pressaient aux frontières ?

Mary quitta l'hôtel, médusée. Elle imaginait déjà les avions allemands en formation serrée, le vrombissement des bombardiers et la plainte des chasseurs noircissant le ciel. Les canons de la D.C.A. sur le toit de l'Adlon, les armées mobilisées pour le front. Lindbergh avait confirmé ce qu'elle redoutait déjà, qu'Hitler avait la capacité d'agir à sa guise, sans que personne, et surtout pas l'Amérique, puisse l'en empêcher.

Elle avait déjà parcouru quelques mètres dans la rue quand elle sentit qu'on lui touchait le bras.

« Excusez-moi. Mary Harker ? J'aimerais vous dire un mot, si vous le permettez ? »

C'était un Anglais aux cheveux roux, élégamment vêtu, qui avait une élocution distinguée. Elle l'avait aperçu à l'Adlon, descendant des martinis vodka à la chaîne.

« Je ne voudrais pas vous importuner, mais j'ai lu vos papiers sur Guernica. Je les ai trouvés terriblement émouvants. Si ça ne vous dérange pas j'aimerais en savoir un peu plus ? »

Il avait l'air très sérieux. Mary le regarda avec curiosité.

« Bien sûr. C'est l'Espagne qui vous intéresse ?

— En quelque sorte, oui. C'est au sujet d'un de mes amis.

— Je le connais ?

— Je ne sais pas. Mais je me demande si nous ne pourrions pas bavarder au chaud quelque part ? »

Une des sentinelles approchait, faisant délibérément tinter sa boîte à collecte dans leur direction et l'homme lui tourna imperceptiblement le dos.

« J'ai une meilleure idée. Maintenant que le colonel Lindbergh nous a confirmé la formidable puissance de la Luftwaffe, je trouve que nous serions parfaitement en droit d'investir plutôt dans un bon dîner. »

# 39

Le Horcher, dans la Lutherstrasse, était le restaurant de prédilection des huiles de la Luftwaffe. Le maître des lieux, Otto Horcher, avait connu Goering pendant la guerre, et faisait toujours grand cas de la présence de son illustre client. Il lui préparait son gibier favori et fournissait à ses autres clients très spéciaux leur propre service de verres à vin monogrammés. Avec le même soin apporté aux détails, Herr Horcher avait veillé à ce que toutes les nappes soient équipées de micros soigneusement dissimulés grâce auxquels les serveurs pouvaient transmettre des rapports détaillés aux autorités. L'intérieur était lambrissé de panneaux de chêne foncé et garni de somptueuses banquettes de cuir où se prélassaient les officiers, et chaque table avait son petit vase de tulipes écarlates. Ce jour-là, pour le déjeuner, il y avait ici et là quelques uniformes vert-de-gris de la Wehrmacht, mais le gros de la clientèle était composé de personnels de la Luftwaffe. À l'arrivée de Clara, Arno Strauss s'approcha et lui baisa la main, plus impassible que jamais.

« Ravi que vous ayez pu venir. Je sais que vous avez été très prise. »

Elle comprit tout à coup. « C'est vous qui m'avez fait libérer.

— Le gardien de votre immeuble m'a dit que vous aviez emménagé dans des locaux moins enviables et je ne voulais pas que vous manquiez ce déjeuner. Lors de notre petite sortie, nous étions convenus qu'il vous serait utile de rencontrer le général Sperrle pour votre travail de recherche. Et puis, j'étais impatient de vous revoir, bien sûr. J'ai parlé de votre situation à Ernst qui a fait passer le mot à Goering. Ou plutôt, il en a touché un mot à Frau Goering qui s'en est ouverte à son mari. »

Clara était stupéfaite. Ainsi, c'était à Hermann Goering lui-même qu'elle devait d'être libre.

« Comme je vous l'ai dit, il y a une petite divergence de points de vue ces temps-ci. Le Renseignement de l'Air s'inquiète de fuites éventuelles. La Gestapo tenait à enquêter, mais les services de la Luftwaffe ont affirmé être parfaitement capables de piloter leur propre enquête. Ces prises de bec entre départements sont fréquentes. Ce ne sont que des guerres de territoires, en réalité, mais cela signifie que le ministère de l'Air tient à faire les choses à sa manière. »

Le regard de Strauss se posa sur les ecchymoses que Clara avait sur les bras, et quelque chose ressemblant à de la consternation apparut sur son visage.

« J'espère que vous allez bien. Vous avez reçu les fleurs, si je comprends bien. »

Les fleurs l'attendaient à son retour chez elle. Un bouquet fourni de roses crème, se détachant sur le papier noir comme des étoiles dans un ciel nocturne.

Piquée sur le bouquet, une note de Strauss précisait le lieu et l'heure du déjeuner.

« Elles sont très belles, merci. »

Il l'observa un moment, l'air impénétrable, puis la prit par le bras.

« Vous devez avoir faim. Venez, allons déjeuner. »

Le repas fut copieux. Sur la table, une quantité invraisemblable de viandes : lapin, lièvre, chevreuil, porc et bœuf, comme s'il n'y avait pas de limites au nombre d'animaux tués pour nourrir les invités de la Luftwaffe. La chair de ces créatures et leurs entrailles – foie, rognons et tripes – leur furent servies en une variété infinie de plats par un personnel en knickers noirs, bas blancs et gilet rouge. Mais après les événements de ces dernières vingt-quatre heures, Clara se révéla incapable d'avaler quoi que ce soit. Quelques heures auparavant, elle était encore assise dans une cellule de la Prinz Albrecht Strasse, s'attendant à subir un interrogatoire musclé et à être frappée par des hommes voulant savoir si elle était un agent de renseignement. Et il lui paraissait incroyable d'être là, au milieu de l'élite nazie, en train de festoyer pour célébrer les exploits des bombardiers allemands en Espagne. Elle n'avait pourtant rien mangé depuis vingt-quatre heures, mais comment aurait-elle pu avaler quoi que ce soit ? Elle resta quelques instants à regarder le morceau de viande brune qui baignait dans son sang sur l'assiette placée devant elle.

Les officiers avaient tendance à devenir de plus en plus bruyants à mesure qu'ils mangeaient et buvaient, mais Ernst Udet et Arno Strauss, entre lesquels elle était assise, formaient comme un cordon de sécurité autour d'elle.

« Et comment va votre garçon ? s'enquit Udet.

— Bien. Nous avons eu une petite prise de bec la dernière fois que nous nous sommes vus. Il trouve que je ne dis pas assez Heil Hitler. Cette façon de corriger ses aînés, ça lui vient tout droit des Jeunesses hitlériennes.

— Typique de ce qu'on peut en attendre, sourit Udet. Tenez, donnez-moi son adresse. Je pense à quelque chose qui devrait vous gagner sa confiance. »

Instinctivement, Clara hésita, réticente à donner la plus petite parcelle d'information qui pourrait mettre Erich en danger, mais un coup d'œil au visage bon enfant d'Udet suffit ; elle griffonna l'adresse de Neukölln et la lui donna.

« Quoi que ce soit, Ernst, il sera ravi. »

Udet avait dû la sentir soucieuse parce qu'il passa le reste du repas à monologuer sur son projet de réaliser une acrobatie défiant la mort lors d'un prochain meeting aérien à Lustgarten. Son idée était de voler le long de Unter den Linden puis sous la Porte de Brandebourg aux commandes d'un petit avion. De l'autre côté, Strauss mangeait en silence, buvant beaucoup, la regardant de temps à autre, une lueur inquiétante dans les yeux. Après le déjeuner, le général Sperrle se leva et fit un speech rendant hommage aux succès de la Légion Condor et à son avenir. Il avait une voix de baryton un peu criarde, le genre à avoir l'habitude d'être obéi, et son message échappa totalement à Clara qui n'enregistra que quelques mots au passage – « excellente technique », « victoire », « domination ». Comme Sperrle concluait dans un tonnerre d'applaudissements, Strauss fit un signe de tête dans sa direction.

« Que pensez-vous de notre invité d'honneur ? demanda-t-il à Clara, cherchant à engager la conversation. Saviez-vous que le Führer le considère comme l'un de ses deux généraux les plus féroces ? Chaque fois que je le regarde, il me rappelle un des commentaires d'Hitler dans *Mein Kampf.* Il y a écrit que ses généraux devraient être aussi bien nourris que des chiens de boucher, qu'il faut retenir pour les empêcher de se jeter sur leurs ennemis. Le général Sperrle a tout d'un chien de boucher, vous ne trouvez pas ?

— Je pense que ce n'est pas l'endroit approprié pour ce genre de commentaire, répondit calmement Clara.

— Vous avez raison, bien sûr. Vous autres actrices savez toujours trouver le mot juste. »

Il se leva et lui offrit sa main. « On danse ? »

Un orchestre s'était mis à jouer, et ils s'avancèrent sur la minuscule piste de danse où plusieurs officiers tournaient déjà avec leur cavalière. Ils avaient à peine commencé à se mouvoir ensemble, que Clara fut prise de vertiges. Elle n'avait rien mangé, certes, mais c'était aussi que Strauss la tenait si serrée qu'elle avait du mal à respirer. Quand elle voulut s'écarter de lui, il resserra encore son étreinte. Il se pencha et elle sentit la chaleur de son haleine sur sa joue.

« Vous savez, ma chère Clara, si j'osais, je dirais que vous n'êtes pas ce que vous prétendez être.

— Mais qu'est-ce que vous racontez ?

— Les turpitudes des gens ne se voient pas toujours sur leur visage. Ce serait commode pour une fille de se lier d'amitié avec un officier supérieur de la Luftwaffe, non ? Si c'était une espionne.

— Voyons, c'est ridicule ! »

Le cœur battant, elle essaya de tourner la tête, ou même de le regarder dans les yeux, mais il ne semblait pas vouloir relâcher son étreinte. Dans l'oreille de Clara, sa voix était douce.

« Vous êtes une espionne, n'est-ce pas ? Ne le niez pas. »

Elle se tortilla pour échapper au mur de muscles qui l'emprisonnait.

« Je me demande si ce n'est pas pour ça que vous avez été reçue Prinz Albrecht Strasse. D'ailleurs, ma chère, je n'ai pas une once de confiance en vous. Toutes ces questions sur l'avion, les photos… mon enfance. Mon frère. »

Clara secoua la tête. Les mains de Strauss la tenaient toujours aussi fermement, mais il poursuivait plaisamment, sur le ton de la conversation, comme s'ils discutaient de l'excellence de l'orchestre du restaurant ou d'une escapade dans le Grunewald.

« J'aurais dû m'en douter dès le premier jour. »

On jouait *Küss Mich Jetzt*, un air romantique et joyeux qu'on entendait sur toutes les pistes de danse de Berlin à l'époque. Clara ne put s'empêcher de jeter un coup d'œil rapide autour de la salle du restaurant. Cette conversation était suicidaire. Tout le monde savait que l'endroit était plein de micros et qu'il y avait partout des oreilles indiscrètes. Et pourtant, Strauss ne semblait pas s'en soucier. Il se laissait porter par la musique en la maintenant serrée contre lui.

« Il ne me déplairait pas, à dire le vrai, que vous soyez une espionne. Je n'ai que mépris pour toutes ces Anglaises comme vos demoiselles Mitford, qui n'hésiteraient pas à lâcher leur pays. Ne voient-elles pas ce que l'Allemagne leur réserve ? N'ont-elles vraiment aucune idée de ce qui se trame ? Quelqu'un devrait les mettre en garde. »

Dans un nouvel effort, Clara parvint à se dégager et fit mine de quitter la piste de danse, mais, plus rapide qu'elle, Strauss s'interposa et l'embrassa violemment sur la bouche avant de la laisser partir avec une grimace. Il avait les yeux injectés de sang. Il eut un sourire mauvais, plein de mépris pour lui-même.

« Pardonnez-moi, Fräulein, c'est l'alcool. Ça m'anesthésie. Ça m'empêche de sentir quoi que ce soit. C'est comme ça pour bon nombre d'entre nous. Regardez Ernst. C'est pareil. Tous les soirs, on boit jusqu'à tomber. »

Il commençait à attirer les regards. Clara, éperdue, chercha un moyen de le faire taire. Elle l'attira vers un coin plus tranquille, mais sans succès.

« J'ai failli vous tuer dans cet avion, vous savez.

— Vous voulez dire quand vous en avez perdu le contrôle ?

— Je voulais mourir. J'avais vraiment l'intention de me suicider. Je crois que je vous ai emmenée avec moi pour m'empêcher de passer à l'acte. Je me disais qu'avec vous je n'irais pas jusque-là. Mais j'étais à deux doigts. Vous connaissez la question que se posent les pilotes entre eux : sec ou mouillé ? Voulez-vous mourir sec, grillé dans un brasier, ou mouillé dans un crash, baignant dans votre sang ? Je n'ai jamais pu répondre à ça.

— Arno, murmura-t-elle, se penchant vers lui. Il faut que vous arrêtiez de parler comme ça. »

Il la tint à bout de bras un moment, étudia son visage, puis la gratifia d'un horrible sourire jovial.

« Vous avez raison une fois de plus. Bon. Alors parlons d'autre chose. Nous pourrions parler d'art, par exemple ? »

Elle acquiesça prudemment.

« Avez-vous vu la dernière œuvre de Picasso ? Celle qui est toute grise, avec le taureau et le cheval ?

— *Guernica ?*

— C'est ça. » Le ton était songeur et inquiétant à la fois. « Vous savez, avec tout le respect dû à Herr Picasso, ça ne ressemblait pas du tout à ça. Je ne sais pas pourquoi il a fait le choix de peindre ça en gris. Le gris des journaux, peut-être. Mais, je vous assure que ça n'avait rien à voir avec ce qu'en ont dit les journaux. Il n'y avait rien de gris à Guernica. C'était rouge de sang et de feu sur un ciel blanc. Le seul gris que j'y ai vu, c'était la fumée de la chair carbonisée.

— Vous y étiez ? »

Il enchaîna, comme s'il n'avait pas entendu. « D'après ce qu'on nous avait dit, l'idée n'était pas de détruire la ville. Nous devions viser les routes et le pont parce que des renforts arrivaient. Le front basque était sur le point de céder et le plan consistait à démolir le pont pour empêcher les troupes républicaines de fuir. En outre, nous avions reçu l'information selon laquelle la population civile avait été évacuée. Malheureusement, ce n'était pas vrai.

« Quand nous sommes arrivés au-dessus des montagnes, il y avait de la fumée partout. On ne pouvait pas faire la différence entre une route, un pont ou une habitation, alors on a tout largué au centre. Ça s'appelle un bombardement à l'aveugle. Les bombes incendiaires se propagent plus facilement quand les bâtiments sont détruits. Avec leurs méthodes de construction – des maisons avec vérandas en bois, toits de tuiles, beaucoup de bois de charpente – ça n'en flambe que mieux. L'idée, c'était que les Messerschmitt assurent la couverture, pour que nous puissions approcher, puis mitrailler et bombarder la cible. Nous volions par vagues, en patrouille serrée, avec des bombes à fragmentation. Derrière nous, ils avaient pour instructions de mitrailler tout ce qui bougeait.

« Le problème, c'est que le lundi était jour de marché à Guernica. Et une fois les ponts et les routes détruits, les gens ont tous convergé vers le centre, vers la place du marché ; ils ne pouvaient plus sortir de la ville. Il y avait plein de femmes et d'enfants venus des villages voisins. Ils ont dû penser que la place du marché serait l'endroit le plus sûr.

— Alors c'est cette place que vous avez prise pour cible.

— Effectivement, c'était la cible idéale pour expérimenter notre nouvelle tactique : le tapis de bombes. Autrement dit larguer des bombes depuis tous les avions simultanément. Apprendre aux jeunes pilotes à détruire des villes entières depuis les airs. Ce qui intéressait Sperrle, surtout, c'était de tester la capacité incendiaire des bombes sur les bâtiments de la ville, mais aussi d'évaluer les effets de la terreur aérienne sur les populations civiles. »

Il se balança en arrière sur ses talons et se passa une main sur les yeux.

« En ce qui me concerne, je crois bien que j'en ai trop vu.

— Mais vous disiez avoir bombardé à l'aveugle. Vous n'avez donc rien vu, si ?

— Quand on regarde vraiment bien, on arrive toujours à voir quelque chose. On vole parfois bas avec ces avions, vous savez. Après la première vague, les gens ont commencé à ressortir des abris. Ils ont dû penser que c'était fini. Nous volions tellement bas qu'on pouvait entendre les cloches sonner et voir les gens courir comme des rats. J'ai survolé quelque chose qui ressemblait à un vol de pigeons, jusqu'à ce que je réalise que c'étaient des bonnes sœurs. Elles avaient des enfants avec elles ; tous couraient vers l'église. Vous imaginez l'horreur, tous ces gamins en larmes, terrifiés ? À un moment, l'une des bonnes sœurs s'est arrêtée au beau milieu de la place pour prier avec les gens. Je descendais sur eux, et elle est restée là, immobile, sachant que l'heure de sa mort avait sonné. Je n'oublierai jamais cette image. Elle tenait deux garçons par la main, qui se ressemblaient beaucoup. Des jumeaux, peut-être.

— Vous ne pouviez pas savoir qu'il y aurait des civils sur cette place.

— Je ne le savais pas, Clara, mais justement, c'est ça, le problème. Nos supérieurs le savaient, eux. Ils savaient que la place du marché serait pleine d'enfants.

— Qui le savait ?

— Le général Sperrle, que vous voyez là ; lui le savait.

— Comment pouvait-il le savoir ?

— Le matin du raid, une série de photos aériennes ont été prises. Ils avaient envoyé des avions de reconnaissance. Je vous l'ai dit, les photos montrent tout. Et elles ne mentent pas. Quand on a les photos, on ne peut pas agir autrement qu'en connaissance de cause. Ils savaient que la ville n'avait pas été évacuée. Ils savaient que la place du marché serait pleine de femmes et d'enfants. C'était précisément ce qu'ils voulaient. Que ces gens servent de cobayes pour une nouvelle forme de guerre. Nos chefs se demandaient si une ville entière pouvait être détruite depuis les airs. Eh bien, ils ont eu la réponse. »

Clara leva les yeux vers son visage. Il était déformé par quelque chose d'autrement plus laid que sa cicatrice : la haine de soi. Il s'avança encore, sa voix ne devenant plus qu'un murmure rauque, pressant.

« Mais je ne vous ai pas dit le pire. Ce que j'ai tellement de mal à supporter. Voyez-vous, Clara, le pire, c'est que j'ai aimé ça ! Ça m'a fait vibrer. Quand, en approche, j'ai aperçu une femme courir se mettre à l'abri avec sa voiture d'enfant, j'ai voulu l'atteindre. Passer au-dessus d'elle, la mitrailler, c'était grisant. Et voir la bonne sœur m'a excité parce qu'elle était en noir et blanc, et que ça faisait d'elle une cible parfaite. J'avais envie de mettre en plein dans le mille.

— Vous n'y avez pas pris plaisir, ce n'est pas possible. Cela ne vous ressemble pas. Vous êtes un homme bon.

— Et pourtant, j'ai adoré. Je n'ai jamais rien vécu de plus grisant. Vous parliez d'euphorie, l'autre jour, n'est-ce pas ? Bombarder en piqué m'a rendu euphorique. Mon pouls s'est emballé. »

Il lui prit la main et la mit sur sa poitrine pour qu'elle puisse sentir les battements accélérés de son cœur.

« Dans ces livres sur la mythologie germanique qu'on a étudiés à l'école, il y avait sûrement un mot pour décrire cette sensation. »

L'évocation de ses années d'école parut l'exciter plus encore.

« J'ai toujours cru que je serais le pilote irlandais[1]. *Je ne hais pas ceux que je combats*. Mais voyez-vous, Clara, à ce moment-là, c'était bel et bien de la haine que je ressentais. Je voulais qu'ils meurent. J'ai aimé les tuer. Et, après ça, j'ai vu ce que j'allais devenir. Ce que j'étais déjà devenu, en réalité. »

Il avait ses doigts enfoncés dans le poignet de Clara. Elle avait mal, mais sa prise était trop forte pour qu'elle puisse se libérer.

« Avez-vous déjà eu cette impression de voir votre vie d'en haut ? Quand vous êtes au niveau du sol, vous ne comprenez rien à votre vie, vous n'arrivez pas à trouver un sens aux directions qu'elle a prises. Mais quand vous voyez les choses d'en haut, tout devient clair. »

---

1. Référence au poème de Yeats *« An Irish Airman Foresees His Death »*.

Elle attrapa son manteau et son sac. « Sortons prendre l'air. »

L'idée sembla lui plaire. Il la suivit dehors sans mot dire, puis resta un instant sur le seuil de la porte du restaurant, ébloui par la lumière.

« Arno, vous devriez être plus prudent. Il ne faut pas dire ces choses-là ici. Je crois qu'il est temps de rentrer.

— C'est une invitation ?

— Non. »

Il rit, d'un gros rire rauque.

« Je me disais aussi. Mais peu importe. J'ai un vol d'essai très tôt demain matin.

— Ça m'étonnerait que vous soyez d'attaque.

— Je serai parfaitement d'attaque, je vous le garantis. »

Strauss la prit à nouveau dans ses bras et, plaquant sa bouche tordue sur les lèvres de Clara, il l'embrassa avec passion, cette fois, longuement, avec autant de violence que de douceur, comme pour imprimer en elle sa souffrance et sa peur. Mais Clara s'écarta de lui, et il la libéra, puis lui adressa un petit salut de la tête avant de la regarder s'éloigner dans l'après-midi naissant.

# 40

L'homme en avait après elle. Ilse ne pouvait plus en douter. Elle allait tomber face contre terre dans l'herbe humide, comme Anna, et ce serait la dernière odeur dont elle se souviendrait, et son beau tablier propre en serait tout sali ; elle s'effondrerait en pleurant et ses larmes se noieraient dans la terre moussue. Elle courait entre les arbres, respirant par la bouche, ses longs cheveux dénoués dans le dos, humides et lourds comme une corde.

Le souffle de plus en plus court, elle s'engagea dans l'implacable Grunewald. Les ronces s'accrochaient à elle et les arbres de haute futaie aux troncs tous identiques ne laissaient pas passer la lumière. Il faisait plus noir, à présent, l'enchevêtrement des branches au-dessus d'elle se détachant plus sombre encore sur le ciel. Ilse s'enfonça dans le sous-bois au sol spongieux tapissé d'aiguilles de pin, s'efforçant d'éviter les embûches que lui tendait le lierre. Elle pensa pouvoir atteindre les berges du lac, avec son sable doux et gris, et les suivre pour rejoindre la rive occidentale. Mais, et s'il la rattrapait ? Plongé dans les ténèbres, le lac était profond, dangereux, avec son roulis évoquant un être vivant qui faisait jouer ses muscles. Elle n'avait aucune chance de lui échapper par là.

Elle aurait voulu s'arrêter, reprendre son souffle, tendre l'oreille pour vérifier s'il était toujours à sa poursuite, mais elle n'osa pas. La forêt lui semblait plus dense, plus sauvage, plus terrifiante. Elle avait l'étrange sensation d'être entrée dans un livre qu'elle avait déjà lu, jadis, quand elle était enfant, un de ces contes évoquant ces ténébreuses forêts germaniques où l'on se perdait pour toujours. Des histoires comme celles d'Hansel et Gretel, errant au fin fond d'une nature sauvage et inexplorée. Ou Blanche-Neige, pourchassée comme une biche par des hommes voulant lui arracher le cœur. Les forêts étaient des lieux où les règles élémentaires de la société humaine ne s'appliquaient plus, où un être humain pouvait se métamorphoser en bête.

Elle trébucha, puis retrouva l'équilibre. Elle avait de plus en plus de mal à respirer et sa gorge émettait un son rauque semblable à un cri d'oiseau. Elle n'aurait jamais dû sortir de la maison. Elle n'aurait pas dû aller voir pourquoi les chiots jappaient dans leur niche, pourquoi les oies cacardaient et criaillaient. Elle avait voulu rassurer les chiens, leur caresser le poil, mais elle n'aurait pas dû quitter la chaleur de la cuisine, avec son poêle dont la flamme se reflétait dans les casseroles en cuivre rangées au-dessus de la cuisinière, avec ses épices à pâtisserie suspendues au plafond. Tout ça pour se retrouver à la porte qui avait été refermée par une main inconnue, la peur l'ayant alors poussée à s'enfuir dans la nuit.

Le visage doux et rond d'Otto lui apparut. Qu'allait-il devenir sans elle ? Les parents d'Otto lui diraient qu'ils avaient toujours pensé qu'il aurait pu trouver mieux. Déjà qu'ils n'appréciaient guère Ilse, une mort aussi indigne ne manquerait pas de ternir la réputation de la famille. Et quid de ses propres parents à la ferme ? Ces pauvres Papi et Mutti qui ne voulaient pas que leur fille unique épouse un homme habitant aussi loin, et qui allaient désormais se retrouver irrévocablement privés de leur fille.

Des images défilaient dans sa tête. Ilse repensa à cette Américaine et fut heureuse de lui avoir parlé. Elle avait un beau regard bienveillant et un rire qui vous donnait le sentiment que rien n'avait vraiment d'importance. Ilse essaya de se rappeler l'adresse figurant sur la carte qu'elle lui avait donnée. C'était Winterfeldstrasse, non ? Si seulement elle se la rappelait, elle pourrait y aller, et peut-être que Fräulein Harker s'occuperait d'elle. Mais c'était un fol espoir. Comment, d'ici, pourrait-elle se rendre en ville, de toute façon ?

Elle courait, courait, ses pensées n'étant plus que tumulte dans sa tête. Sa seule ambition avait été d'obéir au Führer, d'honorer la patrie, de se conduire comme une bonne Allemande. Et c'était ce qu'elle avait fait, non ? Qu'est-ce que le Führer pouvait demander de plus à une fille comme elle ? Elle se mit à prier, la nouvelle prière, la prière du Führer. « Führer, mon Führer, que le Seigneur m'a donné. Protège-moi, défends-moi aussi longtemps que je vivrai. »

# 41

Clara fut de retour chez elle en fin d'après-midi. Elle s'assit, se débarrassa de ses chaussures, exténuée, et se laissa aller en arrière sur le fauteuil tandis que la lumière déclinait dans le ciel et faisait place à la lueur jaunâtre des réverbères.

Au bout d'un moment, elle se redressa. Elle ramassa le coffret d'Anna qu'elle avait déposé par terre et l'examina à nouveau. Anna avait ses secrets. Des secrets qu'elle cachait jalousement, même à sa plus vieille amie. Et ces secrets avaient fini par la tuer. Parce que tout ce qui était arrivé à Clara – la filature, les menaces visant Erich – avait commencé quand elle s'était chargée de ce coffret. Pourtant, elle l'avait examiné un millier de fois, avait parcouru les lettres de Johann à maintes reprises. De même que les programmes de spectacles, et les souvenirs. S'il y avait un secret dans ce coffret, il était soit invisible, soit caché sous son nez.

Elle se rappela ce que lui avait dit Strauss au sujet de la photographie aérienne. *Certaines des choses les plus importantes sont dissimulées sous notre nez.*

Clara ouvrit à nouveau le coffret et ferma les yeux. Puis elle le palpa comme l'aurait fait un aveugle, fit courir le bout de ses doigts sur le revêtement en velours lustré, sur l'écritoire en cuir repoussé, sur les tiroirs avec leurs petits boutons d'ivoire. Elle les sortit une fois de plus, mais ils étaient vides. Elle explora l'extérieur du coffret, le fond, puis recommença sur le dessus.

Un petit relief.

Ses doigts avaient rencontré un vide dans le velours. Elle ouvrit les yeux pour l'examiner à nouveau, mais ne vit rien. Ses yeux lui disaient qu'il n'y avait rien, alors que ses doigts lui affirmaient le contraire. Une légère dépression courait le long du bord supérieur du coffret. Elle appuya dessus, pour voir, et un déclic se produisit. C'était donc ça ! Un compartiment secret. Dissimulé dans le couvercle de l'écritoire. Elle le tira complètement et en examina le contenu.

Il s'agissait de quatre paquets d'une vingtaine de centimètres de côté, chacun entouré d'un morceau de papier kraft plié comme une enveloppe. En ouvrant l'un d'eux, elle vit qu'il renfermait une plaque photographique négative en verre, à l'ancienne. On n'en voyait plus du tout désormais, les rouleaux de pellicule les avaient remplacées.

*Or maintenant nous voyons à travers un verre sombre.*

Plissant les yeux, elle tint la plaque à la lumière pour voir ce qu'elle représentait. Elle eut du mal, au début, mais finit par distinguer un groupe de personnes, à une soirée, peut-être. Des hommes en uniformes, enlacés. Elle crut en reconnaître deux. Rudolf Hess, avec son front de scarabée et ses joues creuses, et Ernst Röhm, le chef de la SA, un intime d'Hitler, officier instructeur dans l'armée, ami dévoué depuis l'époque de la brasserie de Munich et seul autorisé à tutoyer le Führer. Elle savait qu'il s'agissait de Röhm à sa façon de porter sa casquette sur sa tête d'œuf, à ses cheveux lustrés qui en dépassaient et qu'il coiffait toujours la raie au milieu ; à ses bajoues, aussi. Röhm qui avait été tué sauvagement sur ordre d'Hitler en 1934, le Führer ayant craint que la montée en puissance de ses troupes d'assaut n'en vienne à menacer la Wehrmacht. Sur la photo, Röhm avait le bras passé autour d'un autre homme et quelque chose dans la composition du groupe lui rappela étrangement le tableau peint par Bruno Weiss, exposé au musée de l'art dégénéré.

Elle étala les plaques sur le tapis et examina attentivement la deuxième, puis la troisième. D'autres groupes de gens enlacés. Alors qu'elle scrutait la quatrième, elle découvrit une chose incroyable. Impossible de se tromper sur l'homme qui y figurait. L'intensité du regard, les yeux de braise, cette grimace sans joie qui passait pour un sourire. Clara comprit aussitôt qu'elle détenait là la clé de la mort d'Anna.

Elle resta un moment à genoux par terre, à regarder les plaques, stupéfaite. Elle allait de l'une à l'autre, ses yeux s'habituant aux négatifs et à la lecture des détails de l'image inversée. Et c'était bien le monde à l'envers. Le contraire de ce que toute l'Allemagne croyait. Les implications lui apparurent clairement tout à coup ; elle en eut froid dans le dos. L'ancien petit ami d'Anna tenait tellement à ces photos qu'il était allé jusqu'à la tuer pour les récupérer. Il avait également poursuivi Katia Hansen, au point qu'elle avait dû fuir à l'autre bout du pays, et ce même homme savait que c'était Clara, désormais, qui détenait ces plaques. Jusqu'où irait-il pour mettre la main dessus ?

Elle resta un long moment à les regarder, paniquée, passant de l'une à l'autre, puis se redressa et se prit la tête dans les mains. Elle demeura prostrée un moment, se demandant quoi faire. Comme Arno Strauss, elle avait le sentiment d'en avoir trop vu.

On frappa à la porte, un petit coup sec. Clara se figea. Puis elle entendit une voix de femme. Une voix anglaise, jeune et impérieuse.

« Allez, Clara ! Ouvrez-moi. »

Unity Mitford portait une robe du soir bleu pastel, une cape de velours sur les épaules et un chapeau garni de fourrure sur sa tête d'une blondeur éclatante. Son maquillage lui donnait un teint d'albâtre et, contrairement à son habitude, elle portait un rouge à lèvres couleur cerise, mais comme elle était essoufflée d'avoir grimpé plusieurs étages, l'impression d'élégance qui se dégageait d'elle s'en trouvait mise à mal. La croix gammée qu'elle portait toujours épinglée sur sa poitrine rebondissait à chaque inspiration. Ses yeux brillaient de surexcitation et elle se cramponnait à une pochette de soirée, semblable à un chiot impatient tenant sa laisse dans sa gueule.

« Devinez quoi, Clara ? Le Führer a dit oui !

— Bonsoir, Unity. Mais de quoi parlez-vous ? »

Unity la dévisagea avec humeur.

« Vous avez oublié ? À la réception des Goering. Je vous ai dit que j'allais lui demander de vous inviter au

Wintergarten pour voir *La Veuve joyeuse*. Et le Führer est d'accord. Alors dépêchez-vous. On doit être à la Chancellerie du Reich dans un quart d'heure. Mon chauffeur nous attend en bas. Mais qu'est-ce que c'est que tout ça, par terre ? »

Pour la première fois, Unity parut remarquer les plaques que Clara avait repoussées derrière elle sur le tapis. Elle en toucha une du pied. « Qu'est-ce que c'est ?

— Rien d'intéressant. Juste des photos anciennes. »

Unity s'avança pour en ramasser une. « Vraiment ? Mais, ça ressemble au Führer.

— N'y touchez pas, s'il vous plaît, Unity ; c'est fragile. »

Ne tenant aucun compte de cette demande, Unity se mit à genoux et ramassa les plaques, les examinant l'une après l'autre, avec une moue enfantine.

« Et là, ça m'a tout l'air d'être… Ernst Röhm ? Mais… qu'est-ce que c'est que ces photos ? » Puis elle se tourna brutalement vers Clara. « Où les avez-vous trouvées ?

— Elles viennent du studio d'Hoffmann. Elles ont été prises il y a longtemps. Dans les années 1920. Avant que vous ne le connaissiez, Unity. C'était au cours d'une fête à Munich. Disons qu'il y a eu quelques débordements.

— Mais ces hommes. Ils s'embrassent !

— Je sais.

— Des mensonges. Rien que des mensonges. » Unity se leva d'un bond. De pâle, son visage était devenu écarlate. Elle agitait les plaques en l'air sans comprendre. « Ce sont des photomontages, c'est très courant. Goebbels le fait sans arrêt au département de la Propagande. Ce sont des faux, et de mauvaise qualité qui plus est.

— Bien sûr que ce sont des faux. »

Unity se tourna vers Clara. Sur ses traits, la colère le disputait à l'ahurissement.

« Mais alors, qu'est-ce qu'elles font chez vous !

— Je les ai trouvées. Je les garde en sécurité. Vous avez raison. Personne ne doit mettre la main dessus.

— Vous prévoyez de les utiliser contre lui, n'est-ce pas ?

— Ne soyez pas stupide. Je veux empêcher qu'elles ne tombent entre de mauvaises mains, au contraire. »

Unity continuait de les regarder, mais elle s'était mise à pleurer et elle ravalait ses sanglots comme une enfant, essuyant rageusement ses larmes. « Ce n'est pas vrai. C'est un ignoble scandale. Le Führer est le meilleur des hommes.

— Ça suffit, Unity !

— C'est un homme d'une grande élévation d'esprit. Jamais il ne se laisserait… jamais il n'irait… »

Elle pleurait à chaudes larmes. Son nez coulait, ses joues laiteuses en étaient toutes congestionnées. Puis tout à coup, d'un geste vif, elle jeta les plaques par terre, de sorte qu'elles se brisèrent en rebondissant sur le parquet.

« Ce sont des mensonges. Les mensonges doivent être détruits. C'est ce que dit le Führer. »

Les plaques de verre gisaient en morceaux autour d'elles, les plus gros étant venus se planter dans le parquet. Unity les regarda un instant, comme abasourdie par ce qu'elle avait fait, puis elle se tourna vers Clara et la regarda avec défiance.

« Je ne veux plus que vous veniez à l'opéra, Clara. Je dirai au Führer que vous ne venez pas. Et soyez bien sûre que je vais tout lui raconter. Il sera très contrarié. »

# 42

La porte avait à peine claqué derrière Unity que Clara se précipita à la fenêtre pour la regarder courir vers une grosse Mercedes qui l'attendait dans la rue, moteur en marche. Elle vit la casquette à visière du chauffeur se tourner et Unity monter à l'arrière. Puis la voiture démarra et Clara se dit qu'elle n'avait pas une minute à perdre. Elle ne doutait pas un instant que Unity s'empresserait d'aller tout raconter à Hitler. Que Clara Vine, cette actrice si gentiment invitée par lui à les accompagner au Wintergarten ce soir-là, avait dans son appartement le négatif d'une photo de lui en train d'embrasser un autre homme. Bien qu'il fût en morceaux, ce négatif pouvait reconstituer ce sombre puzzle qu'était la personnalité du Führer et projeter sur lui une lumière très crue. Il pouvait le faire chuter de son piédestal. La vérité gisait en éclats de verre sur le parquet autour d'elle.

Clara regarda ce qu'il restait des plaques. Elle ne doutait pas que ces photos puissent détruire Hitler. Démolir la réputation du Führer en Allemagne et stopper net ses projets de domination de l'Europe. L'homosexualité n'était-elle pas le vice pour lequel Röhm et ses complices des SA avaient été exécutés ? Si on découvrait qu'Hitler, objet d'adoration de la part de millions de femmes, s'était lui-même laissé aller, qu'il fallait le ranger dans la catégorie des sexuellement déviants, des… mais les nazis avaient un mot pour ce genre de comportement. Dégénéré.

Aucune chance pour que Unity se taise. En elle se conjuguaient un sens politique d'adolescente et une dévotion béate pour le Führer. Elle se vanterait très probablement d'avoir détruit elle-même les négatifs. Comme si elle avait définitivement réglé le problème. Comme si le Führer allait déborder de gratitude et même, qui sait, la récompenser d'une médaille.

Si Unity était actuellement en route pour la Chancellerie, Clara avait peut-être une heure avant que la police ne vienne frapper à sa porte. Probablement moins. Éperdue, elle passa en revue les options qui s'offraient à elle. Elle mourait d'envie de se précipiter Duisberger Strasse, mais s'en garda bien ; elle ne pouvait pas prendre le risque d'attirer la police chez Ralph. Une seule personne en Allemagne pouvait la sauver, et elle devait la trouver avant qu'on ne la trouvât, elle.

Luttant contre son désir de fuir sans perdre une seconde, Clara se donna le temps de la réflexion, puis elle alla à sa penderie et choisit une robe de satin bleu marine qui mettait parfaitement ses formes en valeur, des gants de la même couleur montant au-dessus du coude, un collier de perles, des boucles d'oreilles en diamants et des lunettes noires. Elle allait devoir user de tous ses talents de persuasion. Elle prit le temps de s'examiner dans la glace, releva ses cheveux en chignon, puis enfila son long manteau au col de fourrure en renard bleu. Avec son atomiseur en cristal taillé, elle se vaporisa de *Soir de Paris* et, pour finir, de ses mains gantées, elle ramassa délicatement les morceaux de verre qui étaient par terre et les déposa dans une pochette noir et blanc ornée de perles. Jetant un coup d'œil autour d'elle, elle vit le couteau d'Erich. Encore dans sa gaine, avec un ruban rouge noué autour. Elle le glissa dans son sac et sortit de l'appartement.

Elle s'efforça de descendre calmement l'escalier et salua d'un signe de tête Rudi, plongé dans *Der SA-Mann*. Levant les yeux, il parut sur le point de faire un commentaire sur la jeune étrangère qui venait de sortir en claquant la porte, peut-être même de réprimander Clara au sujet des visiteurs qui manquent de respect pour les autres locataires, mais il n'eut pas le temps d'ouvrir la bouche qu'elle était déjà dehors dans la fraîcheur du soir.

Elle suivit la Winterfeldstrasse, traversa la Potsdamerstrasse pour se diriger vers le nord. Il y avait foule dans les rues. Les gens se pressaient vers les cinémas, les théâtres. Clara marchait tête baissée, d'un pas résolu et régulier, privilégiant les petites rues. Il ne lui fallut qu'un quart d'heure pour arriver au milieu de la Wilhelmstrasse, juste après le ministère de l'Air, devant le portail en fer forgé de la Chancellerie. De l'autre côté de la rue, un peu en retrait, se trouvait le ministère de la Propagande. La plupart des fenêtres étaient encore éclairées à cette heure pourtant tardive. Ce ministère ne fermait jamais vraiment. La propagande de la nouvelle Allemagne était capitale ; on ne pouvait pas la limiter aux heures ouvrables.

Clara poussa la porte, traversa le grand hall de marbre et se dirigea vers un garde en uniforme installé derrière un bureau, qui l'examina de la tête aux pieds. C'était un colosse râblé, au poil ras sur le crâne, et aux yeux enfoncés, trop rapprochés.

« Je dois voir le ministre. Voulez-vous le prévenir que Fräulein Clara Vine souhaite s'entretenir avec lui de toute urgence.

— Puis-je vous demander à quel sujet ? s'enquit-il avec un petit sourire suffisant, sans même juger bon de décrocher son téléphone.

— C'est personnel. Il comprendra. »

L'homme se leva pour aller rejoindre un autre garde assis à l'autre bout du hall. Les deux se concertèrent, avec des sourires et des regards entendus dans sa direction. Elle affecta de se concentrer sur la cigarette du garde qui se consumait dans un cendrier, sur son bureau. La peur pesait comme une chape de plomb sur sa poitrine. C'était un risque qu'elle prenait, sans doute le plus grand qu'elle ait jamais pris depuis son arrivée en Allemagne, mais elle n'avait pas le choix. À partir du moment où Unity savait que Clara détenait les négatifs, se taire était exclu.

Le garde retraversa le hall, pas plus pressé que s'il sortait faire sa promenade du soir.

« Je suis désolé, Fräulein. Le ministre est malheureusement absent pour la soirée. »

À son sourire narquois, Clara devina qu'il était persuadé d'avoir affaire à une de ces actrices prête à tout dont les relations avec Herr Doktor étaient d'ordre strictement privé. « Peut-être pourriez-vous essayer un autre soir ? »

Clara ignora l'allusion. « Puis-je vous demander où il pourrait se trouver ? »

Le garde parut juger cela comique, mais se retint de rire. « Le ministre ne nous autorise pas à faire état de ses allées et venues à n'importe qui. Pas même aux jolies femmes. Y a-t-il un message ?

— Non. Pas de message. »

Aussi vite qu'elle le put et toujours sous le regard des deux hommes, Clara quitta les lieux. Où était Goebbels ? Il pouvait être n'importe où dans Berlin. Ou même chez lui à Schwanenwerder, mais Emmy Goering avait dit qu'il rentrait toujours très tard. Qu'avait-elle dit, exactement ? *Il fait un tel mystère de ses déplacements qu'il les cache même à ses fonctionnaires du ministère.* Goebbels devait bien être quelque part en ville, mais où ? La vie nocturne de Berlin, sans cesse bouillonnante, avec ses centaines de bars et de salles de spectacle, habituellement source d'excitation pour Clara, la narguait à présent. Elle n'avait pratiquement aucune chance de dénicher Goebbels dans les luxueux bas-fonds d'un cabaret de l'ouest de la ville.

Elle sortit de la cour et prit à droite dans Wilhelmstrasse, en direction de Unter den Linden. Elle marchait vite, veillant à passer inaperçue, essayant de se fondre dans l'ombre des grands bâtiments baroques. C'est alors qu'elle le vit. Un mouvement fugace, une silhouette d'homme. Il marchait à environ cinquante mètres derrière elle, de l'autre côté de la rue, mais elle sut immédiatement qu'il la surveillait. À sa façon de focaliser son attention sur elle, avec discrétion, et de changer imperceptiblement de position, en sorte de ne pas la perdre de vue. En outre, quelque chose en lui, dans son attitude, sa manière d'incliner la tête, lui était familier. Elle l'avait vu une fraction de seconde, seulement, sans avoir pu discerner ses traits, mais c'était suffisant pour qu'elle ait la certitude de l'avoir déjà aperçu à plusieurs reprises. Le soir où elle avait traversé tout Berlin pour semer Ralph Sommers. C'était l'homme au feutre beige dans Voss Strasse. Celui de la galerie de tableaux à Munich. Celui qui la suivait depuis qu'elle avait récupéré l'écritoire d'Anna Hansen. Et maintenant, il l'avait retrouvée. Il semblait parfaitement calme, déterminé, nullement pressé. Il avait l'air d'un homme d'affaires impatient de regagner ses pénates et de retrouver sa Frau et ses deux adorables enfants.

Un souffle de vent lui plaqua une mèche de cheveux sur les yeux. Le temps qu'elle l'écarte, il avait disparu.

Tout ce que Clara avait appris de la conduite à tenir en cas de filature lui revint d'un coup. N'ayant plus besoin de s'assurer que cet homme la suivait, elle ne fut pas obligée de ralentir l'allure ou de changer de direction. Il s'agissait de le semer, à présent. Cela paraissait simple, énoncé ainsi, mais cet homme était manifestement un professionnel, et il la surveillait depuis des semaines. À l'instar d'un amant, il la reconnaîtrait partout à sa silhouette, à sa démarche, et saurait deviner ses intentions rien qu'à sa façon de bouger.

Elle marcha d'un pas vif jusqu'au bout de la Wilhelmstrasse et marqua une courte pause pour décider de la direction à prendre. D'un côté, les portes de l'hôtel Adlon répandaient une bande de lumière dorée sur le trottoir, avec ses portiers en uniforme qui tapaient des pieds et soufflaient des nuages de buée dans l'air glacé. De l'autre, sous l'enfilade de colonnes gigantesques surmontées d'aigles de Unter den Linden, c'était l'animation habituelle en début de soirée. Tourner à droite lui parut évident. La Friedrichstrasse, avec ses théâtres et ses restaurants, était idéale pour disparaître. Mais c'était aussi le choix auquel il s'attendrait de sa part. Si bien qu'elle s'engouffra dans la bouche de métro, remonta de l'autre côté du passage souterrain pour prendre la direction de la porte de Brandebourg en coupant par la Parisen Platz.

Au-dessus d'elle, Victoria, la déesse de la victoire, poussait ses quatre chevaux vers le Lebensraum qu'Hitler visait à l'est. Les fenêtres de l'ambassade de France projetaient des rectangles de lumière sur la place, tout à côté. Clara ne s'écartait pas de l'ombre, choisissant bien son itinéraire, et elle attendait de pouvoir se fondre dans la foule et la circulation aux endroits où elle risquait d'être à découvert. Elle sentit l'homme accélérer le pas derrière elle, tenter de gagner du terrain pour la rattraper. Le danger était là. Il rôdait tout proche.

À peine passée de l'autre côté de la porte de Brandebourg, elle eut un autre choix à opérer. À droite, la Platz der Republik et le Reichstag, puis la gare de Lehrte, plus au nord. À gauche, on était à deux pas de la trépidante Potsdamer Platz où elle pourrait à nouveau s'engouffrer dans le métro. Mais le risque d'y être piégée l'en dissuada. D'instinct, elle fit le choix de prendre droit devant elle et de s'enfoncer dans l'obscurité du Tiergarten.

Il faisait vraiment nuit à présent. Une lune bien nette se glissait derrière des nuages qui s'effilochaient dans le ciel. Le parc était désert. Il ne serait venu à l'idée de personne d'aller y faire un tour par une nuit aussi froide, annonciatrice de chutes de neige.

S'écartant résolument des allées, elle passa devant de lourdes statues en bronze d'hommes d'État allemands et de héros aux prises avec des sangliers et des ours, et s'enfonça dans la partie boisée. Elle zigzagua d'arbre en arbre, marquant une pause dans les zones d'ombre. Elle s'arrêta un instant, à bout de souffle, avec l'idée de se coucher par terre dans l'obscurité, et d'attendre que son poursuivant abandonne ses recherches. Elle caressa l'espoir de l'avoir semé. Pas de bruits de pas sur les feuilles mortes, aucun son humain, hormis la rumeur de la circulation au loin. À croire qu'il s'était évaporé.

Alors qu'elle se tenait là, immobile, elle s'imagina un instant qu'elle était retournée dans la nursery de son enfance qui se trouvait sous les toits de la maison. Chaque nuit avant de s'endormir, pelotonnée dans son lit douillet, elle voyait des ombres qui se levaient et prenaient des formes menaçantes dans un coin de sa chambre. Saisie d'une frayeur qui ne la lâchait plus, elle restait étendue sans bouger. Jusqu'au moment où son père arrivait, la grondant et balayant ses peurs, presque aussi terrifiant que les ombres elles-mêmes.

« Tes peurs n'ont pas de sens, c'est ton imagination qui te joue des tours », lui disait-il s'il la trouvait en train de sangloter dans l'escalier.

Mais là, il ne s'agissait plus de frayeurs nocturnes. L'homme qui la suivait avait des intentions meurtrières.

Clara ne l'aurait pas vu s'il n'avait pas commis une erreur. Il se trouvait à une centaine de mètres d'elle, toujours dans l'allée, quand il passa à proximité d'un réverbère. L'espace d'une fraction de seconde, le bord de son chapeau apparut sous la lumière, mais sans qu'elle puisse voir son visage. L'instant d'après, englouti par la nuit, il quitta l'allée et bifurqua vers les arbres. Il venait vers elle. Elle se souvint de ce que lui avait dit Unity Mitford sur la chasse. *Être une proie m'a appris des tas de choses. Il faut éviter les mouvements brusques. C'est toujours ce qui attire l'œil.*

Puisqu'elle était pourchassée, elle devait rester où elle était, parfaitement immobile. Se retournant, elle entendit son pas, mais ne le vit nulle part. Elle s'efforça de garder son calme. Elle regretta amèrement d'avoir choisi de mettre son manteau à col de renard. La fourrure claire luisait au clair de lune et la rendait bien trop aisément repérable.

Tout en s'appliquant à ne pas bouger, Clara se maudit d'avoir opté pour le Tiergarten. L'endroit était plus grand qu'il n'y paraissait. Si on s'écartait des allées, on pouvait vraiment se perdre. Le lieu avait quelque chose de sauvage, d'impénétrable, rien à voir avec un parc domestiqué à l'anglaise. Il semblait incroyable qu'il se puisse trouver une telle jungle en plein cœur d'une ville – surtout une ville aussi ordonnée, aussi monumentale que Berlin. Peut-être était-ce le reflet de l'âme de la ville, songea Clara.

Elle fut interrompue dans ses pensées par un craquement de brindilles, à quelques mètres d'elle. Dangereusement proche. Elle devait prendre une décision. Quittant sa cachette, elle se mit à courir, tête baissée. Courir, malgré ses talons qui la gênaient et l'obscurité, tellement dense qu'elle en était freinée dans ses mouvements. Courir à s'en déchirer les poumons, et sans jamais cesser de surveiller le bruit des pas de son poursuivant indiquant qu'il gagnait du terrain derrière elle.

Elle avait terriblement peur. Une peur semblable à une remontée d'acide dans la gorge, mais à laquelle se mêlait à présent une colère noire et froide comme la pierre. C'était l'homme qui avait menacé Erich. Qui avait assassiné Anna Hansen. Ralentir, se livrer à un homme pareil, qui croyait pouvoir dominer et détruire les femmes, ce serait renoncer à la vie. Et elle n'allait pas renoncer à une vie qu'elle avait eu tant de mal à se construire, au bénéfice d'un assassin qui s'employait à sauver la sienne. Et la pensée de Unity qui, à l'instant même, devait se faire un malin plaisir de raconter au Führer l'histoire des plaques photographiques, l'aiguillonna plus encore.

Devant elle, les arbres se raréfiant, elle aperçut le miroitement d'une étendue d'eau qu'elle reconnut comme étant le Neuer See, lieu apprécié des Berlinois qui allaient y boire une bière sous les pins en fin de semaine, ou louer des dériveurs pour naviguer sur le lac. Amarré à un poteau et dansant sur l'eau noire, il y avait ce que Clara devina être un bateau à rames. Une paire d'avirons gisait au fond de l'embarcation. Clara remercia le ciel d'avoir écouté Erich qui avait tenu à lui apprendre à ramer cet été-là. Elle s'agenouilla pour détacher l'amarre, mais le nœud qui l'attachait au poteau aurait pu être conçu par toute une brigade des Jeunesses hitlériennes. Il était diaboliquement complexe et très serré. Dans le noir, ses doigts bataillaient vainement avec les brins humides et couverts de boue. Elle se laissa retomber sur ses talons, désespérée. Une chance de s'échapper lui était offerte, mais une simple corde l'empêchait de la saisir. Puis elle se souvint du couteau d'Erich, au fond de son sac et, le sortant de sa gaine, s'émerveilla de l'efficacité de son tranchant qui vint à bout de la corde du premier coup.

En bordure de son champ de vision elle vit quelque chose, une ombre passant sur l'eau, mais ce n'était qu'un héron qui prenait son envol, depuis son nid, dans les roseaux. Elle monta dans l'embarcation, qui tangua un peu, puis insérant les avirons dans les dames de nage, elle tira dessus et s'élança dans la nuit.

Malgré le froid, elle était en sueur, des mèches de cheveux collaient à son visage. Elle se mit à ramer avec force dans les eaux noires, si vite qu'elle en eut le tournis. Pas d'autre son que le clapotement de l'eau sur les pales des avirons. Elle ne savait pas vers où elle ramait, mais elle pensa que si elle restait dans ce bateau, au beau milieu du lac, dans le noir, elle serait en sécurité. Elle reposa les avirons quelques minutes, laissant l'embarcation dériver.

Une détonation la fit changer d'avis.

D'instinct, elle se baissa. Tapie au fond humide du bateau, elle songea au Beretta resté inutilement dans sa cache, à l'intérieur du pied de son bureau. Si seulement elle avait écouté Leo Quinn quand il lui avait donné cette arme et son étui en cuir souple qui se glissait sur l'épaule gauche. À l'époque, elle s'était montrée réticente à l'idée de transporter la mort avec elle, mais, maintenant, elle prenait conscience de ce qu'à l'instar du comprimé de cyanure dans le talon de Ralph, la mort et le danger l'accompagnaient partout. Ne pas s'y être préparée était une faute.

À l'heure actuelle, Ralph devait savoir qu'elle avait disparu. Peut-être était-il à sa recherche. Peut-être s'était-il même rendu à la Winterfeldstrasse et avait-il découvert qu'elle était partie précipitamment. Pourtant, même s'il ne ménageait pas ses efforts pour la trouver, ses investigations ne le conduiraient sûrement pas jusqu'à ce lac au beau milieu du Tiergarten. Elle ne pouvait compter que sur elle-même pour son salut. Autour d'elle, une obscurité mouvante ; en dessous, une noirceur insondable. L'homme qui la poursuivait voulait sa mort et allait certainement faire feu à nouveau, jusqu'à ce qu'il l'atteigne. Elle se vit couler parmi les roseaux, ses vêtements trempés l'entraînant au fond comme des chaînes, son sang remontant en spirale à la surface du lac.

La détonation avait déclenché autre chose, cependant. Un hurlement étrange, suivi d'une cacophonie de cris d'oiseaux et d'animaux montant dans la nuit, auxquels se joignit le rugissement sinistre et mélancolique d'une créature encagée se languissant de sa jungle originelle. Clara entrevit un réseau de lumières loin au delà des arbres, qu'elle reconnut comme l'extrémité ouest du Tiergarten et comprit l'origine de ce vacarme. Elle approchait des murs du zoo d'où provenaient ces cris d'animaux qui faisaient souvent sursauter les Berlinois sortis pour une promenade nocturne, leur rappelant du même coup la présence de captifs parmi eux.

Le zoo. C'est alors que cela lui revint. Le Palast am Zoo de l'Ufa. Mais bien sûr ! Ce soir, le cinéma Palast am Zoo de l'Ufa accueillait la première des *Patriotes*, le nouveau film dont Lìda Baarovà était la vedette. L'histoire d'un courageux soldat allemand fait prisonnier par les Français pendant la guerre qui se liait d'amitié avec une Française rebelle. Cette histoire participait du durcissement de la politique allemande à l'égard de la France, et on avait dû penser que c'était le film idéal à présenter aux visiteurs les plus prestigieux de Berlin – le duc et la duchesse de Windsor. Goebbels avait fait état de son projet d'une soirée spéciale organisée en l'honneur du couple royal. Qu'avait-il déclaré ? *Je leur réserve une manifestation culturelle qui devrait leur plaire.* Si Goering leur offrait un dîner à son rendez-vous de chasse, Goebbels se devait de le surpasser en donnant une soirée dans la salle de cinéma la plus prestigieuse de Berlin, devant un public de deux mille personnes. Cela constituerait une juste revanche pour l'humiliation que Goebbels avait subie lors de la réception des Jeux olympiques où sa tentative d'éclipser son rival avait tourné à la débauche et à la farce. Hitler n'y assisterait pas, mais nul doute que Goebbels aurait rassemblé autant de hauts dignitaires nazis que possible, pour présenter son dernier film à succès, et, bien entendu, sa dernière conquête.

Clara se redressa et se mit à ramer comme une folle jusqu'à ce que le plat des rames touche le haut-fond du lac, et, atteignant la rive, elle sauta sur la jetée. Elle remonta en courant le sentier sablonneux menant à la sortie du parc et, à bout de souffle, ralentit sa course pour franchir le pont Cornelius. Ce n'est qu'en arrivant en sécurité sous les réverbères qu'elle fit une pause et sortit peigne et rouge à lèvres de son sac. Elle ôta ses longs gants boueux et s'en débarrassa. Son manteau à col de fourrure trempé et taché de terre alla atterrir derrière un mur proche. Ses chaussures étaient trempées, elles aussi, mais c'était moins visible sous sa robe de soirée. Elle s'appliqua à se rendre aussi présentable que possible, puis s'avança vers la nuit des stars de Joseph Goebbels.

Devant elle, une lueur phosphorescente éclairait le ciel. Des gardes SS étaient postés de chaque côté de la porte. Le nom du Palast am Zoo de l'Ufa ressortait en lettres lumineuses au-dessus de l'entrée à tourelle. De gigantesques affiches des vedettes du film, Lída Baarovà et Mathias Wieman, dominaient la foule excitée. Clara se demanda si elle allait finalement réussir à se sortir de ce mauvais pas. Sa robe était humide tant à cause de la transpiration que de l'eau du lac. Elle se sentait blafarde, comme si la douleur et la peur s'étaient infiltrées par tous les pores de sa peau et avaient ôté toute couleur à son visage. D'une démarche à présent maîtrisée, elle s'avança vers le tapis rouge, mais au moment où, d'un geste, un garde SS allait lui interdire l'accès, les flashs des appareils photo se mirent à crépiter et elle vit Mimi Reiter, une actrice avec laquelle elle avait travaillé, s'avancer vers elle pour l'embrasser.

« Clara, mon chou !

— Fräulein Vine ! Un sourire, s'il vous plaît ! »

Le garde, un instant perplexe, lui fit signe de franchir le cordon de velours rouge.

Un autre cri se fit entendre. « Fräulein Vine, par ici, s'il vous plaît ! »

Clara prit machinalement la pose, momentanément aveuglée par l'éclair d'un flash. Puis, alors qu'un autre flash éclairait les visages de la foule alentour, elle l'aperçut. Il avait dû perdre son chapeau, car il était tête nue à présent, si bien qu'elle put voir son crâne d'œuf et ses cheveux gris coupés ras. Une bouche en coup de sabre et des yeux aussi pâles que des glaçons. C'était la première fois que Clara le voyait aussi distinctement et elle sut aussitôt où elle l'avait rencontré. C'était à la réception d'Ernst Udet, l'officier de la Luftwaffe qui avait croisé Bruno à l'exposition de l'Art dégénéré et l'avait signalé à la police. Il s'appelait… Comment s'appelait-il déjà ? Rudolf Fleischer.

Ainsi, Fleischer était cet homme qui était passé d'assistant de Heinrich Hoffmann à un poste très bien rémunéré à Berlin. Rien que de très logique. L'expérience acquise dans le laboratoire d'Hoffmann lui avait sans doute facilité l'entrée au département technique de la Luftwaffe. Mais à peine avait-il obtenu ce job prestigieux que son passé l'avait rattrapé, menaçant de le perdre. Son ancienne maîtresse, Anna, avait volé des photos compromettantes qu'il s'était engagé à détruire. Il n'avait pas trouvé d'autre solution que de la tuer. Mais les photos étaient toujours dans la nature et il savait qu'elles étaient en possession de Clara.

Clara s'accrocha au bras de Mimi pour franchir les portes d'accès.

Le foyer de l'Ufa Palast avait été transformé en salle de réception. De longs métrages de damas rose ondulaient sur les murs et, partout, d'extravagantes compositions de camélias de serre s'ouvraient sous l'effet de la chaleur. Des serveurs portant des coupes de champagne sur des plateaux d'argent se glissaient parmi la foule rassemblée sous les lustres dorés, lesquels répandaient des torrents de lumière sur le gratin du régime national-socialiste. Pour accueillir leurs altesses britanniques, la nouvelle aristocratie allemande était de sortie dans ses plus beaux atours.

Rudolf Hess était là, avec ses sourcils très fournis, une lueur un peu folle dans le regard, au côté de son imposante épouse, Ilse, ainsi qu'Heinrich Himmler, dont les lunettes renvoyaient un reflet sinistre, accompagné de sa femme, Marga. Elle pouvait porter tout le velours du monde, et même du lynx de Russie, rien n'y faisait ; Marga Himmler avait toujours l'air de la femme de fermier qu'elle était. Solidement charpentée, elle portait ses cheveux nattés comme ceux d'une Brunehilde et ses joues semblaient aussi récurées qu'un sol d'arrière-cuisine. Magda Goebbels avait confié à Clara qu'elle évitait soigneusement Marga Himmler parce qu'elle était terriblement ennuyeuse et ne parlait que d'élevage porcin. La seule femme SS qui pouvait la supporter était Annelies von Ribbentrop, que Clara aperçut également, en train d'inspecter la tenue des invités, comme un officier devant ses troupes.

Au lieu de porter des vêtements confectionnés en Allemagne comme le recommandait le Führer, les femmes avaient profité de son absence pour donner libre cours à leur goût pour la mode et la haute couture. Les robes chatoyantes de Balenciaga rivalisaient avec celles de Patou, Lanvin, Ricci ou Chanel, assorties de capes bordées de vison blanc ou de vestes à manchettes en chinchilla. Les bijoux exhibés auraient pu provenir du pillage d'un coffre-fort de chez Cartier ou Van Cleef. Annelies von Ribbentrop portait une robe couleur prune de Damas et une étole de zibeline. Inge Ley, la femme de Robert Ley, actrice elle-même, éclipsait sans peine toutes les autres épouses avec sa robe en mousseline de soie lie-de-vin, un clip de strass sur la poitrine, et ses cheveux d'un blond éclatant. L'élite de Babelsberg circulait au milieu des politiques : Gustav Fröhlich, rayonnant, un verre à la main, Zarah Leander dans un fourreau au décolleté spectaculaire, Brigitte Horney, Olga Chekhova et son charme slave tout de sensualité. Et au milieu de cet océan de magnificence se tenaient le duc et la duchesse de Windsor, cramponnés l'un à l'autre comme deux orphelins dans une forêt nazie. Ils donnaient l'impression d'être venus à contrecœur.

Tandis que Clara se demandait quelle stratégie adopter, Karl Ritter, un obscur petit capitaine de l'armée de l'air impériale qui s'était élevé jusqu'au sommet de la direction de l'Ufa, passa près d'elle en compagnie d'Albert, qui riait obséquieusement à une blague. Du coin de l'œil, Albert vit le regard que lui lança Clara et lui fit un petit signe de la main. Elle dut faire un gros effort sur elle-même pour lui sourire en retour, espérant qu'il n'avait pas remarqué l'étrangeté de sa tenue, notamment sa robe humide, et l'ourlet éclaboussé de boue.

Mais toujours aucun signe de Goebbels.

Mimi serra le bras de Clara. « Ah zut, nous sommes en retard. Il n'y a déjà presque plus de champagne et le film va commencer. Tu entres avec moi ? »

On invitait tout ce beau monde à se diriger vers les portes de l'auditorium, mais les personnalités continuaient de boire et de converser, s'attardant jusqu'au dernier moment avant de rejoindre leur place. Le couple royal était encerclé par une mer d'uniformes noirs, le visage de Wallis et son menton volontaire relâché en un sourire ironique en réponse à une plaisanterie, son mari à ses côtés, la mine lugubre.

Clara emprunta le majestueux escalier, montant aussi vite qu'elle le pouvait. Son but était d'atteindre le balcon où Goebbels devait déjà se trouver, prêt à parader aux côtés des Windsor. Au balcon royal, des portes d'acajou menaient à des loges privées, chacune dotée de huit fauteuils dorés avec plateau de rafraîchissements à disposition. La loge centrale était réservée aux invités d'honneur.

Clara frappa et ouvrit la porte. Il n'y avait qu'une personne dans la loge.

« Frau Doktor ?

— Fräulein Vine. Quelle surprise. »

Magda Goebbels était assise sur une petite chaise dorée, les poings serrés sur les genoux, le visage éteint.

« Je cherche Herr Doktor… »

Magda demeura impassible. Son teint poudré était blafard. Elle portait fièrement son humiliation, comme des perles.

« Je pense que vous devriez essayer à quelques portes d'ici. »

Clara s'éclipsa. Bien sûr, elle aurait dû y penser. Goebbels devait être en compagnie de Lída. Le ministre de la Propagande exerçait son droit de cuissage sur l'actrice vedette, quand bien même le mari de Lida se trouvait dans la salle. Personne n'allait lui disputer cette prérogative.

Clara se précipita fiévreusement dans le couloir d'accès aux loges et frappa à chaque porte, s'excusant auprès des personnes qui se retournaient sur elle d'un air surpris. La dernière était la bonne et ce fut l'actrice elle-même qui l'invita à entrer, le visage un peu rouge, vêtue d'une robe en soie ivoire à dos nu qui soulignait chaque centimètre de ses courbes, une rivière de diamants au cou. Derrière elle, Goebbels se leva précipitamment, l'air furieux, sa veste à la main, l'image même de l'homme pris en flagrant délit d'adultère. Une fraction de seconde plus tard, il avait retrouvé son sourire professionnel, mais une lueur de rage persistait dans son regard.

« Fräulein Vine ?

— Herr Doktor, je ne vous aurais pas dérangé, mais il s'agit d'un sujet de la plus haute importance. »

Elle craignit un instant qu'il ne se mette à hurler, au lieu de quoi il congédia Lída d'un geste. Celle-ci sortit à contrecœur, lançant au passage à Clara un regard slave flamboyant de colère.

« Alors, de quoi s'agit-il ? »

Elle lui présenta son sac du soir plein d'éclats de verre.

« J'ai trouvé ces négatifs. Je pense que ce sont des photos du Führer. Je ne sais pas si elles sont authentiques. Je m'apprêtais à les remettre à la police mais, malheureusement, avant que je puisse le faire, Unity Mitford est tombée dessus dans mon appartement et les a détruites.

— Unity Mitford les a détruites ?

— Oui, elle les a mises en pièces. Comme vous le disiez, c'est une femme très émotive. Elle pensait que ces photos pourraient faire du tort au Führer si elles tombaient entre de mauvaises mains.

— Au Führer ? Mais pourquoi ?

— À cause de… de ce qu'on y voit.

— Et comment sont-elles arrivées entre vos mains, Fräulein ?

— Elles se trouvaient dans un coffret appartenant à Anna Hansen. La future mariée qui a été assassinée. Ce coffret m'a été remis parce qu'on pensait que je connaissais la famille. »

Goebbels tint le plus grand des fragments de plaques à la lumière, l'examina, puis le reposa aussitôt. Il avait compris.

« La malheureuse avait l'intention de faire du chantage, il n'y a aucun doute. En avez-vous parlé à qui que ce soit ?

— Non, à personne. »

La réaction de Goebbels était étrange. Pourquoi n'était-il pas plus surpris ? Clara venait de résoudre l'énigme du meurtre d'Anna, et pourtant il était plus flegmatique que jamais. Comme il la regardait de la tête aux pieds, il remarqua les éclaboussures sur sa robe et les mèches de cheveux échappées de son chignon.

« On dirait que vous êtes venue précipitamment. Peut-être voudriez-vous vous asseoir un instant. »

Il lui tendit un siège, se pencha vers elle et lui alluma une cigarette. Alors que du pouce il refermait le briquet, elle remarqua les initiales A.H. gravées sur le rectangle d'argent poli. Un cadeau d'anniversaire du Führer, se souvint-elle. Il faisait partie du nécessaire pour fumeur que Goebbels lui avait montré au studio, quand il l'avait interrogée au sujet des sœurs Mitford. Soudain, elle comprit. Une remarque d'Heidi au sujet d'Anna lui revint en mémoire. Elle lui avait dit qu'Hitler avait offert des cadeaux à Anna. Mais Hitler n'offrait jamais que trois cadeaux. L'un d'eux était une peinture à l'huile, n'était-ce pas ce que lui avait dit Emmy Goering ? L'autre un cadre pour photo. Et enfin un nécessaire pour fumeur (une boîte à cigarettes et un briquet). Anna Hansen avait un briquet où figuraient ses propres initiales, mais… et si le A.H. ne correspondait pas à Anna Hansen, mais à Adolf Hitler ? Si quelqu'un avait montré le briquet d'Anna à Goebbels, celui-ci l'avait aussitôt reconnu comme l'un des cadeaux du Führer. Le même que le sien. Et il avait compris qu'Anna était une future épouse très particulière. Une future épouse ayant un passé.

Les nazis adoraient imputer les crimes violents au premier imbécile venu. N'avaient-ils pas réussi à faire endosser l'incendie du Reichstag à un jeune Hollandais insignifiant ? Mais à la vue du briquet, Goebbels avait compris qu'Anna n'avait pas été tuée par un jardinier un peu simplet. Il avait dû, à tout le moins, soupçonner l'existence d'un mobile. Voilà pourquoi il avait envoyé la Gestapo interroger cette pauvre fille à l'École des Épouses.

« Très bien, reprit-il, mais j'aimerais savoir comment ces photos ont bien pu arriver entre les mains de cette jeune fille.

— Elle avait un petit ami à Munich. Un certain Rudolf Fleischer.

— Fleischer, dites-vous ? » Il sortit un bristol de sa poche intérieure et rédigea une note.

« L'Oberstleutnant Fleischer à présent, je crois. Il travaille au département technique du ministère de l'Air. Il a rencontré Anna Hansen quand il était l'assistant de Heinrich Hoffmann. »

Goebbels ouvrit de grands yeux.

« Je comprends. Alors je crois qu'il serait préférable de s'occuper de ça en toute discrétion. Merci, Fräulein. Je vous suis une fois de plus redevable, semble-t-il.

— J'espère que vous pourrez expliquer au Führer…

— Ne vous inquiétez pas. Croyez bien qu'il sera informé du service que vous nous avez rendu. »

Il se leva et lui jeta un coup d'œil appréciateur, remarquant au passage la croix gammée en diamants qu'il lui avait offerte.

« Je vous aurais volontiers suggéré de rester pour la projection du film, Fräulein, mais j'ai dans l'idée que vous préféreriez rentrer.

— Je suis assez fatiguée, en effet. Et le tournage commence demain.

— Alors, si vous le permettez, mon chauffeur va vous ramener chez vous. »

Alors qu'elle circulait à bord de la Mercedes ministérielle, Clara se demanda où Fleischer se trouvait à présent et combien de temps il faudrait aux hommes de Goebbels pour mettre la main sur lui. Comme ces photos devaient le hanter ! Il avait dû être furieux quand le passé avait resurgi, menaçant de le perdre. Mais aller jusqu'au meurtre ne lui avait pas permis de se sauver, en fin de compte.

Dans l'entrée de l'immeuble de la Winterfeldstrasse, le point de collecte de Rudi débordait : des boîtes de conserve, des balles de feuilles d'aluminium, des couteaux, et même une poêle à frire, tout un lot destiné à être fondu et transformé en avions. Des Junkers, des Henschels et des bombardiers Stukas qui pourraient un jour traverser l'Europe pour aller bombarder l'Angleterre.

Clara s'arrêta devant, puis, après réflexion, déposa le couteau d'Erich sur le sommet de la pile.

# 43

« Vos photos promotionnelles, Fräulein. »

Le garçon du studio passa la tête dans la loge et, avec un sourire poli, tendit une épaisse enveloppe cartonnée à Clara. Ce jour-là, Udet et elle devaient signer des photos destinées à être expédiées à toutes les publications spécialisées dans le cinéma en Allemagne. Un honneur nouveau pour Clara qui, avec *Gretchen*, était pour la première fois distribuée dans un rôle principal. Ils avaient choisi une photo d'elle en train de scruter le ciel, sans doute en quête de son mari disparu, et une autre, vraisemblablement l'affiche du film, où on la voyait dans les bras d'Ernst Udet, le regardant avec des yeux énamourés. Ils avaient eu du mal à la prendre, parce que Ernst n'arrêtait pas de la faire rire.

Elle eut aussitôt le réflexe de chercher dans son sac un mark à donner au coursier, mais, le temps qu'elle relève la tête, il avait disparu. Bizarre, se dit Clara. Les coursiers du studio étaient prompts d'habitude à glaner autant de pourboires que possible. Puis il lui vint à l'esprit qu'elle n'avait encore jamais vu celui-là.

Elle ouvrit l'enveloppe et y trouva un morceau de papier avec une seule ligne manuscrite, pointue, qui s'étirait sur la page semblable à un fil barbelé. Pendant qu'elle lisait, le sourire crispé de son auteur lui apparut, se superposant aux mots.

« En remerciements tardifs pour la photo que vous m'avez envoyée, chère Clara. En voici quelques-unes en échange. »

Il y avait une autre enveloppe à l'intérieur. Elle en sortit une liasse de tirages. Rien à voir avec des photos promotionnelles, et d'ailleurs cela ne ressemblait à rien de ce qu'elle avait eu l'occasion de voir. Des taches de gris et de blanc, qu'elle essaya de décrypter, perplexe, jusqu'au moment où elle comprit qu'il s'agissait de photos aériennes : un entrelacs de terres cultivées, de bâtiments gris, des massifs forestiers. Elle se mit à éplucher les photos une à une, des ports, des usines, des voies ferrées, des ponts lui apparaissant graduellement. Elle identifia aussi des falaises, un littoral restitué avec une précision étonnante. Des lieux qui lui semblèrent étrangement familiers. Il lui fallut encore plusieurs minutes pour comprendre que ce n'était pas des photos d'Allemagne qu'elle avait entre les mains, mais d'Angleterre. C'était son pays natal qui se déployait sous ses yeux.

Les images prenaient vie peu à peu et avec elles l'Essex, le Kent, le Surrey, le Sussex et, plus à l'ouest, le Devon, la Cornouaille et le Somerset. Des collines, des vallées, des raffineries de pétrole, des églises, des centrales électriques, des réservoirs. Londres, avec Saint Paul, Big Ben, la Tate Gallery et plus loin, les bois, les champs, les villages et les bourgs alentour.

Elle reconnut les docks de Plymouth et de Portishead, l'aéroport de Croydon, l'estuaire du Firth of Forth. Sissinghurst dans le Kent ainsi que le club de tennis de Wimbledon. Ils étaient tellement réels que Clara avait l'impression de pouvoir toucher l'herbe des champs, voir le brouillard s'étendre sur la Tamise, sentir les odeurs d'échappement dans les rues de Londres.

Elle laissa les photos tomber sur ses genoux et s'interrogea sur leur signification. Assemblées, elles constituaient une carte méticuleuse de la Grande-Bretagne, mais dans quel but l'avait-on cartographiée ainsi ? Pour la détruire ? L'envahir ? Ou simplement s'y installer après le retour du duc de Windsor en tant que Président, avec la bénédiction d'Hitler ?

Clara se leva d'un bond et alla jeter un œil dans le couloir pour voir si le coursier y était encore, mais il s'était volatilisé. Elle referma la porte et s'appuya contre elle, les photos pressées contre sa poitrine. Arno Strauss ne les avait pas signées, mais c'était tout comme.

Strauss avait compris que Clara le dupait, mais, d'une certaine façon, il s'était prêté à cette duperie. Comme en amour, pour que ça marche, il fallait que les deux partenaires fussent consentants. Un rôle lui avait été assigné et il avait accepté de le jouer. Où était-il donc, à présent ? Elle se rappela son visage lorsqu'il avait quitté le restaurant Horcher. N'avait-il pas parlé d'un vol d'essai ?

Elle comprit soudain, horrifiée. *Je sais que je vais rencontrer ma mort.* Elle l'imagina décrivant des cercles dans le ciel. Plongeant vers le sol sans avoir à se soucier d'une passagère. Elle le vit mort, son nom venant s'ajouter à la longue liste de ceux qui avaient sacrifié leur vie au service de la patrie. Les yeux vitreux, assortis à la couleur indéfinissable des nuages. Son corps dans la terre, le bruit des sabots d'un cerf au-dessus de lui, rien d'autre.

Strauss ne lui avait pas dit au revoir, mais elle crut deviner que ceci était en quelque sorte un adieu.

## 44

Comme du temps des empereurs romains lorsqu'ils exhibaient leurs prisonniers étrangers, toute la pompe du Reich fut déployée pour accompagner le duc et la duchesse de Windsor à la gare où ils devaient prendre le train qui les emmènerait dans le sud à la rencontre du Führer. Jusqu'ici, le duc avait assisté à une représentation de *Lohengrin* de Wagner donnée par le Front du Travail de Berlin, visité le centre d'instruction de la division Tête de mort de la SS, ainsi que le chantier de construction d'un hôtel de luxe pour les jeunes nazis sur la Baltique. Pendant ce temps, la duchesse avait fait du shopping. Leur visite allait à présent s'achever autour d'un thé en compagnie d'Hitler, et leur voiture était engloutie dans un océan de drapeaux à croix gammées, de bottes cavalières et de casquettes de la Jeunesse hitlérienne arborées avec fierté.

Clara et Ralph marchaient entre les arbres en direction de l'avenue des Poupées, la grande artère qui traversait le Tiergarten du nord au sud. On l'appelait ainsi à cause des trente-deux statues de marbre pompeusement alignées de part et d'autre. Ces statues commémorant les princes de Hohenzollern avaient été installées là pour la postérité, mais à présent qu'une nouvelle aristocratie exerçait son emprise sur l'Allemagne, plus personne à Berlin ne s'intéressait à eux.

La matinée était radieuse, comme si l'hiver avait provisoirement retenu son souffle. L'herbe était parsemée de givre et les tilleuls vibraient d'un rouge automnal. Dans le lointain, un concert de carillons d'églises rivalisait avec les bruits de bottes de la parade.

Quand le cœur du défilé passa devant eux, Clara vit le duc et la duchesse saluer la foule de ce geste qui n'appartenait qu'à la famille royale britannique et qui donnait l'impression malencontreuse de chasser un insecte. Wallis, vêtue d'un tailleur de laine bleu sarcelle avec une cape assortie, tenait un bouquet d'orchidées et de lilas blanc. Autour de son cou, une étole de vison dont les griffes acérées brillaient au soleil. Son mari était en costume croisé gris clair, un œillet rouge à la boutonnière.

« Si Hitler obtient ce qu'il veut, ils ne tarderont pas à descendre le Mall », dit Ralph.

Clara essaya d'imaginer le couple royal parcourant le Mall en voiture devant une foule soumise, le duc d'York et sa femme relégués derrière, dans un carrosse, suivis peut-être de quelques-uns des alliés allemands d'Édouard, en uniformes SS d'apparat noirs, debout, dominant les sièges XVIII$^{e}$ en cuir.

« Ce document dont vous m'avez parlé, celui qu'ils ont préparé pour la signature du duc, dit Ralph à voix basse. On nous en a donné une copie.

— Alors, c'est vrai ?

— Oui, et c'est à Strauss qu'on le doit. »

Elle le dévisagea.

« C’est Strauss qui vous l’a donnée ?

— On dirait bien.

— De même que les photos. » Elle se mordit la lèvre. « Courageux ! Il disait qu’il devait se montrer prudent. Qu’il y avait une fuite dans le Renseignement de la Luftwaffe.

— Il a dit ça ? » Il eut un petit rire narquois. « C’était lui, la fuite.

— Mais ?

— Strauss nous distillait des informations depuis déjà un certain temps. Le ministère de l’Air avait des soupçons mais n’est jamais arrivé à le coincer. Rien de ce qu’il nous a donné, cependant, n’a autant de valeur que ce qu’il vous a offert. Ces cartes de reconnaissance aérienne sont destinées à une nouvelle opération de renseignement menée sous l’autorité de l’Oberst Beppo Schmidt. Son objectif est de vérifier les ressources des forces aériennes étrangères et de sélectionner les cibles en cas de guerre. Les photos que vous avez reçues représentent toutes les principales usines, gares de chemin de fer et centrales électriques d’Angleterre. Tout ce qui a une importance stratégique a été identifié en prévision d’un bombardement.

— Ils bombarderaient Londres, alors.

— Il semblerait qu’on a entendu Hitler se réjouir qu’il y ait si peu de bâtiments baroques en Grande-Bretagne. Le baroque est son style préféré et il serait navré d’être obligé de les détruire. Ces cartes sont un démenti formel pour ceux qui prétendent que les Allemands n’ont pas d’intentions belliqueuses. »

Au-dessus d’eux, un avion passa, sa traînée blanche tranchant dans le ciel comme un couteau. Le visage de Strauss s'imposa à Clara avec force et elle tenta de chasser de son esprit sa dernière sortie qui s'était terminée dans une forêt, au sud de Berlin, dans un tas de métal fondu et de membres tordus, un panache de fumée noire s'élevant dans le ciel. Voir une photo de Strauss en bas de page du journal du soir en passant devant le kiosque à journaux de la Nollendorfplatz avait été un choc. Une fois rentrée dans son appartement, elle en avait pleuré au point d'avoir du mal à lire les platitudes accompagnant l'article, qui n'était d'ailleurs pas très fouillé. Une erreur irréparable à haute altitude. Une perte tragique pour la Patrie. Elle avait regardé la photo un long moment, essayant d'y lire les raisons de cet acte désespéré. À quoi Arno Strauss avait-il pensé avant de s'embarquer pour ce dernier vol ? Avait-il regardé l'avenir en face, et jugé qu'il ne pourrait pas l'affronter ?

« Et Rudolf Fleischer, qu'avait-il à voir avec tout ça ?

— Ah, Fleischer. » Ralph pinça les lèvres à l'évocation de l'homme qui avait bien failli tuer Clara. « Fleischer remplissait toutes les conditions pour participer à cette nouvelle opération. Non seulement c'était un fervent nazi, mais il était techniquement très compétent en matière d'appareils photo. Hoffmann lui avait reconnu ce talent des années auparavant à Munich, lorsqu'il l'avait employé dans son laboratoire. Quand le département technique avait cherché des experts pour mettre au point un appareil photo fonctionnant à haute altitude, Hoffmann avait recommandé Fleischer à Udet et… vous connaissez la suite.

— Que va-t-il lui arriver maintenant ?

— Il a déjà été arrêté. Goebbels doit être ravi d'avoir mis un des hommes de Goering derrière les barreaux. »

Ils avaient atteint l'avenue et s'étaient faufilés à travers la foule pour voir avancer le défilé. Un bataillon de cyclistes passa, oriflammes à croix gammées flottant au vent, suivi d'une troupe des Jeunesses hitlériennes. Une forêt de bras droits se dressait régulièrement, comme mus par un aimant invisible. Soudain, au beau milieu des garçons en train de défiler, Clara aperçut Erich, portant sa boîte de collecte pour la fabrication des bombes, l'air très appliqué, rayonnant de fierté. Elle secoua le bras de Ralph.

« Il est là ! Erich ! »

Elle lui fit un signe de la main et eut le plaisir de le voir faire un sourire en coin à son intention, tout en gardant la tête bien droite. Elle l'avait retrouvé la veille, à la sortie de l'école, puis emmené déjeuner. Aux excuses qu'il lui fit, honteux de s'être mal conduit, elle répondit par la promesse d'une rencontre avec Ernst Udet. Si elle avait paru plus sombre que d'habitude, il ne s'en était pas rendu compte. Son enthousiasme était contagieux. Il s'était lancé dans un discours sur les différents types d'avions qu'il avait l'intention de piloter un jour, effaçant du même coup le souvenir de leur malheureuse sortie d'anniversaire. Subitement, elle eut envie de présenter Erich à Ralph – réunir les deux moitiés de sa vie – mais elle se dit aussitôt que c'était impossible. Allait-il falloir des années, voire des décennies, pour qu'elle puisse vivre une vie sans secrets ? Cela arriverait-il un jour ?

Après le passage d'Erich, Ralph l'entraîna à nouveau à l'écart pour qu'ils reprennent leur marche dans l'herbe gelée.

« Je pars à Londres cet après-midi. Plus tôt ces photos seront examinées par les responsables compétents, mieux ce sera. Je les emmène moi-même, dans ma serviette. Je suppose qu'il est exclu que vous m'accompagniez ? »

Elle secoua la tête. « Je ne peux pas. On a déjà commencé le tournage de *La Femme du pilote*. Udet est venu hier à Babelsberg et nous sommes attendus demain à Tempelhof pour les extérieurs. »

Udet l'avait accostée dans le couloir du studio et avait commencé à lui parler d'Arno Strauss, mais s'était détourné presque aussitôt, manifestement très affecté. Pendant le reste de la journée, comme d'un commun accord, ils n'en avaient pas reparlé. Udet semblait accablé de chagrin, et l'odeur de schnaps qui flottait autour de lui était encore plus forte que d'habitude. Clara se demanda ce qu'il soupçonnait, ou savait, des motivations de Strauss.

« Udet ne peut pas consacrer plus de deux jours au tournage. Et après celui-ci, j'ai l'impression que je vais avoir du travail. Goebbels m'a déjà fait parvenir d'autres scénarios à lire. »

Ils marchaient très près l'un de l'autre, leurs mains se frôlant à peine, voulant donner l'impression qu'ils n'étaient que de simples relations. Mais le contact de sa peau sur la sienne la fit frissonner et soudain, Clara ne put dissimuler son inquiétude.

« Promettez-moi de revenir.

— Comment pouvez-vous en douter ? » Il lui prit la main, puis la relâcha presque aussitôt. « Mais ça ne sera pas tout de suite. Je dois retourner en Espagne.

— En Espagne ?

— Oui. » Il hésita. « Il y a une chose que je ne vous ai pas dite. J'ai rencontré votre amie américaine, Mary Harker, à la réception donnée pour le colonel Lindbergh. Une fille fort sympathique, ma foi. Elle m'a parlé de son séjour en Espagne. Il semble qu'elle ait rencontré là-bas un Anglais qui se faisait appeler Périclès. Ça m'a aussitôt intéressé.

— Périclès ?

— Vous ai-je dit que Tom était helléniste ? Périclès était son héros. Ça lui ressemblerait bien.

— Tom Roberts serait donc vivant ? C'est une bonne nouvelle, non ?

— Absolument. Sauf que… » Ralph contracta les mâchoires. « Il y a autre chose, qu'il faut que je vérifie. Quelque chose que Mary m'a dit. Ce Périclès disposait d'informations sur les mouvements allemands. Il savait déjà tout de l'attaque imminente sur Guernica, avant même qu'elle n'ait lieu.

— Comment est-ce possible ?

— D'après les informations que Strauss nous a transmises, les Allemands craignaient que le haut commandement en Espagne n'ait été fragilisé. Ils pensaient avoir été infiltrés par des espions à la solde du Commissariat du Peuple pour les Affaires intérieures, mieux connu sous le nom de NKVD.

— Le NKVD, vous voulez dire des gens de Staline ?

— C'est ça. Des gens de Staline. Bien qu'ils ne soient pas tous russes.

— Ralph, êtes-vous en train de suggérer que... que Tom Roberts est un agent du NKVD ? Je croyais que vous aviez dit qu'il ne s'intéressait plus à la politique. »

Le visage de Ralph devint solennel. Il évita le regard de Clara.

« Tom a toujours été quelqu'un de passionné. Qui voyait les choses en noir et blanc. Je croyais bien le connaître, mais connaît-on jamais vraiment les gens ? Le communisme est une croyance, Clara. C'est une sorte de fanatisme qui vous rend aveugle à l'injustice ou à la cruauté. Tom craignait toujours que notre classe dirigeante finisse par faire cause commune avec le fascisme ; alors il a dû arriver à la conclusion qu'il n'y avait qu'une façon de la combattre.

— Mais toutes ces victimes à Guernica, quand même. Tous ces innocents.

— Les Russes voulaient que le monde sache quelle était l'étendue de l'engagement allemand en Espagne. C'est à cela qu'a servi Guernica.

— Alors les Allemands n'étaient pas les seuls à savoir qu'il y aurait des pertes civiles. Les Soviétiques aussi le savaient ?

— Si j'ai raison, oui.

— Mais si Tom était au courant, il aurait quand même pu prévenir les gens. Les femmes et les enfants.

— Certaines personnes considèrent que la mort est toute relative. Que l'idéologie qu'ils défendent vaut bien quelques morts. Je ne suis pas d'accord. Toute ma vie j'ai essayé de leur démontrer qu'ils se trompaient. »

Il raidit les épaules comme s'il rassemblait ses forces en prévision de ce qui pouvait l'attendre et Clara eut tout à coup envie de foncer Duisbergerstrasse, de monter l'escalier jusque chez lui et de refermer la porte derrière eux. Elle aurait voulu profiter au maximum du temps qui leur restait ; s'étendre, au chaud dans son lit, et y demeurer, ne serait-ce qu'un moment, peau contre peau, sans rien pour les séparer. Enfouir son visage au creux de son épaule, sentir ses mains sur les courbes de son corps. S'abandonner à son étreinte, sentir la rugosité de sa poitrine contre la sienne, épouser son corps dans toute sa longueur, visage contre visage, presser ses orteils contre ses pieds. Sentir ses bras autour d'elle, sa bouche sur la sienne, l'emprisonner avec ses jambes.

Ils parvinrent à un petit jardin de roses où coulait une fontaine miroitant sous le soleil. Un jardinier s'affairait autour des massifs, coupait les fleurs fanées, et les jetait sur un tas de plus en plus haut. Bien que la saison fût avancée, quelques roses subsistaient, d'une couleur pâle qui ressortait sur les feuilles sombres. Quelque chose que lui avait dit Arno Strauss lui revint à l'esprit. *Avez-vous déjà eu l'impression de voir votre vie d'en haut ?* Et, là, tout à coup, elle comprit ce qu'il avait voulu dire. À cet instant précis, la vie prit une intensité particulière. Elle perçut plus nettement les sons et les couleurs autour d'elle, sentit une odeur d'herbe et de terre monter du sol, vit le feuillage embrasé se découper sur le ciel. Il n'y eut plus ni passé ni avenir ; il n'y eut plus qu'eux marchant sous les arbres, cependant que la musique du défilé mourait derrière eux et que la foule s'éloignait.

## *Épilogue*

Un froid intense avait saisi la ville, la paralysant presque. Les flaques étaient recouvertes d'une pellicule de glace fragile qui se brisait comme un miroir quand on marchait dessus. Un soleil anémique s'était péniblement hissé dans un ciel presque blanc. L'hiver, qui ne se cachait plus derrière le voile de l'automne, montrait son vrai visage. La nuit précédente, la neige avait bouché le ciel comme de la cendre tournoyant dans l'air et, au matin, Berlin s'était réveillée dans un clair-obscur de noir et de blanc nuptial.

À Kreuzberg, la neige, d'une épaisseur de plusieurs centimètres, avait recouvert le Parc Köllnischer, gommant tous les repères. Des petites avalanches glissaient des toits avoisinants, avec des craquements semblables à des coups de feu. Sur la place, les statues d'hommes d'État disparus semblaient mal s'accommoder des housses de flocons dont elles étaient recouvertes. La neige épousait très exactement la forme des branches d'arbres et rendait au monde sa simplicité originelle.

Clara, Mary et Erich étaient tous trois au nombre de ceux qui s'étaient rassemblés là pour assister à l'inauguration de la plus récente attraction berlinoise. Une fosse aux ours renfermant quatre plantigrades bruns, construite pour commémorer le sept centième anniversaire de la fondation de la ville. La fosse était bien plus petite qu'on n'aurait pu légitimement s'y attendre – juste un carré de pelouse creusé profondément dans le sol, sur lequel on avait posé ici et là quelques rochers censés évoquer l'habitat montagneux de l'animal. Penchés au-dessus du garde-corps, les gens se dévissaient la tête pour apercevoir les ours, mais à leur grande déception, ceux-ci restaient invisibles, bien à l'abri dans leur tanière, manifestement peu enclins à se donner en spectacle.

Mary, qui avait apporté son appareil, cadrait une photo artistique de visages d'enfants derrière les barreaux. Elle était parfaitement entrée dans sa nouvelle peau de reporter photographe. Les clichés pris à l'École des Épouses avaient bénéficié d'une double page dans le *New York Evening Post*, à côté de l'histoire scandaleuse des meurtres d'Anna Hansen et d'Ilse Henning. Ilse, qui avait été abattue d'une balle dans la tête en pleine course alors qu'elle tentait d'échapper à Rudolf Fleischer, l'ancien petit ami d'Anna. Les journaux nationaux n'avaient pas pu ignorer la mort d'une seconde fiancée du Reich et l'École des Épouses avait été prise d'assaut par les journalistes. Chargée de gérer leurs demandes, Fräulein Wolff s'était acquittée de sa tâche en verrouillant les portes de l'école, en interdisant aux fiancées de sortir et en raccrochant sauvagement quand ils appelaient. Quant à Fleischer, Goebbels n'avait pas été long à s'occuper de lui. Il avait été arrêté à l'aube le lendemain de la représentation de gala des *Patriotes*. Son pistolet Walther de calibre 6,35 mm se révéla être celui qui avait servi à tuer les deux filles.

Clara frissonna et se frotta les bras de ses mains gantées. Pas un mot, en revanche, concernant l'existence des photos du Führer, l'autre secret de Fleischer. Goebbels était désormais le gardien de ces fragments de plaques et, bien qu'elles n'aient jamais vu la lumière du jour, elles resteraient un lien obscur entre Clara et lui. La décision qu'elle avait prise de les lui remettre semblait, pour le moment en tout cas, de nature à calmer ses soupçons à son endroit, mais Dieu seul savait pour combien de temps encore. Le ministre à l'Éducation du peuple et à la Propagande était capable de garder un secret, elle le savait, et il devait penser la même chose d'elle. Ce lourd secret demeurerait enfoui, jusqu'à ce que le besoin de le déterrer se fasse sentir. Pour le moment, son ennemi était aussi son protecteur.

Elle regarda les flaques gelées à ses pieds, scrutant la glace comme si elle pouvait voir quelque chose remuer en dessous et songea à Bruno Weiss. Il avait quitté l'appartement de Moabit pour disparaître au cœur du vaste réseau clandestin qui s'étendait partout dans Berlin. Réseau souterrain aussi, composé d'un ensemble de caves de brasseries, de tunnels de métro, de galeries et de bunkers construit pour la guerre. Elle se demanda combien il s'y trouvait de gens comme Bruno, agents dormant en dessous de la vie ordinaire jusqu'à ce que sonne l'heure du réveil pour eux. Sans parler de tant d'autres qui étaient comme elle.

Alors que Clara était encore en train de contempler les flaques gelées, Erich les piétina, les brisant en mille morceaux, l'air satisfait. Son visage était éclairé par la lumière que lui renvoyait la neige.

« Tiens, Clara. Tu ne l'as pas encore bien regardé. »

Il lui tendait le cadeau qu'Ernst Udet lui avait envoyé. C'était un modèle réduit d'avion, complet, y compris une minuscule figurine personnifiant Ernst Udet qui pouvait s'enlever du cockpit. Recevoir un jouet à son âge l'avait d'abord un peu gêné. Au fil des années, Clara lui avait offert plein de soldats de plomb – d'élégants petits sujets de la Wehrmacht en uniforme vert-de-gris, avec des fusils impressionnants, et des troupes ennemies indéterminées qui ressemblaient à s'y méprendre à des Français – mais Erich avait tout donné au ramassage de métal des Jeunesses hitlériennes. Là, cependant, c'était différent. Il s'était rassuré en se disant que le Stuka était un objet d'art, pas un jouet, et sa gêne fit très vite place à la fierté de recevoir un cadeau du général Udet lui-même, accompagné d'une lettre signée de sa main lui adressant des vœux pour sa future carrière de pilote.

« As-tu hâte de revoir ta sœur, Clara ? » demanda-t-il.

Mary et Clara échangèrent un regard furtif. « Bien sûr.

— Est-ce qu'elle te ressemble ?

— Elle est bien plus séduisante.

— Plus séduisante que toi, c'est impossible », dit-il en lui passant gentiment la main sur le revers de sa veste pour bien montrer qu'il ne lui en voulait plus.

— Tu serais surpris. Bien que ce soit ma sœur, elle ne me ressemble absolument pas. Mais alors pas du tout. »

Ce qui était exact, et pourtant, elles étaient bien assorties. Angela était intelligente, curieuse, et elle connaissait Clara mieux que personne. Clara mobilisa toute son énergie, comme pour se préparer à ce qui l'attendait. Elle allait montrer à Angela les sites touristiques de Berlin avec toute l'insouciance d'une actrice exclusivement préoccupée de sa carrière. Elle laisserait échapper des noms de responsables avec qui elle pouvait légitimement être en relation. Si Clara était capable de tromper sa propre sœur, elle pourrait tromper n'importe qui.

« Est-ce que je vais l'aimer ?

— Je l'espère. »

Angela et Sir Ronald Vine arrivaient par avion cet après-midi-là. Angela avait envoyé à Clara une de ses lettres péremptoires habituelles exigeant d'elle sa présence à Tempelhof à 14 heures pour les accompagner à leur hôtel. Malheureusement, écrivait Angela, elle allait manquer les Mitford. Diana Mosley était rentrée en Angleterre et Unity était repartie à Munich. Mais les Goebbels avaient aimablement proposé d'organiser en l'honneur des arrivants un dîner au Kaiserhof plus tard dans la semaine, et Clara serait heureuse d'apprendre qu'ils avaient des billets pour la représentation du soir de *La Veuve joyeuse* au Wintergarten. Aimerait-elle se joindre à eux ? Angela avait ouï dire que c'était l'opérette préférée du Führer. Clara songea qu'elle pouvait aussi bien y aller. Quand la guerre sera là, ce sera la fin des veuves joyeuses en Allemagne. Plus personne n'osera.

« Oh, regarde ! » dit Erich.

Un des ours était sorti de sa tanière. Timidement, au début, l'énorme animal explora la fosse, examinant tous ces gens civilisés qui l'observaient d'en haut, protégés par un enchevêtrement d'acier et de fils de fer barbelé. Un nuage de buée sortait de sa gueule à chaque fois qu'il respirait l'air de sa nouvelle prison. Profonde d'au moins trois mètres, la fosse était en briques rouges, couleur sang séché.

« Sais-tu qu'il n'y a pas eu de fosse aux ours à Berlin depuis le Moyen Âge ? » dit Erich avec solennité.

L'animal se mit à arpenter sa tanière, se cognant le pelage qu'il avait mat et hirsute contre les parois, fourrant son museau allongé et ses petits yeux noirs partout dans les interstices, comme pour trouver un moyen d'en sortir. Les enfants se penchaient sur le garde-corps, fascinés par le spectacle d'une telle force et d'une telle vitalité jugulées. Ils battaient en retraite, délicieusement effrayés chaque fois que le plantigrade se dressait sur ses pattes arrière, frappant les parois de ses vilaines griffes recourbées. Ils poussaient des hurlements. Quelqu'un jeta un bretzel. L'ours se laissa retomber une fois de plus, reprenant son manège incessant autour de la fosse, des petits grognements sortant des profondeurs de sa gueule. Une cascade de rires parcourut la foule.

« Tu crois qu'il pourrait s'échapper ? s'inquiéta Erich.

— Mais non. »

Plus elle regardait, pourtant, plus Clara souhaitait que cela fût possible. Elle imagina l'ours bondissant par-dessus les grilles de sa prison pour s'enfoncer dans la ville, courir sur ses vilaines pattes griffues dans les rues de Berlin, devant les façades en granite de l'époque de Guillaume II hérissées de bannières écarlates, désorganiser les défilés militaires, disperser les piétons, déchirer les drapeaux de ses dents jaunes et sales et renverser les kiosques à journaux au passage. Puis arriver sur la Potsdamer Platz, le pelage couché par le vent, glisser sur les rails des trams, fouler aux pieds les casiers de cartes postales avec leurs photos du Führer et envoyer valser les chariots à bretzels. Provoquer le chaos dans le Ku'damm, un choc parmi les clients aisés des magasins du Westend. Puis, ralentir, traîner son grand corps pataud vers l'ouest par les rues bordées d'arbres feuillus de Charlottenburg, avant de disparaître à jamais dans les profondeurs vert-de-gris de Grunewald.

Erich lui prit le bras. C'était un geste devenu de plus en plus rare à mesure qu'il grandissait, et elle ressentit une bouffée d'amour à son endroit. Elle se tourna vers lui en souriant.

« Ne t'inquiète pas. Nous sommes parfaitement en sécurité. »

Et à la voir, on aurait pu jurer qu'elle le pensait.

# NOTE DE L'AUTEUR

En 1937, deux versions du Heinkel He III furent équipées de caméras cachées et décollèrent d'Allemagne pour se livrer à une reconnaissance aérienne secrète de la Grande-Bretagne. D'autres appareils vinrent très vite compléter le dispositif et les prises de vues auxquelles ils donnèrent lieu servirent à identifier les terrains d'aviation, les chantiers navals, les usines, les installations militaires, tous les sites pouvant être considérés comme des objectifs à bombarder en cas de guerre. Ainsi fut constituée la première étude aérienne globale de la Grande-Bretagne.

Le Groupcaptain de la Royal Air Force, Frederick Winterbotham, fut le premier à prendre la mesure du développement secret de la Lutwaffe, et à comprendre les enjeux de la reconnaissance aérienne. Il rejoignit le SIS (Secret Intelligence Service) en 1929, et se rendit à de très nombreuses reprises en Allemagne entre 1934 et 1938, avant d'être contraint de rentrer, sa couverture ayant volé en éclats. Son livre, *The Nazi Connection*, raconte en détail ses rencontres avec Hitler, Goering, Rosenberg, Hess, le général von Reichenau et le général Kesselring, qui tous le croyaient favorable à leurs objectifs.

Ernst Udet resta dans la Luftwaffe après la déclaration de guerre. Il fut tenu pour responsable de la défaite de la Luftwaffe dans la Bataille d'Angleterre et perdit tout espoir quant à l'issue de la guerre lorsque Hitler s'attaqua à l'Union soviétique. De plus en plus malheureux, il se suicida en novembre 1941, mais le Parti fit croire à une mort accidentelle au cours de l'essai d'une nouvelle arme.

C'est en octobre 1937 que le duc et la duchesse de Windsor visitèrent l'Allemagne nazie en tant qu'invités personnels d'Hitler. Cet épisode eut des suites surprenantes. En 1945, et pour le compte de la famille royale, l'espion Anthony Blunt fut envoyé en mission secrète au château de Friedrichshof, domicile de Philippe de Hesse, cousin d'Édouard VIII. La mission de Blunt consistait à y récupérer certaines lettres, car, bien que la preuve n'en ait jamais été apportée, l'hypothèse avait été émise qu'il s'y trouvait un échange de correspondance entre le duc de Windsor et de hauts dignitaires nazis. Selon certains, c'est parce qu'il détenait des secrets relatifs à cette correspondance que la trahison de Blunt ne fut révélée que tardivement.

Unity Mitford resta fidèle à Hitler. En 1939, à la suite de la déclaration de guerre entre l'Allemagne et la Grande-Bretagne, elle se rendit au Jardin Anglais de Munich, sortit un pistolet orné de perles, cadeau d'Hitler, et se tira une balle dans la tête. Mais cette tentative de suicide échoua, et l'invalide qu'elle était devenue fut rapatriée en Angleterre avec l'aide d'Hitler, où elle survécut tant bien que mal jusqu'à sa mort en 1948.

La fosse aux ours de Berlin existe encore dans le parc Köllnischer à l'heure où ces lignes sont écrites.

Je tiens à exprimer ici toute ma gratitude à Suzanne Baboneau, Clare Hey et Hannah Corbett chez Simon & Schuster, avec un remerciement particulier à Caradoc King.

DU MÊME AUTEUR :

*Les Roses noires*, Lattès, 2015.
*La Guerre des fleurs*, Lattès, 2017.